BASTEI
LÜBBE

Sue Harrison

Schwester Mond

Aus dem Englischen
von Charlotte Franke

BASTEI
LÜBBE

BASTEI-LÜBBE-TASCHENBUCH
Band 25 335

Titel der amerikanischen Originalausgabe:
My sister the moon

Lizenzausgabe: Bastei Verlag Gustav H. Lübbe GmbH & Co.,
Bergisch Gladbach
Printed in Germany, April 1998
Einbandgestaltung: CCG, Köln
Titelzeichnung: Avon Books, New York
Landkarte: Eduard Böhm
Satz: hanseatenSatz-bremen, Bremen
Druck und Verarbeitung: Elsnerdruck, Berlin
ISBN 3-404-25335-3

Für meine Eltern
Patricia Ann Sawyer Mchaney
und Charles Robert Mchaney, jr.

Für meinen Großvater
Charles Robert Mchaney, sr.

und für Neils Eltern
Shirley Louise Batho Harrison
und Clifford Joseph Harrison

mit Liebe, Dankbarkeit und Achtung

Erste Menschen

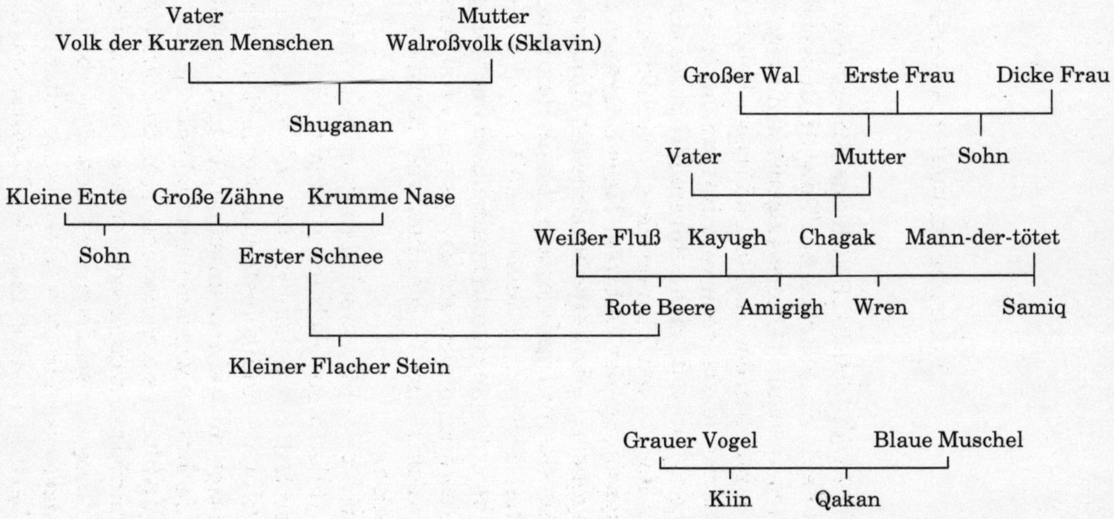

Vorbemerkung der Autorin

DIE GESCHICHTE VON *Schwester Mond* stützt sich auf eine Seeotter-Legende der Aleuten – die Geschichte eines Inzests. Weitere Legenden in dem Buch sind die Mondmythen der Pueblo- und Osage-Völker, die aleutische Hochzeitsgeschichte vom Raben, die Inuit-Legende von einer Mutter, die den Sohn eines Feindes versteckt, Legenden der blauen Eismenschen, Geschichten von den Zwillingssöhnen der Ojibway, Tiger-Legenden aus Asien (die Gegenstücke in der aleutischen Waldjäger-Tradition haben), Geschichten von dem aleutischen Shuganan und den »Menschen von draußen« und Legenden vom gerissenen Raben, die in fast allen amerikanischen Eingeborenenkulturen vorkommen und so alt sind, daß sich ihre Wurzeln in den asiatischen Geschichten vom gerissenen Affen wiederfinden.

Schwester Mond spielt in einer Zeit, in der die Kunst des Korbflechtens hoch im Norden noch in ihren Anfängen stand; daher nehme ich an, daß die Körbe mit Hilfe von Schlingen und Nähstichen hergestellt wurden und die Matten nach einer einfachen Methode gewebt waren. Diese Techniken wurden nach und nach (je nachdem, um welche Kultur es sich handelte) durch komplexere Web- und Knüpfarten ergänzt oder ersetzt, die in der Kunst zur Herstellung der schönen aleutischen Körbe und Matten aus Raigras noch heute Verwendung finden.

Bei meinem Bemühen, den Traditionen der Geschichtenerzähler amerikanischer Eingeborenenstämme zu folgen, habe ich in *Schwester Mond* eine Geschichte an den Anfang gestellt, die schon in Kapitel 36 von *Vater Himmel, Mutter Erde* erzählt wurde. Nach der Tradition wird die Geschichte von Kiins Geburt auf eine etwas andere Weise und mit einer etwas anderen Betonung erzählt, damit sie *Schwester Mond* als Grundlage dienen kann.

In vielen amerikanischen Eingeborenenkulturen herrscht der Glaube vor, daß Namen eine besondere Macht besitzen. Ein Krieger oder ein Jäger kann im Verlauf seines Lebens mehrere Namen haben: Einen »richtigen«, der ihm von einem geachteten Verwandten oder einer Person gegeben wurde, von der man glaubt, daß sie spirituelle Kräfte besitzt, einen Spitznamen, der anstelle eines »richtigen« Namens gegeben wird, um dessen Träger vor Verwünschungen oder bösen Zaubersprüchen zu schützen, einen »Kose«-Namen, der von Familienangehörigen und engen Freunden benutzt wird, sowie Namen, die sich ihr Träger selbst aussucht, um an irgendein Ereignis seines Lebens zu erinnern, und einen Geisternamen, der aber oft geheimgehalten wird und den er sich bei einer spirituellen Suche oder beim Fasten erworben hat. In *Schwester Mond* wie auch in *Vater Himmel, Mutter Erde* haben Charaktere, die dem Leser ihre Gedanken enthüllen, Namen aus der Sprache der amerikanischen Eingeborenenstämme. Diese Namen verkörpern das spirituelle Wesen oder die Bestimmung der betreffenden Person. Ganz selten erhält eine Figur auch einen Geisternamen – wie in Kiins Fall (Tugidaq).

In der Zeit von *Schwester Mond* haben die Steinschläger auf den östlichen Aleuten nur einseitige Klingen hergestellt, während die Steinschläger in anderen Teilen Nordamerikas schon die schönen und technisch höher stehenden zweiseitigen Spitzen der Planokulturen entwickelt hatten.

Prolog

SOMMER

7055 v. Chr.

Chuginadak Island, Aleuten

CHAGAK SASS AM Dachloch des *ulaq* auf der dicken Grasnarbe. Sie kratzte die letzten Fleischstücke von der Innenseite eines Robbenfells. Samiq und Amgigh tranken unter ihrem *suk* aus Vogelhaut, jeder in seiner Tragschlinge, die von Chagaks Schultern hing.

Kayughs Tochter Rote Beere spielte am Ufer mit bunten Steinen im Gras. Ab und zu rief sie nach Chagak, aber die Wellen, die zischend in den dunklen Strandkies strömten, verschluckten ihre kleine Stimme.

Chagak wünschte, das Geräusch des Meeres würde auch das Schluchzen von Blaue Muschel übertönen, aber sie hörte die Frau noch immer weinen.

Sie dachte an das neugeborene Mädchen von Blaue Muschel und hielt für einen Augenblick in ihrer Arbeit inne, um die Arme um Samiq und Amgigh zu schlingen, zwei schöne kräftige Jungen. Aber wenn auch Amgigh Kayughs Sohn war und nicht ihr eigener, kam es ihr doch so vor, als würde ihr Amgigh genauso gehören wie Samiq. Es war ihre Milch, die ihm Leben gab. Aber warum segneten die Geister sie und nicht Blaue Muschel? Warum war eine Frau auserwählt, Söhne zu haben, und eine andere bekam nur Töchter?

»Einen Sohn!« hatte Grauer Vogel Blaue Muschel angeschrien, als bei ihr die Wehen begannen, und Chagak hatte ihm die Worte übelgenommen. Was wußte ein Mann von den Schmerzen, die eine Frau ertragen mußte, um zu gebären? Wenn Grauer Vogel genauso hätte leiden müssen wie Blaue Muschel, würde er dann auch darauf bestehen, das Kind zu töten?

»Ich habe schon genug Kummer erlebt«, sagte Chagak unerschrocken zu dem heiligen Berg Aka. Aber dann hörte sie laute, im Zorn erhobene Stimmen, und Kayugh und Grauer Vogel kamen aus dem *ulaq* von Große Zähne.

Kayugh warf einen prüfenden Blick über das Ufer und lief mit schnellen, ausholenden Schritten zu seiner Tochter. Er zog sie in seine Arme und drückte sie fest an seine Brust. Rote Beere klammerte sich an ihn, ihr kleines weißes Gesicht vor seinem dunklen Parka. Dann drehte sich Kayugh um und sah Grauer Vogel an.

Einen Augenblick lang standen sich die Männer gegenüber, ohne etwas zu sagen. Kayuk überragte Grauer Vogel um zwei Handlängen, und der Wind, der an den Federn seines Parkas zerrte, ließ ihn noch größer erscheinen.

Er biß die Kiefer aufeinander. »Hast du vergessen, daß wir die Ersten Menschen sind?« sagte er. »Hast du vergessen, daß wir angefangen haben, ein neues Dorf zu bauen? Glaubst du vielleicht, man könnte ein Dorf ohne Frauen haben?« Zuerst war seine Stimme leise und weich, aber dann wurde sie immer zorniger.

Chagak sah Grauer Vogel nicht an. Ihre Augen waren auf Kayughs Gesicht gerichtet, um ihm Rote Beere abnehmen zu können, falls Grauer Vogel auf Kayugh losging.

»Wer wird deine Enkelkinder gebären?« rief Kayugh. »Das da?« Er deutete auf einen Felsbrocken. »Das da?« Er deutete auf das Gestrüpp der Schwarzen Krähenbeeren, die neben den *ulas* wuchsen.

Kayugh hob Rote Beere mit beiden Händen hoch und hielt sie Grauer Vogel hin.

Weine nicht, betete Chagak stumm. Bitte, weine nicht. Aber Rote Beere blieb völlig ruhig, steif, nur ihre Augen wanderten zwischen Grauer Vogel und ihrem Vater hin und her.

»Sie macht mir Freude«, sagte Kayugh. Und dann mit einer Stimme, die so leise war, daß Chagak sich anstrengen mußte, um die Wörter zu verstehen: »Ihre Mutter war mir eine gute Frau. Ihr Geist ist bei ihrem Kind. Ich würde jeden Mann töten, der versucht, meiner Tochter etwas anzutun.«

Langsam stellte er Rote Beere auf den Boden. Das Mädchen blieb einen Augenblick so stehen und sah seinen Vater an. Chagak streckte die Arme aus, und Rote Beere lief auf sie zu und kletterte auf ihren Schoß.

Dann sprach Grauer Vogel. »Wenn die Tochter von Blaue Muschel am Leben bleibt, werde ich noch drei, vielleicht auch vier Jahre auf einen Sohn warten müssen. Das Meer ist rauh, die Jagd schwer. Vielleicht bin ich dann längst tot.«

Chagak sah Kayugh an. Würden die Worte von Grauer Vogel ihn umstimmen? Aber Kayugh schwieg, und Grauer Vogel redete weiter, seine Stimme wie klirrendes Eis in der dünnen, kalten Luft. »Jeder Mann herrscht in seiner eigenen Familie.«

Kayugh machte einen Schritt nach vorn, und Chagak wich langsam ein Stück zurück, hielt Rote Beere mit den Armen fest an sich gedrückt.

»Chagak!«

Chagak zuckte zusammen, stand dann langsam auf und sah Kayugh forschend ins Gesicht.

»Gib mir meinen Sohn.«

Sie wollte nicht gehorchen. Amgigh war noch zu klein, um in den Streit zwischen den beiden Männern hineingezogen zu werden. Sie zögerte, aber Kayugh rief noch einmal. Chagak holte das Kind unter ihrem *suk* hervor und wickelte es schnell in das Fell, das sie gerade geschabt hatte.

Sie brachte Kayugh den Jungen. Rote Beere folgte ihr, klammerte sich fest an Chagaks *suk*.

Kayugh nahm das Kind und zeigte es Grauer Vogel. Er schlug das Fell auf, in das es gewickelt war, damit Grauer Vogel die wohlgeformten Arme und Beine des Säuglings sehen konnte.

»Ich erhebe für meinen Sohn Anspruch auf die Tochter von Blaue Muschel«, sagte Kayugh, dann drehte er sich um und streckte das Kind Tugix entgegen, dem Berg der Insel. »Ich erhebe für meinen Sohn Anspruch auf die Tochter von Blaue Muschel.«

Mit einem Ruck drehte sich Grauer Vogel um und ging mit großen Schritten zur Geburtshütte seiner Frau.

Chagak dachte, Kayugh würde ihm folgen, doch er blieb, wo er war, und Amgigh fing in dem kalten Wind an zu schreien. Aber Grauer Vogel kam schon wieder zurück. Er brachte das Kind von Blaue Muschel, das in eine grobe Grasmatte gewickelt war. Er klappte sie auseinander und drehte das Kind herum, so daß Kayugh seinen winzigen Körper sehen konnte. In dem kalten Wind wurde die Haut sofort fleckig und blau.

»Wickle sie ein«, sagte Kayugh. »Sie wird Amgighs Frau sein.«

Grauer Vogel wickelte das Kind wieder ein und legte es so schnell an seine Schulter, daß der kleine Kopf hart gegen seine Brust fiel.

»Wenn du sie tötest, dann tötest du auch meine Enkelsöhne«, sagte Kayugh und ließ Grauer Vogel nicht aus den Augen, bis er zur Geburtshütte zurückging. Dann schob er Amgigh in Chagaks Arme, hob Rote Beere hoch, setzte sie auf seine Schultern und ging zum Ufer.

Der Sommer war fast vorüber, als Blaue Muschel zu Kayugh kam. Chagak, die jetzt Kayughs Frau war, sah aus der Ecke des *ulaq,* wie sie ihren *suk* hochhob und Kayugh ihre Tochter zeigte, die an ihrer Brust saugte. Aber Chagak sah auch die Prellungen im Gesicht von Blaue Muschel und eine lange Schnittwunde quer über ihrem Bauch.

»Sie lebt«, sagte Blaue Muschel mit leiser Stimme. »Aber Grauer Vogel hat gesagt, daß ich sie nicht mehr stillen darf.«

Kayugh seufzte. »Große Zähne sagt, ich hätte unrecht getan. Ich hätte Amgigh nicht versprechen dürfen, hätte Grauer Vogel nicht zwingen dürfen.«

Blaue Muschel zuckte die Achseln. »Ich werde alles tun, damit sie leben kann.«

Sie zog ihren *suk* herunter, wickelte ihn fest um ihr Kind. »Grauer Vogel will nicht zulassen, daß ich ihr einen Namen gebe.«

Chagak hielt den Atem an. Ohne einen Namen würde das Kind schutzlos sein. Es hätte nicht einmal eine Seele. Es würde ein Nichts sein.

Und das Versprechen von Grauer Vogel, das Mädchen Amgigh zur Frau zu geben, was war damit?

Blaue Muschel drehte sich um, wollte schon gehen, sah dann aber noch einmal zu Kayugh zurück. »Grauer Vogel sagt, daß er sein Wort gegeben hat und das Kind nicht töten wird, doch er sagt, daß du dein Versprechen nicht zu halten brauchst. Er sagt, daß du für Amgigh eine andere Frau suchen solltest.«

Als sie weg war, ging Kayugh im *ulaq* auf und ab.

»Du kannst ihn nicht ändern, Mann«, sagte Chagak. »Grauer Vogel ist Grauer Vogel.«

»Große Zähne hat recht. Ich hätte das Mädchen sterben lassen sollen. Jetzt kann ich mein Versprechen nicht halten. Ich kann meinem Sohn nicht eine Frau geben, die keine Seele hat. Wer weiß, welche Geister zu ihr kommen werden, um sich in der Leere niederzulassen, die in ihr ist?«

Eine lange Zeit schwieg Chagak. Als sich Kayugh schließlich hinsetzte, ging sie zum Vorratsraum und holte ein Stück getrockneten Fisch für ihn. »Es besteht immer noch die Möglichkeit, daß Grauer Vogel beschließt, ihr doch einen Namen zu geben«, sagte sie zu Kayugh. »Vielleicht merkt er, daß ein Kind ohne Namen einen Fluch über sein *ulaq* bringt, oder vielleicht gibt er ihr einen Namen, wenn er glaubt, daß er einen guten Brautpreis für sie bekommen kann.«

Kayugh lächelte, aber nur ein halbes Lächeln, und Chagak sah, wie enttäuscht er war. »Grauer Vogel läßt sie also leben. Und weiß genau, daß ich immer, wenn ich sie sehe, daran erinnert werde, daß er sein Versprechen hält, ich aber mein Versprechen nicht halten kann.«

FRÜHLING

7039 v. Chr.

Chuginadak Island, Aleuten

1

DIE AUGEN DES Händlers glänzten im Schein der Robbenöllampen. Die Tochter von Blaue Muschel zitterte.

»Eine gute Art, die Nacht zu nutzen«, sagte ihr Vater und streckte die Hand aus, um die linke Brust seiner Tochter zu umschließen. »Einen Robbenmagen voll Öl.«

Die Tochter von Blaue Muschel hielt die Luft an, aber sie zwang sich, den Mann anzusehen, zwang sich, seinem Blick zu begegnen. Manchmal half das. Manche sahen dann die Leere in ihren Augen, sahen, was ihr Vater ihnen nicht erzählte: daß sie keine Seele hatte. Und eine Frau ohne Seele – wer konnte wissen, was sie tun würde? Vielleicht einem Mann seinen Geist wegnehmen, ein Stück davon, während er sich der Freude ihrer Schenkel hingab.

Aber die Augen dieses Händlers waren stumpf, und er war gierig darauf, sie zu berühren. Das Mädchen hatte Angst, daß er nur das glänzende Öl auf ihren Armen und Beinen sah, ihr langes schwarzes Haar. Und sonst nichts.

»Sie ist schön«, sagte Grauer Vogel. »Sieh her, schöne dunkle Augen, hübsches rundes Gesicht. Breite Backenknochen. Kleine Hände, kleine Füße.« Über den Mund sagte er nichts: daß die Worte abgehackt und stotternd aus ihm herauskamen.

Der Händler leckte sich die Lippen. »Einen Robbenmagen?«

Er ist jung, dachte die Tochter von Blaue Muschel. Ihr Vater machte gern mit jüngeren Männern Geschäfte. Sie dachten mehr an ihre Lenden als an ihre Bäuche.

»Wie ist ihr Name?« fragte der Händler.

Die Tochter von Blaue Muschel hielt die Luft an, aber ihr Vater beachtete die Frage nicht.

»Einen Robbenmagen«, sagte er. »Sonst verlange ich immer zwei.«

Die Augen des Mannes zogen sich zusammen. »Hat sie keinen Namen?« fragte er und lachte. »Eine Handvoll Öl für sie.«

Das Lächeln von Grauer Vogel verschwand.

Wieder lachte der Mann. »Man hat mir schon von deiner Tochter erzählt«, sagte er. »Sie ist nichts wert. Sie hat keine Seele. Woher soll ich wissen, ob sie mir nicht meine stiehlt?«

Grauer Vogel drehte sich zu dem Mädchen um. Sie duckte sich, war aber nicht schnell genug, um dem harten Schlag ins Gesicht auszuweichen.

»Du bist nichts wert«, sagte er.

Grauer Vogel lächelte den Händler an und deutete auf einen Stoß Robbenhäute. »Setz dich«, sagte er, seine Stimme war sanft, aber die Tochter von Blaue Muschel sah, wie er die Lippen zusammenkniff, und wußte, daß er sich in die Wangen beißen und die weiche Haut in seinem Mund zerreißen würde. Sie hatte schon erlebt, daß er nach einem schlechten Tauschhandel ganze Blutklumpen ausspuckte.

Sie wich bis an die dicke Wand des *ulaq* zurück, die aus Erde war, und ging zu ihrem Schlafplatz. Sie wartete, bis die beiden Männer in ihren Handel vertieft waren, dann schlüpfte sie durch den Spalt zwischen den Vorhängen, die ihren Schlafplatz von dem großen Raum des *ulaq* trennten. Sie konnte die Stimme ihres Vaters hören, jetzt leise und klagend, als er die Körbe ihrer Mutter und die Häute der Lemminge anbot, die ihr Bruder Qakan gefangen hatte.

Sie wußte, daß Qakan noch in der Ecke saß und aß, daß ihm das Fett vom Kinn auf den dicken Bauch tropfte und seine kleinen dunklen Augen unentwegt blinzelten, während er sich mit den Fingern Essen in den Mund stopfte. Aber er würde alles beobachten. Es gab nur eine einzige Gelegenheit, bei der Qakan sich für etwas anderes zu interessieren schien als für das Essen, und das war, wenn sein Vater mit den Händlern Tauschgeschäfte machte.

Sie hörte ihren Vater kichernd lachen, fast wie eine Frau, und wußte, daß er jetzt auf das Mitgefühl des Händlers setzte: ein Mann, der sich um das Wohl seiner Familie sorgte. Man sehe sich nur an, was ihm widerfahren war – wegen seiner Großzügigkeit, wegen seines weichen Herzens.

»Meine Tochter, sie ist schuld«, begann Grauer Vogel, wie er die Geschichte, die das Mädchen schon so oft gehört hatte, immer begann.

»Was sollte ich machen? Ich habe eine gute Frau. Sie wollte diese Tochter nicht aufgeben. Gebettelt hat sie. Ich habe gewußt, daß mir beim Jagen was passieren könnte. Ich habe gewußt, daß ich vielleicht nicht mehr lange genug leben würde, um einen Sohn zu bekommen, trotzdem habe ich dieser Tochter das Leben gelassen.«

Und immer so weiter. Ja, er hatte sich geweigert, dieser Tochter einen Namen zu geben, hatte ihr den Namen und folglich auch die Seele vorenthalten. Wer wollte ihm das verdenken? Hatte sie sich nicht vor ihre Brüder gedrängt, die sonst vielleicht geboren worden wären, diese gierige Tochter, die mit den Füßen voran auf die Welt gekommen war?

Jedes einzelne Mal, wenn Grauer Vogel diese Geschichte vortrug, fühlte die Tochter von Blaue Muschel, wie die Leere in ihr noch größer wurde. Es wäre besser gewesen, wenn ihre Mutter sie dem Wind übergeben hätte. Dann hätte sie von ihrem Vater vielleicht einen Namen bekommen, hätte den Weg zu den Tanzenden Lichtern gefunden und könnte jetzt dort sein, zusammen mit anderen Geistern.

Ja, das wäre besser, als in dem *ulaq* ihres Vaters alt zu werden. Kein Jäger würde sie kaufen, kein Mann würde einen Brautpreis für eine Frau ohne Seele bezahlen. Männer wollten Söhne. Wie sollte sie ein Kind gebären – ohne eine Seele, die in den Samen eines Mannes einging?

Und außerdem, dachte sie, habe ich jetzt fünfzehn, vielleicht sechzehn Sommer gelebt und noch immer nicht geblutet. Ich bin Frau und doch nicht Frau, ohne Seele und ohne Frauenblut.

Und sie mußte an eine der seltenen Gelegenheiten denken, als ihre Mutter Grauer Vogel widersprochen hatte. Wütend hatte Blaue Muschel geschrien: »Woher soll ich wissen, warum das Mädchen keinen Blutfluß hat! Du hast ihr keinen Namen gegeben. Wie kann ein Vater von einem Mädchen, das keinen Namen hat, erwarten, daß es blutet? Woher soll das Blut kommen? Wenn das Mädchen keine Seele hat.«

»Daran ist Kayugh schuld«, hatte Grauer Vogel gesagt, und die Tochter von Blaue Muschel hörte ein Winseln in seiner Stimme, das sie an Qakan erinnerte.

»Er hat seinen Sohn versprochen. Er wird einen Brautpreis zahlen ...« Ein harter Schlag hatte Blaue Muschel zum Schweigen gebracht.

»Er besitzt keine Ehre«, hatte Grauer Vogel gesagt. »Er hält sein Versprechen nicht.«

Dann hatte Grauer Vogel zu schreien begonnen, hatte Blaue Muschel mit den Schimpfwörtern bedacht, die er sonst seiner Tochter vorbehielt.

Die Tochter von Blaue Muschel hatte sich beschämt in ihren Schlafplatz gekauert, aber selbst die Grasmatte, die sie sich über den Kopf zog, hatte die wütenden Stimmen ihrer Eltern nicht von ihr fernhalten können.

Aber später an jenem Abend, als der Streit zu Ende war, fiel ihr wieder ein, was ihre Mutter gesagt hatte. Kayugh würde einen Brautpreis bieten. Kayugh hatte seinen Sohn versprochen ...

Seinen Sohn! Welchen Sohn? Amgigh oder Samiq? Und obwohl sie wußte, daß sie nicht das Recht hatte, so etwas zu tun, hatte sie eine Bitte an den Berg Tugix gerichtet: Bitte mach, daß es Samiq ist. Und tief in ihrem Innern, an diesem leeren Platz, der für ihre Seele da war, spürte sie etwas aufflackern, und am nächsten Morgen war daraus eine Flamme aufgestiegen, so hell und stark, daß sie nicht hineinsehen konnte: Frau von Samiq. Frau von Samiq. Frau von Samiq.

Plötzlich wurde der Vorhang vor ihrem Schlafplatz zur Seite gezogen. Die Tochter von Blaue Muschel wich bis an die Wand zurück. In den vergangenen drei Jahren hatte ihr Vater sie fünfmal, vielleicht sechsmal an einen Händler verkaufen können. Sie hatte sich jedesmal gewehrt, und am nächsten Morgen hatte ihr Vater den blauen Flecken noch Schläge hinzugefügt. Aber jetzt sah sie, daß es Qakan war, der sie anstarrte.

Qakan rülpste und rieb sich den Bauch. »Diesmal hast du Glück«, sagte er, aber in seinen Augen war kein Mitgefühl. »Heute nacht schläfst du allein. Unser Vater ist ein schlechter Händler ...« Der Vorhang fiel wieder an seinen Platz, und die Tochter von Blaue Muschel seufzte vor Erleichterung. Eine Nacht für sich allein, eine Nacht, um schlafen zu können. Und sie würde auch nicht an den Sommer denken, der noch vor ihr lag, an die Händler, die kommen würden. In dieser Nacht war sie allein.

Amgigh befühlte den Andesit. Er hatte vor, ihn mit seinem größten Steinhammer zu zerteilen. Aus jeder Hälfte würde er sieben oder acht brauchbare Splitter bekommen, von denen sich vielleicht fünf als Harpunenspitzen eigneten.

Er wog den Stein in der Hand, fühlte sein Gewicht in seinen Fingern. Wie viele Seelöwen in diesem Felsstück? überlegte er. Diese Frage stellte er sich jedesmal, wenn er einen Stein fand, jedesmal, wenn er eine Klinge machte. Fünf Seelöwen für jede Klinge? Nein, bestenfalls zwei. Zwei Seelöwen für jede der fünf Klingen. Vielleicht zehn Seelöwen in diesem Stück Fels. Wenn die Winde und die Geister ihm wohlwollten. Wenn es geübte Jäger waren.

Vielleicht würde einer dieser Seelöwen der erste für Amgigh sein.Er hätte schon längst einen erlegen sollen. Samiq hatte seinen ersten schon vor drei Jahren erlegt.

Jedesmal, wenn Amgigh ohne einen Seelöwen von der Jagd heimkam, sah er die Enttäuschung in den Augen seines Vaters. Aber wußte sein Vater denn nicht, daß es jedesmal, wenn Große Zähne oder Samiq, Erster Schnee oder selbst Grauer Vogel einen Seelöwen erlegte, Amgighs Spitze war, die das Tier getötet hatte? Seine sorgfältige Arbeit. Die Genauigkeit seines Schlägers aus Otterknochen, die Kraft seines Steinhammers.

Wer hatte also im ganzen Dorf die meisten Seelöwen erlegt?

Die Tochter von Blaue Muschel stand am Ufer und sah hinaus aufs Meer. Der Wind riß dunkle Strähnen ihres langen Haars aus dem Kragen ihres *suk* und fegte sie ihr über das Gesicht.

Sie sah ohne einen Grund auf das Meer hinaus. Der Händler war weitergezogen, und es waren keine Jäger in ihren *ikyan* hinausgefahren, keine Frauen zum Fischen.

Aber es tat gut, zuzusehen, wie die Wellen aus dem Meer aufstiegen, als wollten sie bis in den Himmel reichen. Was hatte Samiq ihr gesagt? Daß die Geister des Meeres immer bemüht waren, einen Geist des Himmels zu fangen.

Samiq war ein junger Jäger, erst sechzehn Sommer alt, vielleicht siebzehn, aber er war klug. Er stellte Fragen und dachte über viele Dinge nach, und die Tochter von Blaue Muschel freute sich immer, wenn er in das *ulaq* ihres Vaters kam. Sie merkte, daß sie nach ihm suchte, wenn sie draußen war, um Seeigel zu sammeln, oder wenn sie in den Hügeln Moosbeeren pflückte.

Ein Lied begann, zuerst als ein Summen in der Kehle des Mädchens, dann brachte es Wörter – glatt und ungebrochen – in ihren Mund. Es war ein Lied vom Meer, von Tieren, die im Meer lebten, und die Wörter des Liedes stiegen und fielen wie die Wellen.

Ohne ihren Gesang zu unterbrechen, hockte sich die Tochter von Blaue Muschel an den Rand des Meeres und stieß einen Korb hinein, um Wasser und Kieselsteine herauszuschöpfen. Den Korb, der mit Robbendärmen ausgekleidet war, hatte ihre Mutter aus Raigras gemacht. Das

Gras wurde gedreht und so fest zusammengenäht, daß das Wasser viele Tage brauchte, um sich von innen einen Weg nach draußen zu bahnen. Das Mädchen stand auf und schüttelte den Korb, dann leerte sie ihn aus. Sie hatte die Körbe hinausgebracht, um die Abfälle der Nacht auf den Müllhaufen zu schütten, dann war sie zum Meer gegangen, um die Körbe auszuspülen. Sie hatte sich beeilen wollen. Ihr Vater würde wütend sein, wenn sie zu lange am Ufer blieb. Aber wieder einmal hatte das Meer ihre Blicke auf sich gezogen, hatte sie gefangen und festgehalten, so wie der Adler das Schneehuhn fängt und festhält.

Vor zwei Tagen hatte sie von ihrem Vater Schläge bekommen, weil sie so lange gebraucht hatte. Selbst jetzt noch schmerzten die Striemen auf ihrem steifen Rücken, so daß sich das Mädchen wie eine alte Frau bewegte, langsam, vorsichtig. Auch ihr Herz war verletzt, wund gerieben vom Schweigen während des ganzen Tages, von den ausweichenden Blicken ihrer Mutter und dem hämischen Grinsen auf den zu dicken Lippen ihres Bruders Qakan.

Wenigstens hatte sie ihren *suk* angehabt. Gewöhnlich trug sie, wenn sie im *ulaq* war, nur ihre Grasschürze und war von der Taille aufwärts nackt. Der *suk* hatte die Schläge gemildert und den Stock daran gehindert, die Haut aufzureißen.

Aber was konnte sie mehr erwarten? Sie war weniger wert als die Felsen, sogar weniger noch als die Muschelschalen, die am Ufer verstreut lagen.

Das Mädchen hörte auf zu singen und hielt zwei Körbe hoch, mit der offenen Seite zum Wind, damit sie innen trockneten. Aber dann fiel ihr Blick auf etwas Weißes, das halb vergraben zwischen den Gräsern am Ufer lag. Ein Knochen, dachte sie. Aber es war zu groß, um von einem Vogel zu stammen, selbst einem Adler. Sie zog den Fund aus dem Sand.

Es war der Zahn von einem Wal.

Der Zahn von einem Wal, dachte die Tochter von Blaue Muschel. Hier? So dicht bei den *ulas*?

Er war so dick wie vier ihrer Finger, so lang wie ihre

Hand. Ein Geist mußte dieses Geschenk gemacht haben. Aber natürlich nicht ihr. Vielleicht sollte sie ihn ihrem Vater bringen, damit er daraus etwas schnitzen und es gegen Fleisch oder Häute eintauschenkonnte.

Sie hatte schon andere Schnitzfiguren gesehen – die Menschen und Tiere, die der alte Großvater Shuganan gemacht hatte. Und obwohl Shuganan schon in der Geisterwelt war, besaßen seine Schnitzfiguren noch immer große Macht.

Die Tochter von Blaue Muschel glaubte, daß es ganz egal war, wie viele Tage Grauer Vogel mit Schnitzen verbrachte und wie oft er seine Familie zwang, still zu sein, während er arbeitete – mit den Schnitzfiguren Shuganans würden sich seine Arbeiten niemals messen können.

Manchmal, wenn die Tochter von Blaue Muschel nicht auf ihre Gedanken aufpaßte, mußte ein Teil von ihr, etwas in ihrem Kopf, über die kleinen Tiere und mißgestalteten Menschen, die ihr Vater zustande brachte, lachen. Einmal, als sie noch nicht groß genug war, um an das niedrige schräge Dach des *ulaq* zu reichen, hatte sie zu ihrer Mutter gesagt, daß sie die Schnitzereien von Grauer Vogel häßlich finde. Da hatte Blaue Muschel, Entsetzen in ihren dunklen Augen, ihrer Tochter den Mund zugehalten, sie zum Kletterstamm gezogen und aus dem *ulaq* gebracht. Am Fluß hatte sie ihr Wasser in den Mund geschüttet, bis die Wörter alle weggewaschen waren, in großen schmerzhaften Schlucken durch ihre Kehle geronnen waren.

Und später, zurück im *ulaq*, war der Schmerz in ihrer Kehle bis hinunter in die leere Mitte ihrer Brust gewandert, und da hatte die Tochter von Blaue Muschel erkannt, wie groß der Unterschied zwischen ihr und allen anderen Menschen auf der Welt, selbst ihrer Mutter, war. Dieses Wissen tat mehr weh als die Schmerzen in ihrer Kehle, als alle Schläge, die sie je von ihrem Vater bekommen hatte, und von da an blieben ihr die Wörter in der Kehle stecken, schienen sich um ihre Zunge zu wickeln, zwischen ihren Zähnen abzureißen und in Stücke gebrochen aus ihrem

Mund zu kommen. Und so rief sie sich immer, wenn sie die Schnitzarbeiten von Grauer Vogel ansah, ins Gedächtnis, daß sie nur für sie häßlich waren, daß die Dinge des Geistes nur für sie ein Nichts waren. Sie sah durch leere Augen. Selbst später, als sie älter war und ihr die vielen Fragen den Kopf schwermachten, erlaubte sie sich nie, darüber nachzudenken, warum sie die Schönheit in Shuganans Werken immer hatte sehen können.

Die Tochter von Blaue Muschel hielt den Walzahn fest in der Hand und stieg auf das Dach des *ulaq,* das ihrem Vater gehörte. Sie warf die Körbe durch das Dachloch und kletterte auf den Kerben des Kletterstamms nach unten, aber noch ehe sie sich umdrehen konnte, noch ehe sie ihrem Vater den Zahn hinhalten und ihm zeigen konnte, was die Geister ihm geschickt hatten, fühlte sie den brennenden Schlag seines Gehstocks auf ihren Schultern.

Instinktiv duckte sie sich. Sie ließ den Walzahn auf das Gras am Boden fallen und hielt beide Arme schützend über den Kopf. Angst erfüllte sie, drängte sie, den Walzahn aufzuheben und ihrem Vater zu geben. Das würde ihr drei, wenn nicht vier Tage lang Strafen ersparen. Aber bevor sie etwas sagen konnte, bevor sie etwas rufen konnte, schwang ihr Vater seinen Stock, schlug ihr auf die Rippen, dann quer über die zerbrechlichen Knochen ihrer Hände.

Das Mädchen hielt den Schmerz in der Höhle unter den Rippen fest, an der Stelle, an der die meisten Menschen ihre Geister aufhoben. Der Schmerz bohrte sich dort in sie hinein, rund und glühend wie die Hitze der Sonne. Sie machte die Augen zu, sperrte den Zorn ihres Vaters aus, aber noch in der Dunkelheit der geschlossenen Augen sah sie den weißen Zahn des Wals, und er machte ihr Mut, so daß sie nicht aufschrie.

Die Schläge hörten auf.

»Du bist zu langsam!« schrie Grauer Vogel. »Ich habe auf dich gewartet.«

Die Tochter von Blaue Muschel nahm die Hände vom

Kopf und richtete sich auf. Sie warf einen Blick über die Schulter und sah den Schweiß auf dem schmalen Gesicht ihres Vaters, sah, wie sich die Knöchel unter seiner Haut spannten, als er seinen Gehstock packte. Sie stellte sich seine Hände vor, wie sie den Walzahn hielten, seine gespitzten Lippen, während er sich überlegte, was für ein kleines trauriges Tier er daraus machen würde. Da fühlte die Tochter von Blaue Muschel keine Schmerzen mehr, nur noch Zorn, Zorn, der sich zusammenballte, bis er so schwer wie ein Stein in ihrer Brust lag.

Noch nie hatte sie etwas besessen. Ihren *suk* hatte vor ihr schon ihre Mutter getragen, bis die Vogelhäute so brüchig waren wie verdorrte Blätter. Sogar Samiqs kleine Geschenke nahm man ihr weg, ihr Vater oder ihr Bruder rissen ihr die Muschelschalen und bunten Steine aus den Händen.

Sie hatte den Walzahn gefunden. Er gehörte ihr.

Sie drehte sich langsam um und sah ihren Vater an, und während sie sich umdrehte, stellte sie vorsichtig ihren Fuß auf den Zahn. Sie hörte zu, während ihr Vater sie anschrie, und sie zwang sich, ganz still zu stehen, als er seinen Stock hob. Sie hatte die Augen weit geöffnet und schreckte nicht zurück.

Nein, sie würde ihm den Zahn nicht geben. Was konnten die Geister ihr noch antun, was ihr nicht schon angetan war? Sie war ein Nichts. Was konnten die Geister einem Nichts antun?

Sie blieb stehen, bis ihr Vater zu schreien aufhörte, bis er mit seinem Gehstock ein letztes Mal gegen ihren Kopf zielte und ihn dann in seine Nische stellte, die in die Wand des *ulaq* gegraben war. Er ging an ihr vorbei zu seinem Schlafplatz. Dann hob sie den Zahn auf und steckte ihn unter ihren *suk,* in den Bund ihrer Grasschürze, und behielt ihn dort, glatt und warm an ihrer Seite.

2

ES WAR NACHT, und die Tochter von Blaue Muschel war müde. Ihre Mutter, ihr Bruder und ihr Vater waren an ihren Schlafplätzen, und sie genoß es, den großen Raum des *ulaq* für sich zu haben, und beschloß, noch ein wenig länger an dem Korb zu arbeiten, den sie gerade flocht.

Wenn sie tief einatmete, taten ihr die Rippen weh, und den ganzen Tag schon hatte sie das Gefühl, keine Luft zu bekommen. Sie tauchte die Hand in den Wasserkorb und schloß die Augen, während sie die Grashalme mit den Fingerspitzen befeuchtete.

Immer wenn sie Körbe flocht, hing der Rauch der Öllampen dicht über ihr und brannte in ihren Augen, bis sie ganz trocken waren und zu jucken begannen.

Sie spürte die Gegenwart ihres Vaters, noch bevor sie ihn sah, eine plötzliche Schwere in der Luft, den Öl- und Fischgeruch, den er ausströmte. Sie machte die Augen auf und sah, daß er vor ihr stand, bereit, mit seinem Gehstock zuzuschlagen. Er sah auf den Korb hinunter, an dem sie arbeitete.

»Ich brauche den Korb«, sagte er. »Schlaf nicht ein, bevor du ihn fertig hast.«

Die Tochter von Blaue Muschel sah zu ihm hoch, bemühte sich aber, keine Angst zu zeigen. Es war ein Korb für Vorräte. Gut für getrocknete Fische, für Beeren und Wurzeln. Ihr Vater brauchte ihn nicht.

Sie wollte ihm sagen, daß es nur ein Frauenkorb war, daß die Körbe ihrer Mutter viel besser waren als ihre. Aber obwohl sie den Mund aufmachte, um zu sprechen, blieben ihr die Wörter in der Kehle stecken und wollten nicht herauskommen. Sie drückte mit aller Kraft die Luft aus ihren Lungen, doch es kam nichts außer dem Geräusch ihrer Atemzüge und einem blökenden Laut heraus. »A-a-a-a-a ...« Es war der Ton der Leere in ihr. Andere hatten Geister, andere hatten Wörter.

»Wenn es sein muß«, sagte Grauer Vogel, »arbeitest du die ganze Nacht durch.«

Die Tochter von Blaue Muschel holte wieder tief Luft, dachte nicht an die Leere, die in ihrem Körper war. Sie öffnete den Mund, begann ganz langsam. »N-n-nein«, sagte sie und sah das Erstaunen in den Augen ihres Vaters. Wann hatte sie je nein zu ihm gesagt? Einen Augenblick lang starrte ihr Vater sie an, sagte aber nichts. Er gab ein verächtliches Schnauben von sich und stieß den Fuß in das Gras auf dem Boden, dann drehte er sich um und ging zu seinem Schlafplatz.

Die Tochter von Blaue Muschel wartete, bis sie hörte, wie er sich in seine Schlafdecken rollte, dann formte sie das Wort noch einmal, fühlte es groß und stark an ihrer Zunge. »Nein«, flüsterte sie. »Nein.« Sie spürte die Macht dieses Wortes, während es in ihre Kehle zurückglitt und von dort weiter hinunter bis in die Mitte ihres Körpers.

Sie stand auf, und als sie sich bückte, um den halbfertigen Korb aufzuheben, fühlte sie etwas an der Innenseite ihrer Schenkel hinunterrinnen.

Selbst in dem trüben Licht des *ulaq* erkannte sie es. Blut.

Sie hatte ihre erste Blutung. Sie war eine Frau. Eine Frau! Sie hatte die Gabe des Blutens empfangen, auch ohne einenGeist, ohne eine Seele.

Wie war das möglich?

Vielleicht war es dieses eine Wort, das sie zu ihrem Vater gesagt hatte. Aber wie hatte sie den Mut finden können, sich ihm zu widersetzen? Sie strich mit den Händen über ihren *suk,* über die kleinen Erhebungen, die ihre Brüste waren. Sie spürte die Rundung des Walzahns an ihrer Seite. Ja, natürlich, das hatte der Zahn gemacht.

Samiq beugte sich über den Knochen, den er zu einem Haken formte. Seine Mutter stillte seine kleine Schwester Wren, während sie gleichzeitig die Haare ihres Mannes mit Robbenöl einrieb.

Samiq warf einen Blick zu seinem Bruder Amgigh, der

ihn düster anstarrte. Samiq wandte sich ab und tat so, als habe er es nicht gesehen. Ich bin ein Jäger, sagte er sich, als vertrauter Zorn in ihm aufstieg. Er hatte in diesem Frühling schon drei Robben erlegt. Er brauchte auf die Dummheit seines Bruders nicht einzugehen.

Samiq hatte Amgigh bei jedem Spiel ausgestochen, ob dazu nun schnelles Denken oder körperliche Kraft erforderlich war. Amgigh war zwar größer als Samiq, aber er war sehr dünn und wurde schnell müde. Und er war von einer Wildheit und Entschlossenheit, die Samiq bewunderte. Auch wenn Samiq Amgigh bei einem Rennen besiegte, weit vor ihm das Ziel erreichte, lief Amgigh so lange weiter, bis auch er angekommen war. Diese Entschlossenheit war eine gute Sache, sagte ihr Vater. Wichtig für einen Jungen, sogar noch wichtiger für einen Mann. Und obwohl Samiq der geübtere Speerwerfer war, konnte Amgigh mit seinen geschickten Händen die Speerspitze behauen, so daß ihr Vater immer sagte, Amgighs Familie werde niemals Hunger leiden müssen.

Aber es gab etwas an Amgigh, das Samiq nicht mochte, ein anderer Geist, der Amgigh dann verleitete, seiner Schwester ihr liebstes Spielzeug wegzunehmen und es so lange über ihrem Kopf hochzuhalten, bis sie zu weinen anfing; der Teil von ihm, der in Lachen ausbrach, wenn Grauer Vogel seine hübsche Tochter vor anderen Männern verspottete.

Und als er seinem Bruder jetzt in die Augen sah, wußte Samiq, daß dieser andere Geist aus Amgigh sprach, als er, noch immer mit düsterer Miene, sagte: »Die Tochter von Blaue Muschel – man sagt, daß sie endlich eine Frau geworden ist. Ihre Mutter macht schon in den Hügeln eine Hütte für sie.«

Chagak sah zu ihnen herüber. »Woher weißt du das?« fragte sie.

»Ich habe es gesehen. Glaubst du vielleicht, nur weil ich keine Seelöwenzähne am Band um den Hals hängen habe, könnte ich nicht sehen?«

Samiq wurde rot und sah auf die Halskette, die seine Mutter für ihn aufgezogen hatte. Sie hatte auch Amgigh eine versprochen, wenn er seinen ersten Seelöwen mitbrachte. Was konnte sie mehr tun, als es ihm zu versprechen? Amgigh mußte seinen ersten Seelöwen erst noch erlegen.

»Amgigh«, sagte ihr Vater, »wenn du deiner Mutter etwas Gutes zu sagen hast, dann sag es. Sonst halte den Mund.«

Amgigh lächelte mit zurückgezogenen Lippen und zusammengebissenen Zähnen. Wren zog ihre Mutter an den Haaren, und Chagak schlug ihr abwesend auf die Hand. Wren fing an zu weinen.

»Ich gehe mein *ikyak* einölen«, sagte Samiq, der plötzlich wegwollte von seinen Eltern, seinem Bruder und seiner weinenden Schwester. »Vielleicht braucht Erster Schnee jemanden, mit dem er reden kann. Er ist in dem neuen *ulaq* ganz allein mit unserer häßlichen Schwester.«

Sein Vater grinste. »Glaubst du vielleicht, Rote Beere wird dir was zu essen abgeben oder für dich Fleisch von den Robben aufheben, die Erster Schnee fängt – wenn sie dich hört?«

Samiq zog seinen Parka über den Kopf und kletterte aus dem *ulaq*. Von Norden fegte ein beißender Wind über den breiten Strand. Es war schon Abend, aber noch nicht ganz dunkel, mit einem vollen Mond.

Blaue Muschel machte also eine Hütte für das Bluten ihrer Tochter, dachte Samiq. Hatte das zu bedeuten, daß Grauer Vogel ihr endlich einen Namen gegeben, ihr eine Seele zugestanden hatte?

Samiq ging das Ufer hinunter. Ab und zu blieb er stehen, um kleine Steine aufzuheben und ins Wasser zu werfen. Er würde ihr ein Geschenk machen, damit sie wußte, daß er sich für sie freute.

Sie hatte ein bißchen Freude verdient.

»Du bist ein Jäger«, sagte seine innere Stimme. »Vielleicht könntest du mehr geben als ein Geschenk. Vielleicht könntest du bis Ende des Sommers sogar einen Brautpreis zahlen.« Seine Mutter wollte, daß er eine Frau von den Waljägern nahm, aber er glaubte nicht, daß sie gegen die Tochter von Blaue Muschel etwas einzuwenden hätte. Wer arbeitete härter, wer lächelte öfter als sie, auch wenn auf ihrem Rücken die Narben von den Schlägen ihres Vaters waren? Er würde anfangen, Robbenhäute zu sammeln. Er war bereit, sich eine Frau zu nehmen. Verrieten ihm nicht seine Träume, daß er ein Mann war?

3

DIE TOCHTER VON Blaue Muschel lehnte sich auf dem Gras zurück, mit dem der Boden ihrer Behausung ausgelegt war. Die Hütte hatte keine Wände, nur ein spitzes Dach aus Treibholz und Grasmatten, die schräg zum Boden führten und mit Klammern aus Knochen und einem Geflecht aus Seetang in die Erde gesteckt waren. Ihre Mutter hatte die ganze Nacht und den halben Morgen gebraucht, um die Hütte zu bauen. Sie hatte das Dach dicht gewebt, um den Wind auszusperren, und ihrer Tochter eine Öllampe gegeben, damit sie es hell und warm hatte.

Sie hatte nicht erlaubt, daß ihre Tochter ihr half. Sie durfte nur zusehen und in der Dunkelheit warten, während ihre Mutter Gräser und Treibholz sammelte und Matten aus dem *ulaq* brachte. Ihre Mutter hatte wenig gesprochen, während sie arbeitete, aber sie hatte sich zweimal umgedreht und ihre Tochter angelächelt, die überrascht war. Sie hatte ihre Mutter nicht oft lächeln sehen und konnte sich auch nicht daran erinnern, sie jemals lachen gehört zu haben. Ihre Mutter war also zufrieden und froh, daß ihre namenlose Tochter eine Frau geworden war.

Sie wunderte sich über ihren Vater. Sie hatte Grauer Vogel brüllen hören, als Blaue Muschel, nachdem sie aufgewacht war, ihre Tochter aus dem *ulaq* scheuchte. Grauer Vogel und auch Qakan hatten über Flüche gejammert. War an ihren Waffen etwa Frauenblut? War sie an diesem Tag an ihren Schlafplätzen gewesen?

Aber jetzt würde ihr Vater vielleicht einen Brautpreis für sie bekommen. Vielleicht würde sie bald ihren Platz als Frau eines der beiden Söhne von Kayugh einnehmen. Vielleicht Samiq.

Als Blaue Muschel die Hütte fertig hatte, sagte sie ihrer Tochter, sie würde Essen und Wasser holen gehen und auch Streifen aus Robbenhaut mitbringen, um Jagdgürtel für die Männer zu weben.

Die ersten Tage, die sie als Frau verbrachte, waren eine Zeit der Macht. Die Tochter von Blaue Muschel hatte Geschichten von Mädchen mit ersten Blutungen gehört, die Wale an die Ufer der Ersten Menschen gespült hatten, aber sie hatte keine Hoffnung, daß ihr so etwas gelingen würde. Wie hätte eine Frau ohne Namen soviel Macht besitzen können? Wenn die Männer aber Robbenhaut schickten, dann würde sie ihnen Gürtel weben, fest und schön, damit sie ihnen Glück brachten beim Jagen.

Sie holte den Zahn des Wals unter ihrem *suk* hervor, strich mit den Fingern darüber und betrachtete prüfend die Verdickungen und Schrammen in seiner Oberfläche. Die Spitze des Zahns, an der er von der Wurzel abgebrochen war, war beinahe glattgeschliffen. Der Zahn mußte schon eine ganze Weile im Regen und an der Sonne und davor im Meer gelegen haben. Vielleicht besaß er genau die gleiche Macht wie ein Amulett.

Sie hatte nie ein Amulett tragen dürfen. Früher, als sie noch klein war, hatte sie einmal an einem Beutel aus Seelöwenhaut Gefallen gefunden, und sie hatte ihn mit Kieselsteinen und Muschelschalen gefüllt, die sie am Ufer fand. Sie hatte sich den Beutel an einem Riemen aus roher Schlachthaut um den Hals gehängt, aber als ihr Vater es sah, riß er ihr den Beutel vom Hals und zog so fest daran, daß der Riemen eine tiefe Wunde in ihren Hals schnitt.

»Kein Amulett«, hatte er gesagt. »Ein Mädchen ohne Seele ist für die Geister ein Nichts. Sie beschützen es nicht. Sie können es nicht einmal sehen.«

Aber jetzt hatte sie den Zahn. Vielleicht hatte der Zahn sie sogar selbst ausgesucht. Warum sonst hatte sie ihn gefunden, sie, nicht ihr Vater, nicht Kayugh oder Krumme Nase, nicht einmal Samiq? Vielleicht wollte er ihr Macht verleihen, soviel Macht, wie ein Amulett geben konnte.

Sie hatte ihn erst einen Tag lang getragen, und er hatte sie schon zur Frau gemacht. Die Tochter von Blaue Muschel drehte den Kopf, so daß sie durch die Türöffnung ihrer Hütte nach draußen sehen konnte.

Sie lauschte dem Wind, sah, wie er Wolken in den grauen Bogen des Himmels stieß. In diesen Tagen, in den neun Tagen, die sie allein in ihrer Hütte verbrachte, konnte sie ihren Vater vergessen. Sie konnte vergessen, daß sie keinen Geist besaß.

Sie konnte die Wörter vergessen, die glatt und leicht aus den Mündern der anderen strömten, die sie selbst aber nur mit Mühe herausbrachte: jedes einzelne Wort, das sie, eins nach dem anderen, aus ihrem Mund herausbrach wie Käferschnecken aus einem Felsen, eine neue und schwierige Aufgabe.

Ja, sie konnte vergessen. Aber eins würde sie nicht vergessen: warum sie hier war. Sie war eine Frau. Auch ohne einen Namen, ohne eine Seele, ohne die Gabe der Wörter. Sie war trotzdem eine Frau. Sie summte leise eine kleine Melodie, ein Lied ohne Worte an den Zahn des Wals.

4

AM ZWEITEN TAG ihres Blutens webte die Tochter von Blaue Muschel Jagdgürtel für Samiq und Amgigh.

Sie schnitt Robbenhaut in schmale Streifen und begann langsam und sorgfältig zu weben. Sie zog die Schalen von Muscheln, die sie nach Perlen aufgebohrt hatte, auf Schnüre und dachte bei ihrer Arbeit unaufhörlich an Robben und Seelöwen. Sie breitete eine Robbenhaut auf den Schlafmatten aus Gras aus, damit die Gürtel nicht das Gras berührten, und ihre Mutter band ihr die Haare zu einem festen Zopf hinter dem Kopf zusammen. Wurde auch nur der winzigste Grashalm oder ein Haar in den Gürtel eingewebt, würden es die Meerestiere merken und nicht zu dem Jäger kommen, oder sie würden, noch schlimmer, ein Loch in den Boden des *ikyak* beißen, so daß der Jäger ertrank.

Am dritten Tag machte sie Gürtel für Große Zähne und Erster Schnee, am vierten Tag für ihren Vater. Am fünften Tag schickte Qakan seine Robbenhaut. Bei den Robbenhäuten von jedem anderen Mann hatte die Tochter von Blaue Muschel nur die Augen zu schließen brauchen, um einen Gürtel vor sich zu sehen, vollendet und wunderbar verziert, aber für Qakan fiel ihr nichts ein.

Das kommt daher, daß er mich haßt, sagte sie sich und mußte daran denken, wie er immer ihr Essen gestohlen oder ihren Vater angelogen und sie beschuldigt hatte, Kochsteine zerbrochen oder die Waffen eines Jägers berührt zu haben.

Qakan war vierzehn Sommer alt, aber er hatte noch nie eine Robbe gefangen. Er konnte noch nicht einmal richtig in seinem *ikyak* paddeln, aber ihr Vater gab ihr die Schuld an Qakans Ungeschicklichkeit. Sie war ein Fluch für ihre Familie, sagte er oft. Sie war schuld, daß ihre Mutter seit Qakans Geburt unfruchtbar war. Sie war es, die Qakan daran hinderte, Robben zu erschlagen.

Es war die Art ihres Vaters, für seine eigene Unzulänglichkeit anderen die Schuld zu geben. Aber schließlich, dachte die Tochter von Blaue Muschel, bin ich genauso, ich gebe Qakan die Schuld dafür, daß ich seinen Gürtel nicht weben will. Sie wärmte ihre Hände über der Flamme ihrer Öllampe und dachte einen Augenblick nach, dann zog sie den Walzahn unter ihrem *suk* hervor. Sie strich mit den Fingern über die sanfte Rundung an seinen Seiten, strich über eine Furche, die sich in die Unterseite des Zahns gefressen hatte. Ja, sie würde Qakan einen Gürtel machen und all ihre guten Gedanken von Robben und Seehunden dazu verwenden, ihm Macht zu geben.

Als die Tochter von Blaue Muschel den achten Tag allein in ihrer Hütte verbrachte, saß Samiq auf dem Dach des *ulaq* seines Vaters und beobachtete das Meer. Er hielt Ausschau nach einem Kräuseln der Wasseroberfläche, das Heringe versprach, und nach der schimmernden Dunkelheit, die einen Sturm ankündigte, aber dazwischen drehte er sich immer wieder um, stand auf und streckte sich zu seiner vollen Höhe, um zu der kleinen Spitze zu spähen, zu dem Dach der Hütte, in der die Tochter von Blaue Muschel war. Morgen würde sie wieder herauskommen, dann würde man für sie die Zeremonie der Frau abhalten. Vielleicht, so hatte Samiqs Mutter gesagt, würde Grauer Vogel seiner Tochter, die jetzt eine Frau war, erlauben, einen Namen zu haben.

Schon als Kind war das Mädchen stark gewesen, hatte Schläge und Schelte ohne Tränen ertragen, ohne Klagen. Chagak sagte, daß die Gürtel, die die Tochter von Blaue Muschel machte, Macht besaßen, auch wenn sie eine Frau ohne Seele war.

In diesem Frühling hatte Samiq schon auf drei Jagden Ehre errungen. Aber wenn er erst den Gürtel hatte, wer wollte sagen, was dann war? Vielleicht erlegte er dann gleich zwei oder drei Robben bei einer Jagd, wie es seinem Vater manchmal gelang.

Er drehte sich zum Meer um und beobachtete, wie die

Wellen in die Höhe stiegen. Er blies die Nasenlöcher auf, aber da war nichts. Nicht der Geruch von Robben oder Walen, nicht einmal der schwächere Geruch von Schellfisch.

Ein guter Tag, um meinen *chigadax* zu ölen, dachte er und stieg durch das Dachloch auf die oberste Kerbe des Kletterstamms. Sein Vater saß in einer Ecke des großen Raums im *ulaq*. Er hatte Wren auf dem Schoß, die an zwei ihrer winzigen Finger lutschte, während sie sich mit der anderen Hand in das zerzauste weiche Haar faßte.

»Etwas gesehen?« fragte Kayugh.

»Nichts«, antwortete Samiq. Seine Mutter drehte ihnen den Rücken zu, während sie an einer Grasmatte webte, die an Haken in der Wand aufgehängt war. Über der Webarbeit befand sich ein Bord mit kleinen Elfenbeintieren, die ihr Großvater Shuganan viele Jahre zuvor geschnitzt hatte.

Chagak sah über die Schulter zu Kayagh und räusperte sich.

Samiq hockte sich neben seinen Vater auf den Boden. Er streckte die Hand aus und strich über die dunklen Haarsträhnen seiner Schwester.

»Das letzte Mal, als euer Großvater Großer Wal zu Besuch hier war«, begann Kayugh, »hat er gefragt, ob wir es erlauben, daß du in diesem Sommer zu ihm ins Dorf der Waljäger kommst.« Er machte eine Pause, warf einen Blick zu Chagak und dann zu Samiq.

Samiqs Herz schlug schneller, klopfte laut in den Adern an seinem Hals. »Und läßt du mich gehen?« fragte er.

»Ich habe es Großer Wal schon vor langer Zeit versprochen, als Teil des Brautpreises für eure Mutter.«

»Du hast ihm versprochen, daß einer deiner Söhne zu ihm kommt, um von ihm zu lernen, wie man den Wal jagt?«

Kayugh sah zu seiner Frau und dann wieder zu Samiq. »Ja.«

»Und du hast mir den Vorzug vor Amgigh gegeben?«

Chagak wollte etwas sagen, aber Kayugh unterbrach sie. »Ich gebe keinem von euch den Vorzug vor dem anderen, aber Amgigh wird bald eine Frau haben. Er muß mit seiner Frau hier im Dorf bleiben.«

Die plötzliche Freude, die in Samiq aufgestiegen war, zog sich kalt und hart in seinem Bauch zusammen. »Die Tochter von Blaue Muschel?« flüsterte er.

»Grauer Vogel hat beschlossen, ihr einen Namen zu geben, so daß euer Vater das Versprechen einlösen wird, das er gegeben hat, als Amgigh noch klein war«, sagte Chagak.

»Weiß Amgigh es schon?«

»Wir werden es ihm sagen, wenn er mit Große Zähne von der Jagd zurückkommt.«

»Aber er hat noch nicht einmal einen Seelöwen erlegt«, sagte Samiq und merkte, daß seine Stimme hoch und piepsend klang wie die Stimme eines kleinen Jungen.

»Das wird er schon noch«, sagte Kayugh. »Vielleicht heute.«

»Ja«, murmelte Samiq und sah die Unnachgiebigkeit in den Augen seines Vaters.

»Euer Vater wird Amgigh helfen, den Brautpreis zu bezahlen«, sagte Chagak und fügte dann hinzu: »Wir haben beschlossen, daß sie hier bei uns wohnen werden, in diesem *ulaq*.«

Samiq nickte und gab sich Mühe, seine Überraschung zu verbergen, sie nicht in seinen Augen zu zeigen. Unter den Ersten Menschen war es üblich, daß der Mann bei der Familie seiner Frau lebte, jedenfalls bis das erste Kind geboren wurde. Aber dann erinnerte sich Samiq daran, daß die Waljäger diesen Brauch nicht mit ihnen teilten, und seine Mutter gehörte zur Hälfte zum Volk der Waljäger.

»Sie wird unsere Tochter sein, unsere Enkelkinder bekommen«, sagte Chagak und hob den Kopf, so daß Samiq sah, wie sie entschlossen das Kinn vorstreckte. »Sie kann nicht bei Grauer Vogel bleiben. Er schlägt sie.«

Samiq strich sich mit der Hand über die Stirn. Ja, wer wußte nicht davon? Aber ein Mädchen gehörte zu seinem Vater, und der konnte es schlagen, es töten, wenn er wollte.

»Ich glaube, daß sie jetzt sicherer vor ihm ist, wenn Grauer Vogel weiß, daß er etwas für sie kriegen kann, Robbenhäute oder Öl«, sagte Kayugh. »Ich werde Grauer Vogel sagen, daß Amgigh keine Frau mit gebrochenen Knochen nehmen wird.«

»Amgigh wird ihr ein guter Mann sein«, sagte Samiq, und seine Stimme klang jetzt wieder wie die Stimme eines Mannes. Es würde besser sein, wenn sie hier bei ihnen wohnte, und obwohl Samiq sie gern für sich selbst gehabt hätte, war es ihm immer noch lieber, wenn sie bei seinem Bruder war als bei irgendeinem Jäger, der mit Fellen und Fleisch an ihr Ufer kam, um Tauschhandel zu treiben.

Samiq stand auf. »Ich gehe nach draußen und warte auf Amgigh«, sagte er.

Sein Vater nickte, aber Samiq sah, daß er fragend die Augenbrauen hochzog und Chagak einen Blick zuwarf. Samiq kletterte aus dem *ulaq*. Er hockte sich in das Gras, das auf dem Dach wuchs.

Den Wal jagen, das größte aller Meerestiere. Welcher Jäger würde nicht das Gefühl haben, daß sein Geist groß und stolz anschwoll bei dem Gedanken an die Jagd auf ein solches Tier? Ja, er bekam den besseren Teil von ihnen beiden. Schließlich konnte sich jeder Mann eine Frau nehmen. Aber nur ganz wenige konnten lernen, den Wal zu jagen.

Samiq richtete den Blick aufs Meer und hielt Ausschau nach Amgighs *ikyak*. Er dachte an Wale, riesige und dunkle, dachte an die Wassersäulen, die sie beim Atmen in die Höhe schießen ließen, und verdrängte die Gedanken an die Tochter von Blaue Muschel, verdrängte den Schmerz in seinem Herzen.

5

AM NEUNTEN TAG hatte die Tochter von Blaue Muschel alle Gürtel fertig und dazu noch einen Sammelkorb geflochten. Am Abend würde sie in das *ulaq* ihres Vaters zurückkehren. Chagak hatte ihr einmal von der Frauenzeremonie erzählt, die ihre Eltern nach ihrer ersten Blutung für sie abgehalten hatten. In jenen Tagen mußte ein Mädchen nach seiner ersten Blutung vierzig Tage lang allein leben. Danach gab es Feste und Geschenke.

Aber als Chagaks Tochter Rote Beere ihre erste Blutung hatte, entschieden die Männer, daß das neue Dorf auf Tugix' Insel zu klein war, als daß eine ihrer Frauen Zeit gehabt hätte, müßig herumzusitzen, vierzig Tage lang nur Gürtel und Körbe zu flechten. Deshalb übernahmen sie den Brauch des Walroßvolkes: nur neun Tage Abgeschiedenheit, nur neun Tage, um Gürtel und Körbe zu flechten. Wie Große Zähne sagte: »Waren nicht Kayughs Eltern Walroßmenschen?«

Die Tochter von Blaue Muschel hatte Chagaks Proteste gehört: Warum riskieren, den Zorn der Geister zu wecken? Warum riskieren, die Jagd mit einem Fluch zu belegen?

Aber Kayugh hatte gesagt: »Jeder weiß doch, daß für Männer die Vier eine heilige Zahl ist, daß für Frauen die Fünf eine heilige Zahl ist. Neun ist eine gute Zahl, eine starke Zahl. Neun Tage ist genau richtig. Außerdem, wer wollte bezweifeln, daß das Walroßvolk die Wege der Geister kennt?«

Wie es schien, hatte Kayugh recht. Rote Beere, die jetzt die Frau von Erster Schnee war, hatte schon einen gesunden Sohn geboren. Und bei der Jagd lief alles gut, war schon viele Jahre alles gut gelaufen.

Die Tochter von Blaue Muschel erinnerte sich noch an das Fest, das Kayugh gegeben hatte, als die neun Tage von Rote Beere vorüber waren. Sie erinnerte sich noch an die vielen Geschenke, die Rote Beere bekommen hatte.

Die Tochter von Blaue Muschel wußte, daß es am Ende ihrer

Abgeschiedenheit kein Fest geben würde, aber es genügte schon, daß sie neun Tage lang vor den Schlägen ihres Vaters in Sicherheit gewesen war, es genügte schon, ohne Angst vor Stockschlägen auf ihren Rücken arbeiten zu können. Sie seufzte und stieß die Matte zurück, die vor der Tür ihrer Hütte hing.

Bald würde ihre Mutter kommen, um sie abzuholen und wieder in das *ulaq* ihres Vaters zu bringen. Sie zitterte, fragte sich, ob er über ihre lange Abwesenheit verärgert war oder ob er sie jetzt, nachdem sie eine Frau geworden war, mit mehr Achtung behandeln würde.

Vielleicht würde er seine kleinen mißgestalteten Tiere schnitzen und so tun, als wäre sie gar nicht da. Ihre Finger strichen langsam über den Walzahn, der an ihrer Seite hing. Aber selbst wenn ihr Vater sie schlug, würde ihr der Zahn vielleicht helfen, stark zu sein, den Schmerz zu ertragen.

Sicher, wenn ihr Vater den Zahn entdeckte, würde er ihn für sich beanspruchen, würde ihn mit seinen Schnitzereien von Menschen und Robben und kleinen Kreisen überziehen, die angeblich *ulas* waren.

Ihre Hand schloß sich um den Zahn und zog ihn aus ihrem Schürzenbund. Sie würde ihn nicht mit sich herumtragen können, weil er ihn dann sähe, aber wie sollte sie seine Macht für sich selbst bewahren, wenn sie ihn nicht an ihrem Körper trug?

Die Tochter von Blaue Muschel starrte hinauf zu dem Rauchloch in der Spitze des Dachs und wünschte, die besonderen Kräfte ihrer ersten Blutung wären groß genug, um den Zahn so unsichtbar werden zu lassen wie den Wind. Sie legte die Arme um ihre hochgezogenen Knie und schloß die Augen. Nein, dachte sie, es ist schon genug, eine Frau sein zu dürfen. Wie oft hatte Qakan sie verspottet, hatte gesagt, daß sie immer ein Kind sein würde, immer im *ulaq* ihres Vaters wohnen würde, um zu arbeiten und geschlagen zu werden.

Ja, vielleicht würde sie immer im *ulaq* ihres Vaters bleiben, aber wenn sie den Zahn behalten könnte, würde der sie vielleicht beschützen. Die Tochter von Blaue Muschel legte den Zahn an ihre Wange, und im selben Augenblick, als er ihre Haut berührte, Wärme an Wärme, war er für sie kein Zahn, sondern in die Windungen einer Wellhornschale geschnitzt. Ihr Vater würde sich nicht um eine Muschelschale kümmern. Er würde glauben, daß sie darin Öl aufbewahrte, um den Kochstein einzufetten oder Häute weich zu machen.

Sie hatte ihrem Vater beim Schnitzen zugesehen und wußte aus seinen Gesprächen mit Qakan, wie schwierig es war, Elfenbein zu schnitzen. »Ein Walzahn ist innen hohl«, hatte ihr Vater zu Qakan gesagt. »Darin ist ein enger Gang, der tief im Zahn spitz zusammenläuft. Beim Schnitzen muß man diesen hohlen Raum beachten, muß ihn berücksichtigen. Aber der Zahn von einem Wal ist nicht so schwer zu schnitzen wie der Stoßzahn von einem Walroß.« Ihr Vater hatte in den Korb gegriffen, in dem er Elfenbein, Holz und Knochen zum Schnitzen aufbewahrte. Er hatte Qakan den Stoßzahn eines Walrosses gereicht. »Sieh her«, hatte er gesagt und auf die Innenseite des Zahns gezeigt. »Hier ist er anders. Hier kannst du mit dem Messer nichts ausrichten.«

Qakan hatte gegähnt und sich gelangweilt, aber die Tochter von Blaue Muschel hatte zugehört und sich gemerkt, was ihr Vater gesagt hatte. Der Stoßzahn eines Walrosses hatte in der Mitte hartes sprödes Elfenbein, das dem Druck einer Klinge nachgab, und wenn das Elfenbein abbröckelte, wurde ihr Vater böse, manchmal sogar so böse, daß er mit dem Schnitzmesser nach ihr warf.

Aber wenn es für meinen Vater schon schwierig ist, einen Walzahn zu schnitzen, dachte die Tochter von Blaue Muschel, dann wird es für mich noch viel schwieriger sein.

Doch dann kam es ihr so vor, als würde der Zahn ihre Gedanken einfangen, als würde seine Stimme zu ihr sprechen, und da sah sie den Zahn, gezeichnet vom Messer ihres Vaters, zu etwas gemacht, das er nicht sein sollte.

Sie hob das Frauenmesser mit der kurzen Klinge auf, das neben den Gürteln für die Jäger lag, und drückte es gegen den Zahn, spürte, wie die Klinge die glatte Oberfläche zerschnitt. Von dem Elfenbein löste sich ein dünner Streifen, rollte sich zusammen und fiel herunter, und das Mädchen fühlte, wie ihr Herz zu schlagen aufhörte. Das Messer und der Zahn fielen ihr aus der Hand.

Wie hatte sie das nur tun können? Wie hatte sie glauben können, einen heiligen Walzahn schnitzen zu dürfen? Sie war eine Frau. Nur eine Frau und, was noch schlimmer war, eine Frau ohne Seele.

Die Tochter von Blaue Muschel rieb sich mit den Händen das Gesicht. Vielleicht hatte sie sogar jetzt schon, mit dem einen kleinen Span, die Macht des Walzahns zerstört. Sie dachte an die schönen Schnitzereien von Shuganan. Jedes Stück erstrahlte von einem inneren Geist, jedes war wunderbar anzusehen. Wenn sie Shuganans Schnitzfiguren betrachtete, verspürte sie eine große Freude.

Dann dachte sie an die Schnitzereien ihres Vaters, flach und unförmig. Häßlich. Nein, sagte sie. Das bin ich. Ich kann nicht sehen, was da ist. Aber dann fielen ihr wieder Chagaks Geschichten von Shuganan ein, seinem sanften Geist, und sie dachte: Vielleicht liegt der Unterschied zwischen den Schnitzfiguren von Grauer Vogel und denen von Shuganan an dem Unterschied zwischen ihren Seelen. Aber ihr Vater hatte wenigstens eine Seele. Und was war sie, verglichen mit ihrem Vater? Daß ihre Hände geschickt genug waren, um aus einem Zahn eine Muschelschale zu machen?

Wieder hielt sie den Walzahn an ihr Gesicht. Er war noch warm, also hatte sie ihn vielleicht doch nicht zerstört, hatte seinen Geist nicht gezwungen, aus ihm herauszukommen, in die dünne kalte Luft ihrer Behausung.

Aber dann sah sie den Zahn wieder als Muschelschale vor sich, hatte ihn so klar und deutlich vor Augen, daß es ihr so vorkam, als wäre der Zahn längst fertig geschnitzt. Ihre Hand griff nach dem Messer, als hätte sie der Zahn selbst dorthin geführt. Und sie verbannte die Angst aus ihrem Kopf und begann zu schnitzen. Sie schnitzte vorsichtig, langsam, lenkte das Bild der Muschelschale von ihrem

Kopf bis hinunter in ihre Hände, bis hinunter in ihre Finger, die das Messer hielten.

Samiq hockte im Windschutz der *ikyan,* die die Jäger ans Ufer gezogen hatten, und ölte seinen *chigadax* ein. Am Morgen hatte Amgigh seinen ersten Seelöwen mitgebracht. Ihre Mutter saß neben der Haut, die sie am Boden ausgebreitet hatte. Sie schabte das Fleisch ab, das noch an der Haut geblieben war, und der Wind trug die kleineren Stücke mit sich fort.

Aber mitten in der Freude über Amgighs ersten Seelöwen hatte Kayugh Samiq und Chagak aus dem *ulaq* geschickt, um allein mit Amgigh zu sprechen. Samiq wußte, daß ihr Vater mit Amgigh über die Tochter von Blaue Muschel reden würde. Ja, aber was würde Amgigh empfinden, ein junger Mann voller Stolz über seinen ersten erlegten Seelöwen, wenn er erfuhr, daß sein Bruder auf Waljagd ging, während er, Amgigh, im Dorf blieb und die Tochter von Blaue Muschel zur Frau nahm?

Samiq schöpfte gelbes Öl aus dem Korb, den er zwischen den Knien hielt, und rieb eine Naht damit ein. Amgigh hatte sich nie gefürchtet, seinen Zorn zu zeigen. Wer konnte sagen, was er diesmal tun würde? Vielleicht weigerte er sich, das Mädchen zur Frau zu nehmen, vielleicht würde er in ein anderes Dorf gehen, um dort zu leben, um dort zu jagen. Und wer wollte es ihm verdenken?

Samiq warf einen Blick zum *ulaq* und sah Amgigh auf sich zukommen.

»Du bist also dazu auserwählt, ein Jäger zu sein, während ich ein Ehemann sein soll«, rief Amgigh mit hoher und harter Stimme.

»Das war nicht meine Entscheidung«, sagte Samiq und sah seinem Bruder in die Augen, damit Amgigh wußte, daß er die Wahrheit sprach.

Amgigh stieß ein hartes Lachen aus, voller Bitterkeit. »Dann würdest du also die Tochter von Blaue Muschel wählen?«

Samiq sah auf den Boden. Was sollte er seinem Bruder

antworten? Welcher Mann würde eine Frau vorziehen, wenn er die Gelegenheit bekam, Wale zu jagen? Aber er fragte sich, warum der Schmerz in den Augen seines Bruders dann einen ebenso großen Schmerz in seiner Brust auslöste? »Das muß unser Vater entscheiden.«

»Du bist der bessere Jäger.«

»Wer sagt denn, daß ich der bessere Jäger bin?« fragte Samiq. »Bei meiner letzten Jagd habe ich keinen Seelöwen gefangen. Aber du hast heute morgen einen gebracht. Bei der Jagd vor drei Tagen habe ich eine Robbe getötet. Aber bei der Jagd davor hat keiner von uns beiden eine Robbe getötet, nur Grauer Vogel. Ist Grauer Vogel deshalb ein besserer Jäger als wir?«

Amgigh lächelte, es war ein ehrliches Lächeln, bei dem sich Falten um seine Augen bildeten und das in ein Lachen überging. Er hockte sich neben Samiq auf den Boden. Eine Weile sagte er nichts, dann legte er seinem Bruder die Hand auf den Arm.

»Ich habe noch ein paar Obsidiansteine«, sagte Amgigh. »Groß genug für zwei gute Messer.«

Samiq nickte. Ja, ihr Vater hatte Amgigh auf den Berg Okmok mitgenommen. Sie hatten Obsidian mitgebracht, um ihn bei den Walroßjägern zu tauschen, und auch ein paar Stücke für Amgigh.

»Die Messer werden genauso Brüder sein wie wir«, sagte Amgigh. »Du nimmst das eine mit zu den Waljägern, und ich behalte das andere hier bei mir. Sie werden uns daran erinnern, daß wir zusammengehören. Und wenn du zurückkommst, wirst du die Geheimnisse der Waljäger mit mir teilen.«

In Amgighs Augen lag Schmerz, aber auch Hoffnung, und die Schwere, die sich auf Samiqs Brust gelegt hatte, verging. »Ich werde dir alles erzählen, was ich weiß. Wir werden zusammen jagen. Die Männer von den anderen Stämmen werden von den Jagdabenteuern berichten, die wir zusammen erleben.«

Amgigh nickte. Um seine Mundwinkel breitete sich ein Lächeln aus, aber er hatte den Blick auf den Boden gerichtet, folgte einem Muster, das in den Uferkies gezeichnet war. »Solange du keine Frau hast«, sagte er, »werde ich die Tochter von Blaue Muschel mit dir teilen.«

Samiq beugte sich noch tiefer über seinen *chigadax*, aus Angst, sein Bruder könnte in seinen Augen sehen, was er fühlte.

»Tochter?«

Das Mädchen zuckte zusammen und steckte ihren Walzahn unter eine Matte. Sie beugte sich nach vorn, um den Vorhang vor der Tür zurückzuziehen. Zuerst glaubte sie, ihre Mutter wäre gekommen, aber dann erkannte sie, daß es Chagak war.

»Ein Geschenk von Kayughs *ulaq*«, sagte Chagak und legte ein Bündel vor die Tür. Sie streckte die Hand aus, um den Arm des Mädchens zu berühren, dann drehte sie sich schnell um und ging weg.

Die Tochter von Blaue Muschel zog das Bündel in ihre Hütte und befestigte den Vorhang so, daß Licht hereinströmen konnte. Das Bündel war in Grasmatten gewickelt, und als sie sah, was es enthielt, stockte ihr vor Überraschung der Atem. Ein *suk*. Schöner, als sie je einen gesehen hatte. Er war aus den Häuten von Pelzrobben gemacht, so fein gegerbt, daß Chagak viel Zeit damit verbracht haben mußte, sie zu strecken und zu schaben.

Sie breitete das Kleidungsstück aus und legte es auf ihren Schoß. Die Rückseite des *suk* war aus ganz dunklem Fell gemacht und am unteren Rand mit buschigen weißen Kormoranfedern eingefaßt, an denen Muschelperlen hingen. An den Ärmeln waren Stulpen aus braunen Federbüschen von Eiderenten, und auf den Kragen hatte Chagak einen Streifen aus dem blassen Fell eines Streifenseehunds genäht, das zu einem Wellenmuster getrimmt war, um den Segen des Meeres zu erbitten.

Die Tochter von Blaue Muschel drückte den *suk* fest an sich, und das kühle weiche Fell spendete ihr Trost. Sie streifte den alten *suk* über ihren Kopf. Ihre Mutter hatte ihn schon ein ganzes Jahr lang getragen, bis Grauer Vogel erlaubt hatte, daß ihn seine Tochter bekam, so daß die Kormoranhäute dünn und brüchig waren. Es war fast, als hätte sie mehr Zeit damit verbracht, ihn zu flicken, als ihn zu tragen, und im letzten Winter hatte sie darin gefroren, auch mit den Büscheln Gras, mit denen sie ihn ausgestopft hatte.

Die Tochter von Blaue Muschel ging in die Mitte ihrer Behausung, wo der Pfosten das Dach so hoch hielt, daß sie sich aufrichten und darunter stehen konnte. Dann zog sie den neuen *suk* an, fühlte die weichen Häute an ihren Brüsten. Der *suk* paßte genau. Die Ärmel reichten bis an ihre Fingerspitzen, und der andere Saum fiel bis direkt über ihre Knie. Sie sah an sich hinunter und wünschte, sie hätte den Mut, ihre Hütte zu verlassen und zum Fluß zu laufen, um ihr Spiegelbild im Wasser zu betrachten.

Sie kauerte sich auf den Boden und zog die Knie unter den *suk*. Wenn sie sich hinhockte, reichte er bis auf den Boden und wärmte ihre nackten Füße.

Dann ist es also wahr, dachte sie. Ich werde die Frau von einem ihrer Söhne sein. Warum sonst würde sie mir wohl einen *suk* machen? Amgigh würde sie nicht haben wollen, denn er stimmte manchmal sogar in Qakans Verhöhnungen ein. Es würde also Samiq sein. Doch dann zwang sie ihre Gedanken, diese Hoffnung aufzugeben. Vielleicht würde sie niemals die Frau eines Mannes sein. Aber für den Augenblick, für den Rest des Tages gehörte dieser wunderbare *suk* ihr. Sie würde es nicht zulassen, mehr zu denken.

6

Als die Sonne am Abend unterging, hatte die Tochter von Blaue Muschel den Walzahn fertig. Sie hatte ihn sehr sorgfältig geschnitzt, hatte geritzt und geschabt, bis seine Oberfläche wie das Gehäuse einer Wellhornschnecke gewunden war. Sie hielt den Zahn dicht an ihre Öllampe und betrachtete ihn mit kritischem Blick. Er war nicht vollkommen – an der Seite ragte eine scharfe Elfenbeinkante hervor, die ihr Messer in keine Form bringen konnte, und am Rand war ein Stück abgesplittert –, aber sonst sah er wie eine Muschel aus.

Außerdem ermahnte sie sich, immer sorgfältig darauf zu achten, daß der Zahn unter ihrer Schürze verborgen blieb. Vielleicht besaß der Zahn ja die Macht, das Auge ihres Vaters zu täuschen, ihn hinters Licht zu führen und sich so vor seinem Messer zu schützen.

Sie hob ihren *suk* hoch und befestigte den Zahn an ihrem Schürzenbund. Sie strich gerade das Fell ihres *suk* wieder glatt, als ihre Mutter zur Hütte kam.

»Du mußt herauskommen«, rief ihre Mutter, und als sie in ihrem neuen *suk* aus der Hütte kam, sah sie das Erstaunen auf dem Gesicht ihrer Mutter.

»Er ist von Cha-Cha-Chagak«, sagte die Tochter von Blaue Muschel.

Ihre Mutter lächelte etwas unsicher und nickte.

Das beklemmende Gefühl, das die Tochter von Blaue Muschel während ihres Aufenthalts in der winzigen Hütte eingeschnürt zu haben schien, war plötzlich verflogen, und sie breitete die Arme aus und fing den Wind mit den Fingerspitzen. Sie lachte und drehte sich um, damit sie Tugix sehen konnte, den großen Berg, der ihr Dorf bewachte.

»Sei still«, sagte ihre Mutter. »Du bist kein Kind mehr, du bist eine Frau.«

»Ich bin n-n-nie ein K-K-Kind gewesen«, antwortete ihr die Tochter.

Ihre Mutter wandte den Blick ab, und das Mädchen schloß die Augen, und für einen Augenblick taten ihr ihre Worte leid. Aber dann stieg aus dem leeren Platz in ihrer Brust Zorn auf, drängte nach oben und beschwor die Erinnerung herauf, an die vielen Schläge, die sie hatte hinnehmen müssen, während ihre Mutter geschwiegen hatte oder aus dem *ulaq* gegangen war.

Blaue Muschel zog an den Haarsträhnen, die ihr der Wind in die Augen wehte, und sagte: »Ich habe etwas für dich.«

Sie führte ihre Tochter zu einem Erdhügel, der dichter am Ufer lag, und hockte sich dahinter, um vor dem Wind geschützt zu sein. Sie griff unter ihren *suk* und zog ein Päckchen heraus, das in Robbenhaut gewickelt und mit Streifen aus Haut zusammengebunden war.

»Das ist für dich«, sagte sie und zog die Bänder auf. Sie klappte die Robbenhaut auseinander, und in dem Päckchen war ein kleiner Korb. Er war aus Raigras geflochten, das dicht an ihrem Ufer wuchs, und der dazu passende Deckel war mit einem Geflecht aus Sehnen am Korb befestigt.

Sie hob den Deckel hoch. In dem Korb lagen ein Nähring aus Robbenhaut, Nadeln aus Vogelknochen und eine Ahle aus Elfenbein.

»Die wirst du brauchen«, sagte ihre Mutter.

»Ja.«

»Es ist kein so großes Geschenk, wie Chagak es dir gegeben hat«, sagte Blaue Muschel. Sie sah über das Ufer, um dem Blick ihrer Tochter auszuweichen.

»D-d-den K-K-Korb hast d-d-du ... gemacht«, sagte ihre Tochter. Die Worte kamen nur langsam aus ihrem Mund.

Blaue Muschel nickte.

»Er ist ... er ist ...« Die Tochter von Blaue Muschel wollte ihrer Mutter sagen, daß er wunderschön war, wollte ihr dafür danken, aber die Worte blieben in ihr stecken und brachen ab, so daß sie nichts mehr sagen konnte. Sie wartete, hoffte, ihre Mutter würde die Dankbarkeit in ihren Augen sehen, aber ihre Mutter blickte sie gar nicht an, und die Tochter von Blaue Muschel versuchte sich zu erinnern, ob ihre Mutter sie jemals angesehen hatte, jemals zugelassen hatte, daß sich ihre Blicke begegneten. Nein, nein, aber vielleicht wollte sie nur nicht die Leere im Herzen ihrer Tochter sehen, vielleicht wollte sie nicht daran erinnert werden, daß ihre Tochter keine Seele hatte.

Eine Weile schwieg Blaue Muschel, dann stand sie auf, stand mit dem Rücken zum Meer, und der Wind teilte ihr Haar in einer blassen Linie an ihrem Hinterkopf. »Heute abend wird es zwei Zeremonien für dich geben«, sagte sie. »Die Zeremonie, eine Frau zu werden, und die Zeremonie der Namensgebung. Dein Vater hat für dich einen Namen ausgesucht.«

Ihre Tochter hörte die Worte, stieß einen kleinen erstickten Laut aus, ein Lachen mit Tränen darin. Einen Namen. Einen Namen! Jetzt suchte sie mit festem Blick die Augen ihrer Mutter, wartete, ohne zu blinzeln, bis ihre Mutter sie ansah.

»Ich bin froh, daß du eine Frau geworden bist«, sagte ihre Mutter mit ruhiger Stimme, die sich in den Schreien der Alken und Möwen verlor.

Plötzlich fuhr der Wind um sie herum und wirbelte ihnen das Haar in zerzausten schwarzen Wolken um den Kopf. Sie hoben beide die Hände, um sich die Strähnen aus dem Gesicht zu streichen, und für einen kurzen Augenblick berührten sich ihre Hände, dann zuckten sie schnell zurück, um das Haar glattzustreichen.

Das Mädchen stand neben dem *ulaq* seines Vaters. Es konnte das Ufer sehen. Jemand hatte ein Feuer aus Gestrüpp und Robbenknochen angezündet, und der Wind trug den Geruch von brennendem Robbenfett und Moosbeerenstrauch. Alle Bewohner des Dorfs waren dort versammelt: ihr Vater, der kleinste der Männer, ihre Mutter, winzig, aber nach Meinung von Krumme Nase früher einmal eine

Schönheit, ihr Bruder Qakan, der jetzt schon größer war als ihr Vater, Große Zähne und seine beiden Frauen Krumme Nase und Kleine Ente und der Sohn von Kleine Ente. Wie viele Sommer war der Junge schon alt, sieben oder acht? Und natürlich Kayugh, ein Jäger, dessen Familie niemals Hunger litt. Chagak stand neben ihm, ihre Tochter Wren auf dem Arm. Rote Beere, ihre älteste Tochter, und Erster Schnee, der Mann von Rote Beere, waren die nächsten im Kreis, dann kamen Samiq und Amgigh.

Wie die Tochter von Blaue Muschel dieses Ufer gehaßt hatte. Sein dunkelgrauer Schiefer und seine Kieselsteine erstreckten sich weit entlang dem Wasser, und die wenigen aufragenden Felsbrocken boten keinen Schutz, um sich vor ihrem Vater oder Qakan zu verstecken.

Doch an diesem Abend war es ein Ort der Freude.

Ihre Mutter hatte ihr gesagt, daß sie auf Kayughs Zeichen achten müsse – seine erhobene Hand, die auf den Pfad der Sonne zeigte. Sie wartete ängstlich. Die Unruhe, die bis jetzt nur ein Knoten in ihrem Bauch war, breitete sich nun in ihrem ganzen Körper aus und ließ ihre Fingerspitzen und Zehen erstarren.

Sie strich sich mit der Hand durch das Haar. Sie hatte es mit einem eingekerbten Stock gekämmt und mit Robbenöl eingerieben. Es fiel ihr lang und weich bis auf die Hüften.

»Du bist schön«, hatte ihre Mutter ihr zugeflüstert. Die Worte hatten die Tochter von Blaue Muschel so sehr überrascht, daß sie ihrer Mutter nicht geantwortet hatte, ihr nur nachgeblickt hatte, als sie zu den anderen am Ufer ging. Und sie überlegte, ob wohl auch die anderen diesen Unterschied sahen, ob sie erkannten, daß sie sich von einem häßlichen Mädchen in eine schöne Frau verwandelt hatte.

Kayugh hob den Arm, und die Tochter von Blaue Muschel ging langsam zum Ufer. Als sie sich dem Kreis von Menschen näherte, sah sie, daß zwischen ihrem Vater und Kayugh für sie ein Platz frei gelassen war.

Sie spürte, wie die Muskeln an ihren Schultern hart wurden, wie sie es immer taten, wenn ihr Vater in ihre Nähe kam. Aber dann war ihr, als würde jemand zu ihr sprechen, als würde jemand sagen: »Du bist eine Frau«, und in diesem Augenblick blickte sie auf und sah, daß Samiq sie beobachtete. Er war nicht so groß wie sein Vater, aber seine Schultern waren breit und kräftig. Er hatte hohe Wangenknochen, und seine Augen waren so dunkel wie Kormoranfedern. Er lächelte, und ihre Augen weiteten sich. Die Zeremonie war etwas Ernstes und Heiliges. Niemand durfte lächeln, das hatte ihre Mutter gesagt, aber als sie Samiq lächeln sah, fühlte sie sich so glücklich, daß sie wegsehen mußte, um nicht auch zu lächeln.

»Hast du Geschenke?« hörte sie Kayugh fragen, und da wußte sie, daß die Zeremonie begonnen hatte.

Blaue Muschel trat vor und legte die Gürtel, die ihre Tochter gemacht hatte, in der Mitte des Kreises auf den Sand.

Als ihre Mutter jeden Gürtel der Länge nach ausbreitete, stießen die Frauen kleine Laute der Bewunderung aus. Wahrscheinlich machten sie das bei jeder Zeremonie für eine neue Frau, dachte die Tochter von Blaue Muschel, aber trotzdem erfüllte die Bewunderung für ihre Arbeit sie mit Freude.

Ihre Mutter trat an ihren Platz im Kreis zurück, und Kayugh erhob wieder die Stimme.

»Wir sind gekommen, um die Zeremonie der Frau zu feiern«, sagte er, »aber dein Vater hat mich auch gebeten, die Zeremonie der Namensnennung für dich abzuhalten.«

Die Tochter von Blaue Muschel sah ihren Vater an. Er stand da und sah vor sich hin, als wäre sie nicht neben ihm.

Kayugh drehte sich zu ihr um und legte die Hände auf ihren Kopf. »Dein Vater sagt ...« begann er, dann machte er eine Pause, räusperte sich. Er schloß die Augen, und einen Moment lang glaubte die Tochter von Blaue Muschel zu sehen, wie er die Zähne zusammenbiß, aber dann sah er hinauf zum Himmel und sagte: »Dein Vater sagt, dein Name ist Kiin.«

Die Tochter von Blaue Muschel spürte, wie ihr plötzlich

vor Verlegenheit die Hitze ins Gesicht stieg. Ihr Vater hatte beschlossen, sie *Kiin* zu nennen. Kiin, ein Name, der eine Frage war – wer? Also war sie noch immer jemand, der nicht erkannt wurde, eine Tochter, eine Frau, aber eine Fremde.

Sie fühlte auf ihrem Kopf eine andere Hand, die feucht war, die Hand ihres Vaters.

»Du bist Kiin«, sagte Kayugh und beugte sich zu ihr hinunter, um ihr den Namen ins Ohr zu flüstern. Und als sie den Namen nun noch einmal hörte, wurde die Tochter von Blaue Muschel plötzlich wütend und wünschte, ihr Vater wäre ein Mann wie Kayugh, wäre trotz seines Hasses auf sie fähig, ihr einen richtigen Namen zu geben.

Aber dann wurde sie von der Freude des Augenblicks erfaßt. Bald würde sie ihren Platz als Frau unter den Ersten Menschen einnehmen, aber was noch wichtiger war, sie hatte jetzt einen Namen. Egal, wie der Name war, egal, wie beleidigend er war, er erlaubte es ihr, Anspruch auf eine Seele zu erheben.

Sie hatten in ihrem Dorf keinen Schamanen, und so hielt Kayugh als Häuptling der Jäger die Zeremonien ab, und er begann jetzt mit einem Lied, mit Worten, die sie nicht verstand. Sie hielt den Kopf gesenkt, auf den die beiden Männer die Hand gelegt hatten.

Dann fühlte sie, wie Kayugh etwas über ihren Kopf streifte, und als sie hinuntersah, erkannte sie einen Beutel aus Robbenhaut, der an einem Riemen hing. Es war ein Amulett. Sie wußte, daß der Beutel einen Obsidian enthielt, den heiligen Stein der Ersten Menschen.

Wieder dachte sie, ich habe jetzt einen Geist. Ich habe eine Seele. Sie fühlte, wie sich etwas in ihrer Brust bewegte, etwas wie ein wehender Wind. Es drängte nach allen Seiten, um sie auszufüllen, stieß gegen ihre Finger und ihre Zehen. Kayugh hatte sein Lied beendet, und Grauer Vogel nahm seine Hand von ihrem Kopf.

Kiin schlug die Augen auf, sah zu den Menschen im Kreis, sah sich als eine von ihnen. Sie schien zu schweben vor

Freude, und als ihre Mutter in die Mitte des Kreises trat, hätte Kiin fast vergessen, mit ihr zu gehen.

Kayugh berührte ihren Arm, und Kiin erinnerte sich plötzlich wieder an ihren Platz in der Zeremonie. Sie ging zu ihrer Mutter, wartete, während ihre Mutter einen Gürtel aufhob. Es war der Gürtel für Kayugh. Kiin brachte ihn zu ihm, legte ihn über seine ausgestreckten Arme, dann nahm sie das Geschenk entgegen, das er ihr gab: zwei Robbenhäute.

Der nächste Gürtel war für Große Zähne, ein Mann, der gern Späße machte und lachte. Bei diesem Gürtel hatte Kiin Bilder in die Robbenhaut geritzt, Männer in *ikyan*, die Robben jagten. Kiin wußte, daß ihm die Bilder bei der Jagd besondere Kraft geben würden, und sah Freude in seinen Augen aufblitzen, als er den Gürtel von ihr entgegennahm und ihr die Haut von einem Seehund überreichte.

Als nächstes war ihr Vater an der Reihe. Er nahm seinen Gürtel und gab ihr zwei Steinlampen. Erster Schnee gab ihr Feuersteine und einen Robbenmagen mit Öl. Dann kam Samiq. Würde er bemerken, daß sein Gürtel der schönste von allen war?

Als Kiin den Gürtel über Samiqs ausgestreckte Arme legte, sah sie zu ihm auf, wagte es, ihm in die Augen zu sehen.

»Er ist wunderschön, Kiin«, sagte Samiq, und mit seiner Stimme klang auch ihr Name wunderschön. Dann zog er eine lange Kette aus Muschelperlen unter seinem Parka hervor. Er streckte die Arme aus und streifte sie über Kiins Kopf. Die Kette hing über ihrem *suk*, selbst in dem trüben Schein des Feuers weiß und glänzend, und Kiin sah sie voller Bewunderung an.

Vielleicht durfte sie es wagen zu hoffen, durfte Samiq als jemanden ansehen, der einmal ihr Mann sein würde. Aber dann sagte er: »Das gebe ich dir als ein Geschenk von mir und meinem Bruder Amgigh.«

Kiin sah überrascht zu Amgigh, der sie mit einem schiefen Lächeln, aber harten Augen ansah. Kiin gab ihm seinen Gürtel und wartete, daß er etwas zu ihr sagte, aber er schwieg.

Den letzten Gürtel bekam Qakan. Er hatte nur wenig Verzierungen, war aber sehr fein gewebt, mit schmalen Robbenhautstreifen, über- und untereinander wie die Wellen des Meeres. Aus einem dunkleren Hautstück hatte sie Robbenfiguren geschnitten und auf die gewebten Wellen genäht. Ihr Bruder gab ein verächtliches Schnauben von sich, als sie ihm den Gürtel gab, so daß sie ihn überrascht ansah. Der Gürtel war nicht so hell und glänzend wie die Gürtel der älteren Männer, aber er war sehr schön und müßte ihm große Macht über Robben geben. Dann überreichte ihr Qakan sein Geschenk, zwei geflochtene Beerenbeutel aus Gras, Beutel, die Kiin selbst gemacht hatte, und plötzlich wurde Kiin wütend. Woher nahm sich Qakan das Recht, ihr Geschenk zu verachten, wenn sein eigenes Geschenk so dürftig war?

Sie hob den Kopf und sah in Qakans Gesicht. »I-i-ich w-w-wünsche dir Kraft bei der ... Jagd«, sagte sie, und es stimmte, denn jeder Mann half mit seiner Jagdbeute dem ganzen Dorf. Dann wuchs ihr Zorn weiter, stieg ihr bis hinauf in den Hals. Und ihr Zorn brachte, wie er es immer tat, beinahe glatte, fließende Wörter, und Kiin fügte hinzu: »I-i-ch danke dir für die Beerenbeutel. Du hast bestimmt viele Stunden mit Weben verbracht.« Ihre Stimme war ganz ruhig. Sie wußte, daß außer Qakan niemand sie hören konnte, aber sie wußte auch, daß ihn der Verdacht, Frauenarbeit zu tun, demütigen würde.

Qakans Gesicht verdunkelte sich, und Kiin mußte sich anstrengen, um nicht wegzusehen. Ich habe eine Seele, dachte sie. Er kann mir nichts anhaben. Aber dann fühlte sie eine innere Stimme, die Bewegung ihres Geistes, und hörte in ihrem Kopf ihren Geist sagen: »Seine Dummheit ist keine Entschuldigung für deine eigene Dummheit.« Kiin wurde rot und trat wieder in die Mitte des Kreises zurück.

Als sie sich hinkniete, um die Beerenbeutel zu den anderen Geschenken zu legen, sah sie in die Gesichter der Menschen um sich herum. Sie können selbst den Wert von Qakans Geschenk sehen, dachte sie. Sie können sich ihr eigenes Urteil bilden.

Dann stand Kiin ruhig auf. Ihre Mutter war wieder zu ihrem Platz neben Krumme Nase gegangen, und Kiin stand allein in der Mitte des Kreises. Die Menschen im Kreis schwiegen, und Kiin fühlte das Gewicht ihrer starrenden Blicke. Sie hob den Kopf und wartete auf die Worte, die als nächstes kommen würden.

Schließlich begann Kayugh zu sprechen. »Du bist eine Frau«, sagte er.

»Du bist eine Frau«, sagte Große Zähne. »Du bist eine Frau«, wiederholte ihr Vater.

Alle sagten es. Erster Schnee, Samiq, Amgigh und zum Schluß Qakan.

»Du bist eine Frau«, sagte Kiins Geist.

7

DU HAST VIELE schöne Geschenke«, sagte Rote Beere zu Kiin, aber Kiin, aus Angst, daß ihr die Worte in der Kehle steckenbleiben würden, antwortete nicht, sondern lächelte nur und nickte.

Samiqs Schwester Rote Beere war die jüngste Frau. Sie trug unter ihrem *suk* ihren Sohn in der Tragschlinge, und als sie sich bückte, um Kiin beim Einsammeln der Geschenke zu helfen, begann er zu wimmern.

Kiin lachte. »G-g-geh nur. F-f-füttere ihn.«

Rote Beere blickte zum Ufer. »Da kommt Samiq. Er wird dir helfen. Der Kleine braucht seinen Schlaf.«

Sie lief schnell davon, und Kiin sah zu den Männern, die rund um das Feuer saßen und das Essen aßen, das ihnen die Frauen brachten. Samiq kam mit einem Stück dunklem getrocknetem Robbenfleisch zu ihr.

»Hast du Hunger?« fragte er. Er zerteilte das Fleisch mit den Fingern und gab Kiin die eine Hälfte. Und noch bevor sich Kiin bedanken konnte, fügte er hinzu: »Du hast einen neuen *suk*.«

»Von d-d-deiner M-M-Mutter«, sagte Kiin.

Sie nahm die Kette, die über ihrer Brust hing, in die Hand. Die Perlen glänzten in weichen Farben. Sie wollte sich bei ihm für die Kette bedanken, aber sosehr sie sich auch bemühte – sie fand die Wörter nicht, sie schienen aus ihrer Kehle verschwunden zu sein, wie von einem Geist gestohlen.

Samiq beugte sich dicht zu ihr und schob die Hand unter die Halskette. »Diese drei«, sagte er, und seine Finger strichen über drei Perlen, »sind von Muscheln, die ich bei der langen Jagd gefunden habe, als mein Vater das Walroß getötet hat.« Er strich über die nächste Perle. »Und diese ist von einer Halskette, die früher einer Großmutter gehört hat, die schon tot war, als ich geboren wurde. Die meisten Perlen sind aus Muscheln, die ich an unserem Ufer oder sonst irgendwo in der Nähe gefunden habe. Ich habe die Kette schon seit vielen Jahren für dich gemacht.«

»D-danke«, sagte Kiin.

Samiq lächelte. »Immerhin besser als Beerenbeutel«, sagte er.

Kiin lachte.

Samiqs Augen verdüsterten sich, und er sah sie mit prüfenden Blicken an. »Wenigstens warst du in den letzten Tagen in Sicherheit«, sagte er schließlich. »Vor deinem Vater und deinem Bruder.«

»Es w-w-war ein-einsam«, sagte Kiin. Sie sah das Erstaunen in Samiqs Augen. »Ich h-h-habe meine Mutter v-v-vermißt«, erklärte Kiin und sagte dann leise, mit Worten, die zur Abwechslung einmal völlig leicht herauskamen: »Ich habe dich vermißt.« Aber dann wurde sie rot und wünschte, sie hätte nichts gesagt. Eine Frau sagte so etwas zu niemandem, außer zu ihrem eigenen Mann oder zu ihren Kindern.

Samiq wandte den Blick ab, sah auf das Meer und blieb

lange Zeit stumm. Als er sich schließlich wieder zu ihr umdrehte, sagte er: »Du wirst bald einem Mann gehören und Ruhe haben vor deinem Vater.« Er sagte es mit leiser Stimme, so daß seine Worte von den Wellen ins Meer gespült wurden. Dann drehte er sich um und ging weg.

Kiin sah ihm nach, sah seine schwingenden Schultern, während er ging, das schimmernde schwarze Haar, das der Wind aus seinem Gesicht nach hinten wehte, und fühlte noch den leichten Druck seiner Finger an ihrer Kehle und an der Perlenkette, die sich weiß und rosa von seiner braunen Haut abgehoben hatte.

Samiq ging zum Feuer zurück, hockte sich neben Große Zähne auf den Boden. Kiin lächelte. Von allen älteren Männern im Dorf hatte sie Große Zähne am liebsten. Wenn er am Ufer mit dem *ikyak* oder den Waffen beschäftigt war, hatte Kiin schon oft gesehen, wie er den Kopf zurückwarf und lachte, als würde er sich gerade selbst eine lustige Geschichte erzählen. Und warum denn auch nicht? Andere Männer sangen Lieder bei der Arbeit. Warum keine Späße erzählen?

Große Zähne und seine Frau Krumme Nase waren immer freundlich zu ihr gewesen. Viele Male hatte Kiin die ganze Nacht im Freien verbracht, nachdem ihr Vater sie geschlagen hatte, sie hatte lieber die Nacht in den kalten Winden verbracht, als in das *ulaq* ihres Vaters zurückzukehren. Aber dann war Krumme Nase zu ihr gekommen und hatte sie in das *ulaq* von Große Zähne gebracht. Sie gaben ihr zu essen, Lundeier, die Krumme Nase gesammelt und in Öl und Sand in dem Vorratsraum vor ihrem *ulaq* aufgehoben hatte. Das war ein Leckerbissen, den Grauer Vogel Kiin niemals gönnte, obwohl sie es war, die die Klippen hinaufkletterte, um dort nach Eiern zu suchen.

Am nächsten Morgen ging Kiin dann immer ins *ulaq* ihres Vaters zurück und tat so, als wäre nichts gewesen, als hätte sie keine blauen Flecken, als hätte sie nicht die ganze Nacht in einem anderen *ulaq* verbracht. Das war am besten so, und wenn Qakan von den Schlägen sprach und sie danach fragte, wo sie herkam, zuckte Kiin nur die Achseln und schwieg.

Kiin warf einen Blick zu den *ulas.* Außer Chagak hatten alle Frauen das Ufer verlassen. Chagak brachte den Männern noch immer Essen. An einem Arm hing ein Sammelbeutel voller Eier und am anderen ein Behälter aus Seelöwenmagen, der mit getrocknetem Heilbutt gefüllt war.

Kiin lief zu ihr, um ihr zu helfen.

»Vielen Dank«, sagte Chagak. »Mein Mann hat gesagt, daß sie noch eine Weile bleiben.«

»Ich ww-werde h-h-hierbleiben, um zu helfen«, bot Kiin an.

Gemeinsam trugen sie den Seelöwenmagen. Er war groß, hatte einen Umfang wie Kiins Taille und reichte der Länge nach von den Schultern bis zu den Knien. Die beiden Frauen legten ihn dicht bei den Männern auf den Boden, den Chagak zuvor mit langen Grasmatten bedeckt hatte.

Kiin zog den Fisch aus dem Seelöwenmagen. Sie hatte bemerkt, daß die Männer zu sprechen aufgehört hatten, als sie und Chagak näher gekommen waren, aber sie hatte noch ihren Vater sagen hören: »Sie wird eine gute Frau sein. Ihre Mutter hat ihr viel beigebracht. Hier, der Parka, den ich anhabe. Den hat meine Tochter gemacht. Ich gebe sie nicht gern her.«

Kiins Herz begann plötzlich so fest zu klopfen, daß ihre Hände zitterten, während sie den Fisch ausbreitete. Samiq mußte um sie angehalten haben.

Wenn sie wüßte, daß sie bald Samiq gehörte, wenn sie wüßte, daß sie bald seine Frau sein würde, dann konnte ihr Vater sie ruhig jeden Tag schlagen, und sie würde dennoch nicht sterben.

Aber diese Hoffnung war zu schön, und so bemühte sich Kiin, an andere Dinge zu denken. Dann würde es nicht so weh tun, wenn ihr Vater nein sagte.

Als sie und Chagak damit fertig waren, den getrockneten Heilbutt und die Eier auszubreiten, flüsterte Chagak:

»Ich helfe dir, deine Geschenke zum *ulaq* deines Vaters zu bringen.«

Und so entfernten sie sich leise von den Männern. Bald würde sich der Rand der Sonne in den Himmel schieben und die kurze Nacht beenden. Schon jetzt war es hell genug, den Weg zu den Geschenken zu finden, die oberhalb der Flutmarken am Ufer auf einem Haufen lagen.

Kiin steckte ihre Geschenke in die Robbenhäute, die Kayugh ihr gegeben hatte. Dann hob jede der Frauen eine Robbenhaut auf und trug sie über den Hang am Ufer zu den *ulas*.

Ihr kleines Dorf hatte vier *ulas*: Kayughs *ulaq*, das *ulaq* von Große Zähne, das *ulaq* von Grauer Vogel und das neue *ulaq*, das Erster Schnee gehörte.

Chagak hatte Kiin Geschichten von dem großen Dorf erzählt, in dem sie als Kind gelebt hatte. Dort hatte es acht oder zehn *ulas* gegeben, und Chagak hatte gesagt, sie seien viel größer gewesen, noch größer sogar als das *ulaq* von Kayugh, und daß in einem *ulaq* oft mehrere Familien gewohnt hatten. Und Kiin hatte den Männern zugehört, die sich Geschichten von dem kriegerischen Stamm erzählten, dem Volk der Kurzen Menschen, die so schrecklich waren, daß sie aus bloßer Freude am Töten andere Menschen umbrachten. Sie hatten Chagaks Dorf überfallen, und nur Chagak war mit dem Leben davongekommen. Da hatte sie ihr Dorf verlassen, hatte ihren heiligen Berg Aka verlassen und war zu Shuganan gegangen, ihrem Großvater, der jetzt tot war.

Und die Männer erzählten auch Geschichten von dem großen Kampf, der am Ufer der Waljäger stattgefunden hatte. Die Kurzen Menschen waren alle getötet worden, und Kayugh war mit den Männern an dieses Ufer zurückgekehrt, an das Ufer, das dem heiligen Berg Tugix gehörte und an dem sie seit jenem schrecklichen Kampf ein geborgenes und gutes Leben geführt hatten.

Und jetzt werden wir, ihre Kinder, Familien gründen, dachte Kiin. Und eines Tages, vielleicht wenn ich schon

Großmutter bin, wird unser Dorf gewachsen und groß sein, und wir werden wieder ein starkes Volk sein.

Kiin lächelte Chagak zu, obwohl sie wußte, daß Chagak es in der Dunkelheit gar nicht sehen konnte. Sie stiegen den Hang zum *ulaq* von Grauer Vogel hinauf. Chagak zog die Türklappe hoch, die die Öffnung in der Mitte des Dachs bedeckte, und Kiin kletterte hinunter und streckte die Arme aus, damit ihr Chagak die Geschenke reichen konnte.

Kiin warf einen Blick durch das *ulaq*. Ihre Mutter war in dem großen Hauptraum nirgends zu sehen, aber es brannte noch eine Robbenöllampe und verbreitete ihr trübes Licht.

Meine Mutter schläft bestimmt schon, dachte Kiin.

Das *ulaq* von Grauer Vogel hatte einen großen Hauptraum mit an den Seiten und im hinteren Teil durch Vorhänge abgeteilten kleinen Schlafplätzen. Der Schlafplatz von Grauer Vogel war ganz hinten im *ulaq*, und daneben waren der Ehrenplatz und Qakans Schlafplatz. Kiin und ihre Mutter hatten ihre Schlafplätze an den Seiten des *ulaq*, und vorn befand sich eine Vorratskammer mit dem Essen.

Kiin kletterte auf dem eingekerbten Stamm wieder nach oben und schloß die Klappe vor der Öffnung. Chagak war schon auf dem Weg zu ihrem *ulaq*.

»Sch-schlaf gut«, rief Kiin leise.

Chagak drehte sich um und winkte. »Ich glaube nicht, daß du schlafen kannst, deshalb wünsche ich dir nur eine gute Nacht«, rief sie mit einem Lachen in der Stimme.

Kiin lächelte und setze sich auf das Dach des *ulaq*, um zum Ufer zu sehen. Die Männer waren noch immer um die Feuerstelle versammelt, obwohl die Flammen schon verloschen und von dem hüfthohen Moosbeerengestrüpp und den Robbenknochen nur noch glühende Kohlestückchen übrig waren. Kiin zog die Knie unter ihrem *suk* hoch und bedeckte ihre nackten Füße mit den Händen. Der Wind, der vom Meer heranwehte, war eisig, und Kiin zitterte.

Sie legte die Arme um die Knie und überließ sich ihren Gedanken, in denen Samiq ihr Mann war. Dieser Tag war der schönste Tag in ihrem ganzen Leben gewesen. Endlich hatten die Geister von Tugix Freude an ihr. Endlich hatte sie all die Dinge, die sich eine neue Frau wünschen konnte – einen wunderschönen *suk*, eine Halskette, vielleicht sogar das Versprechen eines Mannes.

Und obwohl Kiin die Nächte verabscheut hatte, die sie mit Tauschhändlern verbringen mußte, würde es mit Samiq anders sein, wenn er seine Arme um sie legte, wenn er sie mit seinen Händen berührte.

Samiq war immer ein Freund gewesen. Er hatte oft mit Qakan gekämpft, um Kiin vor seinen plötzlichen Wutausbrüchen zu schützen. Und wenn ihr Vater sie schlug, dann war es meistens Samiq, der sie zu Chagak oder Krumme Nase brachte, damit ihre Wunden ausgewaschen und auf ihre Prellungen nasse Weidenblätter gelegt wurden.

Aber Samiq zum Mann zu haben – des Nachts in seinen Armen zu liegen ...

Zuerst fiel es Kiin gar nicht auf, daß ihr Vater schrie. Aber als dann Qakan die Stimme erhob, hörte ihn Kiin und sah, daß ihr Vater und ihr Bruder die anderen Männer verließen.

Sie sind böse auf mich, dachte Kiin. Ich habe nicht genug zu essen gebracht.

Sie rutschte an der Seite des *ulaq* hinunter und versteckte sich zwischen dem Heidekraut und den langen Gräsern, die hinter dem Erdhügel mit der Grasnarbe wuchsen. Kiin hielt die Luft an, als ihr Vater und ihr Bruder auf das *ulaq* kletterten und hineinstiegen. Die anderen Männer hatten die Feuerstelle auch verlassen und gingen an ihr vorbei, ohne sie zu sehen. Als Samiq vorbeikam, hätte sie fast die Hand nach ihm ausgestreckt. Aber, nein, Amgigh und Kayugh waren bei ihm, sie gingen zusammen zu Kayughs *ulaq*. Kayugh sah wütend aus, und Kiin sah, daß selbst Amgigh die Lippen zusammenkniff und die Hände zu Fäusten geballt hatte.

In plötzlicher Panik fragte sie sich, ob es ihrem Vater vielleicht irgendwie gelungen war, ihr ihren Namen wieder wegzunehmen, ob sie vielleicht wieder ohne Seele war, aber dann fühlte sie, wie sich ihr Geist in ihr bewegte, und hörte seine ruhige Stimme sagen: »Warte. Bleib, wo du bist. Ich bin hier.«

Sie griff nach dem Amulett, das an ihrem Hals hing. Und da sie jetzt einen Namen und eine Seele hatte, wußte sie, daß sie ihre Gedanken zu den Geistern von Großmüttern erheben konnte, die bei den Tanzenden Lichtern lebten.

Bitte, laßt mich meinen Geist behalten, flehte sie. Bitte, laßt nicht zu, daß mein Vater ihn wegnimmt.

Sie ging ein Stückchen weiter nach hinten und lehnte sich an das *ulaq*, drückte den Kopf fest gegen das Gras. Am Himmel waren Streifen, die den beginnenden Morgen ankündigten. Ich werde warten, bis mein Vater zu seinem Schlafplatz gegangen ist, dachte sie und kroch vorsichtig auf das Dach des *ulaq*. Sie kauerte sich neben das Einstiegsloch und lauschte, um zu hören, ob Grauer Vogel und Qakan noch im Hauptraum des *ulaq* waren.

Sie hörte die Stimme ihres Vaters, noch immer heftig vor Zorn, und war überrascht, als sie merkte, daß sein Zorn Qakan galt. »Wenn du ein Jäger wärst, könntest du deine Frau selbst bezahlen. Kayugh ist ein Dummkopf und hat einen guten Preis für das Mädchen geboten. Was soll ich denn tun? Nein sagen? Ich werde sein Angebot nicht ablehnen.«

»Dann gib mir die Robbenhäute, die er für sie tauscht«, sagte Qakan. »Ich bringe sie zu den Waljägern und hole mir eine Frau dafür.«

»Du wirst doch keine Waljägerfrau wollen. Die sind mehr wie Männer als wie Frauen. Die glauben, das *ulaq* ihres Mannes gehöre ihnen. Geh zum Walroßvolk. Nimm dir eine gute Frau. Eine Frau, die weiß, wie man einen Mann zufriedenstellt.«

»Gibst du mir die Häute, damit ich sie tauschen kann?«

»Ich brauche die Häute selbst.«

Kiin hörte ihren Bruder böse knurren, hörte seine Stimme tief hinten in seiner Kehle knirschen. »Dann nehme ich eben Kiin mit«, sagte er. »Dann verkaufe ich sie.«

Kiin hörte ihren Vater lachen, der lange leise Ton setzte sich in ihren Zähnen fest, daß sie ihr weh taten. Genauso lachte er immer, wenn er sie schlug.

»Kannst du auch ihren Brautpreis bezahlen?« fragte er.

»Sie ist nichts wert, deshalb gebe ich nichts«, antwortete Qakan.

»Kayugh will mir fünfzehn Häute geben.«

Fünfzehn Häute! dachte Kiin. Fünfzehn Häute, genug für zwei Bräute, sogar für drei. Ihr Herz begann wieder langsamer zu schlagen, und sie spürte wieder die leise Bewegung ihres Geistes. Sie war in Sicherheit. Kayugh hatte genug geboten, damit sie in Sicherheit war. Sie würde Frau von Samiq sein. Seine Frau. Qakan konnte überhaupt nichts tun.

8

JEDEN TAG BEMÜHTE sich Kiin, dicht beim *ulaq* ihres Vaters zu bleiben. Vielleicht würde Samiq bis zum nächsten Sommer brauchen, bis er genügend Robbenhäute für ihren Brautpreis zusammenhatte, dachte sie. Es ist dumm von dir, so dicht beim *ulaq* zu warten, zu riskieren, daß dein Vater zornig wird und dich schlägt, nur weil du hoffst, Kayugh und Samiq könnten zum *ulaq* kommen, könnten kommen, um eine Frau zu kaufen.

Dennoch blieb sie jedesmal, wenn sie zu den Klippen ging, um Eier zu sammeln, oder in die kleineren Hügel hinter dem Dorf, um Rosenwurz auszugraben, immer wieder stehen, um zum Dorf zurückzusehen. Und als am dritten Tag die Männer auf die Jagd gegangen waren, hielt sie ihre Augen ständig auf das Meer gerichtet, um nach ihnen zu suchen.

Während dieser drei Tage fiel ihr auch auf, daß ihr Vater nicht mit ihr redete und daß Qakan sie nicht aus den Augen ließ und ihr mit finsterer Miene und mürrischem Mund hinterherstarrte. Qakan ging mit den Männern auf die Jagd, aber Grauer Vogel blieb im *ulaq*. Zu Blaue Muschel sagte er, daß er schnitzen müsse. Daß die Geister es von ihm verlangten. In der vergangenen Nacht hatte der Boden gebebt. Hatte sie nicht die Geister gefühlt, die sich tief in der Erde rührten?

Und als sich Grauer Vogel mit seiner Schnitzarbeit hinsetzte, nahm Blaue Muschel ihren Korb und den Webpfahl und trug sie nach draußen, so daß Kiin allein im *ulaq* blieb, um Matten zu weben.

»Matten weben macht keinen Lärm«, flüsterte Blaue Muschel Kiin zu. »Es wird deinen Vater nicht stören. Und wenn er etwas zu trinken oder zu essen braucht, bist du da, um es ihm zu bringen.«

Kiin antwortete nicht. Blaue Muschel ging meistens nach draußen, wenn Grauer Vogel zu schnitzen anfing, und Kiin mußte bleiben und seinen Zorn über sich ergehen lassen, wenn er mit dem Schnitzen nicht gut vorankam.

Kiin seufzte und machte sich daran, mit dem Daumennagel Grasstengel zu zerteilen und sie dann nach ihrer Länge zu sortieren.

Sie arbeitete fast den ganzen Nachmittag, zerteilte und sortierte Gräser und webte dann grobe Matten daraus, indem sie mit den Fingern und einem gabelförmigen Fischknochen die Reihen Gras fest aneinanderschob.

Ihr Vater saß dicht bei einer Öllampe, den Kopf über seine Arbeit gebeugt. Der Ruß von der Lampe klebte auf seiner feuchten Stirn. Kiin sah nur selten zu ihm hin, obwohl er gelegentlich die Stille brach und vor sich hin murmelte, abfällige Bemerkungen über Kiins Mutter oder ein andermal wütende Beschimpfungen, die gegen das Stück Holz gerichtet waren, an dem er schnitzte. Kiin hatte sich umgedreht, weil sie glaubte, er würde mit ihr reden, und hatte gesehen, daß er etwas schnitzte, was wie ein Mensch geformt war, das eine Bein krumm und kürzer als das andere und die Stellen am Holz, die sein Messer bearbeitet hatte, rauh und von dem Ruß an seinen Fingerspitzen gezeichnet.

Kiin seufzte und wandte sich wieder den geraden, ordentlichen Reihen ihrer Grasmatte zu, und dann tasteten ihre Finger aus irgendeinem Grund nach der glatten Oberfläche des Walzahns, den sie unter ihrem Schürzenbund trug.

Sie war mit der Matte fast fertig, als ihr Vater etwas zu ihr sagte. Seine Worte kamen so plötzlich, daß Kiin zusammenfuhr. »Kayugh zahlt einen guten Preis für dich«, sagte er.

Kiin starrte ihn an und zog die Augenbrauen hoch, tat so, als wäre sie überrascht.

»Brautpreis«, sagte ihr Vater und legte sein kleines Schnitzmesser aus der Hand.

»I-i-ich«, begann Kiin und ärgerte sich, weil die Wörter in ihr steckenblieben. Ihr Vater stieß ein kurzes, häßliches Lachen aus. Aber sein Lachen schien Kiin ihre Stimme wiederzugeben, und sie sagte: »Dann soll ich also Frau sein?«

»Kayugh hat mir fünfzehn Robbenhäute versprochen«, sagte Grauer Vogel. Er stand langsam auf, verzog das Gesicht, als er sich zu voller Höhe aufrichtete. Anders als Kayugh brauchte er sich im *ulaq* nicht unter den niedrigen Seiten des schrägen Dachs zu bücken. Er krümmte die Hände. Sie hatten eine weiche Haut, wie Kinderhände.

»Du wirst in Kayughs *ulaq* wohnen und von Kayugh zu essen bekommen, aber vergiß nicht, daß du meine Tochter bist. Ich habe dich leben lassen und nicht den Windgeistern übergeben, wie es mit den meisten anderen Mädchen getan wird.«

Noch vor wenigen Tagen hätte Kiin die Augen niedergeschlagen, den Kopf nach unten gebeugt, wenn ihr Vater so lange mit ihr gesprochen hätte, aber jetzt erkannte sie seine Unsicherheit und fühlte die Kraft ihres Geistes, der gegen die Wände ihres Herzens drückte, mit dem Schlag ihres Pulses klopfte. Und so sah sie nicht weg, sondern starrte ihn mit weit geöffneten Augen an, hielt seinen Blick fest, damit sein Geist wußte, daß sie jetzt stark war.

»Ja«, sagte sie. »Ich werde in Kayughs *ulaq* wohnen.« Und

sie sagte es, ohne zu stottern, als hätte sie diese Entscheidung selbst getroffen und als hätte sie nichts mit dem zu tun, was ihr Vater wollte.

Grauer Vogel streckte das Kinn vor und drückte die Brust heraus. »Du wirst uns Essen bringen«, sagte er. »Wenn Kayugh oder dein Mann oder der Bruder deines Mannes eine Robbe fängt, wirst du einen Anteil für deinen Vater fordern«, sagte er.

Kiin stand auf und ging einen Schritt auf ihren Vater zu. Sie streckte sich zu ihrer vollen Größe und merkte, daß sie fast so groß war wie er. Der Zorn machte ihre Kehle weich, ließ die Wörter in langen Reihen aus ihrem Mund fließen. »Wenn ihr Essen braucht«, sagte sie, »werde ich Kayugh darum bitten.«

Ihr Vater verzog den Mund und lächelte, und seine dünnen Lippen zogen sich auseinander, bis die Haarsträhne, die über sein Kinn fiel, zu zittern begann. Er nickte.

Aber dann sagte Kiin noch: »Ich werde meine Mutter nicht verhungern lassen.«

Grauer Vogel starrte sie böse an, und einen Augenblick lang spannten sich die Muskeln an seinen Armen, und er hob die Hand, aber Kiin hielt ganz still. Sollte er sie doch schlagen. Sie würde Samiq ihre Prellungen zeigen, ihm raten, den Preis, den er für sie geboten hatte, herunterzusetzen. Vielleicht wurde sie dann schneller seine Frau und mußte nicht erst noch einen ganzen Sommer oder vielleicht sogar noch länger warten, bis die vielen Häute zusammen waren.

Aber dann hörte sie den Ruf vom Ufer, die hohen trillernden Stimmen der Frauen, und ihr Vater drehte sich um und kletterte aus dem *ulaq*.

»Sie haben Robben«, rief er ihr von oben zu, und Kiin wunderte sich, daß er es ihr sagte.

Sie wartete so lange, bis sie sicher war, daß er genügend Zeit gehabt hatte, ans Ufer zu gehen, dann schlüpfte sie in ihren *suk* und kletterte aus dem *ulaq*, hielt oben an, um die *ikyan* zu zählen. Ja, die Männer waren alle zurückgekommen. Die *ikyan* von Samiq und Amgigh zogen Robben hinter sich her.

Die Jäger hatten vier Robben. Große Zähne und Erster Schnee hatten gemeinsam eine getötet, die Harpunenspitzen beider Männer steckten im Fleisch der Robbe. Samiq hatte eine und auch Kayugh und Amgigh. Qakan hatte keine.

Chagak, Krumme Nase und Rote Beere machten sich gleich ans Schlachten, während Blaue Muschel und Kiin warteten. Sie hielten ihre Frauenmesser in den Händen, waren bereit, mußten aber warten, bis sie aufgefordert wurden, zu helfen. Weil es sonst so aussah, als würden sie die Beute für ihr *ulaq* beanspruchen. Aber nicht lange, und Chagak drehte sich zu ihnen um und machte ihnen ein Zeichen, zu den Robben zu gehen, die Amgigh und Samiq aufs Ufer gezogen hatten.

Kiin lächelte und ließ für einen Augenblick zu, daß sie Samiqs Blick begegnete, aber zu ihrer Überraschung sah er schnell weg und sagte brummig: »Du solltest Amgighs Robbe nehmen.«

Sie drehte Samiq den Rücken zu und sah Amgigh lächelnd in die Augen. Was machte es schon, wessen Robbe sie nahm? dachte sie. Sie waren Brüder, und die Frau des einen Bruders wurde oft als die zweite Frau des anderen angesehen, die für beide kochte, für beide nähte.

Sie begann mit dem Aufschneiden, beeilte sich, die Haut vom Kadaver zu lösen, bis sie die anderen Frauen rufen konnte, damit sie ihr halfen, die Robbe umzudrehen und sie dann weiter zu häuten.

Als sie aufsah, merkte sie, daß Amgigh neben ihr stehengeblieben war. »Gib das Fleisch und das Fett von den Flossen deinem Vater«, sagte er, dann ging er zu den Männern, die ihre *ikyan* nach Rissen oder Löchern in den Nähten untersuchten.

Das Fleisch und das Fett von den Flossen – der beste Teil – für ihren Vater? Kiin sah hinter Amgigh her, als er über das Ufer ging, und ihr Magen krampfte sich plötzlich zusammen, als hätte sie die sauersten Liebstöckelstengel gegessen. Warum hatte Samiq zu ihr gesagt, daß sie Amgighs Robbe häuten sollte? Warum machte Amgigh ihrem Vater ein Fleischgeschenk? Bestimmt sollte sie nicht die Braut von Amgigh werden. Samiq war der ältere der beiden Brüder. Außerdem hatte Samiq die Halskette für sie gemacht.

Sie umklammerte die Perlen an ihrem Hals und hörte die ruhige Stimme ihres Geistes, der Samiqs Worte wiederholte: »›Ich gebe sie dir als ein Geschenk von mir und meinem Bruder Amgigh.‹«

9

SIE KAMEN NACH drei Tagen, Kayugh die Arme mit Robbenhäuten bepackt, nach ihm Amgigh mit vier frischen Pelzrobbenhäuten, mit der Hautseite nach innen gerollt. Kiin lehnte mit dem Rücken am Kletterstamm, klopfte getrocknetes Robbenfleisch zu Pulver, um es mit getrockneten Beeren zu mischen.

Als sie Kayughs Stimme hörte, lief sie schnell zur dunklen Seite des *ulaq* bei der Vorratskammer und sah, wie zuerst Kayugh, dann Amgigh die Felle zu ihrem Vater hinunterwarfen und dann den Kletterstamm herunterkamen.

Sie wartete, hoffte, daß Samiq mitgekommen war, aber es waren nur Kayugh und Amgigh, und als Grauer Vogel Kayugh winkte, sich hinzusetzen, und Amgigh neben dem Kletterstamm stehenließ, da wußte sie es. Amgigh sollte ihr Mann sein.

Plötzlich kam es ihr vor, als wären ihre Lungen zu schwer für ihre Brust, als würde ihr Herz unter ihrem Gewicht aufhören zu schlagen. Langsam hockte sie sich auf den Boden. Langsam verschränkte sie die Arme über den hochgezogenen Knien. Nicht Samiq, dachte sie. Nicht Samiq.

Aber dann begann ihr Geist zu sprechen, bewegte sich in ihrer Brust, kämpfte gegen die Schwere ihrer Lungen, bis Kiin Luft bekam. »Du wirst einen Mann haben«, sagte ihr Geist. »Einen Mann, der für dich sorgt. Und du wirst in Kayughs *ulaq* leben, mit Chagak. Mit Samiq. Du wirst warme Kleider haben, genug zu essen, und Amgigh wird dir Kinder schenken, Söhne, die Jäger werden, Töchter, die Mütter werden. Erinnere dich, erinnere dich an letzten Sommer, erinnere dich an vor ein paar Tagen, da hast du geglaubt, du würdest nie eine Frau sein, du würdest nie einem anderen Mann gehören als deinem Vater.«

Kiin beobachtete Amgigh, sah, wie er von einem Fuß auf den anderen trat, sah, daß er den Kopf wegdrehte, als sein Vater zu Grauer Vogel von seiner Stärke sprach, von seinen guten Augen, von seiner Geschicklichkeit mit der Harpune und dem Messer. »Welcher Junge, welcher Mann klettert leichter hinauf zu den Vogellöchern in den Klippen?« flüsterte Kiins Geist. »Welcher Mann sorgt besser für sein *ikyak*? Und gibt es irgendeinen anderen Mann, der sich mehr bemüht, den Speer zu werfen oder zu laufen, als Amgigh es tut? Er wird ein guter Mann sein. Ein guter Mann.«

Ja, dachte Kiin. Er würde ein guter Mann sein. Und er sah gut aus. Sah Kayugh ähnlich, mit seinen langen Armen und Beinen, war schlanker als Samiq, und er hatte leuchtende Augen und weiße Zähne und eine reine, glatte Haut.

Grauer Vogel und Kayugh redeten vom Jagen, vom Meer, vom Wetter. Kiin hörte sie, hörte aber nicht hin, sie kannte diese Höflichkeiten. Immer wenn die Männer zusammenkamen, um über wichtigere Dinge zu sprechen, kamen zuerst die Höflichkeiten. Aber plötzlich stand ihr Vater auf, ging zu den Robbenhäuten. Sie sah ihm zu, während er jede Haut prüfte, und war froh, daß Chagak nicht hier war und nicht sehen konnte, mit welcher Geringschätzung er ihre sorgfältige Arbeit behandelte.

Er würde nicht wissen, daß Chagaks Robbenhäute die

besten waren, die Kiin je gesehen hatte, dachte Kiin, besser noch als die von Blaue Muschel, und schon die von Blaue Muschel erzielten gute Preise bei den Waljägern.

»Ich habe fünfzehn Häute verlangt«, sagte Grauer Vogel. »Das sind nur zwölf.«

»Wir haben noch diese da«, sagte Kayugh und zeigte auf die vier zusammengerollten Häute, die noch nicht fertig geschabt waren.

»Ihr bringt Arbeit für meine Frau?«

»Chagak wird sie fertig schaben. Ich wollte sie dir nur zeigen, damit du siehst, daß sie auf dich warten. Du bekommst sie, sobald sie fertig sind.«

»Ihr würdet meine Tochter also für zwölf Häute nehmen?«

»Sechzehn«, erwiderte Kayugh mit fester Stimme.

Amgigh ballte die Hände und öffnete sie wieder. Verlangte ihn so sehr nach ihr, daß er nervös war? Oder beleidigten ihn die Worte ihres Vaters?

»Sechzehn«, sagte Grauer Vogel, »aber jetzt nur zwölf. Vier auf dein Wort.«

»Drei auf mein Wort und eine Haut zusätzlich, weil du auf die drei gewartet hast«, antwortete Kayugh.

Grauer Vogel gab einen häßlichen Ton von sich. »Auf dein Wort?« sagte er.

»Habe ich je mein Wort nicht gehalten?« fragte Kayugh.

Einen Augenblick lang schwieg Grauer Vogel, dann sah er zu Amgigh. »Jagt er?« fragte Grauer Vogel.

»Ja«, antwortete Kayugh.

»Er wird also meine Tochter ernähren können, Robben für Öl und Häute bringen?«

»Ja.«

»Sieh dir meine Tochter an«, sagte Grauer Vogel, und er ging zu Kiin und zog sie mit einem Ruck hoch. »Sie ist nicht zu dünn.« Er kniff in Kiins Beine, in ihre Arme, nahm eine ihrer Brüste in die Hand. Seine Finger fühlten sich kalt an auf Kiins Haut. »Wird sie dick bleiben?«

»Ja«, sagte Kayugh.

»Ja«, antwortete Amgigh, und Kiin wurde rot, denn sie wußte, daß Amgigh eigentlich nicht sprechen durfte. Beim Tausch für eine Braut verhandelte der Vater, und der Sohn sah zu.

Grauer Vogel zog Kiins neuen *suk* von einem Stoß Felle, auf dem sie ihn sorgfältig ausgebreitet hatte. »Wie du siehst, liefert sie gute Arbeit«, sagte Grauer Vogel.

Kiin fühlte, wie ihr das Blut in die Wangen stieg, und die Hitze, die von ihrer Haut kam, brannte in ihren Augen. Blaue Muschel hatte Grauer Vogel nicht gesagt, wer Kiin den *suk* geschenkt hatte. Kiin durfte nicht vergessen, ihrer Mutter zu erzählen, was Grauer Vogel getan hatte. Wenn Blaue Muschel Grauer Vogel je sagte, daß Chagak den *suk* gemacht hatte, wenn Grauer Vogel erfuhr, daß er sich zum Narren gemacht hatte bei seinem Handel, dann würde er Blaue Muschel schlagen, bis sie nicht mehr stehen konnte.

Amgigh holte tief Luft, und Kiin, die aus dem Schatten zu den Männern sah, fing Kayughs Blick auf. Sie schüttelte den Kopf. Sag es ihm nicht, flehte sie stumm. Bitte, sag es ihm nicht. Denk daran, was er meiner Mutter antun würde. Und er könnte in seiner Verlegenheit sogar Kayughs Angebot zurückweisen und Qakan erlauben, sie an den Stamm eines anderen Dorfes zu verkaufen.

Kayugh hob die Hand und starrte Amgigh so lange an, bis Amgigh den Kopf senkte.

»Kiin ist sehr begabt«, sagte Kayugh. »Das ist der Grund, warum ich sie für meinen Sohn will.«

Grauer Vogel ging mit geschwellter Brust in die Mitte des *ulaq* und hockte sich neben Kayugh auf den Boden.

»Er glaubt, er hätte gesiegt«, sagte Kiins Geist. »Er glaubt, er hätte Kayugh bei seinem Tauschhandelspiel ausgestochen.«

Kayugh sah über den Kopf von Grauer Vogel zu Amgigh und nickte. Grauer Vogel drehte sich um und beobachtete, wie Amgigh ein Messer von seinem linken Handgelenk löste. Er legte das Messer auf seine ausgestreckte Hand und hielt es, mit dem Griff voran, Grauer Vogel hin.

»Mein Sohn macht Messer«, sagte Kayugh.

Kiin sah, wie Grauer Vogel plötzlich seinen Rücken straffte. Amgighs Messer wurden von den Männern sehr geschätzt. Große Zähne sagte, daß er noch keine besseren gesehen habe. Dieses Messer hatte eine kurze Klinge, genau richtig, um in den Ärmel eines Parkas zu passen. Die Klinge war schwarz, an den Rändern fast durchsichtig, aus Okmoks Obsidian gehauen. Der Griff des Messers war aus Robbendärmen über einem glatten Stück Elfenbein, gelb und weiß marmoriert. An seinem Ende war der Griff mit einem Pfropfen aus Walroßelfenbein verschlossen. Amgigh zog den Elfenbeinpfropfen aus dem Griff und schüttete drei Köder aus Vogelknochen heraus. Amgigh steckte sie wieder hinein und verschloß den Griff mit dem Pfropfen aus Elfenbein.

Grauer Vogel lächelte und griff nach dem Messer. Er prüfte die Kante mit dem Finger, hielt das Messer gegen das Licht der Öllampe. Er zog den Stöpsel heraus und sah sich die Köder an.

»Du wirst mir die vier Häute in« – er machte eine Pause – »zwanzig Tagen bringen?«

»Ja«, sagte Kayugh.

»Nimm sie«, sagte Grauer Vogel und deutete auf Kiin, dann kehrte er seiner Tochter und den Männern den Rükken zu und zog die zwölf fertigen Häute in seinen Schlafplatz.

Kiins Augen weiteten sich. Es war geschehen. So schnell war es geschehen. Sie stand da, wußte nicht, was von ihr erwartet wurde, aber als Kayugh nichts sagte und Amgigh mit dem Rücken zu ihr stehenblieb, zog sie eine Robbenblase aus dem Vorratsraum und stopfte das Fleisch, das sie zermahlen hatte, mit der flachen Seite ihres Messers in den Behälter.

Sie nahm ihren Nähkorb und ihren *suk*, holte einen der größten Körbe ihrer Mutter und legte ihre Geschenke von der Namensgebung hinein. Sie lief zu ihrem Schlafplatz, um Grasmatten und Schlaffelle zu holen. Als sie wieder in den Hauptraum des *ulaq* kam, wartete Amgigh dort auf sie. Er nahm ihr das Bündel mit Matten und Schlaffellen ab und sah ihr zu, als sie ihren *suk* anzog und den Korb hochhob. Dann ging Amgigh, noch immer ohne ein Wort zu sagen, zum Kletterstamm. Kayugh war schon oben, hatte die zusammengerollten frischen Häute im Arm.

Der Wind blies kräftig und zerrte an dem Korb, den Kiin trug. Aber sie blieb für einen Augenblick auf dem Dach des *ulaq* stehen, sah Kayugh und Amgigh nach, die zu dem hohen Erdhügel gingen, der Kayughs *ulaq* war. Kiin sah zum Ufer, lauschte dem Donnern der Wellen. Der Himmel war grau, in der Mitte dunkel und an den Rändern, die sich mit den fernen Grenzen des Meeres vereinten, heller. Selbst das Ufer war grau, und in den Gezeitentümpeln spiegelte sich der Himmel.

Dann sah sie Samiq, der allein neben dem dunklen Fleck stand, an dem das Feuer ihrer Frauenzeremonie gebrannt hatte. Er stand mit dem Rücken zu ihr, aber dann drehte er sich um. Er drehte sich um und hob langsam den Arm, die Hand mit gespreizten Fingern. Und ohne nachzudenken, hob Kiin ebenfalls die Hand und streckte sie in seine Richtung.

10

SAMIQ BEOBACHTETE, WIE Kiin hinter Amgigh in Kayughs *ulaq* ging. Samiqs Brust war von Zorn erfüllt, doch er war sich nicht sicher, ob er auf Amgigh böse war, weil er Kiin zur Frau nahm, auf seinen Vater, weil er den Handel abgeschlossen hatte, oder auf Kiin, weil sie so unbeschwert hinter Amgigh herging, als wäre sie schon immer seine Frau gewesen, als wollte sie Amgigh genauso, wie Samiq sie wollte.

Du bist dumm, sagte er sich. Jetzt ist sie in Sicherheit, weg von Grauer Vogel, im *ulaq* unseres Vaters. Du kannst nicht ihr Mann sein, du gehst zu den Waljägern. Du wirst den ganzen Sommer nicht hier sein, vielleicht länger. Hättest du es lieber, wenn sie im *ulaq* von Grauer Vogel wäre, schutzlos den Schlägen und Mißhandlungen ausgeliefert?

Aber er blieb am Ufer. Es wurde Nacht, und der Wind drehte sich, kalt und rauh, ließ seine Hände erstarren, seine Knie steif werden, so daß er nur langsam vorankam, wie ein alter Mann.

Kiin strich über den Walzahn an ihrer Seite, dann faltete sie die Hände im Schoß. Chagak hatte Kiin für ihren Nähkorb und ihre Websachen in dem großen Raum des *ulaq* einen Platz in einer Ecke gegeben, und Kayugh hatte ihr ihren Schlafplatz gezeigt, der weiter vorn im *ulaq* lag. Dort breitete Kiin ihre Schlafhäute auf den Grasmatten aus, damit die Felle nicht auf der festgestampften Erde und dem Felsboden des *ulaq* lagen. Aber jetzt war sie fertig damit und hatte nichts mehr zu tun.

Bei ihren früheren Besuchen in Kayughs *ulaq* hatte sie keine Verlegenheit gespürt. Sie hatte Chagak geholfen, das Essen zuzubereiten, oder sie hatte sich um Samiqs kleine Schwester gekümmert, aber heute schlief Wren, lag gut verpackt in Chagaks Schlafplatz, und als Kiin Chagak mit dem Essen helfen wollte, forderte Chagak sie mit einem Wink auf, sich hinzusetzen, auszuruhen. Morgen würde Kiin ihr helfen, morgen würde sie kochen und nähen, aber heute war ein Tag zum Hinsetzen, zum Reden und zum Nichtstun.

Kiin konnte sich nicht daran erinnern, jemals einen Tag zum Nichtstun gehabt zu haben. Ihre Hände konnten nicht stillhalten; ihre Finger beugten und streckten sich, bis Kiin, der es peinlich war, daß sie sich eher wie ein Kind benahm und nicht wie eine Frau, die Hände in die Ärmel ihres *suk* steckte und in ihren Gedanken ein Spiel zu spielen begann, ein Spiel, bei dem sie Beeren einen Namen gab – Brombeere, rote Johannisbeere, Moosbeere –, dann gab sie Fischen einen Namen – Grünling, Hering, Heilbutt ...

Nachdem Amgigh und sein Vater Kiin ins *ulaq* gebracht hatten, gingen sie zu einem der Schlafplätze, zu einem, der hinten im *ulaq* lag, links vom Ehrenplatz, neben Kayughs Schlafplatz. Kiin hörte sie murmeln, konnte aber nicht verstehen, wovon die beiden Männer sprachen. Schließlich, als Kiin schon allen Fischen auf der Welt Namen gegeben hatte, allen Beeren auf der Insel, allen Menschen in ihrem Dorf und allen Waljägern, an die sie sich erinnern konnte, kam Kayugh in den Hauptraum des *ulaq* zurück. Er stellte sich vor Kiin hin, lächelte ihr zu und sagte dann:

»Mein Sohn wird dir ein guter Mann sein. Was wir zu essen haben, ist auch für dich. Die Felle, die wir haben, sind auch für dich. Du gehörst jetzt zu unserer Familie. Ich bin dein Vater, und du bist meine Tochter.«

Einen Augenblick lang blieb Kiin ganz still sitzen. Sie wünschte, sie hätte ihre Mutter gefragt, was sie tun müßte als Braut. Krumme Nase hatte ihr von den Männern erzählt und davon, wie man einem Mann zu Gefallen war, aber nichts von Zeremonien. Vielleicht hatte Kayugh nur aus Höflichkeit gesprochen, aber vielleicht gehörten seine Worte auch zu einer Zeremonie, nach der ihm Kiin etwas ganz Bestimmtes antworten mußte.

Schließlich fragte sie mit ganz leiser Stimme: »I-i-ist d-das eine Zeremonie?« Sie konnte nicht aufblicken und Kayugh in die Augen sehen, doch dann streckte er den Arm aus und umfaßte ihr Kinn mit der Hand und hob ihren Kopf, damit sie sah, daß er lächelte.

»Es ist ein Willkommensgruß«, sagte er. »Mehr nicht.«

»D-d-danke«, sagte Kiin. »Ich w-w-werde Amgigh eine g-g-gute F-Frau sein. Ich werde dir und Ch-Chagak eine g-g-gute Tochter sein.«

»Und Wren und Samiq eine Schwester?« fragte Kayugh, noch immer lächelnd.

»Ja«, antwortete Kiin und verdrängte den Schmerz, der sich hinter ihrem Brustbein festgesetzt hatte, seit sie Samiq vom Dach des *ulaq* gesehen hatte, das ihrem Vater gehörte.

»Dann darfst du deiner neuen Mutter helfen, das Essen zu machen. Wir wollen ein Fest feiern«, sagte Kayugh.

Kiin lief schnell zu Chagak, aber Chagak sagte: »Setz dich hin. Ruh dich aus. Genieße den Tag.«

»Bitte«, sagte Kiin, ihre Stimme ein Flüstern, und Chagak sah sie mit großen Augen an und sagte dann: »Ja, du hast recht. Manchmal ist es besser, wenn man etwas zu tun hat.«

Sie gab Kiin einen Korb mit Eiern, die mit den Schalen gekocht und abgekühlt waren. Kiin trug den Korb in die Mitte des *ulaq*, wo Licht durch das Dachloch hereinfiel, und begann, die Eier zu schälen. Chagak war die einzige Frau im Dorf, die Eier auf diese Weise zubereitete, und sie gehörten zu Kiins Lieblingsspeisen. Nachdem die Schalen von den Eiern entfernt waren, wurden die Eier in vier Teile geschnitten und in Robbenöl getaucht. Chagak ordnete die Eier auf der Grasmatte meist zu einem Muster an, so daß sie von der Mitte aus einen großen Kreis bildeten – wie die Blütenblätter einer weißgelben Blume.

Kiins Blume war am Ende nicht so schön wie die von Chagak, aber als Kiin fertig war, schnalzte Chagak anerkennend mit der Zunge, und Kiins Haut wurde vor Freude über das Lob ganz warm. Chagak legte getrockneten Heilbutt, frischen Hering, in Robbenöl gebraten, und dünne Scheiben Robbenfleisch aus, die sie an Stöcken über einem Feuer im Freien geröstet hatte. In einem Korb standen geschälte Ugyuunstiele bereit, die zum Fisch gegessen wurden, und Gänsefett, mit getrockneten Beeren vermischt.

Schließlich hockte sich Chagak auf den Boden und lächelte Kiin an. »Ein Fest«, sagte Chagak und strich sich die Haare aus der Stirn. Mit ihren großen schräggestellten

Augen, den vollen Lippen und der kleinen Nase war sie eine sehr schöne Frau. Die schönste im ganzen Dorf, dachte Kiin. Sie war klein, aber nicht so klein wie Kiins Mutter Blaue Muschel. Und Blaue Muschel war auch einmal sehr schön gewesen, hatte Krumme Nase gesagt, wenn ihr Haar jetzt auch mit grauen Strähnen durchzogen war und ihre Nase von den Schlägen, die Grauer Vogel austeilte, entstellt.

Chagak sah zu Kayugh hoch. »Hol deine Söhne«, sagte sie, dann standen die beiden Frauen auf und nahmen ihren Platz hinter dem Kletterstamm ein. Bei diesem Fest, wie auch bei den meisten anderen Festen, aßen die Männer zuerst, während die Frauen Wasser brachten, das Fleisch aufschnitten. Kayugh rief Amgigh, der in seinem Schlafplatz war, und kletterte dann aus dem *ulaq*. »Ich hole Samiq«, sagte er.

Amgigh hockte sich neben das Essen auf den Boden. Er sagte nichts, hatte die Arme auf die Knie gestützt. Er trug jetzt eine Grasschürze, deren Ränder aus dunklerem Gras gewebt waren und mit einem Karomuster verziert wie alle Webstücke von Chagak. Vielleicht würde Chagak Kiin beibringen, so zu weben, nachdem sie jetzt ihre Tochter war.

Amgighs Schultern und sein Rücken glänzten von Öl, und sein Haar war gekämmt und hing wie ein schwarzer Wasserfall glatt und weich über seine Schultern. Er sah Kiin nicht an, aber Kiin merkte, daß er die Hände nicht stillhalten konnte, und sie hörte das Knacken der Gelenke, während er an den Fingern zog.

Schließlich kam Kayugh mit Samiq zurück, sie rutschten eilig den Kletterstamm hinunter. Samiq zog seinen Parka aus und nahm seinen Platz gegenüber von Amgigh ein, mit dem Rücken zu Kiin. Seine Haare waren verfilzt, und seine Haut glänzte nicht von Öl, aber Kiins Augen hätten lieber ihn angesehen als Amgigh, so daß sie schließlich keinen von beiden ansah.

Und als die Männer fertig waren und das Essen Chagak und Kiin überließen, setzte sich Kiin so, daß sie die Männer nicht sehen konnte, aber auch ohne sie zu sehen, hörte sie

Samiqs Stimme, bewunderte die Weisheit seiner Bemerkungen, lauschte seinen Geschichten mit größerem Interesse, als sie es für Amgighs oder Kayughs Geschichten empfand. Und so begann sie mit Chagak zu reden, sagte etwas über das Wetter und das Meer zu ihr, über das Nähen und das Kochen. Sie stellte ihr Fragen, auch wenn die Wörter durch ihr Stottern zerhackt wurden, alles, um nur nicht an Samiq zu denken, alles, was ihr half, Amgigh eine gute Frau zu sein, in ihren Gedanken genauso wie mit ihrer Hände Arbeit.

Als die Speisen gegessen waren, als Chagak Wren aus dem Schlafplatz geholt und gestillt hatte, wußte Kiin, daß die Zeit gekommen sein mußte. Der Himmel über dem Dachloch des *ulaq* hatte sich schon verdunkelt für die Nacht. Um diese Zeit schlief sie sonst schon. Aber alle schienen beschäftigt, und so zog Kiin eine Haut aus ihrem Nähkorb und nahm ihre Ahle, um Löcher in den Rand zu bohren. Sie würde für Amgigh ein Paar Robbenhautsocken machen, die seine Füße wärmten, wenn er im *ulaq* war.

Aber dann stand Kayugh plötzlich vor ihr, und Kiin legte ihre Näharbeit schnell auf die Seite. Er ergriff ihre Hände und zog sie hoch. Kiins Herz begann laut zu klopfen, so laut, daß Kayugh es bestimmt hören konnte und sah, wie es gegen ihre Brust schlug. Kayugh sagte nichts, sondern führte sie an der Hand zu Amgigh, so daß sie vor ihm stand. Amgigh saß völlig gerade da, und als er zu Kiin hochsah, spiegelten sich die gelben Flammen in seinen Augen, die im Kreis der Dochte über der Öllampe tanzten. Samiq saß neben seinem Bruder, und Kiin, die mit gesenktem Kopf vor den beiden stand, konnte nicht anders, sie mußte in Samiqs Gesicht sehen.

Auch in seinen Augen spiegelte sich der Lichterkreis, aber dahinter erkannte sie den Schmerz, so daß sie schnell wieder zu Amgigh sah. Zu ihrem Mann. Amgigh. »Nicht Samiq«, sagte ihr Geist zu ihr. »Nicht Samiq. Amgigh.« Und Kiin richtete die Augen auf Amgighs Gesicht und ließ es nicht wieder los.

Amgigh stand auf, und Kayugh nahm seine Hand und

legte sie auf Kiins Hand, dann hob er beide Hände und verschlang die Finger ineinander.

»Sie ist deine Frau«, sagte Kayugh zu Amgigh, dann führte er beide zu Amgighs Schlafplatz und zog den Vorhang auf die Seite, während Amgigh mit Kiin hineinging.

11

KIIN HÖRTE, WIE der Vorhang hinter ihnen zufiel. Sie wußte, daß Amgigh in den meisten Nächten zu ihrem Schlafplatz kommen würde, aber in dieser Nacht, ihrer ersten gemeinsamen Nacht, waren sie in Amgighs Schlafplatz. Von der Wand des *ulaq* bis zum Eingang waren weiche Pelzrobbenfelle ausgebreitet, und als Kiin auf die Felle trat, fühlte sie das Polster aus Heidekraut und Grasmatten darunter.

»Setz dich«, flüsterte Amgigh. Er hockte sich mit dem Rücken zum Eingang auf den Boden.

Kiin hörte Chagaks Stimme aus dem anderen Raum, und dann die von Kayugh, der ihr antwortete. Sie lachten, und Samiq lachte auch. Ein Teil von ihr wollte zu ihnen gehen. Wollte diesen kleinen Raum und ihren neuen Mann verlassen, wollte im Schein der Robbenöllampen sitzen, wollte nähen und hören, was sie sprachen.

Kiin setzte sich so, daß sie Amgigh ansehen konnte. Durch das Gewebe der Grasmatten am Eingang fiel Licht herein und lag schimmernd auf Amgighs Haar.

Amgigh streckte langsam die Arme nach ihr aus, berührte langsam ihr Haar, dann ihr Gesicht. Kiin fühlte, wie sanft seine Finger waren, und ihr Geist flüsterte: »Er wird dich nicht schlagen. Er wird dir ein guter Mann sein, sei du ihm eine gute Frau.«

Und so hob Kiin die Arme und zog ihren *suk* aus. Sie

hatte keine Zeit gehabt, sich vorzubereiten, wie sie es gern getan hätte: ihren Rücken und ihre Schultern mit Öl einzureiben, getrocknete Blüten von Weidenröschen in ihrem Haar zu zerdrücken und auszukämmen, so daß ihr Duft zurückblieb, oder die Schwielen an ihren Händen mit Lavastein zu glätten. Aber sie wußte, daß ihr Haar glänzte und daß ihr Körper anmutig war, weich und mit runden Brüsten. Vielleicht würde es genügen.

»Bist du glücklich, meine Frau zu sein?« fragte Amgigh und rückte dicht zu ihr, flüsterte ihr die Worte ins Ohr. Er strich mit den Daumen sanft über ihre Wangen bis zu den Lippen.

Wenn er sie gefragt hätte, ob sie ihn mehr wollte als alle anderen Jäger, hätte Kiin nicht antworten können. Selbst jetzt mußte sie sich anstrengen, um nicht an Samiq zu denken. Aber da Amgigh sie gefragt hatte, ob sie glücklich war, konnte sie ihm eine ehrliche Antwort geben. Sie streckte die Arme aus und legte die Hände auf seine Schultern, dann beugte sie sich nach vorn, damit die Wörter von ihrem Atem in sein Ohr getragen wurden und sie beim Flüstern nicht zu stottern begann: »Ja, ich bin glücklich, Amgigh. Ich danke dir, daß du mich zur Frau genommen hast.«

Dann glitten seine Hände langsam hinunter zum Band ihrer Schürze und zogen es auf, dann das Band seiner eigenen Schürze. Vorsichtig legte Kiin die Walzahnmuschel auf die Seite. Dann drückte Amgigh sie nach hinten auf die Felle seines Schlafplatzes.

Früher, bei anderen Männern, hatte sich Kiin immer gewehrt. Es schien die einzige Möglichkeit, ihre Ehre zu retten, auch wenn es blaue Flecken bedeutete – blaue Flecken von dem Händler, der sie für die Nacht erworben hatte, und später, wenn er sich beklagte und die Abdrücke von Kiins Zähnen auf seiner Haut vorzeigte, wieder Schläge von ihrem Vater. Selbst in den seltenen Fällen, bei denen ein Händler nicht grob war, hatte sie sich gewehrt. Sie hatte sich gegen den Händler gewehrt, und sie hatte sich gegen den Verrat ihres Körpers gewehrt, gegen den Teil von ihr, der am Ende nachgeben würde, genauso sein würde wie die Waljägerfrauen, über die man lachte, weil sie so begierig waren.

Aber jetzt war Amgigh ihr Mann. Sie brauchte sich nicht zu wehren. Bestimmt war er schon mit anderen Frauen zusammengewesen, in anderen Dörfern. Sie würde Amgigh zeigen, daß sie ihn genauso zufriedenstellen konnte wie jede andere Frau.

Ihre Finger glitten in langsamen kreisenden Bewegungen seinen Bauch hinunter, langsam, ganz langsam. Jetzt lachte Chagak wieder, und Kayugh antwortete etwas. Kiin hörte Samiqs Stimme, und für einen Augenblick hielten ihre Hände still. »Nein«, sagte ihr Geist. »Amgigh, nicht Samiq.«

Ich bin Frau, dachte Kiin und streichelte wieder Amgighs weiche geölte Haut. Frau von Amgigh, dachte Kiin und zwang ihre Hände, sich im Rhythmus ihrer Gedanken zu bewegen. Frau von Amgigh. Frau von Amgigh.

Amgigh hielt Kiin auch dann noch fest, als ihm ihre Atemzüge sagten, daß sie schlief. Er hatte sie schnell genommen. In einer Weile wäre er vielleicht wieder bereit. Dann würde er sie aufwecken, aber für den Augenblick tat es gut, sie nur zu halten, ihren weichen Körper an seiner Haut zu spüren.

Eine Frau zu haben ist besser, als Wale zu jagen, dachte er. Er wußte, daß Kiin schon mit anderen Männern zusammengewesen war. Grauer Vogel hatte sie als Gastgeschenk gegeben. Wie viele Abende hatte Amgigh vom Dach des *ulaq* aus beobachtet, wie Samiq am Ufer auf und ab ging? Wie viele Male hatte er das zornige Gesicht von Samiq gesehen, wenn Kiin am nächsten Morgen aus dem *ulaq* kam und zum Rand des Meeres humpelte, um sich das Blut von ihrem Gesicht zu waschen, von ihren Beinen, von ihren Armen? Und als Samiq gesehen hatte, daß Amgigh und Kayugh mit Pelzen beladen zum *ulaq* von Grauer Vogel gingen, hatte er Amgigh aufgehalten und ihm tief in die Augen gesehen. »Sei vorsichtig mit ihr heute nacht«, hatte er gesagt. »Geh sanft mit ihr um.« Und Samiq hatte ihn erst vorbeigelassen, als Amgigh genickt hatte.

Amgigh hatte schon einmal eine Frau gehabt – eine alte Waljägerfrau, die sich in der Nacht in seinen Schlafplatz geschlichen hatte, als er mit seinem Vater auf einer Handelsfahrt war, um Tauschgeschäfte zu machen. Sie hatte ihn schnell genommen, war auf ihm geritten, als wäre sie der Mann. Und am nächsten Tag hatte sich Amgigh wie ein Tölpel gefühlt.

Aber mit Kiin ... Ihre Hände waren stark gewesen, an seinem Bauch, an seinen Schultern und dann wieder an seinen Leisten und Schenkeln, hatten ihn so lange gestreichelt, bis ihm das Pochen in seinen Leisten sagte, daß er nicht länger warten konnte. Aber er hatte sich daran erinnert, was Samiq von ihm verlangt hatte. Er war nicht grob gewesen.

Amgigh lächelte.

Samiq würde eine Waljägerfrau nehmen, laut und lärmend und daran gewöhnt, ihren Mann zu beherrschen. Ja, Samiq würde lernen, den Wal zu jagen. Aber er hatte versprochen, es Amgigh beizubringen. Dann würde Amgigh es auch können. Amgigh würde es können, und Kiin würde er trotzdem haben. Amgigh seufzte und zog Kiin dichter zu sich, um den süßen Duft in ihrem Haar zu riechen.

Vielleicht werde ich schon im nächsten Frühling einen Sohn haben, dachte er.

12

QAKAN WACHTE FRÜH auf, noch bevor seine Mutter die Lampen geputzt und die Nachtkörbe geleert hatte. Er kletterte auf das Dach des *ulaq* und sah durch die Dämmerung auf das *ulakidaq* hinaus, sah aufs Ufer hinaus.

Er hatte Hunger. Er hätte sich aus dem Vorratslager

etwas zu essen holen sollen, aber nun saß er schon auf dem *ulaq*. Es war ihm zu mühsam, noch einmal hinunterzusteigen. Außerdem würde seine Mutter bald aufstehen. Sie würde ihm etwas bringen.

Er gähnte. Alles war still. Selbst der Wind wehte nicht mehr, so daß die Wellen fast geräuschlos ans Ufer rollten. Eine Bewegung bei den anderen *ulas* zog Qakans Aufmerksamkeit auf sich. Wahrscheinlich Chagak. Diese Frau kannte keine Faulheit. Aber sie war es gar nicht, es war Kiin, die herausgekommen war, um die Abfälle der Nacht auszuleeren.

Qakan lächelte, brach fast in Lachen aus. Kayugh hatte sechzehn Häute und ein Messer für sie bezahlt.

Jetzt war Kiin also Frau von Amgigh. Aber auch wenn Qakan jedesmal lachen mußte, wenn er nur an den Preis für Kiins Hochzeit dachte, den Kayugh gezahlt hatte, ärgerte er sich doch darüber.

Weil sein Vater so habgierig war, mußte er, Qakan, seine Pläne aufgeben, die er sich so sorgfältig ausgedacht hatte, Pläne, die er über drei Jahre lang geschmiedet hatte.

Warum war Kayugh bereit, so viel zu zahlen? Er wußte doch, daß Kiin ein Nichts war. Viele Jahre lang hatte sie keinen Namen gehabt, keine Seele. Grauer Vogel hatte gesagt, daß sie niemals Frau sein würde. Und wenn Grauer Vogel einmal alt war, zu alt zum Jagen, was sollte dann aus ihr werden? Dann würde sie kommen, um bei Qakan zu leben, um bei ihm zu essen, von dem Essen, das Qakan für seine eigenen Frauen brauchen würde, für seine Kinder. Für sich selbst.

Wie oft hatte sein Vater zu ihm gesagt, wie oft zu den Jägern von anderen Stämmen und den Händlern, die in ihr Dorf kamen, daß Kiin Qakan das Recht des Erstgeborenen weggenommen hatte, das Recht, als erster an den Brüsten seiner Mutter zu trinken, als erster einen Platz im *ulaq* seines Vaters zu beanspruchen? Und wer konnte sagen, welche anderen Kräfte sie ihm noch weggenommen hatte? Sicher, ihre Mutter hatte Kiin schon frühzeitig entwöhnt, damit sie ihrem Mann bald wieder ein Kind gebären konnte – einen Sohn. Und obwohl die meisten anderen Kinder, die so früh entwöhnt wurden, gestorben wären, hatte seine Schwester – in ihrer Gier auf das Leben – überlebt, hatte überlebt.

Sie konnte schon frühzeitig gehen, mit ihren kleinen kräftigen Beinen, während sie lernte, ihrer Mutter zu helfen, und Lasten schleppte, die viel zu schwer waren für ein so kleines Kind. Und gesprochen hatte sie auch schon sehr früh, hatte Wörter gesprochen, die viel zu schwierig waren für so ein kleines Kind. Und die ganze Zeit hatte er, Qakan, dagelegen und ihr zugesehen, hatte sich damit zufriedengegeben, ihr zuzusehen, weil sie ihm seine ganze Kraft weggenommen hatte, die Kraft, zu gehen und zu sprechen. Aber am Ende hatte Qakan erkannt, daß er sich gegen sie wehren mußte, und da hatte auch er angefangen, zu gehen und zu sprechen. Die Geister sahen seine Anstrengungen und nahmen seiner Schwester ein paar von den vielen Wörtern, die sie hatte, und gaben sie Qakan, so daß sie am Ende nur noch stottern und stammeln konnte. So vergingen die Jahre, bis sich Qakan schließlich seinen wunderbaren Plan ausgedacht hatte. Schon als Junge hatte er ihn sich ausgedacht. Und jetzt war er drauf und dran, ein Mann zu werden.

Qakan kniff die Augen zusammen, gähnte wieder und sah hinaus auf das weite graue Meer. Er haßte das Meer, haßte das Wasser, das unaufhörlich rings um sein *ikyak* war, sogar über ihm, in den grauen Wolken. Er haßte die schwere Harpune in seinen Händen, die Seile, die sich verwickelten und verknoteten, das *ikyak,* das sich mit jedem kleinen Stoß der Arme oder der Beine fortbewegte. Er haßte den Gestank des *chigadax.* Nein, er war kein Jäger. Aber wer konnte wissen, ob ihm Kiin nicht auch diese Kraft weggenommen hatte und wie Saat in ihrer Gebärmutter aufhob, in der Hoffnung, daß ihre Söhne Jäger würden.

Aber wenn Qakan auch nicht jagen konnte, so besaß er doch mehr Macht als seine Schwester. Ganz gleich, was sie ihm angetan hatte, er würde trotzdem ein Mann werden, und zwar, indem er lernte, Tauschgeschäfte zu machen. Wer wurde höher geachtet als ein Handelsmann? Nicht die Jäger, nein. Mit ihrer Jagd lieferten sie nur die Häute und die Felle für die Handelsleute. Die Händler waren es, die Waren von einem Stamm zum andern brachten und die sich bei jedem Stamm, zu dem sie kamen, Frauen aussuchen konnten, die ihnen des Nachts ihre Betten wärmten. Sie schliefen auf dem Ehrenschlafplatz des obersten Jägers. Und es waren die Händler mit ihren bunten *iks,* die die besten Felle, die schönsten Parkas, die wunderbarsten Waffen hatten.

Qakan hatte also Pläne gemacht und gewartet. Und dann war sein Vater eines Tages von einer erfolgreichen Jagd zurückgekommen, war mit einem Seelöwen zurückgekommen, während Kayugh und Große Zähne und Erster Schnee überhaupt nichts mitgebracht hatten. Qakan hatte zugesehen, hatte gewartet, als das Fleisch aufgeteilt wurde, als die Frauen Lobgesänge angestimmt hatten, gewartet, bis sein Vater gut gespeist hatte. Und dann, so als würde sein Plan von irgendeinem Geist unterstützt, hatte seine Schwester ihrem Vater heiße Brühe über die Füße geschüttet.

Es war ein Unglücksfall, ein Unglücksfall, hatte sie gefleht. Gerade als sie an ihrem Vater vorbeigehen wollte, war sie über Qakans Bein gestolpert.

Qakan hatte zugesehen, als sie Schläge bekam, hatte zugesehen, während seine Mutter die Augen verdeckte. Er hatte gesehen, wie Kiin unter den harten Schlägen zusammenzuckte. Aber die Stille wurde nur von dem Geräusch des Stocks unterbrochen, mit dem sein Vater auf Kiins Fleisch einschlug, und von den keuchenden Atemzügen seines Vaters. Qakan wußte, daß Kiin nur deshalb nicht aufschrie, weil sie keine Seele hatte. Wie sollte ein Mensch ohne Seele Schmerzen fühlen?

Dann, nach den Schlägen, nachdem Kiin sich den Kletterstamm hinaufgeschleppt und das *ulaq* verlassen hatte – vielleicht um die Nacht über draußen zu bleiben, oder vielleicht verlor sie auch ihren Stolz und bat in einem anderen *ulaq* um einen Platz –, da war Qakan zu seinem Vater gegangen und hatte sich zu ihm gesetzt, hatte ein paar Worte über Kiins Dummheit gesagt und dann geschwiegen und gewartet, bis auch seine Mutter aus dem *ulaq* gegangen war.

Danach hatte sich Qakan dicht zu seinem Vater gebeugt, hatte gelächelt und seinem Vater zu seinem Jagderfolg gratuliert.

O ja, hatte Qakan gesagt, wer wollte leugnen, daß Grauer Vogel ein guter Jäger war, der einen Seelöwen erlegte, während andere überhaupt nichts mitbrachten. Wie traurig war es doch, fuhr Qakan fort, daß Grauer Vogel so ein gutes Herz hatte, daß er Qakans Schwester hatte leben lassen, zugelassen hatte, daß sie mit ihrer Habgier alle Kräfte für sich in Anspruch nahm, die eigentlich Qakan zustanden. So daß Qakan nun niemals so ein guter Jäger sein würde, wie sein Vater einer war. Nein, niemals. Er würde niemals stolz sein können, weil die Frauen des Dorfs für ihn ein Lied sangen. Nein, niemals. Aber da war etwas, was seine habgierige Schwester nicht genommen hatte, das war der kluge Kopf. Den hatte Qakan allein bekommen: den klugen, klugen Kopf.

Und Qakan sah, wie der finstere Blick von Grauer Vogel ganz, ganz langsam von seinem Gesicht verschwand und sich fast in ein Lächeln verwandelte. Ja, Qakan war schlau, hatte Grauer Vogel gesagt. Zwar kein Jäger, nicht stark mit den Muskeln, aber stark im Kopf.

»Vielleicht könnte ich daraus etwas machen«, hatte Qakan gesagt. »Vielleicht könnte ich dadurch zu Ehren gelangen, könnte etwas ...« Und er hatte die Wörter in die flackernden Öllampen des *ulaq* davonziehen lassen. Und hatte nichts weiter gesagt. Nicht an diesem Abend.

13

KIIN WACHTE AUF und machte sich vorsichtig aus Amgighs Armen frei. Sie war seit drei Tagen und vier Nächten Frau, und jeden Abend, bevor sie einschlief, ermahnte sie sich, morgens zeitig aufzuwachen, um die Lampen anzuzünden und das Essen herzurichten, damit Chagak in ihrem Schlafplatz bleiben und Wren stillen konnte.

Kiin band ihre Schürze fest um die Taille und deckte Amgighs Schultern vorsichtig mit einem Pelzrobbenfell zu. Leise ging sie in den großen mittleren Raum des *ulaq* und nahm einen geflochtenen Riedgrasstrang, den sie an den brennenden Dochten der Öllampe dicht beim Rauchloch anzündete, um damit die anderen Lampen im Raum wieder anzumachen. Sie holte Eier und Fleisch aus dem Vorratslager und richtete sie auf Chagaks gewebten Matten an.

Es war still im *ulaq*. Einmal hörte sie aus Samiqs Schlafplatz gemurmelte Laute, und einmal stieß Wren einen kurzen Schrei aus. Sonst war es still. Nachdem Kiin das Essen ausgebreitet hatte, zog sie die Bodenmatten sorgfältig glatt, damit sie nicht übereinanderlagen. Wren fing gerade an zu laufen und stolperte leicht über die Mattenränder.

Es ist ein guter Ort, dieses *ulaq*, dachte Kiin. Hier gab es keinen Haß, keine plötzliche Wut. Kayugh schlug Chagak nie, erhob selten die Stimme im Zorn. Und auch wenn Samiq und Amgigh manchmal verschiedener Meinung waren, kam es häufiger vor, daß sie zusammen Arbeiten verrichteten, zusammen *ikyan* bauten, das *ik* ihrer Mutter reparierten oder gemeinsam Robben jagten.

Kiin streckte die Arme über den Kopf und gähnte. Es war schon ein paar Tage her, seit ihr Vater sie zuletzt geschlagen hatte. Die blauen Flecken vom letzten Mal waren verblaßt. Eswar schön, ohne Schmerzen gehen zu können, anderen gegenüberzutreten, ohne sich wegen ihrer zugeschwollenen schwarzumrandeten Augen schämen zu müssen oder wegen wackelnder Zähne, die die Fäuste ihres Vaters angeschlagen hatten.

Es war schön, morgens aufzuwachen und den Arm ihres Mannes an der Schulter zu fühlen, aufzuwachen und zu wissen, daß es keine Schläge geben würde und keinen Spott von ihrem Bruder. Selbst das eine Mal, als Kiin zu Besuch im *ulaq* ihres Vaters gewesen war, hatte Grauer Vogel sie gut behandelt, hatte seine Frau aufgefordert, etwas zu essen zu bringen, und Kiin gefragt, ob ihr Mann vorhabe, bald auf eine Jagd zu gehen. Und obwohl Qakan immer, wenn er sie sah, düster die Stirn runzelte, starrte Kiin mit den Augen immer geradeaus, als würde sie ihn nicht sehen, als wäre er nichts anderes als eine Flaumflocke des Afterkreuzkrauts, die vom Wind davongetragen wurde.

Kiin holte einen Robbenmagen mit Öl aus dem Vorratslager, hob ihn hoch und goß vorsichtig Öl in eine kleine Holzschüssel. Dann stellte sie den Robbenmagen wieder zu den Vorräten und schüttete das Öl in die Öllampen, ließ es langsam vom Rand aus einsickern, damit es die brennenden Dochte nicht ertränkte und die Flammen auslöschte.

Als sie fertig war, wischte sie das restliche Öl aus der Schüssel mit den Fingern aus und fuhr sich damit durch die Haare. Ihre Haare waren lang, hingen ihr bis auf die Hüften, und ihr Vater hatte ihr schon oft damit gedroht, sie abzuschneiden, um die langen Haarsträhnen an die Walroßmenschen zu verkaufen, deren Frauen aus aufgenähten Haaren Muster auf ihre *chigadax* oder die Stiefel aus Robbendärmen machten.

Aber jetzt gab es keine Gefahr, keine Bedrohung. Amgigh hatte ihr gesagt, daß ihre Haare schön seien, und wenn sie allein in ihrem Schlafplatz waren, legte er Kiin auf den Rücken, breitete ihre Haare auf den Schlafmatten aus und streichelte sie, genauso wie ein Mann am Morgen, nachdem er mit seiner Frau zusammengewesen war, die Seiten seines *ikyak* streichelte.

Kiin hörte ein Rascheln von Chagaks Schlafplatz. Wren kam

herausgekrabbelt, und als Kiin ihr die Hände entgegenstreckte, stieß sie sich vom Boden ab und kam quer durch das *ulaq* auf sie zugestolpert. Kiin hielt die Luft an, als die Füße des dicken kleinen Mädchens über die Matten und das Gras stapften, und sie unterdrückte ein Lachen, als es sich, mehrere Schritte von Kiins ausgestreckten Händen entfernt, in ihre Arme stürzte. Kiin fing es auf und drückte es liebevoll an sich, legte den Finger auf seinen Mund, als es fröhlich lachte. Aber dann hörte Kiin ein anderes Lachen, und als sie hochsah, war es Samiq, der sie beobachtet hatte. Ihre Blicke trafen sich, und Kiin spürte plötzlich, wie ihr Herz einen Sprung machte, wie ihr Geist zusammenzuckte, und sie sah schnell wieder auf den Boden und verbarg ihr Gesicht in Wrens Haaren.

Dann war auch Chagak da und Amgigh, aber Amgighs Lächeln verschwand, als er Samiq sah.

»Morgen, Bruder?« fragte er.

Samiq brummte nur und ging zum Kletterstamm, legte die Hand kurz auf Wrens Kopf, als er vorbeikam. Amgigh sah seinem Bruder nach, bis er das *ulaq* verlassen hatte, dann kam er zu Kiin und stellte sich hinter sie.

»Da ist E-E-Essen«, sagte Kiin. Sie setzte Wren auf den Boden und sah Amgigh an.

»Glaubst du vielleicht, wir brauchen nichts anderes als Essen?« sagte Amgigh, und seine Worte erschreckten Kiin. Die Wut seiner Stimme war genauso wie die Wut, die ihr Vater immer hatte.

Einen Augenblick lang umklammerten Amgighs Finger ihre Schultern viel zu fest. Einen Augenblick lang spürte Kiin Schmerzen. Aber dann waren seine Hände wieder zart, streichelten ihr Haar, ihre Wangen. »Ich esse später«, sagte er und ging auch aus dem *ulaq*.

Kiin sah ihm nach, als er ging, dann warf sie einen Blick auf das Essen, das sie hergerichtet hatte. In ihrer Brust war Schwere, fast wie eine Drohung. Was hatte sie getan? War etwa Gras im Essen? War das Fleisch verdorben, das Öl ranzig?

Aber nein, alles sah aus wie sonst. Das Fleisch war sauber, nicht weiß von Schimmel, und das Öl roch süß.

Dann war Chagak neben ihr und flüsterte: »Er ist wütend, weil Samiq morgen zu den Waljägern aufbricht. Samiqs Großvater, Großer Wal, bringt ihm bei, den Wal zu jagen.«

Ihre Worte trafen Kiin wie ein Schlag, preßten ihr die Luft aus der Lunge. »Das ist besser so«, sagte ihr Geist zu ihr, aber Kiin hätte am liebsten laut geschrien. Und ihr wurde klar, daß ihre Freude darüber, Amgighs Frau zu sein, zum Teil daher kam, weil sie Samiq nun jeden Tag sah, das Essen für ihn herrichtete, Chagak dabei half, seine Kleider zu nähen.

»Du gehörst zu Amgigh«, sagte ihr Geist. »Zu Amgigh. Samiq ist sein Bruder. Du gehörst zu Amgigh.«

Kiin drehte sich zu Chagak um, sah den Kummer in Chagaks Augen. »W-w-wie l-l-lange wird er fort s-s-sein?« fragte Kiin.

»Diesen Sommer, vielleicht auch noch im Winter und im nächsten Sommer.«

»Und-und Am-Am-Amgigh?«

»Er und Kayugh werden Samiq begleiten, ein paar Tage dortbleiben und dann zu unserem *ulaq* zurückkommen«, erwiderte Chagak. »Jeder unserer Söhne hat ein Geschenk bekommen. Samiq wird lernen, den Wal zu jagen. Amgigh hat eine Frau bekommen.«

Kiin drehte sich schnell um, legte schnell noch etwas Fleisch auf die Matten. Welcher Mann würde eine Frau der Waljagd vorziehen? Welcher Mann würde sie lieber wollen, als die Ehre zu genießen, ein Waljäger zu sein? Und wenn Samiq im nächsten Sommer oder in dem Sommer danach wiederkam, würde es nur noch schlimmer sein. Jeder Mann konnte eine Frau finden, sogar ein so schlechter Jäger, wie ihr Vater es war. Aber nur ganz wenige Männer lernten, den Wal zu jagen. Amgigh wird mich hassen deswegen, dachte Kiin, er muß mich schon jetzt hassen.

Es schien ein langer Tag zu werden. Kiin verließ das *ulaq* nur, um die Nachtkörbe zu leeren und Wasser aus der Quelle zu holen. Der Schmerz, der in ihrem Herzen begonnen hatte, legte sich auch auf ihre Arme und Beine, und sie fühlte sich so steif und starr wie früher, als sie noch bei ihrem Vater gewohnt hatte, die Muskeln wundgescheuert von den Schlägen.

Sie sah Samiq und Amgigh erst wieder, als der Tag zu Ende ging, das Zwielicht der Sommernacht sie einzuhüllen begann. Sie kamen zusammen herein, lachten, redeten, und als Kiin ihnen das Essen reichte, zuerst Amgigh, dann Samiq, richtete sie ihren Geist in sich auf, mit der gleichen Kraft, mit der sie auch ihrem Vater begegnet war, wenn er seinen Gehstock gegen sie erhoben hatte, und zwang sich, Amgigh in die Augen zu sehen. Wenn Amgigh sie haßte, würde sie es sehen, denn wer wüßte nicht, daß sich Haß immer im Geist einnistete und in den Augen zeigte?

Und so sah Kiin in seine Augen, fand aber keinen Haß darin, nur einen Schimmer von irgend etwas anderem, vielleicht Zorn, vielleicht Traurigkeit, aber keinen Haß.

Erleichtert drehte sie sich zu Samiq um, reichte ihm eine Schale mit Fisch, den Chagak draußen auf ihrem Kochstein gebraten hatte, und in diesem Augenblick begegneten sich ihre Blicke. Samiqs Geist griff so schnell nach Kiin, daß sie sich ihm nicht entziehen konnte. Und obwohl Samiq die Augen zusammengekniffen und in einem Lächeln beinahe völlig geschlossen hatte, sah Kiin die Traurigkeit, die in ihnen verborgen war, eine noch viel größere Traurigkeit als vielleicht in Amgighs Augen.

Dann umklammerte Amgigh Kiins Arm. »Frau«, sagte er, »mein Bruder verläßt uns morgen, um zu den Waljägern zu gehen. Ich habe ihm etwas versprochen, an das er sich erinnern kann, etwas, das ihn in unser Dorf zurückbringen soll, wenn er gelernt hat, was es dort zu lernen gibt.« Er nahm ihre Hand und legte sie auf Samiqs Schulter. »Geh heute nacht zu Samiq. Laß ihn wissen, was er versäumt, wenn er sich für die Wale entscheidet, anstatt für eine Frau.«

14

SAMIQ HIELT DIE Luft an und wartete auf Kiins Reaktion. Amgigh hätte mit Kiin unter vier Augen sprechen müssen, um sie zu fragen, ob sie die Nacht mit Samiq verbringen wollte. So hätte sie es ablehnen können, wenn sie wollte, ohne jede Peinlichkeit und ohne den Anschein zu erwecken, sich ihrem Mann zu widersetzen.

Dann dachte Samiq: Vielleicht genießt es Amgigh, als ihr Mann Macht über Kiin zu besitzen, vielleicht genießt er es, von ihr Gehorsam zu fordern.

Aber nein, das war Grauer Vogel, nicht Amgigh. Amgigh war jung, ein junger Ehemann. Hatte Erster Schnee in seinem Umgang mit Rote Beere nicht ähnliche Fehler begangen? Selbst jetzt noch, nachdem die beiden schon fast zwei Jahre Mann und Frau waren, konnte Samiq manchmal beobachten, wie Erster Schnee, ohne sich etwas dabei zu denken, Rote Beere dazu brachte, vor Wut mit den Zähnen zu knirschen oder, häufiger noch, in krampfhaftes Lachen auszubrechen. Und Rote Beere führte sich manchmal ebenfalls dumm auf, zum Beispiel wenn sie hinunter ans Wasser lief, um ihm für die Jagd Glück zu wünschen; jeder Jäger wußte doch genau, daß eine Frau vom Dach des *ulaq* aus zusehen sollte, nicht vom Ufer aus, und daß ein Jäger seine Frau nicht berühren sollte, bevor er in sein *ikyak* stieg. Weil sich sonst die Meerestiere, wenn sie den Erdgeruch der Frauen wahrnahmen, beleidigt fühlten und sich auf keinen Fall der Harpune des Jägers überließen.

Samiq sah, wie Kiins Augen groß wurden, und für einen Augenblick sah sie ihn an, aber dann sah sie wieder weg, senkte den Kopf und murmelte etwas, das nur Amgigh hörte.

»Gut«, sagte Amgigh lachend und schlug Samiq auf den Rücken. »Dann geht jetzt. Und habt eine schöne lange Nacht.«

Aber Kiin erwiderte mit rotem Gesicht: »I-ich habe noch A-A-Arbeit zu tun.« Dann drehte sie sich um und machte sich im Vorratslager zu schaffen.

Die Brüder begannen zu essen, aber dann stellte Samiq plötzlich fest, daß ihm gar nichts richtig schmeckte. Sein Magen brannte, als hätte er rohe bittere Wurzelknollen gegessen.

Der Abend ging langsam vorbei. Samiqs Mutter schien Kiin zu beschützen, sie redete mit leiser, besänftigender Stimme, und sein Vater zog sich in eine Ecke zurück, saß mit dem Rücken zum Hauptraum und arbeitete an seiner Harpune.

Soll ich Kiin also zurückweisen, dachte Samiq, soll ich sie und meinen Bruder beleidigen, indem ich nicht annehme, was er gegen die Geheimnisse der Waljagd eintauschen will? Soll ich ihm das Gefühl geben, daß ich der mit dem besseren Leben bin? Oder soll ich Kiin nehmen?

Er spürte ein Ziehen in seinem Körper, die Bedürfnisse seines Körpers und sein Verlangen nach Kiin. Dann stieg Zorn in ihm auf, lenkte seine Gedanken weg von Amgigh und hin zu dem, was er sich wünschte.

Sie müßte meine Frau sein, nicht Amgighs, dachte Samiq. Soll Amgigh doch zu den Waljägern gehen, soll er die Waljagd lernen. Soll er bei ihren lärmenden Frauen leben. In Wirklichkeit bin ich Kiins Mann. Ich habe sie lieber als Amgigh.

Und dann stand Samiq auf, ohne seinen Vater oder seine Mutter anzusehen, ohne Amgigh anzusehen, und ging hinüber zu Kiin. Er ergriff ihr Handgelenk und zog sie sanft zu sich hoch.

»Komm«, sagte er und führte sie zu seinem Schlafplatz.

Amgigh sah ihnen nach, sah, wie sich der Vorhang hinter Kiin schloß. In Gedanken sah er Kiin nackt in Samiqs Armen, und seine Brust wurde von einem Schmerz durchbohrt, daß ihm das Herz stockte. So saß er da, ganz still, mit gesenktem Kopf, bis er wieder atmen konnte. Dann stand er auf, streckte sich. Er nahm seinen Parka von dem Kleiderhaken an der Wand und zog ihn über, dann kletterte er aus dem *ulaq*.

Die Wolken am schwarzen Nachthimmel waren grau, und zwischen den Wolken sah er Sterne. Amgigh setzte sich auf das Dach des *ulaq* und bemühte sich, nicht an Kiin und Samiq zu denken. Was war eine Frau, verglichen mit der Macht, die ein Mann errang, wenn er einen Wal tötete?

Amgigh zog einen Grashalm aus dem Dach des *ulaq* und zerpflückte ihn zwischen den Fingern.

Eine Nacht. Er gab Kiin nur für eine Nacht her. Aber Samiq würde sich daran erinnern, würde sich an dieses Teilen von Kiin und an das Versprechen erinnern, das er Amgigh gegeben hatte: ihm beizubringen, wie man den Wal jagte. Und dann gab es noch die Messer aus Obsidian. Zwei Messer: aus ein und demselben Stein gehauen, genauso Brüder, wie Amgigh und Samiq Brüder waren.

Amgigh hatte die Klingen behauen, wie es alle Ersten Menschen taten, hatte den Stein nur an einer Seite behauen. Aber schon seit Amgigh noch ein Kind war, schien er dafür eine Hand zu haben, schien zu wissen, an welcher Stelle der Stein unter seinem Schlagknochen nachgeben würde und wie er es anstellen mußte, damit die Splitter sauber und glatt abgetrennt wurden. Auch wenn er nur die eine Seite der Klinge bearbeitete, so gelang es ihm doch, die Ränder so dünn zu machen, daß sie fast durchsichtig waren.

Sein Vater sagte, der Stein würde mit Amgigh sprechen, und Amgigh glaubte, daß das, auf irgendeine Weise, vielleicht stimmte. Besonders bei diesen beiden Obsidianklingen schien der Stein zu sprechen. Vom ersten Schlag seines Steinhammers an hatten die Klingen zu ihm von ihrer Schönheit gesprochen, von ihrer Ausgewogenheit.

Aber während er arbeitete, schien er von Geistern umgeben zu sein. Ihre Stimmen sprachen von Furcht, von Zorn, von Schmerzen. Zweimal hatte Amgigh in seiner Arbeit innegehalten, hatte innegehalten und gelauscht, aber sein Wunsch, die Klingen fertigzustellen, war lauter als die Geisterstimmen. Und wer konnte sagen, ob die Geisterstimmen gut oder böse waren, ob sie die Wahrheit oder die Unwahrheit sprachen?

Er hatte Samiq gesagt, daß er ihm ein Messer machen würde, ein Obsidianmesser, aber was würde Samiq denken, wenn er es nun nicht tat? Daß Amgigh zornig war? Daß Amgigh nicht wollte, daß Samiq zu den Ersten Menschen zurückkehrte, um ihm beizubringen, wie man den Wal jagte? Die Messer gehörten zu Samiqs Versprechen zurückzukommen.

Aber als Amgigh an den Klingen arbeitete, merkte er, daß mit dem einen der beiden Messer irgend etwas nicht stimmte, daß es zu schwer in seiner Hand lag. Als die Klingen fertig behauen waren, hatte er sie nebeneinandergehalten und keinen großen Unterschied zwischen ihnen feststellen können. Trotzdem war mit der einen irgend etwas nicht in Ordnung.

»Zu schwer, zu schwer«, schien ihm sein Geist zuzuflüstern. Und da wußte Amgigh, daß in der Klinge irgendein anderer Stein in der Dunkelheit des Obsidians eingeschlossen war, vielleicht ein Körnchen Quarz, irgend etwas, das dem Messer seine Stärke nahm.

Amgigh kletterte wieder ins *ulaq* hinunter, nickte seinen Eltern zu. Er ging zu seinem Schlafplatz, ließ den Vorhang offen, damit Licht hereinfiel. Er packte seine Sachen in einen Beutel aus Robbenhaut. Er mußte bereit sein, wenn sein Vater früh am Morgen aufbrechen wollte. Er zog einen Korb aus der Waffenecke seines Schlafplatzes. In dem Korb waren seine Klingen – Speerköpfe aus Andesit, kleine Obsidianklingen für gebogene Messer, ein paar gerundete Klingen für Frauenmesser. Er sah sie durch, sortierte ein paar von den besten aus, um sie zu den Waljägern mitzunehmen. Vielleicht hatten sie etwas, das er dafür eintauschen konnte.

Als Grauer Vogel Amgigh erzählt hatte, daß Qakan bald auf eine Handelsfahrt gehen würde, hatte Amgigh Qakan eine Anzahl Klingen gegeben. »Klinge gegen Klinge, und nicht weniger«, hatte er zu Qakan gesagt. Amgigh mußte sich die Arbeiten anderer Klingenmacher ansehen. Er besaß bereits größere Geschicklichkeit als sein Vater und Grauer Vogel, als die Klingenmacher bei den Waljägern. Er hoffte, daß Qakan gute Tauschgeschäfte machte. Aber wer konnte sagen, was Qakan tun würde? Wer konnte ihm trauen? Aber, wie Kayugh gesagt hatte, besser, man gab Qakan eine Chance, als daß er ewig im *ulaq* seines Vaters blieb, Qakan, der immer nur aß, aber niemals jagte, der sogar zu faul war, um Seeigel zu sammeln oder Muscheln auszugraben.

Amgigh nahm die beiden Obsidianklingen, die er für sich und Samiq gemacht hatte. Sie waren wunderbar, schöner als alles, was er je gemacht hatte. Jede der beiden Klingen hatte er an Griffen befestigt, die er aus dem Kieferknochen eines Wals geschnitten hatte, und die Griffe hatte er mit dem schwarzen Fischbein des Buckelwals umwickelt.

Er hielt die beiden Klingen in den Händen, jede in einer Hand. Die Klinge, die er zuerst geschlagen hatte, lag in seiner linken Hand. Die andere Klinge lag in seiner rechten Hand.

Amgigh seufzte. Der Stein selbst sprach mit Amgighs Seele, sprach von seiner Unvollkommenheit. Er würde die fehlerhafte Klinge hierlassen, an seinem Schlafplatz, und die andere Klinge mit zu den Waljägern nehmen, um sie Samiq zu geben, um Samiq an sein Versprechen zu erinnern, Amgigh zu zeigen, wie man den Wal jagte.

Aber dann hörte Amgigh ein Lachen, das Lachen einer Frau, und er wußte, daß es Kiin war. Kiin mit Samiq. Wieder sah er sie in seinen Gedanken vor sich, nackt, Samiqs Hände an ihren Brüsten, Samiqs Hände zwischen ihren Schenkeln.

Amgigh machte die Augen zu, biß die Zähne zusammen. Er wickelte die gute Klinge ein und legte sie in die Waffenecke seines Schlafplatzes zurück. Er wickelte die brüchige Klinge ein, steckte sie in den Beutel, den er zu den Waljägern mitnehmen würde.

Kiins Herz klopfte so stark, daß sie an der Innenseite ihrer Arme den Puls schlagen fühlte. Sie war froh, daß es in Samiqs Schlafplatz dunkel war und Samiq ihre Augen nicht sehen konnte. Was würde er denken, wenn er ihre Freude sah?

»Dein Mann hat von dir verlangt, daß du es tust«, murmelte ihr Geist. »Du tust nur, was er von dir verlangt hat.« Aber ihr war nicht wohl dabei. Vielleicht wollte es ein Teil von ihr zu sehr. Vielleicht war dieses Verlangen im Schlaf aus ihr herausgesickert und in Amgighs Träume eingegangen. Vielleicht war es nur ihre Selbstsucht, vielleicht waren es nur ihre eigenen Wünsche, die Amgigh veranlaßt hatten, sie Samiq zu geben. Wozu würden sie dann aber gut sein, ihre selbstsüchtigen Wünsche? Samiq war Bruder. Amgigh war Mann.

Aber Samiq zog sie zu sich herunter, sprach flüsternd mit ihr, während er ihre Hände hielt. »Es tut mir leid. Es tut mir leid, dich schon so bald deinem Mann wegzunehmen. Aber, siehst du, dann hat Amgigh etwas, das er tauschen kann, etwas, um das es sich lohnt. Eigentlich war er es, der zu den Waljägern wollte. Ich wollte hierbleiben, um dein Mann zu sein. Ich brauche keine Wale zu jagen, aber Amgigh ...« Samiq hob die Hand, streichelte Kiins Wange, dann glitten seine Finger zu der Perlenhalskette, die er ihr geschenkt hatte. »Als ich sie gemacht habe, da glaubte ich, ich würde sie für meine Frau machen«, sagte er.

Kiin fühlte, wie seine Finger zitterten. Sie ergriff seine Hand. »Als d-d-du sie mir g-g-gegeben hast, wußtest d-d-du es da schon?«

»Ja, mein Vater hatte es mir gesagt.«

»Und w-w-warst du böse?«

»Ja, aber vor allem froh, daß du hier sein würdest, daß du in unserem *ulaq* wohnen würdest, und nicht mehr ...«

»Ja.«

Dann tat Samiq lange Zeit nichts, bewegte sich nicht, sprach nicht, bis Kiin schließlich die Matten und Felle glattzog, ein bequemes Lager für ihn machte. Dann nahm er wieder ihre Hände in seine.

»Leg dich hin«, sagte er.

Sein Atem an ihrem Hals war warm, und sie legte sich hin. »Amgigh will es«, sagte ihr Geist. Und so verdrängte Kiin das unbehagliche Gefühl, das sie erfaßt hatte, und löste den Knoten, der ihre Schürze hielt.

Aber dann sagte Samiq: »Nein. Das können wir nicht tun.« Er drehte sie herum und legte die Arme um sie, drückte seine Brust an ihren Rücken.

»Amgigh-Amgigh will es«, sagte Kiin.

»Nein«, erwiderte Samiq. »Amgigh will nur wissen, wie man den Wal jagt. Sonst nichts.«

Kiin zwang sich stillzuliegen, bemühte sich, an andere Dinge zu denken, nicht an Samiq, der warm und dicht bei ihr war. Sie dachte an Vögel: rotbeinige Dreizehenmöwen, Eissturmvögel und Tölpel, sie stellte sich vor, wie ihre Flügel sie hinauftrugen, wie sie über Tugix' Insel schwebte und hinuntersah auf das *ulakidaq*. Sie dachte an Wale, an den großen Buckelwal mit den langen Flossen und an all die kleineren Meerestiere, an Robben und Otter, stellte sich vor, wie sie mit ihnen zu ihren Dörfern unter dem Meer schwamm.

Und am Ende wurde sie von der Wärme von Samiqs Haut an ihrer Haut, dem Gewicht seiner Arme auf ihr und dem Rhythmus seiner Atemzüge in Träume gezogen.

Ihr Vater schrie sie an. Etwas, was sie getan oder nicht getan hatte. Er hob seinen Gehstock, schlug ihn ihr ins Gesicht, über die Schultern. Andere sahen zu, während ihr Vater sie schlug, während er wieder und wieder seinen Stock hob. Sie würde niemals eine Frau sein, schrie er, niemals einen Mann haben, niemals eine Mutter sein. Sie war ein Nichts. Sie hatte keine Seele, war nichts wert.

Kiin rollte sich zu einem Ball zusammen, schützte Augen und Ohren vor seinem Stock. »Du bist Kiin«, sagte ihr Geist zu ihr. »Kiin. Du hast eine Seele. Er kann sie dir nicht wegnehmen. Auch nicht mit seinem Stock. Auch nicht mit seinen Schlägen. Du bist Kiin. Kiin. Kiin.«

Aber die Schläge hörten nicht auf, dann griffen Hände nach ihr, zogen sie fort von ihrem Vater, zogen sie fort von den Schmerzen, flüsterten ihren Namen: »Kiin, hier bist du in Sicherheit. Du bist hier bei mir. Ich lasse nicht zu, daß dir jemand weh tut. Kiin, Kiin.«

Es war Samiq. Kiin streckte die Arme nach ihm aus, zog ihn dichter zu sich. »Samiq, mein Mann«, flüsterte sie. »Samiq.«

Sie streichelte die weiche Haut an seiner Brust, sein dunkles Haar, und sie fühlte seine Hände an ihrem Rükken, die hinunterglitten, um sie fest an sich zu drücken, während sie die Beine um ihn schlang. Sie fühlte seine Männlichkeit wachsen und steif werden und konnte sich nicht davon abhalten, ihn zu berühren ...

»Bitte«, flüsterte sie, »bitte. Ich will deine Frau sein.«

Kiin wachte früh auf. Samiq lag neben ihr, sein Bein lag über ihren Beinen, seine Hand auf ihren Händen. Langsam löste sie sich von ihm, richtete sich auf und strich ihre Schürze glatt. Einen Augenblick lang erlaubte sie sich, Samiq anzusehen, seine glatte braune Haut, sein dunkles Haar.

»Es war ein Traum«, sagte ihr Geist zu ihr.

Ja, es war ein Traum, dachte Kiin. Sie sah auf die glatte, unverletzte Haut ihrer Arme und Beine. Ihr Vater hatte sie nicht geschlagen. Es war ein Traum.

Sie ging hinaus in den Hauptraum des *ulaq*, legte das Essen aus und füllte für Samiq, Amgigh und Kayugh mehrere Vorratsbehälter mit getrocknetem Fisch zum Mitnehmen.

Als sie das Essen hergerichtet hatte, nahm sie Amgighs

Parka und setzte sich neben ihrem Nähkorb auf eine Matte. Der Parka hatte einen Riß unter dem Ärmel, und sie wollte ihn flicken, bevor er ging. Sie wollte den Waljägerfrauen zeigen, daß sie eine gute Frau war.

»Eine gute Frau – nach Samiq?« flüsterte irgendein Geist.

»Es war ein Traum«, erwiderte Kiins Geist, und die Worte setzten sich in Kiins Kopf fest, während sie mit der Ahle an jeder Seite des Risses Löcher in den Parka bohrte und einen Flicken aus Robbenhaut aussuchte. Sie befestigte einen Strang aus gedrehten Sehnen am Ende der Nadel, als sie sah, wie die Türklappe zu Samiqs Schlafplatz aufging.

Sie blickte auf. Samiq stand da und sah sie an. Kiin lächelte, und während sie lächelte, begegneten sich ihre Blikke und hielten sich fest. Und plötzlich hatte sie das Gefühl, wieder in seinen Armen zu sein, und sie mußte daran denken, wie stark sein Körper gewesen war und wie er sich an ihren Körper gedrängt hatte und an seine Wärme in ihr, und da wußte sie, daß es kein Traum war.

»Frau«, sagte Samiq so leise, daß Kiin das Wort nur hörte, weil sie den Laut auf seinen Lippen sah. »Frau.«

15

KIIN FOLGTE DEN anderen nicht zum Ufer. Vielleicht hätte sie es ruhig tun können. Es war ja kein Jagdausflug, auf den die Männer gingen. Amgigh würde sich nicht mit einem Fluch beladen, wenn er sie berührte oder wenn seine Augen zu lange auf ihr verweilten und seine Gedanken zu den Nächten schweiften, die er mit ihr verbracht hatte. Und Samiq ... Nein, er war nicht ihr Mann. Ihm konnte ihre Gegenwart nichts anhaben. Aber Kiin dachte, daß es besser für sie war, wenn sie im *ulaq* blieb. Sie würde aus Speiseröhren von Seelöwen Stiefel zuschneiden und den Geistern damit zeigen, daß sie ihren Mann und den Vater ihres Mannes bald zurückerwartete. Aber während ihrer Arbeit fühlte sie, wie ihr Geist gegen ihre Haut drückte und nach draußen drängte, wie er an ihre Beine und Füße stieß, bis sie nicht länger stillsitzen konnte.

Sie rollte ihre Arbeit zusammen und ging von einer Seite des *ulaq* zur anderen, auf und ab, bis ihre Füße sie schließlich zum Kletterstamm trugen.

Nein, dachte sie, ich brauche nicht hinauszugehen. Ich brauche Samiq nicht noch einmal zu sehen. Aber dann waren ihre Füße auch schon auf dem Kletterstamm, und sie stand auf dem Dach des *ulaq,* als würde ihr Körper ohne Zustimmung ihres Geistes einfach weitergehen. Sie sah zum Ufer. Die drei *ikyan* von Samiq, Amgigh und Kayugh waren verschwunden. Auch das *ikyak* von Große Zähne war verschwunden, aber Kiin wußte, daß er sie nur für einen Tag begleiten würde.

Kiin drehte sich um, und wollte wieder ins *ulaq* gehen, doch dann dachte sie an Samiqs Schlafplatz. Er müßte mit frischem Heidekraut ausgelegt werden, die Häute müßten geschüttelt und gelüftet werden. Vielleicht würde es das beste sein, wenn sie es jetzt gleich tat. Aber vorher mußte sie auf die Hügel steigen, um Heidekraut zu holen. Ja, das werde ich tun, beschloß sie und ging nur ins *ulaq* zurück, um ihr Frauenmesser zu holen und ihren *suk* anzuziehen.

Als sie das *ulaq* wieder verlassen hatte, kletterte sie schnell durch eine kleine Schlucht, in der sie vor dem Wind geschützt war, und von dort bis hinauf zu den Klippen hinter dem Ufer. Die *ikyan* würden im Süden und Westen um Tugix' Insel herumfahren, bis zu der nahe gelegenen Insel, bei der die Männer Seeotter jagten, dann weiter über das offene Meer, das diese Insel von der Insel der Waljäger trennte. Kiin hielt die Hand über die Augen und sah hinaus aufs Wasser. Schließlich entdeckte sie die Boote, aber nicht so weit entfernt, wie sie gedacht hatte. Samiqs *ikyak* fuhr voran, dann folgten nacheinander die *ikyan* von Kayugh und Große Zähne, und zum Schluß kam das *ikyak* von Amgigh. Kiin beobachtete Samiq, wie er in seinem *ikyak* saß, seine sicheren, schnellen Schläge, seinen geraden Rücken. Neben ihm sah Amgigh wie ein Kind aus, seine Paddelschläge wirkten zaghafter.

Ja, dachte Kiin, Kayugh hat richtig gewählt. Samiq ist es, der zu den Waljägern gehen sollte. Er sollte es sein, der den Wal jagt. Er ist der Mann.

Qakan hatte den vier Männern nachgesehen, als sie das Ufer verließen. Amgigh lachte und machte Scherze, aber Samiq war ernst, sprach nur wenig. Samiq bückte sich, um Kieselsteine vom Ufer aufzuheben – ein Versprechen, daß er in dieses Dorf zurückkehren würde. Dann hatte er einen Blick auf das *ulakidaq* geworfen. Qakan wußte, daß er Kiin suchte. Warum Samiq sie wollte, hatte Qakan nie verstehen können, aber er wußte, daß er sie wollte, daß er sie schon immer gewollt hatte. Schon als Kind hatte sich Samiq immer aufgespielt und gelacht, wenn Kiin in der Nähe war. Und im letzten Jahr hatte Samiq, wenn er in ihr *ulaq* gekommen war, Kiin kein einziges Mal aus den Augen gelassen, hatte immer auf Kiins kleine Brüste mit den rosa Spitzen gestarrt, auf ihre länger gewordenen Beine.

Ah, Qakan konnte Samiqs Wünsche in diesem Punkt gut verstehen. Ging es ihm nicht ganz genauso mit seinen Gefühlen, wenn er die Frauen von einem anderen Stamm sah? Zu seltenen Gelegenheiten brachten die Waljäger bei ihren Handelsfahrten ihre Frauen mit. Dann konnte es sein, daß eine der Frauen für die Nacht in ihr *ulaq* kam, zum Schlafplatz seines Vaters, und dann lauschte Qakan dem Stöhnen und Lachen und haßte seinen Vater, weil er die Frau für sich allein behielt.

Einmal war Qakan von seinem eigenen Schlafplatz bis zu den Vorhängen vor dem Schlafplatz seines Vaters gekrochen und hatte zugesehen, wie sein Vater der Frau die Sachen auszog, und da war Qakans männliches Teil ganz dick und hart geworden. Und Qakan hatte sich gefragt, ob

Kiins Habgier nicht von Grauer Vogel stammte. Bestimmt gaben andere Männer ihre Frauen auch an ihre Söhne ab.

Und so konnte Qakan Samiqs Verlangen verstehen, und auch wenn Qakan fand, daß Kiin zu dünn und zu still war, schien Samiq sie aus irgendeinem Grund zur Frau haben zu wollen. Aber in dieser einen Sache würde Samiq seinen Willen nicht bekommen. Qakan lächelte. Samiq, der Junge, der immer weiter und besser werfen konnte als die anderen Jungen, der schneller lief als sie, der stärker war und ein besserer Jäger, der sogar aus irgendeinem Grund, den sich niemand erklären konnte, mit seinen geschnitzten Muschelhaken mehr Fische fing als alle, dieser Samiq würde Kiin nicht haben können, würde sie niemals haben.

Allerdings Qakan auch nicht.

All seine schönen Pläne. All die Jahre, während denen Qakan des Nacht in seinem Schlafplatz gelegen und sich schnelle Vergeltungsmaßnahmen ausgedacht hatte, Antworten, die seine Klugheit, seinen Scharfsinn bewiesen. In all den Nächten hatte er Pläne gemacht, während andere schliefen.

Es hatte Monate gedauert, bis es jemand erkannte, über seine Späße Bemerkungen machte, über die Stärke, die aus seinen Worten hervorging.

Dann kam der Tag, zwei Monde, bevor Kayugh und Amgigh Kiins Brautpreis in das *ulaq* von Grauer Vogel gebracht hatten.

Grauer Vogel war auf dem Dach des *ulaq*, nur sie beide, allein, ohne die Frauen, die am Ufer waren und Muscheln ausgruben. Qakan machte keine Umschweife, fragte nicht, sondern sagte es seinem Vater. Sein Vater war schwach – das stand für Qakan fest –, und Qakan wußte, daß er Fragen meist mit einer Ablehnung begegnete, nur weil Grauer Vogel ein Gefühl von Macht empfand, wenn er etwas ablehnte.

»Ich bin kein Jäger«, hatte Qakan gesagt. »Ich will Händler werden. Ich werde dir Ehre machen und dir aus anderen Dörfern Pelze und Muschelschalen und Harpunen bringen.«

Aber anstatt auf Qakans Wunsch, Händler zu werden,

einzugehen, hatte Grauer Vogel gesagt: »Nein, du bist kein Jäger. Selbst wenn die Geister vor den Frauen sämtliche Wurzeln und Beeren verstecken würden und vor den Jägern die Robben, dann wärst du immer noch nicht fähig, auch nur einen Lund herbeizuschaffen.«

Und Qakan, wütend über die Worte seines Vaters, knirschte mit den Zähnen und antwortete, was er immer antwortete, was er selbst von seinem Vater gehört hatte: »Das ist nicht meine Schuld. Ich wäre gern ein Jäger, aber das Mädchen, deine Tochter, hat mir meine Kraft gestohlen.«

Grauer Vogel spuckte ein Stück Grashalm aus und nahm den Blick von seinem Sohn, sah übers Meer.

Qakan wartete eine Weile, und als sein Vater schwieg, sagte er: »Ein Händler hat genausoviel Ehre wie ein Jäger und manchmal sogar mehr Häute.«

Grauer Vogel drehte langsam den Kopf, sah langsam zu Qakan. »Du willst also Händler werden?«

»Ja.«

»Du denkst, du könntest Geschäfte machen, du könntest einen Mann dazu bringen, weniger für seine Waren zu nehmen, für seine Felle und Muscheln, als er glaubt, daß sie wert sind?«

Qakan hatte gehofft, daß sein Vater diese Frage stellen würde. Um diese Frage ging es immer wieder bei den Diskussionen der Händler, die in das *ulaq* seines Vaters kamen, um seine Mutter für die Nacht zu benutzen, und die erwartungsvolle Blicke auf Kiin warfen, aber schnell wegsahen, wenn Grauer Vogel die Geschichte von Kiins Schande erzählte.

»Nein«, erwiderte Qakan und hielt sein Lächeln im Mund zurück, als er sah, daß sein Vater die Augenbrauen hochzog. »Ich würde einen Mann nicht dazu bringen, weniger zu nehmen, als er glaubt, daß seine Felle wert sind. Das macht nur Feinde. Ich würde ihn dazu bringen, zu glauben, daß er mehr bekommt. Ich würde schöne Robbenfelle gegen Muschelschalen eintauschen, die an diesem Ufer selten, an einem anderen aber häufig vorkommen, oder gegen Walfleisch, das die Waljäger im Überfluß haben.«

Sein Vater hatte genickt und noch einmal genickt, dann sagte er: »Aber du brauchst etwas, was du tauschen kannst. Was hast du?«

Qakan schlug die Augen nieder, damit sein Vater den Spott darin nicht sah. Was hatte er zum Tauschen? Viele Dinge, viele, viele Dinge. Frauenmesser, die achtlos am Ufer zurückgelassen worden waren, Elfenbeinstücke aus dem Schnitzkorb seines Vaters – verschwundene Dinge, für die Kiin oder Blaue Muschel Schläge bekommen hatten. Und jedesmal, wenn Händler kamen, jedesmal, wenn sie das *ulaq* von Grauer Vogel oder Große Zähne oder Kayugh besuchten, wurden hinterher, noch am selben Tag oder am nächsten, irgendwelche Dinge vermißt – Nähnadeln, Ahlen, gebogene Messer von den Frauen, kleine Dinge, die sich leicht im Ärmel eines Parkas verstecken ließen. Ach ja, diese Händler, sagten dann alle. Manchen war einfach nicht zu trauen.

Und so senkte Qakan seine Lider und sagte: »Vielleicht habt ihr, du oder Samiq oder Kayugh, ein paar Felle übrig, die ich mitnehmen könnte, um sie zu tauschen, und ich würde euch dafür Stoßzähne vom Walroß oder Bärenfelle mitbringen, etwas, das ihr vielleicht gern hättet.«

Wieder nickte sein Vater. »Und was würdest du von uns dafür bekommen, daß du uns Stoßzähne vom Walroß oder Bärenfelle mitbringst?« fragte er.

»Gutes Essen, Ansehen bei den anderen Stämmen.« Qakan lachte. »Frauen für mein Lager.«

Grauer Vogel lächelte, es war ein schiefes Lächeln, und seine Barthaare zitterten.

»Vielleicht«, sagte Qakan, seinen Mut zusammennehmend, »vielleicht könntest du mir die eine Sache überlassen.«

»Und welche wäre das?«

»Meine Schwester.«

Sein Vater drehte sich mit einem Ruck zu ihm um, seine Augen waren groß. »Wer würde schon etwas für sie geben?«

fragte er. »Sie hat keine Seele. Sie hat noch nicht mal geblutet.«

»Wer weiß das schon außerhalb unseres Dorfes?«

»Ein paar von den Händlern«, sagte sein Vater. Dann richtete er die Augen aufs Meer und sagte: »Häßlich ist sie nicht. Was glaubst du, wie viele Felle du für sie kriegen könntest?«

»Zehn«, hatte Qakan geantwortet. Zehn, obwohl er dachte, daß es vielleicht sogar zwanzig sein könnten.

»Zehn«, sagte Grauer Vogel. »Wenn du zehn bekommst, würde ich erwarten, daß du mir acht gibst.«

»Acht«, sagte Qakan. Nur acht, das war besser, als er gehofft hatte.

Aber dann war Amgigh mit seinen sechzehn Häuten und dem Obsidianmesser gekommen.

Und so hatte Qakan beobachtet, wie Amgigh und Samiq und Kayugh und Große Zähne wegfuhren. Ja, er hatte sich trotzdem für seine Tauschgeschäfte vorbereitet, hatte Große Zähne dazu gebracht, ihm Fischhaken und Häute zu geben, und seine Mutter, einen *suk* aus Vogelhaut zu machen, sogar Kiin hatte ihm eine ganze Reihe ihrer schönen geflochtenen Körbe gegeben, und Chagak hatte ihm erlaubt, fünf Grasmatten mitzunehmen, die mit den dunklen Karos an den Rändern. Bevor er losfuhr, würde er sich das Bündel Robbenhäute nehmen, das Kayughs Brautpreis für Kiin war. Aber noch besser wäre es, auch noch Kiin zu haben.

16

ALS SAMIQ SICH zum letzten Mal umdrehte, sah er sie. Sie stand hoch oben am Rand einer Klippe, ihr Haar wie ein Fächer im Wind, ihr schlanker Körper nur eine dünne Linie vor dem grauen Himmel.

Paß auf, daß ihr nichts passiert, betete er zu Tugix. Halte sie von Grauer Vogel und Qakan fern. Dieses Gebet wiederholte er während des langen ersten Tages beim Paddeln und auch noch am Abend, nachdem Große Zähne sie verlassen hatte und Samiq, Amgigh und Kayugh für die Nacht ein Lager auf der Seeotterinsel aufschlugen.

Sie zogen ihre *ikyan* am Ufer hinauf bis zu einem Platz, an dem vier Felsblöcke einen Kreis andeuteten, dann stellten sie die *ikyan* als Windbrecher zwischen den Felsen auf. Kayugh hatte Öllampen gefüllt und angezündet – Jägerlampen, klein und hell, aus Stein geschlagen und leicht in einem *ikyak* mitzunehmen.

Sie aßen getrocknetes Robbenfleisch und Gänsefett, gut für den Hals nach einem Tag mit Salzwasser. Später legte Kayugh Matten zum Schlafen aus, aber Samiq konnte nicht schlafen, seine Gedanken wanderten zu Kiin, zu der Nacht, die sie gemeinsam verbracht hatten. Sie war Frau von Amgigh, aber hatte sie Samiq in ihren Träumen nicht ihren Mann genannt?

Bevor sie losgefahren waren, hatte Samiq Große Zähne seine Sorge um Kiins Sicherheit anvertraut, aber Große Zähne hatte nur gelächelt. »Grauer Vogel hat Angst vor deinem Vater und vor dir und sogar vor Amgigh. Er wird Kiin nichts tun. Und Qakan ...« Große Zähne hatte den Kopf zurückgeworfen und gelacht. »Qakan hat beschlossen, Händler zu werden. Ich habe ihm zehn Fischhaken und ein paar Häute gegeben, die er für mich tauschen soll. Ich glaube, er hat vor, in ein paar Tagen aufzubrechen. Wenn er zurückkommt, falls er zurückkommt, werden Amgigh und dein Vater schon wieder im Dorf sein.«

Samiq hatte genickt. Große Zähne irrte sich nie. Kiin war in Sicherheit, trotzdem hing die Angst wie ein Geist über ihm, schlug an seinen Kopf, zählte ihm flüsternd die vielen Gelegenheiten auf, bei denen Kiin etwas zustoßen konnte, was keine Spuren an ihrem Körper hinterlassen würde, Dinge, die jemand tun könnte, um die Seele zu zerstören.

Samiq schlich hinüber zu seinem *ikyak* und machte ein

Paket aus Robbenhaut von der Seite los. In dem Paket war ausgelassenes Robbenfett. Er strich das Fett auf seine Hände und seine Wangen, dann nahm er seinen *chigadax*.

Er strich das Robbenfett in die vielen Nähte des Kleidungsstücks, dann ölte er die Streifen aus Robbendärmen ein, damit sie geschmeidig blieben und nicht so schnell rissen. Er hatte eine Nadel und einen Sehnenfaden und wußte, wie alle Jäger, wie man seine Kleidung flickte, aber wasserdicht konnte er sie nicht machen.

Er hatte seiner Mutter oft beim Nähen zugesehen, und einmal hatte er zugesehen, als Kiin den *chigadax* von Grauer Vogel geflickt hatte. Eine wasserfeste Naht war eine doppelte Naht, zuerst in die eine Richtung genäht, dann umgedreht und wieder in die andere Richtung genäht.

Er hatte zugesehen, wie Kiin die Nadel durch die Haut gestoßen hatte, an der sie arbeitete, und wie geschickt sie sie dann wieder heraufgebracht hatte, ohne sie durch die entgegengesetzte Seite der Naht zu stechen. Es sah nicht schwer aus, aber als er seinen *chigadax* flicken mußte, schien die Nadel eigene Wege zu gehen, so daß Samiq sich damit zufriedengeben mußte, über seine Stiche Fett zu schmieren, um das Wasser abzuhalten.

Als Samiq seinen *chigadax* fertig eingeölt hatte, machte er sich daran, den *chigadax* seines Vaters einzufetten. Er tat es, um nicht an den nächsten Tag denken zu müssen, wenn er und sein Vater bei den Waljägern wären.

Wie würde es sein, das größte aller Tiere zu jagen? Würde ihm seine Geschicklichkeit im Jagen von Seelöwen einen Vorteil unter den Waljägern verschaffen? Vielleicht war er noch nicht gewandt genug, um einen Wal zu erlegen, und sein Großvater würde ihn zurückschicken zu den Ersten Menschen, wieder ein Junge, nicht besser als Qakan.

Am nächsten Morgen aßen sie, während sie ihre *ikyan* wieder beluden, aber die Speisen taten Samiq nicht gut, und als sie wieder auf dem Meer waren, hatte er das Gefühl, daß Amgigh viel zu schnell paddelte. Warum die Eile? Sie hatten den ganzen Tag Zeit, um bis ans Ufer der Waljäger zu gelangen.

Das Wasser war aufgewühlt, und sie sahen weder Robben noch Wale, aber über ihnen zogen Möwen ihre Kreise und schrien, als wollten sie ihnen den Weg durch das Meer weisen.

Am Nachmittag hatten sie die Insel der Waljäger vor sich. »Da!« rief Kayugh, und Samiq richtete sich in seinem *ikyak* auf, hielt das Paddel waagerecht im Wasser, um das *ikyak* anzuhalten. Ja, da war sie, Samiq konnte die Insel sehen. Sie war groß, mit einem langen flachen Ufer, das zu den Hügeln und den zerklüfteten Spitzen eines Berges anstieg. Es war neblig. Die Sonne war nur ein blasser Fleck in den Wolken, so daß Samiq nicht die ganze Insel sehen konnte, aber sie kam ihm sehr groß vor, und das Ufer war dreimal, viermal so lang wie Tugix' Strand.

Kayugh deutete auf einen Felskamm, der sich bis ins Wasser erstreckte. »Meidet die Südseite des Ufers«, rief er. »Zu viele Felsen.«

Als sie näher an die Insel kamen, konnte Samiq lange Erdwälle erkennen, die dicht bei den Hügeln errichtet waren, sechs, vielleicht sieben, wahrscheinlich die *ulas*, dachte er. An der Nordseite des Ufers floß ein Strom, und Samiq wich mit seinem *ikyak* der Strömung aus, die, wie er wußte, von dem Fluß kam, der das Meer erreichte.

Er paddelte langsamer und folgte seinem Vater. Kayugh hatte das Dorf früher schon einmal besucht und würde sich erinnern, wo unter dem Wasser Felsbrocken lagen. Trotzdem hielt Samiq die Augen aufs Meer gerichtet, hielt Ausschau nach Felsen, die Löcher in den Boden seines *ikyak* reißen konnten.

»Sie haben uns gesehen«, rief Kayugh Samiq zu.

Am Ufer waren sechs, acht Männer versammelt, drei mit Speeren in den Händen. Kayugh hob die Hand und machte ihnen ein Zeichen, winkte. Die Männer am Ufer sahen sich an, riefen sich etwas zu. Als Samiq näher herankam, sah er, daß sie auf eine Stelle mit glatten Felsen zeigten, die sich bis ans Ufer erstreckten.

Kayugh paddelte sein *ikyak* als erster über die Felsplatte, und als er von einer Welle ans Ufer gespült wurde, löste er den Schulterriemen und den Zugriemen, der ihn an sein *ikyak* band, und stieg ans Ufer. Mehrere Waljäger hoben das *ikyak* hoch und trugen es zu einem erhöhten Platz am Ufer. Einer der Männer schlug Kayugh zur Begrüßung auf den Rücken, und beide lachten.

Samiq beobachtete, wie Amgigh sein *ikyak* über den Felsen lenkte. Plötzlich wurde Amgighs *ikyak* von einer Welle auf die Seite gestoßen, und zwei Waljäger zogen Amgigh aufs Ufer, während zwei andere das *ikyak* hochhoben und Amgigh in der Luft hing, bis Kayugh das Zugband löste, mit dem Amgigh am Boot befestigt war.

Samiq umklammerte sein Paddel und wartete darauf, daß ihn eine Welle über den Felsen spülte. Eine gute Welle trug ihn sicher bis ans Ufer. Samiq stützte sich mit dem Paddel ab und zog an den Bändern, um sich aus der Lukenverkleidung aus Seelöwendärmen zu befreien.

Samiq machte seine Lukenverkleidung gewöhnlich mit drei Knoten fest, die sich leicht öffnen ließen. Der erste Knoten ging jetzt mit einem Ruck auf, aber nicht der zweite, und Samiq saß im *ikyak* und bemühte sich, ihn mit Händen und Zähnen aufzuziehen.

»Die nächste Welle trägt dich auf die Felsen«, sagte jemand und reichte ihm ein Messer.

Samiq zerschnitt den Knoten, sprang aus dem *ikyak* und hob es aus dem Wasser, bevor es von der Welle erfaßt wurde.

»Du bist schnell, Samiq«, sagte der Mann, und als Samiq hochsah, erkannte er den Jäger, der Sterbende Robbe hieß und schon mehrmals auf Handelsfahrten in ihr Dorf gekommen war.

Samiq war überrascht, daß sich Sterbende Robbe an seinen Namen erinnerte. »Nur bei Knoten«, antwortete er lächelnd.

Sterbende Robbe lachte. Er hatte breite Schultern und kurze Beine wie alle Waljäger, aber er gab nicht soviel an wie die anderen. Wenn die Waljäger ins Dorf der Ersten Menschen kamen, um Waren zu tauschen, gab es immer ein Fest und Zeit zum Geschichtenerzählen, aber die Geschichten von Sterbende Robbe handelten immer von den großen Taten anderer Jäger, nicht von seinen eigenen. Doch auch so wußte jeder von seiner Geschicklichkeit mit dem *ikyak* und der Harpune.

»Seid ihr zum Tauschen hier?« fragte Sterbende Robbe.

»Nein«, antwortete Samiq, fügte dann aber hinzu: »Doch. Aber eine andere Art Tausch.«

Samiq trug sein *ikyak* über das Ufer und legte es neben das *ikyak* seines Vaters. Kayugh und Amgigh sprachen mit einem Jäger, der auch manchmal ins Dorf der Ersten Menschen kam, um Sachen zu tauschen. Sein Name war Harter Felsen. Sterbende Robbe ging zu ihnen, aber Samiq kniete sich auf die Erde, um den Boden und die Seiten seines *ikyak* auf Risse hin zu untersuchen. Sollten die Waljäger ruhig sehen, daß ihm sein *ikyak* wichtiger war als Gespräche über das Wetter und das Meer. Er hatte noch viele Tage Zeit, um mit den Waljägern zu reden. Warum ihnen jetzt zuhören?

Aber während Samiq mit den Händen über sein *ikyak* strich, trug der Wind die Worte von Harter Felsen an seine Ohren: »Großer Wal ist alt. Wahrscheinlich schläft er.«

»Ist er noch euer Häuptling?« fragte Kayugh.

Harter Felsen schnaubte verächtlich.

»Ja. Er ist unser Häuptling«, antwortete Sterbende Robbe.

»Ich muß mit ihm sprechen. Ich habe seinen Enkelsohn mitgebracht. Großer Wal will, daß er lernt, den Wal zu jagen.«

Wieder gab Harter Felsen ein verächtliches Schnauben von sich, dann deutete er mit dem Kinn zu Amgigh und dann zu Samiq und fragte: »Welcher von den beiden gehört Großer Wal?«

Samiq stand auf. »Wir sind Jäger. Wir gehören uns

selbst«, sagte er, und als er seinen Vater ansah, bemerkte er, daß Kayugh die Lippen zusammenkniff und das Kinn vorschob.

»Samiq ist gekommen, um eure Wege zu lernen«, sagte Kayugh. »Amgigh brauchen wir bei uns. Wir können nicht zwei von unseren Jägern hergeben.«

Harter Felsen starrte Samiq an. Seine Augen waren schwer, dunkel, wie kleine schwarze Steine.

»Komm«, sagte Sterbende Robbe zu Kayugh und winkte auch Samiq und Amgigh.

Sterbende Robbe führte sie zu dem ersten langen *ulaq*. Er kletterte zur Öffnung auf dem Dach des Erdhügels und drehte sich zu Kayugh um. »Wartet hier«, sagte er.

Samiq sah sich um und bemerkte, daß Harter Felsen bei den *ikyan* geblieben war. Er hockte neben den Booten und machte ein düsteres Gesicht. Samiq sah wieder zu seinem Vater, aber Kayugh ließ seine Blicke über die *ulas* gleiten, die das Dorf der Waljäger bildeten. Alles in allem waren es acht, hatte Kayugh zu Samiq gesagt, aber Samiq konnte nur sieben entdecken, die in einer Reihe zwischen den Hügeln und dem Ufer standen wie die Fußabdrücke eines Riesen.

»Wo ist das achte *ulaq*?« fragte Samiq, und Kayugh zeigte auf die Stelle zwischen zwei Hügeln, ein Stückchen von den anderen *ulas* entfernt. »Das ist das *ulaq* von Harter Felsen.«

»Warum hat er es dorthin gebaut?«

»Er sagt, daß er eines Tages Häuptling sein wird und daß der Häuptling von den anderen getrennt wohnen sollte.«

Samiq schüttelte den Kopf. »Und was sagen die anderen Männer dazu?«

»Die anderen Männer sagen, daß er faul ist. Er hat sein *ulaq* zwischen zwei Hügel gestellt, damit er keine Wände zu bauen braucht, nur ein Dach.«

Samiq lachte, aber plötzlich verspürte er Unbehagen in sich aufsteigen. Er würde bei diesen Menschen leben. Er würde mit ihnen auf die Jagd gehen müssen, auch mit Harter Felsen. Er hatte wieder Schmerzen im Bauch und verspürte das beschämende Verlangen, wieder ein Kind zu sein, in sein Dorf zurückzukehren, neben seiner Mutter zu sitzen, die nähte oder Matten webte, während man von ihm nichts anderes verlangte, als ein paar Eier aufzulesen, Beeren zu pflücken oder Seeigel zu sammeln.

Kayugh legte die Hand auf Samiqs Schulter, als würde er seine Gedanken kennen. »Du brauchst nicht hierzubleiben«, sagte er.

Amgigh beugte sich plötzlich nach vorn. »Du hast ein Versprechen gegeben«, sagte er.

Kayugh zog die Augenbrauen hoch und sah Samiq an. »Ich habe Amgigh versprochen, ihm beizubringen, wie man den Wal jagt«, sagte Samiq. »Ich bleibe hier, außer wenn Großer Wal sagt, daß ich nicht hierbleiben kann.«

Er sah den Stolz in den Augen seines Vaters: »Wenn du lernst, den Wal zu jagen, kannst du es uns allen beibringen«, sagte Kayugh mit ruhiger Stimme.

»Ja«, begann Samiq, sprach aber nicht weiter, als er sah, daß Amgighs Augen plötzlich schmal wurden.

»Nicht Qakan«, sagte Amgigh.

»Qakan muß erst mal lernen, Robben zu jagen«, erwiderte Kayugh. Dann sah er zu Sterbende Robbe, der aus dem *ulaq* von Großer Wal kam.

»Großer Wal will euch jetzt sehen«, rief Sterbende Robbe.

Samiq folgte seinem Vater, der an der Seite des *ulaq* nach oben kletterte, aber Sterbende Robbe sprang vom Dach. »Kommst du nicht mit uns?« fragte Kayugh.

»Er will dich und Samiq allein sehen.« Dann legte er die Hand auf Amgighs Arm. »Nicht Amgigh«, sagte er.

Samiq sah Amgighs Gesicht rot werden vor Zorn.

Kayugh und Samiq kletterten hinunter in das dunkle *ulaq* von Großer Wal. Als sich Samiqs Augen an die Dunkelheit gewöhnt hatten, sah er, wie groß das *ulaq* von Großer Wal war, höher und länger als die *ulas* der Ersten Menschen. In dem Hauptraum lagen hohe Felsblöcke, die fast bis an Samiqs Hüfte reichten, mit einer Mulde in der

Spitze, die mit Öl gefüllt war, und einem Häufchen Moos, das als Docht diente.

»Gut, daß ihr gekommen seid«, sagte Großer Wal. »Setzt euch hin.«

Der alte Mann saß auf einer Matte in der Mitte des *ulaq*. Er hatte einen Parka aus Otterhaut an, dessen Nähte mit Pelz und Federn verziert waren. Auf seinem Kopf saß ein kegelförmiger hölzerner Hut. Wenn Großer Wal in das Dorf der Ersten Menschen gekommen war, um Waren zu tauschen, hatte er immer einen solchen Hut aufgehabt, und Samiq hatte sich, seit er ein kleiner Junge war, genau so einen gewünscht. Seine Mutter hatte ihm erzählt, daß die Männer des Waljägervolks diese Hüte aus einer Scheibe Holz machten, die so dünn war, daß man sie in Dampf erhitzen und formen konnte, wobei die Ränder hinten am Hut wie eine Naht zusammengeschnürt wurden. Das Holz, aus dem der Hut von Großer Wal bestand, war glatt und glänzte, als wäre es mit Öl eingerieben. In die Naht des Hutes waren lange Barthaare von Seelöwen eingenäht, und an der einen Seite baumelten Federn und Muschelschalen.

Kayugh setzte sich auf eine der Grasmatten gegenüber dem alten Mann und winkte Samiq, sich neben ihn zu setzen. Links von Großer Wal saß seine Frau, die klein und dick war und deren schwarzes Haar aus ihrem runden Gesicht straff nach hinten gezogen und mit einem Streifen Otterpelz hinten im Nacken zu einem Schwanz zusammengebunden war. Sie saßen beide mit übereinandergeschlagenen Beinen da und nicht auf den Fersen wie Samiq und Kayugh.

Die Frau deutete auf zwei Matten, die eine mit dünnen dunklen Fleischscheiben darauf, die andere mit vier Muschelschalen, gefüllt mit geschmolzenem Fett. Großer Wal suchte ein Stück Fleisch aus und reichte es Kayugh und gab Samiq ein Zeichen, sich auch ein Stück zu nehmen. Samiq sah zu, wie Großer Wal sein Fleischstück in das geschmolzene Fett tauchte, es dann zusammenklappte und in den Mund steckte, und Samiq machte es ihm dann nach.

Das Fleisch war fett und süß, und Samiq dachte zuerst, daß es vom Walroß wäre, wußte dann aber, daß es Fleisch vom Wal war. Und plötzlich wurde ihm wieder bewußt, warum er hier war, und sein Herz begann wieder schneller zu klopfen.

»Vor langer Zeit hast du versprochen, mir meinen Enkelsohn zu bringen. Ich habe gewußt, daß du kommen würdest«, sagte Großer Wal.

Seine Stimme war leise und kräftig wie die Stimme eines jungen Mannes. Wie die Geschichten erzählen, waren die Waljäger früher einmal Erste Menschen. Und es stimmte, daß die Waljäger dieselbe Sprache sprachen wie die Ersten Menschen, auch wenn sie manche Wörter anders aussprachen, die einzelnen Wörter schnell und knapp wie die Waljagd, als hätten die Menschen gelernt, schneller voranzukommen, auch beim Sprechen.

»Einmal, vor langer Zeit hat unser Volk euer Dorf gerettet«, sagte Kayugh, und Samiq war über die Plötzlichkeit, mit der sein Vater es sagte, überrascht. Gewöhnlich fingen Gespräche langsam an, mit Bemerkungen über die Jagd oder das Meer, über Frauen und Kinder.

»Ja«, sagte Großer Wal. »Das ist der Grund, warum ich dir meine Enkeltochter und meinen Enkelsohn gegeben habe.«

Samiq saß plötzlich ganz still, saß sehr gerade. Er bemerkte, daß Dicke Frau weit nach vorn gebeugt saß, die großen Brüste an ihre Knie gedrückt.

Samiq richtete seine Gedanken wieder auf die Worte seines Vaters. Was hatte Großer Wal gemeint, als er sagte, daß er Kayugh seine Enkeltochter und seinen Enkelsohn gegeben habe?

»Und ich habe dir gesagt, daß ich dir dafür deinen Enkelsohn zurückbringen werde, wenn er ein Mann ist, damit er lernt, den Wal zu jagen.«

Großer Wal schwieg, aber seine Frau antwortete. »Nur die Männer dieses Dorfes können den Wal jagen. Und außerdem sieht dieser Junge nicht aus wie ein Jäger. Er hat schwere Knochen. Viel zu breite Schultern.«

Samiq war erstaunt, daß sie bei einem Treffen von Männern den Mund aufmachte, und wartete darauf, daß Großer Wal sie zurechtwies, aber der alte Mann nickte nur.

»Ich erinnere mich, daß Chagak zwei Jungen gestillt hat«, fuhr sie fort. »Der eine war ihr Sohn, unser Enkelsohn, der andere war dein Sohn. Woher soll ich wissen, daß das hier unser Enkelsohn ist?«

Ihre Worte legten sich wie Steine auf Samiqs Herz, und er versuchte zu verstehen, was Dicke Frau sagte. Er war nicht Kayughs Sohn? Wer war dann sein Vater? Er sah Kayugh an, versuchte ihn dazu zu bringen, auch ihn anzusehen, aber Kayughs Augen waren auf Großer Wal gerichtet.

Schließlich fing Kayugh an zu sprechen, zuerst ganz ruhig, wie zu sich selbst, als wären GroßerWal und seine Frau und auch Samiq gar nicht im *ulaq*. »Samiq ist in unserem Dorf wegen der großen Zahl Robben, die er getötet hat, sehr geachtet. Er ist sehr geschickt mit dem *ikyak*. Er ist dein Enkelsohn. Ich würde dich nicht anlügen.«

Kayugh stand auf, und Samiq stellte sich neben ihn. »Eure Händler sind uns immer willkommen«, sagte Kayugh den traditionellen Abschiedsgruß zwischen allen Dörfern, die Handel trieben.

Wieder wunderte sich Samiq über die Plötzlichkeit, mit der Kayugh es sagte, und es kostete ihn Mühe, seine Fragen für sich zu behalten, zu schweigen und so zu tun, als wüßte er, was Kayugh tat. Kayugh begann den Kletterstamm hinaufzuklettern, der zum Dachloch des *ulaq* führte.

»Es wäre schön, einen Sohn in unserem *ulaq* zu haben«, sagte Dicke Frau. »Ein Leben für den Sohn, den wir im Kampf mit den Kurzen verloren haben.«

»Bist du bereit, ihn uns als Sohn zu geben?« fragte Großer Wal.

»Enkelsohn«, antwortete Kayugh. »Er ist mein Sohn.«

»Bring ihn nach draußen«, sagte Großer Wal. »Entscheide dich und komm dann zurück.«

Samiq verließ mit Kayugh das *ulaq* und rutschte an der windgeschützten Seite des Erdhügels hinunter. Dort konnte er mit seinem Vater reden, ohne Angst haben zu müssen, daß der Wind ihre Stimme bis ans Ufer trug, wo die anderen waren.

»Willst du hierbleiben?« fragte Kayugh.

Aber anstatt ihm zu antworten, sagte Samiq: »Du bist nicht mein Vater. Wer ist mein Vater?«

Eine lange Zeit schwieg Kayugh. Schließlich sagte er: »Dein Vater, Mann von Chagak, deiner Mutter, war der Sohn von Shuganan, dem Schnitzer.«

Samiq nickte. Er hatte die Geschichten von Shuganan gehört. Von seiner Macht in der Geisterwelt. Seine Mutter hatte ihm auch von ihrem Dorf erzählt, das die Kurzen zerstört hatten, und von ihrer Mutter, die eine Tochter von Großer Wal war.

»Und Amgigh ist dein richtiger Sohn?« fragte Samiq. Sein Herz war von seinem Platz in der Brust weggerückt, hatte sich wie ein Geist bewegt, zuerst bis in seine Stirn, dann bis in seine Handgelenke, und jetzt schlug es in seinen Kniekehlen.

»Ja, er ist mein Sohn und der Sohn einer anderen Frau, nicht der Sohn deiner Mutter.«

Wieder bewegte sich Samiqs Herz in seinem Körper ein Stück weiter, jetzt schlug es in einem schnellen Rhythmus tief in seiner Kehle. »Dann sind wir also keine Brüder?«

»Als ich deine Mutter zur Frau genommen habe, wurdet ihr Brüder, und ich wurde dein Vater.«

»Du hättest uns die Wahrheit sagen sollen. Schon als wir noch klein waren, hättest du es uns sagen müssen.«

Kayugh räusperte sich, sah Samiq nicht an. »Wir dachten, daß es besser wäre, wenn ihr aufwachst, ohne es zu wissen. Wozu soll es gut sein, von den Toten zu sprechen? Wer kann sagen, welcher Fluch, welcher Zorn über unser *ulaq* gekommen wäre, wenn deine Mutter von deinem richtigen Vater gesprochen hätte, wenn ich von Amgighs richtiger Mutter gesprochen hätte?«

Samiq machte die Augen zu, strich mit den Fingern über seine Augenlider. »Also wurde Amgigh nicht ausgewählt, den Wal zu jagen, weil er nicht der Enkelsohn von Großer Wal ist«, sagte er.

»Ja.«

»Aber wenn du selbst hättest entscheiden können, dann hättest du Amgigh gewählt ...«

Einen Augenblick lang starrte Kayugh hinauf in den Himmel, dann sah er Samiq mit besorgten Augen an. »Ich hätte dich gewählt, weil du der bessere Jäger bist«, sagte Kayugh. »Willst du hierbleiben?«

»Ja«, antwortete Samiq, aber schon waren seine Gedanken bei den vielen Gelegenheiten, bei denen Kayugh Amgigh vorgezogen zu haben schien, wenn Samiq bei den Rennen gewonnen oder den größten Fisch mitgebracht hatte, aber Amgigh dafür gelobt worden war.

Kayugh nickte. »Dann lerne zu jagen«, sagte er. »Lerne, den Wal zu jagen, und komm zurück, um es Amgigh zu zeigen.«

17

ALS AMGIGHS VATER und Samiq in das *ulaq* von Großer Wal gingen, stieg Amgigh auf das Dach des *ulaq* und wartete, sah aufs Meer hinaus. Warum hatte Großer Wal – Großvater von Amgighs Mutter und Häuptling der Waljäger – Samiq gewählt und nicht Amgigh? Oder hatte Kayugh diese Wahl getroffen? Aber auch wenn es so war – warum mußte Amgigh dann draußen bleiben? Welche Geheimnisse erfuhr Samiq, die Amgigh nicht hören sollte?

Wenn Großer Wal früher ins Dorf der Ersten Menschen gekommen war, hatte er nie wie ein Großvater ausgesehen. Er hatte kein Interesse an den beiden Jungen gezeigt, weder an Samiq noch an Amgigh, hatte jedem von ihnen nur kurz zugenickt, sie vielleicht einmal gefragt, ob sie schon ihren ersten Seelöwen erlegt hätten. Sollte der alte Mann sie doch jetzt einmal fragen. Amgigh hatte nicht nur einen Seelöwen erlegt, er hatte auch eine Frau.

Drei junge Frauen gingen jetzt langsam um das *ulaq* von Großer Wal herum. Zwei waren fast schön, nicht so schön wie Kiin, dachte Amgigh, aber es wäre nicht allzu schrecklich, mit einer von ihnen die Nacht zu verbringen. Die dritte Frau war so groß wie ein Mann, mit schmutzigem Gesicht und abgebrochenen, zerklüfteten Zahnstümpfen. Sie hatte die lauteste Stimme von den dreien, und als sie merkte, daß Amgigh sie ansah, zog sie ihren *suk* aus Otterpelz aus, schlug ihre Schürze hoch und kicherte.

Amgigh wartete, bis sie hinter dem *ulaq* von Großer Wal verschwunden waren, dann rutschte er vom Dach und ging zum Ufer. Die Waljägermänner besserten ihre *ikyan* aus, und die Frauen gruben am Rand des Ufers nach Wurzeln. Amgigh ging zu seinem *ikyak*, strich mit den Fingern über die Nähte und den Flicken aus Seelöwenhaut, den seine Mutter über eine dünne Stelle dicht am Binnenkiel genäht hatte. Er ölte Nähte und Häute, und als er fertig war, zog er das Bündel mit Messern aus dem *ikyak*. Er suchte sich eine ebene Stelle am Ufer und breitete ein dickes Stück Robbenhaut darüber, dann legte er die Messerklingen und Speerspitzen mit den Spitzen nach außen in einem Kreis darauf. Er setzte sich hin, zog ein dickes Stück Robbenhaut über seinen linken Schenkel und wickelte um seine linke Hand einen Streifen aus Seelöwenhaut, dann nahm er seinen Steinhammer aus dem Korb und begann damit, ein stumpfes Messer auszubessern.

Er blickte nicht auf, als sich die Waljäger um ihn herum versammelten; er blickte nicht auf und zeigte ihnen nicht, daß er ihre Kommentare und Angebote für seine Klingen zur Kenntnis nahm. Ja, sie würden Walöl, Felle, Töchter für die Nacht geben. Sollten sie ruhig die Wahl von Großer Wal bedauern; sollten sie ruhig wünschen, der alte Mann hätte seinen anderen Enkelsohn gewählt, den Enkelsohn, der die schönsten Klingen machte, die sie kannten.

Aber dann hörte er die Stimmen von seinem Vater und Samiq. Samiq zwängte sich zwischen den Waljägern durch und stellte sich neben Amgigh, die Hand besitzergreifend auf Amgighs Schulter. Amgigh sah zu Samiq auf, wartete einen Augenblick, um dann das eingewickelte Obsidianmesser in Samiqs Hände zu legen, und lächelte, als Samiq das Messer auspackte, als Samiq es hochhielt, damit die Waljäger es sehen konnten.

Dann hockte sich Samiq neben ihn auf den Boden, legte die Hand auf Amgighs Arm. »Es ist viel zu schön. Es sollte dir gehören, nicht mir«, sagte Samiq.

»Ich habe genauso eins«, antwortete Amgigh, aber er konnte seinem Bruder nicht in die Augen sehen. Dann drehte sich Amgigh zu den Waljägern um. »Otterfelle und Halsketten«, sagte er. »Ich tausche meine Klingen gegen Otterfelle und Halsketten.« Und während er Samiq aus den Augenwinkeln ansah, sagte Amgigh: »Ich brauche Geschenke, um sie meiner schönen Frau mitzubringen.«

18

KIN WACHTE SCHON früh auf und ging hinaus zu den Seetangfelsen, um Brassen zu fischen. Sie fing drei, jede so lang wie ihr Unterarm, vom Handgelenk bis zum Ellbogen. Sie säuberte und zerlegte sie und trug sie dann zu Chagaks Kochstein. Sie hatte unter dem Stein ein Feuer gemacht, bevor sie zum Fischen ging, und jetzt war der

Stein heiß. Sie legte den Fisch mit der Haut nach unten auf den Stein und sah zu, wie das grüne Fleisch von der Hitze flockig und weiß wurde.

Kiin kauerte neben dem Kochstein und aß einen der Fische, die anderen beiden brachte sie für Chagak und Wren ins *ulaq,* das sie gleich wieder verließ, um aufs Meer zu sehen. Wer konnte sagen, wann Amgigh und Kayugh zurückkamen? Vielleicht heute.

Kiin seufzte und blickte hinaus aufs Meer. Es war noch früh, aber sie sah, daß Krumme Nase schon mit ihrem *ik* draußen gewesen war und jetzt zurückkam, ihr kleines offenes Boot aus Häuten war mit Schellfisch beladen. Kiin lächelte und lief hinunter an den Strand, um Krumme Nase zu helfen, das Boot an Land zu ziehen.

»W-w-warst du die ganze N-Nacht fischen?« fragte Kiin, als sie die vielen Fische mit den weißen Bäuchen im Bug des *ik* sah.

Krumme Nase lachte. »Nein. Aber die Geister haben es gut mit mir gemeint.«

Unter einem Felsen neben den Ständern mit den *ikyan* entdeckte Kiin das Tragnetz von Krumme Nase. Sie lief hinüber und holte es, dann brachte sie es Krumme Nase.

Das Netz war ein Kreis. Wenn es flach ausgebreitet am Boden lag, war es so breit, wie ein Mann groß war. Krumme Nase machte die Halteleine los, und dann hielten sie und Kiin das Netz an jeder Seite fest und warfen die Fische aus dem Boot hinein. Dann trugen sie das volle Netz gemeinsam zu dem Platz, an dem die Frauen die Fische putzten. Bei Ebbe reichten die Wellen nicht bis hierher, aber wenn die Flut kam, wurden die Innereien der Fische zurück ins Meer gespült.

Sie legten das Netz auf den Boden, und Kiin griff unter ihren *suk* in ihre Schürzentasche, wo sie ihr Frauenmesser aufbewahrte. Die Feuersteinklinge war leicht gebogen, die gerade hintere Kante stumpf, so daß sie gut in Kiins Hand paßte. Kiin nahm einen Fisch von dem Haufen und schlitzte ihn von den Kiemen bis zum Schwanz auf, dann griff sie hinein und löste die Innereien oben und unten mit zwei schnellen Schnitten und zog sie mit der Hand heraus. Krumme Nase hatte Stöcke zum Trocknen mitgebracht – kurze, eine Handbreit lang, um sie in den Fisch zu schieben, damit er offenblieb und schneller trocknete, und lange, auf die zehn oder fünfzehn Fische durch Maul und Kiemen aufgespießt und über Gestellen zum Trocknen aufgehängt wurden.

Kiin schob einen kurzen Stock in den Fisch, bettete die Enden in das Fleisch ein und legte den Fisch dann auf die alte Bespannung eines *ikyak*, die Krumme Nase auf dem Boden ausgebreitet hatte.

»Dein *suk* ist sehr schön«, sagte Krumme Nase und schnitt den nächsten Fisch auf.

Kiin verzog das Gesicht, als sie sah, daß an einem ihrer Ärmel eine schleimige Masse klebte. »Ich s-sollte m-meinen alten anziehen«, sagte Kiin.

»Geh und hol ihn dir. Die Fische laufen nicht weg.«

Kiin beugte den Kopf nach unten und tat so, als würde sie an ihrem Daumen die Schärfe ihrer Messerklinge prüfen. »I-ich habe ihn im *ulaq* m-meines Vaters gelassen.«

Krumme Nase schnaubte verächtlich. »Ich hole ihn dir«, sagte sie und machte sich auf den Weg, bevor Kiin sie zurückhalten konnte.

»S-s-sag aber nicht, daß ich ihn haben will«, rief Kiin ihr nach, war aber nicht sicher, ob Krumme Nase es gehört hatte.

Kiin wußte, daß Krumme Nase keine Angst vor ihrem Vater hatte. Grauer Vogel war ein kleiner Mann, und Krumme Nase war größer als er, vielleicht sogar stärker.

Kiin zog mehrere Fische aus dem Netz und nahm sie aus, dann sah sie zu den *ulas*. Krumme Nase kam schon mit Kiins altem *suk* aus Kormoranfedern zurück. »Dein Vater schickt dir Grüße«, rief sie Kiin zu.

Kiin machte große Augen, dann brach sie in Lachen aus. Sie konnte sich nicht daran erinnern, daß ihr Vater jemals irgend jemandem Grüße geschickt hatte; und schon gar nicht ihr.

»Ach, j-jetzt b-bin ich Frau, j-jetzt g-glaubt er, daß ich es w-wert bin, g-gegrüßt zu werden?« sagte Kiin und bemühte sich, unbeschwert zu klingen.

Krumme Nase lächelte und sagte: »Geh und wasch dir die Hände, bevor du deinen *suk* wechselst.«

Kiin ging zum Rand des Stroms und hockte sich auf die Fersen, um ihre Hände mit Kies abzuschaben. Sie benutzte nassen Sand, um den Schleim und das Fischblut vom Ärmel ihres *suk* zu entfernen, dann zog sie das Kleidungsstück über den Kopf. Der Wind war kalt an ihren Brüsten, und sie hielt schützend den *suk* hoch, als sie zu Krumme Nase zurückging.

Krumme Nase deutete mit dem Kinn zu der Stelle, an der Kiins alter *suk* aus Federn lag, und Kiin zog ihn sich über den Kopf und strich ihn über der Schürze glatt.

Eine Weile arbeiteten die Frauen schweigend weiter, dann fragte Krumme Nase: »Fühlst du dich jetzt anders, als Frau?«

Kiin schob die Lippen vor und sagte schließlich: »Das k-kommt, weil ich eine Seele habe, nicht weil ich F-Frau bin.« Sie legte die Faust an die Brust. »Es f-fühlt sich gut an, wenn sich hier ein G-Geist b-bewegt.«

»Dein Vater hätte dir schon längst einen Namen geben sollen«, sagte Krumme Nase. »Aber wenigstens hat deine Mutter für dich getan, was sie konnte.«

Kiin wunderte sich über die Worte von Krumme Nase. Was hatte ihre Mutter denn für sie getan? Selbst Kiins neuer *suk* war von Chagak. Blaue Muschel würde sich ihrem Mann nicht widersetzen, um die Tochter zu achten, die er haßte. Wie oft hatte Blaue Muschel nur zugesehen, geweint, aber nichts getan, um ihn daran zu hindern, während Grauer Vogel Kiin geschlagen hatte?

»Ich w-würde meinem Mann niemals erlauben, eins meiner Kinder zu sch-schlagen«, erwiderte Kiin. »L-lieber soll er mich sch-schlagen.«

»Ich sage ja nicht, daß deine Mutter alles richtig gemacht hat«, erwiderte Krumme Nase. »Aber du mußt wissen, daß dein Vater auf dich zornig ist, weil du kein Sohn bist. Einen anderen Grund gibt es nicht. Du bist eine hübsche Frau. Er hat oft mit deiner Schönheit geprahlt. Das weiß ich von Große Zähne.«

Kiin war so erstaunt, daß ihr die Worte in der Kehle stekkenblieben. Ihr Vater fand sie schön? »Aber m-meine Mutter ...« sagte sie schließlich.

»Hätte ihn daran hindern sollen?« sagte Krumme Nase. »Ja, sie hätte es wenigstens versuchen können. Aber du darfst nicht vergessen, was sie für dich getan hat.«

Kiin runzelte die Stirn, und Krumme Nase sagte: »Dein Vater wollte dich töten, nachdem du geboren warst.«

Kiin nickte. »Das hat mir Qakan viele M-Male e-erzählt.«

»Kayugh hat deinen Vater gezwungen, dich am Leben zu lassen, indem er ihm Amgigh als Mann für dich versprochen hat. Dein Vater hat sich gerächt, indem er dir keinen Namen gegeben hat. So daß Kayugh sein Versprechen nicht halten konnte, Amgigh dir nicht geben konnte. Wie hätte er Amgigh bitten können, alle Hoffnung aufzugeben, jemals Söhne zu haben? Oder es darauf ankommen zu lassen, daß du Amgighs Seele stiehlst?«

»Ich würde niemals einem Mann die Seele stehlen.«

Krumme Nase zuckte die Achseln. »Aber deine Mutter hätte dich dem Wind geben können. Sie hätte dich sterben lassen können. Dann gäbe es keinen Streit, keinen Ärger in unserem Dorf.«

»Aber dann wäre Kayugh vielleicht wütend gewesen ...« begann Kiin.

Doch Krumme Nase zuckte wieder die Achseln. »Es gibt viele Möglichkeiten, ein neugeborenes Kind sterben zu lassen. Es ist nicht schwer, ein Kind zu ersticken und zu sagen, daß es im Schlaf gestorben ist. Deine Mutter mußte die ganze Zeit auf dich aufpassen. Sie hat dich niemals allein gelassen. Sogar wenn sie zum Fischen hinausgefahren ist, hat sie dich auf ihrem Rücken festgebunden. Und überleg doch mal, wie einfach es für sie gewesen wäre, deinem Vater zu gehorchen, dich eines Nachts zu ersticken und niemandem zu sagen, was wirklich geschehen war, um so wieder Frieden in das *ulaq* deines Vaters zu bringen.«

Krumme Nase schwieg, aber Kiin sagte nichts. Es war so einfach, alle in ihrer Familie abzulehnen, sich so fest in ihre Einsamkeit und Furcht einzuhüllen, daß die Freuden des Lebens nicht zu ihr durchdringen konnten.

»Verstehst du, was ich dir sage?« fragte Krumme Nase.

Kiin sah auf, und ihre Blicke begegneten sich. »Ja«, sagte sie.

Krumme Nase lächelte und stand auf. Sie ergriff einen der langen Stöcke, und dann spießten sie und Kiin die ausgenommenen Fische darauf. Als der erste Stock voll war, trugen sie ihn das Ufer hinauf bis zu einer flachen felsigen Stelle an der windgeschützten Seite der Klippen. Dort hatten die Männer Gestelle zum Trocknen errichtet. Mit den dahinter aufragenden Felsklippen waren die Gestelle besser vor den Vögeln geschützt, so daß immer nur eine der Frauen Wache zu halten brauchte, um Möwen und Raben zu verjagen.

Die Gestelle aus Treibholz hatten breite, gegabelte Halterungen; die Halterungen wurden von angehäuften Felsbrocken und Uferkies gestützt, damit sie nicht umfielen. Jede hielt drei Stangen, eine oben in der Gabel und zwei in den Kerben, die in die Seiten des Pfostens geschnitzt waren. Kiin und Krumme Nase legten die Stange mit den Fischen in die Gabeln der nächstliegenden Halterungen.

»Du paßt auf«, sagte Krumme Nase und gab Kiin einen langen Stock, um die Vögel zu verjagen. »Ich gehe zurück und stecke die Fische auf die nächste Stange.«

Kiin hockte sich neben das Gestell. Über ihr kreisten Möwen, stießen Schreie aus, stritten sich um den Platz am Himmel über den Gestellen. Kiin stand auf, schwenkte den langen Stock in einem Kreis über dem Kopf. Die Möwen zogen sich zurück, stürzten zu dem Haufen mit den Innereien, die Kiin und Krumme Nase für die Flut liegengelassen hatten. Kiin hockte sich wieder neben die Trockengestelle.

»Brauchst du Hilfe?« fragte eine Stimme.

Kiin erschrak, blickte auf. Es war Qakan.

»Krumme Nase ist u-unten am U-Ufer. Du kannst ihr helfen, die Stangen zu tr-tragen.«

»Ich würde lieber dir helfen«, sagte Qakan.

Kiins Gedanken wanderten zurück zu der Nacht, bevor sie Amgighs Frau geworden war. Sie und Qakan waren allein im *ulaq* ihres Vaters gewesen, Kiin hatte Matten gewebt, und Qakan hatte an einem Stoß mit Robbenhäuten gelehnt, die mit Gänsefedern ausgestopft waren.

»Glaubst du, daß ich einen guten Mann abgeben werde?« hatte Qakan gefragt und seine Schürze hochgeklappt, um ihr sein männliches Teil zu zeigen.

»N-n-nein«, hatte Kiin voller Abscheu gesagt. »Du-du h-hast nicht die Kraft, S-S-Söhne zu machen.«

Dann war sie schnell weggelaufen, den Kletterstamm hinauf und nach draußen, und Qakan war zu faul gewesen, ihr zu folgen. Sie hatte draußen vor dem *ulaq* gewartet, bis ihre Mutter, die Seeigel sammelte, zurückgekommen war, aber seither, bis zu diesem Tag, hatte Qakan nicht mehr mit ihr gesprochen.

Ein plötzliches Gefühl der Freude erfüllte Kiins Brust. Es ist gut, dachte sie, nicht mehr im *ulaq* meines Vaters zu sein, vor Qakan sicher zu sein.

»Kiin!« rief Krumme Nase, und Kiin blickte zum Ufer, sah, daß Krumme Nase zwei weitere Stangen mit Fischen fertig hatte. Sie stand auf, um zu ihr zu gehen und ihr zu helfen, aber Qakan lief schon zu Krumme Nase und nahm ihr eine der Stangen ab.

Sie brachten die Stangen zu den Gestellen und legten sie, beide zur gleichen Zeit, in die Halterungen, damit das Gestell nicht umkippte.

»Du kannst hierbleiben«, sagte Krumme Nase zu Kiin. »Ich habe Chagak gesagt, daß sie in das *ulaq* meines Mannes kommen soll. Kleine Ente und ich haben vor, Körbe zu flechten.«

Nachdem Krumme Nase in das *ulaq* von Große Zähne gegangen war, kauerte sich Kiin auf den Boden und zog ihren *suk* bis über die Knie. Qakan hockte sich neben sie.

»Ich gehe bald weg von hier«, sagte Qakan.

Kiin sah ihn an, zog die Augenbrauen hoch.

»Auf eine Handelsfahrt«, sagte er. »Ich bin ein Händler«, fügte er herausfordernd hinzu, als erwartete er, daß Kiin ihm widersprach.

Kiin stand auf, schwenkte den Vogelstock über dem Gestell hin und her.

»Ich brauche noch Sachen zum Tauschen«, sagte Qakan. »Hast du neue Matten und Körbe fertig? Wenn du sie mir gibst, bringe ich dir etwas Gutes dafür mit.«

Kiin sah Qakan an und lächelte. »Ich habe noch z-zwei Beerenbeutel«, sagte sie. »J-jemand hat sie mir gegeben.« Sie sah, wie Qakans Gesicht rot wurde. »Sie sind in Kayughs *ulaq*. A-aber ich k-kann die Gestelle nicht allein lassen.«

»Ich gehe sie holen«, sagte Qakan.

Kiin zuckte die Achseln. Qakan stand auf. »Ich bringe dir dafür etwas Gutes mit«, sagte er noch einmal.

Kiin drehte Qakan den Rücken, schwenkte wieder ihren Stock, um die Möwen zu verscheuchen. Qakan wird fort sein, dachte sie, vielleicht den ganzen Sommer. Was konnte besser sein?

Dann erinnerte sie sich daran, was Krumme Nase ihr gesagt hatte. Blaue Muschel hatte Kiin gewollt, hatte sie, auf ihre Art, geschützt. Die Härte, die so lange in ihrem Herzen gewesen war, schien sich aus ihrer Brust zu lösen.

Und um ihr Leben zu retten, hatte Kayugh seinen Sohn Amgigh zum Mann für sie versprochen. Sie durfte nie wieder zulassen, daß sie sich Samiq zum Mann wünschte. Sie lebte nur wegen Amgigh.

Aber wie konnte sie vergessen, wie sich Amgigh verlegen abgewandt hatte, wenn er ihre blauen Flecken sah?

Samiq, nicht Amgigh, hatte neben ihr gesessen, hatte sie mit leisen Worten getröstet, um ihre Gedanken von den Schmerzen in ihren Muskeln abzulenken, von den pochenden Wunden auf ihrem Rücken und ihren Armen.

Einmal, als ihr Vater Kiin so schlimm geschlagen hatte, daß sie nicht mehr wußte, wie sie von seinem *ulaq* bis zu Kayughs *ulaq* gekommen war, hatte Chagak in dem großen Mittelraum des *ulaq* für sie ein Bett hergerichtet, dicht neben der Wärme der Öllampen. Und Samiq hatte ihre Hand genommen, hatte gesagt, daß er sie zur Frau haben wollte, hatte gesagt, daß er jeden Brautpreis zahlen würde, den ihr Vater verlangte.

»Ich will dich zur Frau«, hatte er gesagt.

Kiin hatte prüfend in Samiqs Gesicht gesehen, die breite, starke Stirn, die hohen, schrägen Backenknochen. Dann schien er ihre Augen mit der Macht seiner Augen festzuhalten.

»Ich verspreche dir«, hatte Samiq gesagt, während er mit dem Finger über ihre Wange fuhr, »eines Tages wirst du meine Frau sein und bei mir in Sicherheit sein.«

Aber es war das Versprechen eines Jungen gewesen, das Samiq nicht halten konnte. Und so war jetzt Amgigh ihr Mann, und er war ein guter Mann. Vielleicht trug sie sogar schon sein Kind. Kiin griff nach oben, um eines der Fischgestelle zurechtzurücken, und während sie es tat, hörte sie ihren Geist flüstern, als würde er leise mit etwas in Kiin sprechen, als sollte Kiin es nicht hören. »Vielleicht trägst du aber auch Samiqs Kind.«

Kiin strich über die Walzahnschale an ihrer Seite. Nein, dachte sie, Samiq war bei den Waljägern, er würde sich eine Waljägerfrau nehmen.

Sie dachte an den Wal, der vor einigen Jahren ans Ufer der Ersten Menschen gespült worden war: Fleisch, Knochen für die Dachbalken des *ulaq* und Öl, rauchlos und sauber, für die Lampen. Es war gut, daß Samiq lernen würde, den Wal zu jagen. Gut für Samiq und für die Ersten Menschen.

Einmal oder zweimal im Jahr kamen die Waljäger, um

Handel zu treiben. Kiin kannte ein paar von den Jägern, die kamen, wenigstens ihrem Namen und ihrem Gesicht nach – Sterbende Robbe und einen anderen Mann, mürrisch und immer im Streit, der Harter Felsen hieß. Sie waren jetzt Samiqs Volk. Er würde sich eine Frau von den Waljägern nehmen. Kiin gehörte zu Amgigh.

Qakan rief. Niemand antwortete. Er lächelte und kletterte den Stamm hinunter in Kayughs *ulaq*. Kiins Ecke würde von Kayughs Schlafplatz am weitesten entfernt sein. Ja, da waren Kiins Körbe, nicht gut genug, um Chagaks Arbeit zu sein. Qakan hockte sich auf den Boden und sah den Stoß Matten und die Felle durch, an denen Kiin arbeitete. Die Beerenbeutel lagen zusammengerollt ganz unten in dem Haufen. Er nahm sie. Darunter lag ein Frauenmesser. Qakan hob es auf. Die Klinge hatte Amgigh gemacht. Niemand sonst konnte Felsstein so dünn schlagen. Qakan steckte das Messer in seinen Ärmel. Er ging im *ulaq* herum, blieb vor Kayughs Schlafplatz stehen, legte die Hand an den Vorhang, zog sie dann wieder zurück.

Warum Gefahr laufen, Kayughs Zorn zu wecken, so daß er die Geister rief, um Qakans Handelsfahrt zu verfluchen? Er ging zu Amgighs Schlafplatz. Kayugh hatte die Macht, Männer zu töten. Wer hatte nicht von seinem Kampf mit den Kurzen Menschen gehört? Aber Amgigh war in Wirklichkeit nur ein Junge. Sein Fluch würde nicht allzu groß sein, sicherlich nicht stark genug, um einem Handelsmann zu schaden.

Außerdem brachten Amgighs Klingen beim Tauschen immer viel ein. Er stieß den Vorhang auf die Seite und ging hinein, sah, wo Amgigh seine Waffen aufbewahrte. Kurze Speere, Robbenharpunen, Bolas, ein Behälter mit Fischhaken. Klingen, ein ganzer Korb voll.

In Qakans Lungen breitete sich Gelächter aus, während er die Klingen auf Amgighs Schlaffelle schüttete. Klingen, wunderschöne, wunderschöne Klingen. Wer machte bessere? Man brauchte nur Amgighs Klingen zu haben, um ein erfolgreicher Händler zu sein.

Qakan nahm den Korb, und als er es tat, sah er das Päckchen, das in Seelöwenhaut gewickelt war. Er stellte den Korb wieder hin, setzte sich mit gekreuzten Beinen auf Amgighs Schlaffelle und nahm das Bündel heraus. Als er sein Gewicht fühlte und die Ausgewogenheit in seinen Händen, da wußte er es. Aber als er es dann auspackte, stieß er seinen Atem in einem langen Pfiff aus: Obsidian, zu einer dünnen Klinge behauen. In den Facetten des geschliffenen Steins fing sich das Licht, das die Schwärze des Messers erhellte. Der Griff war mit schwarzem Fischbein umwickelt, so fein gespalten wie Haar.

Er wickelte das Messer wieder ein, zog seinen Parka hoch und schob das Bündel unter das Schürzenband. »Ich bin Amgighs Bruder«, sagte Qakan laut, sagte es zu den Geistern, die in Amgighs Schlafplatz wohnten. »Ich bin Amgighs Bruder. Vergeßt nicht, Kiin, seine Frau, ist meine Schwester. Amgigh kann sich ein neues Messer machen. Ich werde dieses hier tauschen und auch die anderen Messer im Korb. Ich werde ihm dafür etwas mitbringen, um das ihn sogar Samiq beneiden wird.«

19

GRAUER VOGEL WARF den Kopf zurück und lachte laut und lange. Zuerst machte Qakan das Lachen verlegen, doch dann wurde er wütend. Sein Vater war ein Narr. War er blind, sah er nicht, was Qakan ihm anbot?

Grauer Vogel, die kleinen Augen so dunkel und hart wie Moosbeeren, sagte: »Sie gehört Amgigh. Ich kann sie dir nicht geben.«

»Amgigh ist nicht da.«

»Drei, vielleicht vier Tage nicht.«

Qakan beugte sich zu seinem Vater. »Das genügt.«

Grauer Vogel zog die Augen zu einem Schlitz zusammen. »Was soll das heißen?«

»Wenn Kiin nun sterben würde, bei einem Unfall in ihrem *ik*? Müßtest du dann den Brautpreis zurückgeben, den Amgigh gezahlt hat?«

Grauer Vogel zuckte die Achseln. »Nein. Sie war seine Frau. Ich habe kein Versprechen gegeben, wie lange sie leben wird. Aber die vier Häute, die Chagak noch schaben muß, würde ich vielleicht nicht bekommen.« Grauer Vogel sah hinunter auf seine Hände, zupfte an dem Schmutz unter einem Fingernagel. »Sag mir, warum willst du deine Schwester töten?« fragte er.

Qakan lachte spöttisch. »Ich würde sie nicht töten. Es würde nur so aussehen, als wäre sie tot. Aber hör zu, was ich dir zu sagen habe. Ich brauche deine Hilfe.«

Grauer Vogel richtete sich auf und sah sich im *ulaq* um. Sie waren an der windgeschützten Seite seines *ulaq*, der Wind kam in kurzen Stößen durch das Gras auf dem Dach.

»Es ist niemand hier«, sagte Qakan. »Die Frauen sind alle in den *ulas*, und Große Zähne auch. Kiin paßt auf die Fischständer auf.«

Grauer Vogel schüttelte den Kopf. Er nahm seinen Gehstock und stocherte damit in dem Gras vor seinen Füßen. »Ich kann dir nicht helfen«, sagte er. »Tu, was du tun mußt, aber erzähle niemandem davon. Sonst hören es die Geister, und du weißt nicht, ob sie dich oder deine Schwester begünstigen.«

»Sie begünstigen mich«, sagte Qakan. Wieder stieg Zorn in ihm hoch, trieb ihm das Blut ins Gesicht, bis sich sein Kopf anfühlte, als wäre er viel zu groß für seinen Körper. »Sie ist nur eine Frau und hat keine Macht.«

»Aber irgend jemand hat Gefallen an ihr gefunden, denn sie hat jetzt einen guten Mann.«

»Du warst es, der ihr einen Namen gegeben hat. Du warst es, der ihr Macht gegeben hat, wenn sie eine hat.«

Grauer Vogel stand auf und drängte sich an Qakan vorbei. Er sah über die Schulter zu Qakan und sagte: »Sie hat mir mehr Robbenhäute gebracht als du. Wenn du ein Jäger wärst, würde ich mehr auf deine Pläne geben.«

So schnell stürzten die Worte in Qakans Mund, daß sie nur ein Geist dorthin gebracht haben konnte. »Du redest zu mir vom Jagen? Du?«

Grauer Vogel wirbelte herum, hob mit zitternder Hand seinen Gehstock. Seine Lippen zogen sich zurück, bis Qakan seine Zähne sehen konnte, aber Qakan wartete nicht, um zu hören, was sein Vater sagte.

Genug. Er würde sich Kiin selbst holen, ohne Hilfe seines Vaters. Und die Felle, die er für sie bekam, würden ganz allein ihm gehören und nicht auch seinem Vater. Er ging zum Ufer, ohne sich noch einmal umzusehen. Sein *ik* war beladen, er würde gleich losfahren. Jedenfalls würden sie glauben, daß er jetzt losfuhr.

Am ersten Tag, an dem die Männer weg waren, hatten Kiin und Chagak viel geredet, viel gelacht. Sie nahmen Wren aus der Wiege und ließen sie fast den ganzen Tag im *ulaq* herumlaufen, ohne sich Sorgen machen zu müssen, daß sie die Männer störte. Am Nachmittag kam Kiins Mutter Blaue Muschel zu ihnen, und die drei Frauen arbeiteten an Körben, webten, während Chagak eine Geschichte erzählte und Kiin sang, zuerst ein Lied vom Weben, dann eins vom Meer.

Auch der zweite Tag war nicht schlimm, und Chagak hatte Kiin wegen des Schellfischs gelobt, den Krumme Nase ihnen gegeben hatte, als hätte Kiin den Fisch selbst gefangen und Krumme Nase nicht nur beim Säubern geholfen. Aber nun, am dritten Tag, schien es im *ulaq* zu still zu sein, zu leer. Als Kiin noch im *ulaq* ihres Vaters gelebt hatte, waren sie und ihre Mutter jedesmal froh gewesen, wenn Grauer Vogel auf die Jagd gegangen war. Aber ohne Amgigh und Kayugh war es dunkel im *ulaq*, auch wenn sämtliche Lampen brannten, und an den langen Abenden war kein fröhliches Lachen zu hören. Und Samiq – er würde nicht zurückkommen. Nicht in diesem Jahr, vielleicht auch nicht im nächsten. Aber Kiin durfte nicht zulassen, daß sie die Leere spürte, die seine Abwesenheit bei ihr hinterließ. Sie war Amgighs Frau. Vielleicht hatte sie Amgigh schon einen Sohn gegeben, wenn Samiq zu den Ersten Menschen zurückkam, und vielleicht brachte Samiq eine Frau von den Waljägern mit.

Ein plötzlicher Schmerz erfüllte Kiins Brust, und sie hörte ihren Geist flüstern: »Ja, und es wird das beste sein, wenn er es tut. Sie wird dir und Amgigh eine Schwester sein. Und Chagak und Kayugh eine Tochter. Eine zweite Mutter für Amgighs Söhne.«

Kiins Finger suchten die glatte Oberfläche des Walzahns, der an ihrer Seite hing, und sie strich über das Elfenbein, bis ihr Schmerz ein wenig nachließ. Sie war schon zu lange im *ulaq* geblieben. Es würde guttun, mit dem *ik* ihrer Mutter zu den Seetangfelsen zu fahren und zu fischen. Sie und Chagak könnten am Abend ein kleines Fest feiern, um das Warten leichter zu machen.

Chagak war in ihrem Schlafplatz und fütterte Wren, und Kiin rief ihr zu, daß sie bald zurück sein werde, daß sie nur ein kleines Stück vom Ufer hinauspaddeln wollte.

»Warte«, rief Chagak ihr nach. »Ich habe etwas, was ich dir geben möchte.«

Verwundert wartete Kiin, bis Chagak mit Wren im Arm aus dem Schlafplatz kam, die Kleine trank noch, den Mund fest an Chagaks rechte Brust gedrückt.

»Das«, sagte Chagak und gab Kiin die Schnitzfigur, die sie um den Hals trug und die, wie Kiin wußte, der Großvater Shuganan für sie gemacht hatte. Es war eine Frau mit einem Mann und einem Kind, die Gesichter von dem Mann und der Frau waren ganz sicher die von Chagak und Kayugh. Das Elfenbein von dem Walzahn war gelb vom Alter, dunkel vom Öl, mit dem Chagak es einrieb, damit das Elfenbein nicht austrocknete und absplitterte.

»I-i-ich k-k-kann nicht«, stammelte Kiin. »Es-es gehört dir. Dein-dein G-G-Groß ...«

Aber Chagak hob die Hand, um Kiin zum Schweigen zu bringen, und legte Kiin das Band um den Hals, so daß die Schnitzfigur zwischen Kiins Brüsten hing.

»Sie gehört jetzt dir«, sagte Chagak. »Sie wird dir Kinder bringen, und deine Kinder werden für mich genauso eine Freude sein wie für dich.«

Kiin wollte etwas sagen, aber wieder drängte sich ein Geist in ihre Kehle, hielt die Wörter fest. Und so beugte sich Kiin vor, drückte ihre Wange an Chagaks Wange, ließ Chagak die Tränen in ihren Augen sehen.

Chagak lächelte und sagte: »Eines Tages mußt du sie einer Frau von deinen Söhnen geben. Auf diese Weise ist sie immer ein Geschenk.«

Kiin umklammerte die Schnitzerei mit beiden Händen, betrachtete die Gesichter, den *suk* der Frau, die Federn und die Nähte, die in das Elfenbein geschnitzt waren. Für einen Augenblick dachte sie an die kläglichen Schnitzarbeiten ihres Vaters, aber sie verschloß sich den Gedanken an ihn. Warum sich von den Gedanken an Grauer Vogel die Freude verderben lassen?

»Du willst also fischen gehen?« fragte Chagak.

»V-v-vielleicht Meerbrassen«, antwortete Kiin.

»Frag deine Mutter, ob sie nicht mitgehen will«, sagte Chagak. »Es weht ein kräftiger Wind. Geh nicht allein.«

Kiin lächelte. Chagak, immer machte sie sich Sorgen. Kiin nahm ihren *suk* und zog ihn sich über den Kopf. Sie kletterte aus dem *ulaq*, ihre Hand umklammerte die Schnitzerei aus Elfenbein.

Sie ging zum *ulaq* ihres Vaters, und schon als sie hineinkletterte, hatte sie ein beklemmendes Gefühl in der Brust, aber zu ihrer Erleichterung war ihr Vater nicht da. Sie rief, aber das *ulaq* war leer. Vielleicht war ihre Mutter in den Hügeln, um Wurzeln auszugraben oder Heidekraut zu sammeln. Das störte Kiin nicht. Ja, es wehte ein kräftiger Wind, er kam aus dem Norden, fegte hinaus auf das südliche Meer, aber sie würde an der Südseite der Bucht bleiben, so daß die Wellen ihr *ik* nicht von den Seetangfelsen hinausziehen konnten. Manchmal war es besser, allein zu sein, langsam mit dem *ik* zu fahren, nach Seeottern oder Robben Ausschau zu halten.

Das *ik* lag neben dem von Chagak am Ufer, aber Qakans *ik,* das er und sein Vater gebaut hatten, als er beschlossen hatte, auf Handelsfahrt zu gehen, war verschwunden.

Ja, dachte Kiin, Krumme Nase hatte am Morgen erwähnt, daß Qakan in der vergangenen Nacht zu seiner Handelsreise aufgebrochen war. Sie sagte, er habe den größten Teil der Fische von ihren Trockenständern mitgenommen. Wer hätte von Qakan etwas anderes erwartet?

Aber er war mutiger, als Kiin geglaubt hatte. Ein Mann allein würde vielen Schwierigkeiten begegnen, selbst ein Händler, der um die Ufer und schmalen Buchten herumfuhr. Es würde keine einfache Reise sein, auch wenn er nur bis zu den Waljägern fuhr. Außer den Beerenbeuteln hatte ihm Kiin noch eine Anzahl Körbe gegeben. Er hatte versprochen, ihr dafür etwas mitzubringen, etwas von einem anderen Stamm. Aber Kiin erwartete nichts. Sie war an Qakans schmeichelnde Worte gewöhnt, wenn er etwas brauchte, an seine plötzlichen Wutanfälle, wenn er bekommen hatte, was er haben wollte.

Aber das machte Kiin nichts aus. Sie war jetzt eine Frau, und vielleicht würde sie bald Mutter sein. Sollte Qakan machen, was er wollte.

Sie hob das *ik* hoch, schob es ins Wasser, bis die Wellen den Saum ihres *suk* umspülten. Dann kletterte sie in das *ik* und begann zu paddeln. Als das *ik* von der Strömung erfaßt wurde, lenkte es Kiin mit dem Paddel, bis sie die Seetangfelsen erreicht hatte. Sie befestigte einen Fischköder an einer Schnur, als sie auf den Felsen direkt unter dem Wasser eine große Anzahl Käferschnecken glitzern sah. Sie beugte sich aus dem Boot und zog das Frauenmesser aus dem Beutel an ihrer Hüfte, um mit der flachen Klinge die Käferschnecken herauszustemmen.

Sie arbeitete, bis sie einen ganzen Berg Käferschnecken gesammelt hatte, jede so lang wie ihre Hand, die dunklen, gegliederten Schalen zu winzigen Hügeln zusammengerollt. Dann nahm sie das Paddel und stieß das *ik* von den Felsen ab. Warum auch noch Fische fangen? Die Käferschnecken waren schon Leckerbissen genug.

Sie würde kräftig paddeln müssen, um wieder ans Ufer zu gelangen. Die Strömung trug sie weg von der kleinen Bucht, aber sie war daran gewöhnt zu paddeln, sie hatte kräftige Arme und einen starken Rücken. Sie hatte schon mehrere kräftige Schläge gemacht, als sie jemanden rufen hörte, und als sie sich umsah, entdeckte sie ein *ik*.

Sie zog das Paddel durch, um mit ihrem *ik* in der Strömung zu bleiben, und winkte dann. Es war Qakan. Ja, er war nicht zu übersehen, nachdem er sein *ik* über und über mit den bunten Farben der Händler bemalt hatte. Sie ließ sich von der Strömung zu den Felsen zurücktreiben und lenkte ihr *ik* an einen ruhigen Platz zwischen zwei Felsblöcken.

Nur ein Tag, ein einziger Tag auf dem Meer hatte Qakan genügt. Kiin war nicht überrascht. Er würde nie ein Mann sein. Er, nicht Kiin, würde für immer im *ulaq* ihres Vaters leben.

Als er dicht genug herangekommen war, rief sie: »Ich dachte, du willst ein Handelsmann sein.«

Qakan zuckte die Achseln und lenkte sein *ik* dicht neben Kiins *ik*. »Es war eine schlimme Nacht«, sagte er mit der gleichen hohen, wimmernden Stimme, die Kiin schon kannte. »An dem Strand, an dem ich war, gab es Geister.«

Kiin nickte. Sie hatte keinen Zweifel, daß er die Nacht in der kleinen Bucht an der Westseite von Tugix' Insel verbracht hatte. Die Ersten Menschen hatten dort ein Lager und sogar ein kleines *ulaq*. An diesem Strand machten die Pelzrobben halt, wenn sie vom Südmeer zum Nordmeer schwammen.

Es war kein schrecklicher Ort. Kiin war selbst schon einmal dort gewesen, als sie noch jünger war. Sie hatte das *ik* von Krumme Nase gestohlen und war zu der Bucht gepaddelt, war entschlossen gewesen, dort, weit weg von ihrem Vater, zu leben. Am nächsten Tag hatte sie Kayugh dort gefunden und wieder nach Hause gebracht, aber in der Nacht war es nicht schrecklich gewesen. Es hatte dort keine Geister gegeben.

Qakan schlug die Augen nieder, wich ihrem Blick aus, und für einen Augenblick fühlte Kiin Mitleid mit seiner Schmach. Wie schrecklich, so faul und furchtsam zu sein wie Qakan. »Ich habe eine Menge Käferschnecken gesammelt«, sagte sie. »Hast du einen Korb, damit ich dir welche für unsere Mutter mitgeben kann?«

Er nickte und gab ihr einen von ihren eigenen Körben, einen, den sie mit den gelbgelockten flaumigen Lundfedern geschmückt hatte. Sie wollte ihm den Korb zurückgeben, ihn um einen bitten, der nicht so schön war, aber dann flüsterte ihr Geist ihr zu: »Warum ihm noch mehr weh tun?« So nahm sie den Korb und begann, die Muscheln hineinzuschaufeln.

Kiin sah nach unten, bemerkte nicht, daß Qakan sein Paddel über ihren Kopf hob, sah erst auf, als sie das Paddel durch die Luft sausen hörte.

Es traf sie an der linken Stirnseite, riß eine klaffende Wunde in ihre Haut und schleuderte Kiin auf den Boden des *ik*. Einen Augenblick sah sie Qakan an, sah keine Scham in seinen Augen, keine Furcht. Langsam zwang sie ein Wort auf ihre Lippen. »Warum?« fragte sie. Aber Qakan lachte nur, und dann war der Himmel rot, und das Meer war schwarz, und Kiin sah überhaupt nichts mehr.

20

KIIN WACHTE MIT Schmerzen auf. Der Kopf tat ihr weh, und ihr Rücken fühlte sich an, als hätte sie jemand geschlagen, als hätte jemand auf sie eingedroschen, bis ihre Haut rissig und wund war. Ihr Magen war schwer von den Schmerzen, als müßte sie sich erbrechen, und als sie die Augen aufmachen wollte, konnte sie es nicht.

Ich bin in dem *ik,* dachte sie, als sie das Wasser gegen die Seiten schlagen hörte. Dann kam die Angst, so plötzlich und stechend wie die Schmerzen. Wenn sie im *ik* war, dann hatte die Strömung sie weit aufs Meer hinaus getragen. Sie mußte das Paddel finden. Sie hielt sich an den Seiten des *ik* fest und richtete sich auf. Der Schmerz setzte sich unter ihrem Magen fest, und sie spürte plötzlich Wärme zwischen ihren Beinen. Sie machte die Augen auf, sah alles doppelt, ihr Körper an der Brust geteilt, vier Beine, zwei, die in der Mitte zusammenliefen, und überall Blut. Sie machte die Augen wieder zu.

Nein, dachte sie, es ist noch nicht die Zeit für mein Blut. Es ist noch Neumond.

Dann ertönte eine Stimme über ihr, eine Stimme und Gelächter.

»Jetzt wird dich Amgigh nicht mehr haben wollen. Nicht einmal Samiq. Ich habe dir deine Seele wieder genommen, Kiin.«

Kiin tat so, als hätte sie nichts gehört, aber sie fühlte, wie sich ihr Geist in ihrem Körper bewegte, wie er stieß, an ihre Haut stieß, vom Kopf zum Herzen und zu den Füßen flatterte, und plötzlich wußte Kiin, daß Qakan sie genommen hatte, wie ein Mann eine Frau nimmt. Daß er sie im Zorn und mit großer Gewalt genommen und dabei aufgerissen hatte.

Langsam legte sie sich wieder hin. Sie verschränkte die Arme über der Brust. Sollte das Blut fließen. Sollte es

Qakans *ik* beflecken, sollte es ihm den Fluch von Frauenblut bringen. Was kümmerte es sie.

»Ich werde dich zum Tauschen benutzen«, sagte Qakan. »Du wirst einen guten Preis bringen. Glaubst du vielleicht, Amgigh würde dich suchen?« Er lachte. »Niemand wird dich suchen. Weil sie alle glauben, daß du tot bist. Aber selbst wenn dich Amgigh fände, würde er dich nicht haben wollen. Du bist verdorben, verfaultes Fleisch.«

Kiin machte die Augen auf, drehte den Kopf, damit sie Qakan sah, sein dickes rundes Gesicht war nur ein verschwommener Fleck. Aus ihren Wunden quoll noch immer Blut, und sie zitterte bei dem Gedanken an Qakan, über ihr, in sie hineinstoßend, sich in sie ergießend, die dicke weiße Milch wie der Saft aus einer Ugyuunpflanze. Aber er irrte sich. Er hatte ihr ihren Geist nicht weggenommen. Er war noch in ihr, stark und zornig. Kiin machte die Augen und den Mund zu, verschloß ihre Ohren mit den Händen, um ihren Geist festzuhalten. Sie würde ihn nicht hinauslassen. Sie würde ihren Geist behalten, und wenn sie jetzt auch nicht stark genug war, sich gegen Qakan zu wehren, so würde ihr Kopf bald wieder klar sein, und dann würde sie kämpfen. Sie würde nicht zulassen, daß Qakan sie tauschte. Eher würde sie ihn töten.

Qakan sah seine Schwester an und lachte. Sie lag mit angezogenen Beinen am Boden des *ik,* hielt sich die Ohren zu. Qakan tauchte sein Paddel ins Wasser und stieß das Boot mit harten glatten Schlägen voran. Wieder lachte er, und sein Lachen schwamm vor ihnen her.

Jetzt war er ein Mann, hatte bewiesen, daß er ein Mann war. In seinem Stolz spürte er, wie sein männliches Teil wieder dicker wurde. Ja, er war jetzt ein Mann, genauso wie Amgigh, mehr als Samiq. Hatte Samiq jemals eine Frau gehabt? Vielleicht hatte er jetzt, bei den Waljägern, eine Frau gehabt, wer konnte das sagen? Aber Waljägerfrauen waren häßlich, mehr wie Männer als Frauen.

Qakan zog das Paddel ins Boot und hielt es über Kiins Kopf. Das Wasser tropfte vom Rand über Kiins Gesicht und an ihrem Hals hinunter. Sie zuckte zusammen, nahm aber nicht ihre Hände von den Ohren. Qakan stieß das Paddel unter ihren Arm und hob es hoch, versuchte die Hand von ihrem Ohr zu stoßen, aber Kiin war stark, stärker, als Qakan gedacht hatte. Qakan hob das Paddel. Vielleicht sollte er sie noch einmal schlagen. Er wollte, daß sie Angst vor ihm hatte, aber dann hielt er sich zurück. Nein, er brauchte sie morgen zum Paddeln, und außerdem, warum sie noch mehr verletzen? Die Wunde an ihrer Stirn würde schon eine Narbe hinterlassen, und auf dem Rücken hatte sie die Narben von den Schlägen ihres Vaters. Qakan mußte anfangen, wie ein Tauschhändler zu denken. Ohne weitere Narben war Kiin mehr wert für ihn.

Und außerdem hatte sie schon Angst vor ihm. Sie hielt sich die Ohren zu, um sich vor seiner Stimme zu verstecken.

»Du bist nichts, Kiin«, sagte er zu ihr, sagte es immer wieder, bis es von den Klippen zurückschallte, an denen sie vorbeifuhren, von den dicken Eisströmen, die von den Bergen ins Nordmeer flossen. »Nichts, nichts, nichts ...«

21

AMGIGH HATTE ANGENOMMEN, daß Kiin auf dem *ulaq* war und Ausschau hielt, daß sie wartete, wie eine Frau warten sollte, die auf die Heimkehr ihres Mannes hoffte. Es war Abend, und er würde nicht erst lange im *ulaq* sitzen müssen, bis er zu seinem Schlafplatz gehen konnte, Kiin auffordern konnte, ihm zu folgen. Dann würde er sie bitten, seine schmerzenden Schultern zu reiben.

Er konnte schon jetzt ihre Hände fühlen, konnte fühlen, wie die Müdigkeit in seinen Muskeln von seinem Körper in ihre kleinen starken Finger strömte. Dann würde er sie an sich ziehen, sie streicheln, bis er bereit war, sie zu nehmen ...

Es war gut, ein Mann zu sein. Eine Frau zu haben.

Er stieß sein Paddel kräftig ins Wasser und dachte an die Waljäger. Er und sein Vater hatten zwei Tage bei ihnen verbracht, hatten Walöl und die Otterhäute für Kiin getauscht, aber es waren zwei schwierige Tage gewesen. Die jüngeren Frauen der Waljäger waren dreist, immer in seiner Nähe, lachend, mit blitzenden Augen, aber der Großvater, Großer Wal, und seine Frau, Dicke Frau, hatten ihn wie einen kleinen Jungen behandelt, nicht wie einen Mann. Sie hatten ihm nicht einmal eine Frau angeboten für die Nacht, Samiq und er mußten sich einen Schlafplatz teilen, als wären sie Kinder.

Allmählich wichen die Klippen vor der Küste zurück, öffneten sich zu der weiten flachen Bucht, dem Ufer der Ersten Menschen. Amgigh warf einen Blick zurück zu seinem Vater, der nur die Länge eines *ikyak* hinter ihm war.

Jemand war am Strand. Große Zähne und, ja, zwei Frauen. Kiin? Nein, es war Amgighs Mutter. Und neben ihr Krumme Nase. Wo war Kiin?

Er suchte mit den Augen den Strand ab, dann die Dächer der *ulas*. Sie wußte, daß er an diesem oder am nächsten Tag zurückkommen würde. War sie etwa in die Hügel gestiegen, um Wurzeln zu sammeln, oder in die Klippen, um Vögel zu fangen? War sie denn keine bessere Frau?

Wütend stieß Amgigh sein *ikyak* ans Ufer, löste die Verkleidung der Sitzluke und stieg aus. Er hob sein *ikyak* hoch, dann fühlte er eine Hand auf seiner Schulter. Es war Grauer Vogel. Er hatte sein Gesicht mit Kohle angemalt, das Zeichen von Trauer, und Amgigh spürte, wie plötzlich sein Herz zitterte und mit einem Sprung von seinem Platz in der Brust in seine Kehle schnellte.

»Kiin?« fragte er mit fast erstickter Stimme.

Dann war Kayugh bei ihm, legte einen Augenblick die Hand auf Amgighs Schulter. »Ist sie tot?« fragte er.

Grauer Vogel nickte. »Wir haben ihr *ik* bei den Algenfelsen gefunden. Es hatte ein Loch im Boden.«

»Ihren Körper habt ihr nicht gefunden?« fragte Kayugh.

»Nein«, antwortete Grauer Vogel und hob den Kopf, um über das Meer zu sehen. »Sie ist dort draußen bei den Geistern des Meeres.« Er sah Amgigh an. »Vielleicht führt sie die Robben zu deiner Harpune.«

Amgigh konnte nicht antworten, konnte nur eine schwindelerregende Leere im Bauch fühlen, ein Dröhnen im Kopf. Er sah zu seiner Mutter, verspürte die plötzliche dumme Hoffnung, daß sie ihm sagen würde, Grauer Vogel habe unrecht. Kiin lebte. Aber dann bemerkte Amgigh, daß auch ihr Gesicht mit Asche geschwärzt und ein Teil ihres Haars kurz geschnitten war, so daß es ihr in Fransen in die Stirn fiel.

Er nahm das Messer aus der Scheide an seinem Handgelenk und zog es, während er aufs Meer sah, durch sein Gesicht, zog einen Schnitt von der Wange bis zum Kinn. Er wischte das Messer am Uferkies ab und ging ins Meer, schöpfte eine Handvoll Wasser und spritzte es in sein Gesicht. Das Salz des Wassers brannte in der Wunde.

»Sie war eine gute Frau«, sagte Amgigh, sagte es zu niemandem, zu allen, zu den Geistern. »Sie nimmt einen Teil meiner Seele mit ins Meer.«

Grauer Vogel wartete zwei Tage. Er beobachtete Amgigh, beobachtete, wie der junge Mann zwischen Kummer und Zorn und wieder Kummer schwankte.

Am frühen Morgen des dritten Tages raffte sich Grauer Vogel von seinem Schlafplatz auf, erschreckte seine Frau durch sein frühes Aufstehen. Blaue Muschel, das glanzlose Haar kurz geschnitten, die Arme und Beine von Schlägen gezeichnet, die sie sich selbst zugefügt hatte in der Trauer um ihre Tochter, hatte noch kein Essen ausgelegt.

»Gib mir zu essen, Frau«, brummte Grauer Vogel.

Er schlang es schnell hinunter, dann sagte er zu ihr: »Ich

habe einen neuen Namen angenommen. Von jetzt an wirst du mich Waxtal nennen.«

Blaue Muschel sah ihn mit großen Augen an und wartete auf eine Erklärung, aber warum ihr seine Gründe nennen? Mußte sie es wissen? Frauen waren Zuträgerinnen, gaben Geheimnisse an kleine lästige Geister weiter. Wenn Tauschhändler in sein *ulaq* kamen, würde er ihnen die Geschichte von seiner Tochter erzählen, von ihrer Habgier, und wie er sie hatte leben lassen. Dann würde er erzählen, wie die Wassergeister sie geholt hatten. Und die Tauschhändler würden keine Erklärung brauchen. Sie würden wissen, warum er Waxtal hieß. Hatte er nicht Mitleid mit seiner Tochter, trotz ihrer Habgier?

Grauer Vogel stand auf, zog seinen Parka an und kletterte aus dem *ulaq*. Amgigh war am Ufer – wie an jedem Morgen, seit er von den Waljägern zurückgekommen war. Er saß neben seinem *ikyak,* eine Seelöwenblase mit Robbenöl auf dem Schoß, aber seine Hände lagen still. Nur seine Augen bewegten sich, suchten die Oberfläche des Meeres ab.

Grauer Vogel setzte sich auf die andere Seite von Amgighs *ikyak*. Schließlich sah Amgigh zu Grauer Vogel, schüttelte den Kopf, wie um wieder einen klaren Gedanken zu fassen, und fragte: »Qakan – ist er bei den Walroßmenschen, um Waren zu tauschen?«

Grauer Vogel zuckte die Achseln. »Vielleicht. Vielleicht auch nur zu anderen Dörfern der Ersten Menschen.«

»Mein Messer ist verschwunden«, sagte Amgigh. »Alle meine Messer.«

Grauer Vogel wartete, sagte nichts.

»Ich glaube, daß Qakan sie genommen hat.«

Wieder zuckte Grauer Vogel die Achseln. »Er hatte ein ganzes Bündel Messer von dir, drei mit kurzen Klingen, zwei mit langen«, sagte Grauer Vogel.

»Ja, er sollte sie für mich tauschen, aber jetzt sind alle meine Messer weg, auch ein ganz besonderes Messer, aus

Obsidian, mit einer langen Klinge. Ich hatte zwei davon, eins für Samiq, eins für mich.«

»Wenn du es ihm nicht gegeben hast, dann hat es Qakan auch nicht«, sagte Grauer Vogel. »Vielleicht hat es deine Mutter an einen anderen Platz gelegt oder vielleicht Kiin, bevor sie gestorben ist.« Grauer Vogel räusperte sich. »Gehst du heute auf die Jagd?« fragte er.

»Vielleicht. Wenn mein Vater auf die Jagd will.«

»Wenn er nicht will, komme ich mit.«

»Vielleicht, Grauer Vogel, ich bin mir nicht sicher ...«

Grauer Vogel hustete, räusperte sich wieder. »Ich habe einen neuen Namen angenommen.«

Amgigh sah ihn an, nahm zum erstenmal den Blick vom Meer.

»Um meine Tochter zu ehren.«

»Du hast sie nicht geachtet, als sie noch am Leben war«, sagte Amgigh, und Grauer Vogel hörte die Bitterkeit in seinen Worten.

»Ich habe sie leben lassen. Ich habe zugelassen, daß sie ihrem Bruder die Kraft zum Leben weggenommen hat. Jetzt ist er ein Händler, kein Jäger, wie er und ich es wollten.«

Amgigh zog die Schultern ein, als wollte er sich den Worten von Grauer Vogel entziehen. »Und was ist dein neuer Name?« fragte er.

»Waxtal.«

Amgigh stieß einen dumpfen Laut aus.

»Du bist der erste, der es erfährt«, sagte Grauer Vogel.

Eine Weile saßen sie, ohne zu sprechen, da, dann fragte Grauer Vogel: »Und wird Samiq auch seinen Namen ändern?«

»Ich weiß nicht«, sagte Amgigh. »Vielleicht haben die Waljäger einen neuen Namen für ihn. Wenn er einen Wal fängt.«

»Er ist ein guter Jäger, ein starker Mann«, sagte Grauer Vogel. »Was glaubst du – wird er zu uns zurückkommen oder bei den Waljägern bleiben?«

»Ich glaube, er wird zurückkommen. Für die Nächte mit meiner Frau hat er versprochen, mir zu zeigen, wie man den Wal jagt.«

»Aber du hast keine Frau.«

Amgigh zuckte die Achseln. »Das wird er erst erfahren, wenn er wieder hier ist. Außerdem hat er unserem Vater versprochen, es ihm zu zeigen. Ein Mann hält das Versprechen, das er seinem Vater gibt.«

»Glaubst du, daß er es nicht weiß?«

»Was nicht weiß?«

»Daß Kayugh nicht sein richtiger Vater ist.«

Amgigh drehte sich um, seine Augen waren plötzlich schmale Schlitze, sein Mund nur noch ein harter Strich.

»Hast du es denn nicht gewußt?« fragte Grauer Vogel und fühlte eine Woge der Freude in seiner Brust

»Nein«, sagte Amgigh langsam.

»Und hast du gewußt, daß Chagak nicht deine Mutter ist?«

Amgighs Augen weiteten sich.

»Wenn du mir nicht glaubst, dann frag sie doch. Frag deinen Vater.«

»Kayugh ist mein Vater.«

»Ja, und Chagak ist Samiqs Mutter.«

»Und Rote Beere?«

»Die ist Kayughs Tochter und die Tochter deiner richtigen Mutter, die kurz nach deiner Geburt gestorben ist.«

»Das hätten sie uns sagen müssen. Dann wäre es leichter zu verstehen gewesen, warum Großer Wal Samiq wollte und nicht mich.«

»Sie hätten es euch sagen sollen«, sagte Grauer Vogel, »aber vielleicht hatten sie Angst, daß Samiqs richtiger Vater und deine richtige Mutter von den Tanzenden Lichtern kommen würden, um sich in Kayughs *ulaq* niederzulassen und mit ihrer Geisterkraft den Kindern, die nicht ihnen gehörten, Schaden zuzufügen.«

»Ja.«

»Jetzt wirst du auch verstehen, warum dein Vater eine

Frau für dich ausgesucht hat, bevor er eine für Samiq ausgesucht hat.«

»Ja.«

»Kiin war dir eine gute Frau.«

Amgigh biß sich auf die Unterlippe, dann hob er ein dünnes Stück Treibholz auf und begann, damit lange tiefe Linien in den Uferkies zu ziehen. »Und wer ist Samiqs Vater?« fragte er schließlich.

Wieder zuckte Grauer Vogel mit den Schultern. »Chagak sagt, Shuganans Sohn. Aber ich habe mich darüber oft gewundert: Shuganan war groß und dünn, und Chagak ist nicht groß, hat aber feine Knochen, dünne. Samiq hat schwere Knochen und kräftige Muskeln. Er sieht nicht aus wie die Ersten Menschen.«

»Aber Shuganans Frau kam von den Waljägern, genauso wie meine – wie Chagaks Mutter. Die Waljäger sind stark und haben kräftige breite Muskeln.«

»Ja«, sagte Grauer Vogel. »Aber sie sind auch groß.«

»Wem sollte Samiq sonst gehören? Nicht Große Zähne.«

»Nein«, sagte GrauerVogel. Er stand auf, zog seinen Parka zurecht. »Vielleicht solltest du Chagak fragen.« Er nahm die Blase mit Öl von Amgighs Knien und fing an, die Nähte von Amgighs *ikyak* einzureiben.

22

ZWEI TAGE LANG lag Kiin im *ik* ihres Bruders auf dem Boden. Von dem Schaukeln des Bootes tat ihr der Kopf weh, und jedesmal, wenn Qakan sie zwang, einen Schluck Wasser zu trinken, einen Mundvoll zu essen, mußte sie sich übergeben.

Sie versuchte nicht, ihm zu helfen, wenn er das Lager aufschlug, das Essen kochte oder die Schlafmatten ausbreitete. Sie blieb im *ik* und schlief die meiste Zeit, aber wenn sie wach war, machte sie Pläne. Mit jedem Tag ließen die Schmerzen im Kopf ein wenig nach. Bald würde sie wieder stark sein, stärker als Qakan. Und wer konnte das schon wissen? Vielleicht hatte der Geist einer Großmutter gesehen, was Qakan ihr angetan hatte. Vielleicht würde der Geist einer Großmutter Kiin helfen zu fliehen.

Am dritten Tag, als Qakan das Boot schwerfällig vom Ufer schob, an dem sie die Nacht verbracht hatten, sagte er: »Du wirst also sterben.«

Kiin sagte nichts, schloß die Augen vor dem Licht des neuen Tages. Aber auch wenn Kiin nichts sagte, hörte sie ihren Geist sprechen – hörte die Worte deutlich in ihrem Kopf: »Nein, Kiin wird nicht sterben. Du wirst sterben, Qakan.«

Kiin spürte, wie das Boot schlingerte, als sich Qakan auf seinem mit Robbenhäuten gepolsterten Sitz niederließ. »Es ist traurig, daß du ohne eine Seele sterben wirst«, sagte Qakan.

Kiin machte die Augen nur ganz wenig auf, nur einen schmalen Spalt, den Qakan, wie sie hoffte, nicht bemerkte. Ihr Bruder sah auf sie herunter. Sein Gesicht war schmutzig, sein Parka aus Vogelhaut an der Schulter aufgerissen, sein Haar stumpf und ohne Glanz. Er sah wie ein Junge aus, nicht wie ein Tauschhändler; er sah aus wie jemand, der nicht viel wußte, der leicht zu bezwingen war. Sie fühlte, wie sich ihr Geist in ihrer Brust erhob, fühlte wieder Kraft in Armen und Beinen und merkte, daß ihre Augen jetzt sahen, was wahr war, und nicht Geisterbilder, auf denen jeder Felsen, jeder Grashalm doppelt und dreifach zu sehen war.

»Du wirst also ohne Seele sterben und nirgendwo hingehen«, fuhr Qakan fort. »Du wirst nicht zu den Tanzenden Lichtern gehen, und du wirst Samiq niemals wiedersehen.«

Kiins Herz machte einen Sprung in ihrer Brust. Warum erwähnte er Samiq, obwohl Amgigh ihr Mann war? Waren ihre Gefühle für Samiq so deutlich zu sehen, daß selbst Qakan es wußte?

»M-m-mein Mann ist Am-Amgigh«, sagte sie mit krächzender Stimme nach dem langen Schweigen.

Qakan sah sie an, und durch ihre geschlossenen Augenwimpern erkannte Kiin, daß er lächelte, dasselbe Lächeln, das er aufsetzte, wenn er vorhatte, sie zu schlagen, wenn er drauf und dran war, ihrem Vater Lügen über sie zu erzählen.

»Du lebst also wieder«, sagte Qakan.

Kiin bewegte langsam den Kopf und machte die Augen weit auf, um in den grauen Himmel über ihnen zu sehen. Ja, sie war stärker, und der Kopf tat ihr nur noch dort weh, wo Qakan sie geschlagen hatte, aber dieser Schmerz war so sanft wie eine Prellung, es war nicht der bohrende Schmerz, der sie in schreckliche Träume zog und Qakans Stimme klingen ließ wie das Aufheulen des Windes.

»Ich habe dich mitgenommen, damit du mir beim Paddeln hilfst und beim Fischefangen und mit dem Essen«, sagte Qakan. »Ich hätte nicht gedacht, daß ich für dich sorgen müßte wie für einen Säugling.«

»Amgigh w-w-wird kommen und m-mich holen«, sagte Kiin. Sie richtete sich langsam auf und biß die Zähne zusammen, weil sich der Himmel und das *ik* zu drehen begannen. »H-h-heute oder m-morgen wird er uns finden, dann wird er dich töten, weil du mich genommen hast.«

Qakan lachte. Es war das Lachen, das auch ihr Vater an sich hatte, ein Lachen, das in der Kehle begann und zu einem hohen dünnen Ton anstieg wie der Schrei eines Seetauchers. Das Fett unter Qakans Kinn zitterte, und sein Bauch bebte unter dem Parka.

Qakan, ein Tauschhändler, dachte Kiin. Warum sollte irgend jemand einen Tauschhandel mit ihm machen? Aber dann flüsterte Kiins Geist: »Viele Männer werden mit ihm einen Tauschhandel machen wollen. Qakan ist ein Junge, leicht zu überlisten. Er wird Häute von Robben nehmen und mit den Häuten von Lemmingen heimkommen.«

»Amgigh wird uns nicht suchen«, sagte Qakan. »Weil er glaubt, daß du tot bist.«

Kiin zog sich am *ik* hoch und richtete sich auf. Sie sah Qakan an, sah in seinen Augen, daß er die Wahrheit sagte.

»Ich habe in den Boden von dem *ik* unserer Mutter ein Loch gemacht und es zwischen die Felsen bei den Klippen im Süden gesteckt. Alle im Dorf werden glauben, daß dich die Wassergeister geholt haben.«

Kiin hob das Kinn, starrte Qakan an, bis er wegsah.

»Ich w-w-werde meinen G-G-Geist in Amgighs Träume schicken, d-d-damit er die Wahrheit erfährt«, sagte sie.

»Du hast keinen Geist«, stieß Qakan aus. »Im Dorf glauben alle, daß du tot bist. Dein Geist hatte Angst, in einem toten Körper zu bleiben. Er hat dich verlassen, während du geschlafen hast. Er ist ohne dich zu den Tanzenden Lichtern gegangen.«

Kiin lächelte, hätte fast gelacht, antwortete aber nicht auf Qakans Dummheiten.

Qakan legte den Kopf schief, betrachtete sie für einen Augenblick. »Glaubst du vielleicht, ich hätte dich nur mitgebracht, damit du meinen Parka nähen und mein Essen herrichten sollst? Nein. Ich werde dich verkaufen, wenn wir zu einem Dorf der Walroßmenschen kommen.«

Kiin lächelte noch immer, aber ein kleiner Teil des Zorns, der sich in ihrer Brust ausgebreitet hatte, verwandelte sich plötzlich in Angst. Ja, sie würde einen guten Preis bringen, wenn nicht als Frau, dann als Sklavin, und die Tauschhändler sagten, daß sich manche Walroßmenschen Sklaven hielten.

»S-sie werden keine Frau h-h-haben wollen, die keine S-S-Seele hat«, sagte sie und ließ zu, daß der Spott ihres Geistes in ihren Augen zu sehen war.

»Ich werde es ihnen nicht sagen.« Er sah sie an, als wäre sie ein Kind, als würde er sie ausschimpfen. »Und du solltest es ihnen auch nicht sagen. Es wäre besser für dich, Frau zu sein als Sklavin.«

»A-a-also werde ich F-F-Frau sein«, sagte Kiin. »Und ei-eines Tages bitte ich darum, mein Volk zu besuchen, i-i-in mein Dorf zurückzukehren. Ich w-w-werde unserem Vater und meinem Mann e-e-erzählen, was du getan hast. Vielleicht wird er oder Am-Amgigh dich töten. V-v-vielleicht wird Kayugh dich töten.«

Qakan zuckte die Achseln. Er tauchte das Paddel ins Wasser und sagte: »Unser Vater weiß es schon. Und Amgigh wird sich eine andere Frau nehmen. Eine bessere Frau, als du es bist, und er wird dich nicht wiederhaben wollen.«

Kiin hörte die Worte, knirschte vor Zorn mit den Zähnen. Natürlich wußte es ihr Vater. Wie sonst hätte Qakan die vielen Felle und Häute und das Öl zusammenbekommen sollen, die er zum Tauschen mitgebracht hatte? Aber dann dachte sie: Er weiß, daß Qakan mich bei den Walroßmenschen tauschen will, aber weiß er auch, daß Qakan mich gezwungen hat, mich wie eine Frau benutzt hat?

»Und weiß er auch, daß du dich und deine H-H-Handelsreise mit einem Fluch beladen hast, indem du deine eigene Sch-Schwester als F-F-Frau benutzt hast?« fragte sie und schnaubte verächtlich, als sie sah, daß Qakans Gesicht rot wurde.

»Ich bekomme mehr für dich, wenn du ein Kind trägst«, sagte Qakan mit leiser Stimme.

Kiin beugte sich zu ihm. Der Zorn brachte ihre Worte hervor, klar und ohne Stocken, als würde ihr Geist sie sagen und nicht Kiin. »Und du glaubst, daß du mir dieses Kind geben wirst. Du glaubst, Amgigh hätte noch kein Kind in meinen Bauch gelegt? Du wirst nichts bekommen«, sagte sie. »Du hast dich und dieses *ik* mit einem Fluch beladen. Siehst du das Blut am Boden des *ik?* Das ist mein Blut. Frauenblut. Wenn du zu weit aufs Meer hinausfährst mit diesem *ik,* dann werden die Tiere des Meeres ein Loch in dieses *ik* beißen, und wir werden beide ertrinken.«

Qakan zog die Schultern ein, als wolle er sich vor ihren Worten schützen. »Wenn ich mit einem Fluch beladen bin«, sagte er, »dann bist du es zweimal. Wenn du zu unserem Volk zurückkehrst und ihnen erzählst, was geschehen ist, glaubst du vielleicht, daß Amgigh dich dann noch haben will? Glaubst du vielleicht, daß ein Jäger von den Walroßmenschen dich haben will? Erzähle mir nichts von Flüchen. Ich bin ein Tauschhändler. Ich habe viel zuviel Macht, um mich durch das, was mit einer Frau geschieht, mit einem Fluch zu beladen. Die Frau ist es, die den Fluch trägt. Er hat dir schon deine Seele weggenommen.«

»Du irrst dich, Qakan«, sagte Kiin. »Ich habe meine Seele noch. Ich kann sie fühlen, ganz stark, hier.« Sie drückte die Faust an ihre Brust.

Qakan lächelte. »Vielleicht hast du recht«, sagte er. »Vielleicht ist deine Seele noch da. Es dauert lange Zeit, bis eine Seele jemanden verläßt, der noch am Leben ist, aber vielleicht ist sie schon kleiner geworden. Vielleicht kommt jedesmal, wenn du etwas sagst, ein kleiner Teil von deiner Seele mit deinen Worten aus dir heraus, kommt heraus und wird vom Wind hinaufgetragen zu den Tanzenden Lichtern.«

Beim letzten Wort schlug eine große Welle gegen das *ik*, stieß es gegen einen Felsen, der aus dem Wasser ragte. Qakan hielt vor Schreck die Luft an und paddelte, schrie Kiin zu, daß sie ihm helfen sollte. Sie packte ein Paddel vom Boden des *ik* und stieß es gegen den Felsen. Der Felsen mahlte knirschend an dem hölzernen Blatt. Kiins Arme waren noch schwach, aber sie hielt das Paddel fest, stieß es mit aller Kraft gegen den Felsen, während Qakan das Boot mit langen, tiefen Schlägen von ihm wegzog.

Schließlich war die Welle unter ihnen, und Kiin beobachtete, wie sie schäumend auf das Ufer schlug, wie ihre Kraft in dem dunklen Kies zerrann und wie sich die Welle zischend zurückzog.

»Behalte das Paddel«, sagte Qakan. »Wir kommen schneller voran, wenn du mithilfst.«

Kiin packte den glatten Griff des Paddels fester. Ihr Blick glitt vom Griff des Paddels bis zu seinem Blatt. Nimm ihn dir jetzt, dachte sie. Er ist müde, und du hast wieder Kraft.

»I-i-ich werde nur paddeln, wenn du das *ik* wieder zurück zu unserer I-I-Insel lenkst«, sagte Kiin.

Qakan zog sein Paddel aus dem Wasser und richtete das Blatt auf Kiin.

Er hob das Kinn, deutete auf die Wunde an Kiins Stirn, die noch nicht richtig verheilt war.

»Hast du vergessen, was ich mit dem Paddel machen kann?« fragte er.

Kiin, die das Holz ihres Paddels kühl in ihren Händen spürte, betrachtete die weichen, plumpen Finger ihres Bruders und verspürte keine Angst, aber sie zuckte zurück und zog ihr Paddel aus dem Wasser, um es wie zum Schutz zwischen sich und Qakan zu halten.

Qakan warf den Kopf zurück und lachte.

Kiin wartete einen Augenblick, wartete, bis sich Qakans Lachen über seinen Wangen ausbreitete, bis sich seine Wangen nach oben zogen und Qakans Augen verschlossen. Dann umklammerte Kiin ihr Paddel, wie ein Jäger seinen Speer umklammert, und stieß das Blatt in die weiche Masse von Qakans Bauch. Kiins Stoß warf Qakan im *ik* um, er fiel nach hinten, und beim Fallen ließ er sein Paddel los. Kiin stürzte sich nach vorn, packte ihr Paddel und stieß noch einmal zu, aber diesmal bekam Qakan das Blatt zu fassen, bevor es ihn traf, er faßte es und hielt es fest, und seine Hände packten so fest zu, daß Kiin erschrocken war über seine Kraft.

Das kann nur ein Geist sein, der ihm hilft, dachte Kiin, aber welcher Geist würde Qakan helfen?

Sie versuchte ihm das Paddel aus den Händen zu winden, aber durch das Herumdrehen machte das *ik* eine Wende, so daß sein Bug nicht mehr zum Meer zeigte. Die Wellen schlugen gegen das *ik,* und über die Seite ergoß sich Wasser ins Innere.

»Hör auf, Kiin!« schrie Qakan. »Sonst ertrinken wir. Das *ik* – sieh doch ...«

»Was macht das schon?« flüsterte Kiins Geist. »Selbst ein Kind könnte von hier ans Ufer kommen.« Kiin riß das Paddel mit einem Ruck näher zu sich, dann ließ sie es schnell wieder los, so daß es Qakan am Mund traf. Sie stürzte nach vorn, landete mit dem einen Knie in Qakans Magen, mit dem anderen in seiner Leiste. Qakan stöhnte. Er ließ das Paddel los, griff aber nach Kiin, packte sie an den Haaren, und bevor sich Kiin von ihm losmachen konnte, hatte er schon die Arme um sie gelegt und drückte ihr Gesicht an seine Brust, drückte ihren Brustkorb zusammen, bis sie nicht mehr atmen konnte, bis sich ihr Herz anfühlte, als hätte es keinen Platz zum Schlagen. Dann griffen seine Hände nach ihrem Hals, und seine Finger drückten ihre Luftröhre zusammen. Kiins Lungen schmerzten von dem Ringen nach Luft, und während sie sich wehrte, verschwamm alles vor ihren Augen, alles war grau, alles flimmerte von Geisterbildern.

Dann stieß Qakan sie zurück, seine Hand noch an ihrem Hals, während er die andere, zur Faust geballt, erhoben hatte.

Kiin holte tief Luft.

»Sch-sch-schlag mich«, sagte sie mit krächzender Stimme. »D-die Walroßmenschen werden dir für eine F-F-Frau mit N-N-Narben im Gesicht einen guten Preis zahlen.«

Qakan verzog die Lippen zu einer Grimasse. Zwischen seinen Zähnen quoll Blut hervor.

»Du bist dumm, Kiin«, zischte er, und mit den Wörtern flossen Blut und Speichel aus seinem Mund.

Kiin wollte sich abwenden, aber Qakan wickelte ihre Haare um seine Hände und riß ihren Kopf hoch, schlug ihn gegen einen Balken des *ik*. Von ihrem Hinterkopf schossen Schmerzen in Kiins Augen, und wieder verdoppelten sich alle Dinge, wieder waren alle Dinge verschwommen.

»Warum wehrst du dich gegen mich?« fragte Qakan zwischen langen, zitternden Atemzügen. »Amgigh wird dich nun nicht mehr haben wollen. Selbst Samiq wird dich nicht haben wollen. Außerdem – willst du Amgigh mit einem Fluch beladen, seine Frau sein, nachdem du bei deinem eigenen Bruder gelegen hast?«

Seine Worte gruben sich tief in Kiins Kopf, und sie fühlte ihr Gewicht durch ihre Kehle bis in ihre Brust sinken, bis dicht an ihr Herz.

Qakan hatte recht. Sie war mit einem Fluch beladen. Konnte sie mit Amgigh oder Samiq zusammensein, auf die Gefahr hin, daß sich der Fluch auch auf sie erstreckte?

Die Last des Fluchs breitete sich in ihrer Brust aus, breitete sich aus und drückte ihre Seele zu einer dünnen Schicht unter der Haut zusammen, bis sie am Ende hohl war, ihre Seele zerbrechlich wie die Schale eines Eis, und nichts mehr in ihr war als ihr Atem und gebrochene Wörter.

23

SIE BEOBACHTETEN IHN schon wieder. Ihr Kichern lenkte ihn von seiner Arbeit ab, so daß ihm das Messer wegrutschte und ein anderes Holzstück spaltete. Samiq machte die Augen zu und drückte den Rücken durch, um seine Schultern zu entspannen. Sein Großvater hatte ihm den Rahmen eines *ikyak* gegeben, damit er sich ein eigenes *ikyak* bauen konnte, ein richtiges *ikyak,* wie sein Großvater sagte, eins wie Waljäger es hatten, ein *ikyak,* das die Tiere des Meeres achteten.

Samiq bemühte sich, nicht an den Mann zu denken, dem der Rahmen des *ikyak* einmal gehört hatte, der Jäger, der den Kiel, den Bootsrand und die Deckbalken geformt hatte. Er war geschickt gewesen, dieser Erbauer des *ikyak.* Der Rahmen war stabil, die Verbindungsstellen paßten genau. Trotzdem fragte sich Samiq, ob der Mann ein guter Jäger gewesen war, einer, der Fleisch für das Dorf gebracht hatte, oder ob er sein *ikyak* durch seine Faulheit, durch Mißachtung mit einem Fluch beladen hatte.

Der Rahmen war im großen und ganzen noch gut, sogar die Verbindungsstellen zwischen den Deckbalken und dem

Bootsrand. Die Waljäger verwendeten Fischbeinlaschen, um die Verbindungsstellen aneinander festzumachen, und wo sich Holz an Holz rieb, fügten sie kleine Plättchen aus Walzahnelfenbein in den Rahmen ein.

»Sieh her«, hatte ihm sein Großvater gesagt und mit dem Fingernagel an ein Stück Holz geklopft, »das Wasser macht das Holz weich, schält es, bis es von den Wellen zerstoßen wird, bis nichts mehr übrigbleibt. Das Elfenbein verhindert, daß sich das Holz abträgt.«

Am Tag davor hatte Samiq die Rahmenstücke mit Ocker bemalt, blutrot zu einem Brei vermischt und mit den harten Borsten eines Hautstücks von einer Haarrobbe darauf verteilt. Der Ocker schützte das Holz vor dem Verrotten durch Feuchtigkeit, vor dem scharfen Salz des Meeres.

Der Holzrahmen eines *ikyak,* wie es die Waljäger benutzten, sagte Großer Wal zu Samiq, war wie die Knochen eines Wals durch Gelenke verbunden, damit es sich im Meer bewegen konnte, damit es sich den Wellen anpassen konnte, sich mit den Wogen bewegen konnte. Die *ikyan* der Ersten Menschen waren schlecht gemacht, sagte er zu Samiq, die *ikyan* der Ersten Menschen waren plump und unbeholfen.

Die Worte von Großer Wal steckten wie Splitter in Samiqs Brust und schienen bei jedem Atemzug an Samiqs Herz zu schaben. Also mußte ein Waljägerjunge, der zu den Ersten Menschen kam, um zu lernen, wie man den Seelöwen jagte, vielleicht erst einmal lernen, die *ikyan* der Ersten Menschen zu benutzen, sagte sich Samiq. Zweifellos würde er seinen großen, schwerfälligen Speer aufgeben und lernen müssen, die gut ausbalancierten, mit Widerhaken versehenen Robbenharpunen der Ersten Menschen zu verwenden.

Samiq schob das Ende des gebogenen Deckbalkens in seine Halterung am Bootsrand. Paßt gut, dachte Samiq. Sitzt, aber nicht so fest, daß die Verbindung reißen würde, wenn das *ikyak* von einer Welle verbogen würde.

Dicke Frau hatte sich bereit erklärt, die Seelöwenhäute zu nähen, die Samiq für die Umkleidung zugeschnitten hatte. Wenigstens wäre Samiq, wenn das *ikyak* fertig war, für eine Weile die jungen Mädchen los, auch wenn ihm Großer Wal nicht erlauben würde, sich weit vom Ufer zu entfernen.

Sehnsüchtig sah er zu dem *ikyak,* das er aus seinem Dorf mitgebracht hatte. Es lag oberhalb der Flutlinie und war so gebaut, wie es bei den Ersten Menschen üblich war, ohne den First oder den zerteilten Binnenkiel der *ikyan,* mit denen die Waljäger fuhren. Er könnte es nehmen, jetzt gleich, und damit in sein Dorf zurückkehren, zu seinem Volk. Zu Kiin und zu seiner Mutter, zu seiner kleinen Schwester Wren. Aber dann würden Kayugh und Amgigh enttäuscht sein. Wenn er seinem Volk helfen wollte, mußte er ein Waljäger werden. Und wenigstens dieses eine Jahr mußte er Großer Wal und selbst Dicke Frau zufriedenstellen.

Es wäre leichter, wenn Dicke Frau mehr wie seine eigene Mutter wäre. Dann könnte er mit ihr über die Ersten Menschen sprechen, über seine Familie und sein Dorf. Dann würde er sich nicht so einsam fühlen. Aber Dicke Frau schien zu wollen, daß Samiq die Ersten Menschen vergaß. Sie wollte nicht, daß er sich hinsetzte, wie sich die Ersten Menschen hinsetzten; sie wollte nicht, daß er redete, wie die Ersten Menschen redeten. Sie hatte sogar darauf bestanden, Samiq einen neuen Parka zu machen, obwohl Samiq, als der Parka fertig war, keinen großen Unterschied zwischen dem von ihr und dem, den ihm seine Mutter gemacht hatte, erkennen konnte.

Großer Wal hatte sich über Samiqs Robbenharpune lustig gemacht, über ihre feinen schlanken Spitzen, ihre leichten Vorderschäfte aus Knochen. Aber als er sich Samiqs Wurfbrett angesehen hatte, da hatte der alte Mann nur vor sich hin gebrummt, und Samiq mußte sich ein Lächeln verkneifen, weil er wußte, daß niemand sonst ein besseres Wurfbrett hätte machen können. Es hatte seinem Großvater Shuganan gehört, und Samiq hatte es bekommen, weil es genauso lang war wie Samiqs Unterarm, von der Spitze seines längsten Fingers bis zum Ellbogen.

Das Wurfbrett war eine Verlängerung von Samiqs Arm und half ihm, einen Speer oder eine Harpune viel weiter zu werfen als ohne das Wurfbrett. Fast so breit wie Samiqs Hand, hatte es an dem einen Ende einen Haken, der im Schaft von Samiqs Speer steckte. Der Speer lag der Länge nach in einer Rille des Wurfbretts. Samiq hielt das eine Ende des Bretts so, daß es, waagrecht zum Wasser, nach hinten hinausragend, auf seiner Schulter lag. Wenn er warf, einen kräftigen seitlichen Wurf, folgte das Brett seinem gebeugten Arm, aber der Speer blieb waagrecht, war am Ende nur noch durch den Haken mit dem Wurfbrett verbunden.

Samiqs Wurfbrett hatte seinen Speer immer richtig gelenkt, und der Haken war nie herausgerutscht. Viele Jäger, die begabter waren als Samiq, hatten kein gutes Wurfbrett. »Vielleicht kommt das von der Macht der vielen Tiere, die dein Großvater damit getötet hat«, hatte Kayugh Samiq erklärt. Und das sagte Samiq auch zu Großer Wal.

Aber Samiq blieb jeden Tag allein am Ufer zurück und sah den jungen Männern des Dorfes nach, die losfuhren, um Seelöwen oder Robben zu jagen. Und an diesen Tagen dachte er daran, was Kayugh zu ihm gesagt hatte.

»Tu, was der alte Mann dir sagt. Zeig Interesse an seinen Worten und Geschichten, und wenn er dir beigebracht hat, wie man Wale jagt, komm zurück und erzähl es uns. Dann werden wir wie die Waljäger sein, nur noch größer, denn wir sind bessere Seelöwenjäger als sie.«

Ja, sagte sich Samiq jedesmal, wenn sich sein Geist danach sehnte, seine Heimatinsel wiederzusehen, nach Hause in sein *ulaq* zurückzukehren, Kayugh war zu dir wie zu einem wahren Sohn. Jetzt mußt du Kayugh wie einen wahren Vater ehren. Lerne, den Wal zu jagen, damit du es ihm beibringen kannst, damit du es ihm und seinem Sohn Amgigh beibringen kannst.

Samiq legte das Messer auf den Boden und untersuchte das *ikyak*. Er hatte jede Verbindungsstelle mit steifen Bändern aus Fischbein festgemacht, hatte die Elfenbeinplatten in ihre Sockel gesetzt und mit einer Mischung aus zermahlenem Tang und seinem eigenen Blut dort festgeklebt. Großer Wal würde sich schwertun, etwas an seinem Rahmen aussetzen zu können. Vielleicht konnte Dicke Frau schon heute damit beginnen, die Umkleidung zu nähen.

Das Flüstern der Mädchen verstummte, als Samiq sein Messer aufhob und zum *ulaq* von Großer Wal ging. Aber gleich darauf hörte er, wie jemand hinter ihm hergelaufen kam. Samiq drehte sich um und sah, daß ihm das Mädchen, das Drei Fische hieß, folgte. Ihre beiden Freundinnen verbargen das Lächeln auf ihren Gesichtern hinter ihren Händen und hockten sich dicht zusammen, beobachteten sie vom Ufer aus.

Drei Fische war groß und breit wie alle Waljäger, und wenn sie lächelte, zeigte sie einen Mund voller gebrochener Zähne. Wie konnte sie eine gute Frau sein, wenn sie schon als junges Mädchen zersplitterte und abgebrochene Zähne hatte? Wie viele Stiefel aus Robbenflossen würde sie machen, die Sohlen mit ihren Zähnen zurechtbiegen, bis sie überhaupt keine Zähne mehr hatte?

»Wo sind deine Freundinnen?« fragte Samiq das Mädchen.

Drei Fische kicherte und schwenkte die Arme in Richtung der beiden Mädchen. »Sie glauben, du wärst ein Riese und würdest sie auffressen«, sagte Drei Fische und fing wieder an zu kichern.

Samiq antwortete nicht. Er sah sich immer vor, wenn er mit irgendeinem Mädchen aus dem Dorf sprach. Obwohl er mit den Dingen des Schlafplatzes wenig Erfahrung hatte, wußte er, daß diese drei Mädchen hier nicht lange nach ihrem ersten Bluten genommen worden waren. Bei den Waljägern hatte jeder Mann, außer dem Vater, dem Großvater und dem Bruder, das Recht, Gefälligkeiten zu verlangen, wenn auch eine verheiratete Frau nur von ihrem Mann gegeben werden konnte. Diese drei warteten nur darauf, mit ihm den Schlafplatz zu teilen, und sie verbrachten viel Zeit damit, ihm nachzulaufen und beim Gehen ihre Schürzen hochzuschlagen. Und wenn auch Drei Fische in Samiqs Herz wenig Verlangen weckte, waren die beiden anderen, Kleine Blume und Scheckiger Korb, nicht gerade häßlich.

Aber am ersten Tag, den Samiq bei den Waljägern verbrachte, hatte Großer Wal zu ihm gesagt »Keine nächtlichen Ausgänge. Nächtliche Ausgänge bewirken, daß dir Gras zwischen den Zehen wächst und daß du bei den Meerestieren für alle Zeiten mit einem Fluch beladen bist.«

Samiq hatte sich über diese seltsame Warnung gewundert und Krummer Vogel, einen jungen Mann aus dem Dorf, gefragt, was Großer Wal damit gemeint hatte.

»Keine Besuche«, hatte Krummer Vogel gesagt und gelacht, und dieses Lachen hatte Samiq auf die Idee gebracht, daß ihn Krummer Vogel möglicherweise nicht mochte. »Keine Frauen. Du bist noch kein Mann.«

Da wußte Samiq: Wenn er in den Augen von Großer Wal noch ein Kind war, dann war er in den Augen aller Waljäger ein Kind. Ein Mann jagte Wale, aber Samiq hatte noch nicht einmal ein ordentliches *ikyak*.

Und so war das Kichern von Drei Fische ein seltsamer Trost für ihn, und jedesmal, wenn er sie lachen hörte, dachte Samiq: Jemand sieht in mir einen Mann.

Dicke Frau saß in dem großen Mittelraum des *ulaq*, der von Walöllampen beleuchtet war, und diese Lampen brannten sauberer als die Robbenöllampen der Ersten Menschen.

Samiq wartete ehrerbietig, bis Dicke Frau ihn zur Kenntnis nahm, und als sie ihn ansah, hockte er sich auf den Boden, um zu sprechen.

»Ich bin jetzt soweit für die Bespannung, Großmutter«, sagte er.

»Du hast den Rahmen fertig?« fragte Dicke Frau.

»Ja.«

»Dann setz dich hin, damit ich zu dir von etwas spreche, was Großer Wal mir erzählt hat. Vielleicht wird er es dir noch selber erzählen, aber vielleicht auch nicht. Es ist etwas, das du wissen solltest.«

Samiq setzte sich auf die Bodenmatten, die Beine gekreuzt, wie es bei den Waljägern der Brauch war. Dicke Frau legte den Korb auf die Seite, an dem sie gerade arbeitete, und Samiq bemerkte, wie grob ihre Arbeit im Vergleich zu der von seiner Mutter war. Das Bild seiner Mutter vor einem Korb, der auf einen Korbpfahl gestülpt war, machte ihm die Brust schwer, und Samiq brachte seine Gedanken schnell wieder zu Dicke Frau zurück, deren fettiges Haar aus ihrem runden Gesicht straff nach hinten gezogen war und deren kleine Augen im Schein der Öllampen glänzten.

»Wir sind ein großes Volk«, begann sie in dem schon vertrauten singenden Ton der Waljäger, mit dem jeder Plan und jede Geschichte begann. »Du bist kein Kind mehr, aber auch noch kein Mann. Im Dorf unseres Volkes mußt du den Wal jagen, um ein Mann zu sein. Aber da du schon Robben gejagt hast, wirst du nicht mit den Jungen, nicht allmählich und über die Jahre lernen.« Sie beugte sich nach vorn, sah in Samiqs Augen und sagte: »Großer Wal wird dich unterrichten.« Sie lehnte sich wieder zurück und zog die Matte glatt, die auf ihren Knien lag. »Das ist eine große Ehre.«

Samiq, der nicht genau wußte, was er sagen sollte, antwortete schließlich: »Ja, Großmutter, das ist eine große Ehre.«

Dicke Frau lächelte und streckte die Hand aus, um auf sein Knie zu klopfen, und Samiq mußte sich zusammennehmen, um nicht zurückzuzucken. Berührungen waren bei seinem Volk auf die Frauen und Kinder eines Mannes beschränkt. Aber schließlich sah Dicke Frau ihn nicht als Mann an, dachte Samiq. Dann merkte er, wie sein Gesicht rot wurde, und hoffte nur, daß Dicke Frau es nicht sah.

Aber sie beugte sich wieder nach vorn, klopfte ihm jetzt auf die Wange und sagte: »Du siehst wie dein Großvater aus, aber du bist breiter, stärker. Vielleicht finde ich eines Tages doch noch heraus, was die Mütter der Robbenjäger ihren Söhnen zu essen geben, damit sie so stark werden. Kannst du es mir sagen?«

Samiq versuchte, sich an irgendeine Pflanze oder irgendein Tier zu erinnern, das sein Volk aß und das die Waljäger nicht kannten, aber es fiel ihm nichts ein. Im Essen schienen sie alle gleich. »Ich weiß nicht«, erwiderte er schließlich und wünschte, er könnte es ihr sagen, könnte sie zufriedenstellen. »Aber wenn ich wieder zu meinem Volk gehe, werde ich fragen«, fügte er hinzu.

Aber Dicke Frau wich vor ihm zurück, zog die Stirn in Falten und kniff die Augen zusammen. Sie hob den Kopf und sagte: »Du bist jetzt kein Robbenjäger mehr. Du gehörst zu uns. Großer Wal hat beschlossen, dir einen neuen Namen zu geben – Waltöter.«

Samiqs Augen weiteten sich, und er konnte nicht verhindern, daß seine Stimme von Entsetzen erfüllt war. »Mein Name ist Samiq«, sagte er leise, als spräche er mit einem Kind. »Es ist ein Name, der bei den Ersten Menschen geachtet ist.«

»Kayugh hat dich an uns gegeben!« sagte Dicke Frau. Ihre Augen musterten streng Samiqs Gesicht, und Samiq war plötzlich sehr müde. Er erinnerte sich an die Worte, die seine Mutter oft gesagt hatte, wenn das laute Geschrei vieler Menschen das *ulaq* erfüllte: »Ich muß mit dem Meer sprechen.« Jetzt sagte er dieselben Worte zu Dicke Frau und sah das Lächeln in ihrem Gesicht, als er aus dem *ulaq* ging.

24

KIIN ZOG EIN Büschel Raigras aus dem Haufen, der neben ihr lag. Jeden Tag, wenn sie und Qakan das *ik* für die Nacht ans Ufer gezogen hatten, arbeitete Kiin an Körben. Das gab ihr etwas zu tun, einen Grund, die Augen von Qakans spöttischem Gesicht abzuwenden, so zu tun, als würde sie seine Klagen nicht hören.

Qakan hatte das Gras aus dem *ulaq* ihres Vaters mitgebracht – wahrscheinlich hatte er es von dem getrockneten Gras gestohlen, das ihre Mutter in dünnen Lagen in einer Ecke ihres Schlafplatzes aufbewahrte, dachte Kiin. Jedesmal, wenn Kiin das Gras berührte, seine weiche Glätte an den Fingerspitzen fühlte, schien ihr Geist ihre Mutter beim Körbeflechten zu sehen. Aber Kiin schob den Schmerz der Erinnerungen zur Seite. Sie war jetzt hier bei Qakan, sie war kein Kind, das auf den Schoß seiner Mutter klettern konnte, um sich vor den Ängsten des täglichen Lebens zu verstecken.

Manchmal hielt sie in ihrer Arbeit inne und strich über die Walzahnmuschel, manchmal berührte sie die Halskette, die Samiq ihr gegeben hatte, oder die Schnitzfigur von Chagak, aber dann kehrten ihre Finger wieder zu den Gräsern zurück und drehten die Grasbüschel fest zusammen, die sie mit der einen Hand hielt, während sie sie mit festen Stichen ihrer Webnadel aneinander befestigte. Sie lächelte, wenn sie an die Angst dachte, die Qakan vor ihrer Schnitzfigur hatte, an sein Gemurmel darüber, was er alles dafür tauschen könnte. Aber wer war schon so dumm, Shuganans Schnitzwerk anzufassen, ohne die Erlaubnis von dem zu haben, der auserwählt war, es zu besitzen? Das würde nicht einmal Qakan wagen.

Kiin hatte gerade den runden Boden eines angefangenen Korbs fertig, als Qakan vom Ufer zurückkam. Es war ein gutes Ufer mit Klippen an der einen Seite, die den Wind abhielten, und mit Böschungen auf der anderen Seite an den Hängen, die zu den Bergen hinaufführten. Kiin drehte sich um, weg von Qakan, hoffte, er würde sie nicht beachten, aber er kam zu ihr gelaufen und packte sie am Arm. Seine Augen leuchteten auf eine Art, die Kiin zu fürchten gelernt hatte, und sie versuchte, sich seinem Griff zu entziehen, versuchte sich umzudrehen, so daß er sie nicht ins Gesicht oder in den Magen traf, wenn er sie schlug.

»Ich habe einen Wal gesehen. Das ist ein gutes Zeichen für uns«, sagte Qakan, und er ließ ihren Arm los und bückte sich, stützte die Hände auf seine Knie, während er nach Luft rang.

Er ist zu dick, um so schnell zu laufen, dachte Kiin. Aber

dann flüsterte Kiins Geist in ihr, daß der Wal vielleicht eine Botschaft von Samiq war, und sie beugte sich zu Qakan hinunter und fragte: »Ist er n-n-noch da?«

Qakan nickte, und Kiin lief ein paar Schritte in Richtung des Ufers, aber er rief ihr nach: »Warte, Kiin.« Seine Stimme war hoch und weinerlich, ein Zeichen für seinen aufsteigenden Zorn, und so blieb Kiin stehen und sah zu ihm zurück. »Von den Klippen aus kannst du ihn besser sehen«, rief er.

Kiin drehte sich um und kletterte über die Felsen, die zu den Klippen hinaufführten. Sie sah sich nicht um. Sie wußte, daß Qakan nicht mit ihr Schritt halten konnte, bezweifelte, daß er auch nur versuchte, ihr zu folgen, er war viel zu faul, um so weit zu laufen.

Oben auf der Klippe hielt Kiin die Hand über die Augen, bemühte sich, den Wal in den Wellen zu sehen.

»Du hast nicht gewartet«, hörte sie Qakans vorwurfsvolle Stimme, seine Worte waren von lauten Atemstößen begleitet, und als sie sich nicht umdrehte, fragte er: »Siehst du ihn?«

»N-n-nein«, antwortete Kiin, aber ihr war plötzlich unbehaglich, etwas in ihr warnte sie. Qakan war zu schnell gekommen. Er war gelaufen, und Qakan lief nicht gern.

»Ich habe nicht gelogen. Ich habe einen Wal gesehen«, sagte Qakan, und bei dem merkwürdigen Ton seiner Stimme drehte sich Kiin nach ihm um. Er saß zusammengekauert am Boden. In seinen Augen sah Kiin die Wahrheit. Es gab gar keinen Wal. Er wollte sie nur hier oben haben, auf den Klippen, aber nicht, um einen Wal zu sehen.

Kiin war auf eine schmale überstehende Kante oben auf der Klippe gelaufen, und jetzt war Qakan hinter ihr, sie konnte nicht um ihn herum.

Sie bemühte sich, weiter aufs Meer hinauszusehen, aber irgend etwas schien ihren Kopf nach hinten zu drehen, zu Qakan, um zu sehen, was er tat.

Qakan lächelte sie mit seinem schiefen Lächeln an, das dem Lächeln ihres Vaters ähnlich war. »Ich könnte dich von der Klippe stoßen, dann wärst du tot«, sagte er und lachte.

Bei seinem Lachen erschauderte Kiin, und sie rückte ein wenig von der Kante der Klippe ab. »Mein Tausch w-w-wird dir v-viel einbringen«, sagte sie und starrte auf Qakans Hände, um vorbereitet zu sein, wenn er sich bewegte.

»Das werden Kayughs Felle auch tun.«

»I-i-ich we-werde dir mehr bringen«, sagte Kiin und versuchte sich zu bewegen, ohne es zu zeigen.

Qakan zuckte die Achseln. »Vielleicht«, sagte er. »Aber vergiß nicht, was ich dir über die Walroßmenschen gesagt habe.« Sein Gesicht war noch immer rot vom Laufen, aber er konnte jetzt wieder leichter sprechen, ohne Pausen, um Luft zu holen. Er riß einen Grashalm aus und kaute darauf herum. »Für die Walroßmenschen ist eine Frau, die ein Kind hatte, viel wert. Du siehst also, daß du nicht viel wert bist.«

Aber Kiin achtete nicht auf Qakans Worte. Sie wußte, daß er nur redete, um sie abzulenken.

Er ist langsam, dachte sie. Ich könnte über ihn hinwegspringen ...

Kiin sah wieder auf das Meer und sagte: »W-warte, ich glaube, ich s-sehe etwas.« Und als Qakan hinsah, drehte sich Kiin schnell um und lief los, aber Qakan stürzte sich auf sie, und als Kiin sprang, verfing sich ihr Fuß in einer Falte seines Parkas.

Sie stolperte, und Qakan packte ihre Fersen und zog sie neben sich auf den Boden. Kiin schlug so hart auf, daß sie keine Luft bekam und nicht sprechen konnte.

»Du hast Angst vor mir, Kiin«, sagte Qakan und lachte. »Glaubst du vielleicht, daß ich dich töten werde?« Er kroch an ihre Seite, setzte sich dann rittlings auf ihre Brust, drückte ihre Arme mit den Knien nach unten.

Von der steilen Klippe erhob sich ein Windstoß und wehte Kiins Haar in ihr Gesicht. Qakan griff in seinen Parka und zog ein Obsidianmesser mit einer langen Klinge heraus. Kiin hielt die Luft an. Amgighs Messer, das Messer, das er so sorgfältig eingewickelt hatte und in der Waffenecke seines Schlafplatzes aufbewahrte. Es war eins von zwei

Messern, das wußte Kiin, Amgigh hatte das andere mit zu den Waljägern genommen, um es Samiq zu geben.

»Deine Haare fallen dir ins Gesicht«, sagte Qakan. »Ich bringe sie in Ordnung.« Er packte ein ganzes Büschel Haare und schnitt es dicht am Kopf ab.

Kiin bekam wieder Luft und versuchte, sich ihm zu entwinden, hob die Beine, um Qakan ihre Knie in den Rücken zu stoßen. »Die G-G-Geister sehen dich. Sie wissen, daß du Amgighs Messer g-genommen hast. S-sie s-sehen, was du mit mir m-machst. Sie werden dich t-töten.«

Qakan lachte, zog dabei einen Mundwinkel hoch. »Nicht für eine Frau ohne Seele.« Wieder lachte er, und sein ganzer Körper wurde vom Gelächter geschüttelt.

Qakan packte wieder ein Büschel von Kiins Haaren, sein Messer bereit zum Schneiden.

»Sch-schneide m-m-meine Haare ab«, sagte Kiin. »Sie w-werden wieder wachsen. Aber n-n-nicht, bis wir zu den Walroßmenschen k-kommen.«

Qakan runzelte die Stirn und lockerte den Griff. Kiin holte tief Luft.

»Du hast recht«, sagte Qakan. »Das Walroßvolk mag langes Haar bei Frauen.« Er hielt das Messer dicht an ihren Hals. »Weißt du noch, was ich dir auch über die Walroßmenschen erzählt habe? Weißt du es noch?« Er drückte Amgighs Messer an ihre Haut, und Kiin fühlte die Schärfe der Klinge. Sie hielt ganz still, aber plötzlich erhob sich Qakan von ihr und ließ sich dann schwer auf ihre Brust fallen. Wieder bekam sie keine Luft, bekam kein Wort heraus, auch als sich Qakan nach hinten lehnte und seine Hand zwischen ihre Beine stieß, als sich seine kalten Finger grob in die Wärme ihrer weiblichen Teile zwängten.

Sie stemmte sich gegen ihn, warf ihn fast von ihrer Brust, aber er fing sich wieder und fuhr mit beiden Händen in Kiins Haare, riß ihren Kopf hoch und schlug ihn auf den felsigen Boden.

Kiin schrie vor Schmerzen auf, und Qakan lachte.

»Du w-w-wirst verflucht sein, Qakan, ich bekomme ein K-Kind«, sagte Kiin mit zusammengebissenen Zähnen.

»Du lügst«, sagte Qakan und schob seine Hand in den Halsausschnitt ihres *suk*.

Kiin wand sich unter der Berührung, aber Qakan hob das Messer und schlug den Griff fest über ihr Gesicht. Der Schlag riß eine Wunde in ihre Wange, und das Blut rann in Kiins linkes Auge.

Qakan lehnte sich zurück, seine Hand glitt langsam an der Innenseite ihres Schenkels hoch, aber durch die Verlagerung seines Gewichts bekam Kiin einen Arm frei. Sie nahm ihre ganze Kraft zusammen und stieß Qakan in den Bauch, aber als sie zustieß, drehte sich Quakan auf die Seite, und Kiin sah, daß er einen Felsbrocken in der Hand hielt. Und im selben Augenblick fühlte sie den Schlag mit dem Stein an der linken Schläfe.

Dann Dunkelheit.

Qakan lachte. Wieder hob er seinen Körper von ihrem und ließ sich dann schwer auf Kiins Bauch fallen. Aber Kiin stöhnte nur, ihre Augen rollten im Kopf nach hinten, und hinter den halbgeschlossenen Lidern war nur noch das Weiße in den Augen zu sehen.

Qakan starrte auf den Stein in seiner Hand. An seiner Kante war verschmiertes Blut. Kiins Blut. Frauenblut.

Er warf den Stein über die Klippe, wartete, um zu hören, wie er auf dem Wasser aufschlug. Es bedeutet Glück, wenn er auf dem Wasser aufschlägt, dachte Qakan. Aber er hörte den Stein nur auf den Felsen aufschlagen.

Kiins Schuld. Kiin konnte sogar einen Fluch über einen Stein bringen.

Er hob die Muschelhalskette hoch, die sie trug. Sie war ein Geschenk von Amgigh und Samiq, und wie Qakan wußte, bedeutete sie Kiin sehr viel.

Er packte die Halskette so fest, daß die Muschelperlen tiefe Kerben in seine Hände gruben, dann zerriß er mit einer festen Drehung die Sehnenbänder und ließ die Halskette auf den Boden fallen.

Noch einmal hob sich Qakans Körper und ließ sich dann wieder schwer auf Kiin fallen. Ein Stöhnen, mehr nicht. Sie war schwach. Sie würde ihn niemals besiegen. Er stand auf, sah auf sie hinunter. Was war sie, verglichen mit ihm? Er hockte sich neben sie und streckte die Hand aus, stieß sie unter ihrem *suk* nach oben. Aber dann erinnerte er sich an ihre Worte. Sie bekam ein Kind. Eine Lüge. Wann hatte Kiin je die Wahrheit gesagt? Aber vielleicht ...

Natürlich war es sein Kind. Sein Kind. Er stand auf, stieß mit dem Fuß gegen Kiin, um zu sehen, ob sie die Augen aufmachte, aber sie rollte nur den Kopf von der einen Seite auf die andere, murmelte etwas, ihre Worte verstümmelt, wie sie es immer waren.

Ja, dachte Qakan, sollte sein Vater doch über ihn lachen. Sollten Amgigh und Samiq seine Jagdkünste verachten. Trotz allem war er ein Mann, mehr als jeder der beiden. Und in Kiins Bauch war vielleicht der Beweis.

Er hob den Fuß und drückte ihn gegen Kiins Brüste. Er konnte sich nicht erinnern, daß sie während ihrer Fahrt geblutet hatte. Vielleicht sagte sie die Wahrheit. Warum nicht die Wahrheit sagen, wenn es ihr Schläge ersparte? Was für ein Streich, den er dem Walroßvolk spielte. Ja, ein Kind, aber sein Kind. Kind des Bruders. Mit einem Fluch beladen, ja, sie würden mit einem Fluch beladen sein und würden ihm für diesen Fluch auch noch Geschenke machen!

Qakan lachte, ein Lachen, das tief aus seiner Kehle kam, polternd wie der Felsbrocken, den er von der Klippe geworfen hatte. Er sah hinaus auf das Meer. Sein Magen knurrte. Er sah Kiin an. Ihre Augen waren geschlossen, ihre Atemzüge waren flach. Er konnte sie hinuntertragen, aber es würde nicht leicht sein. Außerdem war er zu hungrig, um warten zu können, bis sie aufwachte. Und es kam ein starker Wind auf, brachte Gischt vom Meer. Auf den Klippen war es immer zu windig.

Er zuckte die Achseln. Heute abend würde er sich sein Essen selbst nehmen müssen. Aber das würde gut sein. Er würde essen. Essen! Kiin hortete die Fische, die sie fing, gab ihm ein paar an dem einen Tag, ein paar am nächsten, als wäre er noch ein Kind. Heute abend würde sie ihn nicht aufhalten. Heute abend würde er essen.

Er ließ Kiin auf der Klippe liegen.

Als Kiin aufwachte, war es Nacht. Sie versuchte, sich aufzurichten, aber ein scharfer Schmerz im Rücken zwang sie, sich herumzurollen und sich dann abzustützen.

Sie zog den *suk* dicht um ihren Körper. Das Gesicht und der Kopf taten ihr weh, aber zwischen den Beinen hatte sie keine Schmerzen. Dann hatte Qakan sie also nicht genommen, hatte ihr geglaubt, als sie ihm sagte, daß sie ein Kind bekam. Vielleicht glaubte er sogar, daß das Kind von ihm war. Vielleicht war das der Grund, warum er sie nicht genommen hatte. Kein Mann würde seinen eigenen Sohn mit einem Fluch beladen wollen.

Sie war erleichtert, aber mit der Erleichterung kam die Angst. Qakan hatte sie ganz leicht überwältigt. Hieß das, daß ihre Seele schwach war? Vielleicht hatte Qakan recht, wenn er sagte, daß ihr Geist langsam aus ihr herausglitt, vielleicht mit jedem Wort, das sie sprach.

Sie stand auf, aber ihr Kopf dröhnte, und als sie sich auf Hände und Knie niederließ, mußte sie sich übergeben. Sie übergab sich, bis ihr Magen völlig leer war, dann streckte sie sich auf dem Boden aus und schloß die Augen.

Ich bleibe bis morgen früh hier, dachte sie. Aber dann verstecke ich mich irgendwo, wo Qakan mich nicht findet.

Lange Zeit blieb sie so liegen, ohne sich zu rühren, aber schließlich spürte sie die Felsen, die an ihrem Rücken und an ihren Beinen drückten, und so richtete sie sich wieder auf, langsam, damit sich in ihrem Kopf nicht wieder alles drehte. Sie räumte einen Platz auf der Klippe frei, dann riß sie ein paar Handvoll Gras aus, um sich ein Polster zu machen.

Sie setzte sich auf den Grashaufen und sah in den Himmel. Wolken zogen über die Sichel des Mondes wie geriffelter Sand. Sie rieb sich die Augen, drückte vorsichtig die Hand auf den Schnitt in ihrer Wange, aber dann glänzte etwas neben ihrem Lager im Mondschein. Kiin streckte die Hand danach aus. Es war das Perlenhalsband, das Samiq ihr gegeben hatte. Qakan mußte es von ihrem Hals gerissen haben, aber da zwischen den einzelnen Muschelperlen Knoten waren, fehlten nur ein paar von den kleinsten Perlen.

Sie griff nach ihrem Amulett, suchte die Schnitzfigur, die Chagak ihr gegeben hatte. Sie war noch da.

Dann hörte sie eine Stimme. Vielleicht sprach ihr Geist zu ihr, oder vielleicht war es die Stimme der Klippen oder des Meeres: »Du mußt Qakan bekämpfen. Wenn du es nicht tust, wird Qakan vielen Menschen Böses antun. Du bist die einzige, die wirklich weiß, wie böse er ist.«

»Nein«, antwortete Kiin, sagte es laut. »Nein, nein, nein.« Sie würde sich verstecken, würde sich einen Platz in den Klippen suchen, in den Hügeln. Er würde sie niemals finden.

Aber wieder sagte die Stimme: »Du mußt zurückgehen. Du mußt zurückgehen.«

Und wieder sagte Kiin dem Geist nein. Ihre Stimme, jetzt klar und laut, war nicht gebrochen. »Was kümmern mich die Walroßmenschen?« fragte sie, schleuderte ihre Frage gegen die Klippe, das Meer, den Mond. »Warum sollte es mich kümmern, ob Qakan ihnen Böses bringt?«

Eine Weile war es still, doch dann kam die Antwort, leise wie die Stimme einer Großmutter, die von überall her kam, von dem Muschelhalsband, das warm in ihrer Hand lag, von Chagaks *suk*, das Fell weich auf ihrer Haut, von Shuganans Schnitzfigur, die von ihrem Hals hing: »Weil es Menschen sind.«

»Sie sind nicht mein Volk«, sagte Kiin, aber dann beugte sie den Kopf, denn plötzlich wußte sie, daß dieser Geist, wer immer es war, ob Geist des Mondes oder des Windes oder des Meeres, recht hatte.

»Morgen«, flüsterte Kiin, sang die Wörter, damit sie nicht in ihrer Kehle steckenblieben, »morgen werde ich wieder gegen Qakan kämpfen, und wenn ich siege, werde ich zu meinem Volk zurückkehren, und wenn nicht, werde ich dem Walroßvolk die Wahrheit erzählen, egal, was Qakan mir antut.«

Sie zog die Beine unter ihren *suk* und streckte sich auf dem Gras aus. Der Wind fing sich in ihrem Haar, das wie ein Schneehuhn flatterte, das in den Vogelnetzen ihrer Mutter gefangen war.

25

SCHIEB«, SAGTE QAKAN zu Kiin. Kiin stemmte sich gegen das Heck ihres *ik* und schob, während Qakan das Paddel ins Wasser tauchte und das Boot durch die Wellen stieß. Das Wasser an Kiins Beinen war kalt, Felsen schnitten in ihre bloßen Füße. Wieder schob sie.

Früh am Morgen war Qakan auf die Klippen geklettert und hatte Kiin aus dem Schlaf gerüttelt. »Ich habe dich letzte Nacht nicht angerührt«, sagte er, als Kiin die Augen aufmachte und ihn ansah. »Du trägst meinen Sohn.« Er sagte es mit streitsüchtiger Stimme und schob die Unterlippe vor wie ein Kind. »Es ist nicht Amgighs Sohn.«

Mühsam rollte Kiin sich von ihm weg auf die Seite und stützte sich auf.

»Wenn du mich angelogen hast ...«, begann Qakan.

»Ich habe nicht gelogen«, sagte Kiin, obwohl sie sich nicht sicher war. Sie hatte während des Vollmonds nicht geblutet, aber ihre Mutter hatte ihr gesagt, daß sich der Mond erst daran gewöhnen mußte, sie als Frau anzusehen, ehe er den Wegen der Frau in regelmäßigen Abständen folgte.

»Schieb!«

Kiin schob wieder und sprang nach vorn, um sich an der Ruderbank festzuhalten, als das *ik* ins tiefere Wasser glitt. Als sie im Boot war, zog sie ihren *suk* wieder an, trocknete sich mit den unteren Rändern die Füße und Knöchel.

Ja, ich habe gelogen, dachte Kiin. Ich habe gelogen, Qakan, und heute werden wir uns auf die Reise zurück zu unserem Volk machen. Wenn Kayugh sagt, daß ich mit einem Fluch beladen bin, dann bin ich mit einem Fluch beladen. Vielleicht läßt er mich im Dorf in einem eigenen *ulaq* leben. Vielleicht kann ich den Familien beim Nähen und Weben helfen. Das wäre immer noch besser, als hier bei Qakan oder als Sklavin beim Volk der Walroßmenschen zu leben. Aber wenn ich keine Möglichkeit finde zurückzugehen oder wenn du stärker bist, als ich glaube, dann werde ich mit dir mitkommen, um das Walroßvolk zu warnen.

Und so wartete sie, während der Morgen verging, beobachtete Qakan, bis er vom Paddeln müde war.

Schließlich begann sie zu fischen. Sie war nicht überrascht gewesen, daß die getrockneten Fische alle verschwunden waren. Qakan mußte die ganze Nacht mit Essen verbracht haben. Aber sie würden auf dem langen Weg zu ihrem Volk Essen brauchen. Das getrocknete Robbenfleisch und die Wurzeln, die Qakan auf die Reise mitgenommen hatte, reichten nicht aus, nicht einmal für einen normalen Mann, und Qakan aß soviel wie zwei oder drei.

Sie nahm eine Fischschnur aus Algenfasern, machte einen Köder am Haken fest und hängte sie ins Wasser. Die Schnur zuckte, und Kiin zog sie hoch, wickelte sie um die linke Hand. An der Schnur zappelte und wand sich ein kleiner Hering, wehrte sich gegen den Köderhaken in seinem Maul. Kiin zog den Fisch ins *ik,* schlitzte ihn auf und nahm ihn aus, dann löste sie den Haken aus seinen Kiemen und hängte den Fisch mit offenem Bauch im Bug des *ik* auf, damit er im Wind trocknen konnte.

»Ich habe Hunger«, sagte Qakan mit weinerlicher Stimme.

Kiin schnitt dem Fisch den Kopf ab und reichte ihn Qakan ohne ein Wort.

Qakan zog das Paddel aus dem Wasser, aber bevor er es auf den Boden des *ik* legte, schwenkte er es über Kiins Kopf und lachte, als ihr das Wasser in den Nacken tropfte. Kiin wußte, daß Qakan das Spiel schon bald langweilen würde, wenn sie so tat, als würde sie das Wasser nicht weiter stören, deshalb blieb sie still sitzen und gab sich Mühe, nicht zu zucken.

Schließlich legte Qakan das Paddel aus der Hand und aß den Fischkopf.

Kiin drückte, so gut es ging, das Wasser aus ihrem Haar, dann befestigte sie ein Stück Fischdarm an dem Köderhaken und ließ die Schnur wieder ins Wasser.

Qakan brachte das *ik* selten in tieferes Wasser, wo Kiin Heilbutt hätte fangen können. Qakan blieb dicht am Land, fuhr am Ufer der Buchten entlang. Um den Jägern von anderen Stämmen aus dem Weg zu gehen, sagte er zu ihr, aber Kiin wußte, daß der wahre Grund das Wasser war, vor dem er sich fürchtete. Es war nicht schwer, sein Entsetzen zu sehen, das die Ränder seiner Augen weiß aufleuchten ließ, wenn die Wellen zu hoch waren oder wenn der Wind zu stark blies.

Nach den ersten zwei oder drei Tagen hatten sie Tugix aus den Augen verloren, dann Aka, Chagaks Berg, aber dann kamen sie an vielen Bergen vorbei, die fast alle böse Geister zu haben schienen, denn ihre Spitzen waren in Schwaden von Aschendunst gehüllt.

Während sie weiter zu den Dörfern des Walroßvolks fuhren, sahen sie Täler zwischen den Bergen, die mit Eis gefüllt waren, Eis wie blaue Flüsse, die von den Bergen ins Meer strömten. Manchmal reichte das Eis so weit ins Meer, daß Qakan ihr Boot darum herumlenken mußte, und wenn sie daran vorbeikamen, konnte Kiin die kalten Winde fühlen, die von der Oberfläche des Eises aufstiegen und sich am Boden ihres *ik* niederließen.

»Geister«, flüsterte Qakan mit blassem Gesicht und

Schweiß auf der Stirn, aber Kiin hatte keine Angst. Wenn es hilfreiche Geister waren, würden sie vielleicht ihren Fluch mit sich davontragen, wenn es böse Geister waren, würden sie vielleicht das *ik* versenken. Dann würde sie ertrinken, aber Qakan auch.

Kiin erinnerte sich an die Geschichten, die ihr Vater von den Blauen Menschen erzählt hatte, die in den Eisflüssen lebten. Manchmal zogen sie einen Mann aus seinem *ikyak* und nahmen ihn mit sich fort ins Eis. Grauer Vogel sagte, er hätte einmal die dunkle Gestalt eines Mannes gesehen, der in einem Eisfluß eingefroren war.

Manchmal war das Eis wie eine Klippe, weiß unter dem Wasser, dann blau, wo es sich in den Himmel erhob, als würde ihm das Licht Farbe geben. Zuerst hatte sich Kiin gefürchtet, wenn sie in die blauen Tiefen blickte. Was würde sie empfinden, wenn sie dort, wie einst ihr Vater, einen zu Eis erstarrten Mann sähe? Und wenn nun die Geister beschlossen, sie im Eis einzuschließen? Aber dann dachte sie: Wäre das denn schlimmer, als wenn sie verkauft wurde und über den Mann, der sie nahm, einen Fluch brachte? Wäre es denn so schrecklich, in dem stillen blauen Eis zu leben, nur den Himmel und das Meer zu sehen, Möwen und Otter, nur die Geräusche des Wassers zu hören, das Stöhnen und Brechen des Eises?

Und wenn sie wirklich Qakans Kind trug, würde es in ihrem Körper zu Eis erstarren und niemandem schaden.

Kiin fing noch einen Fisch, hängte ihn neben den ersten. »Ich habe für unsere Reise genug zu essen mitgenommen«, sagte Qakan. »Aber du bist schuld, daß wir langsamer vorankommen. Ich dachte, du würdest mir beim Paddeln helfen. Wenn du auch paddeln würdest, könnten wir viel schneller dort sein.«

»Ich werde p-paddeln«, erwiderte Kiin und sah Qakan in die Augen. Er spuckte einen Mundvoll Fisch zu ihr.

»Zurück zu Tugix' Insel«, sagte Qakan.

Kiin beugte den Kopf und seufzte. »N-n-nein«, sagte sie

und machte, daß ihre Stimme schwach und zittrig klang. »Wir sind sch-schon zu weit e-entfernt. Ich k-k-kenne den Weg n-nicht.« Sie hob den Blick, sah die Zweifel in Qakans Gesicht. »Ich h-helfe dir l-lieber, zu dem Walroßvolk zu p-paddeln, als daß ich hier v-v-verhungere.«

Qakan sah sie mürrisch an, gab ihr dann aber das Paddel vom Boden des *ik* und kroch in den Bug, dann legte er sich mit seinem Paddel quer auf dem Bauch hin.

Kiin paddelte schnell und willig den ganzen Morgen und auch am Nachmittag. Aber während sie paddelte, machte Kiin Pläne, bereitete sich darauf vor zu kämpfen, indem sie sich Qakans Lügen und seine Schläge ins Gedächtnis rief; sie erinnerte sich auch an den Fluch, den er über sie gebracht hatte, ein Fluch, von dem nicht nur die Ersten Menschen bedroht waren, sondern auch das Walroßvolk. Sie ließ zu, daß ihr Zorn immer größer wurde, bis er ihre Brust ausfüllte und sie kaum noch atmen konnte.

Dann, spät am Nachmittag, begannen Qakan endlich die Augen zuzufallen. Er atmete immer tiefer, bis Kiin wußte, daß er eingeschlafen war. Kiin zog das Paddel aus dem Wasser und hob es über Qakans Kopf, hielt die Luft an und wartete, bis der Zorn, der ihre Brust füllte, in ihre Arme floß und ihr Kraft gab. Zu spät bemerkte sie das Wasserrinnsal, das von dem Paddelblatt auf Qakans Kopf floß. Als Kiin gerade zuschlug, wachte er mit einem Ruck auf, und durch die Bewegung rutschte das Paddel von seinem Kopf ab.

Das *ik* erzitterte, und Kiin stemmte sich gegen den Bootsrand. Qakan drehte sich um, holte mit seinem eigenen Paddel zum Schlag aus und schlug es Kiin in die Rippen. Kiin krümmte sich vor Schmerzen, und bevor sie sich wieder aufrichten konnte, war Qakan schon über ihr, seine Hände schlossen sich um ihren Hals, drückten ihr die Luft ab, bis Kiin wußte, daß sie sterben würde. Aber dann ließ er sie los. Er griff in einen Packen mit Tauschwaren und zog eine Rolle *babiche* heraus. Er band ihre Fußknöchel aneinander und schnürte ihre Handgelenke hinter ihrem

Rücken zusammen, zog die rauhen Seile so fest, daß Kiins Finger schnell starr wurden.

Wieder hatte sie versagt. Vielleicht wollten die Geister gar nicht, daß sie zu den Ersten Menschen zurückkehrte, vielleicht sahen die Geister der Ersten Menschen, die schon bei den Tanzenden Lichtern waren, ihren Fluch als zu schwer an. Vielleicht wollten sie das Dorf ihres Volkes schützen.

Ja, sie konnte mit Qakan kämpfen, aber warum mit den Geistern kämpfen? Sie wollten, was für das Volk am besten war. Glaubte Kiin vielleicht, daß sie weiser war als die Geister?

Sie lehnte sich an die Seite des *ik* und sah zum Ufer. Nein, beschloß sie. Sie würde nicht kämpfen. Sie würde mit Qakan gehen.

Sie blieben schon zeitig an einem Platz für die Nacht, aber Kiin hatte sich bei Qakan daran gewöhnt, morgens spät aufzubrechen und abends früh anzuhalten. Kiin deutete mit dem Kinn auf die vielen Knochen von Meerestieren über der Flutlinie und sagte: »Damit können wir ein g-gutes Feuer machen und Öl sparen.« Qakan zögerte, löste dann aber die Fesseln an ihren Knöcheln und Handgelenken.

»Hilf mir zuerst mit dem *ik*«, sagte er.

Kiin beugte und streckte ihre geschwollenen Finger gegen die Schmerzen, als das Gefühl zurückkam. Dann ergriff sie die Seite des *ik* und half Qakan, es in das Gras über dem Ufer zu ziehen.

Sie entluden das *ik* und drehten es als Schutz für sich und die Tauschwaren um. Kiin hob die Knochen auf, zog sie aus dem Sand und warf sie nicht weit vom *ik* auf einen Haufen.

Am Nordmeer gab es nur wenige Ufer, an denen Riffe waren, aber an der Art, wie sich die Wellen brachen, konnte Kiin erkennen, daß hier eins war. »Vielleicht s-sind hier Kr-Kraken«, sagte sie zu Qakan. Eine große Krake würde ein gutes Essen geben, und es würde auch noch Fleisch übrigbleiben.

Qakan sah über das kalte Wasser, und Kiin wußte, daß er an die Mühe dachte, die es machen würde, das *ik* wieder ins Wasser zu schaffen.

»Ich könnte den Tintensack trocknen und daraus Pulver für schwarze Farbe machen. Du weißt, daß die Jäger schwarzes Farbpulver tauschen würden«, sagte sie.

»Nein«, sagte Qakan am Ende. »Sammle Seeigel. Das genügt. Ich habe Schwefel, ich mache das Feuer.«

Kiin zuckte die Achseln und ging zum *ik*, um einen Sammelbeutel zu holen. Sie ging am ganzen Ufer entlang und füllte den Beutel mit großen, grünlich gefärbten Seeigeln, die sie an den Rändern der Gezeitentümpel und in den Löchern zwischen den Felsen oberhalb der Flutbänke fand. Als der Beutel voll war, ging sie zum Feuer, an dem Qakan saß und den letzten der Fische aß, die sie am Morgen gefangen hatte.

»Qakan, was sollen wir denn m-m-morgen essen?« fragte Kiin, aber Qakan tat so, als hätte er sie nicht gehört.

Kiin stellte den Beutel mit Seeigeln auf den Boden und fing an, sie mit einem Stein aufzubrechen. Qakan aß den Fisch auf und griff nach den geöffneten Seeigeln. Er zog sein Messer aus der Scheide im Ärmel und schabte mit der Klinge die Eierstöcke aus den Seeigeln.

Er aß so schnell, daß Kiin nicht mit ihm Schritt halten konnte. Schließlich legte er eine Pause ein und sagte mit vollem Mund: »Ich habe mir überlegt, ob ich für Samiq nicht eine Frau tauschen soll.«

Als Kiin nicht antwortete, nahm er ihr eine geöffnete Schale aus der Hand und sagte: »Kayugh hat mir gesagt, daß ich für ihn eine Frau mitbringen soll. Hast du das gewußt?«

Kiin hielt den Kopf gebeugt und brach einen neuen Seeigel auf. Sagte Qakan die Wahrheit, oder quälte er sie mit einer Lüge?

»Du glaubst mir nicht?« sagte er. »Sieh doch selbst nach. Wessen Robbenfelle liegen im Bug des *ik*? Kayughs und Samiqs.«

Kiin dachte an das Bündel Felle, weich und glatt, fein gegerbt. Ja, das mußten Kayughs Robbenhäute sein. Keine andere Frau im Dorf konnte so schöne Häute machen wie Chagak. Aber vielleicht waren es auch die Häute, die Amgigh ihrem Vater als Brautpreis für Kiin gegeben hatte. Oder vielleicht hatte Qakan sie aus Kayughs *ulaq* gestohlen.

»Zuerst habe ich daran gedacht, Kayughs Robbenhäute für eine alte Frau zu tauschen«, sagte Qakan und lachte, wobei er Fleisch ausspuckte. »Irgendeine alte Frau, die keine Söhne mehr bekommen kann, eine mit verfaulten Zähnen und verkrüppelten Händen.«

Kiin hielt in ihrer Arbeit inne und legte den Stein, mit dem sie die Seeigel öffnete, aus der Hand.

»Mehr«, brüllte Qakan sie an.

Kiin biß die Zähne zusammen und sah Qakan fest in die Augen. »Der Rest gehört mir«, sagte sie.

Qakan stieß sich vom Boden ab und sprang auf. Er rülpste laut und riß ihr den Beutel mit Seeigeln aus der Hand. Er schüttete ihn aus und warf Kiin zwei der kleinsten zu. Dann hielt er sein Messer mit der Klinge nach oben hoch und sagte: »Die esse ich. Du hättest ja mehr suchen können.«

Kiin gab keine Antwort.

Qakan setzte sich hin, stieß mit einem zufriedenen Grunzen auf und schob sich mit der Klinge seines Messers die Eierstöcke eines Seeigels in den Mund. Schließlich sagte er: »Ja, ich wollte Samiq eine alte Frau bringen, aber jetzt denke ich mehr an eine junge Frau, an eine, die Männer mag.« Er lachte. »Eine, die sich nicht für ihren Mann aufheben will. Zurück zu Tugix ist es eine lange Fahrt.«

Kiin wandte den Blick ab, sah aufs Meer, zu dem dunklen Himmel im Osten. Qakan redete immer weiter, erzählte ihr, wie er mit Samiqs Frau sein Lager teilen würde, wie er ein Tauschhändler sein würde, einer mit vielen Frauen, der seine Macht als Tauschhändler errang, nicht als Jäger, nicht in den kalten Gewässern wie ein Jäger. Eines Tages würde er seinen eigenen Stamm haben, sagte er, einen Stamm von Söhnen, der sich von den Waljägern im Westen bis zum Karibuvolk im Osten erstrecken würde.

»Das ist nur Prahlerei«, flüsterte Kiins Geist, aber Kiin wußte, daß Qakan einen starken Geist hatte. Wie sonst könnte er schon jetzt ein Tauschhändler sein, mit genügend Tauschwaren, die andere dazu brachten, ihn als einen mächtigen Mann anzusehen?

Kiins Hand schob sich nach oben, zu dem Amulett, das an ihrem Hals hing. Am Nachmittag, als Qakan dabei war, ihre Handgelenke und Fersen zusammenzubinden, hatte er gedroht, ihr das Amulett wegzunehmen, aber sie hatte ihn daran erinnert, daß jede Bedrohung ihres Geistes eine Bedrohung seines Kindes war, und so hatte er ihr erlaubt, das Amulett zu behalten, und jetzt hielt sie es fest, hielt es fest und betete, daß Qakans Prahlerei niemals wahr würde, daß Samiq und ihr Volk, daß selbst der Walroßjäger, der sie zur Frau nahm, von dem Amulett beschützt würden.

26

SAMIQ BETASTETE DIE Speerspitze, die Großer Wal ihm gegeben hatte. Es war eine Obsidianklinge, schmal und so lang wie die Hand eines Mannes.

»Es wird noch viele Sommer dauern, bis du geübt genug bist, mit ihr umzugehen«, sagte Großer Wal zu ihm, »aber du wirst lernen, und heute abend in der Zeremonie wirst du ein Waljäger werden. Es ist richtig, daß du diese Waffe nimmst.«

Der alte Mann kletterte langsam aus dem *ulaq*, und Samiq war wieder allein. Es war ein langer Tag des Nachdenkens gewesen, in dem dunklen *ulaq*, das nur von einer kleinen Öllampe am Boden erhellt wurde, keine Frauenlampe, sondern eine Jägerlampe, die in einem *ikyak* mitgenommen werden konnte.

Großer Wal hatte Samiqs Gesicht mit rotem Ocker bemalt, und dann bereitete sich Samiq selbst auf die Zeremonie vor, sang das Lied, das Großer Wal ihm beigebracht hatte, versuchte sich selbst ein Lied auszudenken, wie es von allen Jägern erwartet wurde. Aber seine Gedanken schienen nicht zusammenzupassen, um ein Lied zu ergeben; und schließlich war es, als würden seine Wörter verwehen und sich in den Schatten des *ulaq* verstecken, und in seinem Kopf waren die Bilder von Jägern, die Wale mit Harpunen und Flößen erlegten, die für Seelöwen gemacht waren.

Dann schweiften seine Gedanken zu Kiin, und er erinnerte sich daran, wie gut sie Lieder machen konnte, wie klar und rein ihre Stimme war, wenn sie sang, wie schön die Wörter waren, die sie wählte, um den Geistern zu gefallen. Aber dann flüsterte ihm ein Geist zu: Du wirst deine Jagd mit einem Fluch beladen, wenn du an Frauen denkst.

Und so trug Samiq die Speerspitze zu seinem Schlafplatz und legte sie in den Fischbeinkorb, den ihm seine Mutter gemacht hatte. Dort würde er sie mit den Klingen und Harpunenspitzen aufbewahren, die er von seinem Volk mitgebracht hatte, mit dem Büschel Federn seines ersten Vogels und einem Stück Haut von seiner ersten Robbe. Er würde die Speerspitze aufheben, bis er ihre Macht besonders nötig hatte. Er legte den Deckel auf den Korb und hielt ihn einen Augenblick lang fest, seine Finger strichen über das feine Flechtwerk, das die Hände seiner Mutter gemacht hatten. Und er dachte daran, was aus ihm geworden war, ein Mann zweier Völker.

Seit er bei den Waljägern lebte, hatte er angefangen, sich als Junge zu fühlen, nicht als Mann. Dicke Frau war immer bereit, ihn zu verbessern – seine Sprache, seine Gewohnheiten –, und manchmal hatte Samiq das Gefühl, daß sie am liebsten in seinen Kopf gegriffen und seine Gedanken geändert hätte, wenn es ihr nur möglich gewesen wäre.

Samiq setzte den Korb in die Falten seiner Schlafdecke und

ging in den Hauptraum des *ulaq* zurück. Er streckte die Arme über dem Kopf aus, sprang hoch, um bis an die Sparren aus den Kieferknochen von Walen zu reichen. Er wünschte, er könnte draußen sein, könnte laufen, könnte den Wind fühlen.

Ohne die Sonne und die Gezeiten konnte Samiq nicht sagen, wie lange er im *ulaq* gewesen war, wie lange es noch dauern würde, bis das Fest und die Zeremonie begannen. Er wußte, daß es draußen noch hell sein würde, wenn die Zeremonie begann. Das Ende des Sommers rückte näher, aber die Sonne war immer noch stark genug, um lange Tage zu geben. Es wurden jetzt weniger Wale gesichtet als im Frühling, aber die Vorratslager im Dorf waren schon gefüllt, und wenn ein Wal gesichtet wurde, bekam einer der jüngeren Männer Gelegenheit, den Wal mit dem Speer zu erlegen.

Samiq dachte zurück an die Tage, die er bei Großer Wal verbracht hatte. Der alte Mann war wie ein Seelöwe, steif und langsam an Land, geschickt und anmutig im Wasser. Sein *ikyak* schien ein Teil von ihm zu sein, das Paddel eine Verlängerung seiner Arme.

Samiq hatte sich im Umgang mit dem *ikyak* für geschickt gehalten, bis er Großer Wal sah. Selbst Kayugh hielt keinem Vergleich mit dem alten Mann stand, und Samiq, der ihn beobachtete, stellte schon bald fest, daß er sich unter der Anleitung seines Großvaters erheblich verbesserte.

Großer Wal nahm ihn mit in die rauheste See, und Samiq lernte die Beweglichkeit des dreiteiligen Binnenkiels zu schätzen, die Fähigkeit des *ikyak* der Waljäger, sich mit den Wellen zu biegen.

Die Waljäger benutzten ein Paddel mit zwei Blättern, und obwohl dieses Paddel anfangs plump in Samiqs Händen zu liegen schien, kam es ihm bald so vor, als habe er es schon immer benutzt, als wäre er schon immer mit einer solchen Leichtigkeit und Geschwindigkeit gepaddelt. Er lernte, sich im Nebel ruhig zu verhalten, wenn die Geräusche so weit getragen wurden, und den Schlag seines Paddels dem Rhythmus des Meeres anzugleichen. Er lernte, seinen Speer in den höchsten Wellen zu werfen, das Wurfbrett fest und ruhig in der Hand.

Samiq setzte sich hin, seine Gedanken waren bei den Walen. »Beobachte sie im Wasser«, hatte der alte Mann gesagt. »Beobachte sie. Stell dir vor, was das für ein Gefühl ist für den Wal, so groß zu sein, bis tief hinunter ins Meer zu schwimmen. Wenn du in deinem Kopf werden kannst wie ein Wal, wirst du immer wissen, wohin dein Speer zielen muß.«

Eine Weile bemühte sich Samiq, im *ulaq* sitzend, der Wal zu sein, unter der Wasseroberfläche zu schwimmen, mit den Stößen des Meeres, doch dann fiel vom Dach des *ulaq* ein Lichtstrahl herein, und das Gesicht von Dicke Frau war ein runder Mond, der durch die Dunkelheit schwebte, ihm zurief, herauszukommen.

Samiq kletterte vom *ulaq*. Er war unruhig, aber er hielt die Schultern gerade, während er Dicke Frau zum Ufer folgte. Am Himmel sah er, daß die Sonne bald untergehen würde. Im Westen und Norden von Atal, dem kleinen Berg der Waljäger, hatten die Wolken rosa Ränder.

»Setz dich hierhin«, befahl Dicke Frau. »Du bekommst deine Zeichen.«

Samiq sah sich um, überlegte, welche der Frauen die schwarzen Linien auf seinem Kinn ziehen würde, die ihn zum Waljäger machten, zum Mann.

»Sitz still«, sagte Dicke Frau, und ihr Lächeln erinnerte Samiq daran, daß es ihr Spaß machte, ihn herumzukommandieren.

Dann beugte sich Viele Kinder über ihn. Ja, sie würde es sein, dachte Samiq. Ihr Mann war Harter Felsen, der *alananasika,* der Führer der Waljäger.

Sie wusch Samiqs Gesicht mit Meerwasser, wischte die rote Ockerfarbe ab. Mit einem Stück Holzkohle zog sie nebeneinander drei Striche auf sein Kinn, von oben nach unten.

Samiq wandte die Augen ab, als sie die Nadel vor ihm herunterbaumeln ließ. Am Ende der Nadel war, von Holzkohle schwarz, eine feine Sehne befestigt. Wenn Viele Kinder den

Faden durch seine Haut zog, würde eine dunkle Linie zurückbleiben, die ihn für immer als Waljäger kennzeichnete.

Viele Kinder hielt sein Gesicht mit der linken Hand fest und kniff an der Stelle in die Haut, durch die sie die Nadel führen würde. Der Schmerz des Nadelstichs verging schnell, als sie die Nadel durch die Hautfalte zog, aber das Geräusch des Fadens, während er durchgezogen wurde, ließ Samiq erschaudern.

Dicke Frau beugte sich dicht an Samiqs Gesicht, sah zu, wie Viele Kinder die Nadel erneut in die Haut stach, und nach jedem Stich tupfte Dicke Frau das Blut mit einem Fetzen Robbenhaut ab.

Als Viele Kinder die erste Linie in der Mitte von Samiqs Kinn fertig hatte, steckte sie den Daumen in seinen Mund, schob das Fleisch von den Zähnen zurück und stach die Nadel links von der ersten Linie in die Haut. Alles in allem machte sie drei Linien, eine neben der anderen, von der Mitte des Kinns abwärts.

Samiq biß die Zähne zusammen vor Schmerzen, und bald taten ihm die Muskeln am Hals und an den Schultern weh, aber am Ende war die Zeichnung vollständig. Viele Kinder schwärzte Samiqs Kinn mit Holzkohle und sagte zu ihm: »Das läßt du zwei Tage drauf.« Dann rieb Dicke Frau sein ganzes Gesicht über der Zeichnung mit Robbenöl ein, das mit Ocker rot gefärbt war.

Samiq stand auf, um zu den anderen Männern zu gehen, die sich um die Kochgruben versammelten. »Nein«, sagte Dicke Frau und drückte ihn wieder nach unten. »Warte auf Großer Wal.«

Die Frauen gingen, und Samiq blieb allein sitzen. Sein Kinn brannte, und die Blutstropfen, die noch immer aus den Einstichlöchern quollen, trockneten und juckten auf seiner Haut. Samiq verschränkte die Hände miteinander, damit er sich nicht kratzte. »Du hast schon Schlimmeres erlebt«, sagte seine innere Stimme, und Samiq zwang sich, den Männern zuzusehen, die am Ufer Tanzschritte übten.

Alle Männer hatten ihren *chigadax* an, und die meisten auch noch eine lange Schürze aus Otterhaut, die fast bis an die Fersen reichte. Jeder Jäger trug einen hölzernen Hut, den Hut der Walfänger, mit Federn und Barthaaren von Robben verziert. Samiq beobachtete die Männer genau, studierte ihre Bewegungen und beschloß, wie er tanzen und gehen wollte, wenn ihm erlaubt wurde, sich ihnen anzuschließen.

Die Frauen brachten den Jägern zu essen, aber noch immer kam Großer Wal nicht zu ihm. Samiq wartete, während die Jäger aßen. Er hatte seit dem Abend zuvor nichts mehr gegessen, und sein leerer Bauch drückte wie ein Stein an seine Wirbelsäule.

Nachdem die Männer gegessen hatten, wurden die Kinder gefüttert. Als Samiq die kleineren um die Kochgruben tanzen sah, mußte er an seine Schwester Wren denken. Sie würde glücklich aufwachsen, geliebt werden. Aber dann dachte er wieder an Kiin, an die vielen Male, als er sie mit blauen Flecken, blutend von den Schlägen ihres Vaters, gefunden hatte.

Aber jetzt war selbst Kiin glücklich. Samiq wußte, daß seine Mutter Kiin wie eine Tochter behandelte, und Chagak war auch niemals böse oder zornig wie so viele Frauen der Waljäger, die offenbar irgendein Geist dazu trieb, die Ruhe des *ulaq* mit ihrem Lärm und ihren Streitereien zu stören.

»Samiq!«

Die Stimme erschreckte ihn, und er blickte auf und sah ein riesiges entstelltes Gesicht vor sich, das aussah, als wäre es aus einem großen Stück Holz geschnitzt. Das Gesicht hatte die Größe eines Mannes, vom Kopf bis zu den Knien, und rote und blaue Farben. Die Augen waren oben draufgemalt, aber in den breiten Schlitzen unter der Nase glaubte Samiq etwas aufleuchten zu sehen, als würde ihn jemand beobachten. Mensch oder Geist? überlegte Samiq. Aber dann bemerkte er, daß das Gesicht unter seinem gebogenen riesigen Kinn normale Männerfüße hatte. Und als das Gesicht »Komm!« sagte, hörte es sich an wie die Stimme von Harter Felsen.

Samiq folgte ihm, bis sie bei Großer Wal waren, der auf einer Federdecke saß, die über einen Felsblock gebreitet war. Der Maskierte drückte Samiq hinunter auf die Knie, aber Samiqs Augen sahen Großer Wal an. Der alte Mann schien an Kraft und Größe gewonnen zu haben, wie er dort auf dem Felsblock saß und sein mit Federn geschmückter *chigadax* und die großen Stiefel aus Robbendärmen im Licht des langen Sonnenuntergangs in rosaroten und goldenen Farben glühten.

Er hielt einen geschnitzten Stab in der Hand und sang ein Lied, dessen Worte Samiq nicht verstand.

Großer Wal reichte Samiq ein Bündel, zuoberst eine zeremonielle Otterhautschürze und ganz unten ein *chigadax* aus Walzungenhaut.

»Steh auf!«

Die anderen Jäger, die bei Großer Wal standen, nahmen die Schürze von Samiqs Bündel und banden sie ihm um, zogen ihm seine Grasschürze aus. Dann streifte ihm jemand den *chigadax* über den Kopf.

»Da sind auch Stiefel«, sagte Großer Wal, sich nach vorn beugend, seine Augen glänzten im Schatten seines hölzernen Huts.

Zwei Männer halfen Großer Wal vom Felsblock herunter, und der mit der Maske reichte ihm etwas, das in eine Seelöwenhaut gewickelt war. Die Form war deutlich zu erkennen, und Samiq hielt die Luft an, als Großer Wal die Haut auseinanderklappte und ein glänzender hölzerner Hut zum Vorschein kam. Er hatte rote und schwarze Streifen. Von dem Elfenbeinsaum an der hinteren Seite bogen sich keine Barthaare von Seelöwen. Die bekam ein Jäger nur dann, wenn er einen Wal erlegte, hatte ihm sein Großvater gesagt. An dem Hut von Großer Wal waren mehr Barthaare als an denen aller anderen Jäger, sogar mehr als an dem Hut von Harter Felsen.

Großer Wal hielt den neuen Hut über Samiqs Kopf, sang wieder seltsame Worte. Dann beugte er sich dichter zu

Samiq und sagte: »Schwarz ist für den Wal. Rot ist für Blut.« Er machte eine Pause, sah die Jäger an, die um sie versammelt waren. Er setzte den Hut auf Samiqs Kopf, berührte leicht die Tätowierung auf Samiqs Kinn. »Du bist Waltöter, ein Mann des Waljägervolks«, sagte Großer Wal.

Samiq griff nach oben zum Hut, um ihn zu berühren. Das Holz war kühl und weich. Samiq, der Waltöter, dachte er, ein Mann zweier Stämme. Samiq. Waltöter. Und mitten in seiner Freude verspürte er plötzlich Traurigkeit, und er rief sich ins Gedächtnis, daß er das, was er tat, für die Ersten Menschen tat, daß er Kayugh gehorchte. Dann sah er wieder zu Großer Wal, der sein Großvater war, und Samiq straffte die Schultern, richtete sich auf.

Niemand sagte etwas, und in der Stille hörte Samiq sein Herz klopfen. Dann hörte er plötzlich, lauter als sein Herz, das Klopfzeichen des Beobachters auf seinem Posten. Die Männer drehten sich um, und Samiq sah einen kleinen Jungen, der auf sie zugelaufen kam.

»Ein Wal! Ein Wal!«

Der maskierte Mann riß sich die Maske vom Körper, und Samiq sah, daß es Harter Felsen war, der *alananasika*. Er trug unter der Maske nur seine Schürze, und als er zu seinem *ikyak* lief, kam seine Frau Viele Kinder aus ihrem *ulaq*, um Harter Felsen seinen *chigadax* zu bringen. Während er ihn anzog, lief der Junge zu ihm, und seine feine Stimme drang bis an Samiqs Ohren.

»Er ist da drüben, dicht am Ufer.«

Samiq sah zum Meer. Selbst in dem trüben grauen Licht der hereinbrechenden Nacht konnte er den Wal erkennen; der Nebel seines Atems hob sich weiß vom Meer ab. Harter Felsen kletterte in sein *ikyak* und lenkte das kleine Boot mit schnellen Schlägen in die Wellen. Samiq konnte den Wal nicht mehr sehen, aber er beobachtete Harter Felsen, bis das *ikyak* nur noch ein kleiner dunkler Fleck im Wasser war.

Samiq glaubte zu sehen, wie sich ein Arm hob, ein Speer

flog, aber er war sich nicht sicher, und am Ende drehte er sich wieder zu Großer Wal um.

Krummer Vogel, ein junger Mann mit genauso vielen Sommern wie Samiq, der gelacht hatte, als Samiq seinen ersten Unterricht in der Waljagd bekommen hatte, sah Samiq an, und Samiq bemerkte den schnellen Herzschlag in den Adern an seinem Hals, seine geballten Fäuste, und da wurde Samiq klar, daß Harter Felsen dem Wal gefolgt war, ohne einem der neuen Jäger Gelegenheit zu geben, Erfahrungen zu sammeln oder vielleicht sogar die Ehre zu erringen, einen Wal zu erlegen. Aber Harter Felsen war *alananasika*, und wer wollte seine Entscheidungen anfechten.

Dann rief Großer Wal Samiq zu sich, legte die Hand auf seine Schulter.

»Waltöter«, sagte Großer Wal, »dir ist eine große Ehre zuteil geworden. Der Wal erkennt deine Männlichkeit an. Du wirst ein großer Jäger sein.«

Und als würde ein Geist seine Augen lenken, sah Samiq wieder zu Krummer Vogel. Krummer Vogel kräuselte verächtlich die Lippen, biß die Zähne zusammen, und etwas in Samiq ahnte, daß sich der Zorn von Krummer Vogel nicht gegen Harter Felsen richtete, sondern gegen ihn, den neuen Jäger, den Jäger, dessen Männlichkeitszeremonie von einem Wal geehrt wurde.

27

NOCH EHE DAS Feuer der Zeremonie zu Kohle niedergebrannt war, kehrte Harter Felsen zurück. »Der Wal hat sich meinem Speer übergeben«, sagte er mit einem Lächeln im Mundwinkel.

Jetzt wurde es für die anderen Zeit hinauszufahren, um

den Wal zu holen, dem Wal so lange zu folgen, bis das Gift im Speer von Harter Felsen seine Arbeit getan hatte.

Aber Großer Wal sah an ihm vorbei zu Samiq, und Samiq begegnete dem Blick seines Großvaters. »In dem Wal ist der Speer von Harter Felsen«, sagte der alte Mann, »aber deine Zauberkraft hat ihn zu uns gebracht. Auch du mußt eins werden mit dem Wal.«

Samiq sah den Zorn in den Augen von Harter Felsen und wartete darauf, daß er protestierte, aber er sagte nichts, sondern drehte ihm nur den Rücken zu und ging zu der kleinen Hütte der Waljäger, dem Ort, an dem der *alananasika* seine Kräfte aufbot, um den Wal zu den Waljägern zu bringen, die ihn holen sollten, um den Wal daran zu hindern, zu einem anderen Dorf zu schwimmen.

Am Abend bauten die Männer eine kleine Hütte für Samiq. Sie lag dicht bei der Hütte von Harter Felsen, und als sie fertig war, ging Samiq hinein, wie Großer Wal es ihm gesagt hatte, zog sich in die Abgeschiedenheit zurück, um zum Wal zu werden, um zu vergehen, wie der Wal vergehen mußte.

Es war nicht leicht, zu etwas zu werden, was er nicht war, ein Tier, von dem er wenig wußte. Manchmal träumte Samiq davon, ein Otter zu sein, im Meer zu schlafen, in Seetang gewickelt, die Wellen sein Bett, und einmal hatte er geträumt, in seinem *ikyak* zu sein, und dem *ikyak* waren Beine und ein Schwanz gewachsen. In jenem Traum war Samiq wirklich ein Otter gewesen, aber jetzt tat ihm der Bauch weh vor Hunger, und sein Mund war ausgetrocknet und verlangte nach Wasser, und in seinem Unbehagen konnte er nichts sein als ein Mann.

Wie lange würde er in der Hütte bleiben, einen Tag, zwei Tage? Wie lange war es her, seit er etwas gegessen hatte? Seit dem Tag vor seiner Zeremonie. Er müßte schlafen, doch der Schlaf schien sich ihm zu entziehen, schien von der Notwendigkeit, Wal zu sein, verdrängt zu werden.

Aber vielleicht konnte er nur auf die gleiche Weise Wal werden, wie er Otter geworden war – durch seine Träume.

Samiq, Waltöter, schloß die Augen, schickte seine Gedanken zu dem kalten Grau des Meeres. Er sah die Wellen, dunkel wie Schiefer, massiv, glänzend wie nasser Felsen. Aber dieses Bild wurde von den Schmerzen seines Hungers verschluckt, bis die Schmerzen weit über ihn hinausreichten, ihn hinunterzogen in die Dunkelheit, durch die Wellen, fort vom Wind. Die Stille drang in seine Ohren, die Dunkelheit in seine Augen, und er fand Frieden. Aber dann hörte er die tiefen, harten Schreie anderer Wale, die tiefen Stimmen der Blauwale, die hohen Rufe der Zwergwale, die Killerwale, ihr Lied das Lied einer Herde, jede Stimme ein anderer Ton, so daß selbst wenige wie viele klangen.

Etwas zwang ihn aus der Tiefe hinauf zur Wärme der Sonne, und plötzlich kannte er die Stelle, an der der Speer von Harter Felsen steckte, und spürte die Schmerzen des Gifts, die durch seinen Körper wanderten. Mit jeder Bewegung, jeder Drehung ließ das Gift sein Herz langsamer schlagen, und die Schmerzen breiteten sich aus: in seinem Bauch, in den Gelenken seiner Schwanzhälften, sogar in den großen Muskeln, die seine Schwanzflosse bewegten.

In der Tiefe des Meeres war er in Sicherheit. Er würde an die Oberfläche aufsteigen, um Luft zu holen, dann tauchen, aber mit jedem Tauchen ließ seine Kraft nach, bis er nicht mehr tauchen konnte. Die Wellen schlugen gegen ihn, schmerzten, wenn sie an seine Haut stießen, aber er mußte oben bleiben, dicht beim Wind, dicht beim Wind ...

Ein Schnitt in seiner Lippe. Ein kleiner Schmerz unter vielen Schmerzen, aber er konnte sich nicht rühren.

»Waltöter.«

Die Felsen bohrten sich in seinen Bauch, schnitten tief in seine Haut. Da war kein Wasser, und das Gewicht seines eigenen Körpers legte sich schwer auf ihn. Er bekam keine Luft, bekam keine Luft, bekam keine Luft ...

»Waltöter.«

Er machte die Augen auf und sah in das Gesicht von Dicke Frau.

»Waltöter, der Wal ist hier. Komm. Du mußt den Anteil eines Jägers essen.«

Samiq schüttelte den Kopf, bemühte sich zu verstehen, was Dicke Frau sagte.

»Der Wal«, sagte sie. »Er ist am Ufer.«

Samiq stand auf, und auf den Arm von Dicke Frau gestützt, ging er hinaus in den Glanz des Tages. Der große Kadaver lag am Ufer, durch die Oberlippe war die Leine der Walfänger gezogen. Die Männer hatten schon angefangen, den Wal zu öffnen, die dicke weiße Fettschicht unter der dunklen Haut freizulegen.

Und für einen Augenblick wandte Samiq den Blick ab, unfähig, die Plünderung zu ertragen, das Zerschneiden von dem, was er gewesen war.

In den nächsten Tagen wurden fünf Wale gesichtet. Drei Wale wurden erlegt. Das Ufer war glitschig von Blut, neue Vorratsgruben wurden mit Fleisch gefüllt, noch weitere ausgehoben.

»Noch nie wurden so viele Wale erlegt«, sagte Großer Wal, während er und Samiq den Frauen zusahen, die an den Kochgruben arbeiteten. »Ich habe mit Harter Felsen gesprochen«, fuhr Großer Wal fort. »Er hat zugestimmt, daß du der Jäger sein sollst, wenn noch ein Wal gesichtet wird.«

Samiq drehte sich erstaunt um. »Das hat Harter Felsen gesagt?«

Der alte Mann lächelte. »Ja. Und er hat auch gesagt, daß in diesem Sommer keine Wale mehr gesichtet werden. Das hat er beim letzten Fasten gesehen.«

Samiq lachte. Beim letzten Fasten hatte Samiq gefragt, ob er die Männer, die den Wal bergen sollten, begleiten könne, die Männer, die dem Wal folgten, wenn er vom Speer getroffen war. Großer Wal hatte es nicht gewollt, aber Harter Felsen hatte sich eingemischt und gesagt, daß er den Wal bis jetzt immer mit seiner eigenen Kraft geholt hätte und daß es diesmal nicht anders sein würde. Es war nicht nötig, daß Samiq fastete. Und so durfte Samiq mitgehen.

Die drei Männer, die den Wal holten, hatten ihn schon zwei Tage lang verfolgt. Samiq war im zweiten *ikyak*, und er blieb ein wenig zurück, wie Großer Wal es ihm beigebracht hatte, wartete, bis Sterbende Robbe, der Mann im ersten *ikyak*, den Wal sah.

»Er wird Kreise ziehen«, hatte Großer Wal zu Samiq gesagt. »Und er wird weinen, wie ein kleines Kind weint. ›Huhu‹, ein klagender Laut. Du mußt lernen, auf diesen Ton zu hören, weil du sonst glaubst, daß es nur das Meer ist, das mit den Bergen spricht.«

Plötzlich hatte Samiq den schwarzen Buckel des Walrükkens gesehen, und er beobachtete Sterbende Robbe, der mit dem Paddel in der einen und dem Wurfbrett in der anderen Hand, die Finger fest das Brett umklammernd, mit gebogenem Arm das Boot lenkte. Der Speer war mit einem langen Seil aus geflochtenen Algen an das *ikyak* gebunden, und Samiq sah, daß Sterbende Robbe die Steinspitze nicht an dem Schaft befestigt hatte, so daß die Waffe stumpf war und dazu diente, zu sehen, ob der Wal noch am Leben war.

Nachdem Sterbende Robbe den Wal eine Weile beobachtet hatte, hob er den Arm über den Kopf und zog ihn dann fast bis ans Heck des *ikyak*; dann warf er den Speer. Die stumpfe Waffe prallte gegen den Wal und fiel ins Meer. Sterbende Robbe zog den Speer an der Leine durchs Wasser zurück zum Boot, rollte die Leine beim Ziehen wieder auf.

Der Wal bewegte sich nicht.

Sterbende Robbe legte den Speerschaft in sein Wurfbrett und warf noch einmal. Wieder bewegte sich der Wal nicht.

»Er ist tot!« rief Sterbende Robbe, und Samiq fuhr mit seinem *ikyak* näher an ihn heran, sah zu, wie Sterbende Robbe die Lippe des Wals durchbohrte und ein geflochtenes Algenseil hindurchzog, das Seil so dick wie Samiqs Handgelenk. Sterbende Robbe nahm das Seil und warf es zu Samiq. Samiq wendete sein *ikyak,* so daß es zum Ufer zeigte, und befestigte das Seil an seinem Heck, dann warf er das restliche Stück zum dritten Boot, in dem Krummer Vogel war.

Krummer Vogel bekam das Seil beim ersten Wurf nicht zu fassen, und es rutschte an der Seite des *ikyak* ins Meer. Als Krummer Vogel sich bückte, um es herauszuziehen, schaukelte das *ikyak,* und Krummer Vogel trieb kopfüber im Wasser. Samiq unterdrückte ein Lächeln und holte die Leine wieder zurück, rollte sie auf, um sie noch einmal zu werfen, wartete, bis Krummer Vogel sich wieder aufgerichtet hatte; sein *chigadax* war naß, von seinen Augenlidern tropfte Wasser auf seine Wangen. Sterbende Robbe lachte nicht, aber als Krummer Vogel noch im Wasser war, hatte Samiq ein Lächeln auf seinem Gesicht gesehen.

Wieder warf Samiq die Leine, und Krummer Vogel fing sie mit einer Hand auf, während er mit dem Paddel sein *ikyak* im Gleichgewicht hielt. Sie zogen gemeinsam, schleppten den Wal durchs Wasser, sangen, während sie paddelten, Ehre dem Wal, Ehre dem Jäger, Ehre den Waljägern. Wer konnte sich mit ihrer Geschicklichkeit messen? Wer konnte sich mit ihrem Mut messen?

Als sie das Ufer erreichten, holte Viele Kinder Harter Felsen aus seiner Hütte. Die Tage ohne Essen und Wasser hatten sein Gesicht ausgezehrt, so daß er wie ein alter Mann aussah, und Samiq fragte sich, ob er nach den Tagen, die er in der Hütte verbracht hatte, auch so schwach und alt ausgesehen hatte, ob ein Mann, um Wal zu werden, vielleicht nicht nur ein paar Tage mit Träumen, sondern auch Jahre seines Lebens hergab.

Alle standen herum und sahen zu, als Harter Felsen die Harpune aus der Seite des Wals herausschnitt. Er schnitt auch ein großes Stück Fleisch und die Schwellung heraus, die von der Wunde kam. Harter Felsen machte einen tiefen Schnitt, dann trug er den Klumpen Fleisch das Ufer hinauf, um ihn zu vergraben. Das Gift, das Wale tötete, konnte auch Menschen töten.

28

NEIN«, SAGTE GROSSER Wal zu Samiq.

Samiq ging im *ulaq* von Großer Wal auf und ab, blieb dann stehen, um sich vor seinem Großvater auf den Boden zu hocken. »Nur eine Handelsreise«, sagte Samiq. »Mehr nicht. Um Öl und Fleisch zu tauschen. Wir haben mehr, als wir brauchen.« Er sagte nicht, was er wirklich wollte, daß er zu Kayugh und seiner Mutter wollte, zu Amgigh, um vielleicht wieder eine Nacht mit Kiin zusammenzusein. Er war jetzt ein Mann, fühlte die Stärke dieser Männlichkeit, wollte Kayugh zeigen, was aus ihm geworden war, wollte Kiin – wollte Kiin – wollte Kiin ...

»Du bist jetzt einer von uns«, sagte Großer Wal. »Vielleicht machen wir im nächsten Sommer eine Tauschhandelsreise. Im nächsten Sommer oder im Sommer darauf. Vielleicht fahren wir dann los, um Waren zu tauschen. Oder vielleicht kommen Kayugh und dein Bruder auch zu uns.«

»Du hast versprochen, daß ich ein Jahr lang hier bei euch sein würde«, sagte Samiq und fühlte, wie sein Herz schlug, Hitze in seine Ohren jagte, gegen sein Trommelfell hämmerte. »Dann würde ich zurückkehren, um mein Volk zu unterrichten.«

Die Augen von Großer Wal blitzten ihn zornig an. »Das ist nicht dein Volk! Du gehörst zu uns. Du wirst bei uns bleiben. Vielleicht wirst du sie manchmal besuchen, um Tauschhandel zu treiben. Das ist alles. Und dann, in vielen Jahren, wenn du ein geübter Jäger bist, wirst du das Geheimnis unserer Gifte erfahren – und wie wir die Wale an unsere Strände rufen. Du warst schon in der Hütte des *alananasika*. Wie viele andere junge Jäger haben das getan? Nur du allein.«

Großer Wal beugte sich nach vorn und zeigte mit zwei langen knochigen Fingern auf Samiq. »Was lernt ein Jäger als erstes?« fragte er. »Was wissen sogar schon die Jungen? Ein Jäger muß warten, muß Geduld haben.«

Samiqs Zorn machte seine Stimme in der Kehle dick und hart, und er sagte: »Ich verlange nur, daß das Versprechen, das meinem Vater gegeben wurde, eingehalten wird. Bei den Ersten Menschen sind gesprochene Worte ein Versprechen, das gehalten wird.« Samiq wartete, suchte im Gesicht seines Großvaters nach den deutlichen Zeichen von Zorn: ein schneller Pulsschlag an Hals und Stirn, die feine Verfärbung von Kiefer und Wangen. Aber der Zorn war aus den Augen des alten Mannes verschwunden, jetzt sah er nur noch klein, abgezehrt aus, als hätte ihm der Streit einen Teil seines Lebens genommen.

Und Samiq fragte sich, ob dieser Mann, ein Mann, dem man nicht trauen konnte, wirklich sein Großvater war. Wie hatte seine Mutter, Chagak, vom Geist dieses Volkes ein Kind empfangen? Und Samiq verschloß die Augen vor der Unreinheit, die er plötzlich in sich spürte.

»Worte sind nur Worte«, sagte der alte Mann leise. »Wahr ist nur, was im Herzen ist. Jeder Mensch weiß, daß ein Versprechen vom Herzen kommen kann oder nicht. Der, der es hört, muß selbst entscheiden. Die Worte, die ich gesprochen habe, sollten meinen Enkelsohn zu seinem wahren Volk zurückbringen. Die Wahrheit war in meinem Herzen. Vielleicht hat Kayugh das gewußt. Vielleicht habe ich auch in seinem Herzen die Wahrheit gesehen. Vielleicht war er bereit, viele Jahre zu warten, bis er die Waljagd erlernt. Vielleicht würde er dich auch nur für die Hoffnung hergeben, die Waljagd zu lernen. Vielleicht ist das Kayughs Wahrheit.

Du weißt, daß Kayugh nicht dein wirklicher Vater ist, daß er nach dem Tod deines Vaters zu den Robbenjägern gekommen ist. Amgigh ist sein Sohn, nicht du. Ist es denn so seltsam, daß er bereit ist, für die Hoffnung, die Waljagd zu lernen, jemanden zu tauschen, der nicht sein richtiger Sohn ist?

Was ist in deinem eigenen Herzen die Wahrheit? Wo gehörst du hin? Willst du zu Kayugh zurückkehren, ohne es ihm beibringen zu können? Willst du zu den Robbenjägern zurückkehren, um Körbe zu flechten? Oder willst du hierbleiben und *alananasika* werden, die Gifte und die Lieder lernen?«

Die Worte des alten Mannes schlugen gegen Samiq wie die Wellen gegen die Klippen am Ufer der Ersten Menschen. Der Schmerz war so tief, daß Samiq nicht antworten konnte, und schließlich stand er auf und ging zu seinem Schlafplatz, aber als er an seinem Vorhang stand, hörte er die fast weiche Stimme von Dicke Frau sagen: »Wir haben zuviel Fleisch. Wir haben genug für zwei oder drei Winter. Sag den Jägern, daß sie mit den Ersten Menschen tauschen sollen. Sag ihnen, daß sie großzügig tauschen sollen.«

»Vielleicht eine Fahrt, um zu tauschen«, murmelte der alte Mann. »Ich werde mit den anderen Jägern reden. Aber Waltöter bleibt hier. Ich will nicht, daß er zurückgeht. Es ist noch zu früh.«

Brennender Zorn stieg in Samiq hoch, schnürte seine Kehle zusammen. Trotz der Zeremonie, trotz der Wale, die sein Geist gebracht hatte, war er also Mann – aber auch nicht Mann –, dessen Meinung nicht zählte.

Wie viele Robben waren nötig, um einem Mann für ein Jahr genügend Öl zu geben? Fünfundzwanzig, dreißig? Ohne Samiqs Hilfe beim Jagen, nur mit Qakan, der nicht zu gebrauchen war, würde sich sein Volk schwertun, genügend Robben herbeizuschaffen. Wenn die Waljäger bereit wären, Walöl für Messer zu tauschen, für Karibusehnen ...

Samiq merkte, daß Dicke Frau ihn ansah, aber er drehte sich schnell um und ging in seinen Schlafplatz. Er nahm den Korb, in dem er seine Speerspitzen aufbewahrte. Er strich mit den Händen über die glatten gewebten Korbwände und mußte an die Hände seiner Mutter denken, die auch den Korb berührten, und daran, was Großer Wal von

Kayugh gesagt hatte. Kayugh war nicht sein Vater. Aber war nicht ein Mann, der einen Jungen aufzog, ihm zu essen gab, ihm das Jagen beibrachte, ein wirklicher Vater?

Samiq zog seinen Parka an, nicht den neuen, den Dicke Frau für ihn gemacht hatte, sondern den aus Lundhäuten, den ihm seine Mutter genäht hatte. Er ging von seinem Schlafplatz zum Kletterstamm, ohne Dicke Frau und Großer Wal anzusehen, verließ das *ulaq*, ohne etwas zu sagen.

Er nahm eine Abkürzung an der Seite des Hügels über dem *ulaq* von Harter Felsen hinauf, durch das Raigras, das vom Ufer an brusthoch bis hier herauf wuchs, bis es dem Gestrüpp der Schwarzen Krähenbeere und dem ersten Moos Platz machte, mit dem die felsigen Hügel bedeckt waren.

Er hörte das Flüstern, bevor er die Hand sah, hörte die gezischten Worte: »Sei still«, bevor die Hand sein Handgelenk packte und ihn ins Gras zog. Dann sah er in die dunklen Augen von Scheckiger Korb.

Sie war nackt, ihre Schürze lag zusammengefaltet neben ihr auf dem Gras, ihr *suk* unter ihr wie eine Schlafmatte. Ihr Mund war zu einem Lächeln gekräuselt.

»Sonst warte ich immer auf Krummer Vogel«, sagte sie, »aber er ist heute nicht gekommen.«

Samiq entzog ihr seine Hand mit einem Ruck, stand auf, aber Scheckiger Korb sah durch ihre Augenwimpern zu ihm hoch, spitzte schmollend die Lippen.

»Du bist jetzt ein Mann«, sagte sie und strich mit den Fingerspitzen über ihr Kinn. »Du hast Wale gejagt. Hast du Angst vor Frauen?«

Ja, er war ein Mann, dachte Samiq. Ganz gleich, was Großer Wal dachte. Er war ein Mann. Samiq hockte sich neben Scheckiger Korb, streckte die Hand aus, nahm eine ihrer kleinen Brüste. Sie griff unter seinen Parka, streichelte die Innenseite seiner Schenkel. Fast wäre er aufgestanden, hätte sie weggestoßen. Seine innere Stimme flüsterte: »Was wirst du tun, wenn Großer Wal davon erfährt?«

Aber dann folgte er mit den Augen seinen Händen und

roch den warmen Frauengeruch von Scheckiger Korb, als sie die Knie auseinandernahm. Warum sollte er sich darum kümmern, was Großer Wal dachte? Kümmerte der alte Mann sich um ihn?

29

BEI SEINEM STREIT mit ihm hatte Samiq die Härte des Mannes erfahren, der sein Großvater war. Und jetzt, vor den Jägern des Dorfes, spürte er wieder seine Unnachgiebigkeit, Härte, die sich hinter überzeugenden Reden verbarg.

»Dann werden wir also tauschen?« fragte Großer Wal.

Niemand antwortete, und Samiq glaubte fast, daß alle einverstanden waren. Ein paar von den Männern waren schon aufgestanden, suchten mit den Augen den Horizont ab, sahen hinaus aufs Meer, starrten prüfend in den Himmel. Aber dann stand Harter Felsen auf, mehrere Männer waren dicht bei ihm, und Samiq, der Großer Wal beobachtete, sah, wie der Körper des alten Mannes steif wurde, sah die Traurigkeit in seinen Augen.

»Du hast unrecht«, sagte Harter Felsen. Seine Stimme war leise und sanft, aber eindringlich, und Samiq spürte ihren Druck selbst dort, wo er stand, ganz hinten im Kreis der Männer.

»Die Frauen müssen schwerer arbeiten, das Fleisch trocknen und Öl lagern, damit wir viele Monate zu essen haben. Vielleicht gibt es im nächsten Jahr gar keine Wale mehr.«

Aber Großer Wal erwiderte ruhig: »Wir werden Fleisch gegen Fleisch tauschen. Robbe für Wal.«

»Darum geht es nicht«, fuhr Harter Felsen fort, »aber was ist mit dem Öl? Robbenöl taugt nichts. Oder willst du unser Walöl gegen Vogelfett eintauschen?«

Samiq fühlte den Beginn einer Niederlage in diesem

Streit und wartete mit angehaltenem Atem. Sein Volk brauchte das Fleisch. Noch mehr das Öl.

»Willst du Körbe nehmen?« kam die beleidigende Frage.

Großer Wal antwortete nicht.

»Waltöter«, rief Harter Felsen, und Samiq begegnete dem starrenden Blick von Harter Felsen. »Was können deine Leute für Öl tauschen?«

Samiq sah zu Großer Wal, aber in den Augen des alten Mannes war keine Antwort, und Samiq wußte, daß er selbst eine Antwort geben mußte. »Die Ersten Menschen waren immer Tauschhändler«, begann er langsam. »Ihr habt mit ihnen Tauschhandel getrieben. Ich brauche euch nicht an all die Dinge zu erinnern, die sie in ihren *ulas* aufbewahren. Ich brauche euch nicht an die Robbenhäute zu erinnern, die mit Fisch gefüllt sind. Karibusehnen, stark und fein wie Frauenhaar. Robbenöl und Robbenfleisch. Körbe. Heilende Wurzeln.« Er zuckte die Achseln. »Elfenbein, genauso Obsidian. Mein Bruder macht schöne Messer.« Er zog das Messer, das Amgigh ihm gegeben hatte, aus der Scheide an seiner Hüfte und hielt es hoch, damit die Männer die lange schwarze Obsidianklinge sehen konnten.

Tiefes Luftholen, Schweigen, dann das plötzliche Gemurmel vieler Stimmen.

Aber wieder erhob Harter Felsen die Stimme. Seine Worte waren schroff, und plötzlich wußte Samiq, daß es bei dem Streit gar nicht um den Tauschhandel ging. Die Waljäger brauchten nicht soviel Walfleisch, und der Tauschhandel mit den Ersten Menschen war eine Zeit für Feiern und Feste. Bei dem Streit ging es darum, wessen Stimme beim Volk den Ton angeben würde. Großer Wal war einmal ein großer Jäger gewesen, aber jetzt konnte er keine Wale mehr fangen. Sein Nutzen bestand darin, sein Können weiterzugeben, seine Weisheit zu teilen. Aber Harter Felsen war ein Jäger, der jetzt mehr Wale brachte als je ein anderer Jäger vor ihm. Er war der rechtmäßige Häuptling.

Samiq betrachtete das Gesicht seines Großvaters. Der

alte Mann hatte die Augen geschlossen, seine Hände lagen lose gefaltet auf seinen Knien.

Harter Felsen stand noch immer da, sah jetzt die Männer an, die um ihn versammelt waren. Manche von ihnen starrten auf das Meer, andere ließen Uferkies zwischen ihren Fingern hindurchrinnen.

Sie wollen nicht entscheiden, dachte Samiq. Es ist zu schwierig.

»Ich werde nicht tauschen«, sagte Harter Felsen schließlich. »Mein Anteil bleibt im Dorf. Aber jeder muß für sich selbst entscheiden. Ich entscheide für niemanden, nur für mich selbst.«

Das ist gerecht, dachte Samiq. Jeder Mann muß selbst entscheiden, was er tut. Er hatte größere Achtung vor Harter Felsen und verstand, warum Großer Wal die Augen geschlossen hatte, verstand, daß Harter Felsen es verdient hatte, das Volk zu führen.

Die Männer entfernten sich, manche gingen zum Fluß, andere versammelten sich am Rand des Wassers. Samiq beobachtete seinen Großvater, wartete, während Großer Wal noch immer die Augen geschlossen hatte.

Plötzlich drängten sich Bilder von Scheckiger Korb, wie sie neben ihm im Gras lag, in Samiqs Gedanken und verdunkelten sie.

Als Samiq wieder ins *ulaq* gekommen war, hatte Dicke Frau die Augen zusammengekniffen, ihn angesehen und ihm gesagt, daß Großer Wal zu den Männern gegangen war, um mit ihnen zu reden, und daß Samiq auch dorthin gehen sollte, aber bevor Samiq das *ulaq* wieder verlassen konnte, war Dicke Frau um ihn herumgegangen, hatte frohlockend aus den Federn von Samiqs Parka Grashalme gebürstet.

Sie sagte nichts, aber Samiq fühlte seine Wangen heiß werden, und als er aus dem *ulaq* kletterte, rief Dicke Frau ihm nach: »Das nächste Mal soll Scheckiger Korb das Gras aus deinem Parka zupfen, dann wird es Großer Wal nie erfahren.«

Und als Samiq an ihre Worte dachte, fing sein Gesicht wieder an zu brennen. Woher wußte Dicke Frau, daß es Scheckiger Korb war? Redete sie mit Geistern?

Großer Wal räusperte sich und machte die Augen auf, und Samiqs Gedanken wurden wieder zu seinem Großvater hingezogen. Was würde Großer Wal denken, wenn er herausfand, daß Samiq ungehorsam war? Wie konnte sich Samiq verteidigen? Welcher Mann brauchte keine Frau? Aber welcher Jäger versagte sich dieses Vergnügen nicht, um seine Macht beim Jagen zu stärken? Kein Wunder, daß Großer Wal Samiq nicht als Mann betrachtete. Ein Mann ließ sich in seinen Handlungen nicht vom Zorn lenken. Ein Mann konnte sich in allen Dingen beherrschen.

»Sind sie weg?« fragte Großer Wal Samiq.

»Ja, Großvater«, sagte Samiq und merkte, daß er seinem Großvater nicht in die Augen sehen konnte. Er war nicht nur ungehorsam gewesen, er kostete seinen Großvater auch die Führung des Waljägervolks. Er hatte sich noch nie für selbstsüchtig gehalten, aber plötzlich kam ihm sein Zorn nur noch dumm vor, und die Erinnerung an sein Zusammensein mit Scheckiger Korb setzte sich wie ein Felsbrokken mitten in seiner Brust fest.

Aber dann sagte Samiqs innere Stimme: »Was du mit Scheckiger Korb gemacht hast, war die Tat eines kleinen Jungen, nicht eines Mannes, aber die Sorge um dein Volk ist nicht selbstsüchtig. Jeder Mann muß die Bedürfnisse seines Volkes bedenken. Warum sonst auf die Jagd gehen? Ist dein Leben nicht mehr wert als Robbenfleisch und Robbenöl? Nein, du jagst für dein Volk, damit es leben kann. Das ist nicht selbstsüchtig.«

»Verstehst du das?« fragte Großer Wal, und Samiq kam es so vor, als hätte Großer Wal Samiqs innere Stimme auch gehört.

»Ja«, sagte Samiq.

»Er wird ein guter Führer sein«, fuhr Großer Wal fort, und Samiq wußte, daß er von Harter Felsen sprach.

»Harter Felsen geht seinen eigenen Weg, überläßt es den anderen, ob sie ihm folgen oder nicht«, sagte Großer Wal.

»Sie hätten getan, was du von ihnen verlangst«, antwortete Samiq.

»Ja«, erwiderte der alte Mann. »Aber es war Zeit. Dies ist der beste Weg. Niemand wurde entehrt.«

Samiq stand auf und wartete, bis sich der alte Mann vom Boden abgestoßen hatte und auf die Beine kam.

»Du weißt, daß es nur wenig Walöl oder Walfleisch geben wird, das bei deinem Volk getauscht werden kann, daß der *alananasika* den größten Anteil besitzt und daß die anderen, die ihr Fleisch tauschen, nicht sicher sein können, ob Harter Felsen im Winter mit ihren Familien teilen wird?«

Samiq nickte.

»Du verstehst, warum Harter Felsen dich gefragt hat?«

Samiq lächelte. »Ich bin einer von den Robbenjägern.«

»Nein«, antwortete Großer Wal. »Das ist nicht der Grund.« Er räusperte sich und zog den Kragen seines Parkas zurecht. »Wenn ein Mann alt wird, kennt er die Art der anderen. Er weiß, daß er die Augen beobachten muß, das Kinn, die Bewegung der Finger. Ich habe Harter Felsen beobachtet. Er befürchtet, daß die Wale wegen dir gekommen sind. Deshalb sagt er, daß du der Jäger sein wirst, wenn wieder ein Wal kommt. Er will sehen, ob du Macht genug hast, noch einmal einen Wal zu rufen, und wenn ein Wal kommt, will Harter Felsen sehen, ob du geschickt genug bist, um ihn zu nehmen. In vielen Jahren ist es vorgekommen, daß Wale, vom Speer getroffen, nicht sterben – oder an ein anderes Ufer gespült werden. Oft kommt der Jäger nicht dicht genug an den Wal heran, um seinen Speer anzubringen, oder aber, falls er es doch kann, stößt der Wal sein *ikyak* um. In diesem Jahr wurde jeder Wal erlegt, der vom Speer getroffen war. Jemand hat große Macht. Harter Felsen fürchtet, daß du es bist.«

30

SAMIQ SAH DIE Feuer als erster im Dorf, und die Jungen, die die Feuer bewachten, hatten gerade zu rufen begonnen, als Samiq mit einstimmte und mit ihnen »Wal! Wal!« rief.

Er traf seinen Großvater auf dem Dach des *ulaq*, der alte Mann kniff die Augen zusammen und sah zu den Feuern der Wachen, und als Samiq dicht genug bei ihm war, um ihn zu hören, sagte Großer Wal: »Du bist der Waljäger. Der Waljäger ruft nicht. Komm herein. Dicke Frau hat deinen *chigadax*.«

Samiq holte seine Speere aus der Waffenecke des *ulaq*, und Großer Wal reichte ihm das geschnitzte Elfenbeinkästchen, in dem das Gift war, das Samiq unter die Speerspitzen legen würde. Samiq befestigte die Spitzen mit Sehnensträngen. Die Sehne würde reißen, wenn die Harpune in den Körper des Wals eindrang und die vergiftete Spitze zurückließ, um tief im Fleisch des Wals zu eitern.

Er zog seinen *chigadax* an und umklammerte für einen kurzen Augenblick das Amulett an seinem Hals.

Großer Wal legte die Hand auf Samiqs Unterarm. »Ich habe die Spritzer gesehen«, sagte der alte Mann. »Es ist der niedrige breite Spritzer eines Buckelwals. Du hättest dir für das erste Mal keinen besseren Wal wünschen können. Aber achte auf seine Schwanzhälften. Sie sind lang, und er benutzt sie, wie ein Mann seine Arme benutzt.« Er ließ Samiqs Arm los. »Sei stark«, sagte er.

Dann kletterte Samiq aus dem *ulaq*. Die Leute aus dem Dorf warteten schon auf ihn, blieben ein Stück zurück, während er zu seinem *ikyak* ging. Samiq bemerkte, daß Harter Felsen nicht dabei war, aber Samiq ging, wie ein Jäger gehen sollte, mit erhobenem Kopf, die Augen aufs Meer gerichtet, in der rechten Hand die Speere. Er war ein Waljäger, und zum erstenmal, seit er in das *ulaq* seines

Großvaters gekommen war, hatte er das Gefühl, im Dorf der Waljäger einen Platz zu haben.

Samiq trug sein *ikyak* ins Wasser und kletterte hinein, streckte die Beine aus. Er zog die Lukenumrandung fest um seine Brust, befestigte sie mit dem geflochtenen Seil, das Dicke Frau gemacht hatte, über seiner Schulter. Er warf die Speere auf das Deck des *ikyak* und stieß sich mit seinem Paddel ab, hinaus ins Meer.

Nachdem er die bewegten Gewässer des Ufers verlassen hatte, glitt er ruhig ins Meer, suchte vom Kamm der Wellen die Oberfläche des Wassers ab. Lange Zeit sah er nichts, und er überlegte, ob er vielleicht zu lange zum Ankleiden, zum Fertigmachen des *ikyak* gebraucht hatte. Aber dann sah er den größer werdenden Kreis der Blasen, den Schaum dicht unter der Oberfläche, und er hielt sein *ikyak* ruhig, tauchte das Paddel fast senkrecht ins Wasser, bereit, zu wenden oder nach vorn zu schnellen. Plötzlich wurde das Wasser dunkel, und Samiq wußte, daß der Wal die Oberfläche durchbrach.

Wie Großer Wal gesagt hatte, war es ein Buckelwal, die langen weißgeränderten Flossen blaß gegen das Wasser. Der Wal kam langsam, drehte sich beim Aufsteigen, zeigte den Kamm seines Rückens. Das Wasser brüllte auf, und das Geräusch war ungeheuer und dröhnte in Samiqs Ohren. Samiq bewegte sein *ikyak* vorwärts und holte mit dem Arm nach hinten aus, bereit, den ersten Speer zu schleudern.

Aber dann ließen die Größe des Tieres und das schäumende Wasser Samiq unsicher werden. Der Wal war ein Berg, und Samiq plötzlich nur ein Junge, und ihm wurde bewußt, wie klein sein *ikyak* vor dem Meer war – und wie schwach vor dem Wal. Er umklammerte das Wurfbrett noch fester, aber er konnte den Arm nicht bewegen, konnte den Speer nicht werfen.

Dann war der Wal wieder tief ins Wasser getaucht.

Samiq zitterte vor Enttäuschung. Du bist ein Kind, sagte er zu sich. Nur ein Junge. Du hast Angst, ein Jäger zu sein. Vielleicht hat dein Großvater recht. Du solltest zu den Robbenjägern zurückgehen und Körbe flechten. Aber dann erinnerte er sich noch an etwas anderes, was sein Großvater zu ihm gesagt hatte: daß viele Männer scheitern, wenn sie zum ersten Mal hinausfahren, um den Wal zu jagen. Daß selbst Harter Felsen sein *ikyak* gewendet hatte und vor seinem ersten Wal geflohen war.

Und so stieß Samiq die Angst von sich, die sich wie ein Felsbrocken auf seinen Magen gelegt hatte, und hielt seine Harpune wieder bereit. Er sprach mit sich selbst, nicht im Zorn, sondern so, als würde er mit einem anderen Jäger sprechen, freundlich, ermutigend.

»Der Wal kommt vielleicht wieder. Du bist stark. Sei bereit. Sei bereit.«

Er paddelte mit seinem *ikyak* auf den nördlichen Horizont zu, richtete sich nach dem gelben Dunst der Sonne und der grauen Küstenlinie, und dann sah er wieder, wie das Wasser dunkler wurde. Und wieder wurde das Meer grün, als der Wal sich der Oberfläche näherte, aber diesmal lenkte Samiq sein *ikyak* dichter heran, riskierte, daß der Wal es umstieß.

Samiq hob den Speer, hielt sein *ikyak* mit dem Paddel ruhig, umklammerte mit den Fingern das Wurfbrett, als der Wal an die Oberfläche kam. Für einen Augenblick waren Samiqs Augen auf das *ikyak* gerichtet, auf das Wasser, das mit dem Wal in die Höhe stieg und sich über den Bug ergoß. Das Wasser war wie die Gischt in einem Sturm, es drückte das *ikyak* wie einen tauchenden Seelöwen nach unten. Das Meer strömte über den Bug, strömte über die Bindungen, an denen Samiqs andere Speere befestigt waren. Samiq schwang das Paddel zurück, stieß es mit aller Kraft in das weißschäumende Wasser, bis er den Bug seines *ikyak* wieder nach oben gezogen hatte.

Dann drehte sich der Wal, so daß seine weiße Flanke offen vor Samiq lag und Samiq sein *ikyak* vergaß und nur noch den Wal sah. Seine Hand umklammerte den Speerwerfer, dann lehnte sich Samiq nach hinten gegen das Heck seines *ikyak* und schleuderte den Speer, zielte, wie Großer Wal es ihm gesagt hatte, damit sein Speer den Wal unter der Flosse traf.

Es war kein schöner Wurf. Der Speer drehte sich, begann dann zu wackeln, geriet in das schäumende Wasser, aber ein Geist schien ihn zu dem Wal zu tragen, und dann glaubte Samiq ein Aufstöhnen zu hören, als die Speerspitze in den Körper des Tieres eindrang. Die dicke Fettschicht unter der dunklen Haut des Wals schloß sich um den Speerschaft, und aus der Wunde schoß ein dicker roter Strahl, als der Wal hinuntertauchte und an der Oberfläche des Wassers einen Fleck aus Öl und Blut zurückließ.

Samiq kämpfte mit seiner ganzen Kraft, damit sein *ikyak* nicht in den schäumenden Strudel, den der Wal beim Tauchen erzeugte, gerissen wurde und umschlug. Er zog einen Schwimmer aus Robbenhaut vom Deck des *ikyak,* wo er befestigt war, prüfte, ob der Felsbrocken, der als Gewicht diente, fest angebunden war, und warf ihn an derselben Stelle ins Wasser, an der er den Wal zuletzt gesehen hatte. Dann drehte er, so schnell er konnte, um und stieß sein *ikyak* mit langen harten Schlägen ans Ufer, wobei die Wellen seine Fahrt noch beschleunigten.

Am Ufer standen Jäger, und als Samiq näher kam, hob er das Paddel über den Kopf, das Zeichen dafür, daß der Wal getroffen war. Mehrere Männer kletterten in ihre *ikyan,* stießen sie ins Wasser, paddelten hinaus zu dem Wal. Doch Samiq ging zur Hütte des *alananasika,* um sich dem Wal hinzugeben, genauso wie sich der Wal den Waljägern hingeben sollte. Ein Geschenk für das andere. Und in seinem Entstehen dankte Samiq dem Wal, dem Tier, das sein Fleisch gab, damit die Waljäger leben konnten.

Es war der dritte Tag. Samiq maß die Zeit an den Geräuschen im Dorf. Er war wieder Wal geworden, fühlte, wie er immer schwächer wurde, wußte, daß er bald tot sein würde. Aber jetzt, ganz plötzlich, war er nur noch er selbst. Was war passiert?

Er wartete, lauschte. Ja, es waren Geräusche vom Ufer zu hören. Er hörte Harter Felsen und Sterbende Robbe. Sie waren zurückgekehrt. War der Wal jetzt am Ufer, oder hatten sie ihn verloren?

Plötzlich wurde der Vorhang am Eingang der Hütte zurückgeklappt, und dahinter stand Großer Wal. Das Licht, das den alten Mann einhüllte, ließ sein Gesicht im Dunkeln, so daß Samiq nur die Umrisse der dünnen Arme und Beine seines Großvaters erkennen konnte, die runden Schultern.

Er stand da und schwieg, und schließlich fragte Samiq: »Ist der Wal am Ufer?«

»Ja«, sagte Großer Wal mit ruhiger Stimme. Er blieb im Eingang stehen, machte keine Anstalten, Samiq beim Aufstehen zu helfen.

»Ist es Zeit für mich, das Gift wegzuschaffen?«

»Ja.«

Samiq stand auf, fühlte sich plötzlich unbehaglich. Im Verhalten seines Großvaters lag eine Schroffheit, die Samiq sich nicht erklären konnte.

Großer Wal drehte sich um und ging von der Hütte weg, und Samiq folgte ihm, aber als sie das Ufer überblicken konnten, war dort kein Wal zu sehen. Samiq blieb stehen.

»Da«, sagte Großer Wal und zeigte auf Samiqs *ikyak*, »geh zu deinem Wal.«

Samiq drehte sich zu dem alten Mann um, versuchte zu verstehen, was die Worte seines Großvaters zu bedeuten hatten. Mehrere Jäger hatten sich um sie versammelt, Harter Felsen mit einem breiten Lächeln im Gesicht.

»Dein Großvater sagt, daß du zu deinem Wal gehen sollst«, sagte Harter Felsen. »Aber ich sage: ›Bleib hier.‹ Die Robbenjäger werden deinen Speer erkennen, nicht wahr? Du hast ein Band herumgewickelt, damit er zu deiner Robbenharpune paßt. Bestimmt wissen sie auch, daß man sein Gift nicht essen darf.«

Aber Sterbende Robbe legte die Hand auf Samiqs Schulter und sagte. »Du hast dich entschieden zu tun, was jeder Jäger tun würde, um seinem Volk zu essen zu geben. Du hast Macht. Noch nie haben wir eine solche Macht gesehen.«

Aber Harter Felsen drängte sich an Sterbende Robbe vorbei, spuckte dicht vor den Füßen von Sterbende Robbe auf den Boden und sah Samiq in die Augen. Er sprach leise, so daß Samiq den Zorn in seiner Stimme hören konnte. »Du wirst niemals *alananasika* sein. Deine Macht ist nichts. Glaube nicht, daß du über Menschen genauso herrschen kannst, wie du über Wale herrschst!«

Harter Felsen drehte sich um, und die andern folgten ihm, ließen Samiq und Großer Wal allein am Ufer zurück. Samiq hatte das Gefühl, als wäre er noch immer im Traum seines Werdens, als wäre die Welt, die er mit seinen Augen sah, nicht wirklich. Er hatte den Wal nicht ans Ufer der Ersten Menschen gerufen. Welcher Mensch hatte die Macht, so etwas zu tun?

»Ich habe nicht ...«, begann Samiq, aber Großer Wal schnitt ihm das Wort ab.

»Wirst du hierbleiben oder zurückgehen?« fragte Großer Wal.

»Kann ich das noch entscheiden?«

»Ja.«

Für einen Augenblick dachte Samiq an Kiin, an seine Mutter, an das Dorf der Ersten Menschen, aber dann erinnerte er sich an das Versprechen, das er Kayugh gegeben hatte, das er Amgigh gegeben hatte. Es gab noch viel zu lernen für ihn, bis er alles über das Jagen von Walen wußte.

»Ich bleibe«, sagte Samiq.

Großer Wal nickte.

»Ich habe den Wal nicht ...«, sagte Samiq, aber wieder schnitt ihm Großer Wal das Wort ab.

»Hast du Hunger?«

Samiq holte tief Luft. »Ja«, sagte er.

»Ich schicke dir Dicke Frau, damit sie dir Essen bringt.«

Großer Wal ging zu den *ulas,* doch dann drehte er sich um, seine Augen waren jetzt nicht mehr so hart. »Samiq«, sagte er, »die Macht eines Mannes besteht nicht nur in dem, was er selbst glaubt, sondern auch in dem, was die andern von ihm glauben.« Und dann sagte er noch mit ruhiger Stimme, die mit den Nebelfetzen über dem Ufer aufstieg. »Wenn die Robbenjäger mein Volk wären, hätte ich es auch getan.«

31

AMGIGH WAR MIT seinem *ikyak* dicht bei den Algenfeldern, als er den Wal sah. Ein Buckelwal, groß, im Kreis schwimmend, das aufschäumende Kielwasser dunkel, als würde die schwarze Haut des Tieres das Wasser färben.

Amgighs Kehle schnürte sich zusammen, und sein Herz begann schneller zu schlagen, das Blut pulsierte in den Adern in seinen Armen. Ein Wal! Essen für viele Tage. Essen und Öl. Er wendete sein *ikyak* und paddelte schnell ans Ufer, schrie, während er sich dem Ufer näherte, schrie, bis Grauer Vogel, Kayugh, Erster Schnee und Große Zähne alle am Ufer waren.

»Ein Wal, ein Wal, ein Wal, ein Wal!« schrie Amgigh. »Ein Buckelwal. Holt Schwimmer, holt Harpunen.«

Als er sah, daß ihn die Männer verstanden hatten, wendete er sein *ikyak* und fuhr wieder zu den Algenfeldern zurück. Er merkte gar nicht, daß er die Luft anhielt, bis er den Wal wieder sah, der noch immer im Kreis schwamm, dann atmete er tief ein, behielt die Luft in seinen Lungen, bis sein Herz wieder langsamer schlug und seine Arme nicht mehr zitterten.

Er lenkte sein *ikyak* neben den Wal, weit genug von ihm entfernt, um nicht in das aufschäumende Kielwasser des Tieres zu geraten, drehte sich aber genauso im Kreis, wie sich der Wal drehte, bis er das *ikyak* seines Vaters näher kommen sah.

»Die andern kommen nach«, rief Kayugh und brachte sein *ikyak* neben das von Amgigh.

Amgigh sah seinen Vater an, sah, daß er den Kopf schüttelte, sah die Freude, die in seinen Augen aufleuchtete. Amgighs Brust war plötzlich von Stolz erfüllt. Aus irgendeinem Grund hatten die Geister ihm diesen Wal geschickt. Vielleicht um zu zeigen, daß er ein genauso guter Jäger war wie Samiq, daß er derjenige war, den man von den beiden Brüdern hätte zu den Waljägern schicken sollen. Oder vielleicht, um den Verlust seiner Frau gutzumachen. Wer konnte das sagen? Der Wal war ein Geschenk. Warum ein Geschenk in Frage stellen?

»Bringen sie Schwimmer?« fragte Amgigh. Der Wal, ein Buckelwal, würde sinken, wenn er tot war, und wenn nicht ein Sturm plötzlich starke Wellen brachte, würde der Kadaver im Meer bleiben, würde sich in dem Algengewirr verfangen und verloren sein.

»Ja«, sagte Kayugh.

Ein Ruf ertönte, und die beiden Männer drehten sich um, sahen Grauer Vogel, Große Zähne und Erster Schnee hinter sich, an jedem *ikyak* waren vorn und hinten Schwimmer aus Robbenblasen festgebunden.

»Was machen wir als erstes?« fragte Amgigh.

»Es ist dein Wal, du entscheidest«, erwiderte Kayugh.

Bei der Antwort seines Vaters verspürte Amgigh prikkelnde Furcht, aber seine Augen ließen den Wal nicht los, beobachteten ihn, als die Kreise, die er zog, kleiner wurden, sein Weg durch das Meer unsicher.

»Er stirbt«, sagte Amgigh. »Vielleicht ist sein Fleisch gar nicht zu gebrauchen.«

»Vielleicht«, sagte Kayugh. »Aber wir können das Öl für unsere Lampen verwenden.«

»Ja«, sagte Amgigh leise.

»Also ...«, sagte Kayugh.

»Also«, erwiderte Amgigh und holte tief Luft, wartete dann, bis die anderen Männer mit ihren *ikyan* bei ihnen waren. »Zuerst sollte jeder von uns zwei Harpunen werfen, und jede Harpune sollte zwei Schwimmer haben.« Er machte eine Pause und sah seinen Vater an, dann Große Zähne. Große Zähne lächelte, schien aber keine Einwände zu haben. Das Gesicht seines Vaters war ernst, als würde er sich darauf konzentrieren, was Amgigh sagte. Die Angst in Amgighs Brust kam ihm plötzlich mehr wie Erregung vor, wie das Gefühl, das einen Mann in dem Augenblick erfaßte, wenn er den dunklen Kopf einer Robbe auf den Wellen ausmachte. Amgigh erhob die Stimme und drehte sein *ikyak* ein wenig, so daß er mit allen Männern sprach, nicht nur mit seinem Vater. »Behaltet eine Harpune, die mit einem langen zusammengerollten Seil an eurem *ikyak* festgemacht ist.«

»Der Wal wird uns mit sich ins Meer reißen«, sagte Grauer Vogel.

Der Einwand von Grauer Vogel ärgerte Amgigh, und jetzt kehrte die Angst zurück, schnürte seine Kehle zusammen, bis seine Stimme hoch und piepsend war wie die Stimme eines Jungen. »Der Wal ist zu schwach, um zu tauchen, wenn die Schwimmer ihn halten«, sagte Amgigh.

»Was weißt du schon von Walen?« fragte Grauer Vogel. »Was weißt du von Stärke und Schwäche?«

»Hast du ein Messer?« fragte Große Zähne plötzlich Grauer Vogel.

Grauer Vogel zog ein Messer aus der Scheide an seinem Handgelenk und hielt es hoch.

»Ist es scharf?« fragte Große Zähne.

»Frag ihn«, sagte Grauer Vogel und zeigte mit der Messerspitze auf Amgigh. »Er hat es gemacht.«

»Es ist scharf«, erwiderte Amgigh mit knirschenden Zähnen.

»Dann bist du vielleicht stark genug, um damit das Seil an deiner Harpune durchzuschneiden, wenn der Wal taucht«, sagte Große Zähne, und während er es sagte, befestigte er ein Seil an seiner Harpune und prüfte die Schwimmer, machte sie von seinem *ikyak* los.

Das Gesicht von Grauer Vogel verfärbte sich dunkel, doch Amgigh, durch die Worte von Große Zähne wieder ermutigt, stieß sein *ikyak* plötzlich auf den Wal zu, und als er dicht genug bei ihm war, warf er seine Harpune. Die Harpune traf den Wal hart und kräftig in die Seite.

Der Wal zitterte, und Amgigh stieß einen lauten Schrei aus. Dann warfen Große Zähne, Kayugh und Erster Schnee ihre Harpunen. Als letzter Grauer Vogel.

Der Wal warf sich herum, die Leinen wickelten sich um seinen Körper, dann stieß er mit einer solchen Kraft ins Wasser, um zu tauchen, daß Amgighs *ikyak* mit einem plötzlichen Ruck in das aufschäumende Kielwasser des Tieres gerissen wurde. Das Wasser spritzte und fuhr zischend über den Bug des *ikyak*, und Amgigh sah, daß die anderen Jäger längere Leinen hatten, daß ihre *ikyan* noch in sicherer Entfernung von dem brodelnden Wasser waren.

Wieder schlug der Wal ruckartig um sich. Amgighs *ikyak* raste durch das Wasser, wirbelte herum, bis sich die Leine zweimal um seinen Bug gewickelt hatte. Die Leine spannte sich, zog sich fest. Amgigh hörte, wie das Holzgerüst seines *ikyak* stöhnte. »Schneide die Leine durch. Schneide die Leine durch«, rief ihm sein Vater zu.

Amgigh zog sein Messer aus der Scheide im Ärmel, aber da drehte sich der Wal noch einmal herum, und diesmal versank die Spitze des *ikyak* im Wasser. Und plötzlich stand das Boot senkrecht im Wasser. Amgigh, der sich nach hinten lehnte, um das Gleichgewicht nicht zu verlieren, hielt sein Paddel mit beiden Händen fest, und das Messer rutschte ihm aus den Fingern.

Der Wal tauchte, riß Amgigh mit sich hinunter ins Meer. Das salzige Wasser, das in Amgighs Nase strömte, brannte. Er ließ sein Paddel los und zerrte an der Umrandung der Luke, aber in dem kalten Wasser waren seine Finger langsam und unbeholfen.

Dann brannten seine Lungen, und er kämpfte gegen das Verlangen an, Luft zu holen. Welche Chance hatte er noch, wenn er Wasser einatmete?

Der Wal unter ihm, riesig und schwarz, füllte das Meer aus, füllte mit seiner riesenhaften Größe Amgighs Kopf aus. Sein Speer und die Speere der anderen ragten wie dunkle Stacheln aus der Seite des Wals.

Der Wal drehte sich, wickelte das *ikyak* noch fester in die Leinen. Aber während er sich drehte, sah Amgigh noch einen anderen Speer, einen Speer mit dunklen Zeichen und weißen Bändern.

Samiqs Speer.

Da wußte es Amgigh. Der Wal gehört nicht ihm. Es war Samiqs Wal. Samiq hatte ihn geschickt, nicht irgendein Geist. Samiq. Ja, natürlich, wie hatte er etwas anderes glauben können? Alles gehörte immer Samiq. Samiq hatte die erste Robbe gefangen, Samiqs Speer flog am weitesten, Samiq fing die meisten Fische. Kiin hatte, auch wenn sie Amgighs Frau war, Samiq gehört. Wer konnte es nicht in ihren Augen lesen, wenn sie Samiq ansah? Und jetzt dieser Wal. Sogar der Wal.

Alles gehörte Samiq.

32

KAYUGH SAH VOLLER Entsetzen, wie Amgighs *ikyak* mit dem Wal verschwand. Kayugh hatte seine eigenen Harpunenleinen durchgeschnitten und das Messer noch in der Hand. Dann, plötzlich, ohne zu denken, schlitzte er die Lukeneinfassung auf, durch die er an sein *ikyak* gebunden war.

Undeutlich hörte er die Stimme von Große Zähne, seinen Ruf »Nei-ei-ei-ein ...«, als er ins Meer sprang.

Kayugh zog sich tiefer ins Wasser, zog sich verzweifelt mit den Armen nach unten, während Fragen durch seinen Kopf wirbelten: Wie tief? Sechs, zehn, zwölf Mann tief? Das Wasser drängte in ihn hinein, die Kälte verlangsamte die Bewegungen seiner Arme, machte ihn taub, bis selbst sein Herz langsam zu werden schien und die Schläge sich in seine Ohren bohrten und gegen den Druck des Meerwassers anhämmerten. Jeder Schlag mit den Armen zog ihn tiefer in die Dunkelheit, und in der Dunkelheit hörte er Stimmen:

Ist der Mensch ein Otter, so daß er schwimmen kann?

Glaubst du, daß Amgigh noch lebt? Das kann nicht sein.

Wie willst du ihn finden? Es ist zu dunkel. Es ist zu dunkel.

Und er sah Chagaks Gesicht, das von Kummer verzerrt war, von Trauer gezeichnet. Um Amgigh? Um ihren Mann?

Er wollte umkehren, doch dann sah er im Zwielicht das *ikyak*, an Bug und Heck von Schwimmern aus Robbenhaut getragen. Es zog am Wal, das stumpfe Ende des Hecks nach oben, auf Kayugh gerichtet.

Mit berstenden Lungen zwang Kayugh seine Arme wieder, sich in weit ausholenden Schlägen vorwärtszubewegen. Er griff nach dem *ikyak*, griff daneben, griff wieder danach, hielt es fest, zog sich näher zu Amgigh, zu Amgighs weißem Gesicht, zu Amgighs weit geöffneten starrenden Augen.

Von den Rändern seines Geistes breitete sich Schwärze aus, verlangsamte seine Gedanken, trübte seine Sicht. Der Wal tauchte nicht mehr weiter, sondern machte im Zwielicht des Wassers halt. Kayugh streckte den Arm nach Amgighs Lukenumrandung aus, versuchte zu schneiden, versuchte zu schneiden. Er konnte das Messer nicht fühlen, beobachtete die langsamen, unbeholfenen Bewegungen seiner Hände, als würde er einem anderen zusehen. Er kämpfte gegen das Verlangen an, Luft zu holen. Schmerzen, Schmerzen, in der Brust, in den Ohren. Das Messer schnitt, schnitt endlich.

Amgigh kam aus der Luke frei, stieg nach oben, als würde ihn das Meer selbst herausziehen. Kayugh ließ das Messer fallen, schlang die Arme um seinen Sohn, stieß gegen das Wasser, stieß, wie er es bei den Ottern gesehen hatte, er wußte nicht mehr, wo oben war, wo der Himmel war, und was unten war, aber er versuchte wegzukommen von dem Wal, weg von dem *ikyak*.

In der Schwärze war das Wasser nicht mehr kalt, aber er konnte die Arme und Beine nicht bewegen, und sein Körper fühlte sich dick und steif an. Er holte tief Luft, und in seinen Mund, in seine Nase strömte Wasser, strömte in seine Lunge. Er würgte, zog noch mehr Wasser ein, kämpfte gegen die Schmerzen in seiner Lunge.

Aber dann waren Hände da, packten die Kapuze seines *chigadax*, zogen ihn aus dem Meer. Die Stimme von Grauer Vogel: »Halte dich an Amgigh fest, halte dich an Amgigh fest ...«

Und es war, als wäre er ein Geist, der allem zusah.

Er würgte, hustete, aus seinem Mund und aus seiner Nase quoll Wasser, Hände schoben seine Beine wieder in sein *ikyak*, Große Zähne band ihre *ikyan* aneinander, Grauer Vogel zog Amgigh vorn über sein *ikyak*.

Dann war Kayugh am Ufer, wurde zu seinem *ulaq* getragen. Er wollte die Augen aufmachen, aber es gelang ihm nicht.

Er fiel in Schlaf und wachte wieder auf, lauschte, selbst in seinen Träumen, ob er Klagelieder hörte. Aber er hörte keine. Nur Wiegenlieder, Wiegenlieder. Für welches Kind, für welchen Säugling? Rote Beere? Amgigh? Samiq? Wren?

Und mitten in den Liedern die Stimme von Erster Schnee: »Sag Kayugh, daß der Wal ans Ufer gespült wurde.«

Dann Chagaks Stimme: »Sprich mir nicht von Walen.«

33

CHAGAK STRICH AMGIGH die Haare aus der Stirn. Zwei Tage lang hatte er mit geschlossenen Augen, ohne sich zu bewegen, im *ulaq* gelegen.

Kayugh war selbst fast tot ins Dorf zurückgekehrt, sein *ikyak* an das von Große Zähne gebunden, Große Zähne, der für beide gepaddelt hatte. Amgigh hatte auf dem Bug des *ikyak* von Grauer Vogel gelegen. Chagak war mit den anderen Frauen am Ufer gewesen, sie hatten gewartet, um zu sehen, ob ihre Jäger den Wal bringen würden.

Als Grauer Vogel Amgigh vom *ikyak* losband und ihn vorsichtig ans Ufer legte, hatte Krumme Nase das Klagelied angestimmt, doch Chagak hatte sich neben Amgigh gekniet und gehört, was Grauer Vogel nicht hörte – Amgighs rasselnde Atemzüge.

Sie war aufgesprungen und hatte geschrien, daß ihr Sohn lebte, daß er am Leben war, dann hatte sie zugesehen, wie Große Zähne mit seinen starken Armen das Wasser aus Amgighs Lungen pumpte.

Sogar Grauer Vogel – Waxtal – hatte geholfen, den Schleim aus Amgighs Kehle zu saugen, und anstatt sich hinterher zu brüsten, hatte er nur die Achseln gezuckt, als sich Chagak bei ihm bedankte, und gesagt, daß Amgigh seiner Tochter ein guter Mann gewesen war.

Chagaks Mißtrauen gegenüber Grauer Vogel hatte sich ein wenig gelegt, so daß sie sein Angebot, in den Nächten bei Amgigh zu wachen, damit Chagak schlafen konnte, dankbar annahm.

Zwei Tage lang wachte Kayugh nicht aus seinem Schlaf auf, sein Körper zuckte und warf sich herum, aber schließlich wurde er wach, schließlich richtete er sich auf, aß, sprach und wehrte sich danach gegen Chagak, die ihn bei sich im *ulaq* behalten wollte, bis sie am Ende nichts mehr sagte, sondern ihn nach draußen gehen ließ, ihn auf dem *ulaq* sitzen und den Frauen zusehen ließ, die den Wal aufschnitten und den Speck abzogen. Der Wal lag groß und blutig am Strand, und Chagak haßte seinen Anblick.

Die Wale hatten ihr Samiq weggenommen, hatten ihn zu dem Volk ihres Großvaters gebracht, ein Wal hatte ihr beinahe Kayugh genommen, und jetzt kämpfte sie mit einem Wal um Amgighs Leben.

Sie nahm die Schnitzfigur eines Wals in die Hand, die Amgigh an seinem Schlafplatz aufbewahrte. Es war eine von Shuganans Schnitzereien, und viele Jahre lang hatte Chagak, wenn sie sie betrachtete, immer Shuganans Hände vor sich gesehen, die das krumme Messer hielten, Shuganans Augen, prüfend, die in dem Elfenbein etwas sahen, was niemand sonst sah, bis seine Schnitzarbeit vollendet war. Aber als sie jetzt auf die Schnitzfigur blickte, sah Chagak nicht Shuganan. Sie sah Samiq, der in seinem *ikyak* davonfuhr, sie sah Amgigh, weiß und reglos. Beide Söhne von ihr genommen.

Sie hatte schon einmal ihre Geister erobert, indem sie mit der Bola zwei Eiderenten erlegt hatte. Aber was war die Macht einer Eiderente – verglichen mit der eines Wals?

Ja, dachte sie, und der Zorn ließ ihre Gedanken laut und klopfend in ihrem Kopf herumgehen. Ja, dachte sie, während sich die anderen Frauen über das Walfleisch und das Walöl freuten, zerschneidet ihn, brecht seine Knochen. Er hat mir meine Söhne genommen, er hat mir meine wunderbaren Söhne genommen.

Und in ihrem Kummer erinnerte sie sich an die anderen Verluste in ihrem Leben: ihre Familie, ihr Dorf, ihr Bruder Pup, Shuganan. Jetzt hatte sie wieder zwei verloren: Samiq an die Waljäger, Kiin an das Meer. Würde sie auch Amgigh verlieren?

Sie dachte an den Wal, der an dem Tag, an dem die Zeremonie von Samiqs Namensgebung stattgefunden hatte, an Shuganans Ufer gespült worden war. Shuganan hatte Samiq den vier Winden gezeigt, und dann hatte er seine Hand genommen und an die Seite des Wals gelegt. Chagak erinnerte sich an das Unbehagen, das sie befallen hatte. Vielleicht hatte sie schon da gewußt, daß ihr der Wal ihre Söhne nehmen würde. Vielleicht schon da.

Chagak seufzte und drückte die Hände an Amgighs Gesicht. Am ersten Tag hatte sie den gezackten hinteren Rand einer Yoldiamuschel verwendet, um Robbenöl in Amgighs Haare zu kämmen, aber das war fast, als würde sie jemanden herrichten, der gerade gestorben war, und an diesem Tag ließ Chagak Amgighs Haare ungekämmt, hatte sie sogar ein bißchen durcheinandergebracht, damit er wie ein Mann aussah, der schlief, und nicht wie einer, der für eine Begräbniszeremonie zurechtgemacht war.

»Wach auf, wach auf, wach auf«, rief sie ihm zu. Aber Amgigh schien sie nicht zu hören.

Dann kam die Stimme des Seeotters zu Chagak, und Chagak wollte nicht hinhören, aber sie rief sich ins Gedächtnis, daß der Otter etwas Gütiges in ihrer Seele gewesen war, seit sie und Shuganan vor langer Zeit Samiqs wahren Vater getötet hatten. »Der Wal ist gut«, sagte der Otter. »Der Wal ist Nahrung. Der Wal ist Öl für deine Lampen, Haut für den *chigadax* deines Mannes, Knochen, um *ulas* zu bauen. Er ist gut. Samiq hat ihn geschickt. Er ist gut.«

»Samiq hat ihn geschickt«, sagte Chagak laut. »Er ist gut.« Doch in ihrem Geist fühlte sie auch jetzt noch den nagenden Schmerz des Zorns.

Dann stöhnte Amgigh, und Chagak beugte sich angsterfüllt über ihn. Er bewegte den Kopf, und Chagak hielt die Luft an.

»Amgigh«, flüsterte sie.

Amgigh blinzelte und machte für einen Moment die Augen auf.

»Amgigh, Amgigh«, rief Chagak. »Mach die Augen auf. Sieh mich an. Weißt du, wer ich bin?«

Wieder stöhnte Amgigh, wieder bewegte er den Kopf und öffnete blinzelnd die Augen. Er lächelte, nur ein kleines

Zittern in den Mundwinkeln, aber es war ein Lächeln, und Chagak, lachend und weinend zugleich, hörte, wie er »Mutter« sagte.

Dann kam jemand den Kletterstamm herunter. Kayugh, hoffte Chagak und öffnete den Vorhang vor Amgighs Schlafplatz und sah hinaus. Es war Grauer Vogel – nein, Waxtal, verbesserte sich Chagak. Sein Gesicht war finster, aber Chagak deutete mit dem Kinn zu Amgigh, und plötzlich lächelte Waxtal.

»Geh und hol Kayugh«, sagte er zu Chagak. »Ich bleibe bei deinem Sohn.«

Chagak beugte sich nach vorn, ergriff Amgighs Hand. »Waxtal war es, der dich gerettet hat«, sagte sie. »Dein Vater und Waxtal.« Dann stand sie auf und verließ eilig das *ulaq*. Waxtal sah Chagak nach, bis sie den Kletterstamm hinaufgestiegen war, dann zog er die Vorhänge vor Amgighs Schlafplatz zu und beugte sich zu Amgigh. Er hatte gewartet und gewartet, fünf Nächte und fünf Tage hatte er gewartet. Er hatte dagesessen und Amgigh beobachtet, und zuerst war er geduldig gewesen, bereit zu warten, aber dann war er wütend geworden. Der junge Mann schlief zu lange. Irgendein Geist mußte wissen, was Waxtal plante, und so ließ er Amgigh schlafen, ließ Waxtal warten, lachte über Waxtals wachsenden Zorn.

Vielleicht war es Shuganans Geist. Shuganan würde wissen, was Waxtal wußte – daß der Geist eines jeden Mannes leichter zu lenken war, wenn er gerade aus dem Schlaf erwachte, wenn ein Teil seiner Gedanken noch in Träumen gefangen war. Und vielleicht würde Shuganan, weil er jetzt ein Geist war, wissen, was Waxtal plante.

Aber Shuganans Geist war vielleicht gar nicht so stark, wie Waxtal befürchtet hatte, denn jetzt war Amgigh wach, und Waxtal war mit ihm allein.

»Ich bin froh, daß du lebst«, sagte Waxtal zu Amgigh und zwang sich, die Worte langsam zu sprechen, zurückzuhalten, was er sagen wollte, bis er wußte, daß Amgigh ihn verstand. »Kannst du mich hören?« fragte er und beugte sich näher zu Amgigh.

»Ja«, sagte Amgigh, das Wort klang heiser und leise.

Waxtal lächelte. Ja, Amgigh hörte ihn. Ja.

Waxtal räusperte sich. »Sie sagen, daß Samiq den Wal als Geschenk geschickt hat«, sagte Waxtal. »Aber ich habe ihnen gesagt, daß Samiq genug Lob bekommen hat. Ich habe ihnen gesagt, daß es mein Sohn Amgigh war, früher Mann von Kiin, meiner Tochter, der den Wal gebracht hat. Ihm gehört Ehre.«

Waxtal beobachtete, wie Amgighs Gesicht rot wurde. Kurze Zeit schlossen sich Amgighs Augen, dann machte er sie wieder auf.

Wieder beugte sich Waxtal nach vorn und flüsterte in Amgighs Ohr. »Es gibt etwas, was ich dir sagen muß, damit du dich schützen kannst.«

Er machte eine Pause, wartete, bis Amgigh nickte.

»Ich habe dir gesagt, daß Samiq nicht der wahre Sohn von Kayugh ist und daß du nicht der wahre Sohn von Chagak bist. Aber Chagak war dir eine gute Mutter, und Kayugh war Samiq ein guter Vater. So sollte es sein. Aber denk daran: Welche Macht gibt eine Mutter ihren Söhnen? Keine ... Nur das Essen, das sie zubereitet, und die Kleider, die sie näht. Aber ein Vater, er gibt den Geist. Und Samiqs wahrer Vater war ein böser Mann. Das wissen die meisten Menschen hier nicht. Nur Chagak und ich. Nicht einmal Kayugh kennt die Wahrheit über Samiqs Vater. Wenn Kayugh es gewußt hätte, dann hätte er Samiq nicht leben lassen.«

Waxtal sah, wie sich Amgighs Augen zusammenzogen, wie sich seine Stirn in Falten legte. Dann schlossen sich Amgighs Augen, aber Waxtal konnte nicht riskieren, ihn zu verlieren, ihn in den Schlaf gleiten zu lassen. Er packte Amgigh an der Schulter, schüttelte ihn.

»Amgigh ...«

Amgigh riß die Augen auf, starrte in Waxtals Gesicht.

»Woher weißt du das?« fragte Amgigh schließlich mit jetzt

kräftigerer Stimme. »Woher weißt du es, wenn es selbst mein Vater nicht weiß?«

»Weil Chagak es als Geheimnis bewahrt hat, damit Samiq am Leben bleiben konnte«, erwiderte Waxtal. »Weil ich bei Shuganan war, dem Großvater, als er starb und sein Geist mit dem Geist von Samiqs wahrem Vater gekämpft hat.«

»Du hast die Geister gesehen?«

»Ich habe die Stimmen gehört.«

»Wer war Samiqs Vater?« fragte Amgigh und stützte sich auf seinen Ellbogen.

Durch die Bewegung mußte Amgigh husten und spuckte Schleim aus, würgte, als er zu sprechen versuchte.

Dann hörte Waxtal Chagak und Kayugh, ihre Stimmen kamen vom Dach des *ulaq*.

»Leg dich hin«, sagte Waxtal zu Amgigh. »Ich erzähle es dir später. Doch es muß geheim bleiben. Ich habe Chagak vor langer Zeit versprochen, daß ich es niemandem erzähle. Aber du, du mußt es wissen. Vielleicht ändert sich Samiq. Vielleicht ist das der Grund, warum er den Wal geschickt hat. Vielleicht kann ihn Shuganan jetzt, seit er bei den Waljägern lebt, nicht mehr beschützen. Vielleicht kann der Geist seines Vaters jetzt zu ihm kommen, kann das Böse in Samiqs Seele streuen.«

Amgigh legte sich wieder auf die Schlafmatten und machte die Augen zu, hielt aber Waxtals Hand fest.

Amgighs Finger waren kalt, und Waxtal erschauderte. Er mußte an das weiße Gesicht von Amgigh denken, als Kayugh ihn aus dem Meer gebracht hatte, an das Wasser, das von beiden Männern tropfte, an das Seegras, das in Amgighs Haar hing. Amgigh war schon tot gewesen, das wußte Waxtal genau. Hatte er nicht Amgighs Körper gehalten, als Große Zähne Kayugh geholfen hatte, wieder in sein *ikyak* zu kommen? Hatte Waxtal Amgigh nicht tot am Bug seines *ikyak* festgebunden? Welche Macht hatte Chagak, daß sie sich nur über ihn zu beugen brauchte, als Amgigh schließlich am Ufer lag, und er wieder lebte, wieder atmete?

Sie ist eine Frau, nur eine Frau, dachte Waxtal. Ihre Macht ist nichts, verglichen mit der eines Jägers. Und ich schnitze, wie Shuganan es getan hat. Und diese Macht ist die Macht eines Schamanen. Warum sonst sollte ein Mann aus einem Stück Elfenbein, einem Stück Holz einen Geist rufen können?

Waxtal nahm Amgighs Hand und schob sie unter die Robbenhäute, mit denen er zugedeckt war. Noch einmal flüsterte er in Amgighs Ohr: »Es ist besser, wenn deine Mutter nicht erfährt, was ich dir gesagt habe.«

Er wartete, hoffte, daß Amgigh auf irgendeine Weise seine Worte bestätigen würde, aber dann kamen Kayugh und Chagak in den Schlafplatz, Kayugh mit Tränen im Gesicht. Waxtal blieb und sah ihnen eine Weile zu, doch dann ließ er sie allein und stieg leise den Kletterstamm hinauf, stand lange auf dem Dach von Kayughs *ulaq*, stand da und sah nach Osten zu Akas Insel, zu dem Weg der Tauschhändler.

34

SIE PADDELTEN TAGE um Tage, zwei volle Monde lang und auf den nächsten zu. Das Seewasser weichte die Haut auf, mit der das *ik* bespannt war, und sie mußten immer öfter anhalten, um die Nähte auszubessern, die Häute zu flicken. Qakan hatte nicht daran gedacht, die Scheiben aus Robbenfett mitzunehmen, die Kiin benötigte, um die Nähte zu verstopfen, damit kein Wasser hindurchsickern konnte, und so füllte Kiin die undichten Nähte mit kleinen Stücken aus Fischfett, und jeden Abend flickte sie die Häute, flickte sie immer wieder, bis ihre Finger bluteten.

Die Gischt schälte die Haut von ihren Gesichtern, und vom Salzwasser waren Kiins Hände aufgesprungen und rissig, aber sie fuhren immer weiter. Zweimal kamen sie zu einem *ulakidaq*, das von Ersten Menschen bewohnt war.

Sie tauschten Essen, und Qakan bekam für die Nächte, in denen sie blieben, eine Frau.

Kiin war überrascht, daß Qakan, obwohl er keinen tüchtigen Eindruck machte – er sprach langsam und zeigte, wenn er eine Entscheidung traf, oft Erstaunen in seinem Gesicht –, am Ende immer mehr bekam, als er gegeben hatte, so daß das *ik* jetzt voll beladen war mit neuen Fellen, Elfenbeinstücken, seltenen Muschelschalen und sogar zwei Robbenmägen mit getrocknetem Fleisch.

Sie waren vor vier Tagen von dem letzten Dorf aufgebrochen, obwohl Kiin Qakan bedrängt hatte, dort zu bleiben. Bald würde es Winter sein, und mit dem Winter kamen die Stürme – und dann würden nicht einmal die besten Jäger, und wenn sie noch so geübt waren, mit ihrem *ikyak* aufs Meer hinausfahren. Aber Qakan wollte nicht auf Kiin hören, wollte nicht auf die Jäger des Dorfes hören, sondern fuhr weiter. Sie würden so lange weiterfahren, bis sie das Walroßvolk gefunden hatten, sagte er zu Kiin. Das Dorf, in dem die Walroßmenschen wohnten, würde die beiden Dörfer, die sie besucht hatten, klein und unbedeutend aussehen lassen.

Und so griff Kiin, als sie die Unbeugsamkeit in Qakans Augen sah, wieder nach ihrem Paddel. Was sonst hätte sie tun können? Während der Nacht band Qakan noch immer ihre Handgelenke zusammen, fesselte ihre Knöchel, und in den Dörfern hatte Qakan den Leuten gesagt, sie wäre eine Sklavin. Und so hatten sie ihr, der Sklavin, die schwersten Hausarbeiten übertragen, die verhaßteste Arbeit gegeben; und die Männer fragten nicht nach ihr, wollten nur wissen, ob Qakan sie für die Nacht verkaufte. Aber zu Kiins Überraschung tat Qakan es nicht.

»Die Walroßmenschen werden mehr zahlen«, sagte er zu ihr. »Ich hebe dich für sie auf. Ich habe Geschichten darüber gehört, was Männer mit Frauensklaven tun, die sie für eine Nacht kaufen«, sagte er und beugte sich zu ihr, um ihr auf den Bauch zu klopfen. »Ich will nicht, daß mein Sohn mit einem Fluch belegt wird.«

In den Tagen, seit sie das letzte Dorf verlassen hatten, schien Kiins Geist immer kleiner und kleiner zu werden, bis er sich, so fest und hart wie ein kleiner Kieselstein, an ihrem Herzen festsetzte. Und manchmal in der Nacht, wenn sie im Schutz der Grasmatten und Robbenhäute zusammengekauert dalag, wachte sie mit pochendem Blut auf, das in ihrer Brust widerhallte, in dieser Leere, die jetzt wieder so groß war wie früher, als sie noch keinen Geist hatte, keine eigene Seele.

Kiin streckte und krümmte die Finger am Paddel. Ihre Knöchel waren geschwollen, ihre Hände und Arme steif. An diesem Morgen war ihr vom Schaukeln des *ik* übel, und sie hörte für einen Augenblick mit dem Paddeln auf und legte die Hand auf ihren Bauch. Seit ihrem letzten Frauenbluten waren drei Monate vergangen. Sie seufzte. Ja, sie trug ein Kind. Amgighs, dachte sie. Amgighs.

Aber wenn sich ihre Handgelenke an dem Seil, mit dem sie zusammengebunden waren, wundgerieben hatten, bluteten und brannten, oder wenn ihr der Rücken weh tat von dem tagelangen Paddeln im *ik*, kamen ihr Zweifel, und eine Stimme flüsterte: »Es ist Qakans Kind. Natürlich, das Kind gehört Qakan.« Und dann wieder, wenn ihr der Schrei eines Vogels oder der Anblick eines Otters, der ins Wasser glitt, ein bißchen Hoffnung machte, sagte eine andere Stimme: »Es ist Samiqs.«

An dem Tag, als sie das erste Dorf verlassen hatten, sah Qakan, wie sie sich übergab. Sie hatte an den von der Flut geglätteten Stellen des Ufers, wo sie die Nacht verbringen würden, Muscheln ausgegraben. Plötzlich hatte sie Übelkeit überkommen, hatte ihr den Magen umgedreht, bis sie würgen mußte.

Qakan hatte gelacht, hatte gelacht und wilde Sprünge vollführt – mit seinen plumpen Füßen und seinem wackelnden Bauch. Dann hatte er sich über Kiin gebeugt, die am Boden kauerte und sich den Magen hielt, hatte ihr ins Ohr gebrüllt: »Mein Sohn! Mein Sohn! Mein Sohn!«

Kiin hatte die Augen zugemacht und so getan, als wäre Qakan gar nicht da. Dann war die Übelkeit so schnell vorübergegangen, wie sie gekommen war. Sie hatte Qakan stehenlassen und war den Uferhang bis zu dem Raigras hinaufgestiegen, das am Rand eines flachen Hügels wuchs. Sie pflückte ein paar Stengel Gras ab und kaute es, um ihren Magen zu beruhigen. Dann drehte sie sich zu Qakan um.

»Dein S-Sohn?« rief sie mit erhobener Stimme, damit sie den Wind übertönte. »Du h-h-hast mir k-k-kein Kind g-g-gegeben. Es ist Amgighs Sohn. Das Kind war in meinem B-B-Bauch, bevor du mich g-g-genommen hast, und es ist stark genug, um sich gegen die Saat deines G-Geistes zu w-w-wehren. Es hat Amgighs B-Blut und Kayughs B-Blut. Ch-Chagaks und Shuganans. Wie konntest du auch nur hoffen, daß es dein Sohn ist?« Und der Wind, der durch Kiins Haar fuhr, wehte Qakans Schmähungen fort.

Danach hatte sich Qakan tagelang mehr wie ein Mann aufgeführt, hatte sich nicht mehr so oft beklagt, hatte ihr einmal sogar dabei geholfen, ihre Behausung aus rohen Häuten und Grasmatten herzurichten. Aber an diesem Morgen war Qakan wieder mehr wie ein Kind, verstockt und mürrisch, und er schlug Kiin, als sie das *ik* belud, schrie sie an, daß sie zu langsam war. Und bald nachdem sie zu paddeln begonnen hatten, schrie er seinen Zorn in den Nebel hinaus, befahl Kiin, das *ik* so dicht am Ufer entlang zu lenken, daß sie zweimal auf den Kiesgrund einer Landzunge stießen und Kiin aus dem *ik* klettern mußte, um es wieder frei zu bekommen.

Wenigstens ist das Meer ruhig, dachte Kiin, doch dann entdeckte sie direkt unter der Oberfläche des Wassers große schwarze Felsbrocken.

»Felsen, F-F-Felsen«, rief sie Qakan zu. Als er nicht antwortete, sah sich Kiin nach ihm um und bemerkte, daß er gar nicht ins Wasser sah, sondern den Kopf zum Ufer gedreht hatte.

»Felsen!« rief sie noch einmal und steckte das Paddel ins Wasser, um das *ik* von einem der Felsen wegzustoßen.

»Qakan!« rief sie. »Hör mir doch zu ...«

»Halt den Mund, Kiin«, sagte Qakan darauf. »Da! Dreh dich um.«

Und er fing an, auf der linken Seite des *ik* zu paddeln, zwang das *ik* nach rechts, bis Kiin glaubte, daß sie auf dem Ufer landen würden. Aber dann sah sie eine Öffnung zwischen den Hügeln, einen felsigen Platz, wo das Meer zu einem breiten Fluß zusammengedrängt war. Das Wasser war aufgewühlt und schoß so schnell durch die Meerenge, als sei es gierig darauf, hindurchzugelangen, aber dann breitete sich das Meer wieder zu einer Bucht aus, und Qakan zeigte auf einen Hügel, auf dem Kiin zehn oder zwölf *ulas* erkennen konnte.

»Das Walroßvolk?« fragte sie.

»Nein«, erwiderte Qakan. »Erste Menschen. Ich war schon zweimal mit meinem Vater hier. Es sind Erste Menschen, aber nicht wie wir. Sie sprechen anders, viel zu schnell. Und ihre Frauen sind häßlich. Hier könnte ich eine Menge für dich bekommen, aber sie sind nicht gut zu ihren Frauen. Es wäre besser für dich, wenn du zu den Walroßmenschen kommst.«

Kiin runzelte die Stirn. Wahrscheinlicher war, daß Qakan fürchtete, Amgigh oder Samiq könnten eines Tages hierherkommen, würden sie finden und dann wissen, was Qakan getan hatte.

Es war Ebbe, und das Wasser war flach. Qakan zog eine Gerte hervor, band Kiins Knöchel zusammen und dann ihre Handgelenke, eine Handlänge auseinander, vor ihrem Körper. Dann winkte er Kiin, damit sie aus dem *ik* sprang, es ans Ufer schob. Mit den gefesselten Handgelenken und Knöcheln konnte sie sich nur schlecht bewegen, aber es gelang ihr, ohne zu stürzen, aus dem *ik* zu springen, dann schob sie das *ik* auf den grauen Sandstrand.

Zuerst kamen die Kinder, dann die Frauen. Die Frauen waren schmutzig, ungekämmt, die Haare verfilzt und verknotet. Ihre Kinder waren verdreckt, ihre Gesichter mit einem Ausschlag bedeckt, der vom Essen roher, ungeschälter Ugyuunstengel herrührte.

Kiin achtete darauf, sich auch während ihrer Reise sauberzuhalten, ihren *suk* zu flicken und jeden Abend mit den Fingern durch ihr Haar zu fahren, um es zu entwirren.

Eine Frau kam aus der Gruppe zu ihnen und begrüßte Qakan. Die Frau war groß, und ihr langes Gesicht mit der spitzen Nase erinnerte Kiin an die gebogene Klinge eines Frauenmessers.

»Ihr seid gekommen, um Waren zu tauschen«, sagte sie, dann stützte sie sich auf ihren Stock zum Graben und stellte sich auf die Zehenspitzen, um über Qakans Schulter in das *ik* zu sehen.

»Ich möchte mit euren Männern sprechen«, sagte Qakan.

Die Frau schüttelte den Kopf. »Die sind auf der Jagd. Sie werden später zurückkommen.« Sie drehte sich um, sah Kiin an, und Kiin senkte den Kopf. Die Frau warf einen Blick auf Kiins zusammengebundene Handgelenke und sagte: »Sie ist nicht deine Frau.«

»Eine Sklavin«, antwortete Qakan.

Vielleicht hätte Kiin nichts gesagt. Vielleicht hätte sie sich genauso benommen wie in den anderen Dörfern, hätte nur die Arbeiten verrichtet, die ihr die Frauen auftrugen. Aber dann sagte die Frau: »Die Männer werden sich freuen heute abend. Du wirst sie viele Male verkaufen können.«

Und plötzlich wurde Kiin wütend. Sollte sie vor diesen Frauen, die zu faul waren, ihre Kinder sauberzuhalten, die Augen niederschlagen?

»N-nein«, sagte sie. »Ich bin k-keine S-Sklavin. Ich bin seine Sch-Schwester. Er hat mich aus dem *ulaq* meines Mannes gestohlen, obwohl ich das K-Kind meines Mannes trage«

Qakan drehte sich mit offenem Mund um, als würde er die Worte, die Kiin gesprochen hatte, hinunterschlucken. Er hob die Hand, und Kiin duckte sich, so daß sein Schlag sie am Kopf traf, nicht im Gesicht. Qakan hielt sich die Hand und kreischte laut auf: »Sie lügt«, schrie er, dann ballte er die Faust und holte mit dem Arm aus, um Kiin zu schlagen, aber die große Frau hielt Qakans Hand mit ihrem Stock auf.

»Wenn du Frauen schlägst, wollen wir dich hier nicht haben«, sagte sie. »Ich habe keine großen Kräfte und kann nicht sagen, ob du lügst oder nicht, aber wenn sie die Wahrheit sagt, wollen wir dich hier nicht haben. Außerdem haben wir wenig zu tauschen. Die Jagd war nicht gut. Unser Berg war zornig, und seine Asche vertreibt die Robben.«

Sie drehte sich um, ging wieder das Ufer hinauf, aber Qakan folgte ihr. »Ich habe Häute von Pelzrobben«, sagte er.

Sie beachtete ihn nicht, tat so, als hätte er nichts gesagt.

»Einen sehr schönen *suk*«, sagte er und lief zurück zum *ik*, wühlte in den Packen, bis er den *suk*, den seine Mutter gemacht hatte, hervorzog. Er breitete ihn aus, hob ihn hoch. »Sieh her!« rief er und strich über die Ärmel.

Ein paar von den jüngeren Frauen machten runde Augen, und Kiin sah das Verlangen in ihren Gesichtern. Aber die große Frau blieb stehen und hob, ohne sich umzudrehen, den Stock hoch über ihren Kopf, mit seinem spitzen Ende nach oben. »Ich habe gesagt, daß du verschwinden sollst!« sagte sie, dann ging sie weiter auf die *ulas* zu.

Die anderen Frauen drehten sich um und folgten ihr, und nur die Kinder blieben und starrten Qakan an, während er rief: »Ich könnte einen Fluch über euer Dorf bringen, aber das werde ich nicht tun. Sagt euren Jägern, daß ihr einen Händler abgewiesen habt. Sagt ihnen, daß ich Obsidianmesser habe. Die besten, die sie je gesehen hätten. Ich brauche euch nicht zu verfluchen. Das werden eure Jäger tun, die werden euch verfluchen, wenn sie hören, was ihr getan habt.«

35

DORT AM UFER, vor den Augen der Kinder, schlug er sie. Zuerst mit den Fäusten. Und Kiin, die daran gewöhnt war, geschlagen zu werden, rollte sich zu einem Ball zusammen, schützte ihren Kopf und ihren Bauch. Ihre Hilflosigkeit machte sie zornig, und ihr Zorn brachte Tränen. Was konnte sie gegen ihn ausrichten, mit zusammengebundenen Handgelenken und Knöcheln? Aber dann hörte er auf, und Kiin, die aus Angst nicht aufsah, hörte das Schaben eines Paddels, als Qakan es aus dem *ik* nahm. Ihre Angst zog sie hoch, und plötzlich wurde ihr klar, daß sie weniger um sich selbst Angst hatte als um ihr Kind. Amgighs Sohn. Vielleicht Samiqs.

»Du wirst deinen Sohn töten«, sagte sie leise.

Qakan starrte sie an. Schließlich ließ er das Paddel wieder ins Boot fallen. »Schieb uns ins Wasser«, sagte er. »Noch drei oder vier Tage, dann sind wir im Dorf der Walroßmenschen.«

Kiin streckte ihre gefesselten Handgelenke aus, aber Qakan stieß sie weg.

»Vielleicht mußt du erst erfahren, wie es ist, wahrhaftig Sklavin zu sein«, sagte er.

Sie fuhren den ganzen Vormittag. Kiin befestigte eine lange gedrehte Leine aus Algenfasern an der Seite des *ik*. Sie beschwerte die Leine mit mehreren Steinen, damit sie bis an den Grund des Meeres sank, und machte einen Köder am Haken fest. Sie waren weit genug vom Ufer entfernt, vielleicht gelang es ihr, einen Heilbutt zu fangen. Keinen großen – sie und Qakan waren nicht stark genug, um einen großen ins Boot zu ziehen, aber vielleicht einen, der so groß war wie Samiqs Schwester Wren. Kiin legte das Paddel quer über das *ik* und zog an der Leine. Nichts.

Kiin roch den Rauch, bevor sie ihn sah. Die dünnen Schwaden verloren sich in dem Nebel, der das Ufer einhüllte und die Berge verbarg, die wie ein riesiges Rückgrat aus Felsen und Eis aus dem Meer aufragten. Sie drehte sich zu Qakan um. »Rauch«, sagte sie und deutete mit dem Kopf in die Richtung, aus der er kam.

Qakan, der sein Paddel auf die Knie gelegt hatte, wurde plötzlich hellwach, kniff die Augen zusammen, um zum Ufer zu sehen. »Sieh mal, dort«, sagte er und deutete mit seinem Paddel. »Dort können wir das *ik* an den Strand bringen.«

Kiin hob ihr Paddel aus dem Wasser und ließ Qakan die langen Schläge tun, die das *ik* drehen und zum Ufer bringen würden, dann paddelte sie auch wieder, brachte das *ik* durch die Wellen bis an den Strand.

Kiesel und Geröll schabten am Boden des *ik*. »Bleib hier«, sagte Qakan zu Kiin und sprang hinaus, um das Boot an Land zu ziehen.

Der Wind kam in plötzlichen Stößen, mehrere große Wellen stürzten auf das Ufer und stießen das *ik* auf die Seite. Das Boot kippte, aber nicht so weit, daß Wasser über den Rand hineinströmte. Qakan gab dem Boot noch einen Stoß, dann beobachtete er einen Augenblick die Wellen. Als das Meer ruhiger wurde, zuckte er die Achseln und sagte: »Wenn Wellen kommen, mußt du es weiter hinaufziehen.«

Kiin hielt ihm ihre Handgelenke hin. »Mit zusammengebundenen Händen?« fragte sie, aber Qakan hatte sich schon auf den Weg gemacht. Kiin stand auf, wollte ihm etwas nachrufen, aber als sie aufgestanden war, sah sie ein kleines Feuer, das der Nebel eingehüllt hatte. Dicht neben dem Feuer glaubte sie zwei, vielleicht drei Männer zu erkennen. Kiin griff nach dem scharfkantigen Stein, den ihr Qakan gelassen hatte, um damit Fische zu säubern, aber sie wußte, daß er gegen drei Männer kein Schutz war.

Während sich Qakan dem Feuer näherte, hob sich der Nebel, als würden Qakans Füße ihn beim Gehen wegstoßen, und Kiin konnte die Männer jetzt sehen, deren Gesichter rot und schwarz bemalt waren. Ohne sich zu rühren oder die Hände zur Begrüßung zu heben, starrten sie Qakan entgegen. Qakan hatte die Hände ausgestreckt, mit den Handflächen nach oben. »Ich bin ein Freund. Ich habe kein Messer«, hörte Kiin ihn sagen. Dann sagte er noch etwas, was Kiin nicht verstehen konnte, in der Sprache des Walroßvolkes.

Qakan hatte mit seinem Vater zwei oder drei Fahrten zum Sommerlager der Walroßmenschen gemacht und Kiin erzählt, daß er ihre Sprache sprechen könnte, aber Kiin hatte es für eine seiner Lügen gehalten und ihm nicht geglaubt. Aber im vergangenen Monat hatte er jeden Tag Zeit damit verbracht, die Wörter der Walroßmenschen, die er kannte, zu üben, hatte sie beim Paddeln laut vor sich hin gemurmelt, hatte sich aber geweigert, Kiin welche beizubringen.

Als sie das zweite Dorf der Ersten Menschen verließen, hatte Qakan eine rotgefärbte Otterhaut über den Bug des *ik* gehängt, das Zeichen der Tauschhändler, aber als sie den Rauch von dem Feuer der drei Männer gesehen hatten, merkte Kiin, daß Qakan trotz seiner Prahlerei Angst hatte.

Dies war kein Dorf, nur ein Rastplatz für Jäger. Wer konnte sagen, aus welchem Dorf die drei Männer kamen und ob sie freundlich waren oder nicht? Kiin duckte sich auf den Boden des Boots und griff langsam nach dem Paddel. Wenn die Männer Qakan nun töteten? Würde sie das *ik* ins Meer schieben können, bevor sie bei ihr waren? Sie glaubte es nicht. Aber mit einem Paddel würde sie sich besser verteidigen können als mit einem kleinen Stein zum Schneiden.

Sie zog das Paddel näher zu sich heran, als einer der drei Männer anfing zu sprechen. Seine Stimme erschreckte Kiin, und sie hielt in der Bewegung inne, als wäre sie ein Kind, das etwas Unerlaubtes tat und dabei ertappt wurde, dann spähte sie über den Rand des *ik*.

Der größte der drei Männer streckte Qakan die Hände entgegen, und Qakan begann zu lachen, ein hohes, mädchenhaftes Kichern, an dem Kiin erkannte, wie er sich gefürchtet hatte. Der Mann zeigte zum Feuer, und Qakan hockte sich neben ihn auf den Boden und nahm das getrocknete Fleisch, das sie ihm gaben.

Einer der Männer deutete auf das *ik* und sagte etwas. Kiins Herz begann schneller zu schlagen. Dann sagte Qakan etwas. Einige Wörter waren in der Sprache der Ersten Menschen, die meisten in der Sprache der Walroßmenschen.

Dann stand er auf und winkte Kiin und rief: »Komm her.«

Als sie sich nicht rührte, kam er mit gereizter Miene zu ihr. Er packte ihren Arm und riß sie hoch. »Sie wollen dich sehen«, sagte er. Er zerrte sie aus dem *ik*, aber Kiin stolperte über den Rand und fiel hin, riß sich die Knie und die Handballen am Uferkies auf.

»Dummes Ding!« fuhr Qakan sie an.

Langsam stand Kiin auf. Sie strich über ihre Hände und Beine und zog ihren *suk* glatt.

»Wieviel, glaubst du, werden sie mir für eine Frau geben, die nicht gehen kann?« sagte Qakan, aber Kiin, die an seine Klagen gewöhnt war, antwortete nicht.

Er war es, der ihre Knöchel und Handgelenke gefesselt hatte, ihre Füße so zusammengebunden hatte, daß sie nur kleine Schritte machen konnte. Was erwartete er? Sie ging zum Feuer, dann hockte sie sich auf den Boden und zog den *suk* über ihre Knie.

Die Männer starrten sie an, und Kiin unterdrückte den Drang wegzusehen. Statt dessen starrte sie zurück, etwas, was eine Frau der Ersten Menschen nicht tat, etwas, worüber sich Qakan, wie sie wußte, ärgern würde.

Die drei Männer sahen sich ähnlich. Sie sind Brüder, dachte Kiin, während sie die drei Gesichter musterte. Der größte schien der älteste zu sein. Von seinen Augenwinkeln verliefen Linien bis zu seinem Kinn. Seine Wangen waren rot bemalt, seine Nase schwarz. Von seinem Kinn hingen dünne Haare hinunter auf seine Brust, und seine Augen waren schmale Halbmonde. Er redete mehr als die beiden anderen – und am lautesten.

Der Mann, der am jüngsten aussah, hatte auf seine Handrücken ein Muster gemalt, das wie Meereswellen aussah. Sein Gesicht war rund, sein Haar eingeölt und gleichmäßig bis auf Schulterlänge geschnitten. Der andere Mann, mit langem Gesicht und dünn, hatte eine Narbe, die vom Augenwinkel bis zum Kinn reichte. Wenn er sprach, spannte sich die Haut über der Narbe.

Alle trugen einen Pelzparka mit Kapuze, die Kapuzen waren mit einem dicken silbernen Fell eingefaßt, ein Fell, wie es Kiin noch nie gesehen hatte. Die Parkas waren kurz, reichten nicht ganz bis an die Knie, aber dafür trugen die Männer dikke Strümpfe aus Fellen und Stiefel aus Robbenhaut.

Sie redeten weiter mit Qakan. Qakan sagte wenig, lachte aber andauernd und zeigte manchmal auf Kiin und fing dann wieder an zu lachen.

Nach einer Weile kam Qakan zu ihr und löste die Leinen, mit denen Kiins Knöchel und Handgelenke zusammengebunden waren. Er nahm ihr Kinn in die Hand und lachte ihr ins Gesicht. Aber Kiin sah weg, rieb ihre Handgelenke, die von den Fesseln wundgescheuert waren.

Dann deutete der größte der Männer auf Kiin, und seine Stimme bekam einen anderen Klang. Er ging um das Feuer herum und stellte sich hinter sie. Kiin saß völlig still, die Hände zu Fäusten geballt, damit ihre Arme nicht zitterten.

Der Mann hockte sich neben sie und nahm ihre Hände. Sein Gesicht war ganz nah an ihrem, und Kiin sah, daß er älter war, als sie zuerst gedacht hatte, die Farbe auf seinen Wangen und seiner Stirn verbarg die Linien des Alters. Sie sah auch, daß in seinem dunklen Haar graue Strähnen waren, und plötzlich wußte sie, daß er der Vater der beiden anderen war.

Der Mann schob den Ärmel von Kiins *suk* hoch und zeigte auf ihre wunden Handgelenke. Er stellte Qakan eine Frage, und Qakan räusperte sich, antwortete schließlich in abgebrochenen, stockenden Sätzen. Der Mann drehte sich um und spuckte auf den Boden, dann stellte er wieder eine Frage. Qakan zuckte die Achseln.

Der Mann ging von dem Feuer zu einem schrägen Anbau neben einem umgedrehten *ik,* das länger und breiter war als Qakans *ik* und das mit einer dicken Tierhaut überzogen war, die kaum Nähte aufwies. Der Mann kam mit einem kleinen Päckchen zurück, das er Kiin gab.

Er sagte etwas zu Kiin, und Qakan übersetzte: »Gänsefett für deine Handgelenke.« Qakans Gesicht war verzerrt und gerötet. Kiin sah zu dem Walroßjäger auf und bedankte sich bei ihm, dann verteilte sie das Fett auf ihren Handgelenken.

Das Fett roch stark, fast ranzig, aber es linderte die Schmerzen, und als Kiin mit den Handgelenken fertig war, beugte sie sich vor und fettete ihre Knöchel ein. Das rief bei den drei Männern erneutes Gemurmel hervor, und der größte sagte etwas zu Qakan, etwas, was Qakan veranlaßte, albern zu grinsen und aufzuspringen, Kiin mit sich hochzureißen.

»Geh zum *ik*«, sagte er zu ihr. »Sie haben eingewilligt, uns mit in ihr Dorf zu nehmen.«

Kiin wickelte das Päckchen mit Fett wieder ein und hielt es dem älteren Mann hin, aber der lächelte sie an und schüttelte den Kopf. Er sagte etwas zu Qakan, und Qakan sagte zu Kiin: »Du kannst es behalten«, und als Kiin dem Mann noch immer das Päckchen hinhielt, stieß Qakan dagegen und gab Laute des Widerwillens von sich. »Er hat gesagt, es gehört dir. Du kannst es behalten.«

Kiin lächelte den Mann an, alle drei Männer, und nickte, dann ging sie zum *ik*, blieb neben ihm stehen, während Qakan den drei Männern half, das Feuer zu löschen und den Anbau an ihrem *ik* auseinanderzunehmen.

Es sind gute Leute, dachte Kiin, während sie zusah. Zu gut für den Fluch, den Qakan über sie brachte. Sie überlegte, was Qakan ihnen über ihre Handgelenke gesagt haben konnte, wie er es ihnen erklärt hatte. Was immer er gesagt hatte, es schien sie zufriedengestellt zu haben. Sie waren nicht mehr böse auf ihn. Der jüngste der Männer schlug Qakan öfter mit der Hand auf den Rücken, und der mit der Narbe redete viel, brachte die andern zum Lachen, während sie arbeiteten.

Die drei Männer luden ihre Vorräte in ihr Boot und trugen es ans Wasser. Qakan half ihnen, es ins Meer zu schieben, und dann zogen er und Kiin ihr *ik* in die Wellen.

»Sie glauben, du wärst eine Sklavin von den Waljägern«, sagte Qakan.

Kiin nahm ihr Paddel. »Hast du ihnen das erzählt?« fragte sie.

»Wie hätte ich denn sonst deine Handgelenke erklären sollen?«

»Aber sie haben mir eine Medizin gegeben«, sagte Kiin.

»Ich habe dir ja gesagt, daß es gute Menschen sind.« Qakan beugte sich nach vorn. Über seinen dicken Wangen sahen seine Augen wie dunkle Schlitze aus. »Glaubst du vielleicht, ich würde dich an ein böses Volk verkaufen?«

Kiin drehte sich um und setzte sich an den Bug des *ik*. Warum antworten?

36

MITTEN AM NACHMITTAG paddelten die Walroßjäger ihr Boot zurück, um Qakan und Kiin etwas zu essen anzubieten.

»Nimm es und laß es dir schmecken«, sagte Qakan mit freundlicher Stimme, aber harten Augen zu Kiin. »Wenn du mit Jägern der Ersten Menschen zusammenwärst, würden wir nur am Abend zu essen bekommen.«

Kiin bot den Männern ihrerseits von dem Fisch an, der am Rand des *ik* zum Trocknen hing.

»Du beleidigst sie mit deinem ärmlichen Essen«, fuhr Qakan sie an, lächelte aber. Doch die Männer nickten und lachten und nahmen den Fisch und aßen ihn, und Kiin trotzte Qakan, indem sie ihnen noch mehr davon anbot.

Als die Männer gegessen hatten, fuhren sie wieder voraus, und nachdem sie schon eine Weile schweigend weitergepaddelt waren, sagte Qakan: »Das ist ein Vater mit seinen zwei Söhnen. Sie waren vor dem Winter noch zum Tauschhandel unterwegs.«

Kiin drehte sich nicht um, gab kein Zeichen von sich, daß sie ihn gehört hatte.

»Der älteste Sohn, der mit der Narbe, sucht eine Frau. Er hat eine Menge Sachen zum Tauschen.« Als Kiin nicht antwortete, brüllte Qakan: »Er wäre ein guter Mann für dich, und er würde mich reich machen mit seinen Fellen und seinem Elfenbein.« Dann fühlte Kiin, daß ihr kaltes Wasser auf den Hals tropfte. Sie blickte auf und sah Qakans Paddel direkt über ihrem Kopf.

»G-Glaubst du, daß es ihm g-g-gefallen würde, wenn du mich schlägst?« fragte sie.

Qakan tauchte das Paddel wieder ins Wasser und machte einen kräftigen Schlag, der das *ik* dicht an das Boot der drei Männer brachte.

»Ich versuche, dir zu helfen«, sagte Qakan zu ihr.

»Du v-versuchst, dir selbst zu helfen, Qakan«, erwiderte Kiin. »Wenn du mir hättest helfen w-w-wollen, dann hättest du mich in Ruhe gelassen, damit ich F-Frau von Amgigh sein kann.«

»Amgigh«, sagte Qakan und spuckte ins Wasser.

In Kiins Brust ballte sich Zorn zusammen, und zum erstenmal, seit sie die Walroßmänner getroffen hatten, fühlte Kiin, wie sich ihr Geist in ihr bewegte. »Frau von Amgigh«, hallte seine Stimme, und Kiins Brust zog sich vor Schmerz so fest zusammen, daß sie keine Luft bekam. Nein, dachte Kiin, ich kann nicht Frau von Amgigh sein. Nicht jetzt. Und sie wartete, ohne zu paddeln, bis der Schmerz verging.

Aber dann, als sie nach vorn zu den Walroßmännern sah, dachte sie: Und wenn mich nun der Mann mit der Narbe haben will? Auch er ist ein guter Mann. Tue ich recht, einen Fluch über ihn zu bringen? Nein, ich werde fliehen. Irgendwie werde ich fliehen. Das Kind und ich werden allein leben und über niemanden einen Fluch bringen.

Sie paddelten, bis es fast Nacht war, dann zogen sie die *iks* an Land und errichteten zwei schräge Anbauten. Einen für die Walroßmänner und einen für Kiin und Qakan. Kiin bereitete aus ihren und Qakans Vorräten für die Männer etwas zu essen vor, dann ging sie in den Schutzbau, kauerte sich unter Qakans Felle und lauschte den fremdartigen Rhythmen der Walroßsprache, während Qakan und die drei Männer bis tief in die Nacht miteinander redeten.

Kiin schlief ein, bevor Qakan in ihre Unterkunft kam, und als sie am Morgen aufwachte, sah sie, daß Qakan seine Augen geöffnet hatte und daß sein Mund mit dem Ausdruck des Mißfallens verzogen war. Sie kannte diesen Ausdruck. Er hatte Angst. Er war nicht wütend, schmollte nicht, sondern hatte Angst. Genauso sah er aus, wenn ihn ihr Vater mit auf die Jagd nahm. Aber Qakan wich ihrem Blick aus, und so fragte Kiin ihn nicht, was mit ihm los war.

Sie aßen, dann brachten sie ihre Boote ins Wasser. Wieder folgten Qakan und Kiin den Walroßmännern. Es wehte ein kalter Nordwind, und Kiin erkannte die Weisheit der Kapuzen an den Parkas, die die Walroßmänner trugen. Sie stopfte ihr Haar in den Kragen ihres *suk,* aber der Wind fuhr durch ihre Haare und in ihre Ohren, bis Kopf und Hals vor Kälte schmerzten.

Über dem Wasser hing Nebel, der Wind trieb ihn zum Ufer, aber Kiin konnte Felsklippen sehen, und einmal kamen sie an einer Stelle mit einem großen Berg aus blauem Eis vorbei. Am Morgen hielten die Walroßmänner ihr *ik* dicht am Ufer, so wie Qakan es tat, aber dann drehten sie plötzlich ab, paddelten nach Norden, direkt in den Wind, und Kiin war überrascht und sah nach hinten zu Qakan. Auch Qakan paddelte jetzt nach Norden, aber Kiin sah die Angst in seinen Augen.

»Das ist kürzer«, sagte er zu ihr. »Gestern abend haben sie gesagt, daß es nur noch diesen Tag und die Nacht und vielleicht noch einen weiteren Tag dauert, bis wir zu ihrem Dorf kommen, wenn wir diesen Weg nehmen.«

Kiin spürte Zorn in ihrer Brust. Das hätte Qakan ihr sagen müssen. Die Nähte des *ik* waren nicht sehr fest. Wenigstens hätte sie dann die Nacht über nähen können, die schwachen Stellen mit Sehnenfäden und Flicken aus Robbenhaut verstärken können.

»Das hättest du mir sagen sollen«, sagte sie, und der Zorn machte ihre Stimme stark, so daß sie nicht einmal stotterte. »Unser *ik* ist schwach. Wenn die Wellen noch größer werden ...«

»Halt den Mund!« sagte Qakan.

Kiin drehte sich um und sah ihn an, sie fühlte plötzlich, wie ihre Wangen trotz des Nordwinds heiß wurden. Sie drehte sich um und legte ihr Paddel in der Mitte über das *ik* und sagte: »Du paddelst. Wenigstens kann ich die Nähte mit Fett zustopfen.«

Qakan machte den Mund auf, sagte aber nichts, und schließlich wandte er den Blick von ihr ab und paddelte, seine Augen sahen nach rechts oder nach links, aber nicht zu Kiin.

Kiin beobachtete ihn einen Augenblick, dann sagte sie zu ihm: »Wenn du eine undichte Stelle siehst, sag es mir. Ich werde schöpfen.« Dann fing sie an, das *ik* zu flicken.

Da waren keine Berge, nur das Meer. Kiin erinnerte sich daran, wie traurig sie gewesen war, als sie Tugix nicht mehr sehen konnte. Aber dann war da ein anderer Berg gewesen und dann noch einer. Und während sie an ihnen vorbeifuhren, hatte Kiin zu dem Geist jedes einzelnen Berges gebetet, hatte die Berge ersucht, ihre Gebete um Schutz zu Tugix zu tragen, zu ihrem Volk und zu Amgigh und Samiq.

Jetzt gab es keine Berge, die ihre Gebete weitertragen konnten, und so sprach Kiin flüsternd mit dem Meer, schickte ihre Bitten auf den Wellen fort. Und hoffte, daß die Meeresgeister nicht allzu genau ihr armes *ik* ansahen. Die zerschlissene Bespannung, die klaffenden Nähte waren eine Beleidigung für die Meerestiere, die sich hergegeben hatten, damit das *ik* gebaut werden konnte. Und so wartete sie, sogar als sie arbeitete, Nähte mit Fischfett verschloß, Stiche mit Sehnenfäden festzog, wartete darauf, daß ein Meerestier unter das *ik* kam und Löcher in den Boden biß, damit sie und Qakan ertranken.

Aber es kamen keine Meerestiere, und als Kiin alle Nähte, die sie erreichen konnte, ausgebessert hatte, begann sie wieder zu paddeln. Für kurze Zeit hob sich der Nebel, aber dann ging die Sonne unter, und die Dunkelheit kam. Kiin hörte Qakans Atemzüge selbst durch die Geräusche des Paddelns und des Meeres hindurch, manchmal ein Stöhnen, als hätte seine Angst eine eigene Stimme.

Als Kiin überhaupt nichts mehr sehen konnte, als sie nicht mehr wußte, in welche Richtung sie das *ik* lenken sollte, begann einer der Walroßmänner, ein Lied zu singen. Ein Lied für die Meeresgeister, sagte Qakan zu Kiin. Und von da an folgte Kiin dem Ton dieser Stimme, während sich die Dunkelheit und die Kälte wie nasses Fell auf ihre Augen legten.

In der Dämmerung gingen sie an Land, aßen und ruhten sich aus, dann fuhren sie weiter, ohne zu schlafen, und Kiin kam es vor, als würden sich ihre Arme nur noch bewegen, weil sie schon so lange gepaddelt hatten, daß sie gar nichts anderes mehr tun konnten. Die Muskeln in ihren Schultern und in ihrem Rücken brannten, ihre Schenkel waren hart von Krämpfen. Sie sagte nichts, aber Qakan hörte nicht auf zu wimmern, und am Ende war seine Stimme wie das hohe Singen des Windes, aber Kiin achtete nicht darauf.

Wieder folgten sie dem Land, so daß sich Kiin nicht mehr vor den Meerestieren fürchtete, sondern auf Felsen im Wasser achtete. Das Land war flach, nur in der Ferne waren Berge. Wenn sich der Nebel hob, konnte Kiin sie sehen – Wolken mit weißen Kappen am Horizont.

Sie paddelten den ganzen Tag, bis die Sonne nur noch ein roter Schatten am sich verdunkelnden Himmel war. Kiin blickte zu den Walroßmännern, um zu sehen, ob sie anhalten würden, um sich schlafen zu legen. Wie sollte sie noch einmal die ganze Nacht paddeln? Wie sollte sie ihre Arme immer weiter bewegen?

Dann rief der Mann mit der Narbe Qakan etwas zu und deutete auf einen Felsen, der vom Ufer ins Meer ragte. Qakan lenkte das *ik* neben das Boot der Walroßmenschen und redete mit ihnen. Wieder übernahmen die Walroßmänner die Führung, ihr großes schweres *ik* glitt mit einer Beweglichkeit durch das Wasser, die Kiin erstaunte. »Sie p-paddeln es wie ein *ikyak*«, sagte sie zu Qakan.

»Sie sind zu dumm, um *ikyan* zu bauen«, antwortete Qakan.

»Jeder St-Stamm ist a-anders«, sagte Kiin.

Aber Qakan zuckte die Achseln und sagte: »Sie sagen, daß wir auf Felsen unter dem Wasser achten müssen.«

Obwohl es schon fast dunkel war, konnte Kiin Felsblökke unter den Wellen erkennen, manche ganz dicht an der Oberfläche. Gelegentlich sah sie auch an den Rändern eingerissene Dreiecke aus Treibeis, dünn und mit dem Paddel leicht zu zerbrechen, aber ein Anzeichen für den Winter. Die Meere bei der Insel der Ersten Menschen froren nicht zu, aber Qakan hatte Kiin erzählt, daß das Meer des Walroßvolks im Winter zu Eis wurde.

»Sie haben gesagt, daß ihr Dorf in der nächsten Bucht liegt«, rief Qakan ihr zu.

Etwas in Kiin wurde hart und kalt, und ihre Zähne schlugen aufeinander, aber sie hatte die Augen aufs Meer gerichtet, hielt Ausschau nach Felsen, stieß mit dem Paddel dagegen, um das *ik* zu schützen.

Als sie um die Landspitze herumgefahren waren, wurden die Felsen kleiner und flacher. Kiin blickte auf und sah, daß sie in der Bucht waren. Ihre Finger kribbelten vor Unruhe. Das Wasser in der Bucht war gefroren, aber das Eis war dünn, durch eine Rinne mit offenem Wasser geteilt, die zum Ufer führte.

Dann erinnerte sich Kiin an etwas, was sie vor langer Zeit

gehört hatte, etwas, das ihr Vater nach einer Handelsfahrt gesagt hatte. Daß manche Stämme das Walroßvolk auch Eisjäger nannten, weil sie im Winter im Eis jagten. Kiin sah zum Ufer und überlegte, ob die Walroßmenschen in *ulas* lebten, aber in der hereinbrechenden Dunkelheit konnte sie nur die rotglühende Holzkohle eines Feuers am Ufer erkennen.

»Die Männer treffen sich am Ufer«, sagte Qakan und zeigte auf das Feuer. »Dort werde ich meine Sachen tauschen. Die meisten Männer haben bemalte Gesichter, das ist ein Zeichen ihrer Männlichkeit. Frage keinen Mann nach seinen Farben, was sie bedeuten. Das ist etwas Heiliges zwischen ihm und den Tieren, die er jagt.«

»Wo sind die Frauen?« fragte Kiin.

»Die treffen sich auch jeden Abend. Im langen Haus.«

»Was ist ein langes Haus?«

»Du bist wirklich dumm, Kiin«, sagte Qakan, »und du fragst zuviel, stellst zu viele Fragen. Sei still. Die Walroßmenschen mögen stille Frauen.«

Qakans Worte machten Kiin wütend, aber sie sagte nichts. Er verspottete sie, damit sie wütend wurde. Das hatte er immer getan. Qakan schien nur glücklich zu sein, wenn andere unglücklich waren.

Sie lenkten das *ik* ans Ufer, und Kiin sah, daß eine große Zahl Männer neben dem Feuer am Ufer stand. Die drei Walroßmänner zogen ihr Boot an Land, und Kiin hörte ihre Stimmen, aufgeregt und laut, und sie zeigten auf das *ik*. Eine Stimme erhob sich über die anderen, die Stimme des Vaters, und bei seinen Worten lachte Qakan.

»Er sagt, ein reicher Tauschhändler ist gekommen«, erklärte Qakan und lachte wieder. »Er sagt, der Tauschhändler hat eine schöne Frau zu verkaufen.«

Von den Männern am Ufer stieg ein Ruf in den Himmel, und Kiins Magen zog sich zu einem harten Klumpen zusammen.

»Du wirst mir einen guten Preis bringen«, sagte Qakan. »Wie es scheint, sind sie gierig auf Frauen.«

Das *ik* war dicht am Ufer, aber Kiin konnte sich nicht überwinden, die wartenden Männer anzusehen. Sie sprang aus dem Boot und lenkte es ans Ufer, während Qakan paddelte. Aber drei oder vier Walroßmänner zogen ihre Fellstrümpfe aus und wateten ins Meer, brachen durch das Eis und versanken im Wasser. Zwei packten den Bug des *ik*, der dritte hob Kiin aus dem Wasser und trug sie ans Ufer.

Seine Arme lagen dick und hart um ihren Bauch, und Kiins Herz schlug so schnell, daß sie keine Luft bekam. Es war ein großer Mann, viel größer als alle anderen. Sein Gesicht war nicht bemalt, aber durch jede Wange war ein Lippenpflock gezogen. Er stemmte sie hoch und setzte sie auf seine linke Schulter. Kiin klammerte sich an der Kapuze seines Parkas fest und sah hinunter auf die Männer um sie herum. In der Dunkelheit konnte sie nicht viel mehr sehen als das breite Lächeln auf ihren Gesichtern und ekkige weiße Zähne.

Der Mann, der sie trug, rief den anderen Männern etwas zu und begann zu tanzen. Kiin hüpfte bei jedem seiner Schritte hoch, und sie wünschte, sie wäre ein Kind, weil sie dann schreien und dem Mann sagen könnte, daß er sie herunterlassen sollte.

Die Walroßmänner waren jetzt überall und tanzten um sie herum. Manche hatten ihre Parkas ausgezogen, und einer von ihnen, der geholfen hatte, das *ik* an Land zu ziehen, tanzte ohne Parka und Strümpfe, nur mit einer kurzen Schürze.

Der Mann, der Kiin trug, sang, und sie klammerte sich noch fester an seinen Parka, beugte sich hinunter, um mit den Armen seinen Hals zu umschlingen, und er schrie in ihr Ohr, ob zu ihr oder zu den anderen, das wußte Kiin nicht, aber von dem Lärm und dem Herumhüpfen wurde ihr übel. Sie suchte unter den Männern nach Qakan und sah ihn schließlich, an sein *ik* gelehnt, mit einem Lächeln im Gesicht.

»Qakan«, schrie sie ihm zu. »Qakan, mir ist schlecht. Sag ihnen, d-daß er mich runterlassen soll.«

»Du mußt lachen«, rief er. »Lache, sonst wollen sie dich nicht haben. Die Walroßmenschen haben es gern, wenn Frauen lachen.«

Kiin biß die Zähne zusammen, um sich nicht übergeben zu müssen. Und während der Mann immer weitertanzte, kam ein langer stöhnender Schrei aus Kiins Kehle. Plötzlich blieb er stehen und zog sie wie ein Kind von seiner Schulter und setzte sie auf den Boden.

Die Männer hörten auf zu tanzen, aber das Feuer warf orangefarbene kreisende Schatten über sie, so daß es aussah, als würden sie sich noch immer bewegen. Der Riese stellte Kiin eine Frage, aber sie schüttelte den Kopf. Da rief er Qakan etwas über die Schulter zu.

Qakan kam in die Mitte des Kreises. »Dumme Frau«, sagte er zu Kiin, während er den Männern ein Lächeln zeigte, dann klopfte er Kiin auf die Schulter und strich über ihren *suk*.

Während er sprach, betrachtete Kiin prüfend die Gesichter der Walroßjäger. Es waren gutaussehende Männer, und alle schienen groß zu sein. Die meisten hatten langes Haar. Ein Mann hatte so lange Haare, daß sie ihm über die Kapuze bis hinunter auf den Rücken hingen. Manche hatten bunt bemalte Gesichter, aber die meisten nicht. Ein Mann hatte schwarze Linien auf dem Kinn, wie die Tätowierungen der Waljäger, und plötzlich hatte Kiin das Bild von Samiqs Gesicht mit Tätowierungen vor Augen, und das Bild erfüllte sie mit Hoffnungslosigkeit und der Erkenntnis, wie sehr sich Samiq bei den Waljägern verändern würde und wie weit Kiin von zu Hause entfernt war.

Qakan sprach noch immer mit den Walroßjägern, und die Männer beugten sich vor, halfen ihm hin und wieder mit einem Wort aus, und Qakan verbesserte sich mit einem leicht gereizten kurzen Lachen. Am Ende stellte er sich hinter Kiin, klopfte ihr auf die Schulter und riß ganz plötzlich ihren *suk* hoch.

Kiin stockte der Atem, und sie versuchte, sich von ihm

loszureißen, aber ihre Arme waren in den Ärmeln gefangen, ihr Kopf im *suk* begraben. Er zog ihr den *suk* aus, und Kiin stand zitternd da, nur mit ihrer Schürze. Sie verschränkte die Arme vor ihren nackten Brüsten, während Qakan den *suk* dem nächsten Mann zuwarf. Er sagte etwas zu dem Mann, und der Mann sah sich die Nähte und Säume des Kleidungsstücks an.

»Ich habe ihm gesagt, daß du ihn selbst gemacht hast«, sagte Qakan mit einem schiefen Lächeln um den Mund zu Kiin.

»Aber Ch-Chagak ...«, stotterte Kiin, schwieg dann aber, aus Scham darüber, was ihr Bruder tat. »Du-du bist voller Lügen, Qakan«, sagte sie nur und bemühte sich, das Zittern in ihrer Stimme zu unterdrücken.

Sie wußte, daß die Augen der Männer auf ihr lagen, ihren Körper bewunderten, aber das hatte sie erwartet. Welcher Mann würde sich eine Frau nehmen, die er nur in einen *suk* verpackt gesehen hatte? Vielleicht trug sie unter ihrem *suk* irgendwelche Zeichen eines Geistes, Zeichen, an denen man erkannte, daß sie mit einem Fluch beladen war. Aber Kiin wußte, daß die Männer in ihrem Fluch einen Segen sehen würden, etwas, was sie nicht erklären konnte, weil sie ihre Sprache nicht beherrschte.

Der Mann mit dem Lippenpflock zeigte plötzlich auf Kiin und sagte etwas. Er hielt Kiins *suk* und warf ihn jetzt Qakan zu.

»Er glaubt, daß dir kalt ist. Er meint, du solltest deinen *suk* wieder anziehen«, sagte Qakan und stellte sich wieder hinter Kiin, um ihre Arme zu packen und vom Körper wegzuziehen. Er sagte etwas, und einige der Männer lachten. Kiin versuchte, sich aus seinem Griff loszumachen, aber er zog ihre Arme nach hinten auf ihren Rücken und hielt ihre Handgelenke mit einer Hand fest, während er mit der anderen nach vorn griff und ihre Brüste drückte.

Kiins Brüste waren von der Schwangerschaft empfindlich, und sie zuckte zusammen, als Qakan sie berührte. »Laß m-mich gehen«, zischte sie, aber Qakan lachte und sagte: »Ich habe ihnen gesagt, daß du eine gute Mutter sein wirst.« Dann klopfte er auf Kiins Bauch und sagte noch etwas, was die Männer die Luft anhalten ließ, und ein paar von ihnen kamen näher und bückten sich, um Kiins Bauch zu betrachten.

Dann lächelten die Männer, ihre Stimmen wurden lauter, schriller. Plötzlich stieß Kiin Qakan den Ellbogen in den Magen. Er ließ sie los, und Kiin drehte sich um, riß den *suk* von seiner Schulter. »H-h-hast du ihnen erzählt, daß es dein K-Kind ist?« sagte sie zu ihm. »H-hast du ihnen erzählt, daß du b-beides bist, Vater und Onkel?«

Die Walroßmänner lachten. Aber Kiin sah den Zorn in Qakans Augen. »Warum bist du w-wütend?« fragte sie ihn. »Jetzt wirst du mehr für mich kriegen. Ich habe gezeigt, wie stark ich bin.« Sie kauerte sich auf den Boden und zog den *suk* über ihren Kopf.

»Du dumme Frau«, sagte Qakan und stürzte nach vorn und riß Kiin an den Haaren, aber plötzlich war einer von den Männern, die sie zum Dorf gebracht hatten, neben Qakan, packte ihn auch an den Haaren. Es war der Vater. Er sagte etwas mit leiser, aber harter Stimme, und Qakan ließ Kiin los. Er fragte Qakan etwas, und Qakan rieb sich den Kopf und sagte zu Kiin: »Du sollst mit ihm gehen. Er bringt dich zu den Frauen.«

Der Mann ging voran, weg vom Ufer, und Kiin folgte ihm.

Der Schiefer wich dem Kies am Ufer, der Kies dem Gras. Ein Pfad wand sich um einen Hügel, bis sie in ein Tal kamen, und selbst in der Dunkelheit konnte Kiin zwölf oder vierzehn Erdhügel sehen, wie lange *ulas,* nur daß die Dächer nicht mit Grasnarbe bedeckt waren, sondern mit geschabten Häuten, und in der Mitte waren sie spitz. Das Licht aus den Erdhügeln beleuchtete die Häute, so daß sie wie kleine glühende Feuer auf dem Talboden aussahen. Die Erdhügel waren um ein sehr langes *ulaq* angeordnet, aus dem nur ein trüber Lichtschein fiel, und Kiin überlegte, ob dieser Stamm einen Schamanen oder einen mächtigen Häuptling hatte, der dort wohnte.

Der Mann vor ihr deutete auf ein *ulaq*, das ganz in ihrer Nähe lag, und sagte etwas, dann nahm er ihre Hand und zog sie dorthin. Plötzlich hatte Kiin Angst und wünschte, sie könnte seine Worte verstehen.

Aber wenn er sie nun mitnahm, damit sie seine Frau wurde? Wie konnte sie sich irgendeinem Mann hingeben, nachdem Qakan einen Fluch über sie gebracht hatte? Wie konnte sie sich hingeben, wenn sie wußte, daß der Mann, der sie nahm, einen Fluch auf sich lud?

Als sie näher kamen, sah Kiin eine viereckige Öffnung an der einen Seite des *ulaq*. Eine Matte aus gewebtem Gras hing über der Öffnung. Der Mann machte den Vorhang auf, und eine Frauenstimme begrüßte ihn. Dann eine zweite Frauenstimme.

Er zog Kiin ins Innere, und sie sah, daß sich im *ulaq* zwei alte Frauen mit gekreuzten Beinen gegenübersaßen, zwischen sich eine Grasmatte, die sie auf dem Schoß ausgebreitet hatten. Jede der Frauen nähte an ihrem Ende ein Muster auf die Matte. An ihren Nähnadeln waren lange Stränge bunter Sehnen. Das Haar der beiden Frauen war so weiß wie das Haar sehr alter Menschen, beide hatten ein rundes Gesicht, und von den Winkeln ihrer Augen und Münder zogen sich Linien nach allen Seiten. Sie trugen Parkas mit Kapuzen wie die Männer, aber ihre Parkas waren an den Handgelenken mit Fellstreifen verziert, und vorn an den Parkas waren bunte Muschelperlen zu einem Muster aus Dreiecken angeordnet.

Der Mann sagte etwas, und eine der Frauen lachte, dabei machte sie den Mund auf, und Kiin sah, daß sie keine Zähne hatte. Sie hielt ihre Nadel hoch, die andere Frau beugte sich nach vorn und biß die Sehne ab, die daran herunterhing. Sie rollten die Matte zusammen, und der Mann half ihnen beim Aufstehen. Dann liefen sie eilig in dem großen Raum ihres *ulaq* umher, holten Felle hervor und

Behälter, die mit Wurzeln und getrocknetem Fleisch gefüllt waren, und dabei sahen sie Kiin unentwegt an und flüsterten miteinander. Der Mann schüttelte den Kopf und lachte, sagte etwas zu Kiin, und die alten Frauen sahen sie an und stimmten in sein Lachen ein.

Der Mann legte die Hand auf Kiins Schulter. »Hier bist du in Sicherheit«, sagte er in der Sprache der Ersten Menschen, und Kiin starrte ihm überrascht und mit offenem Mund nach, als er aus dem *ulaq* ging.

Eben noch hatte Kiin Angst gehabt, daß er sie zur Frau nehmen könnte, aber jetzt, ohne ihn, fühlte sie sich plötzlich allein. Sie stand da, die Augen auf den Vorhang an der Tür gerichtet, wünschte ihn zurück, aber schließlich drehte sie sich um und sah die Frauen an.

Sie breiteten eine Matte am Boden aus. »Setz dich hin, Kleine«, sagte die Frau mit Zähnen, und auch sie sprach in der Sprache der Ersten Menschen.

Die Frauen kicherten, es hörte sich albern an wie das Lachen von kleinen Mädchen, dann sagte die Zahnlose: »Meine Schwester und ich wurden vor langer Zeit bei den Ersten Menschen geboren. Auch wir sind einmal als Bräute hierhergekommen, und wir haben auch unseren Erstgeborenen getragen, als wir gekommen sind.«

Kiin machte große Augen und legte die Hand auf ihren Bauch.

»Wundere dich nicht«, sagte die Frau ohne Zähne. »Meine Schwester ist eine Seherin. Wir wußten, daß du kommen würdest, aber wir haben es niemandem gesagt.«

Sie reichte Kiin eine Holzschale mit getrocknetem Fleisch und kleinen weißen Scheiben einer Wurzel. »Es ist wichtig, daß du ißt«, sagte sie.

Kiin nahm die Schale und hielt sie in ihrem Schoß. Wie konnte sie essen, wenn sie nichts aßen? Sie würden sie für unhöflich halten. Aber eine der alten Frauen beugte sich nach vorn und schöpfte eine Handvoll Essen aus der Schale und stopfte es Kiin in den Mund. Es schmeckte gut, und

Kiin war hungrig, und so begann sie, ohne die beiden Frauen anzusehen, zu essen. Das Fleisch war kräftig wie Walfleisch, aber auch mit dem Geschmack von Robbenfleisch. Und die weiße Wurzel war scharf, löste den Talg des Fleisches auf.

Die Frauen rückten näher an Kiin heran, während sie aß, so daß ihr unbehaglich war und sie überlegte, ob sie von ihr erwarteten, das Essen mit ihnen zu teilen, und so hielt sie ihnen die Schale hin, aber die beiden Frauen schüttelten den Kopf. Kiin fiel auf, daß sie sie nicht aus den Augen ließen, und plötzlich erinnerte sie sich an die Geschichten von Geisterfrauen, deren Essen Flüche und sogar den Tod brachten.

Aber nein, dachte Kiin. Diese Frauen waren viel zu sehr von Lachen erfüllt. Sie waren wie Kinder, nicht wie alte Frauen.

Sie biß wieder ein Stück Fleisch ab. Ja, es war kräftig und gut, und die Wurzel – Kiin war sicher, daß sie diese Wurzel noch nie gegessen hatte, aber sie schmeckte nicht viel anders als die Knollen des Goldenzians. Noch ein Bissen, sie war müde. Vielleicht sollte sie ihnen, wenn sie gegessen hatte, sagen, wie dringend sie Schlaf brauchte. Sie würden es verstehen, wenn sie ihnen sagte, daß sie schon zwei Tage nicht mehr geschlafen hatte.

Kiin stocherte mit den Fingern im Fleisch. War das Fleisch am Boden der Schüssel anders? Dick und klebrig? Nein, dachte Kiin. Du bist müde. Alles kommt dir seltsam vor, wenn du müde bist. Noch ein Bissen. Aber dieser Mundvoll – dieser Mundvoll war fast zu dick, um ihn hinunterzuschlucken.

Die beiden alten Frauen setzten sich wieder hin, um an ihrer Grasmatte zu arbeiten. Sie redeten – in der Walroßsprache? Kiin war sich nicht sicher. Die Wörter waren gedehnt, langsam und lang, jede Silbe wie ein Faden, der sich von einerWand zur anderen spannte.

Von Kiins Augenwinkeln breitete sich Dunkelheit aus,

und sie hatte das Gefühl, wieder im *ik* zu sein, mit den Wellen im Meer zu schaukeln. Sie schüttelte den Kopf. Ich habe zu viele Tage im *ik* verbracht, dachte sie. Die Wellen scheinen mich immer noch hin und her zu schaukeln.

»Ich bin m-müde«, sagte sie zu den Frauen und gab sich Mühe, nicht die Augen zuzumachen. Aber die Frauen starrten sie an, als würden sie nicht verstehen, was sie sagte.

Kiin suchte in ihrem Innern nach der Stimme des Geistes. Er würde ihr sagen, was sie tun mußte. Aber ihr Geist antwortete nicht mehr, und sie hatte das Gefühl, wieder ein Kind zu sein, ohne einen Namen, ohne eine Seele.

Plötzlich hatte sie Angst und versuchte aufzustehen, aber sie konnte nicht. Sie machte den Mund auf, um zu sprechen, aber der einzige Ton, den sie herausbrachte, war ein kleiner Schrei, als hätte sie nicht selbst, sondern ihr ungeborenes Kind die Gewalt über ihre Stimme. Kiin richtete ihre Augen auf die beiden Frauen, und diese Anstrengung kostete ihre ganze Kraft.

Sie lächelten Kiin an, als wäre alles in Ordnung, und dann lächelten sie sich gegenseitig an. Dann schloß Kiin die Augen, schloß die Augen und sah Dunkelheit. Und verschwommen, leise, durch ihren Schlaf sickernd, hörte sie die Frau mit Zähnen sagen: »Wir wissen von deinem Fluch.«

37

DAS KÖNNEN WIR nicht.«

»Willst du uns alle mit deinem Fluch verdammen?«

»Wir werden auf jeden Fall verdammt sein. Es ist besser, wenn wir die Kraft des Guten haben, um uns zu helfen. Außerdem können wir das böse Kind nach der Geburt töten.«

»Aber wie sollen wir wissen, welches das böse Kind ist?

Läßt sich das sagen, bevor ein Kind zehn oder zwölf Sommer hat?«

Kiin kämpfte gegen die Wolken an, die ihre Gedanken einzuhüllen schienen. Wo war sie? Wer sprach mit ihr? Es war nicht Krumme Nase oder Kleine Ente.

»Du bist die Seherin, nicht ich«, sagte eine der Frauen. »Ich werde tun, was du sagst.«

»Dann laß sie schlafen. Es ist schon bald Morgen, und die Männer werden heute um sie handeln wollen.«

Kiin erinnerte sich plötzlich an die Gesichter der Frauen: so gelb wie Ampferwurzeln und runzlig, eine mit Zähnen, eine ohne. Was hatten sie ihr gegeben, daß sie so tief geschlafen hatte, ohne Träume, als wäre sie tot?

Und in plötzlichem Entsetzen erinnerte sie sich daran, daß ihr Geist sie zu verlassen schien, daß sie allein gewesen war. In ihrer Angst machte sie die Augen auf, sah die beiden alten Frauen, die sich über sie beugten. Dann, in diesem Augenblick, hörte sie eine ruhige Stimme, etwas von innen, aber auch von außen, denn Kiins Geist und die beiden Frauen redeten zur selben Zeit, sagten: »Hab keine Angst.«

Es breitete sich Ruhe über Kiin aus, und wieder machte sie die Augen zu. Wieder schlief sie.

Sie erwachte beim Geruch von gekochtem Fisch.

»Iß, Kleine.«

Kiin machte die Augen auf. Die alte Frau mit Zähnen beugte sich über sie, reichte ihr eine Muschelschale mit zerlegtem Fisch.

Kiin richtete sich auf und nahm die Schale. Sie sah der Frau in die Augen.

Die Frau lächelte. »Es ist nur Fisch, sonst nichts«, sagte sie. »Iß, dann werden wir reden.«

»Du und-und deine Sch-Schwester sollten auch essen«, sagte Kiin.

Die alte Frau sah über die Schulter zu ihrer Schwester,

und die Schwester füllte noch zwei Schalen. Sie setzten sich Kiin gegenüber, und als sie zu essen begannen, aß auch Kiin.

Als die Schalen leer waren, fragte die Zahnlose: »Willst du noch etwas?«

»Nein«, sagte Kiin. »Das war genug.« Sie fühlte sich stärker, ihr Kopf war klar.

Die Schwester mit Zähnen sammelte die Schalen ein und wischte sie mit der Hand aus. Dann setzte sie sich wieder hin.

Als die Frauen nichts sagten, blickte Kiin zu ihnen hoch und sah, daß die beiden sie anstarrten. Fast hätte sie weggesehen, aber dann wurde ihr klar, daß sie ihre Macht prüfen wollten. Hatte sie die Männer in ihrem Dorf nicht das gleiche tun sehen? Kayugh siegte immer, konnte seine Augen beherrschen, konnte so lange starren, wie er wollte, ohne zu blinzeln, ohne wegzusehen.

Kiin dachte an Kayugh und hielt den Blick fest zwischen die beiden Frauen gerichtet, so daß sie beide sehen konnte, aber von keiner beherrscht wurde. Sie wehrte jedes kleine Blinzeln der Augen ab, bis ihre Augen zu brennen begannen, dann lenkte sie ihre Gedanken von sich selbst weg und dachte an Dinge, die Freude in ihr Leben gebracht hatten: die Weichheit einer gutgegerbten Haut, ein Saum aus winzigen Stichen, der morgendliche Schrei eines kleinen Alks, ein anmutig schwimmender Otter. All diese Dinge lenkten ihre Gedanken von dem Schmerz in ihren Augen ab, selbst als sich Tränen bildeten und über ihre Wangen rannen.

»Sie ist stark«, sagte die zahnlose Schwester.

»Das muß sie sein«, erwiderte die andere. Und beide Schwestern blinzelten mit den Augen, ließen Kiin ganz deutlich den Sieg. Und so hatte Kiin keine Angst, als sie mit ihr zu sprechen begannen.

»Du solltest unsere Geisternamen kennen«, sagte die Schwester mit Zähnen. »Auch wenn die meisten Menschen sie nicht kennen, nicht einmal die Menschen dieses Dorfes.«

»Ein Geistername ist etwas Heiliges«, sagte die andere Schwester. »Etwas, das mit der Seele verbunden ist.«

»Warum sie dann mir s-sagen?« fragte Kiin. »Ihr k-kennt mich doch nicht.«

»Wir sind durch unser Volk, die Ersten Menschen, miteinander verbunden«, sagte die Schwester mit Zähnen. »Und durch meine Träume.«

Kiin befeuchtete ihre Lippen. Hatten sie ihr nicht gesagt, daß sie von dem Fluch wußten? Warum also die Gefahr auf sich nehmen, ihre Namen zu teilen?

»S-sagt sie mir nicht«, bat Kiin.

Aber als hätte sie Kiin gar nicht gehört, sagte die Frau mit Zähnen: »Mein wahrer Name ist Frau der Sonne, aber du kannst Tante zu mir sagen, wie es alle im Dorf tun.«

Und die Frau ohne Zähne sagte: »Ich bin Frau des Himmels, aber hier im Dorf sagen alle Großmutter zu mir.«

Kiin konnte ihnen nicht antworten. Sie hatten ihr etwas viel zu Heiliges gegeben. Aber dann dachte sie: Vielleicht haben sie mir gar nicht die richtigen Namen gesagt. Sie wußten von ihrem Fluch. Oder vielleicht waren sie so mächtig, daß sie ihren Fluch nicht fürchteten. Vielleicht wollten sie nur ihren Namen wissen. Aber warum? Ihr Name war nicht so heilig wie der Name einer alten Frau. Er war noch nicht lange genug bei ihr, um große Macht zu besitzen, und einen Geisternamen hatte sie nicht.

»Ich werde Kiin ge-genannt«, sagte sie.

Die alten Frauen nickten. »Und einen anderen Namen hast du nicht? Keinen wahren Geisternamen?«

»Das ist in unserem Dorf nicht der B-Brauch«, erwiderte Kiin.

Die Frauen sahen einander an, dann sagte die mit den Zähnen: »Du mußt einen haben. Es ist zu gefährlich, unserem Volk ohne einen gegenüberzutreten.«

»Du mußt ihn geheimhalten«, sagte Frau des Himmels.

»Du darfst ihn nicht einmal dem Mann sagen, der dich zur Frau nimmt.«

Die beiden Frauen drehten sich um und sahen einander an, sie machten Zeichen mit den Händen, aber Wörter hörte Kiin nicht. Schließlich sagte Frau des Himmels: »Meine Schwester wird dir den Namen geben, sie hat größere Macht als ich.«

Kiin fühlte eine unbekannte Bewegung in ihrem Körper, aber nicht von ihrem Geist, sondern in ihrer Gebärmutter, als würde ihr Kind sich fürchten. Und für einen Augenblick vergaß Kiin, daß das Kind, das sie trug, vielleicht Qakan gehörte. Für einen Augenblick war sie nur eine Mutter, die über die Angst ihres Kindes erschrocken war. Sie legte die Hände auf ihren Bauch und fragte: »Warum fürchtet sich mein K-Kind?«

Frau des Himmels machte den Mund auf, als wollte sie etwas sagen, machte ihn aber wieder zu. Dann begannen die beiden Schwestern wieder mit den seltsamen stummen Bewegungen der Hände, dem Gespräch ohne Worte, und das Unbehagen, das Kiin erfaßt hatte, wurde größer.

Schließlich drehten sich beide wieder zu ihr um. Die Frau mit Zähnen begann zu sprechen. »Kleine«, sagte sie und nahm Kiins Hände, streichelte sie, als wäre Kiin ein kleines Mädchen, »es gibt etwas, das du über das Kind, das du trägst, wissen mußt.« Sie machte eine Pause, griff in ihren *suk* und zog ein Amulett heraus, dessen Leder alt und dunkel war. Sie drückte das Amulett in einem langsamen Takt, dem Takt des Pulses, dem Takt des Herzens. »Der Geist von dem, den du trägst, ist stark, zu stark für einen Körper.« Sie hielt Kiins Blick fest, und Kiin fühlte, wie stark die Frau war, und wieder bewegte sich das Kind in ihrer Gebärmutter, als habe es Angst.

»Ein Mann könnte ihn vielleicht aushalten, aber ein Kind ...«, sie schüttelte den Kopf. »Ein Kind würde sterben.«

»So hat das Kind, das du trägst, den Weg des Lebens

gewählt. Es wurde zwei. Die eine Hälfte mit dem Guten des Geistes, die andere Hälfte mit dem Bösen.«

Frau der Sonne machte eine Pause, und Frau des Himmels beugte sich nach vorn und sagte: »Als du gekommen bist, war meine Schwester in einem Traum vor deinem Fluch gewarnt. Wir beschlossen, dein Kind zu töten, um unser Volk zu beschützen. Das ist der Grund, warum wir dir die weiße Wurzel gegeben haben. Sie hätte dir nicht geschadet, nur dem Kind.«

»Aber das Kind war zu stark«, sagte Frau der Sonne. »Und dann hat sein Geist mit meinem Geist gesprochen, hat ihm von den Segnungen und auch von dem Fluch erzählt, hat von zwei Kindern erzählt, einem bösen und einem guten.«

»Zwei Kinder ...«, sagte Kiin. Und plötzlich kam es ihr so vor, als könnte sie zwei Kinder fühlen, die sich bewegten, das eine aufrecht an den Rippen liegend, das andere hart und fest in der Wiege ihres Beckens. Und sie fragte sich, ob das gute Amgighs Kind war und das andere, das böse, Qakans Kind. »Ihr k-k-könnt also nicht das Böse töten, o-o-ohne das Gute zu töten«, sagte Kiin.

»Ja.«

»Aber nach der G-G-Geburt werdet ihr das böse Kind t-töten.«

»Ja.«

»Aber wer kann s-sagen, ob ein neugeborenes Kind g-gut oder böse ist?«

»Vielleicht sprechen ihre Geister mit deinem Geist«, antwortete Frau des Himmels.

Kiin schüttelte den Kopf. »Das Böse wird lügen.«

»Du wirst das Geheimnis erfahren«, sagte Frau der Sonne. »Auf irgendeine Weise wirst du es wissen. Dann mußt du die Kraft haben, zu tun, was getan werden muß.«

»Wir geben dir also einen anderen Namen«, sagte die zahnlose Frau. »Einen, der Macht birgt.« Sie stand langsam auf und humpelte zu einer Nische in der Wand, zog einen kleinen Blasenbeutel heraus. Sie hielt ihn Kiin hin und sagte: »Wenn der Name, den wir ausgesucht haben, ein guter Name ist, ein starker Name, dann wird die Flüssigkeit in diesem Beutel süß schmecken, so gut wie frisches Robbenöl. Wenn sie bitter schmeckt, müssen wir einen anderen Namen aussuchen.«

Sie gab Kiin den Beutel und setzte sich wieder hin. Kiin hielt ihn in den Händen, während die beiden alten Frauen die Augen zumachten und zu singen begannen. Kiins Brust fühlte sich an wie ein harter Klumpen, Angst erfüllte sie, Angst, die mehr war als die Bewegungen ihrer Kinder, während die Wahrheit dessen, was die alten Frauen gesagt hatten, in Kiins Seele sank. Sie legte den Beutel in ihren Schoß und bedeckte mit beiden Händen ihren Bauch. Zwei Kinder. Eins böse, eins gut. Eins zum Hassen, eins zum Lieben.

Plötzlich stießen die alten Frauen klagende Töne aus, ein Lied, das eher wie Weinen klang. Und schließlich sagte die Frau mit Zähnen: »Du bist Tugidaq – der Mond.«

Die Schwester wiederholte die Worte, dann sagte sie: »Trink.«

Kiin hob den Beutel an ihre Lippen und trank. Die Flüssigkeit war süß und schwer.

38

FRAU DER SONNE und Kiin saßen zusammen im *ulaq*. Frau der Sonne hatte mit einer neuen Webarbeit begonnen, und Kiin hatte angeboten, ihr zu helfen. Frau des Himmels hatte das *ulaq* verlassen, als es noch Morgen war, und jetzt war es Mittag.

»Sie wird den Männern nichts von deinen Kindern erzählen«, sagte Frau der Sonne.

Der Gedanke war Kiin noch gar nicht gekommen, aber

sie nickte, wunderte sich über das Vertrauen, das sie jetzt zu den beiden Frauen hatte.

»Zu viele von den Männern würden alle beide Kinder bei der Geburt töten, würden das Gute mit dem Bösen nehmen.«

»Ihr müßt tun, was für euer Dorf am besten ist«, erwiderte Kiin, ihre Finger sortierten und rollten Grashalme für das Gewebe der Matte. Dann merkte Kiin, daß ihr die Wörter leicht über die Zunge gekommen waren, ohne Stottern. Ein gutes Zeichen, dachte sie. Ein gutes Zeichen.

»Ja«, sagte Frau der Sonne. »Meine Schwester und ich sind uns einig, daß es im Dorf nur zwei Männer gibt, die stark genug sind, dein Mann zu sein. Sie ist losgegangen, um sicher zu sein, daß wenigstens einer von ihnen für dich bietet.«

Kiins Hände umklammerten den Ball aus Gras, den sie in der Hand hielt, fester. Qakan besaß wenig Macht. Sein Geist war schwach. Warum sollte man ihm erlauben, sie zu verkaufen? Die alten Frauen hatten zu essen und ein warmes *ulaq*. Bei ihnen würde Kiin in Sicherheit sein. Sie räusperte sich und fragte: »Könnte ich nicht hierbleiben und keinen Mann nehmen?«

Frau der Sonne legte die Hände in den Schoß und sah Kiin an. »Jede Frau will einen Mann haben«, sagte sie. »Und die beiden, die wir für dich ausgesucht haben, sind die mächtigsten Männer im Stamm. Eisjäger ist der, der dich gestern abend hierhergebracht hat. Er ist der oberste Jäger, aber vor zwei Sommern ist seine Frau gestorben, und in seinem Kummer hat er noch keine neue genommen. Der andere Mann ist Rabe. Er hofft, Schamane unseres Stammes zu werden. Er hat schon zwei Frauen, aber er ist ein Mann, der immer noch mehr haben will.« Sie hob einige Grasstränge auf. »Ich würde Eisjäger wählen«, sagte sie. »Er kann sogar die Sprache der Ersten Menschen. Aber vielleicht macht er gar kein Angebot.«

Kiin lächelte, mußte an Qakans unbeholfenen Umgang

mit der Sprache der Walroßmenschen denken, während Eisjäger die ganze Zeit die Wörter der Ersten Menschen verstand.

»Ich glaube, Eisjäger ist ein guter Mann«, erwiderte Kiin. »Aber ich will keinen Mann. Wenn ich bei euch bleiben würde, könnte ich in vielen Dingen hilfreich sein. Ich könnte Seeigel und Vogeleier sammeln. Ich werde euch beim Weben helfen.«

»Wir weben Totenmatten«, sagte die alte Frau. »Mit den Kindern, die du trägst, wäre es besser, wenn du uns nicht soviel hilfst.«

Kiin nahm schnell die Hände von dem Gras, das sie sortierte, aber Frau der Sonne lächelte und sagte: »Das hier ist nur ein Vorhang für das *ulaq*. Etwas für uns selbst.«

Kiin räusperte sich. »Ich werde Essen bringen. Ich kann fischen. Muscheln ausgraben.«

»Wir bekommen Essen für unsere Matten«, sagte die Frau. »Und Eisjäger bringt uns viel Fleisch.« Sie lächelte. »Er ist der Sohn meiner Schwester.«

Das überraschte Kiin nicht. Eisjäger besaß Stärke, was für die Fürsorge sprach, die ihm Frau des Himmels hatte angedeihen lassen. Aber dann wurde Kiin plötzlich klar, was für eine Ehre es für sie war, daß Frau des Himmels Eisjäger bat, Kiin zur Frau zu nehmen.

»Warum willst du keinen Mann?« fragte Frau der Sonne.

Lange Zeit antwortete Kiin nicht, aber schließlich sah sie die alte Frau an, und als sich ihre Blicke begegneten, sagte sie: »Ich habe einen Mann bei den Ersten Menschen.«

»Hast du noch andere Kinder?«

»Nein«, sagte Kiin ruhig.

»Eisjäger hat uns gesagt, daß dich der Mann, der dich zu uns gebracht hat, zur Sklavin hat. Daß er dich vom Stamm der Waljäger erbeutet hat. Aber du kommst von den Ersten Menschen. Das weiß ich, weil ich es gesehen habe.«

»Ja, ich gehöre zu den Ersten Menschen«, sagte Kiin.

»Warum hat dann der Mann, der dich hierhergebracht hat, gelogen?«

»Es liegt in seiner Natur zu lügen.«

Frau der Sonne starrte sie an, dann machte sie die Augen zu und begann sich leicht zu wiegen. Ohne die Augen zu öffnen, sagte sie: »Er behauptet, Vater deiner Kinder zu sein. Aber er hat dir weh getan. Er hat dich gezwungen. Du wolltest ihn nicht.«

Die alte Frau machte die Augen auf. »Das ist nicht genug für den Fluch, den du trägst.«

»Er ist mein Bruder«, sagte Kiin leise.

Lange Zeit schwieg Frau der Sonne. Kiin fühlte, wie sich die Kinder in ihr bewegten, und sie legte die Hand auf ihren Bauch.

Dann fragte Frau der Sonne: »Warum bist du mit ihm gegangen?«

Kiin zog die Ärmel ihres *suk* zurück und hielt die wundgeriebenen Handgelenke hoch. »Er hat mich gezwungen«, sagte sie. »Unserem Volk hat er gesagt, daß ich ertrunken bin, dann hat er mich hierhergebracht.«

Frau der Sonne schloß die Augen. »Ist dein anderer Mann ein Schamane oder ein großer Jäger?«

»Nein«, sagte Kiin und senkte den Kopf. »Er ist noch ein Junge. Seinen ersten Seelöwen hat er erst diesen Sommer erlegt.«

»Dann solltest du wissen, daß du nicht zu ihm zurückkehren kannst. Er wäre nicht stark genug, um sich gegen den Fluch deiner Kinder zu wehren. Tu, was meine Schwester und ich dir sagen. Dann wirst du Schutz haben.«

Der Vorhang an der Tür zum *ulaq* ging auf, und Frau des Himmels kam herein. »Sie sind bereit für den Handel«, sagte sie. »Beide, Eisjäger und Rabe, werden einen Brautpreis bieten.«

Das große *ulaq* leuchtete. Durch acht Öffnungen im Dach

fiel von draußen Licht herein, und die Nischen in den Seitenwänden waren vollgestellt mit brennenden Öllampen.

Frau der Sonne führte Kiin in das *ulaq,* und die Menschen machten den Weg für sie frei, viele der Frauen beugten den Kopf, als Frau der Sonne vorüberging. Die alte Frau drückte Kiins Hand, und Kiin fühlte, wie eine Welle der Kraft durch ihren Arm strömte. Und anstatt auf den Boden zu blicken, hob Kiin den Kopf und sah denen, die sie anstarrten, in die Augen.

Die Kinder hatten runde Bäckchen und waren dick, die meisten trugen wunderschöne Parkas aus Adlerhaut. Ein kleines Mädchen streckte schüchtern die Hand aus, um Kiin anzufassen. Kiin lächelte ihr zu. Sie erinnerte Kiin an Amgighs kleine Schwester, und der Schmerz der Erinnerung brannte in Kiins Augen, aber sie unterdrückte die Tränen. Sie konnte nicht zu ihrem Volk zurückkehren. Auch wenn Frau der Sonne es sagte.

Frau der Sonne blieb mehrmals stehen, um mit dem einen oder anderen zu reden, aber am Ende kamen sie zu dem freien Platz in der Mitte des *ulaq.* Dort saßen vier Männer, jeder mit einem Stoß Tauschwaren vor sich. Kiin erkannte den größten Mann, obwohl sein Gesicht nicht mehr bemalt war. Frau der Sonne beugte sich dicht zu ihr und flüsterte: »Eisjäger.«

Von den anderen dreien war einer ein alter Mann, gebeugt und weißhaarig, einer ein junger Mann, vielleicht zwei oder drei Sommer älter als Kiin. Der dritte Mann war weder jung noch alt. Sein Gesicht war dicht mit Tätowierungen gezeichnet – gerade schwarze Linien auf dem Kinn, wie die Tätowierungen der Waljäger, und Zickzacklinien auf beiden Wangen, eine nach der anderen, bis sich die Enden trafen und auf der Nase kreuzten. Sein Haar, schwarz wie Kormoranflügel, war so lang, daß es den Boden berührte, als er sich neben seine Tauschwaren hockte, und es war mit Fett eingerieben, so daß sich die Öllampen darin spiegelten. Er hatte schmale, schräggestellte Augen, aber die braunen Kreise seiner Pupillen waren so groß, daß Kiin den weißen Rand darum herum nur sah, wenn er zur einen oder zur anderen Seite blickte.

Frau der Sonne hob die Hände. Das Stimmengemurmel, von dem das *ulaq* erfüllt war, verstummte. Die alte Frau sagte etwas im Rhythmus der Sprache des Walroßvolks.

»Ich habe ihnen gesagt, daß du als Braut vergeben werden sollst«, sagte sie leise zu Kiin. »Ich habe deinem Mann gesagt, daß er kommen und seine Forderung erheben soll.«

»Er ist nicht mein Mann«, sagte Kiin, aber die alte Frau ging weg, und Qakan nahm ihren Platz ein.

Er lächelte ihr höhnisch zu und sagte: »Ich hoffe, du hattest ein gutes Lager in der Nacht. Sieh her, siehst du sie?« Er zeigte auf eine Frau in der Menge. Sie war jung und hatte den Kopf erhoben, und sie war sehr schön, mit breiten Wangenknochen, die Lippen klein und schmollend. Sie lächelte Qakan an und machte langsam die großen Augen zu, dann drehte sie sich um und sagte etwas zu einer Frau, die neben ihr stand. Als sie den Kopf drehte, sah Kiin, daß ein breiter Streifen ihrer Haare gelb war, strahlender als das Gold von Weidenzweigen im Frühling.

»Sie hat mit mir den Schlafplatz geteilt«, sagte Qakan.

Kiins Augen weiteten sich, und für einen Augenblick dachte sie, daß Qakan wieder Lügen erzählte. Aber dann lächelte Qakan die Frau an, und der Blick, den die beiden wechselten, zeigte Kiin, daß ihr Bruder die Wahrheit sagte.

»Sie ist die Frau von Rabe, dem Schamanen.«

Kiin sagte nichts, spürte aber Angst in sich aufsteigen. Wenn Rabe seine Frauen als Gastgeschenk hergab, würden es dann nicht alle Walroßmänner tun? Sie hatte schon zu viele Nächte mit Tauschhändlern verbracht, aber konnte eine Frau ihrem Mann trotzen?

Dann sagte Kiins Geist: »Warum bist du überrascht? Du hast doch gehört, wie dein Vater geprahlt hat, wenn er von den Handelsfahrten zum Walroßvolk zurückgekommen ist.«

»Wie viele Frauen hast du gehabt?« fragte er dann Große Zähne und behauptete, jede Nacht eine andere Frau gehabt zu haben.

»Vergiß nicht, du tust es, um die Ersten Menschen zu schützen«, sagte ihre Geisterstimme, und die Worte trösteten Kiin, ließen ihr Herz wieder ruhiger schlagen und lenkten ihre Gedanken auf das, was um sie herum vorging.

Qakan setzte sich hin, aber als sich Kiin neben ihn auf den Boden hockte, fuhr er sie an: »Du mußt stehen bleiben.« Langsam stand sie wieder auf, rückte ein Stückchen von ihm ab. Sie fühlte sich verlegen in der Mitte des Kreises, von allen beobachtet, aber dann trat ein alter Mann nach vorn. Mit lauter Stimme brachte er die anderen zum Schweigen, dann zeigte er auf die vier Männer, die einen Brautpreis boten, und ging wieder an seinen Platz zurück.

Jeder der vier Männer sagte ein paar Worte. Dann breiteten sie ihre Tauschwaren aus.

Sie boten Walroßhäute, ganze Bündel Lemminghäute, Beutel aus Muschelperlen, Grasmatten und Vorhänge für das *ulaq*. Der alte Mann bot einen Korb an, der mit grob beschlagenen Speerspitzen gefüllt war, eine aus glänzendem schwarzem Obsidian. Der junge Mann hatte einen Walroßzahn, auf dessen Oberfläche jagende Männer eingeritzt waren. Als er ihn hochhielt, stockte Kiin der Atem. Er war schöner als alles, was sie je gesehen hatte. Der junge Mann lächelte ihr zu, aber Kiin sah auf den Boden, erinnerte sich plötzlich, daß sie zu Eisjäger oder dem Raben gehen mußte, zu keinem anderen.

Eisjäger hatte den größten Stoß mit Fellen. Eine seiner Häute war mit einem langen gelblich-weißen Pelz bedeckt. Er rollte sie langsam auseinander, und Kiin konnte sehen, daß sie steif war, aber das Fell war lang, und Eisjäger zog mit beiden Händen daran, um zu zeigen, wie gut die Haut gegerbt war und daß sich das Fell nicht herausziehen ließ.

Der Rabe bot weniger Felle an, aber die Felle, die er hatte, trugen alle irgendein besonderes Glückszeichen. Alle Lemminghäute waren am Hals weiß gestreift, und drei von den Walroßfellen hatten den ganzen Rücken hinunter einen Streifen aus schwarzen Haaren. Zwei Pelzrobbenhäute waren völlig schwarz, ohne das geringste Zeichen darauf.

Qakan sah Kiin an, kniff die Augen zusammen und leckte sich die Lippen. Er sagte etwas zu Rabe, und dieser zog etwas aus einem Stoß, der hinter ihm lag. Es war ein Amulett. Der Schamane machte den Beutel auf und holte seinen Inhalt heraus: ein Speerkopf aus Obsidian, in seiner Form vollkommen, aber so klein wie die Spitze eines männlichen Fingers; ein dünnes Armband aus den geflochtenen Barthaaren von Seelöwen; die Figur eines Wals, aus Fischbein geschnitzt; ein kleines Elfenbeinkästchen mit dazu passendem Deckel, darin ein Stück rote Ockerfarbe; ein Bärenzahn; und ein feingeflochtener Zopf aus dunklem dickem Haar. Kiin wußte, daß der Beutel das Amulett eines Jägers war, außer dem Speerkopf jeder Gegenstand von einem Tier mit großer Macht.

Rabe warf den Kopf zurück und sah Kiin mit zusammengekniffenen Augen an. Kiins Haut kribbelte vor eisiger Kälte. Sie war eine Frau, die verkauft wurde. Alle Männer sahen sie mit Verlangen in den Augen an. Aber in dem Blick von Rabe lag noch etwas anderes, etwas, das Kiins Geist dazu brachte, sich fest an ihr Rückgrat zu drücken.

Qakan sah die anderen Männer an, stellte eine Frage. Die Gaben von Rabe waren die besten. Der jüngste der Männer drehte sich um und sagte etwas zu einer Frau, die hinter ihm stand. Sie zog einen Stoß weißer Felle hervor, langhaarig und weich, der Stoß so hoch wie die Knie eines Mannes. Er zerschnitt das Band aus *babiche,* mit dem die Felle zusammengebunden waren, und zog mehrere heraus, jedes einzelne vollkommen und fein gegerbt.

»Fuchspelze«, flüsterte Qakan Kiin zu und kicherte.

»Fuchs?« sagte Kiin, aber dann fiel ihr ein, was Große Zähne von den kleinen Tieren mit den scharfen Zähnen erzählt hatte. Größer als Lemminge, kleiner als Robben.

Dann zog auch Rabe ein Bündel mit Fuchspelzen hervor. Einige weiß, einige fast schwarz.

Beim Anblick der Felle erhob sich ein Gemurmel unter den Zuschauern, aber Qakan zuckte mit den Schultern und schüttelte den Kopf. Er sah zu dem alten Mann, aber der alte Mann lächelte nur und zeigte seine leeren Hände.

Qakan stand auf und zog Kiin näher zu sich. »Heb deinen *suk* hoch«, forderte er, aber Kiin verzog die Lippen und antwortete: »Sie wissen, daß ich ein K-Kind trage. G-glaubst du, daß du m-mehr herausschlägst, wenn du dich benimmst, als wären sie so d-dumm, es zu vergessen?«

Qakan runzelte die Stirn und hob die Hand, als wollte er sie schlagen, aber dann sagte Frau der Sonne in der Sprache der Ersten Menschen: »Sie singt. In meinem Traumbild habe ich sie gehört. Sie macht Lieder von großer Kraft. Jeder Jäger braucht Lieder der Kraft.«

In Qakans Augen blitzte Wut auf: »Sing!« befahl er.

Kiin sah die Menschen an, die um sie herumstanden, dann schloß sie die Augen. Sie hatte immer ein Lied in ihrer Nähe, das von ihrem Herzen in ihre Kehle stieg, tanzende Wörter, so wie Männer und Frauen tanzten, wenn es etwas Schönes zu feiern gab. Aber an diesem Tag brachten der Kummer und die Angst in Kiins Brust etwas hervor, das kein richtiges Lied war, sondern eher ein Klageschrei, der sich in ihrem Mund erhob, und sie sang ein hohes Lied der Trauer für den alten und für den jungen Mann, für Eisjäger und für dieses Volk. Die Worte kamen zu ihr, ein neues Lied, das Kiin noch nie gesungen hatte:

Für eure Geschenke, für euren Handel
gebe ich euch Flüche.
Für die Pelze, die ihr von der Erde und vom Meer genommen habt,

gebe ich euch Leid.
Es ist Böses hier.
Wo sind eure Geister?
Fühlen sie nicht, was ich bringe?
Warum kämpft ihr, um euch mit einem Fluch zu beladen?
Warum begrüßt ihr mich mit Freude?
Es ist Böses hier.

Dieses Lied sang Kiin einmal, zweimal, bis Qakan ihr, die Zuhörer anlächelnd, den Rücken zudrehte und ihr Handgelenk umklammerte, zwischen ihnen beiden versteckt, und die kleinen Knochen so fest zusammendrückte, bis sie schmerzten.

»Du verfluchst uns mit deinem Lied«, flüsterte er.

»Sie v-v-verstehen die Wör-Wörter n-nicht«, erwiderte Kiin und entzog sich seinem Griff, hob den Arm und rieb ihr Handgelenk, damit die Männer, die sie tauschen wollten, sahen, daß er ihr weh getan hatte.

Qakan begann wieder in der Sprache der Walroßmenschen zu sprechen, und dann schob er so schnell, daß Kiin es nicht verhindern konnte, seine Hände unter ihren *suk* und zog den Walzahn heraus.

Kiins Augen weiteten sich. Sie hatte sorgsam darauf geachtet, den Walzahn unter ihrem *suk* zu tragen, aus Angst, daß Qakan, wenn er ihn aus der Nähe betrachtete, merken würde, daß es ein Walzahn war, keine Muschel, und daß er ihn dann zum Tauschen würde haben wollen.

»Und das kann sie auch«, sagte er in der Sprache der Ersten Menschen, wobei er seine Worte an die beiden alten Frauen richtete, aber dann sprach er wieder in der Sprache des Walroßvolks. »Hat sie euch gesagt, daß sie es aus einem Walzahn geschnitzt hat?«

Kiin bemerkte das plötzliche Aufblitzen in den dunklen Augen von Rabe, und sogar Frau der Sonne sah überrascht aus. Sie flüsterte ihrer Schwester etwas zu, trat dann vor und nahm Qakan die Muschelschale aus der Hand.

Sie drehte sie vorsichtig herum, sah dann Kiin an. »Das hast du geschnitzt?« fragte sie.

»Es ist n-nichts. Es s-s-sieht nicht einmal wie eine M-M-Muschel aus«, erwiderte Kiin, der es peinlich war, daß Frau der Sonne ihre klägliche Arbeit so genau betrachtete. In Gedanken sah sie die Körbe vor sich, in denen ihr Vater seine Schnitzereien aufbewahrte, mißgebildete Robben, Papageitaucher, zu kurz oder zu lang, Tiere, die aussahen, als habe sie ein Kind gemacht, und sie erinnerte sich, daß sie, als sie noch klein war, Träume hatte, in denen alle Tiere so aussahen, wie ihr Vater sie schnitzte, hinkend und mit Mißbildungen. Wieder sah sie ihre Muschel an, die ungleichmäßigen Windungen, den dicken Wulst, der die eine Seite verunstaltete. »Das habe ich geschnitzt«, sagte sie.

»Du bist begabt«, sagte Frau der Sonne.

»Nein«, erwiderte Kiin. Sie schüttelte den Kopf. »Ich s-sehe hier, wie es sein s-sollte«, sagte sie und deutete auf die Stelle in ihrem Kopf, direkt hinter ihren Augen, wo sich die Bilder und Träume zu sammeln schienen. »A-aber ich kann nicht machen, w-was ich sehe. Es k-kommt nicht richtig heraus. Aber meine Lieder, die sind – so, wie sie sein sollten.«

Aber Frau der Sonne hielt Kiins Muschelschale hoch, damit alle sie sehen konnten, und einen schrecklichen Augenblick lang glaubte Kiin, sie würde sie verkaufen, dieses kleine Stück Macht, das Kiin noch besaß, aber dann gab die alte Frau Kiin den Walzahn zurück, und gleichzeitig rief Eisjäger jemandem in der Menge etwas zu, und einer seiner Söhne, der mit der Narbe, brachte etwas, das in eine Karibuhaut gewickelt war, und legte es in die Mitte des Kreises. Eisjäger wartete einen Augenblick, bis die Leute still waren, dann zog er die Haut herunter.

Kiins Augen weiteten sich. Unter der Haut war ein großes Gesicht. Es war aus Holz geschnitzt und fast so groß wie ein Mann, und es war rot und blau bemalt. An den äußeren Winkeln waren die Augen nach unten gezogen, und es tropften blaue Tränen aus ihnen bis hinunter aufs Kinn. Aber der Mund war in einem breiten Grinsen geöffnet und zeigte scharfe weiße Robbenzähne, die im Holz eingebettet waren.

Eisjäger sagte etwas, und Qakan drehte sich zu Kiin um und sagte: »Er erzählt, daß er es von einem Raubzug bei den Tanzenden Stämmen mitgebracht hat, die hinter den Bergen leben, viele Tage nach Süden. Es trägt die Macht ihres Stammes, schon vor der Jagd Tiere zu bringen.«

Dann sprach Rabe, und Kiin hörte die Herausforderung in seinen Worten, auch wenn sie nicht verstand, was er sagte. Er klatschte in die Hände, und Qakan hielt die Luft an. Die Frau mit dem gelben Streifen im Haar trat nach vorn und stellte sich neben die Waren, die Rabe gehörten.

Auf den Befehl von Rabe zog sie ihren *suk* aus und die Strümpfe herunter, stand nur in ihrer Schürze da, die sie vorn und hinten bedeckte. Rabe beugte sich nach vorn und zerschnitt den Taillenbund der Schürze, so daß sie auf den Boden fiel. Die Männer im *ulaq* wurden lauter, lachten und redeten, und Qakan kicherte, aber die Frau hatte den Kopf hoch erhoben. Sie sah Qakan an und benetzte langsam ihre Lippen, dann streckte sie die Arme über den Kopf und drehte sich, schwang die Hüften. Ihre Haut war geölt und glänzte im Lampenlicht.

Rabe lachte, aber er griff nach ihrem *suk* und warf ihn ihr zu. Sie zog ihn wieder an und setzte sich bloßfüßig neben die Tauschwaren.

»Ich habe deinen Mann gewählt«, sagte Qakan plötzlich mit lauter Stimme, aber während er sprach, kam Frau der Sonne nach vorn. Sie stellte sich vor Qakan, und plötzlich verstummten alle. Selbst das Mädchen mit den gelben Haaren schlug die Augen nieder.

»Es ist nicht an dir zu wählen«, sagte Frau der Sonne in der Sprache der Ersten Menschen zu Qakan. »Deine Schwester ist keine Sklavin,daher entscheidet sie selbst. In unserem Stamm entscheidet die Frau. Du suchst zwei aus. Und sie nimmt, wen sie haben will.«

Qakan stand mit offenem Mund da und sah Kiin an. Seine Augen wurden dunkel, und er sagte: »Du hast ihnen von dem Fluch erzählt.«

Kiin schüttelte den Kopf. »S-sie wußte es. Ich b-brauchte es ihr nicht zu s-sagen. Sie ist eine T-Träumerin von Bildern. Ich habe nur gesagt, daß ich deine Sch-Schwester bin.«

»Du bist eine dumme Frau«, sagte er, und seine Stimme klang wie ein hohes Kreischen.

Dann sprach Frau der Sonne, und ihre Worte waren hart und mächtig: »Triff deine Entscheidung. Wähle zwei.«

Qakan lächelte und zog die Lippen zurück, so daß seine knirschenden Zähne zu sehen waren, dann zeigte er auf Eisjäger und Rabe.

Der alte Mann zuckte die Achseln und lächelte, aber Kiin fühlte einen Schmerz in ihrer Brust, als sie die Enttäuschung in den Augen des jungen Mannes sah.

»Jetzt mußt du wählen«, sagte Frau der Sonne zu Kiin.

Kiin sah Qakan an, und er flüsterte: »Wenn du Rabe nimmst, gebe ich dir eine von den Fuchshäuten für dein Kind.«

Aber Kiin sah nicht auf die Tauschwaren. Sie sah in das dunkle Gesicht von Rabe, in die hellen Augen von Eisjäger.

Sie ging einen Schritt auf Eisjäger zu, aber dann hörte sie ihren Geist sagen: »Er ist ein guter Mann. Wenn sich die alten Frauen nun täuschen? Wenn er deinem Fluch nun nicht widersteht? Er hat das Holzgesicht geboten, vielleicht hält es seine Macht.«

Kiin sah Eisjäger an und ließ zu, daß ihr Bedauern aus ihren Augen strömte, denn er sollte wissen, daß er ihre wahre Entscheidung war. Dann drehte sie sich zu Rabe um. »Dieser Mann«, sagte sie und zeigte auf ihn, hörte Qakans ersticktes Stöhnen, das leise Lachen des Mädchens mit den goldenen Haaren.

Rabe lächelte, seine Lippen zogen sich in einem Viereck zurück und entblößten seine Zähne, dann stand er auf und stieß die Frau mit den goldenen Haaren auf Qakans Schoß. Qakan lachte laut, schob aber die Frau wieder von seinem Schoß und kroch zu dem Haufen mit Tauschwaren, die jetzt ihm gehörten. Er zog ein Fuchsfell heraus und warf es Kiin hin, dann sagte er: »Du hast gut gewählt.«

Aber Frau des Himmels trat nach vorn und sagte zu ihm: »Gib ihr zwei Fuchspelze.«

Qakan starrte sie an, in seinem Gesicht stand Überraschung, aber er kicherte und zog noch ein zweites Fell aus dem Stoß und warf es Kiin zu.

Kiin legte die Felle über ihren Arm. Rabe starrte sie an, sein Kopf war nach hinten gebogen, seine dünnen Lippen zu einem Lächeln gekräuselt. Kiin stand hoch aufgerichtet, ohne zu blinzeln.

Niemand hörte die Klageschreie ihres Geistes.

39

KIIN FOLGTE RABE von dem langen Haus in der Mitte des Dorfs der Walroßmenschen zu einem *ulaq,* das dichter bei den Hügeln errichtet war. Sie hatte das *ulaq* schon früher bemerkt.Es war groß und hatte, anders als die meisten *ulas* der Walroßmenschen, ein Dach mit Grasnarbe darauf. Es gehörte also Rabe, ihm und seinen beiden Frauen, obwohl die Gelbhaarige jetzt vielleicht nicht mehr seine Frau war. Wie konnte sie das? Sie gehörte Qakan. Aber wenn Rabe mächtig genug war, eine so schöne Behausung zu haben, war er vielleicht wirklich ein Schamane? Etwas in ihrem Innern begann zu zittern. In ihrem Dorf hatte es nie einen Schamanen gegeben, aber sie hatte Geschichten von ihrer Macht gehört, Geister zu beherrschen. Und wie es schien, wenigstens in den Geschichten, benutzten die meisten Schamanen am Ende diese Macht zum Bösen. Was hatte Kayugh gesagt? Daß ein einziger Mann nicht mit soviel Macht umgehen kann. Sie kriecht in seinen Geist, stiehlt seine Seele.

Rabe schob Kiin vor sich her zum Eingang an der Seite des *ulaq*. Der Eingang war ein kleiner Tunnel, der aus Weidenzweigen geflochten und mit Grasmatten bedeckt war. Er führte hinunter ins *ulaq* und war so niedrig, daß Kiin auf Händen und Knien kriechen mußte. Als sie mit Rabe aus dem Tunnel kam, wurden sie von einem Mann begrüßt.

Rabe sagte etwas in der Sprache der Walroßmenschen, und Kiin, die nicht wußte, wie sie den Mann begrüßen sollte, nickte, und da der Mann alt war, sein Gesicht zerfurcht, sein dunkles Haar von grauen Strähnen durchzogen, schlug sie ehrerbietig die Augen nieder.

In dem *ulaq* roch es ranzig, als wäre es mit verschimmeltem Fleisch angefüllt, aber es sah alles sauber aus, die Matten auf dem Boden waren neu, die Vorratsbehälter, die von den Wänden hingen, trocken und fest.

Am anderen Ende des *ulaq* saßen zwei Frauen am Boden, die eine kämmte der anderen das Haar. Rabe zeigte mit dem Finger auf die beiden und brummte etwas. Aber die Frauen schienen nichts dabei zu finden, daß er mit dem Finger auf sie zeigte, und begrüßten Kiin. Eine bot Kiin einen Streifen getrocknetes Fleisch an, und die andere hielt einen Korb mit Goldenzianknollen hoch. Aber Rabe machte ihnen ungeduldig Zeichen und stieß Kiin durch die Vorhänge aus Walroßhäuten, die das *ulaq* teilten.

Auf der anderen Seite der Vorhänge, in dem Teil des Raums, der Rabe gehörte, war in der Mitte in einem ausgehöhlten Felsblock eine große Öllampe. Der einzige Schlafplatz, den Kiin entdeckte, war ein erhöhtes Podest, das mit

Häuten und Fellen ausgelegt war. Hier stank es sogar noch mehr, und am Boden lagen verfaulte Fleischstücke, Knochen und verschimmelte Essensreste.

Eine Frau – jung, wenn auch nicht so jung wie Kiin – kam zu ihnen und bot Rabe Essen an. Er stieß ihre Hände weg und sagte etwas in der Sprache der Walroßmenschen.

In die Augen der Frau trat ein Ausdruck verschmitzter Freude. Sie hob einen großen Korb auf und begann, ihn mit Fellen von dem Schlaflager vollzustopfen.

Rabe wartete, bis die Frau fertig war, dann sagte er etwas zu Kiin, aber Kiin schüttelte den Kopf und zuckte die Achseln. Wie konnte er erwarten, daß sie die Sprache der Walroßmenschen verstand? Sie war erst zwei Tage im Dorf.

Rabe verzog die Nase, kräuselte die Lippen und sagte etwas zu der Frau. Sie warf einen Blick zu Kiin, dann verließ sie das *ulaq*. Rabe ging zu einer Vorratshaut und zog eine Handvoll Fleisch heraus. Er hockte sich auf die Fersen und aß, bot Kiin aber nichts an.

Kiin spürte eine kleine blubbernde Bewegung in ihrem Bauch und fragte sich, ob sich ihre Kinder genauso unbehaglich fühlten wie sie. Schließlich setzte sie sich hin. Sie war Frau und mußte bereit sein für ihren Mann, um es ihm bequem zu machen, ihm Wasser zu bringen, für ihn das Essen vorzubereiten, aber sie hatte an diesem Morgen schon so lange Zeit auf den Beinen gestanden. Sie konnte es sich genausogut selbst bequem machen.

Bald darauf kam die zweite Frau von Rabe zurück. Sie wurde von Frau des Himmels begleitet. Kiin spürte, wie ihr Herz einen Sprung machte, als sie die alte Frau sah, aber Frau des Himmels sprach nicht mit Kiin. Statt dessen wandte sie sich an Rabe, sagte etwas in der Sprache der Walroßmenschen zu ihm und hörte sich dann an, was Rabe zu ihr sagte.

Schließlich drehte sich Frau des Himmels um und sprach mit Kiin, und obwohl die alte Frau nicht lächelte, sah Kiin ein Leuchten in ihren Augen aufblitzen.

»Rabe will dir sagen, daß du jetzt seine Frau bist«, begann sie.

»Ja«, sagte Kiin.

»Die andere Frau heißt Lemmingschwanz. Sie ist jetzt seine erste Frau, und du mußt tun, was sie sagt. Als erstes wird sie dir beibringen, die Sprache der Walroßmenschen zu sprechen. Rabe sagt, daß du schnell lernen mußt.

Gelbes Haar, die dein Bruder gekauft hat, war früher erste Frau. Jetzt sammelt Lemmingschwanz die Sachen von Gelbes Haar zusammen, um sie ihr zu bringen. Hast du noch Fragen?«

»Der alte Mann, den wir gesehen haben, als wir ins *ulaq* gekommen sind. Wer ist das?«

»Grasohren«, sagte Frau des Himmels. »Er ist der Onkel von Rabe. Er hat zwei Frauen. Seine Töchter sind schon groß. Rabe ist mehr ein Sohn als ein Neffe, wenigstens was die Achtung betrifft, die ihm Grasohren entgegenbringt. Aber Rabe gibt nicht viel darauf.«

Wieder zitterte Kiins Geist. Ein Mann, der seinen Onkel nicht ehrte – wie würde der erst seine Frauen behandeln?

Und als hätte Frau des Himmels Kiins Gedanken gelesen, sagte sie: »Du hättest Eisjäger wählen sollen.«

»Ja«, kam das Echo von Kiins Geist, »Frau des Himmels hat dir gesagt, daß Eisjäger stark genug ist, um dein Mann zu sein. Du hättest ihn wählen sollen.«

Aber dann dachte Kiin: Welche Mutter sieht ihren Sohn nicht stärker, klüger, größer, als er in Wirklichkeit ist? Ich habe gewählt. Ich will mich jetzt nicht mit den Gedanken herumschlagen, was hätte sein können.

»Ich konnte ihn nicht wählen«, sagte Kiin, ohne Frau des Himmels in die Augen zu sehen. »Er ist ein guter Mann. Ich konnte ihn nicht in Gefahr bringen, einen Fluch auf sich zu laden.«

Frau des Himmels nickte. In ihren Augen war Traurigkeit, kein Zorn. Sie drehte sich um und sprach eine Weile mit Lemmingschwanz. Kiin sah Verdrossenheit im Gesicht von Lemmingschwanz, sie sah genauso aus wie Qakan, wenn er gezwungen wurde, etwas zu tun, das er nicht tun wollte. Schließlich sprach Rabe, unterbrach Frau des Himmels, aber die alte Frau redete weiter mit Lemmingschwanz, als wären die Worte von Rabe nicht mehr als der Wind. Und selbst als sie mit der Frau von Rabe fertig war, antwortete Frau des Himmels ihm nicht, sondern sagte zu Kiin: »Wenn du mich brauchst, werde ich kommen oder meine Schwester.«

Sie verließ das *ulaq,* und Rabe redete mit Lemmingschwanz, seine Worte klangen hart.

Sie antwortete ihm mit Zorn in der Stimme, und Rabe schlug sie. Er nahm den Korb mit den Sachen von Gelbes Haar und ging aus dem *ulaq,* ließ Kiin mit Lemmingschwanz allein.

Dann schien ein Geist Kiin zuzuflüstern: »Du hast also zwei Fuchspelze, deinen *suk,* die Halskette, die Samiq gemacht hat, die Schnitzfigur von Chagak und eine Walzahnmuschel. Kein Frauenmesser, keine Nadeln oder Werkzeug zum Schaben, keinen Klopfstein, kein Sehnenknäuel und keine Robbenhäute.«

»Aber ich habe zwei Kinder«, antwortete Kiin, sagte es laut, ihre Worte mutig, ihre Stimme stark, ohne Stottern.

Als Kiin sprach, zog Lemmingschwanz die Augenbrauen hoch, dann brach sie in Lachen aus. Kiin gefiel ihr Lachen nicht. Es glich zu sehr Qakans Lachen, dem Lachen ihres Vaters, wenn er sich über sie lustig machte. Aber dann flüsterte Kiins Geist. »Du bist vom einen Ende der Erde zum anderen gefahren, eine Reise, die nicht viele Jäger machen; du hast mit Walroßmenschen getanzt, und du wirst von einem Mann geliebt, der jetzt ein Waljäger ist. Was macht schon ein bißchen Lachen?«

Lemmingschwanz streckte die Hand aus und berührte Kiins *suk,* dann befühlte sie Samiqs Halskette, aber Kiin stieß die Hand der Frau weg. Wieder lachte die Frau, und ihr Lachen, das hoch und schrill war, machte, daß Kiin zu zittern begann, und ihre Haut überzog sich mit winzigen Pickeln. Aber dann lachte auch Kiin. Sie lachte, während sie auf den Schmutz hinuntersah, der am Boden lag, auf die umgestürzten Körbe, die sich in der Ecke türmten, auf den zerrissenen Vorhang aus Walroßhaut, der vor der Vorratsnische hing, und sie zeigte mit dem ausgestreckten Finger darauf und lachte ungestüm.

Lemmingschwanz kräuselte die Lippen und zischte wütend. Dann wühlte sie in einem Haufen halbfertiger Körbe, warf Kiin einen zu. Kiin trug ihn zu einem Platz dicht bei der Öllampe. Sie wartete, war sich sicher, daß Lemmingschwanz ihr Gras zum Weben und eine Wasserhaut geben würde, aber Lemmingschwanz ging zum Schlafplatz und legte sich hin, rollte sich unter den Fellen zusammen und drehte Kiin den Rücken zu.

Eine Weile sah Kiin ihr zu und wartete, aber am Ende stellte sie den Korb ab und begann, das *ulaq* aufzuräumen. Häute waren feucht geworden, und Bodenmatten hatten zu schimmeln begonnen. Der Geruch hatte sich im ganzen *ulaq* ausgebreitet. Kiin sehnte sich nach Kayughs sauberem, aufgeräumtem *ulaq*. Selbst das *ulaq* ihres Vaters war immer sauber gewesen, die Böden mit Heidekraut und neuen Matten ausgelegt, die Knochen eingesammelt und nach draußen geschafft oder zum Schnitzen aufbewahrt.

Als Kiin die Knochen und Essensreste vom Boden aufgehoben und die schlechtesten Matten durch mehrere andere, die sie in einem Stoß neben der Vorratsnische fand, ersetzt hatte, trug sie den Abfall ins Freie, weit entfernt von den *ulas*, an einen Platz, wo der Wind die Gerüche vom Dorf wegtrug. Rings um das Dorf wuchsen, groß und leuchtend, Weidenröschen. Kiin drehte die kräftigen Stiele so lange, bis sie abbrachen und sie sechs rosa Blütendolden in den Händen hielt. Sie waren fast verblüht, begannen schon flaumig zu werden, aber die Blüten verbreiteten noch einen süßen Duft, vielleicht halfen sie ein wenig gegen den Gestank im *ulaq* ihres Mannes.

Sie ging zum *ulaq* zurück, lehnte wieder höflich das Essen ab, das ihr die Frauen von Grasohren anboten, lächelte ihnen aber zu. Ihre Haare, obwohl grob auf Schulterlänge geschnitten, waren dunkel und glänzten, und sie sahen einander so ähnlich mit ihren langen, schmalen Gesichtern, den schräggestellten Augen und dem breiten Mund, daß sie Schwestern sein mußten.

Als Kiin in den Raum von Rabe zurückkam, hörte sie Lemmingschwanz, die tiefe, ruhige Atemzüge von sich gab wie jemand, der schläft, und so beeilte sich Kiin, die Weidenröschen, die sie gepflückt hatte, überall zu verteilen. Dann machte sie sich daran, die Korbecke aufzuräumen, ordnete die Körbe nach Größe und Form, stapelte sie übereinander, damit sie benutzt werden konnten. In drei Körben war etwas, was einmal Essen gewesen sein mußte, das aber jetzt zu nichts anderem mehr gut war, als weggeworfen zu werden. Sie stellte sie neben den Vorhang, der den Raum teilte, und arbeitete weiter, bis sie einen ganzen Abfallhaufen zusammen hatte: verschimmelte Häute, alte Körbe, eine Wasserblase mit Löchern. Wieder sammelte sie alles ein und trug es nach draußen, und als sie in das *ulaq* zurückkam, schlief Lemmingschwanz noch immer.

Kiin hätte sich gewünscht, auch die Nische mit den Eßvorräten durchgehen zu können, aber als zweite Frau hatte sie dazu kein Recht, und so setzte sie sich schließlich mit dem Korb hin, den ihr Lemmingschwanz gegeben hatte. An der Wand des *ulaq* hatte sie ein Bündel mit Raigras gefunden. Und jetzt suchte sie sich einen Korb, der mit Ton ausgekleidet war und, wie sie hoffte, wasserdicht, und füllte ihn aus einer Walroßblase von der Wand mit Wasser. Das Wasser war lauwarm und hatte einen schalen Geruch. Sie tauchte die Hände hinein und benetzte mit ihren nassen Fingern mehrere Grashalme.

In ihrem Kopf begann ein Lied wie ein dünner Faden, Wörter vom Meer, vom Eis und von den Blauen Menschen, die im Eis lebten. Sie sang, während sie das Gras mit dem

Daumennagel in feine Streifen zerteilte und zu einem Seil drehte.

Doch während Kiin sang, zogen besorgte Gedanken wie Rauchschwaden durch ihre Worte. Rabe war jetzt ihr Mann. Er würde sie in der Nacht auf seinem Lager erwarten.

»Du hattest auch früher schon Männer in deinem Schlafplatz, die du nicht wolltest«, flüsterte ihr Geist. »Wenigstens ist Rabe dein Mann. Vergiß nicht, daß du genauso stark bist wie er.«

Aber Kiin wußte, daß ihr Geist das nur sagte, um sie zu trösten, und daß es nicht die Wahrheit war. Rabe war stark, stark genug, um zwei Frauen zu haben, um sich noch eine dritte zu kaufen. Stark genug, um dem Fluch standzuhalten, den Kiin trug.

Sie arbeitete, bis ihr Geist sie dazu verleitete, zum Schlafplatz zu sehen. Lemmingschwanz hatte sich aufgerichtet, hielt sich die Ohren zu. Aber Kiin wußte, daß Singen etwas war, das sie gut konnte, und so lächelte sie Lemmingschwanz an, lächelte sie genauso an, wie eine Frau ein unartiges Kind anlächelt.

Von der anderen Seite des Vorhangs drang ein Geräusch zu ihnen, und plötzlich, so plötzlich, daß sogar Lemmingschwanz erschrak, wurde der Vorhang auf die Seite gezogen, und Kiin sah, daß viele Frauen, vielleicht alle Frauen des Dorfes, im *ulaq* von Rabe standen.

Kiin hörte auf zu singen und legte ihren Korb auf die Seite. Sie erhob sich, und als sie stand, trat Frau des Himmels nach vorn und sagte zu ihr: »Sie sind gekommen, um der neuen Frau von Rabe Geschenke zu bringen.«

Dann kam jede Frau, zuerst Frau des Himmels, dann Frau der Sonne. Sie brachten Kiin jede einen Korb mit Kräutern und stellten ihn vor sie hin, dann setzte sich Frau der Sonne neben Kiin, und während die Frauen einzeln zu ihr kamen, beugte sich Frau der Sonne nach vorn, um in Kiins Ohr zu flüstern, um ihr die Namen der Frauen zu sagen und um Kiin die Wörter für jeden Gegenstand, den sie brachten, in der Sprache der Walroßmenschen zu sagen, alles was eine Frau benötigte: Nadeln, Ahle, Rollen aus *babiche* und Sehnenknäuel zum Nähen; Schlafmatten und Felle, Mahl- und Kochsteine, Körbe und Behälter für Öl, Vorratsbeutel für Fleisch, Fischinnereien und einen Stock zum Graben.

Die Frauen lachten und machten Scherze, und nur Lemmingschwanz und Gelbes Haar zogen ein mürrisches Gesicht. Kiin lachte mit ihnen, denn Frau der Sonne und Frau des Himmels erklärten ihr, was die anderen sagten, so daß Kiin schon jetzt viele Wörter aus der Sprache der Walroßmenschen lernte.

Und dann, als eine der Frauen von Grasohren sagte, was für ein Glück Kiin hatte, Rabes Frau zu sein, nahm Frau der Sonne Kiin, nachdem sie es ihr in ihrer Sprache gesagt hatte, die Angst und flüsterte ihr zu: »Niemand wird wagen, dich wie eine Sklavin zu behandeln. Und du wirst noch viele Monate für dich allein haben, bevor dich Rabe in sein Bett holt. Kein Mann des Walroßvolks wird in eine Frau eindringen, die schwanger ist. Sie würde seine Jagd mit einem Fluch beladen.«

So verschloß Kiin diese Worte tief in ihrer Brust, und das Lächeln fiel ihr leichter, das Lachen kam ihr schneller von den Lippen.

Gelbes Haar streckte Kiin, als sie an der Reihe war, ein Geschenk zu geben, die zur Faust geschlossenen Hände hin, und als Kiin ihre Hände um die Fäuste von Gelbes Haar legte, öffnete Gelbes Haar die Finger, um ihr zu zeigen, daß sie ihr nichts geben würde. Selbst da lachte Kiin, lachte so sehr, daß die anderen Frauen, die wegen der Unhöflichkeit von Gelbes Haar mit roten Gesichtern dastanden, ebenfalls zu lachen anfingen, bis Gelbes Haar errötend an den Frauen vorbeiging und sich auf das Schlafpodest setzte, die Knie bis ans Kinn zog. Dann sah Kiin, wie Lemmingschwanz schnell zu einem Korb in der Ecke des *ulaq* ging, und als sie Kiin das Geschenk gab, war es ein krummes

Messer, das sehr hübsch war und dessen Klinge eine dünne Scheibe Kieselschiefer war, die in der Seite einer Karibuyrippe steckte, und Frau der Sonne erklärte Kiin, daß die Rippe bei dem Karibuvolk getauscht worden war, das weit im Osten lebte, am Eisrand der Welt.

Kiin strich mit der Hand über die Rippe und dankte Lemmingschwanz, hoffte, das Geschenk würde sie vielleicht zu Freundinnen machen, aber als sich Lemmingschwanz wieder umdrehte, sah Kiin, wie sie mit Gelbes Haar einen spöttischen Blick tauschte, und da wußte Kiin, daß das Geschenk gar kein Geschenk war, das von Herzen kam.

Als die Frauen gingen, kam Rabe ins *ulaq* zurück. Kiin war hinten in dem großen Raum und arbeitete wieder an dem Graskorb. Rabe setzte sich auf eine Bodenmatte, lehnte sich nach hinten an einen Stoß Felle und beobachtete sie durch die schmalen Schlitze seiner Augen. Er saß so still, daß Kiin schon glaubte, er würde schlafen, aber als sie die Hand ausstreckte, um sie in den Wasserkorb zu tauchen, sah sie das Glitzern in seinen Augen, die ihrer Bewegung folgten, und sein starrender Blick schien ihre Finger zu lähmen, so daß sie zu zittern begannen, während sie weiterflocht. Sie bemühte sich, ruhig zu werden, indem sie sich im Kopf die neuen Wörter wiederholte, die sie an diesem Tag gelernt hatte, aber die Angst drang wieder in ihre Brust ein und wurde so groß, daß sie an ihr Herz stieß, und es machte einen Sprung und zitterte.

»Denk daran, was Frau des Himmels dir gesagt hat«, flüsterte ihr Geist. »Du bekommst ein Kind, kein Mann des Walroßvolks wird dich nehmen. Rabe wird dich nicht anfassen. Du würdest einen Fluch über seine Jagd bringen.« Aber obwohl sie diese Worte am Nachmittag getröstet hatten, konnte sie jetzt nicht glauben, was Frau des Himmels ihr gesagt hatte. Wer konnte wissen, wieviel Macht Rabe besaß? Er war kein Mann, der die Regeln seines Volkes befolgen würde.

Auch Lemmingschwanz beobachtete Kiin, aber aus halbgeschlossenen Augenwinkeln und mit schnellen Blicken, die sie ihr zuwarf.

Als Rabe ins *ulaq* zurückgekommen war, hatte ihm Lemmingschwanz Essen gegeben und dann ihren *suk* und die Fellstrümpfe ausgezogen und ihre Beine eingeölt. Kiin hatte sich Mühe gegeben, nicht zu zeigen, wie überrascht sie war, als sie sah, daß die Beine von Lemmingschwanz von den Knöcheln bis zu den Knien mit einem komplizierten Muster aus Dreiecken und Kreisen tätowiert waren. Kiin fand, daß die Beine von Lemmingschwanz mit den Zeichen darauf schwarz und häßlich aussahen, aber aus der Art, wie Lemmingschwanz vorsichtig das Öl auf dem Muster verteilte, war zu erkennen, daß Lemmingschwanz sie schön fand.

Als sich Rabe schließlich erhob, zog er Lemmingschwanz mit hoch, strich mit den Händen über ihren Rücken, legte sie dann um ihren Hals. Lemmingschwanz sah Kiin mit einem spöttischen Lächeln an, als sie Rabe zu seinem Schlafpodest folgte. Aber Kiin lächelte ebenfalls, bemühte sich, die Erleichterung, die sie verspürte, nicht in ihren Augen zu zeigen.

Rabe sagte etwas zu Kiin und deutete auf einen Platz neben sich auf dem Schlafpodest. Wieder fing Kiins Herz besorgt zu klopfen an, aber Rabe drehte ihr den Rücken zu, und Kiin verkroch sich in der entferntesten Ecke des Podests und drehte ihm auch den Rücken zu.

Schon bald erfüllte der Lärm, den Rabe und Lemmingschwanz beim Lieben machten, das *ulaq,* und Kiin konnte nicht einschlafen. Aber dann holte sie ein Lied in ihre Gedanken und behielt es dort, um das Ächzen von Rabe und die Seufzer und Schreie von Lemmingschwanz zu übertönen.

Und jetzt war Kiin froh, daß sie die Sprache der Walroßmenschen nicht verstand.

40

ES WIRD NOCH mehr Veränderungen geben«, sagte Dikke Frau zu Samiq, als sie ihm eine Schale mit einer Brühe aus Ugyuun und Kabeljau reichte.

Aber Samiq sah die Frau nicht an. Er wollte ihr Lächeln nicht sehen, wenn sie ihm eine weitere Strafe ankündigte. Es hatte ihm schon gereicht, den restlichen Sommer mit den kleinen Jungen zusammen lernen zu müssen, im Herbst nicht mit auf die Jagd zu dürfen. Oft genug hatte Samiq beschlossen, zum Volk seiner Mutter zurückzukehren, ohne das Geheimnis des Gifts der Waljäger zurückzukehren, aber der Gedanke an Kayughs Enttäuschung ließ ihn bei den Waljägern bleiben, ließ ihn beschließen, wenigstens bis zum Frühling zu warten.

Und vielleicht würde ihn Kayugh zu Hause auch gar nicht willkommen heißen, wenn er ohne das Wissen zurückkam, das er erlernen sollte. Wohin würde er dann gehören?

Aber an diesem Morgen hatte ihm Großer Wal eine neue Harpunenspitze gegeben. Sie war nicht so schön wie die, die mit dem Wal verlorengegangen war, aber Samiq wußte, daß die Waffe ein Zeichen war: Großer Wal wollte immer noch, daß er auf die Jagd ging.

Wenn ich auf die Jagd darf, hatte Samiq gedacht, kann ich es ertragen, noch so lange hierzubleiben, bis ich genug Übung habe, um mein Wissen an die Ersten Menschen weiterzugeben. Dann werde ich zu meinem Volk zurückkehren und herausfinden, welche Wahrheit Kayugh in seinem Herzen verbirgt, und dann werde ich wissen, ob ich bleibe oder ob ich mir ein anderes Ufer suchen soll. Wenn ich mir ein anderes Ufer suchen muß, dann werde ich zu den Waljägern und den Ersten Menschen nur noch gehen, um zu tauschen.

Aber jetzt fühlte er sich bei den Worten von Dicke Frau unbehaglich, und er drehte ihr den Rücken zu und trank seine Brühe.

Dicke Frau redete weiter, von den Frauen im Dorf und von den Kindern. Dann sagte sie: »Wieder Kinder in unserem *ulaq* zu haben, wäre schön.« Sie kicherte in sich hinein und sagte dazwischen: »Wer weiß, vielleicht bringen die Geräusche im *ulaq* Großer Wal heute abend dazu, wieder zu meinem Schlafplatz zu kommen.« Sie klopfte sich auf ihren dicken Bauch und sagte: »Ich habe noch immer genügend Zeit, einen Sohn zu machen.«

Samiq hörte mit offenem Mund zu, bemühte sich zu verstehen, was die Worte der alten Frau zu bedeuten hatten. Dann hielt Dicke Frau den schweren, mit Pelz besetzten Parka hoch, an dem sie nähte, und Samiq sah, daß er fast fertig war.

»Eigentlich sollte er für Großer Wal sein«, sagte Dicke Frau und kicherte, »aber er hat schon einen warmen Parka, wie ihn jeder Mann haben sollte, der eine Frau hat. Deshalb mache ich ihn für dich.«

Samiq verschüttete seine Brühe und schnappte nach Luft, als sie auf seine nackte Brust spritzte. Jetzt wußte er, warum Dicke Frau gelächelt hatte, und er war wütend, daß man es ihm nicht gesagt hatte. Großer Wal behandelte ihn wie eine Frau, traf immer die Entscheidungen für ihn.

Er sah hinunter auf ihren runden, dicken Kopf und fragte: »Und wer soll meine Frau werden?«

Dicke Frau schmunzelte. Sie hatte keine Seitenzähne mehr, und die Lücken sahen wie schwarze Löcher aus, wenn sie lächelte.

»Mein Mann wollte Kleine Blume für dich kaufen, aber ihr Vater hatte Angst, daß du sie zu den Robbenjägern bringen würdest. Und Scheckiger Korb ist Krummer Vogel versprochen, deshalb wird Drei Fische deine Frau sein.«

Drei Fische, dachte Samiq und hatte das Gefühl, von einem Schlag getroffen worden zu sein, der ihm die Luft aus den Lungen stieß. Scheckiger Korb wäre erträglich gewesen. Wie hätte er ihr Zusammensein im Gras vergessen können? Aber Drei Fische –

Dicke Frau klappte ihre Schürze rauf und runter wie ein junges Mädchen und drehte sich um sich selbst, dann sagte sie: »Mein Mann sagt, daß es im ganzen Dorf keinen Mann gibt, dessen Hände groß genug sind, um sie zu halten.« Sie schlug sich auf ihr Gesäß und lachte.

Das war ein Witz, den besser ein Mann erzählt hätte, und Samiq tat so, als hätte er ihr nicht zugehört. Er stellte seine Schale auf den Boden. Er hatte Dicke Frau nichts zu sagen. Was würde es helfen, wenn er widersprach? Was würde es ändern?

Dicke Frau hörte auf mit ihrem Gekicher, und Samiq wunderte sich über ihre nächsten Worte, denn sie sagte: »Waltöter, im Dunkeln sind alle Frauen gleich.«

Am selben Abend kam Drei Fische mit ihren Eltern zu Samiq. Samiq zwang sich zu einem Lächeln, als sie ins *ulaq* kamen. Aber jedesmal, wenn er das breite Gesicht von Drei Fische ansah, ihre zerbrochenen Zähne, verspürte er einen Schmerz in der Brust, und in Gedanken sah er Kiin vor sich, ihr zartes Gesicht, ihr sanftes Lächeln, und er erinnerte sich an ihre Hände, die fest und weich auf seiner Haut gelegen hatten.

Ich werde meinen Großvater zufriedenstellen, dachte Samiq. Dann wird er mir vielleicht die Geheimnisse des Walgifts verraten, und ich werde zu meinem Volk zurückkehren können.

»Aber dann wirst du eine Frau haben, die du mitnehmen mußt«, sagte eine innere Stimme, stritt in seiner Brust, wie die Frauen der Waljäger in ihren *ulas* miteinander stritten.

Nein, sie wird bei ihrem Volk bleiben wollen, dachte Samiq. Sie wird nicht mitkommen, und dann werde ich die Waljäger los sein. Aber jetzt muß ich es tun, um meinen Großvater zufriedenzustellen.

Und er zwang sich zu einem Lächeln, zwang sich, den Vater von Drei Fische willkommen zu heißen, Großer Wal anzulächeln, über die Witze zu lachen, die die beiden Männer über Frauen machten. Dicke Frau saß mit dem Rükken zu den Männern in der Ecke, wie es der Brauch war, ihre Hände damit beschäftigt, einen Korb zu flechten, aber Samiq sah, wie bei jedem Witz ihre Schultern zuckten, und so wußte er, daß sie zuhörte.

Drei Fische stand hinter ihrem Vater. Sie trug einen *suk* aus Otterfell, dessen unterer Saum mit wippenden Muscheln und geringelten bunten Speiseröhren von Robben besetzt war. Ihr Haar war nach hinten gezogen und zu einem festen Knoten zusammengefaßt, wie ihn verheiratete Frauen trugen, und ihr Gesicht war mit roter Ockerfarbe bemalt, genauso wie es mit Robbenhäuten gemacht wurde, damit sie länger hielten, und Samiq überlegte, warum es bei den Waljägern der Brauch war, daß Bräute rote Gesichter haben mußten.

Der Vater von Drei Fische war genauso groß wie Drei Fische, Schultern und Hüften ausladend unter seinem Parka, er war doppelt so groß wie Großer Wal, und sein Gesicht war rund und freundlich wie das Gesicht von Drei Fische. Die Tätowierungen an seinem Kinn verliefen in drei senkrechten Linien, und seine Augen strahlten.

»Er ist ein guter Mann, weißt du«, sagte Samiqs innere Stimme zu ihm. »Er wird dir bei den Jagdausflügen einen Platz einräumen und dich in seinem *ulaq* willkommen heißen.« Aber der Schmerz in Samiqs Brust hörte nicht auf, und er konnte sich nicht freuen.

Schließlich, als sie mit ihren Witzen fertig waren, kam Dicke Frau aus ihrer Ecke und gab den Männern zu essen. Als neu ernannter Mann einer Frau durfte Samiq nichts essen, sondern mußte sich dazusetzen und zusehen, wie der Vater von Drei Fische und Großer Wal Ugyuunbrühe und Walfleisch aßen.

Dann standen die Männer auf. Der Vater von Drei Fische nahm die Hand seiner Tochter und legte sie in Samiqs Hand, dann schob Dicke Frau, die jetzt an der Zeremonie teilnehmen durfte, das Paar in Samiqs Schlafplatz und zog den Vorhang zu.

»Macht Kinder«, rief sie ihnen nach, und Samiq hörte, wie Großer Wal und der Vater von Drei Fische in ihr Lachen einstimmten.

Samiq hockte sich auf die Fersen. Er hatte die Hand von Drei Fische losgelassen und war sich in der Dunkelheit seines Schlafplatzes nicht sicher, wo sie war. Dann bewegte sie sich, drückte sich an seinen Arm, schob die Hände in seinen Parka. Sie kicherte und streichelte Samiqs Brust, aber Samiq dachte, Dicke Frau hört zu und lacht auch.

»Du tust es für deinen Vater«, sagte seine innere Stimme. »Für dein Volk.« Aber dann dachte er: Wieviel gibt ein Mann seinem Vater? Wie viele Jahre für die Jahre, die er ihm gegeben hat? Wieviel Schande für das Gelernte? Für immer mit einer solchen Frau zu leben?

Kann ich ein eigenes Leben führen, wenn ich Drei Fische zur Frau habe? Ich werde in meinem eigenen *ulaq* wie ein Kind sein, ihre Worte lauter als meine.

Plötzlich stieß er Drei Fische zurück und stand auf, sein Kopf reichte bis an die Decke des Schlafplatzes.

»Leg dich auf den Rücken und sei still«, befahl Samiq, und Drei Fische hörte auf zu kichern und schnappte erschrocken nach Luft. »Ich bin dein Mann, und du wirst tun, was ich sage. Hast du verstanden?«

Er wartete, überlegte, ob Drei Fische merkte, daß er Angst hatte, sie würde ihm nicht gehorchen. Aber ihre Antwort war kleinlaut und ruhig.

»Ja, mein Mann.«

»Und gleich morgen machst du einen neuen Vorhang für meinen Schlafplatz. Dieser hier ist alt. Und mach den neuen breiter.«

Drei Fische sagte nichts, aber sie lachte auch nicht, und Samiq machte die Augen zu und dachte an Kiin, Kiin in seinem Schlafplatz, Kiins weiche Haut unter seinen Händen. Und als Samiq genügend erregt war, kniete er sich hin und schob die Beine von Drei Fische auseinander, stützte sich mit den Armen auf, damit er sie nicht mit der Brust berührte, während er sie zur Frau nahm.

41

AMGIGH STIESS SEIN Paddel ins Wasser, drei Schläge links, drei Schläge rechts. Das Nordmeer war ruhig, aber seine Ruhe bereitete Amgigh Unbehagen. Es war ungewöhnlich, daß das Wasser eine so reine grünblaue Farbe hatte. Es war so klar, daß man das Gefühl hatte, bis tief unter die Oberfläche sehen zu können, bis tief hinunter, wo die Geister wohnten, bis tief hinunter, wohin ihn der Wal gezogen hatte –

Nein, sagte er zu sich. Das Nordmeer hat immer diese Farbe. Es ist immer so klar. Die vielen Tage, die ich im *ulaq* verbringen mußte, haben mich vergessen lassen, wie das Meer aussieht. Ich habe es vergessen. Ich habe es nur vergessen.

Grauer Vogel – Waxtal – hatte bei diesem ersten Mal seit dem Wal mit ihm hinausfahren wollen. Auch Kayugh. Aber Amgigh war sich nicht sicher, was er tun würde. Wenn er sich nun nicht überwinden konnte hinauszupaddeln? Würde er wollen, daß die anderen Männer seine Schande sahen?

Als er schließlich wieder aus dem *ulaq* aufgetaucht war, aus der Sicherheit der engen, dunklen Wände, hatte ihm schon der Anblick des Meeres vor Angst den Magen zusammengezogen.

Es ist besser, wenn ich allein fahre, dachte er. Es konnte sein, daß ihm das Meer den Mut genommen hatte. Und so fuhr er los, ohne auf die Tränen in Chagaks Gesicht, die Angst in Kayughs zu achten.

Aber jetzt schien alles anders: die Kälte des Wassers, die windlose Stille, das tiefe Grau der Küste. Selbst das Paddel schien nicht in seine Hand zu passen. Er wünschte, es wäre jemand bei ihm, jemand, der Jagdlieder sang, der Lieder von Männern sang, die stärker waren als das Meer.

Dann erinnerte er sich an etwas, was Chagak ihm einmal gesagt hatte, als er noch ein Kind war – daß er dem Meer, wenn er allein war oder Angst hatte, von seiner Stärke erzählen sollte.

Und so erhob Amgigh seine Stimme, rief hinaus auf das offene Meer: »Ich bin stark. Ich prahle nicht. Ich sage nur die Wahrheit. Ich bin stark. Selbst der Wal kann mich nicht töten.«

Dann flüsterte er, beugte den Kopf, um nach unten, auf seine Brust, zu sprechen, damit ihn sein Geist hören konnte. »Ja, ich bin stark.«

Selbst nach all den vielen Tagen, die er in seinem Schlafplatz gelegen hatte, waren seine Beine noch kräftig, nicht so dick wie Samiqs Beine, aber mit starken Muskeln. Selbst jetzt, mit jedem Schlag des Paddels, stemmten sich seine Schenkel schwer gegen den Boden des *ikyak*.

Er erhob seine Stimme, sang ein Lied. Es war ein altes Lied, ein Lied, das den Seelöwen pries und den Otter Bruder nannte. Nicht einmal Kayugh wußte, wer sich dieses Lied ausgedacht hatte. Ein Großvater, sagte Kayugh. Jemand, der ein guter Jäger war.

Während Amgigh sang, fielen ihm noch andere Lieder ein, und er dachte an Kiins volle Stimme, an die Lieder, die sie sang, manchmal mit neuen Wörtern, alte Lieder auf eine neue Art gesungen. Dann, selbst während er paddelte, sah Amgigh in Gedanken Kiins kleine Hände auf seiner Haut, fühlte die federleichte Berührung ihrer Finger. Er schloß die Augen, schüttelte den Kopf. Eigentlich müßte ihr Geist längst fortgegangen sein, müßte bei den Tanzenden Lichtern sein. Doch wer konnte das sagen? Vielleicht hielt ihn das Meer gefangen, vielleicht war in jeder plätschernden Welle ein kleines Stück ihrer Seele, genug für Amgigh, um sie zu sehen, um sie zu fühlen, wenn er in seinem *ikyak* war.

Vielleicht trug das Wasser seine Gedanken zu ihr. Wer wollte bezweifeln, daß das Meer lebendig war? Wer wollte an den Kräften zweifeln, die es mit sich führte? Sicher waren die Geister des Wals und des Seelöwen ein Teil der schäumenden, sich brechenden Wellen. Amgigh erinnerte sich daran, als er das erste Mal in einem *ikyak* gewesen war. Seine Beine waren kurz gewesen, dünn, seine Arme so schwach wie Vogelknochen. Das Meer hatte sein Paddel ergriffen, hatte versucht, es ihm zu entwinden. Und welchem Jäger war es nicht genauso ergangen? Welcher Jäger wußte nicht, daß das Meer prüfte, erprobte, bis es sicher war, daß der Junge ein guter Jäger sein würde, der es wert war, Robben zu nehmen, der es wert war, Seelöwen zu nehmen?

Amgigh erinnerte sich noch gut an die Schmerzen in seinen Muskeln an jenem ersten Tag im *ikyak*. Arme, Schultern wund vom Heben und Stoßen des Paddels, wund vom Sog des Wassers, gegen den er ankämpfen mußte, wenn er das Paddel zu tief eintauchte, das Schwappen der Wellen, wenn er es nicht tief genug eintauchte. Er erinnerte sich an die Schmerzen in seiner Hüfte, wenn er mit ausgestreckten und breit gespreizten Beinen im *ikyak* saß, um das Gleichgewicht zu halten. Und er erinnerte sich daran, daß er Angst hatte.

Samiq hatte keine Angst. Selbst am ersten Tag hatte Samiq mit Absicht sein Boot umgekippt, war lachend wieder aufgetaucht, als ihr Vater das *ikyak* herumgerollt und Samiq aus dem Meer zurückgeholt hatte. Obwohl Amgighs neuer *chigadax* an jenem ersten Tag völlig trocken geblieben war, während Samiq sein *ikyak* in seinem Übermut zweimal umgekippt hatte – und von ihrem Vater gescholten worden war –, wußte Amgigh, daß Samiq wieder einmal der Begabtere war. Samiq würde lernen, wie eine Robbe zu schwimmen – und Amgigh hinter sich zurücklassen.

Und jetzt sagte Waxtal, daß Samiq von den Waljägern zurückkommen und erwarten würde, die Ersten Menschen anzuführen. Ja, sagte Waxtal, Samiq würde ihnen beibringen, Wale zu jagen, aber er würde sich auch selbst zum Häuptling der Jäger ernennen.

Amgigh und Waxtal hatten zusammen auf dem Dach von Waxtals *ulaq* gesessen. Amgigh war noch schwach von den vielen Tagen, die er in seinem Schlafplatz verbracht hatte, und seine Augen waren noch immer nicht in Ordnung, sahen an den Rändern aller Gegenstände Dunkelheit, sahen manchmal alles doppelt.

Lange Zeit saßen sie da, ohne etwas zu sagen, doch dann schüttelte Waxtal den Kopf, gab hinten in seiner Kehle einen erstickten Laut von sich. »Dein Vater hat Fehler gemacht«, sagte er. »Ich habe seine Fehler gesehen, auch wenn ich meine Worte für mich behalten habe, aber er ist ein guter Häuptling und er ist klüger, als es Samiq jemals sein wird. Samiq wird jemand sein, der mit seinen Fähigkeiten prahlt. Er wird nur noch prahlen, wenn er von den Waljägern zurückkommt. Aber was können wir anderes erwarten? Samiqs richtiger Vater –« Und dann ließ er die Worte in der Luft stehen und verstummte, aber Amgigh hatte Waxtals Worte im Kopf zu Ende gesprochen. Samiqs Vater war einer von den Kurzen Menschen, ein Mann, der Menschen tötete.

Dann wurden Waxtals Worte leise, murmelnd, als hätte er vergessen, daß Amgigh bei ihm war: »Samiq wird glauben, daß er es verdient hat, der Häuptling der Jäger zu sein. Er wird nicht an Kayugh denken. Er wird nur an sich selbst denken.«

Und Amgigh, der in seine eigenen Gedanken versunken war, fragte sich, ob Waxtal recht hatte. Als Samiq noch ein Junge war, hatte er nicht geprahlt, hatte sich nicht vor die anderen gedrängt. Aber Waxtal kannte die Waljäger besser als Amgigh. Wer konnte sagen, ob sich Samiq nicht änderte, wenn er ein Jahr lang bei ihnen gelebt hatte?

»Selbst wenn Kayugh unser Volk nicht länger anführen wollte«, flüsterte Waxtal, der sich dichter zu Amgigh gebeugt hatte, »würdest du der bessere Häuptling sein.« Und Amgigh hatte gelacht, aber Waxtal sagte es noch einmal am nächsten Tag und dann wieder am Tag danach, bis schließlich eines Nachts, in Amgighs Träumen, Tiere zu ihm kamen: Otter und Lemminge und Robben und Seelöwen. Jedes sagte ihm, daß er Häuptling sein sollte, Häuptling über Samiq.

Aber jetzt, allein auf dem offenen Meer, weit weg von Waxtals geflüsterten Worten, wußte Amgigh, was er dachte, und ihm wurde klar, daß er nicht Häuptling sein wollte. Er hatte nicht einmal Spaß daran, auf die Jagd zu gehen, auch wenn er sich anstrengte und oft der erste war, der den dunklen Kopf eines Seelöwen und einer Robbe auf den Wellen sah. Aber er wußte auch, daß er Samiq nicht zum Häuptling wollte.

Amgigh seufzte, musterte die Küste. Auf Akas Insel schien es mehr Vögel zu geben als auf Tugix' Insel, aber er war nicht wegen der Vögel hierhergekommen. Er war gekommen, um auf Okmok zu klettern, auf den Berg an der anderen Seite von Akas Insel. Dort, an der Nordseite von Okmok, lag die glänzende Schicht aus Obsidian, dem heiligen Stein ihres Volkes.

Amgigh lenkte sein *ikyak* weiter hinaus aufs Meer. Ja, dort, er war sich ganz sicher. Er sah das Funkeln von Obsidiansteinen, den dunklen Riß, der von dem weiß-blauen Glazialeis darüber nach unten zu führen schien.

Es war eine lange und schwierige Kletterei, aber er hatte sie schon früher bewältigt. Einmal mit seinem Vater, ein andermal mit Samiq. Auf dieser Insel gab es mehrere gute Strände, gute Plätze für Dörfer ... Eines Tages würden er und Kiin vielleicht ... Nein, dachte Amgigh, nicht Kiin. Aber er würde eine andere Frau finden, vielleicht eine von den Waljägern, und wenn er Samiq dafür, daß er ihm beibrachte, den Wal zu jagen, Obsidianmesser gab, würde auch er eine Frau finden, würde sie gegen Walfleisch und seine Obsidianmesser tauschen.

Dann würde er Söhne haben, und seine Söhne würden lernen, Waffen zu machen, sogar noch feinere Klingen zu machen, als Amgigh es konnte, bis jeder Jäger eine Klinge haben wollte, die Amgigh oder einer seiner Söhne gemacht hatte. So würde es sein. Ja. Und dann würde Samiq sehen, wer mehr Macht besaß.

Der Aufstieg war lang, und der Wind, der an Amgighs Parka zerrte, an seinen Fingern, während er sich an dem vertrockneten Gras festzuhalten versuchte, war eisig. Aber Amgigh spürte die Kälte nicht, dachte nicht darüber nach, ob der Wind, der an ihm zerrte, Kiins Geist war, der ihn rief, damit er ihr in die Geisterwelt folgte. Er mußte noch zu viele Messer schnitzen, zu viele Klingen machen. Er mußte ein Mann sein, stark genug, um Steine zu behauen, mit Schwielen an den Händen, da, wo seine Finger den Stein hielten. Was konnte ein Geist mit Steinen anfangen? Stein und Geist – sie hatten getrennte Welten.

Drei Nächte verbrachte er auf Akas Insel, drei Nächte mit Akas Geistern, mit dem dumpfen Grollen in Okmoks großen Feuern tief unter dem Felsen. Aber was hatte er zu befürchten? Okmok war ein mächtiger Berg, aber Aka war mächtiger, und Okmok, das wußte man, hatte gute Geister. Warum sonst würde der Berg den glitzernden schwarzen Obsidian ausschütten, den Geisterstein der Berge? Und wer hatte ein größeres Recht auf diesen Stein als ein Mann, der Messer machte, die besten Messer? Nein, er hatte keine Angst.

An jedem dieser drei Tage kletterte Amgigh den Berg hinauf. Jeden Tag brach und stemmte und schlug er Obsidiansteine aus dem Berg, die der Wind und der Regen und die Sonne, all die Kräfte des Himmels, gelockert hatten, und das Eis und der Felsen, langsam mahlend, die Kräfte der Erde, die geduldig ihr Werk verrichteten. Woher sonst wußte ein Mann, wie er die Steine schlagen mußte, wenn nicht vom Himmel? Woher sonst lernte ein Mann, so geduldig zu sein, wenn nicht von der Erde?

Jeden Tag sammelte Amgigh die Steine ein, die er dem Berg abgerungen hatte, wickelte sie in eine dicke Seelöwenhaut und band sie auf seinem Rücken fest. Wenn er den Berg hinunterkletterte, sich festhaltend und loslassend, von Gras zu Felsen und wieder zu Gras, überprüfte er immer wieder das Leder, um sich zu vergewissern, daß der Obsidian es nicht zerschnitt. Und so hatte er in drei Tagen drei Seelöwenhäute mit Steinen gefüllt.

Dann, bevor er sich wieder auf den Rückweg zu seinem Volk machte, warf er die Ballaststeine auf dem Boden seines *ikyak* hinaus und ersetzte sie durch die Geistersteine. Und als er die Reise zurück zu seinem Volk antrat, zurück in sein Dorf, spürte er die Veränderung in seinem *ikyak*. Es war kräftiger, schneller, und selbst als die Ruhe des Nordmeers wieder von hohen, weißschäumenden Wellen abgelöst wurde, hatte Amgigh das Gefühl, als würde sein Paddel mit ungewohnter Sicherheit das Wasser zerteilen, als würde das *ikyak* leicht von Welle zu Welle gleiten, wie ein Vogel, wie im Flug. Und während er paddelte, dachte er an das neue Obsidianmesser, das er für sich selbst machen würde, um das andere zu ersetzen das, wie er fest glaubte, Qakan genommen hatte. Und er würde Messer für Samiq machen, und jede einzelne Klinge würde das Geheimnis der Waljagd aufwiegen.

42

SAMIQ GLÄTTETE DEN Schaft seiner Harpune mit einem Stück Lavafelsen und sah quer durch das *ulaq* zu Großer Wal. Der alte Mann hielt den Kopf gebeugt, die Augen geschlossen. Seit Harter Felsen der Häuptling der Waljäger war, schien Großer Wal plötzlich alt zu sein, gar nicht mehr wie ein Mann, sondern wie ein kleiner Junge, von anderen abhängig mit dem Essen und den täglichen Bedürfnissen des Lebens.

Samiq glaubte, daß Großer Wal nun wieder Vertrauen zu ihm hatte, daß Großer Wal ihn wieder als Mann ansah, aber vielleicht sah ihn Großer Wal nur als Mann, weil er selbst, Großer Wal, nun wieder Kind war. Aber die anderen Männer des Stammes luden ihn noch immer nicht zu ihren abendlichen Zusammenkünften ein, forderten ihn nicht auf, seine Geschichten von der Jagd zu erzählen.

»Sie werden dich als Mann ansehen, wenn du Drei Fische einen Sohn in den Bauch legst«, sagte Dicke Frau zu Samiq. »Dann wirst du einen Platz als Waljäger erhalten.« Und dann beugte sie sich nach vorn und warf einen Blick über die Schulter, und wenn Großer Wal zu schlafen schien, fügte sie flüsternd hinzu: »Dann werden sie dir das Geheimnis von ihrem Gift verraten.«

Aber an diesem Morgen hatte Samiq wieder gehört, wie Dicke Frau tröstende Worte zu Drei Fische gesprochen hatte: »Es ist eine gute Zeit zum Ausruhen. Es ist eine gute Zeit zum Ausruhen.« Und da wußte er, daß es ihm wieder nicht gelungen war, ein Kind in die Gebärmutter seiner Frau zu pflanzen. Drei Fische würde mehrere Nächte in der Hütte verbringen, die ein Stückchen entfernt für die Frauen aufgestellt war, wenn es Zeit für ihre Blutungen war.

Die Waljäger gingen mit den Blutungen der Frauen strenger um als die Ersten Menschen. In allen anderen Dingen waren bei den Waljägern Frauen fast genauso wichtig wie

Männer. Die Frauen durften im Rat bei allem mitreden, außer wenn es um Jagdpläne ging. Die Männer machten sich oft das Essen selbst und flickten sich manchmal sogar ihre Parkas, aber wenn eine Frau ihre Blutung hatte, mußte sie das *ulaq* verlassen, aus Angst, daß sie mit ihrem Blut ihren Mann oder seine Waffen mit einem Fluch belegte. Das kam Samiq merkwürdig vor, aber wer war er schon, daß er die Bräuche der Waljäger anzweifeln konnte? Schließlich waren sie es, die wußten, wie man einen Wal erlegte. Wer wollte sagen, was das Blut einer Frau bei einer Walharpune anrichten würde? Selbst die Ersten Menschen verlangten von ihren Frauen, während ihrer ersten Blutung allein zu leben.

Samiq teilte die Enttäuschung seiner Frau. Welcher Mann wünschte sich keinen Sohn? Aber als er in dieser Nacht auf seinen Schlafmatten lag, dachte er: Es ist eine gute Zeit, um auszuruhen – für uns beide.

Im Schlaf stieß ihn jemand vorsichtig an, und zuerst rückte er, noch immer in seinen Träumen gefangen, auf die Seite. Dann, weil er glaubte, es wäre Drei Fische, richtete er sich auf. Zorn verdrängte die Reste seiner Träume. Wie konnte Drei Fische wagen, während ihrer Blutung zu seinem Schlafplatz zu kommen? Sorgte sie sich nicht um seine Waffen?

Aber dann begann die Frau zu sprechen, und Samiq erkannte, daß es Dicke Frau war, nicht Drei Fische.

»Großer Wal braucht dich«, sagte sie.

Ihre Stimme war von Tränen erstickt, und Samiqs Herz schlug plötzlich bis in den Hals hinauf. »Was ist passiert?« fragte er mit rauher, heiserer Stimme.

»Er ist sehr krank. Er kann nichts sehen. Er kann sich nicht rühren.«

Samiq stürzte an Dicke Frau vorbei und lief zum Schlafplatz seines Großvaters. Großer Wal lag auf seinen Schlafdecken. Die eine Hälfte seines Mundes war merkwürdig verzogen, und Dicke Frau kauerte sich neben ihn und wischte ihm den Speichel ab, der zwischen seinen Lippen hervorquoll.

»Er kann nichts sehen«, sagte Dicke Frau mit tränenerstickter Stimme und zitterndem Kinn.

Samiq kniete sich neben den alten Mann auf den Boden und legte die Hand auf seine Stirn. »Ich bin hier, Großvater«, sagte Samiq leise.

Der alte Mann gab gurgelnde Laute von sich, und Samiq drehte sich zu seiner Großmutter um.

»Er kann auch nicht sprechen?«

»Zuerst konnte er noch sprechen, denn er hat mir gesagt, daß er nichts sieht. Dann hat er deinen Namen gerufen, aber jetzt ...«

Großer Wal stöhnte und hob dann langsam die linke Hand. Samiq griff nach den bebenden Fingern, aber Großer Wal fing plötzlich am ganzen Körper an zu zittern. Seine Hand fuhr mit einem Ruck zu Samiqs Gesicht, und seine Fingernägel hinterließen Kratzer auf Samiqs Wange, als die Hand wieder herunterfiel.

Dann lag Großer Wal still da, und Dicke Frau beugte sich zu ihm hinunter. Sie leckte an ihren Fingern und hielt sie über seinen Mund. Sie drückte ihren Kopf an seine Brust.

Sie richtete sich wieder auf und zog die Decken glatt, die auf ihm lagen. »Er ist tot«, sagte sie leise.

Ein nebliger Regen hüllte sie ein, als sie neben dem Steinhaufen standen, der das Grab von Großer Wal war. Als sie den Körper von Großer Wal mit Steinen bedeckten, war Samiq beklommen zumute. Er dachte sich, wie unbequem es für den Geist des alten Mannes sein mußte, mit den vielen schweren Steinen beladen zu sein, aber niemand hatte etwas einzuwenden, und so sagte auch Samiq nichts. Er erinnerte sich an die Geschichten seiner Mutter, nach denen die verschiedenen Stämme auf verschiedene Art ihre Toten begruben.

Die Klageschreie der Frauen verstummten, und Harter

Felsen, der seinen Walspeer in der Hand hielt, sprach mit dem Geist von Großer Wal und mit den Geistern, die sich um den Toten versammelten, dann bohrte er mit dem Speer ein Loch in den Boden des *ikyak*, das Großer Wal gehört hatte, und danach legten die Jäger das Boot über den Steinhaufen. Harter Felsen stimmte ein Totenlied an, aber hinter dem Gesang hörte Samiq vom Ufer die Schreie der Wildgänse. Und Samiq wünschte, er könnte eine von diesen Gänsen sein, weiß und silbergrau, könnte die Flügel im Wind ausbreiten, wegfliegen von diesem Begräbnis, weg von dem Kummer, weg von den Klagen.

Der Tod von Großer Wal hinterließ eine merkwürdige Leere, Einsamkeit, und Samiq wurde klar, daß Großer Wal das Band war, das ihn an die Waljäger gebunden hatte.

Warum sollte ich jetzt noch bleiben? überlegte Samiq. Was hält mich noch hier? Wenn ich keine Frau hätte, würde ich weggehen, und er war ganz plötzlich, ganz grundlos, böse auf Großer Wal, weil er gestorben war.

Aber dann, als würde Großer Wal zu ihm sprechen, dachte Samiq: Wozu wäre es gut, wenn ich jetzt zurückginge, bevor ich alles weiß? Ich muß hierbleiben, damit ich es meinem Volk beibringen kann.

Eines Tages würde ihm Drei Fische einen Sohn geben. Er hatte die Macht von Großer Wal verloren, aber mit einem Sohn würde er neue Macht gewinnen. Vielleicht genug, um die Geheimnisse in Erfahrung zu bringen.

Während der vierzig Tage nach dem Tod von Großer Wal, der Zeit der Trauer, ging Samiq seiner Frau aus dem Weg, achtete darauf, sie nicht anzusehen, nicht mit ihr allein zu sein. Welchen Nutzen brachte sie? Während der Trauer konnte eine Frau den Schlafplatz ihres Mannes nicht teilen. Welcher Mann wollte einen Sohn, der während des Trauerns empfangen worden war, eine Tochter, die ihn an den Tod erinnerte?

Samiq verbrachte viel Zeit außerhalb des *ulaq*, ging mit

den alten Männern fischen, grub mit den Kindern Muscheln aus. Aber als die Trauerzeit vorüberging, bemerkte Samiq, daß Drei Fische dünn, ihr Gesicht blaß, ihr Lachen hohl geworden war.

Es ist nicht ihre Schuld, daß sie meine Frau ist, dachte sich Samiq schließlich. Es wurde für sie bestimmt, wie es für mich bestimmt wurde. Außerdem war es, wie Dicke Frau gesagt hatte: Im Dunkeln waren alle Frauen gleich. Manchmal war Drei Fische Scheckiger Korb, manchmal Kleine Blume, immer Kiin.

An diesem Abend, als sie in dem schwach erhellten *ulaq* saßen, stellte Samiq fest, daß er nicht wie sonst an seinen Waffen arbeiten konnte. Er wollte laufen, weg sein von dem Waljägervolk. In seiner Rastlosigkeit hob er den Blick, um die Frauen anzusehen, die dicht bei den Öllampen saßen und nähten. Sie waren still, das Gesicht von Dicke Frau grau und bekümmert, Drei Fische kleiner, nicht mehr so unförmig.

Samiq starrte Drei Fische an. Wußte sie, daß gestern der letzte Trauertag gewesen war? Zählte sie die Tage mit Zeichen auf dem Boden des *ulaq*, wie Dicke Frau es tat? Beobachtete sie den Mond, wie er es tat? Drei Fische sah ihn an, wandte aber schnell die Augen ab, als sie Samiqs Blick traf. Sie war so traurig, so verletzt, wie Samiq es bei Drei Fische nie für möglich gehalten hatte.

»Frau«, sagte er leise, und sie sah zu ihm hoch, und als er aufstand, stand sie auch auf, und sogar Dicke Frau blickte auf und lächelte. Aber das störte Samiq nicht. Soll sie denken, was sie will, dachte er. Vielleicht hilft es ihr, ihren Kummer zu ertragen.

In dem dunklen Schlafplatz wartete Samiq, daß sich Drei Fische hinlegte, aber sie blieb neben ihm stehen, bis er sie behutsam zu den Schlafmatten schob. Drei Fische umschloß mit den Fingern sein Handgelenk, und sie beugte sich dicht an sein Ohr und flüsterte: »Du gehörst zu den Robbenjägern, und ich weiß, daß dein Geist bei ihnen ist.«

Samiq war überrascht über ihre Worte, aber bevor er antworten konnte, sagte sie: »In meinem Herzen bist du Samiq.«

Er konnte sie nicht sehen, aber er streckte im Dunkeln die Hand aus und berührte ihr Gesicht. Ich bin für sie, was Kiin für mich ist, dachte Samiq. Und seine Brust war plötzlich von Schmerz erfüllt, von Verstehen.

»Bevor du zu deinem Volk zurückgehst, gib mir einen Sohn«, sagte sie.

Samiqs Brust fühlte sich plötzlich leicht an. Sie hatte ihn freigegeben, verlangte nicht mehr von ihm, als er zu geben bereit war. Und als er sie im Dunkeln auf die Schlafdecken legte, war sie Drei Fische. Nur Drei Fische.

WINTERENDE

7038 v. Chr.

Chagvan Bay, Alaska
und
Yunaska Island, Aleuten

43

KIIN WACHTE MIT Schmerzen auf, die Muskeln in ihrem Bauch zogen sich zusammen, bis der Druck, der in ihrem Rücken begonnen hatte, ihre Hüften umkreiste und in ihre Knochen eindrang. Sie drehte sich auf die Seite und holte mehrmals tief Luft. Die Schmerzen hörten auf, und sie entspannte sich.

Sie wünschte, sie könnte auf dem Schlafpodest bleiben, aber als zweite Frau war es morgens ihre Pflicht, die Lampe anzuzünden und das Essen auszulegen.

Sie stemmte sich auf Hände und Knie, ihr Bauch hing fast bis auf die Schlafmatten. Die Schmerzen hatten vor vier oder fünf Tagen angefangen und kamen nicht oft, aber sie machten es Kiin schwer, während der Nacht zu schlafen oder während des Tages ihre Arbeit zu beenden.

Sie kroch ins *ulaq,* füllte Öl in der Lampe nach und blies vorsichtig auf den rauchenden Docht, bis er wieder Feuer fing und hell zu brennen begann. Aber von der Anstrengung kamen die Schmerzen zurück, diesmal stärker als die Schmerzen, die sie geweckt hatten.

Es war jetzt über acht Monde her, seit Qakan sie genommen hatte. Seither hatte sie die meiste Zeit als zweite Frau von Rabe verbracht, wenn auch nicht als richtige Frau. Da sie schwanger war, hatte er sie nicht auf sein Lager geholt, aber sie wußte, daß er, wenn die Kinder erst geboren waren, von ihr erwarten würde, in jeder Hinsicht Frau zu sein.

Kiin ging zur Vorratsnische und zog mehrere Behälter hervor, die aus steifer getrockneter Walroßhaut gemacht waren. In einem war geräucherter Heilbutt, in dem anderen waren Wurzeln. Rabe aß viel Heilbutt, aber er mochte auch die kleinen Wurzelknollen gern, die die Frauen aus den Mauselöchern in der Grasnarbe gruben.

Kiin schöpfte eine Schale voll Wurzelknollen aus dem Behälter und begann, die äußere Haut abzupellen. Die Knollen waren so winzig, daß Kiin die Fingernägel benutzte, um sie zu schälen. Jetzt im Frühling, nachdem sie den Winter über gelegen hatten, wurden die Wurzeln schon weich, aber Rabe aß sie noch immer gern roh.

Kiin gab sich Mühe, Rabe eine gute Frau zu sein. Sie hatte gelernt, welche Speisen er am liebsten aß und wie sie zubereitet wurden, wie die langen Fellstrümpfe gemacht wurden, die Männer und Frauen trugen, und, das wichtigste, die Sprache zu sprechen, auch wenn ihre häufigen Fehler noch immer unterdrücktes Gelächter bei den Frauen und ein leises Lächeln bei den Männern auslösten.

Kiin hörte Lemmingschwanz stöhnen. An manchen Tagen war Rabe morgens vor Lemmingschwanz wach, dann nickte er Kiin zu und aß schweigend, aber wenn Lemmingschwanz zuerst aufwachte, befahl sie Kiin, etwas von draußen hereinzuholen, selbst wenn tiefer Schnee lag und ein kräftiger Wind wehte.

Lemmingschwanz kam aus ihrem Schlafplatz gekrochen und fuhr sich mit den Fingern durch ihr dickes schwarzes Haar. Sie ölte ihr Haar jeden Tag und bürstete es mit einem Bündel Schilfgrashalme, und Kiin hatte ebenfalls Schilfgrashalme gesammelt und bürstete ihr Haar damit, hoffte, daß es bald so glänzen würde wie das Haar von Lemmingschwanz.

Lemmingschwanz trug nach Sitte der Frauen des Walroßvolks nur ihre kurze Schürze, die vorn und hinten herunterhing. Sie stellte sich neben Kiin, sah zu, wie Kiin die letzte der Knollenwurzeln schälte, und sagte dann: »Es ist kein frisches Essen mehr da. Mein Mann ist es leid, immer nur getrocknetes Winteressen zu bekommen. Geh zum Ufer und sammle Seeigel.«

Kiin legte die Knollen aus der Hand und stand auf, ohne Lemmingschwanz anzusehen. Sie hatte keine Wahl. Lemmingschwanz war die erste Frau, und man mußte ihr gehorchen. Sie wußte ebensogut wie Kiin, daß es am Ufer keine Seeigel geben würde. Kiin zog ihren *suk* und ihre Strümpfe und die langen dicken Pelzstiefel an, die Frau des Himmels für sie gemacht hatte. Die Sohlen der Stiefel waren aus Walroßhaut und hatten Rillen, um das Gehen am Ufer zu erleichtern.

Als sie aus dem *ulaq* trat, war die Sonne nur ein heller Schimmer im Südosten, und als Kiin das schützende Dorf verlassen hatte, traf sie ein kräftiger, kalter Windstoß, brachte ihr neue Schmerzen. Sie beugte sich nach vorn, um den Druck im Rücken zu lindern und ihr Gesicht vor dem Wind zu schützen, ging aber mit kleinen, langsamen Schritten weiter, bis sie das Ufer erreicht hatte.

Die Schmerzen vergingen, aber als sie sich aufrichtete, sah sie, daß schon jemand dort war – ein Mann. Langsam wich sie zurück, aus Angst, er könnte von einem anderen Stamm sein, jemand, dem man nicht trauen konnte.

Von der zugefrorenen Bucht wirbelte ein Windstoß auf. Der Mann hob die Hände vor das Gesicht und drehte sich ein wenig zur Seite, und Kiin sah, daß es Qakan war. Schon wieder Streit mit Gelbes Haar, dachte Kiin, denn die beiden stritten sich oft, und Qakan, fast immer der Verlierer, wurde weggeschickt, mußte am Ufer entlanggehen oder Wärme in einem anderen *ulaq* suchen.

Qakan war den Winter über im Dorf des Walroßvolks geblieben, und obwohl er oft gesagt hatte, daß er im Frühling weiterfahren würde, hatte er noch keine Vorbereitungen getroffen, es auch zu tun.

Gewöhnlich beachtete Qakan Kiin gar nicht, wenn er sie sah, aber jetzt grinste er und kam über das eisige Ufer zu ihr gelaufen.

»Du bist früh auf den Beinen«, sagte er in der Sprache der Ersten Menschen.

»N-nein, meistens st-st-stehe ich vor meinem Mann auf, um das Essen vorzubereiten«, sagte Kiin in der Sprache des Walroßvolks.

Sobald sie es gesagt hatte, verschwand Qakans Lächeln, und er kräuselte die Lippen. »Glaubst du etwa, dein Mann würde dich achten, weil du seine Sprache so schnell gelernt hast?« fragte er.

Er beugte den Kopf zu Kiin und starrte sie an, aber Kiin spürte keine Macht in seinen Augen und sagte zu ihm: »Was m-m-mein Mann t-tut, geht dich nichts an. Er hat dich zu einem reichen Mann gemacht. Das s-sollte genügen.« Dann drehte sie sich um und ging weg. Es tat gut, ohne Angst vor Vergeltung mit ihm zu sprechen. Welcher Mann würde es wagen, die Frau von Rabe zu schlagen?

Aber dann rief Qakan hinter ihr her, und seine hohe, wimmernde Stimme weckte Erinnerungen an ihre ersten gemeinsamen Jahre. Sie drehte sich um und wartete auf ihn, sagte nichts, als er sich über Gelbes Haar und das *ulaq* von Eisjäger zu beklagen begann, in dem er und Gelbes Haar wohnten.

Schließlich unterbrach ihn Kiin. »Wirst du in diesem Sommer – zu unserem Volk z-z-zurückkehren?«

»Vielleicht«, erwiderte er, »aber Gelbes Haar will hierbleiben.«

»Eine Frau h-h-herrscht n-nicht über ihren Mann«, sagte Kiin.

»Sie herrscht nicht über mich«, fuhr Qakan sie an.

»Dann g-geh. Aber v-v-vergiß nicht, daß die Leute aus unserem Dorf dir Sachen zum Tauschen gegeben haben. Du mußt einen g-g-guten Tausch machen.«

»Ich kann in diesem Dorf nichts tauschen«, sagte Qakan. »Alle wissen, was Rabe für dich gegeben hat. Sie werden hohe Tauschpreise von mir erwarten. Außer Lemmingfleisch werde ich nicht viel kriegen.«

Qakan hatte ohne zu wimmern gesprochen, wie ein Mann, der eine Tatsache darlegt, und Kiin erkannte, daß er recht hatte. Aber mit dieser Erkenntnis kam auch die Leere des Wissens, daß sie gar keine Möglichkeit hatte, die Tauschgeschäfte ihres Bruders zu beeinflussen. Der Tauschhandel würde in Dörfern stattfinden, die viele Tagereisen vom Lager des Walroßvolks entfernt waren.

Sie wandte sich ab, doch dann fühlte sie die Stärke ihres Geistes, die Stärke der Kinder, die sie trug. Sie holte tief Luft und sah über die Schulter zu Qakan und sagte laut und ohne zu stottern: »Wenn du mit deinen Tauschgeschäften fertig bist, komm hierher zurück, in dieses Dorf. Dann werde ich sehen, ob du gute Geschäfte gemacht hast.«

Qakan lachte. »Warum sollte ich das tun?«

»Wenn du gute Tauschgeschäfte gemacht hast«, sagte Kiin, »werde ich Rabe bitten, dir ein Amulett der Macht zu geben.«

Qakan zuckte die Achseln und ging weiter, aber Kiin hatte das Interesse in seinen Augen aufblitzen sehen. Vielleicht genügte es, ihn dazu zu bringen, klug zu wählen.

Kiin drehte sich um und sah über die kleine Bucht, aber dann strahlten wieder bohrende Schmerzen von Kiins Rücken aus. Sie kauerte sich auf den Boden. Als die Schmerzen ihren Höhepunkt erreicht hatten, flüsterte Kiins Geist: »Du bist stärker als die Schmerzen.«

Kiin stand langsam auf. Sie war allein am Ufer. Qakans Spuren führten zum Dorf zurück. Dann erinnerte sich Kiin wieder, warum sie gekommen war, und verzog das Gesicht beim Anblick der dicken Eisschicht, die sich am Ufer aufgetürmt hatte. Wie konnte Lemmingschwanz von ihr erwarten, daß sie Seeigel brachte?

»Kümmere dich nicht um Lemmingschwanz«, sagte Kiins Geist. »Heute wirst du deinem Mann etwas viel Größeres bringen als frisches Essen.«

Kiin ging über den langen gewundenen Strand, hielt nur an, wenn die Schmerzen wiederkamen. Frau der Sonne hatte ihr gesagt, daß sie so lange wie möglich im Freien bleiben sollte, wenn die Wehen einsetzten, daß sie gehen und mit ihren Söhnen reden sollte, ihnen von all den Dingen auf der Welt erzählen sollte.

Und so ging Kiin immer weiter, aber für eine Weile wanderten ihre Gedanken zu Samiq. Vielleicht hatte er sie längst vergessen. Vielleicht hatte er schon eine hübsche Frau, eine Waljägerfrau.

»Ja«, sagte Kiin. »Und wenn er zu unserem Volk zurückkehrt, werden sie ihm sagen, daß ich tot bin. Und das ist gut so. Er ist nicht stark genug, um sich meinem Fluch zu widersetzen – oder dem von Rabe.«

Aber Kiins Füße schienen zum Takt von Samiqs Namen zu gehen, und sie sah das Bild seines Gesichts so klar in ihrem Kopf, als wäre er bei ihr.

Dann drangen wieder die Schmerzen auf Kiin ein, zogen sie in einen dunklen Tunnel, an einen Ort ohne Gedanken oder Erinnerungen. Und als der Schmerz verging, war auch Samiqs Gesicht verschwunden, aber in ihrem Kopf sah Kiin die Gesichter zweier Kinder, das eine schlafend, das andere weinend. Sie konnte nicht sagen, wem sie ähnlich sahen, Amgigh, Samiq oder Qakan, aber sie hatte schon ihre Wahl getroffen, hatte sich schon entschieden. Wenn von den beiden Kindern eins wie Qakan aussah, würde es das sein, das verdammt war, das den Geistern des Windes übergeben werden würde. Und so betete sie, daß eins wie Samiq oder Amgigh aussehen würde, damit ihre Entscheidung eindeutig war, dann stand sie auf und ging weiter, sang ihren Kindern von der Sonne und den Sternen, von der Erde und dem Meer, von Flüssen und Bergen, von allen Dingen, die erschaffen waren, von allen Dingen, die den Menschen heilig waren.

44

FRAU DES HIMMELS fand Kiin am Strand. Kiin kauerte am Boden, hielt ihre Knie umklammert und biß vor Schmerzen die Zähne zusammen.

»Tugidaq?« sagte Frau des Himmels, und Kiin spürte ihre Hand auf ihrem Kopf. »Wie lange kommen die Schmerzen schon?«

Kiin konnte nicht antworten, konnte Frau des Himmels kaum verstehen, aber dann gingen die Schmerzen vorbei, und Kiin blickte auf. »Schon mehrere Tage. Seit heute morgen schlimmer.«

Frau des Himmels sah zu dem hellen Dunstschleier, dem Platz der Sonne in den Wolken. »Hast du das Gefühl, daß du drücken mußt?«

»Nein«, sagte Kiin. »Nur die Schmerzen.«

Dann kamen die Schmerzen zurück. Sie zogen Kiin wieder in das dunkle Zentrum ihrer Gedanken. Dann sagte ihr Geist: »Samiq.« Und der Name war wie ein Amulett, an dem man sich festhalten konnte, das Kiin half, die Schmerzen zu ertragen.

»Ist die Geburtshütte fertig?« fragte Frau des Himmels.

»Ja«, sagte Kiin, als der Schmerz vorüber war. Sie hatte die letzten Tage damit verbracht, den Rahmen zu bauen, Matten über die Pfosten zu legen, die Rabe aus Weidenstämmen geschnitten hatte, die, größer als ein Mann, an einem geschützten Platz in einem Tal zwischen den Bergen wuchsen. Er hatte fünf Weiden für sie gebracht, hatte sie hergeschleppt, drei auf der rechten und zwei auf der linken Schulter, und Kiin hatte sie weit hinter dem Dorf aufgestellt, vor dem Wind geschützt, damit der Rauch, der aus den Dachlöchern der *ulas* aufstieg, nicht zu ihr kam.

Sie band die Weiden an der Spitze zusammen, genauso wie ihre Mutter immer die Pfähle aus Treibholz für die Hütte zusammengebunden hatte, in denen die Frauen die

Zeit des Blutens verbrachten; dann breitete Kiin Matten über die Pfähle und nähte Gras darauf, an den Seiten übereinandergreifend, so daß Schnee und Regen abgehalten wurden.

Ins Innere der Hütte legte sie die Dinge, die eine Mutter brauchen würde: weiche, angerauhte Robbenhäute, um die Neugeborenen einzuwickeln; alte Matten für das Blut von der Geburt; gefüllte Wasserhäute; einen Robbenmagen mit getrocknetem Fisch – Buckelfisch, den Kiin nicht gekannt hatte, ehe sie zum Walroßvolk gekommen war, ein Sommerfisch, damit Kiin keinen Fluch über die Jagd brachte, indem sie Fleisch von Fischen oder Tieren aß, die zur Jahreszeit der Geburt gefangen wurden.

Sie hatte ein Frauenmesser, um die Geburtsschnur der Kinder durchzuschneiden, und Sehnenfäden, um die Schnur dann abzubinden, damit sie nicht blutete. Frau der Sonne hatte ihr einen Korb mit weichem Moos gegeben, gut geeignet, um den Tragegurt für ein Kind zu polstern und die Ausscheidungen eines Kindes aufzusaugen. Sie hatte Öl, um die Haut der Kinder zu säubern und glatt und weich zu machen, und getrocknete Nesselblätter, aus denen Tee zubereitet wurde. Die Blätter hatte Rabe von Händlern gekauft, sie waren schwieriger zu bekommen als selbst Nesselranken und sollten helfen, die Schmerzen nach der Geburt der Kinder zu lindern.

Frau des Himmels zog Kiin hoch und stützte sie, während sie zur Geburtshütte gingen, und als Kiin eingetreten war, lief Frau des Himmels los, um Frau der Sonne zu holen.

Als die beiden Schwestern zurückkamen, hatte Kiin vor Schmerzen die Augen zugedrückt. Als die Schmerzen vergangen waren, sah Kiin, daß die beiden Schwestern die Enden eines dicken geflochtenen Seils aus Robbenhautstreifen an den Weidenpfählen der Hütte befestigten. Frau der Sonne zog das Seil dorthin, wo Kiin saß. »Halte dich daran fest«, sagte sie und wickelte den dicken Zopf um Kiins

Finger. »Wenn die Wehen kommen, mußt du daran ziehen. Deine Hütte ist stark genug, um nicht zusammenzufallen, auch wenn du deine ganze Kraft aufbietest, und das Ziehen wird dir dabei helfen, die Kinder in die Welt zu stoßen.«

Wieder kamen die Wehen, stärker, schneller, bis Kiin so müde war, daß sie sich wie in einer Welt des Halbschlafs fühlte. Von weit entfernt hörte sie Frau des Himmels singen: ziehen, atmen, ziehen, atmen, atmen, atmen, ziehen. Und durch die Wörter, durch die Schmerzen, Samiqs Gesicht, Samiqs Name, Samiqs Stimme. Während der Schmerzen vergaß Kiin alles andere – vergaß, daß sie Amgighs Frau war, vergaß Rabe, vergaß Lemmingschwanz, vergaß Qakan, vergaß das Walroßvolk – dachte immer nur an Samiq, Samiq, Samiq.

Die Kinder kamen in der Nacht, beim Aufgehen des vollen Mondes. Kiin fühlte den ersten Kopf in ihrem Geburtskanal, dann einen anderen Schmerz, diesmal heftiger, das Reißen von Haut, die Schultern des Kindes, als es aus ihrem Körper glitt. Dann Ruhe, keine Schmerzen, das Gemurmel der alten Frauen.

Als das Kind plötzlich einen Schrei ausstieß, rief Kiin: »Nein!« Denn ihr erster Gedanke war, daß Frau der Sonne oder Frau des Himmels das Messer gegen ihren Sohn gerichtet hatte. Dann hielt Frau der Sonne den Säugling hoch, und Kiin sah, daß es ein Junge war und daß er gesund und kräftig war.

»Vergiß nicht, Tugidaq«, sagte Frau des Himmels, »eins deiner Kinder trägt einen Fluch.«

»Höre auf die Geister. Sie werden dir sagen, welches«, sagte Frau der Sonne, als das Kind zu wimmern begann.

Aber Kiin sah keinen Fluch, nur ihren Sohn, nur die langen Finger und Zehen, das feine glatte Haar, die kurze breite Nase seines Vaters: Amgigh. »Kein Fluch«, sagte sie. »Kein Fluch.«

Dann wieder die Schmerzen, jetzt so plötzlich, daß Kiin aufschrie, und so wurde ihr zweiter Sohn bei den Schreien seiner Mutter geboren, und als Frau des Himmels das Kind hochhielt, damit Kiin es sah, schloß sie die Augen in plötzlich aufwallender Freude über die breiten Schultern, das dicke schwarze Haar, die wie Möwenflügel schräggestellten Augenbrauen. Samiqs Sohn. Samiqs Sohn. Kein Fluch. Kein Fluch.

Kiin hielt ihre Kinder im Arm. Die Schmerzen hatte sie schon vergessen. Sie hatte ihre Angst vor dem Fluch vergessen, die sie während der Tage des Wartens erfüllt hatte, als sie ihre Söhne noch in ihrem Bauch trug. Sie hatte die Angst vergessen, die sie erfaßt hatte, als Frau des Himmels die Kinder für sie hochhielt, damit sie sie sehen konnte, ihre Angst, daß ihre Kinder Gesichter haben würden wie die Fische, die manchmal ans Ufer gespült wurden, groß und mit Schuppen bedeckt, und mit Bäuchen, die so weiß waren wie die Haut eines toten Menschen.

Kiin hatte geglaubt, um ihre Angst zu verlieren, würde es schon genügen, allein in der Geburtshütte zu sein, ohne die Befehle von Rabe, ohne Lemmingschwanz, die sie schlug oder kniff.

Auch hatte Rabe, seit er den Walzahn kannte, von ihr verlangt, daß sie schnitzte. Jeden Tag brachte er Treibholz vom Ufer, und Kiin benutzte ein kleines gebogenes Messer zum Schnitzen. Aber schon während sie schnitzte, bemerkte sie, daß ihr Messer genauso mißgebildete Tiere hervorbrachte, wie sie ihr Vater geschnitzt hatte.

Und obwohl Kiin die wahren Bilder der Tiere in Gedanken sah, konnten ihre Finger nicht das, was sie sah, zu Leben erwecken. Immer war irgendein Fehler dabei, ein Auge größer als das andere, eine Pfote zu klein, eine Flosse, die verkehrt herum am Körper saß, aber Rabe war mit ihrer Arbeit zufrieden, brummte zustimmend und sammelte jeden Abend ihre Schnitzarbeiten ein, wickelte sie in weiche Stückchen aus Robbenfell und packte sie in Körbe. Er hatte ihr sogar ein Stück eines Walroßzahns gebracht, und Kiin hatte ihm daraus einen Schmuck für sein Haar geschnitzt.

Lemmingschwanz haßte Kiins Schnitzarbeiten und machte sich oft darüber lustig, weil sie sie häßlich fand. Kiin war auch häßlich, sagte Lemmingschwanz, viel zu häßlich, um in den Schlafplatz von Rabe zu kommen. Ob Kiin vielleicht glaubte, daß er sie zu seiner richtigen Frau machen würde, wenn die Kinder geboren waren? Nein. Er wollte sie nicht haben. Er wollte nur die beiden Söhne, die Kiin, wie Frau der Sonne gesagt hatte, gebären würde. Aber Kiin lächelte nur und fragte sich, wieso sich Lemmingschwanz deswegen Gedanken machte. Ja, die Schnitzarbeiten waren häßlich. Sie wunderte sich, daß nur sie und Lemmingschwanz es sahen.

Trotzdem, auch wenn die Schnitzereien häßlich waren, so wußte Kiin doch, daß sie selbst nicht häßlich war. Für eine häßliche Frau würden Männer nicht so viele Felle hergeben. Und Lemmingschwanz müßte eigentlich wissen, daß sich Rabe nur hübsche Frauen nahm. Lemmingschwanz war hübsch, ihre Augen waren nicht dunkel, sondern goldbraun, ihre schwarzen Haare hatten rote Lichter. Und Gelbes Haar? War sie etwa nicht hübsch? Ihr Körper nicht anmutig wie ein Wasserfall? Kiin wußte also, daß sie nicht häßlich war, auch wenn sie mit der Zeit unbeholfen geworden war und ihr Bauch dick von ihren beiden Söhnen.

Aber jetzt, in der Geburtshütte, mußte sie nicht schnitzen. Jetzt war sie allein und konnte sich Lieder ausdenken, konnte singen und ihre Söhne stillen. Aber am meisten freute es sie, daß der eine ihrer Söhne wie Samiq aussah und der andere wie Amgigh, keiner sah auch nur im entferntesten aus wie Qakan. Und so liebte sie ihre beiden Söhne, sah keinen Fluch auf ihren vollkommen geformten Armen und Händen, auf den langen Fingern und

Zehen von Amgighs Sohn, seinem dünnen glatten Haar und den langen Beinen, auf den kräftigen breiten Schultern von Samiqs Sohn, auf seinen großen Händen, seinem dicken Haar.

Kein Fluch, sagte sie. Kein Fluch. Warum sollte sie sich Sorgen machen? Qakan war nicht stark genug, um Söhne zu verfluchen, die von Amgigh und Samiq waren. Qakan hatte keinen Fluch über sie gebracht, und wenn er es nicht bei ihren Söhnen getan hatte, warum sollte er dann sie, Kiin, mit einem Fluch belegen? Sie würde zu ihrem Volk zurückkehren, ja, irgendwie würde es ihr gelingen, dorthin zurückzukehren. Wenn sie wieder stark war, würde sie, bevor sie ins *ulaq* von Rabe zurückmußte, bei Nacht die Geburtshütte verlassen, die Kinder unter ihrem *suk* festbinden und ein *ik* stehlen. Sie würde zu den Ersten Menschen zurückkehren. Ja, sie würde den ganzen Frühling brauchen, den ganzen Sommer, aber wer hatte denn im letzten Sommer die meiste Zeit gepaddelt? Nicht Qakan.

Sie würde ihre Söhne zu den Ersten Menschen bringen. Amgigh würde stolz sein, einen Sohn zu haben, und wenn Samiq von den Waljägern zurückkam, würde auch er sehen, daß Kiin ihm einen Sohn gegeben hatte. Und ein größeres Geschenk konnte eine Frau nicht machen.

45

DREI TAGE NACH der Geburt kam Frau des Himmels in Kiins Hütte. Die Kinder schliefen, jedes in einer Wiege, die an den Weidenstämmen hing.

Die Wiegen hatte Rabe gemacht, jede ein Rechteck aus Holz, so lang wie eine Robbenhaut, die an den Seiten befestigt war und eine Schlinge bildete, in dessen Mitte das Kind lag. Jede Seite des Holzes war wie eine Richtung des

Windes – der Osten die Richtung des neuen Lebens, der Süden die Richtung der Sonne, der Westen der Tod und der Norden der Ort der Tanzenden Lichter.

»Schlafen sie?« fragte Frau des Himmels, als sie noch in der Tür der Hütte stand.

Kiin nickte. »Ja, Großmutter.«

»Gut«, sagte die alte Frau, aber zum erstenmal, seit Kiin sie kannte, schien Frau des Himmels unruhig, unsicher, was sie sagen sollte; sie verschränkte die Hände, blinzelte mit den Augen.

»Haben die Geister mit dir gesprochen?« fragte sie.

Kiin zitterte, und ihr Herz schlug schnell und laut. »N-nein«, antwortete sie, so als wüßte sie nicht, was Frau des Himmels meinte. Sie versuchte zu lächeln, versuchte sich so zu benehmen, wie sich eine Frau, Mutter von zwei Söhnen, benehmen würde.

Frau des Himmels kam in die Geburtshütte und setzte sich mit gekreuzten Beinen auf die Grasmatten am Boden. Die Öllampe stieß eine Rauchwolke in die Luft, als die Türklappe wieder an ihren Platz fiel.

»Kiin«, sagte Frau des Himmels mit fester Stimme, und ihre Augen waren so dunkel, daß selbst die Flammen der Lampen nicht in sie hineinsahen, »einer von deinen Söhnen ist böse. Einer muß sterben.«

»Nein«, sagte Kiin laut. »Meine S-S-Söhne sind nicht böse. Du k-kannst s-s-sehen, daß keiner Qakan gehört. Wenn du meinen Mann kennen würdest, könntest du s-sehen, daß der Erstgeborene von ihm ist, er gehört auf jede Weise zu meinem Mann. Wenn du S-S-Samiq, den Bruder meines Mannes, kennen würdest, könntest du sehen, daß der Z-Zweitgeborene ihm gehört. Er ist auf jede Weise wie Samiq, selbst seine k-kräftigen Schreie, sein dickes Haar.«

»Und warum sollte dieser Zweitgeborene Samiq gehören?« fragte Frau des Himmels und beugte sich dicht zu Kiin und starrte ihr in die Augen.

»Samiq hat k-keine Frau und wurde zum Stamm der

Waljäger g-geschickt, um zu lernen, wie man den Wal – wie man den Wal jagt. Amgigh, mein Mann, hat mich eine N-Nacht Samiq g-gegeben, zum Trost, bevor er wegging.«

Frau des Himmels nickte.

»Meine S-S-Söhne sind wie alle M-M-Menschen, sie sind beides, gut und böse, und sie k-können selbst entscheiden, es ist nichts, was die G-Geister beschlossen haben, bevor sie geboren wurden«, sagte Kiin, und die Hitze ihrer Worte brachte die Luft bei den Wiegen dazu, aufzusteigen und sich zu bewegen, bis Amgighs Sohn zu weinen anfing.

Kiin stand auf und nahm ihn aus seiner Wiege. Sein Tragriemen war noch unter Kiins *suk* festgemacht, reichte über ihre Schultern und quer über ihren Rücken bis unter ihren anderen Arm. Kiin steckte Amgighs Sohn in die Schlinge, die seinen Rücken und seinen Kopf stützte und zwischen seinen Beinen hindurchlief. Kiin schob dem Säugling die Brustwarze in den Mund.

»Die Träume meiner Schwester sind immer wahr«, sagte Frau des Himmels. »Sie hat es gesehen, bevor du zu uns gekommen bist. Hat sie nicht gesagt, daß du zwei Kinder haben würdest? Hat sie nicht gesagt, daß es Söhne sein würden?«

Aber Kiin sah die Frau nicht an, hob den Blick nicht zu dem verrunzelten braunen Gesicht.

Lange Zeit saß Frau des Himmels schweigend da, aber dann, als Samiqs Sohn zu weinen anfing und Kiin aufstand, um ihn aus seiner Wiege zu nehmen, stand Frau des Himmels auch auf, und bevor Kiin das weinende Kind in die Arme nehmen konnte, hatte es Frau des Himmels aus der Wiege gehoben. Eine Weile stand sie mit ihm da, wiegte es in den Armen, bis es nicht mehr schrie, dann sah sie Kiin an, und Kiin bemerkte, daß der alten Frau die Tränen über das Gesicht liefen.

»Außer Eisjäger sind alle meine Söhne gestorben, als sie noch klein waren«, flüsterte sie. »Kiin, Frau der Sonne hat diesen Traum nicht gehabt, aber mein Geist sagt mir, daß dies der böse Sohn ist, dieses Kind mit dem dunklen Haar wird Zerstörung bringen.«

Kiin sagte nichts, nahm nur Samiqs Sohn aus ihrem Arm, drückte ihn fest an die Federn ihres *suk*, legte ihn dann sanft an ihre nackte Haut.

»Ich gehe jetzt«, sagte Frau des Himmels in der Sprache des Walroßvolks.

»Dann g-g-geh«, sagte Kiin ebenfalls in der Sprache des Walroßvolks, aber ihre Kehle schnürte sich zusammen, so daß sie nicht sagen konnte, was sie wollte: Komm mich wieder besuchen.

Frau des Himmels ging hinaus, machte die Türklappe hinter sich zu, aber Kiin spürte noch ihre Gegenwart und wußte, daß sie draußen vor der Hütte stand. Schließlich rief sie: »Laß deinen Geist zu dir sprechen, Kiin. Laß ihn sagen, was wahr ist. Würdest du einen Fluch über uns bringen, über das Volk, das dich aufgenommen hat als eine der Ihren?«

Kiin steckte Samiqs Sohn in den Tragriemen. Nein, ich würde keinen Fluch über euch bringen, dachte sie. Aber verlangt nicht von mir, einen meiner Söhne zu töten. Verlangt das nicht von mir.

»Frau«, rief jemand.

Im Traum glaubte Kiin, die Stimme von Amgigh zu hören, und für einen Augenblick war sie wieder in Kayughs *ulaq*. Dann machte sie die Augen auf, und als die Stimme noch einmal rief, wußte sie, daß sie Rabe gehörte.

»Mann«, antwortete sie leise, um die Kinder nicht aufzuwecken, »ich bin hier.«

»Komm heraus«, sagte er.

Und Kiin, überrascht, daß er so etwas von ihr verlangte, erwiderte: »Sei vorsichtig mit deinen Waffen. Ich b-blute noch.«

Sie hörte scharrende Geräusche vor der Hütte, als er sich entfernte, dann kroch sie nach draußen und war überrascht, als sie sah, daß die Nacht fast vorüber war, daß die Sonne schon rot am Horizont stand.

»Ich habe mit den alten Frauen gesprochen, mit Großmutter und Tante«, sagte er. Seine Worte versetzten Kiins Geist in Angst und Schrecken, ein Gefühl der Schwere breitete sich über ihr aus, so daß sie den Wunsch verspürte, sich in den dunklen Schatten bei der Hütte zu verstekken.

»Deine M-Macht ist g-größer als ihre«, sagte Kiin voller Zorn.

Und sie war überrascht, als Rabe sagte: »Ja, meine Macht ist größer. Du darfst deine Söhne nicht töten. Sie sind auch meine Söhne, vergiß das nicht. Ich habe für dich eine gute Frau hergegeben. Du mußt tun, was ich sage.«

Kiin beugte den Kopf nach unten, wollte nicht sehen, was in den Augen ihres Mannes geschrieben stand. Wenn ihr Mann ihr sagte, daß sie ihre Söhne nicht töten sollte, durfte sie ihm den Gehorsam verweigern? Sie war Frau. Sie mußte tun, was ihr Mann sagte.

»S-s-sag der Großmutter, daß ich m-meinem Mann gehorchen m-muß. Ich bin Frau. S-sag der Tante, daß ich t-tun m-muß, was mein Mann sagt.«

Leise und weich mit dem Wind hörte Kiin das Lachen von Rabe. Leise und weich mit dem Wind hörte sie das Geräusch, als Rabe sich umdrehte und von der Geburtshütte wegging.

Und obwohl sie, als sie wieder in die Hütte ging, nichts von ihrem eigenen Geist vernahm, keine Stimme vernahm, zustimmend oder nicht zustimmend, kam ein Lied zu ihr, flüsternd, von den Spitzen der Weiden:

Ich werde nicht für meine Kinder wählen,
ob sie gut sind oder böse.
Welche Mutter könnte wählen zwischen zwei Söhnen?
Welche Mutter könnte wählen?

Jeder Sohn wird selbst entscheiden.
Jeder muß wählen, wie es alle tun.
Wie Amgigh und Samiq gewählt haben.

Dann hörte sie ihren Geist singen. Seine Stimme, klein und schwach, in ihrem Innern: »Wie Rabe gewählt hat.«

46

DIE MORGENNEBEL WAREN länger, dichter. Der Schnee wurde zu Regen, der Regen wurde dünner und zu Nebel.

»Bald kommen die Wale«, sagte Harter Felsen.

Die Männer hatten sich am Ufer versammelt. Der Nebel schien sie vom Dorf zu trennen, aber Samiq wußte, daß er ihre Stimmen klar und deutlich bis zu den *ulas* trug.

»Wir brauchen einen Wächter«, sagte Sterbende Robbe und schob sich ein Stück getrocknetes Fleisch in den Mund. »Der Sohn von Lund ...«

»Der ist zu jung«, unterbrach Harter Felsen.

Samiq sah ihn erstaunt an. Lunds Sohn war der Neffe von Harter Felsen. Es war für den Jungen eine Ehre, genannt zu werden, aber Harter Felsen hatte ein finsteres Gesicht aufgesetzt.

»Waltöter wird unser Wächter sein«, sagte er.

Sterbende Robbe lachte, aber Samiq wußte, daß Harter Felsen keinen Witz machte.

»Du bist mehr Junge als Mann«, erklärte Harter Felsen und sah Samiq ins Gesicht. »Du wirst für uns Wache halten.«

Die Männer um ihn herum murmelten vor sich hin, aber Samiq sagte: »Ich habe nie gelernt, was ein Junge wissen muß. Harter Felsen hat klug entschieden. Für eine Weile werde ich Wache halten.«

»Dazu besteht kein Grund«, sagte Sterbende Robbe zu Samiq.

Aber Samiq erwiderte: »Das ist nichts Unehrenhaftes. Das brauchst du nicht zu glauben.« Dann drehte er sich zu Harter Felsen um und sagte: »Laß uns jetzt gehen. Ich werde Wache halten, aber vorher muß ich mit meiner Frau sprechen.«

Samiq sah die Überraschung und Enttäuschung in den Augen von Harter Felsen und wußte, daß der Mann einen Kampf gewollt hatte. Samiq hatte schon oft zwei Waljäger kämpfen sehen, mit Worten zustoßend, nicht mit Messern. Für die Waljäger waren die Wunden, die mit Worten geschlagen wurden, so tief wie die von jeder Waffe, und Samiq wußte, daß er längst nicht so geübt darin war wie Harter Felsen, der Kampf mit Worten war für Samiq noch neu, seine Antworten zu langsam, zu ungeschickt.

»Es ist besser so«, sagte er ruhig zu Sterbende Robbe. »Aber paß für mich auf Dicke Frau und Drei Fische auf.«

»Ich bringe dir Essen«, versprach DickeFrau, als sie Samiqs *chigadax* und Stiefel in einen Sack aus Robbenhaut packte. »Lunds Junge wird es dir bringen.«

»Lunds Junge sollte Wache halten«, sagte Drei Fische.

»Es wird nicht für lange sein, Frau«, sagte Samiq und legte die Hand auf ihre Schulter.

Harter Felsen ging mit Samiq zu dem Ausguck. Er war auf einem schmalen Vorsprung eines Felskamms. Für einen Jungen bedeutete es Freiheit. Ein Ort, an den seine Mutter nicht kommen würde. Ein Ort, an dem ein Junge seine Waffen ausprobieren konnte. Auf dem breitesten Stück des Vorsprungs stand eine Hütte, die von einer flachen Felshöhle vor dem Wind geschützt war.

Als Samiq sein Essen und seine Kleider hineinlegte, bemerkte er, daß die Wände der Behausung dicht gewebt und fest waren, daß aber die Matten auf dem Boden zu schimmeln begonnen hatten und daß ein Geruch wie von etwas

Totem über der Hütte lag. Angeekelt zog er die Matten vom Boden und trug sie zum Rand des Felskamms, um sie zwischen die Felsen und Gräser darunter zu werfen.

Er drehte sich zu Harter Felsen um, erwartete Widerspruch von ihm und sah, daß Harter Felsen einen faustgroßen Stein in der Hand hielt, den er mit den Fingerspitzen fest umklammerte. Samiqs Bauchmuskeln zogen sich zusammen, und er streckte langsam die Hand aus nach dem Griff seines Obsidianmessers, das Amgigh ihm gegeben hatte. Bei einem Kampf mit Harter Felsen würde es nur Verluste geben.

Aber Harter Felsen streckte Samiq den Stein hin und sagte: »Der Stein ist für das Zeichen. Dreimal gegen die Höhlenwand für einen Wal. Zweimal für Robben.«

Samiq ließ die Arme wieder fallen und lauschte, als Harter Felsen den Stein gegen die Höhle schlug. Es hallte laut und warf einen klaren Ton zum Ufer hinunter. »Dreimal«, sagte Harter Felsen, als er den Stein in eine Nische am Rand der Höhle legte. »Dann zünde die Feuer an.« Mehr sagte er nicht, und er sah sich auch nicht noch einmal nach Samiq um, als er an der Seite des Kamms, Erde und Steine lostretend, wieder hinunterstieg.

Samiq wartete, bis Harter Felsen im Nebel verschwunden war, dann drehte er sich um und bemühte sich, über den Saum des Nebels hinauszusehen, wo das Meer dalag wie das Schwarze im Auge.

Drei Tage und Nächte hielt Samiq Wache, schlief nur, wenn der Nebel zu dick war und man das Wasser nicht sah. Am vierten Tag kam Lunds Junge. Er brachte Wasser und Fleisch und ein Päckchen mit Goldenzianwurzeln. Er stellte das Wasser auf den Boden und kauerte sich neben Samiq, reichte ihm das Päckchen mit den Wurzelknollen.

Die Ersten Menschen aßen die Wurzeln gekocht. Samiq mochte den sauren Geschmack nicht, den sie roh hatten. Er verzog das Gesicht, und der Junge lächelte. Der Junge steckte sich eine Handvoll Goldenzianknollen in den Mund. Samiq fühlte, wie sich seine Kehle zusammenzog, als er zu kauen begann. Aber der Junge lachte nur und aß noch mehr davon.

Im Unterschied zu den meisten Waljägern war Lunds Junge klein und schmal, aber Samiq hatte schon mehr als einmal gehört, wie er einige ältere Jungen bei den Wortschlachten geschlagen hatte.

»Ich kann zwei oder drei Tage bleiben«, sagte der Junge.

»Gut«, antwortete Samiq, »vielleicht schaffst du die dann alle.« Und er warf dem Jungen das Päckchen mit den Wurzeln in den Schoß.

»Wenn du sie kochst, bestimmt«, sagte der Junge und lachte.

»Du bist der Koch«, erwiderte Samiq und strich dem Jungen mit der Hand über den Kopf.

Der Junge nickte und fing an, die Vorräte auszupacken, die er mitgebracht hatte. Er lachte und redete manchmal so schnell, daß die Wörter wie ein Lied aus seinem Mund kamen.

Aber auch während der Junge redete, beobachtete Samiq das Meer. Weit draußen auf dem Wasser war ein *ikyak*, und Samiq fragte sich, ob es Kayugh oder Amgigh sein könnte. Aber Lunds Junge zeigte auf die dünne dunkle Linie und sagte: »Harter Felsen. Er ist heute auf die Jagd gegangen.«

Samiq brummte, war enttäuscht. »Haben sie Robben gesehen?«

»Nein«, sagte der Junge und grinste dann. »Dicke Frau vermißt dich. Sie sagt, es ist eine Schande, daß dich Harter Felsen hierhergeschickt hat. Jetzt sind alle Frauen im Dorf böse. Sogar die Frau von Harter Felsen. Deshalb ist er heute auf die Jagd gegangen.«

Das Echo von Samiqs Lachen schallte bis weit über den Felskamm, und der Junge lachte auch und sagte dann: »Harter Felsen kommt noch vor dem Abend zurück. Sie müssen die Zeremonie abhalten. Die alten Männer sind jetzt alle tot, und nur Harter Felsen und Sterbende Robbe wissen, wie das Walgift gemacht wird. Heute morgen hat Harter Felsen das Gift gemacht.«

Samiq drehte sich zu dem Jungen um. »Woher weißt du das?«

»Ich bin ihm gefolgt.«

Samiq hielt die Luft an und drehte sich wieder zum Meer um, bemerkte, daß das Boot von Harter Felsen jetzt dichter am Ufer war.

»Du bist ihm gefolgt?« fragte er schließlich.

Der Junge zog einen abgebrochenen Stein aus dem Felssims und umschloß ihn mit der Hand. Dann holte er ein Knochenstück aus seinem Parka und begann, damit an dem Stein zu schaben.

»Du wirst dir noch in die Hand schneiden«, sagte Samiq und beugte sich nach hinten zur Hütte, um den Korb mit seinen Speerspitzen von den Schlafmatten zu ziehen. Er öffnete den Korb und zog einen Streifen Haut heraus und wickelte ihn um den Handballen des Jungen.

»Außerdem ist es nicht der richtige Stein«, sagte Samiq, aber dann, als er sah, wie das Gesicht des Jungen rot wurde, verstand er, daß der Junge nur an dem Stein schabte, um Samiqs Fragen auszuweichen, aber Samiq fragte noch einmal: »Du bist ihm gefolgt?«

»Ja«, antwortete der Junge und starrte auf den Stein, den er neben seine Füße geworfen hatte.

Samiq reichte ihm einen Andesitstein aus dem Korb, und der Junge drehte ihn zwischen den Fingern.

»Er ist fertig«, sagte Samiq und zeigte auf die dünne Unterseite und die immer schmaler werdende Spitze, die in einem Punkt endete. »Bis auf den Rand.« Er nahm den Stein selbst in die Hand und stützte die Hand auf den Schenkel, drückte mit einem Stück Knochen dagegen, um die Splitter vom Rand zu lösen.

»Nimm es zum Üben«, sagte Samiq und gab dem Jungen

den Stein zurück. »Mein Bruder macht die besten Klingen, die ich kenne. Ich sage dir, was er mir gesagt hat. Der Knochen gehört hierher«, erklärte Samiq und legte ihn auf den Rand der Klinge. »Und jetzt drückst du ihn zur Mitte. Du mußt dich hineinlegen in den Schlag. Mit der ganzen Kraft deiner Schultern.« Samiq wartete, bis die Muskeln in den Armen des Jungen hart waren. »Und jetzt nach unten drücken.«

Vom Rand des Steins löste sich ein Splitter. Der Junge untersuchte die Klinge, bewegte das Werkzeug.

Samiq schüttelte den Kopf. »Nein«, sagte er, »leg den Knochen zum Stemmen hierhin, ganz flach zum Stein.« Er beobachtete den Jungen, während er es tat, und brummte zustimmend, als ein weiterer Splitter von der Kante wegbrach, dann legte er die Hand auf den Arm des Jungen.

Der Junge hielt still und sah zu ihm hoch.

»Niemand darf zusehen, wenn der *alananasika* das Gift macht«, sagte Samiq. »Warum hast du zugesehen?«

»Ich wollte es wissen«, sagte Lunds Junge. »Ich habe gehört, wie mein Vater sagte, daß nur Harter Felsen und Sterbende Robbe wissen, wie es gemacht wird. Aber wenn ihnen nun etwas zustößt, was dann? Jäger sterben. Der Vater von Schwarze Beere ist letzten Sommer ertrunken. Der Vater von Roter Vogel wurde von einem Wal getötet. Wenn das nun mit Harter Felsen passiert? Wenn das nun mit Sterbende Robbe passiert? Dann könnten wir keine Waljäger mehr sein. Keiner von uns. Ich habe zugesehen, damit ich weiß, wie es gemacht wird. Ich denke, alle Männer sollten es wissen.«

Samiq hörte den Eifer in der Stimme des Jungen und erinnerte sich daran, was sein Großvater Großer Wal einmal zu ihm gesagt hatte. »Ich glaube, ich hätte genauso gehandelt«, sagte Samiq leise.

Ihre Blicke begegneten sich, und der Junge sah nicht weg. »Es gibt eine kleine Pflanze. Die Frauen nennen sie Jägerhaube ...«

Samiq nickte. »Ja«, sagte er. »Die kenne ich.«

Die Feuer der Zeremonie waren angezündet. Samiq sah die Flammen vom Hügelkamm aus. »Ich werde zusehen«, sagte er zu Lunds Jungen und beachtete nicht die großen Augen, die das Interesse des Jungen bekundeten. Niemand außer den Waljägern durfte der Zeremonie zusehen. »Du brauchst nicht zuzusehen«, sagte Samiq.

Aber der Junge kauerte sich neben ihn auf den Boden und sagte: »Ich habe zugesehen, wie sie das Gift gemacht haben.«

Samiq lächelte, und da der Junge das Lächeln in der Dunkelheit nicht sehen konnte, streckte er die Hand aus, um auf sein Knie zu klopfen.

Sie begannen mit den Liedern, und Samiq erkannte die Worte, es waren die gleichen wie bei der Zeremonie, als er Waltöter geworden war, ein Lied, das sich immer wiederholte und an das er sich vom letzten Sommer erinnerte. Die Männer trugen die gleichen Masken, und Samiq beobachtete sie beim Tanzen, behielt die Schritte im Gedächtnis, die Lunds Junge ihm zeigte. »Das ist ein Tanz, den alle Jungen lernen«, erklärte er.

Samiq fühlte plötzlich eine freudige Erregung. Was brauchte er mehr, wenn er zu seinem Volk zurückkehrte, nachdem er nun an einem einzigen kurzen Tag von dem Tanz und auch von dem Gift erfahren hatte? Er legte eine Handvoll Kraut von der Schwarzen Krähenbeere auf das Feuer und betrachtete seinen flackernden Schatten an der Höhlenwand. Das Echo der Feuer von der Zeremonie, dachte Samiq. Die Waljäger und Waltöter.

Er hatte gerade noch einmal die Hand ausgestreckt, um noch mehr von dem Heidekraut auf das Feuer zu werfen, als sein Auge ein anderes Glühen einfing, das aber hinter ihrer Insel war, vielleicht auf der Insel der Ersten Menschen, ein Licht, wo kein Licht hätte sein sollen, eine Röte am Nachthimmel. Er stand auf, und auch der Junge stand auf.

Plötzlich fühlte Samiq, wie sich die Erde unter seinen

Füßen bewegte, und er ließ sich schnell auf Hände und Füße fallen, zog den Jungen mit sich auf den Boden.

»Das sind Berggeister«, flüsterte Samiq, aber er glaubte nicht, daß der Junge ihn gehört hatte. Die Geräusche waren zu laut, die Erschütterungen lösten Felsstücke und Kieselsteine aus dem Berg, und sie stürzten über die Felskante.

Samiq kroch in die Hütte, schob den Jungen vor sich her. Der Junge sagte nichts, aber als sie in der Hütte waren, kroch er dicht zu Samiq, und Samiq zog den Jungen unter sich, bis das Beben und der Lärm aufgehört hatten.

Das Glühen am Himmel hielt die ganze Nacht an. Samiq konnte nicht schlafen, aber der Junge schlief für eine Weile. Als der graue Dunst des Sonnenaufgangs den Himmel erhellte, kroch Samiq nach draußen auf den Felsvorsprung. Der Morgennebel war mit Rauch vermischt, und Samiq konnte nicht weiter sehen als bis zu den Fingern seiner Hand.

Plötzlich hörte er neben sich eine leise Stimme. »Wir hätten nicht zusehen sollen. Das ist die Strafe der Berggeister.«

»Nein«, sagte Samiq, aber ihm fiel kein Grund für seinen Widerspruch ein, und so sagte er noch einmal: »Nein.«

Der Junge schwieg, und Samiq sah hinunter zu ihm, sein Gesicht war nur ein dunkler Fleck neben Samiq. »Du solltest ins Dorf zurückgehen«, sagte Samiq. »Dort bist du in Sicherheit.«

»Nein«, sagte der Junge und drehte sich zu Samiq um. »Ich bleibe noch einen Tag. Ich werde aufpassen. Du mußt schlafen. Ich habe geschlafen. Jetzt mußt du schlafen.«

Samiq hob die Hand und strich dem Jungen über das Haar, dann zog er sie schnell wieder zurück und fragte: »Wie heißt du?«

»Lunds Junge.«

»Nein«, sagte Samiq. »Dein richtiger Name.«

»Kleines Messer.«

Ein guter Name, dachte Samiq. Der Name eines Mannes. Das Messer, das Leben selbst. »Ich schlafe jetzt, Kleines Messer«, sagte er.

47

Als Samiq aufwachte, kniete Drei Fische neben ihm. Ihr Gesicht war verletzt und schmutzig, ihre Augen rot vom Weinen. Er sah über ihre Schulter, um festzustellen, ob Kleines Messer hinter ihr war, aber Drei Fische streckte ihr Gesicht dicht an seins, versperrte die Sicht auf alles außer auf ihren breiten Mund und die gebrochenen Zähne darin.

»Viele sind gestorben«, sagte sie mit heiserem Schluchzen in der Stimme, »und Harter Felsen gibt dir die Schuld dafür. Ein paar von den Jägern sind aufs Nordmeer hinausgefahren. Sie sagen, es wäre Aka, der das Feuer speit. Harter Felsen sagt, Aka würde dem Willen der Robbenjäger folgen, und du hast einen Fluch über uns gebracht, weil du beim Waltanz zugesehen hast.«

Wieder bebte der Berg, kleine Felsbrocken fielen auf den Felssims, und Drei Fische schrie.

Kleines Messer kam mit vor Schreck geweiteten Augen in die Hütte gelaufen. »Sie hat Angst vor den Felsbrocken«, sagte Samiq. »Kannst du etwas sehen? Hat sich der Nebel gehoben?«

»Nein. Überall ist Rauch und Nebel. Vom Himmel fällt Asche und deckt alles zu.« Er schüttelte den Kopf, aus seinem Haar stieg eine weiße Staubwolke auf.

Samiq packte Drei Fische an den Schultern. »Drei Fische«, sagte er streng, »hör auf zu schreien.« Sie kniff die Augen zu. »Hör auf zu schreien«, sagte Samiq noch einmal. »Erzähl mir, was passiert ist.«

Sie holte mehrmals Luft und wischte sich die Augen. »Wir haben geschlafen. Dicke Frau und ich. Dann begann der Boden zu schwanken, und plötzlich fielen im *ulaq* die Balken herunter.«

Sie hatte die Augen aufgerissen, als würde sie noch einmal sehen, wie das *ulaq* einstürzte, und Samiq bekam plötzlich Angst. Als sie ihn weckte, hatte sie ihm da nicht gesagt, daß viele umgekommen waren?

»Dicke Frau hat geschrien«, sagte Drei Fische, und wieder rannen Tränen über ihre Wangen. »Dicke Frau war – sie hatte Blut im Mund, und ihre Augen standen offen. Und dann fiel das Dach auf die Öllampen, und ich konnte nichts mehr sehen, aber ich habe sie gezogen, bis ich sie an dem Loch hatte, wo früher das Dach war, und da sah ich – das Blut –.« Drei Fische wischte sich mit dem Handrücken über die Nase.

Sie holte tief Luft. »Dicke Frau ist tot«, sagte sie. »Das *ulaq* von Harter Felsen steht noch und das von Sterbende Robbe auch, aber in Lunds *ulaq* sind alle tot, sogar das kleine Kind. Lund, mein Bruder!« jammerte sie. »Mein Vater und meine Mutter ...« Drei Fische fing wieder an zu weinen, aber Samiq hatte mehr Mitleid mit Kleines Messer. Er sah zu dem Jungen, der noch immer am Eingang der Hütte stand, sein Körper war starr, und er hatte die Fäuste geballt.

»Kleines Messer«, sagte Samiq mit weicher Stimme, aber er fand keine Worte, um den Jungen zu trösten, und Samiq fühlte sich leer, stellte sich vor, was Kleines Messer fühlen mußte, plötzlich ohne seinen Vater und seine Mutter, ohne seine Brüder und Schwestern. Dann mußte Samiq plötzlich an sein eigenes Volk denken, das viel näher bei Aka lebte als das Waljägervolk. Vielleicht waren seine Mutter und sein Vater, seine Schwester und Amgigh längst tot, lagen unter den Trümmern ihres *ulaq* begraben. Und was war mit Kiin?

»Kiin«, flüsterte er und stieß Drei Fische von sich.

Drei Fische blickte auf, ihre Augen waren vom Weinen geschwollen. »Harter Felsen gibt dir die Schuld an allem«, sagte sie wieder. »Er sagt, daß du Aka gerufen hast, daß du von diesemFelskamm die Waltänze beobachten konntest und daß du ihnen zugesehen hast, um einen Fluch über uns zu bringen.«

»Harter Felsen ist ein Dummkopf«, sagte Samiq wütend. »Wer könnte schon Feuer aus einem Berg kommen lassen?«

»Er sagt, daß du die Wale gerufen hast und daß du auch die Macht hast, Aka zu rufen.«

Samiq starrte sie an, sah die Fragen in ihren Augen.

Könnte ich die Wale gerufen haben, ohne es zu wissen? überlegte Samiq. Könnte ich mir gewünscht haben, daß Aka so etwas tut? Aber dann dachte er wieder an seine eigene Familie und sagte zu Drei Fische. »Würde ich auch meinem eigenen Volk Schaden zufügen? Sie leben näher bei Aka als die Waljäger. Harter Felsen ist ein Dummkopf.«

Samiq kroch aus der Schutzhütte und hielt überrascht inne, als er die dicke Schicht aus grauer Asche sah, mit der der Felssims bedeckt war. Er hob eine Handvoll auf, und als er sich umdrehte, bemerkte er Kleines Messer, der ihm gefolgt war.

»Ich hätte nicht bei den Tänzen zusehen dürfen«, sagte Kleines Messer leise.

Samiq warf die Asche auf den Boden und sagte laut: »Welcher Jäger hält nicht die Augen offen? Welcher Wächter sieht nichts?«

Aber der Kummer blieb in den Augen des Jungen, und er sagte noch einmal: »Ich hätte nicht zusehen dürfen. Ich bin kein Jäger. Ich bin kein Wächter.«

»Du wärst bald ein Wächter geworden.«

»Aber ich bin es nicht.«

»Ich bin ein Waljäger«, sagte Samiq. Dann rief er laut in den Nebel, in die herunterfallende Asche: »Ich bin ein Waljäger. Ich habe Kleines Messer zum Wächter ernannt.«

Und als Kleines Messer schwieg, ging Samiq an ihm vorbei zur Hütte. »Pack deine Sachen zusammen«, sagte Samiq zu ihm. »Wir gehen ins Dorf zurück.«

Aber als er in die Hütte kam, hielt ihn Drei Fische an seinem Parka fest.

»Du kannst nicht dorthin zurückgehen. Harter Felsen wird dich töten.«

»Ich habe keine Angst vor Harter Felsen.«

»Es ist nicht nur Harter Felsen. Alle Männer im Dorf haben geschworen, dich zu töten.«

»Sterbende Robbe auch?«

»Alle. Und Harter Felsen wird dir den Kopf abschneiden, um deinen Geist zu zerstören. Du kannst nicht dorthin zurück.«

»Ich habe gesagt, daß ich keine Angst habe.«

»Dann bist du ein Narr«, sagte Drei Fische plötzlich, und ihre Stimme klang so laut und stark wie die Stimme von Dicke Frau.

Ihre Worte machten ihn zornig. »Du hast schon zu lange bei meiner Großmutter gelebt«, sagte Samiq. »Du redest wie ein Mann.«

Drei Fische schluckte und blähte die Nasenflügel, aber sie sagte leise: »Wer wird deinem Volk beibringen, den Wal zu jagen, wenn du tot bist? Was kannst du tun, um den Waljägern jetzt zu helfen?« Sie hielt inne, sah Kleines Messer an, dann sah sie wieder zu Samiq. »Wenn du Aka gerufen hast, wenn du schuld bist an dem, was hier geschehen ist, dann ruf Aka noch einmal und laß es aufhören. Dann geh zurück zu deinem Volk und gib uns Ruhe. Wenn du Aka aber nicht gerufen hast, wie willst du dann irgend jemandem helfen, wenn du tot bist? Geh zu deinem Volk und hilf ihm.«

Samiq sah Drei Fische erstaunt an. Wer hätte gedacht, daß hinter den gebrochenen Zähnen, hinter dem rauhen Lachen so viel Weisheit versteckt war?

»Du bist meine Frau«, sagte Samiq. »Sterbende Robbe wird für dich sorgen, wenn du zu den Waljägern zurückgehst, aber wenn du willst, kannst du auch mit mir kommen.«

Einen Augenblick lang stand sie reglos da, sah ihn an. »Du hast mir noch keinen Sohn gegeben«, sagte sie. »Ich komme mit dir.«

Sie kletterten von dem Felskamm, während der Rauch und der Nebel noch über dem Ufer lagen. Hände und Füße fanden auf den von Asche rutschigen Felsen schwer Halt. Einmal fiel Kleines Messer hin, schürfte sich das Knie auf, verletzte sich am Arm, aber er schrie nicht, und Samiq sagte auch nichts, als er ihn stützte, bis er wieder Luft bekam und sie weiter den Berg hinunterkletterten.

Als sie am Strand angekommen waren, wollte Samiq zu den Gestellen mit den *ikyan* gehen.

»Nein«, sagte Kleines Messer. »Ich gehe. Um mich wird sich niemand kümmern. Ihr bleibt hier. Versteckt euch im Gras.«

Samiq sah dem Jungen in die Augen. Sagte er die Wahrheit, oder würde er Harter Felsen mitbringen?

Der Junge wartete, ohne etwas zu sagen. »Ich werde mitgehen«, bot Drei Fische an.

Aber Samiq zog sie neben sich ins Gras. »Nein«, sagte Samiq. Wer konnte Drei Fische trauen? Wer konnte sagen, welche Dummheiten in ihren Mund gelangten, wenn sie sich wieder an ihren Kummer erinnerte? »Beeil dich«, sagte Samiq zu Kleines Messer und zog die langen Grashalme über sich und Drei Fische.

Es dauerte eine lange Zeit, bis Kleines Messer zurückkam, und in dem dichten Nebel sah Samiq den Jungen erst, als er schon vor ihnen stand. Kleines Messer trug ein *ik*, sein runder Rumpf lag wie eine große dicke Muschel über dem Kopf und dem Rücken des Jungen.

Samiq bemühte sich, durch den Nebel zu sehen. Vielleicht folgte dem Jungen jemand, verbarg sich im Nebel, versteckte sich hinter dem Rumpf des *ik*. Er zog sein Messer aus der Scheide und wartete. Er schob Drei Fische hinter sich und rückte dann ein Stück von ihr weg. Wenn die Waljäger angriffen, würde Drei Fische vielleicht beschließen, auf ihrer Seite zu kämpfen.

Kleines Messer stellte das *ik* auf den Boden, aber Samiq blieb geduckt im Gras.

Wenn er ganz dicht zu mir kommt, so daß ich ihn anfassen kann, dachte Samiq, weiß ich, daß er mir nichts tun will.

Kleines Messer kauerte sich zusammen, kam durch das Gras bis zu Samiq gekrochen, dann setzte er sich mit untergeschlagenen Beinen vor ihn hin, dicht neben Samiqs rechten Arm. »Ich war beim *ulaq* meines Vaters«, sagte der Junge leise. »Es ist so, wie Drei Fische gesagt hat.«

Samiq fühlte, wie der Junge zitterte, aber er sprach ohne Tränen in der Stimme.

»Hat dich jemand gesehen?« fragte Samiq.

Der Junge zögerte, schließlich sah er Samiq in die Augen. »Sterbende Robbe.«

»Was hast du ihm gesagt?«

»Ich habe ihm gesagt, daß du tot bist, daß du unten am Felskamm liegst, von Aka getötet.«

»Was hat er gesagt?«

»Er hat nichts gesagt.«

»Dann müssen wir los. Wenn du zu deinem Volk zurückkehrst, sag ihnen nichts. Sag ihnen nicht, daß du mich gesehen hast. Sag ihnen nicht, daß du Drei Fische gesehen hast.«

»Ich komme mit«, sagte Kleines Messer.

»Das kannst du nicht. Du gehörst hierher, zu deinem Volk.«

»Du bist mein Volk«, sagte Kleines Messer.

Samiq stand auf und schob sein Messer wieder in die Scheide.

Was wäre das beste für den Jungen? Für ihn selbst?

Aber plötzlich ertönte die Stimme eines Mannes. »Nimm ihn mit.«

Wieder griff Samiq nach seinem Messer.

Aus dem grauen Nebel trat Sterbende Robbe, hielt die Hände vor sich ausgestreckt. »Ich bin ein Freund. Ich habe kein Messer«, sagte er leise.

Samiq sah ihm in die Augen. Sagte er die Wahrheit, oder waren noch andere hinter ihm, warteten? Samiq warf einen Blick zu Kleines Messer. Wußte der Junge, daß man ihm gefolgt war?

Sterbende Robbe wartete, die Augen auf Samiqs Hände gerichtet. »Hast du Aka gerufen?« fragte er.

»Aka hört nicht auf einen Mann«, erwiderte Samiq.

»Bist du Mann oder Geist?«

»Ich bin Mann.«

Sterbende Robbe schwieg, den Blick auf Samiqs Gesicht gerichtet. Dann sagte er: »Will Drei Fische bei dir bleiben?«

»Ja«, antwortete Samiq.

Sterbende Robbe sah an Samiq vorbei zu Drei Fische, aber Samiq wandte den Blick nicht von ihm.

»Ja«, sagte Drei Fische. »Ich bleibe bei ihm.«

Dann sagte Sterbende Robbe zu Samiq: »Nimm den Jungen auch mit. Er braucht jetzt einen Vater. Es wäre besser für ihn. Vielleicht geben sie ihm die Schuld, weil er bei dir war, und wer kann sagen, was dann mit ihm geschieht?«

Samiq sah Kleines Messer an. »Wenn du willst, kannst du mitkommen«, sagte er.

»Ja, ich will mitkommen.«

Sterbende Robbe nickte und sagte ruhig zu dem Jungen: »Sei stark. Sei ein guter Jäger.« Er drehte sich zu Samiq um, sah ihm fest in die Augen, dann sprach er schließlich den Segen des *alananasika*: »Mögest du immer stark sein. Mögen sich viele Wale deinem Speer hingeben. Mögest du viele Söhne zeugen.« Dann drehte er sich um und ging davon.

48

SAMIQ PADDELTE MIT dem *ik* um den Rand der Klippe, ein Gefühl von Angst legte sich schwer auf seinen Magen.

»Hier?« fragte Kleines Messer.

»Ja, an diesem Ufer«, antwortete Samiq, seine Stimme war hoch und klang sogar in seinen eigenen Ohren dünn.

Sie waren schon zwei Tage unterwegs, und während der ganzen Reise hatte sich der Nebel nicht gehoben, die Asche, fein wie Treibsand, fiel immer noch auf sie herunter. Der Boden des *ik* war davon bedeckt, und Drei Fische nieste oft und laut, bewegte sich im Boot, wirbelte die Asche auf, bis Samiqs Mund und Nase zu brennen begannen, seine Lungen schmerzten.

»Dein Volk wird nicht mehr hier sein«, sagte Drei Fische. »Sie werden fortgegangen sein. Oder vielleicht sind sie schon tot.«

Samiq zog sein Paddel aus dem Wasser und sah Drei Fische an, die in der Mitte des Bootes saß.

»Sprich nicht von dem, was du nicht weißt«, sagte er ruhig, den Zorn unterdrückend, der in ihm hochstieg.

Dann lenkte Samiq das *ik* zur Mitte des Ufers, wo die Kieselsteine feiner waren und der Seelöwenhaut am Boden des *ik* nicht so großen Schaden zufügen würden.

Kaum waren sie aus dem *ik* gestiegen, da bewegte sich der Boden unter ihren Füßen.

Drei Fische ließ sich auf ihre Hände und Knie fallen. Als die Erschütterungen aufhörten, sah sie zu Samiq hoch. »Wir müssen weg von hier«, sagte sie. »Hier sind böse Geister.«

Samiq blieb nicht stehen, um ihr zu antworten, sondern ging den Uferhang hinauf, ohne sich darum zu kümmern, ob sie und Kleines Messer mitkamen.

Das Gras war klumpig vor Asche, die an seinen Beinen festklebte, während er weiterging. Er verdrängte alle Gedanken, hoffte, daß sein Herz aufhörte, so schnell zu schlagen, aber als er das *ulaq* seines Vaters vor sich sah, zog sich sein Magen zusammen. Durch die Grasnarbe auf dem Dach ragten Treibholzbalken wie die Knochen eines verwesenden Kadavers. Große Steine aus den Wänden lagen kreuz und quer übereinander, so daß das *ulaq* auf die Seite gekippt war.

Hatte sein Volk fliehen können, oder waren sie alle tot? Er stellte sich auf einen heruntergefallenen Felsbrocken und sah hinüber zum *ulaq* von Große Zähne. Das Dach war eingestürzt, das *ulaq* nicht mehr als ein klaffendes Loch im Hügel.

Es war still auf der Insel; Samiq hörte keine Stimmen, keine Vogelrufe, nichts außer dem Schwappen der Wellen, eine nach der anderen, ihr Rhythmus zu schnell, als fürchtete sich sogar das Meer vor den Bergen.

Wieder begann der Boden zu beben, und Samiq hörte die Stimme von Drei Fische, die der Wind vom Strand herauftrug, ein ängstliches Wimmern.

Es ist traurig, daß ein Mann die Frauen so notwendig braucht, dachte Samiq. Aber welcher Mann kann jagen und gleichzeitig nähen? Und mit plötzlicher Benommenheit wurde ihm bewußt, daß er Drei Fische nur mitgebracht hatte, damit er überleben konnte, weil ein Teil von ihm damit gerechnet hatte, daß sein Volk getötet worden war.

Doch dann fühlte er eine Hand auf seiner Schulter. »Vielleicht sind sie vorher weggegangen«, hörte er eine ruhige Stimme sagen.

Samiq schnellte herum und sah, daß Kleines Messer ihm gefolgt war.

»Vielleicht«, sagte Samiq.

»Ich werde nachsehen«, sagte der Junge.

Samiq sah das Mitleid in seinen Augen. »Wir werden zusammen nachsehen«, sagte Samiq, dann zögerte er und zeigte schließlich auf Kayughs *ulaq*. »Wir werden hier anfangen«, sagte er. Das Schwierigste zuerst.

Der Regen aus Asche wurde immer dichter, und der Tag wurde früh dunkel, so als wäre es Winter, aber Samiq sah die schwarzen Wolken, die zu Tugix' Spitze zogen, und er arbeitete fieberhaft, um die Grasnarbe und die Felsbrokken wegzuräumen, die in das *ulaq* gestürzt waren.

»Hier ist nichts«, sagte Kleines Messer schließlich. »Niemand tot. Niemand lebendig.«

Samiq antwortete nicht. Er zog ein Stück eines Vorhangs aus den Trümmern und erkannte das Muster, das seine Mutter auf allen Webstücken anbrachte, die sie machte, dunkle Quadrate auf hellem Untergrund, und er fühlte Hoffnung aufflackern. Vielleicht waren sie entkommen, wie Kleines Messer gesagt hatte.

Dann gingen sie zum *ulaq* von Große Zähne, räumten Grasnarbe und Steine auf die Seite, um zu suchen, was Samiq nicht zu finden hoffte.

»Nichts«, sagte Kleines Messer, nachdem sie die heruntergefallene Grasnarbe zum größten Teil weggeräumt hatten.

Samiq sah den Jungen an. Ein kalter, heftiger Regen hatte eingesetzt, und die Feuchtigkeit hatte das Haar von Kleines Messer zu einer festen schwarzen Kappe über seinem Kopf geformt. Von seinem Parka rann das Wasser in kleinen Flüssen auf seine nackten Füße, und er sah aus wie ein kleiner Junge, zu klein, um die Verantwortung und den Kummer eines Mannes auf sich zu nehmen.

Ich kann ihn jetzt nicht bitten, mir zu helfen, dachte Samiq und sagte: »Geh wieder zu Drei Fische. Zieh das *ik* an der Südseite des Ufers auf die Klippen. Dort sind Höhlen, wo das Wasser nicht hinreicht. Geh und warte dort. Ich komme auch bald.«

Samiq sah dem Jungen nach, als er wegging. Welchen Kummer werde ich finden, den der Junge nicht schon kennt? fragte sich Samiq. Vielleicht ist mein Volk noch am Leben. Meine Mutter und mein Vater. Amgigh und Kiin. Aber die Eltern von Kleines Messer ...

Samiq ging zu den *ulas* der Toten, zuerst zu dem, in dem Shuganans Frau, seine Großmutter, begraben war. Das Dach war nicht so schwer beschädigt wie die Dächer der anderen *ulas*, nur ein kleiner Teil war eingedrückt. Samiq ging vorsichtig über das Dach zum Eingang, das Loch war mit einer Holztür verschlossen. Als er das Holz entfernte, brach ein Stück von der Grasnarbe des Dachs ab und fiel ins Innere, aber der Rest blieb erhalten, und er kletterte hinunter ins *ulaq*. Durch das eingestürzte Dach fiel graues Licht ins Innere, und er sah das Bündel, das seine Großmutter war, unbeschädigt in der Mitte des *ulaq* liegen. Neben ihr waren noch zwei weitere Bündel, eines alt, nicht größer als ein Säugling. Aber das andere, das die Größe und Form eines Kindes oder einer kleinen Frau hatte, ließ Samiq das Herz schwer werden. Die Totenmatten waren neu, hatten noch die Farbe von getrocknetem Gras, waren noch nicht dunkel von der Zeit. Er kniete sich neben das Bündel auf den Boden, wollte die Matten von dem Körper lösen.

Welche Geister werde ich erzürnen? überlegte er. Welchen Fluch werde ich auf mich und meine Jagd laden? Aber wenn es Kiin war ...

Er zog sein Messer aus der Scheide und schnitt die Hülle am Kopf des toten Menschen auf. Die Hülle schälte sich in Lagen ab, und dann sah Samiq das dunkle Haar. Im Gesicht löste sich schon das Fleisch von den Knochen, und der Gestank des verwesenden Fleisches drehte Samiq den Magen um. Dann fiel ein Stückchen Holz aus den Falten der gewebten Matte, in Form einer Robbe geschnitzt. Samiqs Kopf fühlte sich plötzlich leicht an, aber dann fiel ihm ein, daß ein Junge in diesem Alter und von dieser Größe der Sohn von Kleine Ente sein mußte. Wie würde sie den Verlust ihres einzigen Kindes verwinden?

Samiq wickelte den Jungen wieder sorgfältig ein und kletterte aus dem *ulaq*. Er stieg durch das Loch im Dach, schob die Tür wieder in die Öffnung, sah sich vor, um nicht noch mehr Erde auf die Toten zu schütten.

Eine Weile blieb er stehen und sah zu dem anderen *ulaq* der Toten. Dort war sein Vater, Shuganans Sohn, beerdigt. Samiq fing an, sich durch die zerrissene Grasnarbe des Dachs zu graben.

Als Samiq den Boden des *ulaq* erreicht hatte, fand er nichts, was einem Toten glich, und niemanden, der kürzlich, durch Akas Zorn, gestorben war. War es möglich, daß sein ganzes Volk entkommen war? Aber wenn niemand hier begraben war, warum wurde dieser Ort dann als *ulaq* der Toten geehrt? Wo war sein Vater?

Samiq drehte sich um und wollte wieder durch das Loch nach oben klettern, rutschte aber auf der nassen Erde aus und landete wieder auf dem Boden. Seine Hand prallte gegen einen scharfen Gegenstand. Es war ein Knochen. Samiq klopfte das Gras und die Erde ab, dann betrachtete er seinen Handballen, um zu sehen, ob Splitter zurückgeblieben waren, die eitern würden. Aber dann merkte er, daß der Knochen, den er hielt, nicht von einem Wal oder einem Seelöwen war, auch nicht etwas, was aus einem Dachsparren herausgebrochen war, sondern der Knochen eines Menschen, und er hielt ihn neben seinen Oberarm, sah, wie dick er war, sah die Kerben, wo einmal die Muskeln befestigt gewesen waren. Der Knochen eines Mannes mit kräftigem Körperbau.

Er legte den Knochen vor seine Füße auf den Boden und suchte in der Grasnarbe, wo er ihn gefunden hatte. Nach und nach legte er die langen Knochen von Beinen und kleinere Knochen frei, die zu Händen und Füßen gehörten. Schließlich den Schädel. Keiner dieser Knochen war eingewickelt. Warum nicht? Was war geschehen, daß so etwas passieren konnte? Hatte das Schweigen seiner Mutter über ihren ersten Mann nichts mit Achtung zu tun, sondern mit Haß?

Samiq sah seine eigenen Arme an, seine Beine und Hände. Nein, das waren nicht die langen, dünnen Glieder der Ersten Menschen. Nicht einmal die kräftigeren Knochen der Waljäger. Wer war sein Vater? Wer war sein Volk?

Samiq sah hinunter zu den Knochen, die zu seinen Füßen lagen. Welche Geister würde er beleidigen, wenn er die Knochen wieder vergrub? Welche Geister würde er beleidigen, wenn er es nicht tat?

Samiq schloß die Augen, wischte sich mit dem Ärmel seines Parkas die Regentropfen aus dem Gesicht. Er war zu müde, um sich wegen der Geister Gedanken zu machen. Er breitete die Matte aus, die er aus Kayughs *ulaq* mitgebracht hatte, und wickelte die Knochen vorsichtig ein, dann nahm er Steine aus den verfallenen Wänden des *ulaq* und häufte sie über dem Knochenbündel auf, machte ein Grab nach dem Brauch der Waljäger.

49

SAMIQ NICKTE ZUSTIMMEND. Die Höhle, die Kleines Messer ausgesucht hatte, lag hoch über der Flutlinie und hatte einen Boden aus trockenem Sand und Kies.

Drei Fische hockte am Eingang, hielt ihre Arme dicht über ein Kochfeuer. Von ihrem *suk* tropfte Wasser und fiel zischend auf das brennende Krähenbeerenkraut.

»Was hast du gefunden?« fragte sie.

»Einen Toten. Ein Junge, Sohn des Mannes mit dem Namen Große Zähne und seiner zweiten Frau Kleine Ente. Aber der Junge ist schon vor längerer Zeit gestorben. Nicht durch Aka.«

Dann begann der Berg zu zittern, und Drei Fische sprang auf, hielt die Hände vor den Mund.

»Das hat nichts zu bedeuten«, sagte Samiq. »Tugix schüttelt öfter die Erde.«

Drei Fische setzte sich wieder hin, aber Samiq sah den Zweifel in ihren Augen. »Hier bist du in Sicherheit«, sagte er etwas gereizt, dann dachte er, ich wäre besser allein. Oder vielleicht nur mit Kleines Messer. Es würde mir nicht gefallen, wenn sich Drei Fische bei Sterbende Robbe beklagt, aber ich hätte sie bei ihrem Volk lassen sollen.

Sie blieben die Nacht über in der Höhle, Samiq darauf bedacht, sein Lager neben dem von Kleines Messer auszubreiten, damit er mit ihm auf der einen Seite des Feuers lag, Drei Fische auf der anderen. Während der Nacht hörte er mehrmals, wie Drei Fische in der Höhle herumging, aber er sah nicht zu ihr hin. Er wollte nicht in ihrer Nähe sein. In dieser Nacht würde er sich nicht vorstellen können, daß sie Kiin war.

Als sie aufwachten, war es dunkel, das Feuer ausgegangen. Samiq war wütend, weil Drei Fische es nicht in Gang gehalten hatte. Sie, die im *ik* sitzen würde, ohne zu paddeln, durfte nicht von den Männern erwarten, sich um das Feuer zu kümmern. Aber er sagte nichts zu ihr, er war zu müde, um sich zu streiten. Er griff im Dunkeln nach seinen Sachen und wünschte, sie hätten mehr zu essen mitgebracht. Was sie vom Walausguck mitgebracht hatten, würde nur wenige Tage reichen.

Der graue Lichtkreis am Eingang der Höhle zeugte von dichtem Nebel, und als Samiq aufstand, um nach draußen zu sehen, konnte er sich nicht zurechtfinden, konnte nicht die Sonne, nicht einmal den hellen Fleck sehen, wo sie am Himmel stand.

»Es ist Morgen«, sagte Kleines Messer.

»So genau läßt sich das nicht sagen«, erwiderte Samiq.

»Aber Ebbe und Flut.«

»Aka macht die Gezeiten neu. Wer kann sagen, ob es der Morgen oder ob es Aka ist, der das Wasser bewegt?«

Kleines Messer hob die Schultern, und an seinem Lächeln sah Samiq, daß er nicht vorgehabt hatte, sich zu streiten.

»Mein Volk hat eine Höhle für die *ikyan*«, sagte Samiq, bemüht, das Schweigen auszufüllen, das sich zwischen sie gelegt hatte. »Vielleicht haben sie dort ein paar Vorräte zurückgelassen.«

»Und wenn wir welche finden, fahren wir dann weiter?«

»Ich weiß nicht. Vielleicht fahren wir weiter, vielleicht nicht.«

Aus der Grasnarbe von den *ulas* machten sie eine Fakkel, wickelten die Matten um eine schmale Stange aus Treibholz. Drei Fische, die durch die Trümmer in dem zerstörten *ulaq* von Große Zähne watete, fand eine Robbenhaut mit Öl, und Samiq verwendete das Öl, um es über die nassen Matten für die Fackel zu gießen. Drei Fische folgte ihnen, als sie zur Höhle für die *ikyan* gingen, die Fackel lodernd in Samiqs Hand, aber am Eingang der Höhle drehte sich Samiq um und sagte Drei Fische, daß sie draußen bleiben mußte.

»Es ist Frauen verboten, hier hereinzukommen«, sagte er und ging schnell hinein, bevor Drei Fische mit ihm streiten konnte.

Die Fackel warf Lichtkreise in die Höhle, beleuchtete den schmalen Boden, der mit Sand und Kieselsteinen eingeebnet war, und die Wände, die sich in der Mitte verbreiterten und oben, unter der Decke, wieder zusammenliefen. Kayugh hatte einmal gesagt, daß Samiqs Großvater Shuganan vor langer Zeit Pfosten in den Boden und in die Spalten in den Höhlenwänden geschlagen hatte. Als Große Zähne, Grauer Vogel und Kayugh zu Tugix' Insel gekommen waren, hatten sie auf die Pfosten Bretter gelegt und ihre *ikyan* im Winter daraufgestellt.

Samiq hielt die Fackel dicht an das Gerüst. Es war leer. Er hatte gehofft, ein *ikyak* zu finden und vielleicht ein Zeichen, das ihm verriet, wohin sein Volk gegangen war. Aber da war nichts.

»Sieh mal, hier!« rief Kleines Messer und deutete nach oben.

Samiq hob die Fackel über den Kopf, beleuchtete die Decke der Höhle. In eine Spalte hoch oben in der Höhlenwand war ein Balken geschlagen, und an dem Balken hing ein *ikyak*, das an beiden Enden mit Seilen befestigt war, so daß es wie eine Kinderwiege von dem Balken herunterhing.

»Sie haben es aufgehängt, damit das Meer es nicht wegspült«, sagte Kleines Messer.

Samiq reichte Kleines Messer die Fackel und zog sich auf das leere Gerüst. Er griff nach oben und klammerte sich mit Zehen und Fingern in den schmalen Ritzen und Spalten fest, von denen die Höhlenwände durchzogen waren. Er streckte sich, wollte das *ikyak* herunterziehen, aber es schwang von ihm weg. Er stemmte die Füße gegen die Höhlenwand und packte den Balken und zog sich hinauf, um sich rittlings draufzusetzen.

»Steck die Fackel in die Wand«, rief er Kleines Messer zu. »Komm und hilf mir.«

Kleines Messer war schon bald bei ihm, und Samiq erklärte: »Es ist etwas in dem *ikyak*. Wir müssen es ausleeren, bevor wir es herunterziehen können.«

Samiq hielt sich an dem Balken fest und griff in das *ikyak*. Er zog einen *chigadax* heraus, einen ganz neuen. Die Federn an den Seiten zeigten, daß es die Arbeit von Chagak war. Samiq lächelte und ließ das Kleidungsstück auf den Boden fallen, dann griff er wieder in das *ikyak*. Er brachte einen Korb zum Vorschein, der oben mit Robbenhaut abgedeckt und zugebunden war. Er öffnete den Korb, in dem Werkzeug zum Nähen war: Nadeln, Ahlen, Sehnen. Samiq reichte den Korb Kleines Messer: »Bring ihn hinunter«, sagte er.

Samiq wartete, bis Kleines Messer wieder neben ihm war, dann griff er noch einmal in das *ikyak*.

»Stiefel, Robbenhäute.«

Er warf sie auf den Boden. Zwei Speere und zwei Paddel waren am *ikyak* festgebunden, und Samiq machte sie los und warf sie ebenfalls hinunter.

»An den Rest reiche ich nicht«, sagte er. »Ich muß zuerst die Seile lösen.«

»Ich kann es erreichen«, sagte Kleines Messer.

Samiq sah zu, als der Junge mit Armen und Beinen den Balken umklammerte und sich über dem *ikyak* kopfüber hin und her schwingen ließ. Dann nahm er die Hände von dem Balken, so daß er nur noch mit den Knien daran hing, und ließ sich, mit dem Kopf voran, ein Stück weit durch die Lukenöffnung in das *ikyak* hinunter. Er zog einen gefüllten Robbenmagen heraus und reichte ihn Samiq.

»Fisch«, sagte Samiq.

»Sie wußten, daß du Hunger haben würdest«, sagte Kleines Messer und grinste, dann ließ er sich wieder hinunter ins *ikyak*.

Samiq hatte den Robbenmagen hinter sich auf den Balken gelegt und streckte die Hand aus, als Kleines Messer eine Blase mit Öl zum Vorschein brachte. »Noch etwas«, sagte der Junge mit dem Kopf im *ikyak*, so daß seine Stimme gedämpft klang.

Er brachte ein Bündel Matten zum Vorschein, fein gewebt, mit einem Muster aus dunklen Vierecken umrandet. Kleines Messer ließ die Matten auf den Boden fallen und zog sich wieder auf den Balken. Er nahm Samiq die Blase mit Öl ab und kletterte nach unten auf den Höhlenboden, die Blase unter den Arm geklemmt. Samiq warf dem Jungen den Robbenmagen zu, dann stieß er die Seile bis an das Ende des Balkens und befreite das *ikyak* mit einem Ruck. Er kippte das *ikyak* nach unten, damit Kleines Messer den schmalen Bug festhalten konnte, dann kletterte er selbst hinunter. Er legte die Hände über die von Kleines Messer, holte tief Luft, um sich für das Gewicht des *ikyak* zu wappnen, dann zogen sie es beide gemeinsam von dem Balken und ließen es vorsichtig hinunter auf den Boden.

Sie stellten das *ikyak* neben den Höhleneingang und luden den Fisch und das Öl wieder ein. Samiq stopfte den *chigadax*, die Robbenhaut und die Stiefel durch die Sitzluke des *ikyak*. Dann packte er, auf den Fersen sitzend, das Bündel aus, das in die Matten seiner Mutter gewickelt war.

Er breitete die Sachen vor Kleines Messer aus: ein Seil, aus Algenfasern geflochten, eine kleine Steinlampe, geflochtene Dochte. Ein Stein zum Schaben – ein Frauenwerkzeug –, das er aber vielleicht brauchen würde. »Für Drei Fische«, sagte er und hielt den Stein hoch. Sie war nicht gerade eine Frau, wie sie sich ein Mann wünschte, aber sie war eine Frau, sie konnte nähen, sie konnte Häute schaben.

Er wickelte Öl zum Ausbessern der Nähte und eine lange Schöpfröhre aus, die an beiden Enden verschlossen war. Dann machte sich Samiq, weil er glaubte, daß die Matten leer waren, daran, die Vorräte wieder einzuwickeln, aber Kleines Messer griff zwischen die Falten zweier Matten und zog einen kleinen weißen Gegenstand heraus. Er war an einem Riemen befestigt wie das Amulett, das Samiq am Hals trug, und als Samiq es aus den Händen von Kleines Messer nahm, sah er, daß es ein Stück Elfenbein in der Form eines Wals war.

Samiq drehte die Schnitzarbeit zwischen den Fingern. Woher war diese Schnitzfigur? Sie war zu schön, um von Grauer Vogel zu sein.

Vielleicht war sie von seinem Großvater? Seine Mutter bewahrte viele von Shuganans Schnitzfiguren auf, wickelte sie in geölte Robbenhaut und legte sie in Körbe in Kayughs *ulaq*. Samiq schob den Riemen über seinen Kopf und zog die Schnitzfigur neben sein Amulett.

»Wirst du sie tragen?« fragte Kleines Messer.

»Hast du noch nie etwas von meinem Großvater Shuganan gehört?« erwiderte Samiq und lächelte, als er die großen Augen von Kleines Messer sah.

Sie trugen das *ikyak* aus der Höhle. Drei Fische kam dicht heran, sah hinein, strich mit den Fingern über die Nähte des *ikyak*. Samiq reichte ihr den Stein zum Schaben.

»Für dich«, sagte Samiq und war verlegen über die Dankbarkeit, die in den Augen seiner Frau aufleuchtete. Es war nur eine kleine Klinge. Warum hatte er ihr noch nie etwas geschenkt? Aber was hatte ihm denn gehört, was er ihr hätte schenken können, als er noch bei den Waljägern war?

50

FÜNFZEHN TAGE NACHDEM die Kinder geboren waren, kehrte Kiin in das *ulaq* von Rabe zurück. Sie kehrte zurück und stellte fest, daß Lemmingschwanz den Hauptraum des *ulaq* saubergehalten hatte, die Lampendochte geputzt hatte. Auf dem Boden lagen keine verschimmelten Essensreste. Zwei Robbenmagenbehälter waren mit frisch getrocknetem Fisch gefüllt, und der *chigadax* von Rabe war geflickt und eingeölt und hing an einem Haken an der Wand.

Lemmingschwanz war nicht im *ulaq*, und als Kiin sich vergewissert hatte, daß alles in Ordnung war, schloß sie die Augen und holte tief Luft. Sie hatte schon befürchtet, daß sie, wenn sie zurückkam, tagelang arbeiten müßte, um die Faulheit von Lemmingschwanz wieder auszugleichen.

An der anderen Seite des Raums, direkt gegenüber von dem Schlafplatz von Rabe, war ein Podest errichtet, über dem an einem Balken vier Weidenschlingen befestigt waren. Halterungen für die Wiegen? überlegte Kiin. Also wollte Rabe vielleicht doch sein Versprechen halten, beide Kinder am Leben zu lassen, beiden Kindern in seinem *ulaq* Schutz zu gewähren.

Kiin stellte die Wiegen der Kinder auf das Podest; es war ein Stoß Felle und Grasmatten, über ein Gestell aus Weidenstämmen und Treibholz gebreitet und mit *babiche* fest zusammengebunden. Die Felle waren nicht so weich und dick wie die auf dem Lager von Rabe, aber was konnte Kiin, als zweite Frau, anderes erwarten? Es genügte schon, daß sie überhaupt einen Schlafplatz bekam.

Die Kinder hatte sie vor ihre Brust gebunden, und ihren *suk* hatte sie umgedreht, mit dem Pelz nach innen, weich an der Haut ihrer Söhne. Sie schliefen jetzt, obwohl Kiin gelegentlich spürte, wie Samiqs Sohn an ihrer linken Brust trank.

Sie legte den Grasbeutel, in dem sie ihr Nähzeug aufbewahrte, aus der Hand und kauerte sich neben den Schlafplatz auf den Boden. Den Kopf lehnte sie nach hinten gegen die Felle ihres neuen Lagers. Sie hatte an diesem Tag nicht viel gearbeitet, aber sie war müde und wünschte schon jetzt die Nacht herbei, um schlafen zu können.

Es war gut, zurückzukommen und das *ulaq* leer und sauber vorzufinden, festzustellen, daß die einzige Arbeit, die es für sie zu tun gab, die Zubereitung des Essens war, die Versorgung der Kinder. Sie sollte jetzt ihren *suk* ausziehen, die Wiegen aufhängen und die Kinder schlafen legen.

Einen Augenblick lang hing Kiin der Vorstellung nach, nicht im *ulaq* von Rabe, sondern in Kayughs *ulaq* zu sein. Dann würde ihr Chagak helfen. Das Essen wäre schon gekocht, und sie hätte ihren eigenen Schlafplatz, vor dem sie den Vorhang zuziehen könnte, allein sein könnte, wenn sie es wollte. Ja, dachte Kiin, Chagak war wieder Großmutter, und Kayugh Großvater, auch wenn sie glaubten, daß Kiin tot war. Und Amgigh und Samiq waren Väter, obwohl die beiden Kinder, weil sie ja Amgighs Frau war, als dessen Söhne aufwachsen würden. Trotzdem würde Samiq es wissen, wenn er hinsah, alle würden es wissen.

Kiin konnte an keinem der Kinder viel von sich selbst erkennen. Vielleicht, dachte sie, im Schwung der Augenbrauen, vielleicht in der Form der Ohren. Aber was konnte sie erwarten? Sie hatte keinen starken Geist. Ihr Geist würde niemals neben Samiqs oder Amgighs Geist bestehen. Aber was machte das schon? Früher einmal hatte sie geglaubt, immer im *ulaq* ihres Vaters leben zu müssen, niemals Frau zu sein, niemals Mutter zu sein. Und jetzt hatte sie zwei Söhne.

Kiin gähnte und machte die Augen zu. In der vergangenen Nacht waren die Kinder unruhig gewesen, vielleicht hatten sie ihre Angst gespürt, ins *ulaq* von Rabe zurückkehren zu müssen. Sie hatten noch keine Namen, und so hatten sie auch keine eigenen Geister, nichts, was sie von Kiins Geist trennen konnte, so daß sie ihre Furcht, ihre Ängste fühlten. Sie mußte ihren Mann bitten, den Kindern bald Namen zu geben, auch wenn es ihr nicht gefiel, daß die Kinder Namen des Walroßvolks haben würden.

Aber besser, einen Namen des Walroßvolks zu haben als überhaupt keinen Namen, dachte Kiin.

Sie wollte nicht einschlafen, aber die Kinder lagen warm an ihrer Brust und ihrem Bauch, und ihr Rücken lehnte an den weichen Fellen auf dem Schlafpodest. Sie hatte keine Träume und konnte später nicht mehr sagen, was sie aufgeweckt hatte. Langsam machte sie die Augen auf. Ihr Hals war steif, und sie zog die Schultern ein, dann verspürte sie plötzlich Angst und hielt die Luft an. Frau des Himmels und Frau der Sonne waren in das *ulaq* gekommen. Sie saßen auf dem Schlafpodest von Rabe, saßen, wie die Walroßmenschen es taten, mit vor sich ausgestreckten Beinen, den Rücken an die Wand gelehnt.

Kiin schlang fest die Arme um ihre Kinder, fühlte, wie sie sich unter ihrem starken Griff bewegten. Sie war plötzlich froh, daß sie eingeschlafen war, als die Kinder noch in ihrem *suk* verpackt waren. Hätten sie in ihren Wiegen gelegen, hätten Frau des Himmels und Frau der Sonne sie vielleicht herausgenommen, während Kiin schlief.

»Wir haben Essen gebracht«, sagte Frau der Sonne und griff nach einer Robbenhaut, die über der Öllampe an einem Balken hing.

»Wir wußten nicht, ob Lemmingschwanz für dich und Rabe etwas vorbereitet hat«, sagte Frau des Himmels.

Kiin starrte die Frauen an. Als sie zu dem Walroßvolk gekommen war, hatte sie diese Frauen als ihre Freunde betrachtet, hatte ihnen vertraut, aber jetzt, seit sie wußte, daß ihre Söhne nicht Qakan gehörten, wollte sie Frau der Sonne und Frau des Himmels nicht in ihrer Nähe haben.

»Danke«, sagte Kiin. »Meine Söhne und ich danken euch«, fügte sie hinzu.

»Die Kinder gedeihen?« fragte Frau des Himmels.

»Ja«, antwortete Kiin. »Ja.«

»Wir haben mit Rabe gesprochen«, erklärte Frau der Sonne. »Er sagt, daß seine Macht größer ist als der Fluch deiner Söhne.«

Kiin hob das Kinn. »Das hat er auch zu mir gesagt«, antwortete Kiin. »Er will beide Söhne. Ich werde keinen von ihnen töten.«

»Hast du kein Zeichen bekommen? Hat dir kein Geist gesagt, welcher Sohn böse ist?«

Kiin stützte sich am Boden ab und stand auf. Sie hatte Angst, aber ihr Geist flüsterte: »Welche Macht besitzen diese alten Frauen denn über dich? Rabe ist dein Mann. Er wird deine Kinder beschützen.« Sie wollte die Kinder aus ihren Tragriemen nehmen, sie den alten Frauen hinhalten, damit sie die Gesichter der Kinder sehen konnten, ihre kräftigen dicken Arme und Beine, ihre weichen runden Bäuche. Aber was wußte sie von Macht? Was wußte sie von Flüchen? Vielleicht waren die Frauen gekommen, weil sie hofften, daß sie ihnen die Kinder zeigen würde, weil sie hofften, daß sie sie mit den Augen aus dem Schutz des *suk* oder der Wiege wegholen konnten. Vielleicht besaßen sie die Macht über irgendeinen Geist des Todes. Wer konnte das sagen?

»Meine Söhne sind n-nicht böse«, sagte Kiin. »Sie sind wie alle M-Menschen, sie können Böses tun, sie können Gutes tun, ganz wie sie wollen, und sie werden sich entscheiden, wenn sie größer sind. Es st-steht mir nicht zu, für sie zu entscheiden, auch wenn ich mir wünschte, daß ich es könnte.«

Kiin stand breitbeinig da, die Füße flach und fest auf dem Boden des *ulaq*. Genauso hatte Kayugh immer gestanden, wenn er Geschichten von den Kämpfen mit den Kurzen Menschen erzählte, die böse waren und vor vielen Jahren so viele Dörfer der Ersten Menschen zerstört hatten. So stand ein Mann da, um zu kämpfen, sagte Kayugh. Die Beine breit, um fest auf dem Boden zu stehen, während die Füße Kraft aus der Erde zogen.

Sie würde keinen ihrer Söhne töten, würde nicht zulassen, daß Frau der Sonne oder Frau des Himmels sie tötete.

»Rabe wird nicht z-zulassen, daß ihr sie tötet«, sagte Kiin, und zum erstenmal, seit Qakan sie verkauft hatte, war sie froh, daß Eisjäger sie nicht bekommen hatte. Wer konnte sagen, was das bedeutet hätte? Bestimmt hätte Eisjäger auf seine Mutter gehört, hätte sich entschlossen, eins der Kinder den Windgeistern zu geben.

»Rabe hat unrecht«, sagte Frau der Sonne.

Aber dann ertönte hinter dem Vorhang eine Männerstimme. »Sprich in der Sprache des Walroßvolks, alte Frau.« Es war Rabe. Er kam in den Raum, warf einen Blick zu Kiin, dann drehte er sich um und sah die beiden Schwestern an.

»Meine Schwester hat gesagt, daß du unrecht hast«, sagte Frau des Himmels. »Eins der Kinder trägt einen Fluch und wird Böses über unser Volk bringen.«

»Glaubst du vielleicht, ich fürchte das Böse?« fragte Rabe und lachte dann. »Frau«, rief er, ohne Kiin anzusehen, ohne die beiden alten Frauen aus den Augen zu lassen. »Bring die Kinder her.«

Kiins Herz machte einen Sprung, schlug, bis das Blut in ihren Schläfen pochte. »N-Nein«, sagte sie leise.

Rabe fuhr herum, als hätte man ihn geschlagen. »Wer bist du, daß du mir ›nein‹ sagst!« schrie er.

Kiin ging einen Schritt nach vorn. »Ich bin –ich bin Kiin,

M-Mutter dieser Söhne«, sagte sie. »Diese Frauen wollen sie töten.«

»Nur den Bösen«, sagte Frau des Himmels, aber ihre Worte wurden von dem Zorn von Rabe ausgelöscht.

»Du bist zuerst Frau und dann Mutter!« schrie er Kiin an. »Ich habe dich und deine Söhne gekauft. Jetzt sind es meine Söhne!«

»Nein«, sagte Kiin wieder. Zorn verdrängte ihre Angst, ließ die Wörter ungebrochen aus ihrem Mund kommen. »Es sind nicht deine Söhne, wenn du zuläßt, daß sie getötet werden.«

Das Gesicht von Rabe war rot, sein Kinn so hart, daß Kiin die Muskeln unter der Haut hervortreten sah. »Niemand wird meine Söhne töten«, zischte er zwischen den Zähnen.

Langsam ging Kiin zu ihm. Langsam hob sie den *suk* hoch. Sie zog zuerst Amgighs Sohn darunter hervor, dann Samiqs, beide mit den Armen umschlingend.

»Welcher wurde zuerst geboren?« fragte Rabe.

»Dieser«, sagte Kiin und deutete mit dem Kinn auf Amgighs Sohn.

Rabe nahm ihr das Kind aus dem Arm und hielt es den beiden alten Frauen hin. »Das ist Shuku«, sagte er. »Shuku, der Mann, der die Macht des Steins versteht, der diese Macht in seinem Herzen trägt. Ein starker Jäger, gut mit Waffen, ein Mann, der viele Walrosse fangen und viele Söhne haben wird.«

Er gab Kiin Shuku wieder zurück und nahm Samiqs Sohn.

»Das ist Takha«, sagte er. »Takha, ein Mann, der sich ohne Furcht auf dem Wasser bewegt, der die Macht der Wassergeister in seinem Herzen trägt. Ein weiser Mann, gut mit Worten und beim Tauschhandel, ein Mann, der auch Walrosse fangen und viele Söhne haben wird.«

Rabe gab Kiin Takha zurück und sagte zu Frau der Sonne und zu Frau des Himmels: »Verlaßt mein *ulaq.* Bringt keinen Fluch über sie oder über meine Frau. Über keine meiner Frauen.«

»Der Fluch ist bereits vorhanden«, sagte Frau der Sonne. »Es ist nicht unser Fluch, und wir würden auch nie einen Fluch über ein Kind bringen, das sich nicht wehren kann. Aber ich sage es dir zu deinem eigenen Schutz, wenn du einmal alt bist: Diese Kinder teilen sich einen Geist. Sie müssen als ein Mann leben. Wenn der eine auf der Jagd ist, muß der andere in seinem *ulaq* bleiben. Sie müssen sich eine Frau und ein *ikyak* teilen. Gib ihnen nicht zuviel Macht.«

Als Kiin diese Worte hörte, wurde ihr Zorn noch größer. Sie wartete darauf, daß Rabe antwortete, und dann sah sie, daß die beiden Frauen den Mann mit ihren Augen festhielten, beide starrten ihn an, ohne zu blinzeln, und Rabe, dessen Augen auf sie gerichtet waren, saß völlig regungslos. »Er wird sie besiegen«, flüsterte Kiins Geist. »Du besiegst sie, und du bist schwächer als Rabe.«

Aber dann schüttelte Rabe den Kopf, wandte den Blick ab und schloß die Augen, und mit klopfendem Herzen sah Kiin den Ausdruck des Triumphs im Gesicht von Frau des Himmels, das leise Lächeln, das Frau der Sonne auf den Lippen trug. »Vielleicht teilen sich meine Söhne einen Geist«, sagte Rabe. Dann sagte er, ohne Kiin anzusehen: »Ich habe Hunger, Frau.«

Kiin drehte den dreien den Rücken zu und legte ihre Söhne auf ihr Schlafpodest. Sie zog Qakans Fuchspelze aus den Wiegen und wickelte die Kinder in die weichen Felle. Als sie sich wieder zu Rabe umdrehte, waren Frau des Himmels und Frau der Sonne gegangen. Die Robbenhaut, die über der Öllampe hing, strömte den Geruch von Fleisch aus. Einen Augenblick lang zögerte Kiin, dann ging sie zu der Robbenhaut, schöpfte mit einem Schöpflöffel, der aus dem Schulterblatt eines Karibus gemacht war, das Essen in eine Holzschüssel und reichte sie Rabe. Er bedankte sich brummend, und Kiin ging wieder zu ihren Kindern.

Shuku und Takha, dachte sie. Gute Namen, auch wenn es Namen des Walroßvolks waren. Jetzt hatten sie also ihre eigenen Geister, waren von ihr getrennt, stärker, aber nicht so leicht zu beschützen. Aber wie hätte sie ihre Söhne beschützen sollen, mit ihrem Geist, der kaum älter war als ihre Geister?

Sie streichelte Shukus Wange, strich eine Haarsträhne aus Takhas Stirn. Sie werden zusammen groß werden, dachte sie.

51

KIIN STAND AUF ihrem Schlafpodest und hängte die Wiegen in den Balken auf. Rabe aß sein Fleisch auf und hielt ihr die leere Schüssel hin. Kiin kam von ihrem Schlafplatz, nahm ihm die Schüssel ab und füllte sie wieder.

»Es wäre schön, wenn sich die Männer ihre Schüsseln manchmal selbst füllen würden«, flüsterte ihr Geist. Eine so kleine Sache, wenn die Frau beschäftigt war und der Mann nur dasaß und nichts tat. Aber Kiin schalt sich wegen ihrer Gedanken. War sie nicht in ein sauberes *ulaq* gekommen, mit geputzten Dochten, ausgespülten Nachtkörben, sogar mit frischem Gras auf dem Boden?

Rabe nahm die Schüssel und bedankte sich mit einem Brummen. Kiin wartete, sah ihm zu, während er aß. Als er fertig war, warf er die Schüssel in eine Ecke und kroch auf sein Schlafpodest, saß dort, mit dem Rücken an die Wand gelehnt. Er beobachtete Kiin, als sie für sich eine Schüssel füllte und aß.

Kiin hielt die Schüssel in den Händen und wartete, bis das Fleisch abgekühlt war. Sie aß mit untergeschlagenen Beinen und nach vorn gebeugtem Kopf. Sie hatte keinen Hunger. Daß Frau des Himmels und Frau der Sonne in ihr *ulaq* gekommen waren, um ihr zu sagen, daß sie einen ihrer Söhne töten mußte, hatte ihr den Magen zusammengepreßt, bis er sich zu klein anfühlte, um Nahrung aufzunehmen. Aber sie mußte etwas essen, sonst würde sie keine Milch für ihre Kinder haben. Sie tauchte die Hände in die Schale und schob sich einen Bissen Fleisch in den Mund. Es tat gut. Die Muskeln in ihren Armen und Beinen und an ihrem Nacken entspannten sich allmählich.

Rabe rutschte auf den Rand des Schlafpodests. Kiin erwartete, daß er sie beim Essen unterbrach, von ihr noch mehr zu essen oder zu trinken verlangte. Aber er sah sie nur an und sagte: »Ich bin kein guter Mann.«

Kiin schluckte. Erwartete er, daß sie ihm antwortete? Ihm zustimmte oder nicht zustimmte?

Aber dann sprach er weiter, sah Kiin nicht an, sondern tat so, als würde er nicht mit ihr, sondern vielleicht mit seinen Söhnen sprechen, vielleicht mit irgendeinem Geist, den nur er sehen konnte. »Aber ich bin nicht böse.« Er räusperte sich.

»Es gibt etwas, das ich haben will«, sagte er. »Ich will Schamane dieses Dorfes sein. Ich will, daß Männer zu mir kommen, um sich bei mir für ihre Jagd Macht zu holen. Ich will, daß Frauen ihre Kinder zu mir bringen, damit ich ihnen mächtige Namen gebe.«

Kiin ließ die Schale auf ihren Schoß sinken und nickte. Dieser Mann war ihr Mann, der ihre Söhne beschützte. Wenn er Achtung vor ihr zeigte, indem er mit ihr über seine Träume sprach, dann würde sie zuhören. Sie würde sich bemühen, ihn zu verstehen.

Rabe stand auf und ging zu ihrem Schlafpodest. Lange Zeit stand er da und betrachtete die schlafenden Kinder. Dann drehte er sich zu Kiin um. »Sie sehen nicht aus wie du«, sagte er.

»N-nein«, antwortete Kiin. »M-m-mein Geist ist schwach,

n-nicht einmal st-stark genug, um ein kleines Kind zu berühren, das ich in meinem Bauch trage.«

»Aber deine Schnitzfiguren haben Macht«, sagte Rabe.

Kiin dachte an die kläglichen schwachen Linien ihrer Schnitzarbeiten, an die Züge, die nur angedeutet waren, verschwommen wie etwas, was in die Wolken gemalt war, und sie erinnerte sich an die Schnitzfiguren, die Shuganan gemacht hatte, mit all ihren Einzelheiten, jeder Schnitt des Messers treffend und wahr. Kiins Schnitzarbeiten waren nicht viel mehr als eine winzige Gelegenheit, Rabe zu gefallen, eine Gelegenheit, ihn dazu zu bringen, sie mit Wohlwollen zu betrachten, vielleicht in ihm den Wunsch zu wecken, ihre Söhne zu beschützen. Aber dann drängte sich ihr Geist in ihren Mund, bemächtigte sich ihrer Zunge, sagte, was Kiin nicht gesagt hätte: »Ja, sie sind mächtig. Sie haben große Macht. Meine ganze Macht geht in meine Schnitzarbeit ein – bis auf die Macht, die ich mir für meine Lieder bewahre.«

Rabe nickte, drehte sich um, weg von den Kindern, und kam zu Kiin. Kiin nahm noch einen Bissen Fleisch aus ihrer Schüssel. »Deine Söhne sehen nicht aus wie ihr Vater.«

»Qakan?« fragte Kiin erstaunt. »Es sind n-nicht seine Söhne. Sie gehören meinem Mann, Amgigh, einem M-Mann vom Stamm der Ersten M-Menschen.«

»Amgigh«, sagte Rabe und ging wieder hinüber, um sich die Kinder anzusehen. »Welcher ist am meisten wie Amgigh?« fragte er.

Aber es war etwas an seiner Frage, das Kiin aufhorchen ließ. »Sie sehen beide wie – wie Amgigh aus«, sagte sie, aber als sie sah, daß Rabe die Stirn runzelte, sagte sie noch: »Einer sieht wie Amgighs Vater aus und einer wie Amgighs Mutter.«

Rabe lächelte leise. »Also, wirst du Qakan vermissen, wenn er unser Dorf verläßt?« fragte er. »Er will schon bald fort. Er sagte, daß er zu seinem Volk zurückkehren wird.«

»Ich werde Qakan n-nicht ver-vermissen«, antwortete Kiin. »Ich werde froh sein, wenn er g-geht.«

Als hätte er sie nicht gehört, sagte Rabe: »Wenn du mitgehen willst, wenn du mit ihm zu seinem Volk zurückkehren willst, werde ich dich gehen lassen. Du mußt deine Schnitzarbeiten hierlassen, und du mußt deine Söhne hierlassen. Eines Tages werden mir deine Söhne Macht bringen. Bis dahin werden die alten Frauen, die Großmutter und die Tante, tot sein, und das Dorf wird einen Schamanen brauchen.«

Kiin holte tief Luft. Warum glaubte Rabe, genug Macht zu haben, um Schamane zu sein? Warum glaubte er, genug Macht zu haben, um gegen den Fluch ihrer Söhne gewappnet zu sein, wenn er es nicht einmal fertigbrachte, dem Blick zweier alter Frauen standzuhalten?

»Qakan will n-nicht, daß ich mit ihm gehe, und ich will es auch n-nicht«, erwiderte Kiin. »Qakan hat Gelbes Haar. Sie kann paddeln, und sie wird ihm Frau auf seinem Lager sein.«

Rabe lächelte. Es war kein angenehmes Lächeln. Er hatte den Mund zu weit geöffnet, zeigte zu viele Zähne, und Kiin mußte ihre Schultern straffen, um nicht zu zittern.

»Gelbes Haar wird nicht mit ihm gehen«, sagte Rabe. Er schritt durch das ganze *ulaq,* drehte sich um und redete wieder mit Kiin, als würde er einem Kind etwas erklären. »Du bist meine Frau. Du bist eine gute Frau, denn du hältst das *ulaq* sauber und hast mir zwei Söhne gegeben. Lemmingschwanz ist meine Frau. Sie ist eine gute Frau auf dem Lager eines Mannes. Sie macht ihm die Nächte schön. Vielleicht behalte ich euch beide, vielleicht verkaufe ich dich eines Tages an einen anderen Mann, aber jetzt seid ihr meine Frauen. Und Gelbes Haar – ob sie nun die Frau eines anderen ist oder nicht und ob ich noch viele andere Frauen habe –, Gelbes Haar ist meine Frau. Sie gehört zu mir, und ich gehöre zu ihr.

Gelbes Haar ist keine gute Frau für einen Mann. Sie ist faul, und manchmal ist sie gut in meinem Bett, sehr gut, sogar besser als Lemmingschwanz. Aber nur manchmal.

Sie kann nicht nähen, und sie kann kein Fleisch zubereiten. Aber ich bin auch faul. Ich gehe nicht besonders oft auf die Jagd, und ich helfe nicht, wenn jemand im Dorf eine Behausung errichtet. Ich mache mir meine Waffen nicht selbst, und ich baue mir mein *ikyak* nicht selbst. Aber irgendein Geist hat Gelbes Haar an mich gebunden. Das ist der Grund, warum sie nicht mit Qakan gehen wird. Und das ist der Grund, warum ich dir sage, daß du frei bist, mit Qakan zu gehen, zu sehen, ob er dich zu Amgigh zurückbringt, falls du bereit bist, deine Söhne hierzulassen. Vielleicht ist es mit Amgigh und dir genauso wie mit Gelbes Haar und mir.«

Lange Zeit schwieg Kiin. Ihre Gedanken waren nicht bei Amgigh, sondern bei Samiq. Ja, vielleicht war es so, wie Rabe gesagt hatte. Egal, wen Kiin zum Mann hatte, egal, wie viele Frauen sich Samiq nahm – Kiin gehörte zu Samiq, und Samiq gehörte zu ihr. Aber wie konnte sie mit Qakan zurückgehen? Es war für ihn zu gefährlich, sie in ihr Dorf zurückzubringen, damit Kayugh und Amgigh erfuhren, daß er Kiin gegen ihren Willen genommen hatte, daß er über Amgighs Söhne einen Fluch gebracht hatte, indem er Kiin als Frau benutzt hatte.

Und so kehrten ihre Gedanken wieder zu Rabe zurück. Er war für sie kein guter Mann, auch wenn er sie nicht geschlagen hatte, und Lemmingschwanz hatte gesagt, daß er sie nur ein einziges Mal geschlagen hatte. Aber Kiin hatte Kayugh mit Chagak gesehen, Große Zähne mit Krumme Nase und Kleine Ente, und so wußte sie, was ein guter Mann war.

Sie kannte den Unterschied zwischen einem Mann, der sich nur eine Frau für sein Lager und sein *ulaq* nahm, und einem Mann, der sich um seine Frau genauso sorgte, wie er sich um sich selbst sorgte. Nein, Rabe war kein guter Mann für sie, aber er war auch kein schrecklicher Mann.

Wenn sie wegging und ihre Söhne mitnahm, würde er ihr folgen. Solange er Shuku und Takha beschützte, würde sie bleiben. Vielleicht würde sie zu ihm in seinen Schlafplatz müssen, aber sie hatte schon Schlimmeres erlebt. Sie würde auf eine gute Gelegenheit warten, um das Walroßvolk zu verlassen – wenn Rabe zu einem Tauschhandel wegfahren würde, wenn ihre Söhne kräftiger sein würden.

»N-nein«, antwortete sie Rabe. »Mit Amgigh und mir ist es nicht so. Ich bleibe bei dir.«

52

VIELLEICHT SOLLTEN WIR von hier weggehen«, sagte Kleines Messer. »Sieben Tage Warten ist lange genug.«

»Wer ist Junge, und wer ist Mann?« fuhr ihn Samiq an und ging in der kleinen Höhle von einer Wand zur anderen.

Drei Fische hatte sich in einer Ecke zusammengekauert, aber Samiq befürchtete, daß sie Kleines Messer zustimmen würde, und sah sie nicht an.

»Vielleicht kommen sie zurück«, sagte Samiq mit dem Rücken zu Kleines Messer. Er glaubte nicht, daß der Junge antworten würde.

»Sie werden nicht zurückkommen«,sagte Kleines Messer, seine Stimme klang müde, ausdruckslos, wie ein Vater mit einem verstockten Kind spricht. Und Samiq kam sich plötzlich dumm vor. Der Junge hatte recht. Warum sonst hätten sie alles mitgenommen, außer seinen Sachen? Hatte er es sich nicht schon selbst gesagt? Welcher Geist hielt ihn an diesem Ufer fest?

Ein mahlendes Dröhnen unterbrach seine Gedanken, und der Boden bewegte sich unter seinen Füßen; von der Decke der Höhle rieselten Sand und Staub.

Drei Fische kreischte.

»Drei Fische«, sagte Samiq laut und strengte sich an, um

sich bei dem Dröhnen der Erde Gehör zu verschaffen. Drei Fische ergriff ihren *suk* und lief zum Höhleneingang.

»Drei Fische!«

Sie blieb stehen und sah zu ihm zurück.

»Bleib hier. Es ist sicherer hier.«

»Ich kann nicht«, sagte sie. »Ich kann nicht.« Sie schluchzte. »Du bist nicht dabeigewesen. Du weißt es nicht. Die Wände sind auf Dicke Frau gefallen. Ich konnte sie nicht herausziehen.«

»Das hier ist kein *ulaq*«, sagte Samiq und sah auch Kleines Messer an, bemerkte, daß er nicht in Panik geraten war, sondern abwartete, was Samiq sagte.

»Vielleicht wäre es das beste, von hier wegzugehen«, sagte der Junge, seine Stimme ruhig und klar. »Deine Frau hat zu große Angst, um noch länger hierzubleiben.«

Drei Fische hatte ganz runde Augen, ihr Mund stand offen, zu einem dunklen Viereck verzerrt wie der Mund eines heulenden Kindes. Samiqs Volk würde nicht zurückkommen, solange Aka brannte, was hatte es also für einen Sinn, noch hierzubleiben? Nur um Drei Fische zu quälen?

»Wir werden gehen«, sagte Samiq und nahm seine Speere von der Höhlenwand, an der sie lehnten. »Nehmt alles mit.«

Sie banden das *ikyak* an das *ik*, um ein festeres Fahrzeug zu haben, beluden die beiden Boote mit ihren Vorräten und Steinen vom Ufer. Samiq saß in dem *ikyak*, Drei Fische und Kleines Messer in dem *ik*. Sie paddelten so weit hinaus, bis das Land nur noch eine undeutliche dünne Linie in der Wolke aus Dunst und Asche war, die den Himmel verdunkelte.

Samiq blieb in seinem *chigadax* trocken, aber er wußte, daß Kleines Messer und Drei Fische schon bald von der Gischt des Meeres durchnäßt sein würden. »Wir suchen ein Land und halten dort an«, rief Samiq ihnen zu. Kleines Messer antwortete nicht, aber beim Anblick der durchweichten Haare des Jungen zitterte Samiq. Zum erstenmal, seit sie das Dorf der Waljäger verlassen hatten, mußte Samiq an seinen schönen Waljägerhut denken. Wo er jetzt wohl war? Im *ulaq* von Großer Wal unter den Wänden begraben?

Am *ik* festgebunden, bewegte sich Samiqs *ikyak* schwerfällig und war schwer zu paddeln. Wenn er mit Amgigh auf Robbenjagd gegangen war, hatten sie ihre *ikyan* oft zusammengebunden, falls plötzlich ein Sturm aufkam. Dann hatten sie nur gepaddelt, um sich über Wasser zu halten, aber jetzt mußte Samiq die Boote auch vorwärtsbewegen, noch dazu in den Wellen, die Aka gehorchten und nicht dem Wind, Wellen, die ein Jäger nicht einschätzen und kennen konnte.

Und das *ikyak* gehörte auch nicht ihm, war seinen Armen, Beinen, Händen nicht angepaßt. Seine anderen *ikyan* waren bei den Waljägern: das *ikyak*, das Samiq als Junge gebaut hatte, mit dem er seine erste Robbe erbeutet hatte, und dann das *ikyak*, das er und Großer Wal gebaut hatten – leicht, schmal, ein Boot, das wie ein Fischotter durch die Wellen glitt. Was hatte Kayugh ihn gelehrt? Daß sein *ikyak* sein Bruder war.

Ja, dachte Samiq, dieses *ikyak* war für einen anderen gemacht, aber es ist ein gutes *ikyak*. Er strich mit den Händen über die Seiten des Boots, rieb mit den Fingern die feste Seelöwenhaut. Ja, es ist ein gutes *ikyak*. Stark und fest, gute Arbeit.

»Bruder«, sagte er und hoffte, daß das *ikyak* es hörte, das Band spürte, das zwischen ihnen bestand. Wer konnte sagen, was das *ikyak* tun würde, wenn es wußte, daß sich Samiq nach seinen anderen *ikyan* sehnte? »Bruder.«

Das Wasser strömte über die Seiten des *ik*, und Samiq reichte Kleines Messer das Schöpfrohr, und dann paddelte der Junge nur mit einer Hand, während er mit der anderen Wasser in die Röhre saugte und über die Seite des *ik* ins Meer schüttete.

Samiq wußte von kleinen Inseln, nicht weit im Osten, wo er früher Robben gejagt hatte, ein guter Platz für Vogeleier. »Da drüben ist eine Insel«, rief er Kleines Messer zu. »Dort fahren wir hin.« Aber die Geräusche des Meeres verschluckten seine Worte, und schließlich machte er nur noch Zeichen mit den Armen und Händen, deutete nach Osten, wünschte, er hätte Kleines Messer das *ikyak* gegeben, weil er, Samiq, stärker war und besser paddeln und das *ik* ausschöpfen konnte.

Der Tag nahm kein Ende. Die Wellen stießen sie zurück zum Land, und sie mußten direkt gegen den Wind ankämpfen, um voranzukommen. Samiqs Schultern schmerzten, und seine Kehle brannte. Die salzige Gischt stach in seine Lippen und seine Zunge. Aber ich bin ein Jäger, dachte er. Was soll da erst Kleines Messer sagen, der noch ein Kind ist, und was Drei Fische, die eine Frau ist? Er machte die Augen zu und zog sein Paddel wieder durch das Wasser. Wir hätten dortbleiben sollen, dachte er. Ich habe ihnen gesagt, daß wir bleiben sollten. Aka hätte sich beruhigt. Bei ruhiger See hätten wir eine leichte Überfahrt gehabt.

»Ich kann nicht!« hörte er die Stimme von Drei Fische über dem Lärm der Wellen, und Samiq machte die Augen wieder auf. Die Frau war im *ik* zusammengesackt, ihr Paddel hing an der Seite des Boots im Wasser.

»Verlier dein Paddel nicht«, rief er ihr zu, war selbst überrascht, daß er keinen Zorn verspürte, nur Verzweiflung, aber Kleines Messer drehte sich zu ihr um und rief: »Ruh dich aus. Ich werde paddeln.« Und Samiq schämte sich für seine Schwäche.

»Eine Insel, schon bald!« rief er Kleines Messer zu und hoffte, daß der Junge ihn hörte.

Samiq hatte den schwachen Lichtschein aus den Augen verloren, die Stelle, an der die Sonne hinter dem Grau des Nebels schien, und er wußte nicht, wieviel Zeit vergangen war. Eine gefährliche Sache. Eine dumme Sache, sagte er sich. Welcher Jäger würde so etwas zulassen? Aber die

Gezeiten und die Sonne schienen ihn im Stich gelassen zu haben, taten beide so, als hätten auch sie ihren Platz vergessen.

Samiq paddelte weiter, die Bewegung wiederholte sich so oft, daß sich seine Arme von allein zu bewegen schienen. Er bemerkte, daß sich die Boote durch seine stärkeren Stöße, seit Drei Fische nicht mehr paddelte, drehten, und er hob die Arme höher, tauchte das Paddel flacher ins Wasser, paßte seine Schläge den Schlägen von Kleines Messer an.

Er beobachtete die Oberfläche des Wassers, um es gleich zu bemerken, wenn sich die Farbe veränderte, was ihm zeigen würde, daß sie dicht bei der Insel waren, aber die auf dem Wasser schwimmende Asche wirkte sich auf alle Farben aus, und als erstes bemerkte er eine Veränderung im Schlag der Wellen, die sich an dem flachen Meeresboden stießen.

»Das Wasser verändert sich«, rief Kleines Messer ihm zu, und Samiq bewunderte ihn, weil er es bemerkt hatte.

»Wir sind bald bei der Insel«, rief Samiq zurück. »Drei Fische muß auch paddeln.«

Drei Fische tauchte ihr Paddel wieder ins Wasser, und Samiq konnte kräftiger durchziehen, so daß das *ikyak* schneller vorankam. Die Südseite der Insel hatte ein Kiesufer und wenig Felsen, und so machte Samiq Kleines Messer ein Zeichen, das Boot nach Süden zu lenken, und konnte sich eine Weile ausruhen, während Kleines Messer das Boot wendete.

Das *ikyak* war jetzt dicht genug am Ufer, so daß Samiq die Form der Küste erkennen konnte, und sie paddelten jetzt langsamer, während Samiq mit seinem Paddel die Asche vom Wasser schöpfte und seine Augen nach Felsblöcken suchten, die die Bespannung ihrer Boote aufreißen konnten. Er sah am Ufer eine Bewegung, aber er war viel zu sehr damit beschäftigt, sein *ikyak* zu lenken, um sich Sorgen zu machen.

Robben, dachte er. Wir werden Fleisch haben.

Die Wellen trugen die Boote, drückten sie zu der Felsspitze, die das Ufer beschützte. Samiq machte sein Messer vom Bug des *ikyak* los und hielt das Boot mit seinem Paddel im Gleichgewicht, während er Kleines Messer zurief: »Ich schneide jetzt die Seile durch.«

Das *ik* rollte schlingernd auf die Seite, weg vom *ikyak*, Kleines Messer und Drei Fische paddelten jetzt jeder an einer Seite des Boots. Samiq blieb ein Stückchen hinter dem *ik*, während es um die Spitze der Bucht herumfuhr. Es wurde von den Wellen gefangen und glitt auf das Ufer zu. Dann lenkte Samiq sein Boot um die Landspitze, wich geschickt ein paar Felsblöcken aus, die aus dem Wasser ragten. Die Brandung war nicht stark, so daß Samiq sein Paddel nur dazu brauchte, die Fahrt des *ikyak* zu verlangsamen und den Felsblöcken auszuweichen. Er sah zum Ufer, wieder fingen seine Augen eine Bewegung ein.

Wenn es nun keine Robben waren, dachte er. Wenn es nun ein Waljäger war? Und wenn sie ihm gefolgt waren? Sie würden ihn töten, daran hatte er keinen Zweifel. Aber waren Kleines Messer und Drei Fische in Sicherheit? Samiq sah, wie Kleines Messer einen Speer aus dem Vorratsbündel in der Mitte des *ik* zog, und stieß sein Paddel tief ins Meer, um sein *ikyak* neben das *ik* zu bringen.

»Da, hinter dem Felsen!« rief Kleines Messer ihm zu, und Samiq richtete den Blick auf die Stelle am Ufer. Da war etwas, was zu groß war, um eine Robbe zu sein. Ein Mann! Waljäger?

Der Mann trug einen Speer. Samiq nahm seine Harpune von der rechten Seite des *ikyak*, wo sie befestigt war. Kleines Messer hob seine Arme mit dem Speer hoch. Drei Fische kauerte sich vorn im *ik* dicht auf den Boden. Der Mann am Ufer hob auch seinen Speer und zog den Arm zum Wurf nach hinten, während er schnell ein paar Schritte zur Seite lief.

Der Lauf kam Samiq plötzlich bekannt vor, wie etwas, was er schon oft gesehen hatte.

»Nein! Nei-ei-ei-ein!« schrie Samiq.

Kleines Messer zögerte, genauso wie der Mann am Ufer.

»Große Zähne. Ich bin Samiq! Ich bin Samiq! – Er ist ein Freund«, sagte Samiq zu Kleines Messer. »Nimm den Speer herunter.« Dann waren plötzlich noch andere am Ufer. Erster Schnee und Grauer Vogel und Amgigh.

Samiq suchte das schon dunkle Ufer hinter den Männern ab. Kiin? Seine Mutter? Waren die Frauen auch hier?

Dann kam Amgigh, durch das kalte Wasser watend, auf ihn zu, den Parka hatte er abgeworfen. Samiq tauchte sein Paddel ins Wasser, lenkte das *ikyak* neben seinen Bruder. Im flachen Wasser machte Samiq seine Lukenumrundung auf und sprang aus dem *ikyak.* Samiq packte Amgigh an den Schultern und blinzelte, um nicht die Tränen zu zeigen, die in seinen Augen brannten.

»Unsere Mutter?« fragte Samiq.

»Es geht ihr gut.«

»Kiin?«

Aber als Samiq nach Kiin fragte, drehte sich Amgigh um. Samiqs Herz klopfte schnell, aber noch ehe er seinem Bruder folgen konnte, hatte ihn Große Zähne mit einer rauhen Umarmung gepackt, und Erster Schnee fuhr ihm durch die Haare.

»Meine Schwester?« fragte Samiq Erster Schnee, und Erster Schnee grinste.

»Es geht ihr gut, und unserem Sohn auch.«

»Wir wußten nicht, ob du uns finden würdest«, sagte Große Zähne. »Und wir müssen auch bald wieder weiterziehen. Aka schüttelt uns sonst von diesem kleinen Ufer.«

Samiq nickte, sah, daß Große Zähne wußte, was ihm selbst am Ende klargeworden war, während er zur Insel paddelte. Aka würde alles zerstören, was in der Nähe war.

Dann, als Samiq wieder zu den Männern sah, merkte er, daß sein Vater nicht bei ihnen war. »Unser Vater?« fragte er Amgigh und hatte plötzlich Angst. Es gab so vieles, was er Kayugh über die Waljagd erzählen mußte.

»Bei deiner Mutter. Er wird sich freuen, dich zu sehen.«

Dann kam Große Zähne zu ihm. Er räusperte sich, legte die Hand auf Samiqs Schulter. »Wir haben zwei verloren«, sagte er ruhig. »Aber nicht an Aka. Und Qakan ist bei dem Walroßvolk, um Tauschhandel zu treiben.«

»Zwei?« fragte Samiq und wußte, daß einer der Sohn von Große Zähne war, wußte es, konnte aber Große Zähne nicht sagen, daß er es wußte. Wie sollte ein Mann einem anderen Mann sagen, daß er das Grab seines Sohnes entweiht hatte?

»Mein Sohn«, sagte Große Zähne und beugte den Kopf. »An einen Geist. Wir wissen nicht, an welchen. Er hat nichts mehr gegessen, und es waren Klumpen in seinem Hals. Sein Bauch hat sich aufgebläht, und am Ende ist er gestorben.«

»Es tut mir leid, Große Zähne«, sagte Samiq, ohne Große Zähne in die Augen sehen zu können, aus Angst, den Kummer darin zu lesen, aber auch aus Angst vor dem, was Große Zähne ihm als nächstes sagen würde.

»Kiin ist tot, Samiq«, sagte Große Zähne.

»Meine schöne Tochter«, wimmerte Grauer Vogel mit hoher, zitternder Stimme – wie der Klageschrei einer Frau.

Samiq konnte nicht atmen, konnte nicht sprechen. Kiin. Kiin. Wie konnte Kiin tot sein? Sie kam noch so oft in seine Träume. Konnten das die Toten?

»Nein«, sagte Samiq ruhig, so als würde er einen Bissen Nahrung verweigern, so als würde er seiner kleinen Schwester Wren sagen, daß sie von seinen Waffen wegbleiben sollte. Er sah Amgigh an. »Nein, Amgigh«, sagte er.

Amgigh wandte sich nicht ab, versuchte nicht, seine Augen zu verbergen. Samiq sah das Leid darin, die Trauer eines Mannes um seine Frau, und da wußte er, daß Große Zähne die Wahrheit sagte.

»Es tut mir leid, Amgigh«, sagte Samiq.

»Es ist geschehen, als ich mit dir bei den Waljägern war«,

sagte Amgigh. »Sie ist zum Fischen hinausgefahren.« Seine Stimme brach, und er sah zu Boden. »Das Meer hat sie zu sich genommen.«

Einen Augenblick lang herrschte Schweigen, dann wußte Samiq, daß er weinen würde, wenn er nichts sagte, weinen um die Frau eines anderen Mannes, weinen wie ein Kind, und so sagte er die ersten Worte, die ihm einfielen, nichts von Kiin, nichts von Aka: »Ich habe gelernt, den Wal zu jagen. Ich bin zurückgekommen, um es euch zu zeigen. Um es allen Ersten Menschen zu zeigen.«

Amgigh sah auf, lächelte, aber der Kummer war noch immer in seinen Augen, und dann bemerkte Samiq noch etwas, was er schon von früher kannte. Der Ausdruck in Amgighs Gesicht, den er immer als Junge gehabt hatte, wenn ihn Samiq bei einem Wettrennen besiegt hatte, wenn Samiq die Felssteine weiter oder kräftiger geworfen hatte als er. Zorn.

Kummer, ja, doch warum Zorn?

53

DANN HATTE SAMIQ keine Worte mehr, hatte nichts zu sagen. Seine Sehnsucht nach Kiin war eine Leere in seiner Brust, die ihm das Herz und die Lunge bis in die Kehle drückte. Jeder Atemzug war ein Schmerz. Jeder Herzschlag.

Die Männer hatten angefangen, Fragen zu stellen, aber ihre Stimmen waren nur plätschernde Geräusche, wie das heisere Krächzen der Klippenlummen.

Was würde sein Leben ohne Kiin sein? Dann wäre er lieber auch tot. Um mit ihr bei den Tanzenden Lichtern zu sein, aber das konnte er nicht. Er war Vater und Mann. Sein Leben gehörte denen, die von ihm abhängig waren.

Außerdem hatte er Kayugh versprochen, ihm die Waljagd beizubringen. Er hatte es Amgigh und Große Zähne versprochen.

Über das Gewirr der Männerstimmen erhob sich, hoch und klar, die Stimme von Kleines Messer. Er stand mit Drei Fische neben dem *ik,* trat von einem Fuß auf den anderen, zog Drei Fische an ihrem *suk.*

»Ich habe noch jemanden mitgebracht«, sagte Samiq zu den Männern.

»Kommt her!« rief er Kleines Messer und Drei Fische zu.

Sie kamen ruhig näher, gingen um die Männer herum, die sich um Samiq versammelt hatten, und Samiq zog Kleines Messer an seine Seite und sagte laut: »Kleines Messer, mein Sohn.« Große Zähne lächelte, und Samiq war froh, daß er den Jungen mitgebracht hatte. Es war immer gut, einen Sohn zu haben, und noch dazu einen Sohn, der fast ein Mann war, der bald ein Jäger sein würde.

»Er wird ein guter Mann sein«, sagte Amgigh.

Samiq nickte. »Er ist schon ein Mann.«

Samiq drehte sich zu Drei Fische um. Sie hatte den Kopf gesenkt. Er legte die Hand auf ihre Schulter, und sie sah zu ihm hoch. »Ihr Name ist Drei Fische«, sagte Samiq zu den Männern. »Sie ist meine Frau.«

Er sah den erschrockenen Ausdruck in Amgighs Gesicht, das spöttische Grinsen auf den Lippen von Grauer Vogel. »Sie kann gut arbeiten«, sagte Samiq verteidigend und hoffte, sie würde nicht lächeln und ihre abgebrochenen Zähne zeigen.

Für eine Weile sprach niemand, und Samiq wandte den Blick von ihnen ab, wünschte, Drei Fische wäre bei Sterbende Robbe geblieben. Dann fing Drei Fische an zu kichern, und Samiq sah mit Entsetzen, daß sie mit den Händen über ihren *suk* strich, ihn über den Brüsten glattzog, während ihre Augen auf das Gesicht von Große Zähne gerichtet waren.

»Geh wieder zum *ik*!« sagte Samiq zu ihr. Drei Fische

sah zu ihm hoch und kicherte noch einmal, dann ging sie langsam zum *ik*, warf über die Schulter einen Blick zu den Männern, während sie ging.

»Ist sie Mutter von Kleines Messer?« fragte Amgigh.

»Nein«, sagte Samiq. Sein Zorn machte seine Stimme schroff. »Sie ist Mutter von niemandem. Ich habe sie nicht freiwillig genommen.«

»Vielleicht sollte sie besser zurückgehen.«

Samiq sah seinen Bruder erstaunt an. »Sie kann nicht zurück. Wenn Aka sie nicht tötet, würde es das Meer tun.«

»Sie ist eine große Frau«, sagte Erster Schnee. »Sie kann den anderen Frauen beim Tragen helfen.«

Ja, dachte Samiq, sie ist groß. Wenigstens das ist sie.

»Ich zeige dir, wo die Frauen sind«, sagte Amgigh zu Samiq. »Unsere Mutter und unser Vater werden dich sehen wollen.«

»Ich bleibe hier, bei Drei Fische«, sagte Große Zähne. »Macht euch um sie keine Sorgen.« Dann drehte er sich zu Erster Schnee um und sagte: »Geh mit Kleines Messer zum Fluß. Zeig ihm das *ikyak*, das du baust.« Und dann sagte Große Zähne zu Samiq: »Es ist gut, daß du den Jungen mitgebracht hast.«

Den Jungen, nicht die Frau, dachte Samiq, aber er schwieg.

»Unsere Hütte ist oben zwischen den Felsen«, erklärte Amgigh, während sie gingen. »Mein Vater hatte Angst, daß ein Lager, das dichter am Meer liegt, weggespült wird.«

Samiq nickte, sagte aber nichts, weil seine Gedanken noch bei Drei Fische waren und dabei, wie sie sich benommen hatte. Wenigstens braucht unsere Mutter nicht meinen *chigadax* zu flicken, dachte Samiq, und jetzt hat sie noch eine Tochter, die ihr helfen kann, Eier und Beeren zu sammeln, die Kochgruben zu versorgen und die Dochte der Öllampen zu putzen.

Er schüttelte den Kopf, wollte seine Verlegenheit abschütteln, wollte das Mitleid vergessen, das er in Amgighs

Augen gesehen hatte. Sein Bruder hatte sich in mehreren kleinen Dingen verändert. Er war von seinen Worten überzeugter und setzte die Füße fester auf den Boden, wenn er ging. Vielleicht hatte er durch die Zeit als Mann von Kiin das Vertrauen gewonnen, das er benötigte; vielleicht hatte er in der Zeit, die er von Samiq getrennt war, gelernt, sich seiner eigenen Fähigkeiten bewußter zu werden.

Als das Ufer höher hinaufführte, blieb Amgigh stehen und deutete auf eine Ansammlung von Felsblöcken. Auf den Felsen waren Robbenhäute ausgebreitet, und neben einer Kochgrube saßen zwei Frauen.

Eine der Frauen hustete, und selbst aus der Ferne erkannte Samiq, daß es Chagak war, und die Frau neben ihr war Blaue Muschel. Chagak schien kleiner geworden zu sein, als Samiq sie in Erinnerung hatte, ihre Haare waren von grauen Strähnen durchzogen.

Sie sah zu ihnen hoch, als sie näher kamen, und ihre Augen weiteten sich plötzlich. Sie drückte die Hände an die Brust, und Samiq lief zu ihr, ohne sich darum zu kümmern, was die anderen dachten, nahm sie in die Arme, so wie Große Zähne ihn an sich gedrückt hatte, strich über ihr Haar, wischte die Tränen von ihren Wangen.

Lachend und weinend zeigte Chagak auf einen Stoß mit Häuten, und Samiq sah das kleine runde Gesicht des kleinen Mädchens, das ihn anlächelte.

»Wren?« fragte Samiq.

Chagak nickte.

Das Mädchen hatte einen Finger in den Mund gesteckt und starrte ihn an, und Samiq hob es von den Fellen, sah die Gesichtszüge seiner Mutter und die von Kayugh, die sich indem kleinen Gesicht vereinten.

»Schwester!« sagte er und schwenkte sie durch die Luft, und das Mädchen lachte, während es sich an seinen Haaren festhielt.

Er setzte Wren auf seine Schulter und drehte sich zu

Blaue Muschel um, aber er konnte sich nicht dazu bringen, Blaue Muschel in die Augen zu sehen.

»Es tut mir leid wegen deiner Tochter«, sagte er, aber dann konnte er nicht weitersprechen, weil ihm die Worte, die er sagen wollte, in der Kehle steckenblieben.

Blaue Muschel murmelte etwas, was Samiq nicht verstand.

Aber Samiq nickte, als hätte er sie gehört, und dann sagte er: »Grauer Vogel hat mir gesagt, daß euer Sohn auf eine Handelsfahrt gegangen ist.«

»Ja«, sagte Blaue Muschel. »Ja. Er ist jetzt ein Tauschhändler.«

»Hast du das *ikyak* gefunden?« fragte Chagak.

Samiq setzte seine Schwester wieder auf die Felle. »Ja«, sagte er, »wir wären nicht hier, wenn wir das *ikyak* nicht gefunden hätten.«

»Das hat dein Vater für dich dortgelassen«, sagte sie.

Sein Vater. Nein, nicht sein Vater. Kayugh. Samiq mußte an die Knochen denken, die er in der Totenhöhle gefunden hatte, die kleinen Knochen der Hände und Füße, die überall verstreut gewesen waren, so als hätte sie ein Tauschhändler zusammengescharrt, wie bei einem Glücksspiel hingeworfen.

Die Vorhänge aus Robbenhaut bewegten sich, und Krumme Nase kam zu Chagak an die Kochgrube. Mit offenem Mund starrte sie Samiq an und fragte Chagak mit flüsternder Stimme: »Das ist doch kein Geist?«

Samiq lachte und ging zu ihr, legte seine starken Hände auf ihre Schultern. »Kein Geist«, sagte er.

Krumme Nase lachte auch, aber Samiq sah das Glänzen von Tränen in ihren Augen, und Krumme Nase mußte sich umdrehen, um mit dem Ärmel ihre Augen trockenzuwischen.

Dann rief Chagak: »Rote Beere, ich brauche dich!«

Samiq sah zu den Vorhängen aus Robbenhaut und wartete auf seine Schwester. Als sie kam, lächelte Samiq. Sie bekam wieder ein Kind, ihr Bauch wölbte sich unter ihrer Schürze, ihr Gesicht strahlte vor Schönheit. Bestimmt machten die Männer Witze, dachte Samiq. Zwei Kinder, so schnell hintereinander. Wann hatte Erster Schnee Zeit zum Jagen?

Rote Beere stieß einen hohen Schrei aus und versuchte gar nicht erst, wie Krumme Nase, ihre Tränen zu verbergen. Und obwohl sie, da sie Schwester war, nicht ihre Arme nach ihm ausstrecken, ihn nicht an sich drücken konnte, legte sie die Hände über ihren dicken Bauch und wiegte sich von einer Seite zur anderen, bis ihre Tränen versiegten. »Ich bin froh, daß du wieder zu Hause bist«, sagte sie schließlich.

»Ich auch«, sagte Samiq und sah zu den Felsblöcken und den Behausungen dazwischen. Zu Hause, dachte er. Ja, zu Hause.

Dann machte Amgigh einen Schritt nach vorn und sah Chagak an, die die Matte auf der Kochgrube zurückschlug. »Wo ist mein Vater?« fragte er.

Chagak sah ihn überrascht an. »War er denn nicht am Ufer mit euch?« fragte sie Amgigh. »Weiß er, daß Samiq wieder da ist?«

»Nein«, antwortete Amgigh. »Ich dachte, er wäre hier bei dir.«

Krumme Nase fuhr mit einem langen gegabelten Stock in die Grube und zog ein Stück Fleisch heraus.

Der Geruch sagte Samiq, daß es Fleisch vom Gemeinen Seehund war, den es vor dieser Insel in Hülle und Fülle gab.

»Robbenfleisch«, sagte Chagak. »Vielen Dank für das Walfleisch, das du uns geschickt hast. Dein Vater hat deine Speerspitze gefunden.«

»Aber das Gift habt ihr nicht gegessen?« sagte Samiq.

»Große Zähne hat es gewußt und herausgeschnitten«, sagte Krumme Nase. »Das Öl hat fast den ganzen Winter über gereicht. Kayugh sagt, daß du ein großer Jäger bist, wenn du zwei Dörfer mit Walen versorgst.«

Samiqs Gesicht wurde rot, als er das Lob hörte, aber dann fragte er, um die Aufmerksamkeit von sich abzulenken: »Wo ist denn Kleine Ente?«

Alle um ihn herum sahen ihn traurig an, und Chagak antwortete: »Ihr Sohn ist gestorben, und seitdem hat Kleine Ente nichts mehr gesagt, sie ißt kaum noch. Eine Weile ist sie noch aufgestanden, wenn man ihr gesagt hat, daß sie aufstehen soll, hat gearbeitet, wenn man ihr gesagt hat, daß sie arbeiten soll, aber jetzt ist sie zu schwach, wartet nur darauf zu sterben.«

Samiq schloß die Augen.

»Ich rede mit ihr«, bot er an.

»Es wird nichts nutzen. Sie hört auf niemanden. Niemand kann ihr helfen«, sagte Krumme Nase.

»Ist sie in der Hütte?« fragte Samiq.

»Ja.«

»Geh jetzt zu ihr, Samiq«, sagte Amgigh. »Vielleicht hilft es ihr, wenn sie dich sieht. Wer kann das sagen? Ich gehe meinen Vater suchen.«

Samiq sah seine Mutter an, und sie nickte und sagte zu Rote Beere: »Begleite ihn.«

Rote Beere lächelte traurig, als sie in die Hütte kamen. »Sie ist sehr dünn«, flüsterte sie.

Der Boden des Überhangs war mit Grasmatten bedeckt und führte nach oben zu einer kleinen höhlenartigen Behausung. Auf den Matten verstreut lagen Schlafhäute, und Samiq ging um sie herum, als er Rote Beere folgte. Eine Bewegung auf einem Stoß Matten zog Samiqs Blick auf sich.

»Kleine Ente«, rief Rote Beere leise. Neben den Matten brannte eine Öllampe, und als sich Samiqs Augen an die Dunkelheit gewöhnt hatten, sah er Kleine Ente. Er ging näher zu ihr, und sein Körper begann ungläubig zu zittern. Die Haut von Kleine Ente spannte sich über den Knochen wie die Robbenhäute eines *ikyak* über dem Holzrahmen.

»Kleine Ente«, rief Rote Beere noch einmal.

Diesmal hob die Frau den Kopf, und in dem eingesunkenen Gesicht erkannte Samiq die Augen von Kleine Ente. Ihre Haut fiel in Falten vom Kinn auf die Schultern, und ihre Hände zitterten, als sie sie Samiq entgegenstreckte.

»Samiq?« sagte sie. »Du bist nicht tot?«

Samiq kniete sich neben sie. »Nein, Kleine Ente, ich bin nicht tot. Ich bin hier. Ich bin zu meinem Volk zurückgekehrt.«

»Wir dachten, du wärst tot«, sagte Kleine Ente. »Aka – als Aka – wir dachten, du wärst tot.«

»Ich lebe«, sagte Samiq.

»Mein Sohn ist tot«, sagte Kleine Ente mit zitternder Stimme.

»Es tut mir leid.«

»Bald werde ich auch tot sein. Dann werde ich bei meinem Sohn sein.«

»Du mußt essen«, sagte Samiq und beugte sich tiefer über sie, als sie ihren Kopf wieder auf die Matte sinken ließ.

»Es gibt keinen Grund zu essen.«

»Große Zähne braucht dich.«

»Er hat Krumme Nase.«

»Du könntest noch mal ein Kind bekommen.«

»Nein. Es sind keine Kinder mehr in mir.«

»Es ist sinnlos«, sagte Rote Beere leise. »Man kann nichts tun für sie.«

»Ich bleibe ein bißchen bei ihr«, sagte Samiq.

»Das brauchst du nicht«, erwiderte Rote Beere. »Sie schläft immer nur. Sie würde nicht einmal wissen, daß du hier bist.«

»Aber ich werde wissen, daß ich hier bin«, sagte Samiq.

Rote Beere blieb neben ihm stehen, als er sich auf den Boden kauerte. Er nahm die Hand von Kleine Ente und sah sie ruhig an.

Es war nicht an ihm zu weinen. Sie war nicht seine Mutter und nicht seine Großmutter und auch nicht seine Frau, aber der Kummer von Kleine Ente um ihren Sohn saß tief in Samiqs Brust, angezogen von der Trauer um Kiin, die Samiq mit sich trug.

Die Vorhänge wurden zurückgezogen, und Samiq blickte auf. Kayugh war in die Höhle gekommen. In Samiqs Kehle vermischten sich Kummer und Freude, so daß er kein Wort herausbrachte. Ein Blick auf Kleine Ente sagte ihm, daß sie schlief, und er ließ vorsichtig ihre Hand los und legte sie an ihre Seite und stand auf, um seinen Vater zu begrüßen.

Dieses eine Jahr hatte Kayugh nicht verändert, sein Haar war so schwarz wie vorher, sein Gesicht noch genauso. Chagak hatte Samiq einmal gesagt, daß Kayugh sich nie veränderte, daß er noch genauso aussah wie damals, als sie seine Frau geworden war.

»Du bist in Sicherheit«, sagte Kayugh.

»Das hättest du dir denken können«, erwiderte Samiq, dann bedauerte er seine Worte, fand, daß er sich wie ein Junge anhörte, der so tat, als wäre er ein Mann.

»Ja, das hätte ich mir denken können«, sagte Kayugh und lächelte.

»Als ich zu unserem Ufer kam«, erklärte Samiq, »habe ich geglaubt, daß ihr – daß euch Aka –«

»Du hättest dir doch denken können, daß wir in Sicherheit sind«, sagte Kayugh und lächelte, als Samiq in Lachen ausbrach.

Kleine Ente bewegte sich auf der Matte hin und her, machte aber nicht die Augen auf.

»Sie stirbt«, sagte Kayugh.

»Sie will es so«, erwiderte Samiq.

Kayugh nickte und ging zum anderen Ende der Hütte. Er setzte sich hin und winkte Samiq, sich neben ihn zu setzen. Zuerst schwieg Kayugh. »Hast du deine Schwester gesehen?« fragte er dann.

»Rote Beere?«

»Wren.«

Samiq lächelte. »Sie ist gewachsen.«

»Sie ist genauso schön wie ihre Mutter.«

Samiq wunderte sich über Kayughs Worte. Er hatte seine Mutter nie als schön angesehen.

»Ich habe schon kennengelernt, wen du von den Waljägern mitgebracht hast«, sagte Kayugh.

»Kleines Messer?«

»Ja, ich habe den Jungen gesehen«, sagte Kayugh, »aber ich meinte die Frau.«

»Drei Fische. Sie heißt Drei Fische.«

Kayugh nickte. »Ich wußte nicht, daß du eine Frau nehmen würdest.«

»Es war nicht meine Entscheidung«, sagte Samiq. »Großer Wal fand, daß ich eine Frau brauche.«

»Großer Wal«, sagte Kayugh. »Ein seltsamer Mann.« Kayugh rieb sich das Kinn. »Sie haben dich gezeichnet«, sagte er.

Samiq fuhr mit der Hand an sein Kinn. Er hatte die dunklen Linien, die Viele Kinder in seine Haut genäht hatte, schon fast vergessen.

Kayugh runzelte die Stirn und wandte den Blick ab. »Hat Aka ihr Dorf auch geschüttelt?« fragte er.

»Ja«, erwiderte Samiq mit leiser Stimme. Er räusperte sich, ein schroffer Laut in der stillen Behausung, neben den schwachen Atemzügen von Kleine Ente. »Dicke Frau ist tot. Auch die Eltern und der Bruder von Drei Fische, Lund, der Vater von Kleines Messer.«

»Dann ist es gut, daß du sie mitgebracht hast.«

»Ich wollte es nicht«, sagte Samiq. »Aber ich bin froh, daß ich Kleines Messer mitgebracht habe. Er ist mehr Mann als Junge.«

Kayugh nickte und fragte dann: »Großer Wal?«

Samiq wandte den Blick ab. Kayugh hatte Großer Wal gern gehabt. »Er ist tot.«

Kayugh schloß die Augen und drückte das Kinn in den Kragen seines Parkas. Als er den Kopf wieder hob, sah er zu Kleine Ente. »Aka?« fragte er.

»Nein«, sagte Samiq. »Eine Krankheit. Er ist schnell und ohne Schmerzen gestorben. Er konnte sich nicht bewegen, und sein Mund war – er war –«

»Ich kenne die Krankheit«, sagte Kayugh. »Eine alte Frau hatte sie, als ich noch ein Kind war. Sie hat noch lange gelebt. Sei dankbar, daß Großer Wal schnell gestorben ist.«

Sie schwiegen, bis Samiq schließlich zu sprechen begann und Kayugh erzählte, was ihm nicht aus dem Kopf gehen wollte, seit er vor den Waljägern geflohen war. »Sie haben geglaubt, ich hätte Aka gerufen. Ich hätte Aka gesagt, daß er ihr Dorf zerstören soll.«

Kayugh schnaubte verächtlich. »Warum? Warum sollten sie das glauben?«

»Weil im letzten Sommer so viele Wale zur Insel der Waljäger gekommen sind. Mehr als sie je zuvor gesehen hatten. Großer Wal sagte, das käme von meiner Macht, und manche Jäger waren zornig, daß einer von den Robbenjägern so viel Macht haben sollte.«

»Und war es deine Macht?«

»Wie denn? Ich bin nur ein Mann. Ich habe gelernt, was sie mir beigebracht haben. Ich habe getan, was sie mir gesagt haben. Das war alles. Ich habe keine besondere Macht. Ich habe keine Geister gerufen.«

»Dann sind die Waljäger Dummköpfe«, sagte Kayugh. »Welcher Mann könnte Aka rufen? Wer sollte so viel Macht haben?«

Samiq war erleichtert über Kayughs Antwort. Jemanden zu haben, der dasselbe glaubte wie er, ließ die Beschuldigungen der Waljäger nicht so wichtig erscheinen.

»Aber du hast gelernt, den Wal zu jagen«, sagte Kayugh, und Samiq sah die Hoffnung in seinen Augen.

»Ihr habt meinen Wal an eurem Strand gefunden«, erwiderte Samiq.

Kayugh lachte. »Wenn Aka wieder ruhig ist, gehen wir zurück, und dann zeigst du uns, wie man den Wal jagt«, sagte er. Er streckte die Hand aus und legte sie auf Samiqs Schulter. »Du warst mir ein guter Sohn.«

Das war mehr, als Samiq je zu hoffen gewagt hatte, und er brachte kein Wort heraus, in der Stille der Höhle waren nur die flachen Atemzüge von Kleine Ente zu hören.

»Das mit Kiin tut mir leid«, sagte Kayugh plötzlich.

»Ja«, antwortete Samiq, und der Kummer über ihren Tod lag wieder schwer auf seiner Brust, bis ihm jeder Atemzug Schmerzen bereitete. »Amgigh – es muß schwer sein für Amgigh«, sagte Samiq.

Er drehte sich um und sah, daß Kayughs Augen auf ihn gerichtet waren, ihn festhielten, so daß er ihm nicht ausweichen konnte. »Für dich ist es schwerer«, sagte Kayugh. »Ich habe ihr Amgigh versprochen, weil er mein Kind war, und du warst es nicht.« Er faltete die Hände und löste sie wieder. »Damals wußte ich noch nicht, daß deine Mutter meine Frau werden würde – und du mein Sohn. Und ich wußte auch nichts von deinen Gefühlen für Kiin.«

Samiqs Gesicht wurde rot. »Amgigh war ihr ein guter Mann«, sagte er.

»Er ist ein guter Mann. Ein feiner Sohn. Aber in mancher Hinsicht ... Er kümmert sich, aber –« Kayugh zuckte die Achseln. »Ich habe dir nie von Amgighs Mutter erzählt«, sagte er dann.

Samiq war überrascht. Die Menschen sprachen nicht oft von den Toten, meistens nur, um anderen zu sagen, daß sie gestorben waren. Und selbst dann mußte man seine Worte sorgfältig wählen. Wer konnte sagen, was einem der Geist eines Toten antun würde?

»Ihr Name war Weißer Fluß. Sie war eine gute Frau. Stark. Sie gab mir Rote Beere und Amgigh. Zwei gute Kinder. Als sie starb, wollte ich auch nicht mehr leben. Ich konnte mir nicht vorstellen, daß ein Mann mehr für eine Frau empfinden kann, als ich für Weißer Fluß empfand. Aber dann habe ich deine Mutter gefunden. Und als sie Amgigh genommen und ihn gestillt hat, damit er leben konnte –« Er schüttelte den Kopf. »Ich kann gar nicht sagen, was ich für deine Mutter fühle.«

Samiq sah Kayugh erstaunt an. Wer wußte schon, was im Herzen eines anderen Mannes vor sich ging?

»Kiin war für Amgigh, was Weißer Fluß für mich war. Aber für dich war Kiin –« Er hielt inne. »Ich kann es verstehen, weil ich deine Mutter habe.« Samiq nickte, und Kayugh sagte: »Ich wollte im Sommer eine Frau für dich suchen, eine Frau von den Ersten Menschen oder von den Walroßmenschen. Ich wußte nicht, daß du eine Frau von den Waljägern mitbringen würdest.«

Samiq biß sich in die Wange. Eine Frau – Drei Fische war ihm immer peinlich gewesen, aber hier, bei seinem Volk, noch viel mehr. Eine Frau! Besser, man lebte allein. Aber er lächelte seinen Vater an, mit einem steifen Lächeln, und sagte: »Ja, ich habe eine Frau. Eine starke, gesunde Frau.«

54

GELBES HAAR LÄCHELTE genüßlich und warf wieder mit einem getrockneten Stück Fisch nach Qakan. Qakan duckte sich, und der Fisch prallte gegen den Vorhang, der ihren Teil des *ulaq* von dem Teil trennte, den Eisjäger bewohnte.

Qakan sah seine Frau voller Abscheu an. Ihr Haar war verfilzt und ihre Haut mit Ruß bedeckt. Außer dem ersten Mal, als er sie gesehen hatte, als sie tanzte und Rabe geholfen hatte, Qakan mit seinen Tauschwaren zu betrügen, war sie immer schmutzig gewesen. In ihren Haaren klebte ranziges Fett, ihre Grasschürzen waren ausgefranst. Der Teil des *ulaq,* der ihnen gehörte, war nicht viel besser. Eisjägers Mutter, die von den Walroßmenschen Großmutter genannt wurde, hatte Qakan anfangs gescholten, weil er seine Frau nicht dazu brachte, das *ulaq* sauberzuhalten. Später, als ihr vielleicht klar wurde, daß Qakan gegen seine Frau nichts ausrichten konnte, sprach sie mit Gelbes Haar, beschämte sie, indem sie den ärgsten Abfall, der auf dem Boden herumlag, auflas und aus dem *ulaq* warf.

Heute war die Großmutter zu ihnen gekommen, hatte Gelbes Haar angeschrien. »Euer Dreck und der üble Gestank machen das halbe *ulaq* von meinem Sohn unbewohnbar«, hatte sie gesagt und dabei, lang und dünn, den Hals nach vorn gestreckt, hatte mit kreischender Stimme davon gesprochen, wie faul Gelbes Haar war und wie freundlich es von Eisjäger war, einem Tauschhändler zu erlauben, den Winter über in seinem *ulaq* zu wohnen.

Sie sah Qakan nicht an, während sie sprach, gönnte ihm nicht einmal die Höflichkeit, ihn überhaupt zur Kenntnis zu nehmen, und Qakan war sich nicht sicher, was für ihn eine größere Schande war: daß er seine Frau nicht dazu bringen konnte, das *ulaq* sauberzuhalten, oder daß er für die Großmutter nichtswürdig war, jemand, der nicht viel mehr Macht besaß als ein Korb, den man in die Ecke gestellt und vergessen hatte.

Als die Großmutter wieder gegangen war, hatte Qakan höhnisch gegrinst, obwohl er nicht wagte, Gelbes Haar auch nur ein Wort zu sagen, aber sein zorniges Lächeln hatte genügt. Sie holte die wenigen Fische, die sie noch in ihrem Vorratslager hatten, und warf sie nach ihm. Zuerst warf sie, ohne ein Wort zu sagen, mit zornrotem Gesicht. Es war still im *ulaq*, nur das Aufklatschen der Fische, wenn sie die Vorhänge oder die Wände trafen, war zu hören, und einmal das leise gurgelnde Lachen von Gelbes Haar, als sich Qakan nicht schnell genug duckte und von einem Fisch getroffen wurde.

Am Ende ging Qakan hinaus, bückte sich noch schnell, bevor er durch die Vorhänge ging, um ein paar Fische vom

Boden aufzuheben und mitzunehmen. Wenigstens hatte er etwas zu essen.

Es war Frühling, er hatte eine ganze Menge Tauschwaren – die er vor Gelbes Haar versteckte, nachdem er festgestellt hatte, daß sie seine Felle, seine Schnitzfiguren und Halsketten gegen Robbenmägen mit getrocknetem Fisch, gegen Beeren und Wurzeln eintauschte, damit sie ihre Tage nicht damit verbringen mußte, etwas zu essen zu suchen.

Ja, er würde weggehen, beschloß Qakan.

Er wanderte am Ufer entlang, hielt Ausschau nach Zeichen von Robben oder Fischen, wie alle Männer es taten. Er hatte das Meer nie geliebt, aber während des langen Winters hatte er angefangen, sich auf die ruhigeren Gewässer des Sommers zu freuen, um hinausfahren und fischen zu können, um wegzukommen von seiner faulen Frau, die ihn niemals in ihren Schlafplatz ließ, die mit ihrer Schürze wippte und die Beine spreizte, um ihn zu reizen, und dann jede Nacht, die sie seine Frau war, Pelze und Halsketten verlangte.

Jetzt, nachdem Gelbes Haar ihn den ganzen Winter über verspottet hatte, war Qakan nicht nur wütend auf seine Frau, sondern auf das ganze Walroßvolk. Warum erlaubten sie es ihren Frauen, sich so dumm zu benehmen? Kümmerte es denn die Mütter nicht, wie sich ihre Töchter aufführten? Hatten denn die Väter keinen Stolz?

Und Kiin? Sie wurde von dem Walroßvolk geachtet. Hatte sie ihre Schande unter den Ersten Menschen vergessen? Hatte sie vergessen, daß sie ohne einen Namen und ohne eine Seele gelebt hatte? Sie war jetzt Mutter von zwei Söhnen, Qakans Söhnen. Söhne, die er ihr gegeben hatte. Anstatt einen Fluch über sie zu bringen, hatte er ihr Leben und Ehre gegeben – als Frau eines der mächtigsten Männer des Walroßvolks. Hatte sie vergessen, daß sie alles nur ihm zu verdanken hatte?

Nun, er würde nicht bei den Walroßmenschen bleiben. Er war ein Tauschhändler. Ja, er hatte sich für den Winter eine Frau genommen. Damit sie ihm sein Bett wärmte und sein Essen zubereitete, damit sie ihm seinen Parka flickte, aber jetzt war er bereit, zu anderen Dörfern zu reisen, die Gastfreundschaft anderer Frauen zu genießen. Er würde Kiin verlassen. Warum sich ihretwegen Sorgen machen? Er hatte ihr einen guten Mann gefunden. Er würde Gelbes Haar mitnehmen, würde sie in einem anderen Dorf tauschen, in einem von den Dörfern der Ersten Menschen, die zwischen dem Walroßvolk und Tugix' Insel lagen. Er würde in den Dörfern anhalten, die näher bei Tugix lagen, dort, wo er im letzten Sommer nicht angehalten hatte, aus Angst, daß Kiin gesehen wurde, daß man sich an sie erinnerte.

Gelbes Haar – sauber und in einem neuen *suk* – würde beim Tauschen eine Menge einbringen. Zu schade, daß er sie nicht mit nach Hause nehmen konnte, in sein Dorf. Samiq brauchte eine Frau. Was würde Samiq geben? Wie viele Felle für eine Frau, die tanzen konnte wie Gelbes Haar?

Das Eis in der Bucht war geschmolzen, und die Jäger sagten, daß sogar das Eis auf dem Meer schon brach. Wenn ein Händler vorsichtig war, konnte er schon jetzt auf Frühlings-Handelsfahrt gehen. Qakan hob einen Stein auf und warf ihn hinaus aufs Wasser. Der Wind war stark genug, seinen Stein in eine gebogene Bahn zu lenken. Qakan lachte. Er hätte Samiq gern mit Gelbes Haar als Frau gesehen, hätte sich gern über die Unehre gefreut, die Samiq widerfahren würde: ein schmutziges *ulaq,* zerrissene Kleider, schlechtes Essen.

Mit Gelbes Haar als Frau würde Samiq niemals Söhne haben. Wie sollte Gelbes Haar, so widerspenstig, wie sie war, und so selten, wie sie zum Schlafplatz ihres Mannes kam, Söhne geben können? Selbst Rabe hatte, bei all seiner Macht, keine Söhne von ihr bekommen.

Ja, gut, Qakan würde jetzt umkehren und Gelbes Haar von seinen Plänen erzählen. Er würde streng mit ihr sein, würde sie wissen lassen, daß er mächtiger war als sie. Wer war sie denn? Eine Frau. Nur eine Frau. Und nicht einmal eine Frau der Ersten Menschen, sondern eine Frau des Walroßvolks. Sie hatte keine Macht.

Er ging zum *ulaq* zurück. Eisjäger war nicht da, und auch seine Söhne waren nicht da. Qakan streckte sich, stand hochaufgerichtet da, als er in seinen Teil des *ulaq* trat. Gelbes Haar hatte den Docht der Öllampe nicht geputzt, und das Licht war trüb. Zuerst sah Qakan nichts außer dem Haufen Felle, die ihr Lager auf dem Schlafpodest waren. Dann sah er eine Bewegung. Er machte die Augen zu, wartete einen Augenblick, damit sie sich an das trübe Licht gewöhnen konnten. Ja, er sah die hellen Haare seiner Frau. Sie schlief also mitten am Tag. Kein Wunder, daß er nichts zu essen hatte. Kein Wunder, daß sein Parka nicht geflickt war, das Fell mit altem Fett verklebt war.

Er ging zum Schlafpodest, streckte die Hand aus und packte sie an den Haaren. Im selben Augenblick fuhr eine Hand zwischen den Fellen hervor, eine Männerhand, und hielt sein Handgelenk fest. Qakan schnappte nach Luft, hörte das Lachen von Gelbes Haar und noch ein tieferes Lachen – das Lachen eines Mannes. Dann stand Gelbes Haar auch schon neben ihm, mit offener Grasschürze, und zwischen den Fellen, splitternackt, lag Rabe, dessen Hand Qakans Gelenk so fest umspannte, daß Qakan vor Schmerzen zu wimmern begann.

»Du hast eine schöne Frau«, zischte Rabe. Er ließ Qakans Handgelenk los und stand auf. Er holte zwischen den Fellen seine Strümpfe und seinen Parka hervor und zog sie an. Er nahm eine Brust von Gelbes Haar in die Hand.

»Sie ist bereit für dich«, sagte er, dann stieß er Qakan nach hinten, so daß er langsam auf die Felle kippte. Dann verließ Rabe das *ulaq*.

Gelbes Haar stand über Qakan gebeugt und lachte. Sie griff nach unten und strich über Qakans Bein, aber Qakan richtete sich auf und stieß ihre Hand weg.

»Du bist nicht meine Frau«, fuhr Qakan sie an. »Mach,

daß du aus meinem *ulaq* kommst. Du bist von niemandem die Frau. Du gehörst zu niemandem. Raus mit dir. Mach, daß du wegkommst. Ich brauche dich nicht. Ein Tauschhändler hat viele Frauen. Jede Frau, die er haben will.«

Die Augen von Gelbes Haar weiteten sich. Einen Augenblick glaubte Qakan, sie hätte Angst, aber dann lachte sie, bog sich vor Lachen, hielt sich mit beiden Armen den Bauch vor Lachen. Aber so schnell, wie sie zu lachen begonnen hatte, hörte sie wieder auf und fing an, ihre Habe zusammenzuraffen, Felle, Körbe, Essen.

Eine Weile sah ihr Qakan zu, dann strömte sein Zorn von dem Platz in Qakans Brust über seine Beine bis hinunter zu seinen Füßen, zwängte sich auch in seine Arme bis hinunter in seine Hände. Er rannte in die Ecke, wo er seine Waffen aufbewahrte, zog einen Speer heraus.

Gelbes Haar kniete mit dem Rücken zu Qakan am Boden, stapelte aus dem Haufen neben der Vorratsnische Körbe auf. Qakan lief zwei Schritte, schnelle Schritte. Gelbes Haar drehte sich um und schrie. Qakan blieb mit dem Speer in der Hand stehen, fertig zum Stoß.

Gelbes Haar kniff die Augen zusammen. Sie warf den Kopf zurück und lachte. »Töte mich«, rief sie. »Du kannst gar nicht werfen. Du bist kein Jäger. Töte mich.«

Sie stand auf, breitete die Arme aus. Qakan ließ den Speer sinken. Gelbes Haar lachte, dann drehte sie ihm wieder den Rücken zu, machte sich wieder an dem Stapel mit Körben zu schaffen. Eine ganze Weile arbeitete sie, packte die Körbe voll, aber dann lachte sie kurz auf und drehte sich wieder zu ihm um und spuckte ihn an. Ihre Spucke landete mitten in Qakans linkem Auge.

Qakan zuckte zusammen, wischte sich das Auge aus. Das Lachen von Gelbes Haar stieg und sank, erfüllte das *ulaq*. Qakan wandte sich ab, aber dann drehte er sich wieder zurück, schnell, schnell – so schnell, wie sich Samiq drehte, hob er den Speer. Und warf ihn – so fest wie Große Zähne.

Das Lachen von Gelbes Haar endete, schien sich in ihre Kehle zurückzuziehen.

Als er den Speer warf, hatte Qakan die Augen zugemacht. Jetzt machte er sie wieder auf. Gelbes Haar stand noch da, aber zwischen ihren Brüsten ragte der Speer heraus. Vor ihren Füßen hatte sich schon eine Blutlache gebildet. Sie fiel um.

Qakan beobachtete sie, während ihre Augen im Kopf nach hinten rollten, bis unter den Lidern nur noch das Weiße zu sehen war. Sie holte noch einmal zitternd Luft und war dann still.

Qakan ging zu seiner Frau, zog seinen Speer aus ihr heraus, bückte sich dann und schob die Körbe auf die Seite, damit Gelbes Haar sie nicht mit ihrem Blut befleckte. Ihre Körbe waren nicht so schön wie die von Chagak, sie waren nicht einmal so schön wie die Körbe, die Kiin machte, aber irgend etwas würden sie schon bringen beim Tauschen.

Qakan packte die Felle und Matten vom Schlafplatz ein, das bißchen Essen aus der Vorratsnische. Als er fertig war, beugte er sich noch einmal über Gelbes Haar. Er wartete lange, um zu sehen, ob sie noch atmete. Nein, nein. Er bückte sich, vorsichtig, damit sein Parka nicht ihr totes Fleisch berührte. Er löste die Halsketten von ihrem Hals. Die eine war eine Muschelhalskette, die andere eine neue aus Bärenzähnen, die dritte war ein Lederriemen, an dem eine von Kiins Schnitzfiguren aus dem Walroßzahn hing.

Sie würden beim Tauschen einen guten Preis erzielen, jede von ihnen.

Dann richtete er sich auf und sagte zu Gelbes Haar, zu ihrem Geist: »Gelbes Haar, du dumme Frau, wer soll denn jetzt mein *ik* für mich paddeln?«

55

QAKAN LÄCHELTE DIE Männer an, die um ihn versammelt waren. Es war ein langer Winter gewesen, ein harter Winter, vor allem wegen Gelbes Haar. Aber er hatte gelernt. Er würde sich nicht noch einmal von einem schönen Gesicht herumkriegen lassen.

Und jetzt, nachdem die Walroßmänner erfahren hatten, daß er bald weggehen würde, boten sie ihm eifrig Waren zum Tausch gegen Felle, Messer und sogar gegen Kiins Schnitzfiguren an, die Qakan von Rabe gekauft hatte. Rabe hatte für einen Korb mit diesen Schnitzereien zwei von Amgighs Messern und drei Robbenhäute verlangt.

Qakan hatte in den Tausch eingewilligt, hatte die Augen verdreht und schmollend die Lippen verzogen, hatte unter dem Gelächter von Rabe den Kopf gesenkt, nur um sein eigenes Lächeln nicht zu zeigen. Rabe wußte nichts von den anderen Messern, die er hatte, Messer, die besser waren und lange Klingen hatten, Messer, die auch von Amgigh gemacht waren. Er wußte nicht, daß Kiins Schnitzereien, mit ihren feinen weichen Linien, der geschwungenen Form des Kopfes und der Flossen in dem Zahn des Wals oder dem Stoßzahn des Walrosses, ihm mehr einbringen würden als die Messer und Robbenhäute, die er dafür gegeben hatte.

Ja, an diesem Abend machte er viele gute Geschäfte, aber Qakan achtete sorgfältig darauf, daß keiner der Männer seine Augen sah. Jemand könnte die Macht haben, in seinen Augen zu lesen, was darin stand, könnte in den Tiefen die Wahrheit finden, könnte erkennen, daß sie viel bessere Tauschgeschäfte machen könnten. Oder sie könnten darin auch das Geheimnis vom Tod von Gelbes Haar sehen, könnten sehen, daß Qakan sie im *ulaq* zurückgelassen hatte, an ihrem Schlafplatz unter den schlechtesten Häuten, den schimmligen Matten, all den Dingen, die zum Tauschen nichts taugten.

Als er dann also alles genommen hatte, was er nehmen konnte, was in sein *ik* paßte und was sich auf seinem Weg zurück in sein Dorf gut verkaufen lassen würde, hob er die Hände hoch und sagte, auch jetzt wieder mit gesenktem Kopf und verstecktem Blick: »Das war alles. Ich habe nichts mehr. Ihr habt schon alles genommen. Ich muß euch verlassen. Aber eines Tages werde ich zurückkommen und von der Insel der Waljäger am anderen Ende der Welt Walöl mitbringen, und ich werde Obsidianmesser von den Ersten Menschen mitbringen und Matten, mit den feinsten Stichen gewebt, Körbe für eure Frauen, Stiefel aus Robbenhaut und Elfenbeinnadeln und Parkas aus Otterpelzen. Laßt mich jetzt also gehen. Ich muß mein *ik* beladen. Ich fahre morgen früh los.«

Einige der Männer protestierten. Einige machten Bemerkungen über Gelbes Haar, aber Qakan drehte ihnen allen den Rücken zu und begann damit, das *ik* zu beladen, Felle zu bündeln und Muscheln in die Körbe zu füllen. Doch dann fühlte er eine Hand auf seiner Schulter.

Er drehte sich um und sah, daß es Rabe war. »Ein guter Tausch«, sagte Rabe und hielt seine beiden Messer hoch.

»Ja«, erwiderte Qakan. »Amgighs Messer sind immer eine Menge wert.«

»Amgigh?«

»Ein junger Mann aus meinem Dorf. Er ist sehr geschickt mit Waffen. Und auch ein großer Jäger. Vor zwei Sommern, als er noch ein Junge war, hat Amgigh einen Wal getötet.«

»Er allein hat einen Wal erlegt?« fragte Rabe und legte den Kopf nach hinten, sah Qakan mit schmalen Augen an.

»Er und sein Bruder«, sagte Qakan und hatte keine Angst, das leise Lächeln von Rabe zu erwidern. Es war ihm egal, ob Rabe wußte, daß er log. Rabe würde Qakans Behauptung wiederholen. Machte das die Messer nicht noch wertvoller?

»Du hast also vor, Gelbes Haar mitzunehmen?«

Qakan zog die Wangen ein, drehte sich um und spuckte auf den Boden. »Das solltest du doch wissen«, sagte er.

Rabe zuckte die Achseln. »Woher sollte ich das wissen?«

»Sie wird nicht mitkommen. Sie will wieder deine Frau sein.« Schnell sah Qakan nach unten auf den Boden. Er hoffte, daß der Geist von Rabe nicht die Wahrheit fühlte.

Rabe lachte. »Ich mag Kiin«, sagte er. »Sie hält das *ulaq* sauber, macht gutes Essen und warme Parkas, aber Gelbes Haar ist eine Frau, die Freude in die Lenden eines Mannes bringt.«

Qakan zwang sich zu lächeln. Zwang sich zu lachen. »Ja, es war ein guter Winter«, sagte er und sah Rabe nach, als der sich umdrehte und wegging.

Er beugte sich hinunter zum *ik*, lud die letzten Körbe ein, band sie mit doppelten Algensträngen fest, damit sie nicht rutschten. Ja, dachte er, es war ein guter Winter. Und ich habe Gelbes Haar hergegeben. An die Windgeister. Jetzt werde ich sehen, was ich dafür bekomme von ihnen. Vielleicht eine andere Frau, die mein *ik* paddelt. Er lachte, und der Wind trug sein Lachen hinaus aufs Meer. Vielleicht würden sie ihm Kiin geben.

56

KIIN SAH VON ihrer Webarbeit auf. Qakan stieß den Trennvorhang auf die Seite und stand mit vor der Brust gekreuzten Armen da, während sein Blick über die Wände des *ulaq* wanderte. Kiin webte eine Matte nach der Art der Walroßfrauen, die Webarbeit lag auf ihrem Schoß, zwei Stränge Gras waren über den Rand aus Kettfäden geschlungen, damit die Matte dicht und fest wurde.

Qakan hatte während des Winters Gewicht verloren, so

daß die Knochen in seinem Gesicht schärfer hervortraten, seine Augen tiefer in den Höhlen lagen.

»Ich habe dir g-gegeben, was ich zu g-geben habe«, sagte Kiin. »Die anderen K-Körbe und M-Matten sind für das *ulaq* meines Mannes, und seit die Kinder da sind, habe ich keine neuen Schnitzereien g-gemacht.«

»Ich brauche deine Matten nicht«, stieß Qakan mit Verachtung in den Augen aus. »Was kann ein Tauschhändler schon erwarten für eine Frauenarbeit.«

»Dann brauchst du meine Schnitzarbeiten also n-nicht«, erwiderte Kiin mit gleichmütiger Stimme, ohne die Augen von ihrer Webarbeit zu nehmen. »Bring sie zurück. Vielleicht braucht m-m-mein Mann sie.«

Sie sah Qakan nicht an, wußte aber, daß er die Stirn runzeln würde. »Hast du Hunger?« fragte sie. Wenn Gelbes Haar mehrere Tage lang böse gewesen war, kam Qakan manchmal zu ihr, um sich getrockneten Fisch zu holen oder die Nacht über zu bleiben.

»Nein.«

Kiin seufzte. »Warum bist du dann hier?«

»Du sollst mit mir zum Ufer kommen«, sagte er. »Ich muß mit dir reden.«

Kiin sah ihn an, kniff die Augen zusammen. »Du gehst b-bald weg. Um W-Waren zu tauschen«, sagte sie.

»Ja.«

»G-geht Gelbes Haar mit dir w-weg?«

»Nein.«

»Du willst, daß ich dein *ik* für dich p-paddle.«

»Nein«, sagte Qakan.

»Bring Gelbes Haar n-nicht zu unserem Volk.«

»Ich habe dir doch gesagt, daß sie nicht mitkommt.«

Kiin fühlte, wie ihre Mundwinkel zuckten. Alle im Dorf lachten über Qakan und Gelbes Haar, alle wußten, daß sie sich immer stritten, alle wußten, daß Gelbes Haar Qakan oft aus ihrem Schlafplatz vertrieb. Zweimal hatte Kiin Rabe mit Gelbes Haar auf ihrem Schlafpodest gefunden. Dreimal hatte Lemmingschwanz sie gefunden, und auch wenn es Kiin egal war, was Rabe mit anderen Frauen tat – Lemmingschwanz war jedesmal, wenn sie sie dort fand, schlechtgelaunt und böse.

So würde es auch sein, wenn Rabe schließlich Kiin in seinen Schlafplatz holte, das wußte Kiin schon jetzt. Jeden Abend beobachtete Lemmingschwanz Rabe, und jedesmal, wenn er Kiin auch nur ansah, ging Lemmingschwanz zu ihm, um ihn abzulenken, streichelte ihn, neckte ihn und kicherte dabei. Und so hatte Rabe Kiin bis jetzt noch nicht genommen.

»Komm mit mir zum Strand ...« bettelte Qakan mit der weinerlichen Stimme eines kleinen Jungen, die Kiin schon aus ihrer Kindheit kannte.

Sie legte ihre Webarbeit aus der Hand und stellte sich auf die Zehenspitzen, um in den Wiegen nach ihren Söhnen zu sehen. Beide schliefen, Samiqs Sohn lutschte an seiner Faust. Amgighs Sohn hatte die Augen im Schlaf fest zusammengekniffen, sein Mund bewegte sich in einem Traum.

Kiin zog ihren *suk* an und ging zur Waffenecke, um ein Steinmesser mit einer langen Klinge herauszunehmen.

Sie sah Qakan an, bemerkte, daß sich seine Augen geweitet hatten. »Es gehört m-mir«, sagte sie. »M-mein Mann hat es mir g-gegeben, um unsere Söhne zu beschützen.«

Sie folgte Qakan durch den Eingangstunnel ins Freie, in den grauen nebligen Regen des Tages.

»Zum Ufer«, sagte er.

»N-nein, hier«, erwiderte sie. »W-w-weißt du nicht mehr, daß die Großmutter und die Tante g-gesagt haben, daß eins der Kinder st-sterben muß?«

Qakan kniff die Augen zusammen. »Warum glaubst du wohl, will ich mit dir reden?« fragte er. »Ich habe von ihren Plänen gehört. Rabe hat mit den Männern gesprochen.«

»Rabe?«

»Du glaubst, er will die Kinder beschützen?«

Kiin hob das Messer. »Er h-hat es mir g-gegeben«, sagte sie.

Qakan trat von einem Fuß auf den anderen, dann sagte er: »Ich weiß nicht, aber irgend etwas hat ihn dazu gebracht, seine Meinung zu ändern. Er ist zu dem Schluß gekommen, daß Großmutter recht hat. Er glaubt, daß eins der Kinder getötet werden muß. Er hat einen Plan.«

»Und warum er-erzählst du mir d-d-das, Qakan? Was hast du davon?«

»Du bist meine Schwester.«

Kiin lachte.

Qakan wurde rot. »Ich bin der Vater«, stammelte er schließlich. »Es sind meine Söhne.«

Sein Gesicht war weiß, und Kiin sah in seinen Augen, daß er glaubte, die Wahrheit zu sagen. Ja, Kiin hatte sorgfältig darauf geachtet, daß er die Kinder nicht zu sehen bekam. Er wußte nicht, wie sehr sie ihren wirklichen Vätern ähnelten. Einen Augenblick lang schloß sie die Augen. Natürlich glaubte Qakan, daß er der Vater war. Vielleicht genügte das schon, damit er die Kinder beschützte. Kinder hatten keinen großen Wert. Sie konnten weder jagen noch fischen, aber diese beiden waren Söhne, zur selben Zeit geboren. Sogar Rabe bewunderte ihre Macht.

Ob als Vater oder Tauschhändler – Qakan würde die Kinder beschützen wollen. Aber Qakan war Qakan. Wer konnte glauben, was er sagte?

»Ich g-g-glaube dir – nicht«, sagte Kiin. »Rabe wird seine S-Söhne beschützen.«

»Es sind meine Söhne«, zischte Qakan, »und sie werden bald nicht mehr leben, wenn du heute nacht nicht mit mir kommst.«

»Du f-fährst heute nacht?«

»Ja. Komm mit. Bring die Kinder.«

Kiin drehte sich um, stand mit dem Rücken zu Qakan. »Nein, Qakan«, sagte sie. »N-nein.«

»Wenn du mir nicht glaubst, dann glaub wenigstens das:

Rabe wird zu einer der Frauen sagen, daß sie dich holen soll, daß sie dich ans Ufer holen soll. Er wird sagen, daß Lemmingschwanz verletzt ist. Wenn du das *ulaq* verläßt, wird Großmutter hineingehen und eins der Kinder töten.«

»Samiqs Kind«, flüsterte Kiins Geist. »Sie wird Samiqs Kind töten.«

Aber zu Qakan sagte Kiin: »Du lügst«, und sie kroch wieder zurück ins *ulaq*.

Qakan wartete. Nervös sah er sich um. Rabe war zum Fischen aufs Meer gefahren, und solange er wegblieb – es hatte ihn zwei Halsketten gekostet, Lemmingschwanz zu überreden, den Abend in einem anderen *ulaq* zu verbringen, aber es waren nur kleine Halsketten. Wenn es nicht klappte, würde er noch einen Tag warten müssen, und mit jedem Tag, den er wartete, wurde die Gefahr größer, daß Gelbes Haar entdeckt wurde. Ja, eine Frau gehörte ihrem Mann. Ein Mann konnte seine Frau schlagen, aber sie töten? Nein. Und wer wollte sagen, was Rabe tun würde, wenn er es herausfand?

Dann kam Schieferwerferin ans Ufer, und Qakan wußte, daß die Geister seinen Plan guthießen. Schieferwerferin war eine junge Frau, leicht zu hintergehen, weil sie immer glaubte, was andere ihr sagten. Qakan schob die Kapuze seines Parkas nach hinten und brachte sein Haar durcheinander, dann kam er zwischen den *ulas* hervorgeschossen und hielt sie am Arm fest.

»Schnell, schnell«, keuchte er. »Rabe sagt, daß Kiin kommen soll. Sag Kiin, Rabe will, daß sie kommt. Lemmingschwanz hat sich weh getan. Sie sind dort, hinter den *ulas*. Rabe hat Angst, daß Lemmingschwanz stirbt. Rabe braucht Kiin.«

Einen Augenblick stand Schieferwerferin da und starrte Qakan an, ihr Mund ein runder Kreis, ihre Augen weit aufgerissen. Qakan stieß sie zum *ulaq* von Rabe. »Lauf jetzt. Sag Kiin, daß Rabe sie braucht.«

Qakan sah der Frau nach, die jetzt zum *ulaq* von Rabe lief, dann ging er hinunter ans Ufer. Das *ik* stand bereit.

Kiin umklammerte die Schultern von Schieferwerferin und schüttelte sie. »Es ist Rabe? Er will, daß ich k-komme?« fragte sie. »Rabe?«

»Ja!«

Kiin starrte das Mädchen an. Also hat Qakan doch die Wahrheit gesagt, dachte sie.

»G-g-geh und sag ihm, daß ich komme«, sagte sie. »Geh j-jetzt.«

Schieferwerferin verließ das *ulaq,* und Kiin holte tief Luft. Sie hob die Kinder aus ihren Wiegen und steckte sie in ihre Tragriemen.

»Nicht weinen«, flüsterte sie. »Nicht weinen, nicht weinen«, wie ein Lied, ein Schlaflied. Sie schob ihre Brüste dicht an die Gesichter der Kinder und wartete, bis sie fühlte, daß jedes Kind zu trinken begann. Dann warf sie ein paar von ihren Sachen in einen Korb – Nadeln, Knäuel aus Sehnen und Seetang, das lange Messer, das Rabe ihr gegeben hatte, ein Frauenmesser mit einer kurzen Klinge. Einen Gehstock, einen Beutel mit getrocknetem Fisch.

Das Herz tat ihr weh bei dem Gedanken, daß Frau des Himmels und Frau der Sonne so etwas tun konnten, um sie zu überlisten. Aber die Stimme ihres Geistes flüsterte ihr zu: »Sie tun es, um ihr Volk zu schützen. Ihr Dorf. Auch Rabe will sein Dorf beschützen.«

Eilig kroch Kiin aus dem *ulaq*. Eilig lief sie hinunter zum Ufer. Es wurde schon Nacht, die Sonne war hinter den Wolken verschwunden, das Meer war schwarz. Qakan hatte gesagt, daß er erst am Morgen losfahren würde. Sie wußte, wo sein *ik* lag. Er hatte gesagt, daß er während der Nacht dort schlafen würde. Aber dann sah sie das *ik,* schon auf dem Weg in die Bucht, Qakan allein. Er paddelte.

In ihrer Brust breitete sich Angst aus, fest und hart, saß in ihrer Kehle, so daß sie kein einziges Wort herausbrachte, um zu rufen. Einmal, zweimal winkte sie mit den Händen, dann fand sie schließlich ihre Stimme wieder und rief.

»Er kann dich nicht hören«, sagte ihr Geist zu ihr.

Wieder rief sie, fühlte den Wind auf ihren Wangen, kalt von den nassen Tränen. Sie kauerte sich auf den Boden. Sollte Rabe sie finden, sie hatte ein Messer. Sie würde um ihre Söhne kämpfen.

Dann hörte sie vom Meer her einen Ruf. Ganz schwach. Sie blickte auf. Qakan hatte das *ik* gewendet. Er holte sie.

57

DREI NÄCHTE HABE ich auf dich gewartet!« schrie Drei Fische. »Drei Tage wohne ich jetzt hier, und du tust so, als wäre ich nicht mehr deine Frau. Als würdest du mich gar nicht kennen.«

»Du bist meine Frau«, sagte Samiq. »Aber das gibt dir nicht das Recht zu bestimmen, wo ich schlafe. Du bist meine Frau, und du wirst tun, was ich sage.«

»Ich gehe zu meinem Volk zurück!« sagte Drei Fische.

»Dann geh. Ich werde dich nicht aufhalten.«

»Kleines Messer wird mitkommen«, sagte Drei Fische.

»Das hat er zu entscheiden. Frag ihn.«

Ihre kleinen Augen ließen Samiqs Gesicht los. »Er wird nur gehen, wenn du es ihm sagst«, murmelte sie.

Samiq zuckte die Achseln. Kleines Messer gehörte schon zu den Ersten Menschen. In den wenigen Tagen, die sie auf der Insel waren, hatte Kleines Messer ihre Wege gelernt. Er war oft mit Erster Schnee zusammen, jeder brachte dem anderen die verschiedensten Dinge bei, beide lernten voneinander. Sogar Samiqs Mutter hatte gesagt, daß man das Gefühl hatte, Kleines Messer wäre schon immer bei ihnen gewesen, hätte schon immer zu ihrem Dorf gehört.

»Ich werde ihn nicht dazu bringen wegzugehen«, sagte Samiq zu Drei Fische.

»Wenn ich allein gehe, werde ich sterben.«

»Das ist deine eigene Entscheidung. Du kannst versuchen wegzugehen, oder du kannst zu meinem Volk gehören. Die Frauen der Ersten Menschen tun, was ihre Männer sagen, und es ist ihnen eine Ehre, ihrem Mann eine gute Frau zu sein.«

Drei Fische kniff die Augen zusammen.

»Die Geschicklichkeit einer guten Frau ist wie die Geschicklichkeit eines guten Jägers«, sagte er. »Sagt der Jäger etwa zu dem Seelöwen: ›Komm an diesem oder jenem Tag an mein Ufer? Komm her und erleichtere mir die Jagd‹? Bekommt ein Jäger Fleisch, indem er dem Wal sagt, was er tun soll? Nein. Der Jäger muß zu dem Tier gehen. Und genauso ist es mit der Frau. Wer bringt Häute für ihre Kleider, Öl für ihr Feuer?«

»Wer näht für den Mann die Bespannung seines *ikyak*?« gab Drei Fische zurück. »Wer macht ihm einen *chigadax*? Wer näht seinen Parka?«

Eine Weile sagte Samiq nichts, sondern starrte Drei Fische an, sein Zorn richtete sich vor allem gegen Großer Wal, den Mann, der ihn gezwungen hatte, diese laute und dumme Frau zu nehmen. Es wäre gut, sie loszuwerden, aber Samiq würde Kleines Messer nicht bitten, sie zu den Waljägern zurückzubringen. Er würde für eine wertlose Frau nicht einen Sohn opfern. Und so spuckte Samiq auf den Boden, dicht genug vor die Füße von Drei Fische, damit sie sah, wie angewidert er war, und sagte dann: »Vielleicht näht in diesem Jahr eine andere Frau meinen *chigadax*.« Und er ging weg.

Samiq schlief, aber das Donnern der Erde weckte ihn auf. Er griff nach seiner Harpune und lief zum Schlafplatz seines Vaters. Seine Mutter lag zusammengerollt neben seinem Vater, sie hatten die Arme umeinander geschlungen, und einen Augenblick lang zögerte Samiq, aber dann kniete er sich hin und faßte seinen Vater an der Schulter.

Kayugh richtete sich schnell auf und griff nach seinem Speer, aber Samiq hielt seinen Arm fest und sagte: »Es ist Samiq. Hör mir zu.«

Seine Mutter wachte auf, fuhr hoch und zog eine Robbenhaut um ihre Schultern. »Das kann nicht Aka sein«, sagte sie. »Wir sind zu weit weg.«

»Nicht weit genug«, sagte Samiq, als die Höhle wieder erschüttert wurde.

»Aber hier sind wir in Sicherheit«, sagte Kayugh. »Ein kleines Beben wird uns nichts antun. Geh zurück zu deinem Schlafplatz.«

Brennender Zorn erfüllte Samiqs Brust. Er war kein Kind, das man ins Bett schicken konnte. Er ging von dem Schlafplatz seines Vaters zum Eingang der Höhle. Die Erschütterungen hatten nun also auch diese kleine Insel erreicht. Und wenn sie schlimmer wurden? Am Morgen würde er mit seinem Vater reden. Er mußte es ihm erklären.

Aber auch am nächsten Morgen hatte Kayugh seine Meinung nicht geändert. »Wir brauchen nicht wegzugehen«, sagte er. »Wir können hier warten. Es gibt nicht viele Wale, aber es gibt Robben. Bestimmt werden wir noch vor dem Winter an unser altes Ufer zurückkehren können. Dann wirst du uns beibringen, den Wal zu jagen, und wir werden mit den Waljägern wieder Tauschgeschäfte machen.«

»Die Waljäger glauben, daß ich Akas Zorn über sie gebracht habe«, sagte Samiq. »Sie werden mit uns keine Geschäfte machen. Sie werden uns töten.«

Kayugh runzelte die Stirn. »Vielleicht tötet Aka sie, und wir brauchen uns keine Sorgen zu machen. Wenn nicht, suchen wir uns einen anderen Ort, einen, der dichter bei den Wegen der Wale liegt.«

»Wir müssen jetzt fort von hier«, sagte Samiq. »Diese Insel ist zu klein. Aka könnte sie ins Meer stürzen. Dann gäbe es für keinen von uns ein Entrinnen.«

Kayugh saß eine Weile schweigend da. »Du bist ein Mann«, sagte er schließlich, ohne Samiq anzusehen, »aber du bist mein Sohn. Wir bleiben.«

Samiq stand langsam auf und verließ die Behausung. Ja, er war Kayughs Sohn. Kayughs Sohn und der Sohn des Mannes, der, in Stücke geschnitten, ohne Ehre, begraben worden war. Wer konnte sagen, welche Schwäche durch das Blut jenes Mannes in Samiq gelangt war? Vielleicht stimmte es, was die Waljäger gesagt hatten. Vielleicht trug Samiq Böses in sich, das er nicht verstand, über das er keine Macht hatte. Wenn es so war, wie konnte er es dann wagen, anderer Meinung zu sein als Kayugh? Dann sollte Samiq lieber von ihm lernen.

Wer war ein besserer Vater als Kayugh? Samiq hatte Kleines Messer zu seinem Sohn ernannt und schon jetzt erfahren, was es bedeutete, auf die Geschicklichkeit von Kleines Messer stolz zu sein. Aber während Samiq lernte, Vater zu sein, sollte er sich ein Beispiel an Kayugh nehmen.

Am Tag davor hatte Kleines Messer früh am Morgen im Wasser, direkt am Ufer, eine Robbe erlegt. »Du hast uns Glück gebracht!« hatte Grauer Vogel zu Samiq gesagt, und Samiq hatte die Freude eines Vaters gefühlt, als Kleines Messer sich den Anteil des Jägers von den Flossen und dem Fett genommen hatte.

Kleines Messer hatte damit begonnen, sein eigenes *ikyak* zu bauen. Er war jung, jünger als Samiq damals war, als er sein erstes Tier getötet hatte, aber so vieles hatte sich geändert. Sie lebten an einem neuen Ort. Sie mußten neue Wege hinnehmen. Hier gab es nicht so viele Beerenbüsche, und das Ufer war kein langer Streifen aus Sand und Kieselsteinen, der sich sanft zum Meer neigte, sondern ein steiler Felshang, der wenig Platz ließ, um Muscheln oder Käferschnecken zu sammeln, nicht einmal bei Ebbe. Hier gab es nicht soviel Nahrung, die die Frauen hätten sammeln können, und so mußten die Jungen eben Jäger werden.

Aber an diesem Morgen war die Asche, die vom Himmel fiel, noch dichter, und so hatten Samiq und die anderen, gleich nachdem Kleines Messer die Robbe erlegt hatte, ihre *ikyan* in die Höhle gebracht.

Samiq, der seine Augen anstrengte und aufs Wasser sah, konnte an diesem Morgen nichts anderes als düsteres Grau sehen. Und während die Frauen arbeiteten, legte sich über ihre Köpfe eine graue Kappe aus Asche. »In den Augen, im Haar, zwischen den Zähnen!« hörte Samiq Krumme Nase rufen.

Samiq lächelte. Krumme Nase. Wer war häßlicher? Wer war schöner?

Samiqs Blick fiel auf Chagak, die sich um das Feuer und um Wren kümmerte, um das kleine Mädchen, das zwischen den Frauen umherlief, häufig zu dicht an die Kochgruben geriet.

Samiq stand auf und streckte sich, dann suchte er den Blick seiner Mutter und deutete auf Wren. Seine Mutter hob die Kleine hoch, und Samiq lächelte, als sie vor Protest laute Schreie ausstieß.

Chagak drückte Wren an sich und trug sie dann zu Samiq. Wren streckte die Arme nach ihrem Bruder aus, plapperte und kicherte, als er sie in die Luft warf und wieder auffing.

»Du gehst nicht auf die Jagd?« fragte Chagak.

Samiq sah seine Mutter verwundert an. Seit er von den Waljägern zurück war, hatte sie selten ein Gespräch mit ihm angefangen. Er war jetzt ein Mann, ein Jäger mit einer Frau.

»Zuviel Asche«, erwiderte er, aber er wußte, daß Chagak verstand, warum die Männer nicht auf die Jagd gingen.

Sie nickte. »Ja, für uns auch«, sagte sie und sah wieder zu den Kochgruben.

Samiq lächelte. »Ich habe Krumme Nase gehört.«

Chagak lachte, sagte aber nichts.

Sie blieb bei ihm, als er zum Ufer ging. Und plötzlich wurde Samiq klar, daß seine Mutter ihm etwas sagen wollte, weil sie mit ihm zu sprechen begonnen hatte, aber als sie es nicht tat, lief Samiq mit Wren zum Wasser und warf sie in die Luft. Vielleicht brauchte ihn seine Mutter nur, damit er auf Wren aufpaßte. »Ich behalte sie, bis du mit der Arbeit fertig bist«, rief er seiner Mutter zu.

Aber Chagak kam zu Samiq, ging an seiner Seite. »Ich gehe mit dir«, sagte sie.

Samiq hob Wren auf seine Schultern, und sie hielt sich an seinen Haaren fest, schlang die Beine um seinen Hals.

»Als ich zu den Waljägern gegangen bin, war sie noch ganz klein«, sagte Samiq. »Und jetzt sieh dir an, wie groß sie geworden ist. Größer als ihre Mutter.«

Chagak sah an ihrer Tochter hoch und lachte. »Ja, aber sie läuft, bevor sie spricht. Das ist nicht gut. Sie kommt überall heran und versteht nichts.«

»Vielleicht ist es gut für sie, wenn sie nichts versteht«, erwiderte Samiq.

»Wie Drei Fische«, sagte Chagak plötzlich.

Samiq warf seiner Mutter einen schnellen Blick zu. In ihren Augen war kein Lachen zu erkennen, und Samiq wartete, daß sie weitersprach.

Sie senkte den Kopf. »Bist du böse, wenn ich von ihr spreche?« fragte sie ruhig.

»Nein.«

»Sie lacht über die Scherze von Krumme Nase, aber sie geht immer weg, wenn wir mit der Arbeit beginnen. Sie lächelt und nimmt ihren Sammelbeutel, tut so, als würde es für sie nichts anderes zu tun geben, als am Ufer spazierenzugehen. Blaue Muschel sagt, daß sie ständig hinter Waxtal her ist, ihre Schürze hochklappt ...«

»Ich habe sie mir nicht ausgesucht«, unterbrach sie Samiq. »Ich habe sie nicht gewollt.«

»Glaubst du, Drei Fische wüßte das nicht? Sie kann nicht

zu ihrem Volk zurück, aber sie fühlt, daß sie nicht zu uns gehört. Warum sollte sie für uns arbeiten? Warum sollte sie etwas anderes tun, als an sich selbst zu denken?«

Chagak lächelte und legte die Hand auf Samiqs Arm. »In mancher Hinsicht ist es schwierig, eine Frau zu sein«, sagte sie leise. »Fast genauso schwierig, wie ein Jäger zu sein.«

Gegen Ende des Tages hörte das Beben auf, die Wellen schwappten wieder ans Ufer, ohne zu spritzen und zu schäumen. Kayugh hatte recht, dachte Samiq. Ich will ein Mann sein, aber in Wirklichkeit bin ich noch ein Junge. Ich lasse zu, daß meine Gedanken von Angst beherrscht werden. Kayugh sagt, wir sind weit genug weg von Aka. Kayugh hat recht.

Samiq setzte sich dicht ans Feuer neben den Eingang der Höhle. Große Zähne erzählte eine Geschichte, die Samiq schon früher einmal gehört hatte, aber Grauer Vogel – jetzt Waxtal, hatte Amgigh zu Samiq gesagt – unterbrach ihn.

»Sie haben Preiselbeeren gegessen«, sagte Grauer Vogel.

»Dann eben Preiselbeeren«, stimmte Große Zähne zu. »Beide Jäger aßen Preiselbeeren, als die Blauen Männer zu ihnen kamen.«

»Es waren drei Jäger«, sagte Grauer Vogel.

»Dann eben drei«, willigte Große Zähne ein, dann sagte er: »Grauer Vogel, vielleicht solltest du die Geschichte erzählen. Du hast sie früher auch erzählt. Außerdem bin ich müde.«

»Waxtal«, sagte Grauer Vogel. »Ich bin Waxtal.« Er nickte und sagte: »Gut, ich werde sie erzählen.«

Und so begann Grauer Vogel zu erzählen, aber nicht lange, und Große Zähne begann zu gähnen und stand auf und verließ den Kreis, bald gefolgt von Kayugh und Erster Schnee. Samiq gab sich Mühe zuzuhören, dem Lauf der Geschichte zu folgen, aber Grauer Vogel sprang in der Geschichte hin und her. Er erzählte zuerst den einen Teil der Geschichte, dann unterbrach er sich, um einen anderen Teil zu erzählen, kehrte dann wieder zum ersten Teil zurück, bis die Geschichte verlorenging und Samiq sich wie ein Kind vorkam, das den ganzen Tag damit verbracht hatte, den seltsamen gewundenen Pfaden eines Lunds zu folgen. Und so gingen auch Samiq und Kleines Messer weg. Dann saßen nur noch Grauer Vogel und Amgigh am Feuer und steckten die Köpfe zusammen, Grauer Vogel leise murmelnd, Amgigh nickend.

Samiq straffte die Schultern und ging zu Drei Fische. Die anderen Frauen nähten Parkas und flochten Körbe, aber Drei Fische saß da, ohne etwas zu tun, mit den Händen im Schoß.

Samiq beugte sich zu ihr und flüsterte: »Komm mit zu meinem Schlafplatz.«

Drei Fische starrte ihn mit offenem Mund an und sprang auf. Sie fuhr sich mit den Fingern durchs Haar und zog ihre Schürze glatt. Wie eine Frau der Ersten Menschen wartete sie, bis er in den Schlafplatz gegangen war, dann zog sie die gewebten Grasvorhänge vor den Eingang und kniete sich hin, um die Schlafdecken glattzustreichen.

Samiq setzte sich neben sie und streichelte ihre breiten, starken Schultern. Als er mit der Hand unter ihre Schürze fuhr, kicherte sie und machte die Beine breit. Dann legte sich Samiq neben sie, dachte einen Augenblick an Kiin, an Kiins Geist, der zusah, während Drei Fische sein Gesäß festhielt und sich dicht an ihn drückte.

»Warte«, flüsterte Samiq in dem dunklen Raum. Er schob sie ein Stückchen von sich weg und ergriff ihre Hände, um sie festzuhalten. »Zuerst muß ich mit dir reden.«

Drei Fische kicherte und versuchte, sich seinem Griff zu entziehen.

»Drei Fische, du bist meine Frau. Du bist eine gute, starke Frau, und ich warte voller Stolz auf den Tag, an dem du mir einen Sohn gebären wirst. Aber ich will, daß du zu meinem Volk gehörst, erst dann wirst du in jeder Hinsicht meine Frau sein.« Ihre Hände waren glitschig von Robbenöl und Schweiß, und Samiq hatte Angst, daß sie sich von ihm losmachte, bevor er alles gesagt hatte. »Drei Fische, hör zu«, sagte er und hoffte, daß sie ihn hörte, während sie kicherte. »Ich will, daß du genauso eine Frau der Ersten Menschen wirst, wie ich ein Waljäger geworden bin. Du mußt die Wege meines Volkes lernen.«

Drei Fische lachte laut. »Ich kenne die Wege deines Volkes«, sagte sie. »Aber Großer Wal hat gesagt, daß unsere Wege besser sind als eure Wege.«

»Vielleicht sind sie das«, erwiderte Samiq. »Aber Wege ändern sich allmählich, und die Ersten Menschen werden dir nicht zuhören, wenn du sie mit Grobheiten beleidigst.«

Drei Fische strich mit den Händen über Samiqs Brust. Eine Weile sagte sie nichts, aber Samiq hielt mit seinen Augen ihre Augen fest, ließ nicht zu, daß sie ihm auswich.

»Ja«, sagte sie mit flüsternder Stimme. »Du hast recht. Ich war keine gute Frau. Ich beweine mein Volk, und meine Hände liegen in meinem Schoß.«

»Du kannst in deinem Herzen trauern so wie ich, denn auch ich habe zu den Waljägern gehört. Aber wir können nicht mit unseren Händen trauern. Es gibt zuviel zu tun.«

»Du hast recht«, flüsterte Drei Fische. »Du hast recht.«

Und Samiq drückte seine Frau an sich und dachte: Ah, Chagak, meine Mutter, du bist eine kluge Frau.

58

SAMIQ HOCKTE MIT den Händen zwischen den Knien und gesenktem Kopf am Boden. Aus dem grauen Himmel fiel dichte Asche. Der Boden hatte eine Nacht lang nicht gebebt, aber am nächsten Tag hatten die Erschütterungen wieder angefangen und seitdem nicht aufgehört. Er wollte seinem Vater keine Unehre antun, aber Kayugh hatte doch nicht recht gehabt. Sie mußten die Insel verlassen. Wenn sie es nicht taten, würden sie alle sterben.

»Du bist noch ein Junge, kein Mann«, sagte Samiqs innere Stimme zu ihm. »Du bist noch nicht soweit, um die Entscheidungen eines Mannes treffen zu können. Dein Vater hat recht, du hast unrecht.«

Aber dann mußte Samiq wieder an das Entsetzen denken, das er in den Augen von Kleines Messer gesehen hatte, als er von dem zerstörten *ulaq* seiner Eltern zurückgekommen war, und an den Kummer im Gesicht von Sterbende Robbe. Sollte er zulassen, daß seinem Volk das gleiche zustieß wie dem Waljägervolk? Und wenn sein Vater anderer Meinung war als er, so hatte Samiq noch immer die Verantwortung für Kleines Messer und Drei Fische. Wenn Kiin noch lebte, würde er alles tun, um sie zu retten. Durfte er jetzt weniger für den Jungen tun, der sein Sohn war, für Drei Fische, die seine Frau war?

Es war früh am Morgen. Samiq war aus seinem Schlafplatz gekrochen, hatte Drei Fische dort zurückgelassen, mit offenem Mund und laut schnarchend. Am vergangenen Abend hatte Samiq Kleines Messer und Drei Fische gesagt, daß sie am frühen Morgen, bevor die anderen aufgewacht waren, vor die Behausung kommen sollten, um sich mit ihm zu treffen.

Aber jetzt fragte er sich, ob es klug gewesen war. »Du hast keine andere Wahl«, sagte er sich, sagte es laut in den Morgennebel. »Du hast keine andere Wahl.«

Samiq hatte die letzten beiden Nächte mit Drei Fische verbracht, und jetzt verrichtete sie ihren Teil der Arbeit und war auch nicht mehr so sehr darauf aus, ihm Unehre zu machen, indem sie ihre Schürze hochklappte. Er hoffte, sie würde bereit sein, ihm zu helfen, wenn er ihr seinen Plan erklärte.

Als Drei Fische und Kleines Messer aus der Höhle kamen, hockte sich der Junge neben Samiq. Drei Fische stellte sich mit untergeschlagenen Armen und einer Schlafdecke um die Schultern vor sie hin.

Der Boden schwankte, und von den Felsen drang ein tiefes Grollen zu ihnen. Drei Fische hielt sich mit beiden Händen den Mund zu. Um nicht das Gleichgewicht zu verlieren, stützte sich Samiq mit der Hand am Boden auf und sagte: »Ihr wißt beide, daß wir diese Insel verlassen müssen.«

Das Grollen ließ nach, und Drei Fische zog die Schlafdecke fester um ihre Schultern. »Ja«, sagte sie. »Wir müssen weg von hier.«

Kleines Messer sagte nichts, aber er rückte dichter zu Samiq, so daß sie sich fast an den Armen berührten.

»Wir können nicht zu der Insel der Ersten Menschen zurück«, fuhr Samiq fort, »und Akas Zorn wird mit jedem Tag größer. Vielleicht wird Aka noch mehr Wellen, noch mehr Feuer schicken. Beim letztenmal sind viele umgekommen. Vielleicht wird das wieder geschehen.«

Samiq drehte sich zu seinem Sohn und sah ihn an, sah, daß das Gesicht von Kleines Messer blaß geworden war, daß seine Augen groß waren.

»Kleines Messer«, sagte Samiq, »Du und Drei Fische, ihr habt das meiste an Aka verloren. Mein Volk hat nur sein Zuhause verloren. Sie glauben, daß sie nur zu warten brauchen, um dann zurückzukehren.«

»Wir werden alle sterben«, sagte Drei Fische.

»Nein, wir werden nicht sterben«, sagte Kleines Messer. »Samiq wird nicht zulassen, daß wir sterben.« Dann fragte er Samiq: »Hast du mit deinem Vater gesprochen?«

»Ich habe es versucht«, erwiderte Samiq, über das Vertrauen, das ihm der Junge entgegenbrachte, überrascht, aber auch froh.

»Wir sollten weggehen, wir drei«, sagte Drei Fische. »Wir haben Samiqs *ikyak* und das *ik*. Und kleines Messer hat jetzt auch ein *ikyak*.«

Ihre Worte ärgerten Samiq. Machte sie sich so wenig aus seinem Volk, daß ihr das Weggehen so leichtfiel? Aber dann dachte er: Warum sollte sie sich ihretwegen Sorgen machen? Sie kennt sie ja gar nicht. »Vielleicht können wir es den anderen erklären«, sagte er schließlich.

»Es ist nicht mehr viel Zeit«, sagte Kleines Messer.

»Du hast recht«, erwiderte Samiq. »Aber wir müssen es versuchen. Drei Fische, du mußt mit den Frauen reden. Dränge sie nicht. Zuerst solltest du vielleicht sogar lachen, wenn du von deiner Angst sprichst. Aber sprich oft davon. Erzähl ihnen, was mit deinem Dorf und deinem Volk geschehen ist. Aber dann kommt das Schwierigste für dich.«

Drei Fische richtete sich auf und warf einen schnellen Blick zu Kleines Messer.

»Heute abend, wenn die Männer am Feuer sitzen, mußt du zu mir kommen. Du mußt so tun, als hättest du Angst, du mußt mich bitten, dich wegzubringen.«

Drei Fische blinzelte mit ihren kleinen Augen. »Das kann ich tun.«

»Zuerst werde ich eine Weile mit meinem Vater und den anderen reden«, sagte Samiq. »Komm erst, wenn ich dir ein Zeichen gebe.«

»Was für ein Zeichen?«

»Ich werde aufstehen und mich strecken, dann setze ich mich wieder hin. Gleich darauf kommst du. Und tu den ganzen Abend so, als wärst du traurig. Schlag die Augen nieder, wenn du das Essen bringst. Bedecke dein Gesicht, wenn du nähst. Tu so, als würdest du weinen.«

Drei Fische lachte.

»Und was soll ich tun?« fragte Kleines Messer.

»Du mußt mit Erster Schnee und Große Zähne reden«, erwiderte Samiq. »Sag ihnen, daß du dich vor Aka fürchtest. Und heute abend, wenn sich die Gelegenheit ergibt, wenn du stark genug bist, erzählst du ihnen von den Toten in den *ulas* der Waljäger.«

»Ich bin stark genug«, sagte Kleines Messer.

Amgigh beobachtete aus dem Schatten der Höhle, wie Kleines Messer und Drei Fische Samiq verließen. Eine Weile blieb Samiq draußen stehen, den Blick aufs Meer gerichtet. Er war in dem Jahr bei den Waljägern ein Stück gewachsen, aber er war noch immer nicht so groß wie Amgigh, auch wenn er breitere Schultern hatte.

Amgigh hatte zwei- oder dreimal gehört, wie Samiq mit ihrem Vater darüber gesprochen hatte, die Insel zu verlassen, dem Land nach Osten zu folgen, weg von Aka.

Weg von den Walen, dachte Amgigh. Weg von jeder Möglichkeit, daß mein Vater und ich je erfahren, wie man den Wal jagt.

Amgighs Zorn bohrte sich wie ein Stück Lavafelsen in seine Brust. Samiq kommt mit einer Frau und einem großen Sohn zurück, dachte Amgigh. Er kommt zurück und weiß, wie man den Wal jagt. Ich habe nichts, keine Frau, keinen Sohn. Und jetzt will er unserem Vater auch noch sagen, was zu tun ist.

Dann fielen ihm Waxtals Worte wieder ein: Samiq kümmerte sich nicht um Kayugh, er machte sich nichts aus Kayughs Macht. Samiq würde versuchen, Häuptling zu werden.

Vielleicht war es an der Zeit, den anderen Männern von Samiqs wirklichem Vater zu erzählen. Wie es schien, war das, was Waxtal befürchtete, wahr. Das Böse von Samiqs wirklichem Vater war zu Samiq gekommen, hatte sich einen Weg in Samiqs Geist gebahnt, sagte Samiq, was er tun sollte. Warum sonst sollte Samiq, mehr Junge als Mann, versuchen, im Dorf seinem Vater den Platz als Häuptling streitig zu machen?

Als die Nachtfeuer angezündet waren, kam Kleines Messer zu Samiq. »Es war gar nicht nötig, jemanden zu überzeugen«, sagte Kleines Messer. »Große Zähne und Erster Schnee denken wie wir.«

»Und Drei Fische sagt, daß von den Frauen nur Chagak nicht weggehen will. Chagak sagt, ohne Aka gäbe es nichts.

Und Kleine Ente gibt keine Antwort. Sie ist dem Tod schon so nah, daß es ihr egal ist.«

An diesem Abend kam Samiq als einer der letzten ans Feuer. Er saß mit dem Gesicht zur Höhle, damit er wußte, wann Drei Fische bereit war. Kleines Messer saß neben ihm, und auf der anderen Seite saßen Grauer Vogel und Große Zähne.

Samiq hatte über viele Möglichkeiten nachgedacht, wie er darauf zu sprechen kommen könnte, von hier wegzugehen, und hatte schließlich beschlossen, gleich nach der üblichen Zeit des Schweigens davon anzufangen.

Samiq wartete, hockte am Boden, hielt mit den Händen die Knie umklammert. Plötzlich hatte er Angst, daß sich seine Stimme wie die eines kleinen Jungen anhören könnte, hoch und brüchig, und er nahm sein Amulett in die Hand. Er erinnerte seinen Geist daran, daß in dem Amulett die Macht von zwei Stämmen steckte.

Dann flüsterte er, um sich selbst Mut zu machen, in die feuchte Nachtluft: »Ich bin Samiq, Vater von Kleines Messer, Rufer der Robben, Jäger der Wale, *alananasika* meines Volkes. Welcher andere Mann hat so viel vorzuweisen?«

Samiq schloß für einen Augenblick die Augen, richtete seine Gedanken auf die Mächte, die in ihm wohnten, und als er wieder aufsah, war er bereit, fühlte tief und fest die Stärke in seiner Brust.

»Ich will sprechen«, sagte er.

Er sah, daß sein Vater den Blick auf ihn gerichtet hatte. Es kam nicht oft vor, daß ein anderer als Kayugh das Schweigen der Abendfeuer brach. Aber Samiq zwang sich, nicht an Kayughs Macht zu denken. In den Augen seines Vaters war jeder andere Mann irgendwie ein bißchen wie ein kleiner Junge. Aber jetzt mußte Samiq für alle ein Mann sein.

»Sprich«, sagte Kayugh.

Aber noch bevor Samiq etwas sagen konnte, erhob sich ein lautes Donnern, und die ganze Insel wurde erschüttert, so daß die Felssteine aus den Wänden ihrer Behausung fielen. Durch den Lärm hörte Samiq das leise Wimmern von Drei Fische.

Das Beben verging, und der Staub legte sich wieder. »Ist jemand verletzt?« rief Kayugh. Samiq stand auf und sah in die dunkle Höhle.

»Uns ist nichts passiert«, sagte Chagak.

Aber dann kam Drei Fische aus der Höhle gelaufen. Ihr Gesicht war von Tränen und Schmutz verschmiert. Sie lief zu Samiq und kniete sich vor seinen Füßen hin. »Geh weg«, fuhr er sie an, aber Drei Fische schlang die Arme um seine Beine, und ihre Schultern zuckten vom Weinen.

»Bring mich zurück zu meinem Volk«, schrie sie. »Aka wird uns alle töten. Wir müssen weg von hier. Zwing mich nicht hierzubleiben! Wir werden alle sterben!«

Chagak kam aus der Höhle und kniete sich neben Drei Fische. »Komm mit, Drei Fische«, sagte sie. »Dir passiert nichts.«

»Nein!« kreischte Drei Fische und klammerte sich noch fester an Samiq.

»Sei still«, sagte Samiq. »Sei still. Geh mit meiner Mutter.«

Aber Drei Fische ließ ihn nicht los. »Du mußt gehen«, sagte Samiq. Dann rief er mit lauter Stimme Krumme Nase.

Krumme Nase kam und half Chagak, Drei Fische hochzuziehen. Dann brachten die beiden Frauen sie in die Behausung. Samiq sah den Kreis der Männer an und merkte, daß die Augen von Kleines Messer auf ihn gerichtet waren, sagte aber nichts.

Er drehte sich wieder zum Feuer und schloß die Augen, wischte sich den Staub aus dem Gesicht. Die Männer sprachen flüsternd miteinander, und plötzlich sagte Kayugh mit lauter Stimme: »Du wolltest sprechen, Samiq?«

Samiq sah seinen Vater an. »Ja«, antwortete er schließlich. »Ich wollte sagen, was eigentlich nicht erst gesagt werden muß.« Er machte eine Pause, sah prüfend in die

Gesichter rund um das Feuer. »Wir müssen weg von hier, oder wir werden alle sterben.«

Bei dem Gemurmel der Stimmen, das sich erhoben hatte, drehte sich Erster Schnee zu Kayugh um. »Was er sagt, ist wahr. Ich und meine Frau und unser Sohn, wir werden weggehen, auch wenn wir allein gehen müssen.«

»Du bist ein Dummkopf«, sagte Kayugh. »Wir werden bald zu unserem Ufer zurückkehren. Wir werden den Wal jagen. Wir werden niemals Hunger haben. Wenn du jetzt weggehst, wo willst du dann hin?«

Erster Schnee sah Samiq an, und Samiq antwortete: »Wir müssen weg vom Meer. Von Akas Schütteln werden die Wellen so hoch, daß sie außer den Bergen alles zudecken.«

»Abseits des Meeres ist nichts als Eis«, sagte Kayugh.

Dann stand Amgigh auf, und Samiq spürte plötzlich Erleichterung, wußte, daß sein Bruder ihm beistehen würde gegen ihren Vater.

Aber Amgigh sagte: »Wer bist du, daß du mit meinem Vater streitest?«

Die kalten harten Worte legten sich auf Samiqs Brust, und obwohl er den Mund aufmachte, um zu sprechen, kam kein Wort heraus.

»Deine Mutter Chagak hat gesagt, daß dein Vater zu den Ersten Menschen gehört hat«, fuhr Amgigh fort, »und daß er von einem Kurzen getötet wurde, aber es gibt unter uns einige, die die Wahrheit kennen.«

Samiqs Blick wanderte über die Gesichter der Männer. Sie sahen alle überrascht aus. Große Zähne schüttelte sogar den Kopf über das, was Amgigh gesagt hatte, aber dann sah Samiq Grauer Vogel an. Er lächelte.

Samiq nahm am Eingang zur Höhle eine schnelle Bewegung wahr, seine Mutter, ihr Gesicht war blaß.

»Samiqs Vater war vom Stamm der Kurzen«, sagte Amgigh mit zurückgezogenen Lippen, so daß seine Zähne zu sehen waren. Samiq sah Kayugh an, sah, daß er die Augen aufgerissen hatte, daß sein Mund offenstand, und ihm war klar, daß Kayugh, wenn es stimmte, was Amgigh sagte, nichts davon gewußt hatte.

Dann sah Samiq zu seiner Mutter. Chagak hielt in der einen Hand eine Bola, in der anderen ein Obsidianmesser. Er dachte an die verstreuten Knochen im *ulaq* der Toten und wußte, daß seine Mutter stark genug, wild genug war, um den Mann zu töten, der sein Vater war.

Samiq stand still und starrte Amgigh an. Er weigerte sich, zuzulassen, daß ihn der Zorn in Amgighs Augen dazu brachte, seinen Blick abzuwenden. »Wir waren immer Brüder«, sagte er.

»Ich bin nicht dein Bruder«, antwortete Amgigh.

»Du hast niemanden an die Kurzen verloren, Amgigh«, sagte Samiq. »Meine Mutter hat ihr ganzes Dorf verloren, und auch das Dorf von Kleines Messer hat viele verloren. Sie sind es, die Rache üben sollten. Sie sind es, die mir den Tod bringen können.« Er sah wieder zu Chagak, seine Mutter stand jetzt dichter am Kreis der Männer.

»Du bist mein Sohn«, sagte sie. »Ich bin kein Jäger und kein Krieger, aber wenn jemand hier versuchen sollte, dir das Leben zu nehmen, werde ich ihn genauso töten, wie ich den Kurzen auf der Insel der Waljäger getötet habe. Wie ich den Kurzen getötet habe, während sich Grauer Vogel hinter mir verkrochen hat.«

Grauer Vogel stieß ein höhnisches Lachen aus, sagte aber nichts.

Kleines Messer stand auf und ging um den Kreis und stellte sich neben Samiq. »Ich bin dein Sohn«, sagte er ruhig. »Wenn diese Männer mit dir kämpfen wollen, müssen sie auch mit mir kämpfen.«

Samiq sah Kayugh an, hoffte, im Gesicht seines Vaters Zuneigung zu finden, aber Kayughs Augen waren auf Chagak gerichtet.

»Ich gehe morgen weg von hier«, sagte Samiq. »Ich und mein Sohn und meine Frau. Heute nacht holen wir unsere Sachen aus eurer Höhle und bleiben draußen.«

Er drehte sich zur Höhle um, sah seine Mutter dort stehen, ihre Hände umklammerten noch immer die Waffen. Samiq war jetzt Mann, hatte kein Recht, seine Mutter anzufassen, doch er streckte die Hände aus, nahm sie in die Arme, fühlte ihre nassen Tränen an seinem Hals. Und er verspürte keine Scham.

59

SAMIQ MACHTE EIN Feuer aus Treibholz und Robbenknochen und verschloß die Ohren vor den Klagen von Drei Fische.

»Ich wäre noch eine Nacht in der Höhle geblieben«, sagte sie. Sie stopfte ihren Haarzopf in den Kragen ihres *suk* und drehte den Rücken zum Wind. »Es ist zu kalt hier.«

»Du wolltest weg von hier«, sagte Samiq. »Wir werden weggehen. Schlaf jetzt. Morgen mußt du das *ik* allein paddeln.«

Sie hatten ihre wenigen Habseligkeiten schon in Bündeln verpackt. Chagak hatte ihnen drei Robbenmägen mit getrocknetem Fisch und einen Behälter mit Öl gegeben. Große Zähne hatte ihnen mehrere Robbenhäute gegeben.

Sie würden aufbrechen, sobald Samiq und Kleines Messer ein bißchen geschlafen hatten. Jetzt hielt Samiq Wache, sein Blick war auf die Pfade gerichtet, die zur Höhle führten, während Kleines Messer schlief. Aber Samiqs Gedanken waren bei Amgigh. Warum haßte ihn sein Bruder? Sie hatten gar keine Gelegenheit gehabt, selbst zu entscheiden, wer von ihnen beiden zu den Waljägern ging und wer von ihnen beiden im Dorf blieb und Kiins Mann wurde.

Kiin, dachte Samiq. Kiin ist tot. Die Tage bei seinem Volk waren auch Tage der Trauer gewesen, Trauer, die er mit niemandem teilen konnte. Er war nicht Kiins Mann gewesen, er hatte keinen Verlust erlitten, wie ihn Amgigh erlitten hatte. Aber wie oft hatte er sich während seiner Zeit bei den Waljägern vorgestellt, Kiin irgendeine Geschichte von seinem Leben dort zu erzählen? Von dem dummen Benehmen der Waljägerfrauen, die immer stritten, immer böse waren. Von der nachlässigen Art, wie sie das Robbenöl behandelten: Sie schnitten das Fett in Streifen und stopften es in eine Robbenhaut, die Fellseite nach innen gedreht, und ließen es dort so lange, bis es von selbst zu Öl schmolz. Und wie dann ein Mann, der ein gutes Essen aus Fisch und Robbenöl erwartete, davon aß und die Zähne voller Robbenhaar hatte von dem Öl. Er hatte ihr erzählen wollen, daß die Frauen, die so faul waren, wenn es um Robben ging, einen ganzen Wal in nur drei oder vier Tagen aufschnitten und abzogen. Er wollte ihr von den Witzen der Waljäger erzählen, von ihren Geschichten. Aber nun würde er nichts davon mit ihr teilen.

Er erinnerte sich daran, wie er sich davor gefürchtet hatte, Kiins Körper in den zerstörten *ulas* zu finden, aber als Amgigh ihm dann von Kiins Tod erzählt hatte, war es ihm so vorgekommen, als wären seine Worte nur die Worte in einem Traum, als hätte Amgigh nicht die Wahrheit gesagt.

Jetzt würde er nicht nur Kiin verlieren, sondern sein ganzes Volk. Aber schließlich würde er nichts Schlimmeres erleiden als Kleines Messer oder Drei Fische, dachte er. Sie hatten auch ihr Volk verloren.

Samiq schlief, während Kleines Messer Wache hielt, und während Samiq schlief, träumte er, ein Traum türmte sich auf den anderen, wie die zerbrochenen Eisstücke am Ufer eines Flusses schoben sich die Träume ineinander. Die Träume waren so heftig, daß Samiq glaubte, es wäre ein Traum, als Kleines Messer ihn wachrüttelte, glaubte, es wäre das Schütteln von Aka, und Samiq war zornig auf die Geister des Berges, als er aufwachte, auf die Geister, die einem Volk, das sie verehrte, so viel genommen hatten.

»Dein Vater, dein Vater«, flüsterte Kleines Messer.

Zuerst verspürte Samiq Freude, aber dann erinnerte er sich an den vergangenen Abend und griff nach seinem Speer. Er war ein Kurzer. Jeder der Ersten Menschen könnte beschließen, ihn zu töten.

Er stand auf, und sein Vater kam langsam näher. Er hatte die offenen Hände vor sich ausgestreckt. »Ich bin ein Freund. Ich habe kein Messer«, sagte er, und Samiq sah Traurigkeit in seinen Augen.

Samiq legte den Speer aus der Hand.

»Komm mit. Ich muß mit dir reden«, sagte Kayugh.

Aufmerksam musterte Samiq das Ufer, die Felsen und die Gräser neben den Wegen, die vom Ufer heraufführten, dann drehte er sich um und sagte zu Kleines Messer: »Hilf Drei Fische, das *ik* zu beladen.« Dann folgte er seinem Vater zu einem Platz zwischen den Felsen, wo sie vor dem Wind geschützt waren.

Eine Weile sagte Kayugh nichts, und Samiq betrachtete seinen Vater genau, sah, was er bei ihm noch nie gesehen hatte – daß er sich doch verändert hatte: Durch sein schwarzes Haar zogen sich graue Strähnen, seine Augen waren von kleinen Linien umgeben, über den Rücken seiner linken Hand verlief eine frische Narbe.

»Ich habe gestern abend mit deiner Mutter gesprochen«, begann Kayugh schließlich. »Was Amgigh gesagt hat, ist die Wahrheit. Shuganan hatte keinen Sohn. Dein Vater war vom Stamm der Kurzen Menschen. Er hat deine Mutter gezwungen, für ihn Frau zu sein. Für eine Nacht war sie es. Nur eine Nacht. In dieser Nacht haben sie und Shuganan den Kurzen getötet und seinen Körper im *ulaq* zurückgelassen.« Kayugh räusperte sich, fuhr sich mit den Händen durchs Haar.

Lange Zeit sagte Samiq nichts. Heulend fuhr der Wind

zwischen die Felsen, und die Wellen des Meeres schlugen donnernd auf das Ufer. Samiq fühlte sich alt, älter als sein Vater, älter als je ein Mann gewesen war. »Dann bin ich also nur Enkel von Großer Wal und Sohn eines Kurzen«, sagte Samiq schließlich und hatte plötzlich das Gefühl, als wäre sein Geist beschmutzt.

»Samiq«, sagte Kayugh und legte die Hand auf Samiqs Arm. »Verlaß uns, wenn du glaubst, daß diese Insel nicht sicher ist. Aber verlaß uns nicht, weil dein Bruder letzte Nacht diese Worte gesagt hat. Seine Trauer um Kiin verdreht ihm die Worte im Mund und trübt seinen Geist. Ein Mann ist nicht, was sein Vater oder Großvater war. Ein Mann ist, was er selbst tut, was er denkt, was er lernt, was seine eigenen Fähigkeiten ausrichten. Du bist ein Jäger von Walen. Du bist gut zu deiner Mutter. Du bist geduldig mit deiner Frau, gut zu Kleines Messer, deinem neuen Sohn.« Kayugh nahm eine Handvoll Kieselsteine, ließ sie langsam durch seine Finger rieseln. »Samiq«, sagte er, »du wirst immer mein Sohn sein.«

Samiq hatte das Gefühl, als würde Kayughs Stimme seinen Geist reinwaschen, wieder gut machen, als würde sie die Asche seines Zorns verdrängen, die Schwärze von Amgighs Worten.

»Ich bin froh, daß meine Mutter dich zu meinem Vater bestimmt hat«, sagte Samiq, dann sah er weg, aus Angst, daß Kayugh die Tränen sah, die in seinen Augen brannten.

Sie gingen zusammen zum Ufer zurück, Kayugh hatte die Hand auf Samiqs Schulter gelegt. Samiq hörte den Ruf zuerst. Die Stimme von Große Zähne. Kayugh drehte sich um, wartete, bis er bei ihnen war.

»Kleine Ente«, sagte Große Zähne. Er hielt den Kopf gesenkt, die Augen geschlossen. »Sie stirbt. Sie fragt nach Samiq.«

»Samiq?« sagte Kayugh, Überraschung in der Stimme. Er sah Samiq an.

Kleines Messer kam an Samiqs Seite. Er hielt ein Messer in der Hand, schlug es gegen seinen Handballen.

»Ich werde gehen«, sagte Samiq. »Grauer Vogel ist nicht stark genug, mich zu töten, und Amgigh ...« Er zögerte.

»Amgigh wird dich nicht töten«, sagte Große Zähne.

»Ich komme mit«, sagte Kleines Messer, der noch immer mit der Klinge seines Messers gegen seinen Handballen schlug.

Sie gingen zusammen zur Höhle, Samiq und Kleines Messer zwischen Große Zähne und Kayugh. Als sie zum Schlafplatz von Kleine Ente kamen, kauerte sich Samiq neben sie auf den Boden. Sie sah nicht aus wie Kleine Ente. Ihr Gesicht war verrunzelt, ihre Hände knorrig und wie Adlerklauen gekrümmt. Sie machte die Augen auf, ihr Blick irrte durch den Raum, bis er auf Große Zähne liegenblieb, dann sagte sie mit schwacher Stimme: »Es tut mir leid, daß ich keinen Sohn für dich zurücklasse.«

Sie machte die Augen wieder zu, und Große Zähne kniete sich neben sie, zog ihre Hände an seine Brust. »Du warst eine gute Frau«, sagte er.

Dann schwiegen sie, während Kleine Ente auf der schmalen Linie zwischen zwei Welten ging. Und Samiq dachte: Vielleicht wird es irgendein Zeichen geben, irgend etwas, was sie sieht und uns sagt, bevor sie zu einem Geist wird. Diese Hoffnung hatte man bei den Sterbenden immer.

Wieder gingen ihre Augen auf, und Samiq glaubte schon, daß sie gestorben war, daß sich die Lider öffneten, um ihre Seele freizugeben, aber sie sah ihn an, und er merkte, daß sie noch lebte, daß sie ihn noch wie eine Frau ansah. »Du bist nicht gestorben, Samiq«, sagte sie. »Wir haben geglaubt, daß Aka dich getötet hat.« Sie hustete, und aus ihrem Mund spritzte Speichel auf Samiqs Wange. »Du bist zu stark. Du bist stärker als Aka ...« Plötzlich rang sie nach Luft, und Samiq sah, daß ihr Blick jetzt auf Kleines Messer gerichtet war, der neben ihm stand.

»Mein Sohn«, sagte Kleine Ente leise, und über ihr Gesicht rannen Tränen. »Mein Sohn. Samiq hat dich zu mir zurückgebracht.« Sie versuchte sich aufzurichten, spannte ihre Arme, um sich von Große Zähne, der noch immer ihre Hände hielt, loszumachen. »Samiq, Samiq«, sagte sie mit eindringlicher Stimme, »du mußt ihn von hier wegbringen. Es ist ein Ort des Todes. Bring ihn an einen guten Ort. Einen sicheren Ort. Ihr müßt weg von hier. Bitte, Samiq, du bist stärker als Aka. Du bist stärker ...« Sie gab noch einen leisen erstickten Laut von sich und fiel dann nach hinten auf ihre Schlafmatten. Sie schloß die Augen, und als sie sie wieder aufmachte, gaben sie ihren Geist frei.

Krumme Nase weinte, und Chagak sah Samiq an. »Du hast recht«, sagte sie. »Wir müssen diese Insel verlassen.«

Doch Kayugh drehte sich um und ging aus der Höhle.

60

CHAGAK VERSUCHTE NICHT, ihrem Mann zu folgen. Zuerst mußte sie dabei helfen, den Körper von Kleine Ente zu waschen und vorzubereiten. Dann erst, wenn Kayugh sie verstieß, wenn er sagte, daß sie nicht mehr seine Frau war, würde sie entscheiden, was sie tun sollte. Dann würde sie beweinen, was sie verloren hatte.

Chagak wühlte in ihren Vorräten, bis sie eine Robbenblase mit feinem Öl von Samiqs Wal gefunden hatte. Sie hatte es geseiht und für besondere Zeremonien aufbewahrt, für Beerdigungen und Namensgebungen. Sie fand das Stück Treibholz, in das Kayugh Zinken geschnitten hatte, als Kamm für ihr Haar, und brachte es zu Kleine Ente.

Krumme Nase war schon dabei, eine Paste aus Öl und roter Ockerfarbe auf dem Gesicht von Kleine Ente zu verteilen, während Rote Beere und Blaue Muschel ihre Beine und Füße wuschen. Chagak setzte sich hin und hob den

Kopf von Kleine Ente in ihren Schoß. Sie kämmte ihr Haar, löste die Knoten, bevor sie das Öl hineinknetete. Das Haar von Kleine Ente war seit dem Tod ihres Sohnes, seit sie nichts mehr aß, glanzlos und dünn geworden. Chagak mußte vorsichtig kämmen, damit sie die Strähnen nicht herauszog.

Krumme Nase hatte ihre Haare schon an beiden Seiten abgeschnitten. Nicht jede erste Frau würde um die zweite Frau ihres Mannes trauern, aber Chagak wußte, daß Kleine Ente für Krumme Nase wie eine Schwester gewesen war, keine Rivalin um die Gunst von Große Zähne.

Während ihre Hände arbeiteten, wanderten Chagaks Gedanken zu Kayugh. Sie hatte immer gewußt, daß Grauer Vogel eines Tages die Wahrheit über Samiqs Vater erzählen würde. Armer Shuganan, wie hatte er sich immer bemüht, die Geschichte von Samiqs Geburt zu erzählen, damit Kayugh und sein Volk glaubten, er sei ein Sohn der Ersten Menschen. Aber dann, als er im Sterben lag, hatte Shuganan seine Visionen von der Geisterwelt preisgegeben, hatte alles Grauer Vogel erzählt, einem Mann, der Wissen stets zu seinem eigenen Vorteil nutzte, der Freude daran hatte, anderen Kummer zu bereiten. Hätte sie den Kurzen nicht getötet, während sich Grauer Vogel vor Angst duckte, hätte Grauer Vogel schon längst weitererzählt, was er wußte.

Wenigstens war Samiq jetzt alt genug, um sich verteidigen zu können. Und er hatte bewiesen, daß er jedem anderen ebenbürtig war, zuerst, indem er ihnen einen neuen Jäger gebracht hatte, einen Jungen, der fast erwachsen war. Außer Grauer Vogel und vielleicht seinem Sohn Qakan gab es niemanden, der Samiq den Tod gewünscht hätte, und Grauer Vogel müßte wissen, daß er nicht genug Macht hatte, um Samiq zu töten, und Qakan ... Wer konnte sagen, wo Qakan jetzt war oder ob er jemals zurückkommen würde?

Als sie das Haar von Kleine Ente fertig gekämmt hatte,

stand sie auf. »Ich suche jetzt Kayugh«, sagte sie. Sie ging an den anderen vorbei, blieb aber stehen, als Rote Beere ihre Hand ergriff.

»Sei klug, meine Mutter«, sagte das Mädchen, und Chagak lächelte, war froh zu wissen, daß dieses Kind, Kayughs ältestes Kind, sie noch immer als Mutter ansah.

Wie Chagak gewußt hatte, war Kayugh am Ufer, ging am Rand des Wassers auf und ab, als wäre es sein einziger Wunsch, diesen Ort zu verlassen, sich ins Meer zu stoßen, wie sich eine Robbe vom Ufer abstößt und schon bald Teil der Wellen ist.

Chagak blieb stehen, bis Kayugh sie sah und auf sie zukam. Sie hielt den Kopf gesenkt, hatte aber die Augen aufgeschlagen, damit sie ihn sehen konnte.

»Du hättest es mir sagen sollen«, sagte er, und Chagak hörte an seiner Stimme, wie verletzt er war. »Hast du etwa gedacht, ich würde Samiq töten?«

»Woher sollte ich wissen, was du tun würdest?« fragte Chagak. »Als du zu uns gekommen bist, habe ich dich nicht gekannt. Du warst noch nicht mein Mann.«

»Da nicht«, sagte Kayugh und drehte sich wieder um, aber seine Worte wurden zu ihr zurückgetragen, während er wieder auf und ab ging. »Nachdem du meine Frau geworden warst, hast du da geglaubt, daß ich deinen Sohn töten würde?«

»Nein, da habe ich dich gekannt. Da wußte ich, daß du Samiq nicht weh tun würdest.«

»Und warum hast du es mir da nicht gesagt?« fragte er.

»Ich hatte Angst, daß du mich nicht mehr zur Frau willst.«

Kayugh blieb stehen, drehte sich um. Langsam ging er zu ihr, streckte die Arme nach ihr aus. Er hob ihren Kopf, damit sie in sein Gesicht blickte und sah, was in seinen Augen stand. »Immer, Chagak«, sagte er, »du wirst immer meine Frau sein.«

»Kleine Ente ist fertig«, sagte Chagak.

Samiq wäre fast eingeschlafen, und er sprang auf, als seine Mutter es sagte, dann schüttelte er den Kopf. »Kayugh ist noch nicht zurück.«

»Er wird nicht zurückkommen, bis das Begräbnis vorüber ist«, erwiderte sie.

»Woher weißt du das?«

Sie lächelte ihn an, und ihr Lächeln gab ihm das Gefühl, noch ein Kind zu sein. »Ich habe mit ihm gesprochen«, sagte Chagak. »Das ist seine Art, dir seinen Platz zu überlassen. Derjenige, der das Volk anführt, muß als erster das Totenlied anstimmen. Das weiß er. Und keiner von uns wird es anzweifeln, wenn er nicht hier ist.«

Dann sagte sie: »Samiq, es ist für einen Mann sehr schwer, aufzugeben, was er gewesen ist, seinen Platz einem anderen Mann zu überlassen, auch wenn dieser Mann sein Sohn ist. Aber er hat mir aufgetragen, dir zu sagen, daß du jetzt *alananasika* bist und damit auch unser oberster Jäger und der rechtmäßige Häuptling unseres Dorfs, aber vergiß nicht, du bist jung, und Weisheit kommt erst mit den Jahren. Vergiß nicht, dich auf die Weisheit deines Vaters zu stützen, seinem Urteil zu folgen, wenn du dir einmal selbst nicht sicher bist.«

Unerwarteter Zorn stieg in Samiqs Brust. Warum bin ich plötzlich Häuptling? dachte er. Muß ein Mann für andere Häuptling sein, damit sie der Weisheit seiner Worte folgen?

Er biß sich in die Wangen und schloß die Augen. »Das will ich nicht«, sagte er schließlich. »Ich will nicht Häuptling sein.«

Chagak machte den Mund auf, als wollte sie etwas sagen, aber dann fing die Erde wieder an zu beben, wirbelte die Asche auf den Felsen auf, und Chagak kniete sich auf den Boden, um nicht umzufallen.

Das Beben hörte auf, und Chagak stand wieder auf, rieb sich die Knie und die Handflächen ab. »Ein Mann entscheidet nicht selbst, ob er Häuptling ist oder nicht«, sagte sie.

»Das Volk entscheidet. Es folgt der Weisheit eines Mannes. Es folgt einem großen Jäger. Es ist bereit, dir zu folgen.«

»Sie wollen weg von dieser Insel, das ist alles«, erwiderte Samiq.

»Das ist das erste«, sagte Chagak.

»Und du und mein Vater?« fragte Samiq. »Werdet ihr bleiben oder mitkommen?«

»Ich möchte Aka nicht verlassen«, sagte Chagak. »Er ist ein Berg, der meinem Dorf heilig ist, meinem Volk, aber mein Volk ist bei den Tanzenden Lichtern, und ich muß tun, was mein Mann von mir verlangt.«

»Glaubst du, daß Kayugh gehen wird?« fragte Samiq.

»Ich weiß es nicht«, sagte seine Mutter.

»Komm mit«, sagte Samiq.

Aber Chagak schüttelte nur den Kopf, dann drehte sie sich um und ging wieder zur Höhle zurück. Einmal rief sie ihm noch zu: »Die Begräbniszeremonie – Kayugh sagt, sie gehört dir.«

Und wieder fühlte Samiq Zorn, aber auch Verzweiflung. »Was weiß ich von Begräbnissen?« rief er, aber seine Mutter schien ihn nicht zu hören.

Dann fing der Boden wieder an zu beben, und Samiq dachte: Wenn es die einzige Möglichkeit ist, mein Volk in Sicherheit zu bringen, dann werde ich es führen. Unter den Ersten Menschen bin ich *alananasika*. Ich werde mich vorbereiten wie der *alananasika*.

Er stand da und sah über den Hügel, entdeckte schließlich einen dunklen Fleck, einen Felsen im Gras, und er kletterte dorthin. Er lehnte sich an den Stein und suchte nach den Worten, die den Geist von Kleine Ente an seinen Platz in einer neuen Welt führen würden.

Kayugh beobachtete die Begräbniszeremonie aus der Ferne. Ja, dachte er, Samiq hat recht. Wir müssen diese Insel verlassen, einen anderen Ort finden, um ein Dorf zu bauen. Wer weiß, ob wir jemals wieder an Tugix' Ufer zurückkehren können? Aber je weiter wir nach Osten gehen, um so weniger Wale wird es dort zu jagen geben. Wieviel Macht werden wir aufgeben, wenn Samiq uns nicht lehren kann, den Wal zu jagen?

Kayugh seufzte, rieb sich die Augen. Als Akas Feuer ausgebrochen waren, hatte er daran gedacht, zur Insel der Waljäger zu gehen, aber er hatte befürchtet, daß Großer Wal beschließen würde, Samiq nicht zu einem Waljäger zu machen, wenn die Ersten Menschen alle dort waren.

Aber selbst die Insel der Waljäger war vor Aka nicht sicher gewesen. Genausowenig wie diese Insel hier. Und wer konnte sagen, wie weit sie noch gehen mußten, um Akas Zorn zu entkommen – und dem Zorn der Berge östlich und westlich von Aka?

Samiq hatte also recht. Sie mußten diese kleine Insel verlassen. Sogar in der Mitte war die Insel flach, so flach, daß die Wellen kommen und sie alle ertränken konnten. Wie könnte Kayugh je vergessen, was vor so vielen Jahren mit seiner Familie geschehen war? Wie könnten es Große Zähne und Grauer Vogel je vergessen? Selbst Samiq und Amgigh hatten die Geschichten ihres Vaters von jener Zeit der gewaltigen Wellen gehört.

Und warum sollte Kayugh glauben, daß Samiq zu jung war, um Häuptling zu sein? Als Kayugh Große Zähne und Grauer Vogel und ihre Frauen an Tugix' Ufer geführt hatte, war er erst achtzehn, vielleicht neunzehn Sommer alt gewesen.

Nein, Kayugh konnte nicht vergessen, was mit seinem Volk geschehen war, aber er konnte auch nicht vergessen, was es ihn gekostet hatte, Häuptling zu sein. Zwei Frauen: Rotes Bein, die alte Frau, und Weißer Fluß, die junge schöne Frau. Und beinahe hätte er auch noch Amgigh verloren.

Die Geister prüfen den Mann, der sein Volk anführt. Samiq war *alananasika*. Ein starker junger Mann, weise, auch wenn er nur wenige Sommer hatte. Soll er Häuptling sein, dachte Kayugh. Er hat schon Kiin verloren. Das sollte genügen. Mehr werden die Geister nicht von ihm fordern. Aber ich – wie könnte ich die Gefahr auf mich nehmen, Chagak zu verlieren?

Die Luft war feucht von dem nebligen Regen, und die Feuchtigkeit trug die Worte von der Begräbniszeremonie für Kleine Ente deutlich an Kayughs Ohren.

Samiq sprach von der Notwendigkeit, daß die Menschen zusammenarbeiteten, von der Stärke vieler, verglichen mit der Stärke eines Menschen. Dann bückte er sich und zog einen Grashalm aus der Erde, zerriß ihn in den Händen. Dann zog er ein Grasbüschel heraus, bog es um und versuchte, die Halme abzubrechen.

Die Stengel brachen nicht, und Samiq hielt sie hoch. Nacheinander sah er jeden einzelnen an, auch Amgigh und Grauer Vogel.

»Ich will nicht allein weggehen«, sagte Samiq. »Wenn ich allein bin, bin ich schwach. Aber zusammen sind wir stark.«

Dann stimmte er für sie den Totengesang an und sagte, daß die Frauen beschlossen hatten, das Begräbnis nach dem Brauch der Waljäger zu machen, denn sie hatten kein *ulaq* für die Toten – und auch keine Zeit, eins zu bauen. Samiq hob einen Stein auf und legte ihn auf das flache Grab von Kleine Ente.

Dann kam Kayugh und stellte sich zu seinem Volk. Er hob einen Stein auf, riß drei Grashalme aus. Er legte den Stein an die Füße von Kleine Ente, drehte sich zu Samiq um und reichte ihm die Grashalme.

»Ich werde mitkommen«, sagte er. »Ich und meine Frau und meine Tochter Wren.«

Große Zähne tat das gleiche für sich und Krumme Nase. Dann Erster Schnee und schließlich auch Grauer Vogel. Eine Weile stand Amgigh allein, getrennt von den anderen. Dann riß auch er einen Grashalm aus, legte seinen Stein auf das Grab und drehte sich um, aber nicht zu Samiq, sondern zu Kayugh, und er reichte ihm das Gras.

»Ich gehe, wohin du gehst«, sagte er.

61

VIELE TAGE LANG paddelte Qakan fast soviel wie Kiin. Sie machten nur an felsigen Stränden Rast, fuhren um Buchten und gute Ufer herum und blieben bei Ebbe auf gefährlichen schmalen Felsleisten dicht am Meer, Orte, an denen Rabe, wie Qakan glaubte, nicht nach ihnen suchen würde.

Aber eines Nachmittags, als die Sonne noch hoch am Himmel stand, sah Kiin einen breiten Strand, der von weit ins Meer ragenden Landzungen umgeben war. Mitten durch den Strand floß ein schmaler Strom bis ins Meer.

»Hier sollten wir a-anhalten«, sagte sie zu Qakan.

Aber Qakan schüttelte den Kopf. »Hier würde uns Rabe suchen, an diesen Strand kommen im Sommer die Männer aus vielen Dörfern, um Waren zu tauschen.«

Aber als Kiin das geschwungene Ufer sah, erinnerte sie sich daran, daß die Frauen des Walroßvolks von diesem Ort gesprochen hatten, von seinem guten Wasser und den vielen Vögeln, die es hier gab.

»Unser *ik* ist l-langsam«, sagte sie. »Wenn R-Rabe uns gefolgt wäre, hätte er uns l-längst eingeholt. Was-was k-kümmert es ihn? Er w-will m-mich nicht. Er will meine S-Söhne, und wenn die Großmutter und die Tante ihn überredet haben, einen zu t-töten, ist er vielleicht froh, daß ich n-nicht mehr da bin.«

»Er will dich nicht haben?« fragte Qakan. »Woher willst du das wissen?«

»Das h-hat er m-mir g-gesagt«, erwiderte Kiin. »Er will

Macht als Sch-Schamane. Er glaubt, daß meine S-Söhne M-Macht haben. Aber vielleicht haben ihn die Großmutter und die Tante überredet –«

»Es sind meine Söhne«, sagte Qakan. »Ich lasse sie mir nicht wegnehmen.«

Kiin zuckte die Achseln. So hatte sie sich mit Qakan jeden Tag gestritten, seit sie das Dorf verlassen hatten. Gleich am ersten Tag hatte ihm Kiin erklärt, daß die Kinder Amgigh und Samiq gehörten. Sie hatte Qakan die Kinder gezeigt, war sicher gewesen, daß sogar Qakan sehen würde, daß Takha Samiqs Nase und Augen hatte, sein dichtes dunkles Haar, und daß Shuku Amgighs Mund hatte, seine langen Finger und Zehen. Aber Qakan hatte auf die Ohren der Kinder gezeigt, die flach am Kopf lagen wie Qakans Ohren, wie Kiins Ohren, und sie zu seinen Söhnen erklärt.

Aber jetzt warnte Kiins Geist: »Warum streiten? Vielleicht ist es für die Kinder sicherer, wenn Qakan glaubt, daß es seine sind.«

Und so sagte Kiin nichts von den Kindern, sondern statt dessen: »Qakan, wir br-brauchen Wasser, und vielleicht kann ich bei E-Ebbe Muscheln ausgraben. Siehst du die Klippen d-da hinten? Vielleicht finde ich dort Lummeneier.«

Qakan zog sein Paddel aus dem Wasser und saß da und starrte zum Ufer. »Ja«, sagte er schließlich. »Es ist ein guter Strand. Wir können ein oder zwei Tage dort bleiben und Essen sammeln.«

Er legte sein Paddel auf den Boden des *ik* und machte Kiin ein Zeichen, das *ik* an Land zu bringen.

Kiin, die sich über seine Faulheit ärgerte, machte den Mund auf, um etwas zu sagen, überlegte es sich dann aber anders. Wer weiß, was Qakan tun würde, wenn er wütend wurde? Sie mußte ihre Kinder beschützen. Genügte es nicht, daß er eingewilligt hatte, hierzubleiben, um Essen zu sammeln?

Gemeinsam zogen sie das *ik* ans Ufer. Dann räumte

Qakan seine Tauschwaren aus dem Boot und wartete, während Kiin das *ik* über die mit Gras bewachsenen Hänge hinter dem Ufer zog. Kiin hatte damit begonnen, Matten und Robbenhäute über das *ik* zu hängen, als Qakan zwei Packen mit Häuten heranschleppte.

»Mach zwei Lager«, sagte er. »Ich schlafe mit den Tauschwaren unter dem *ik*. Und du gehst weit genug weg, damit ich die Kinder nicht schreien höre. Wenn wir ein paar Tage hierbleiben, will ich schlafen können.«

Kiin knirschte mit den Zähnen. Die Robbenhäute, die sie hatten, reichten nicht aus, um zwei gute Behausungen zu machen, aber dann sagte ihr Geist zu ihr: »Dieses Ufer hat einen Sandstrand, sogar die Hügel sind aus Sand. Mach zuerst Qakans Behausung, und dann gräbst du ein Loch hinter einem Hügel, legst die Paddel über das Loch und breitest Matten darüber aus. Das wird für dich und die-Kinder genügen. Wenigstens brauchst du dann nicht neben Qakan zu schlafen.«

Eine Weile sah Qakan Kiin bei der Arbeit zu, aber dann schlenderte er davon und kam erst zurück, als sie seine Unterkunft fertig hatte und damit begann, das Loch für ihr eigenes Lager zu graben.

»Das *ik* ist in einem guten Versteck«, sagte er, und Kiin nickte.

Ja, es war in einem guten Versteck. Zwei Hügel vom Ufer entfernt. Wenn Rabe wirklich an diesen Ort kam, würde er vielleicht nicht einmal merken, daß sie hier waren, vor allem, wenn sie darauf achteten, die Spuren, die sie im Sand hinterließen, sorgfältig zu verwischen. Und Kiins Unterkunft war sogar noch weiter vom Ufer entfernt. Weit weg von dem *ik*. Noch schwerer zu finden als Qakans Unterkunft.

»Der Fluß hat Süßwasser«, sagte Qakan.

Kiin hörte mit dem Graben auf und ging zu dem kleinen Packen, den sie aus dem *ulaq* von Rabe mitgebracht hatte. Sie hielt Qakan mehrere Walroßblasen hin, und als Qakan die Stirn runzelte, sagte sie: »Wenn ich hier fertig bin, will ich Vogelschlingen auslegen. Du kannst auch was tun. Es ist nicht schwer, Wasser zu holen.«

Qakan drehte sich wieder zum Ufer um, und Kiin rief: »Sei vorsichtig, paß auf, ob du auf dem Meer ein *ikyak* siehst.«

Qakan trottete weiter. »Ich bin doch kein kleines Kind«, rief er mit wimmernder Stimme durch den Wind.

Kiin hockte sich auf die Fersen, die Grube war tief genug, aber sie war nicht breiter als ihre ausgestreckten Arme und gerade so lang, daß sie der Länge nach darin liegen konnte. Sie mußte sie gut mit Häuten und Matten zudecken, damit kein Wasser hereinrinnen konnte, wenn es zu regnen anfing. Sie legte die Paddel über das Loch und breitete am Boden ihrer Höhle Robbenhäute aus, die sie an den Seiten hochzog und mit großen schnellen Stichen an den Matten und Häuten festnähte, die sie über die gekreuzten Paddel gehängt hatte. Am unteren Rand der Grube ließ sie ein kleines Loch offen, damit sie hinein- und herauskriechen konnte. Dann ging sie zu Qakans *ik*. Qakan lag in seiner Behausung, hatte die Augen geschlossen.

»I-ich komme, um das Wasser zu holen«, sagte sie, »und meine Schlafmatten.«

Qakan machte die Augen nicht auf, sondern deutete nur auf den Platz, an dem er die Wasserblasen abgestellt hatte. Er hatte nur zwei gefüllt, und Kiin hob sie beide auf. Der Korb mit ihren Schlafmatten stand neben ihnen. Kiin nahm den Korb und ging.

In ihrer Unterkunft hängte sie die Wasserhäute an die gekreuzten Paddel, breitete zuerst ihre Schlafmatten über den Robbenhäuten aus, dann die Felle. Sie holte die Kinder unter ihrem *suk* hervor, wickelte sie in Häute und sang ihnen leise etwas vor, bis sie beide eingeschlafen waren. Dann nahm sie eine Rolle Algenranken aus ihrem Packen und wickelte lange Stränge davon um jedes ihrer Handgelenke. Als sie ganz sicher war, daß die Kinder schliefen, kroch sie ins Freie.

Der Aufstieg bis zum Fuß der Klippen war beschwerlich. Der dunkle Sand rutschte unter ihren Füßen weg, und zweimal schnitt sie sich die Zehen an den scharfen Rändern des Ufergrases auf. Sie hatte einen Gehstock mitgenommen, keinen guten Stock, so geschnitzt, daß er in ihre Hand paßte, sondern nur ein festes Stück Treibholz, das sie am Ufer gefunden hatte. Sie stützte sich darauf, um nicht das Gleichgewicht zu verlieren, während sie kletterte, und sie blieb erst wieder stehen, als sie einen Platz gefunden hatte, von dem aus sie die Eingänge zu Lummenbauten sehen konnte. Sie brachte ihre Ranken wie Netze vor den Eingangslöchern an, mit einem Knoten in der Mitte, so daß sich die zusammengewickelten Stränge wie eine Schleife zusammenziehen würden, wenn der Vogel wegfliegen wollte. Sie befestigte ihre Netze vor jedem Eingang. Ihre Schnüre reichten für fünf Fallen. Am Abend, wenn die Vögel ihre Bauten verließen, müßten ihr zwei oder drei in die Falle gehen.

Als sie von den Klippen zurückkam, ging sie einen langen geneigten Felssims entlang, auf dem schwarze und weiße Lummen so steif und gerade über ihren Nestern standen wie Korbpfähle. Gewöhnlich suchten sich die Lummen Felssimse aus, die schwer zu erreichen waren, aber diese Felsleiste, eine dunkle, graue überhängende Kante des Felsens, die aus einem mit Gras bewachsenen Hügel ragte, war nicht schwer zu erreichen.

Kiin wußte, daß die Lummeneier – ein Ei pro Nest, manchmal zwei – auf dem nackten Felsen liegen würden, vielleicht mit etwas zusammengescharrter Erde oder ein paar Grashalmen darum herum. Kiin schlug mit ihrem Gehstock gegen das Gras über dem Felssims, bis die Lummen, krächzend und schreiend, ihre Eier verließen. Dann sammelte Kiin sechs Eier ein.

Es ist gut, dachte Kiin. Heute abend haben wir Eier, und

morgen früh werde ich Vögel kochen. Dann wird Qakan vielleicht beschließen, noch einen Tag länger zu bleiben, um noch mehr Vögel zu fangen, noch mehr Eier einzusammeln.

In dieser Nacht wachte Kiin oft auf. Seit sie das Dorf der Walroßmenschen verlassen hatten, konnte sie nie sehr tief schlafen. Warum sich der Gefahr aussetzen, daß Qakan von seiner Unterkunft zu ihr geschlichen kam? Warum sich der Gefahr aussetzen, daß er wieder über sie herfiel, sie als Frau nahm? Aber bis jetzt hatte er nichts getan, um sich ihr zu nähern, hatte sie fast behandelt, als wäre sie ein Mann, hatte ihr einen gerechten Anteil vom Essen abgegeben und ihr wenigstens ein bißchen Arbeit abgenommen.

Trotzdem hatte sie kein gutes Gefühl. Qakan war Qakan, faul und selbstsüchtig und oft dumm, manchmal stellte er seine eigenen Wünsche über seine Sicherheit, anscheinend unfähig, vorauszuschauen und zu erkennen, daß ihm das, was er in diesem Augenblick tat, später schaden könnte. Wahrscheinlich würde er versuchen, sie zu tauschen, noch bevor sie zu einem Dorf der Ersten Menschen kamen, und vielleicht wäre es das beste, ihn jetzt, so weit entfernt vom Dorf von Rabe, zu verlassen. Sie würde nicht lange brauchen, um das *ik* zu Wasser zu bringen, aufs Meer hinauszupaddeln, so weit, daß ihr Qakan nicht folgen und sie zurückholen konnte.

Bei dem Gedanken, mit ihren beiden Söhnen und einem *ik* voller Tauschwaren in ihr Dorf zurückzukehren, begann Kiins Herz schneller zu schlagen. Sie lächelte in der Dunkelheit. Ihr Vater würde außer sich sein vor Zorn, und Qakan würde nie mehr aufhören, sie zu hassen.

»Er hat dich schon immer gehaßt«, flüsterte Kiins Geist. »Samiq und Amgigh würden dich beschützen. Du bist stark genug, um zu fliehen. Es wäre nicht leicht, aber du könntest es schaffen. Es gibt viele Wege, es zu tun. Du hast ein Messer. Du bist nicht angebunden ...«

Ja, dachte Kiin. Es gibt Wege. Und sie machte Pläne, bis am Himmel eine dünne weiße Linie zu sehen war und den Morgen ankündigte.

Qakan schlief fest. Seine Träume waren gute Träume, Träume von Gelbes Haar, die gut war, eine gute Frau, so wie sie es mit ihren Tänzen versprochen hatte. Sie waren mit seinen Söhnen und noch anderen Söhnen in einem *ulaq*, das so groß war, daß eine lange Reihe Lampen nötig war, um es zu beleuchten. Qakan träumte, daß seine Hände die weichen runden Brüste von Gelbes Haar streichelten, die langen, festen Muskeln ihrer Schenkel. Und Kiin war auch da, ihr Bauch wieder dick mit Kindern. Sie webte Körbe und lächelte, lächelte, während Qakan Gelbes Haar nahm, Kiin lächelte und sang, lächelte und sang, und Gelbes Haar seufzte und stöhnte unter Qakans Händen.

Als die Kinder aufwachten, stillte sie Kiin und machte sie sauber, rieb ihre feine, weiche Haut mit Robbenöl ein. Sie stillte sie noch einmal, bis sie eingeschlafen waren. Dann ließ sie sie in der Behausung, während sie sich auf den Weg zu den Felsklippen machte, um nach den Vogelschlingen zu sehen.

Als sie zu den Vogellöchern kam, waren in drei von fünf Fallen Vögel gefangen, sie waren tot, die Schnüre hatten sich fest um ihre Hälse gezogen. Sie knüpfte die Schlingen auf und band mit einer der Schnüre die Vögel zusammen und trug sie so zu ihrer Behausung.

Als sie ankam, weinten beide Kinder. Sie legte die Vögel auf den Boden und nahm die Kinder in den Arm, dann entfernte sie das beschmutzte Gras in der Robbenhaut, in die sie eingewickelt waren, und steckte frisches Gras hinein. Sie hob ihren *suk* hoch und legte jeden ihrer Söhne in seinen Tragriemen, schob ihre rechte Brustwarze in Takhas Mund, die linke in Shukus. Dann ging sie wieder nach draußen und begann, die Vögel zu rupfen.

Qakan streckte die Arme aus und gähnte. Er hatte Hunger. Kiin müßte schon etwas zu essen fertig haben. Das wäre auch besser für sie, nachdem sie die Kinder so früh am Morgen allein gelassen hatte. Sie hatten zu schreien angefangen, erst das eine, dann das andere, hatten so großen Lärm gemacht, daß sie Qakan, zwei Hügel weiter, aus seinen Träumen gerissen hatten. Er war nicht zu ihnen gegangen. Er war an Kiins Hütte vorbeigegangen, dann ein Stückchen in die Hügel, hatte sich erleichtert, war dort geblieben, bis sie mit dem Schreien aufgehört hatten, dann hatte er ein paar Handvoll Zweige von der Schwarzen Krähenbeere gepflückt, gut, um ein Feuer zu machen.

Als er wieder zu Kiins Behausung zurückkam, war sie dabei, die Vögel zu säubern. Er warf die Zweige auf den Boden. »Ich habe Hunger«, sagte er. »Mach ein Feuer.« Und er ging an ihr vorbei, hinunter zu seiner eigenen Behausung, wo er vor dem Wind geschützt war, während er darauf wartete, daß Kiin das Essen machte. Sie war langsam, immer so langsam, aber wenn er in ihrer Nähe blieb, sie drängte, schneller zu machen, würde sie sich etwas ausdenken, was er tun sollte. Hol Wasser, nimm die Kinder.

Ja, die Kinder waren seine Söhne, aber welcher Mann kümmerte sich um einen Säugling? Und außerdem war ihm nicht gerade wohl, wenn er den dichten Pelz aus Haaren sah, mit dem der Kopf des einen, der Takha hieß, bedeckt war. Diese Haare sahen ganz genauso aus wie Samiqs Haare. Aber natürlich konnte das Kind nicht von Samiq sein, Samiq hatte Kiin niemals auch nur in seinem Schlafplatz gehabt.

Qakan dachte wieder an die Ohren der Kinder, an ihre runden Gesichter. Es waren seine Söhne. Wie konnte das Kiin auch nur bezweifeln? Er hatte seine Männlichkeit an Kiin bewiesen, hatte bewiesen, daß er genauso Mann war wie Amgigh, auch wenn er noch nie eine Robbe erlegt hatte. Und jetzt hatte er zwei Söhne. Er wünschte, sein Vater wüßte es.

In all den Geschichten, die Qakan als Kind gehört hatte, war nie von einem Mann die Rede gewesen, der zwei Söhne auf einmal gezeugt hatte. Und Qakan hatte schon andere Frauen gehabt, nicht nur Kiin, auch Frauen aus den Dörfern der Ersten Menschen. Dann hatte er Gelbes Haar gehabt. Aber welcher Mann hätte mit ihr einen Sohn zeugen können? Sie kam niemals zu einem Mann, ohne ein Geschenk zu verlangen.

Manchmal mußte sich ein Mann entscheiden. Was war mehr wert, eine Frau, die das *ulaq* nicht sauberhielt, die niemals kochte, niemals nähte, niemals in seinen Schlafplatz kam – oder seine Tauschwaren? Er war kein Dummkopf.

Er hatte sie nicht töten wollen, aber welcher Mann hätte sie nicht getötet, wenn er gesehen hätte, was sie tat?

Qakan kniete sich neben seine Bündel. Das mittlere war ein Robbenbauch mit getrocknetem Fisch. Er nahm ein paar Fischstücke heraus und hoffte, Kiin würde nicht merken, daß sie nicht mehr da waren. Sie schimpfte immer darüber, daß er zuviel aß. Was erwartete sie denn? Er war ein Mann und keine Frau, die klein und schwach war und wenig brauchte. Er schob das Bündel mit dem Robbenbauch wieder an seinen Platz zurück und legte die Robbenhaut, mit der Amgighs Messer eingewickelt waren, obendrauf. Plötzlich stutzte er.

Er hatte jedes Bündel mit Tauschwaren auf verschiedene Weise zugemacht, eine bestimmte Anzahl Knoten für Messer, eine andere für Schlagsteine, wieder eine andere für Elfenbein, verschiedene Knoten für jedes Ding, mit dem er handelte. Das Bündel mit den Messern hatte er mit drei Knoten zugebunden, einen hinter dem anderen. Jetzt waren es nur noch zwei Knoten. Qakan öffnete das Bündel, zählte die Messer. Er hatte noch fünf gehabt, jetzt waren es vier.

Kiin hatte ein Messer genommen, nicht nur eines der Messer aus Grünstein, sondern das mit der schönen Obsidianklinge, das Qakan aus Amgighs Waffenecke mitgenommen hatte.

Aber warum wunderte er sich darüber? Kiin war schon immer habgierig gewesen. Warum glauben, daß sie sich je ändern würde?

Vielleicht war es an der Zeit, ihr zu zeigen, wofür ein Messer da war. Er packte das größte von Amgighs Grünsteinmessern aus. Die Klinge war vollkommen, die Schneide so scharf, daß sich Qakan damit in den Finger geschnitten hatte, als er es einwickelte. Ja, es stimmte – wenn er Kiin eine Wunde zufügte, würde er sie nicht als Frau verkaufen können, nur als Sklavin, aber auch Sklaven brachten einen guten Preis, und die Kinder würde er getrennt verkaufen, würde darauf achten, daß seine Söhne zu starken Jägern kamen, daß sie ihrem Vater später Ehre machten. Und jedes Jahr würde er auf seinen Handelsfahrten anhalten, um sie sich anzusehen, um ihnen Geschenke zu bringen, um die andern wissen zu lassen, daß es seine Söhne waren.

Qakan hörte hinter sich schleifende Schritte im Sand. Kiin, dachte Qakan. Qakan packte das Messer fester und stand auf. Ja, er würde Kiin zeigen, daß sie ihn nicht bestehlen konnte.

Er drehte sich um. Es war nicht Kiin.

Qakans Herz machte plötzlich einen Schlag, der ihm mit dem Atemzug in der Kehle steckenblieb. Einen Augenblick lang konnte er nichts denken, konnte nichts tun, aber schließlich lächelte er, und mit dem Messer in der Hand lachte er und sagte dann: »Rabe, du hast mich erschreckt. Willst du noch etwas tauschen, bevor ich in die Dörfer der Ersten Menschen komme?«

Rabe zog die Lippen zurück. Sein Atem fuhr zischend durch seine Zähne. In seiner rechten Hand hielt er das fehlende Messer.

»Hast du Gelbes Haar mitgebracht?« fragte Qakan. Aus Angst entfuhren ihm die Worte, noch bevor er denken konnte, was er sagte. »Ich habe sie nicht mitgenommen, weil sie nicht mitkommen wollte.«

»Wo sind meine Söhne?« fragte Rabe, seine Stimme lauter als das Brüllen des Windes oder der Wellen, lauter noch, als Qakans Herz schlug.

»Ich habe deine Söhne nicht«, sagte Qakan und deutete auf das Bündel hinter sich. »Sieh her, ich habe nur die Waren, die ich zum Tauschen brauche.«

»Du hast Kiin mitgenommen, du hast meine Söhne mitgenommen, du hast sie getauscht. Wo sind sie? In welchem Dorf? Bei welchen Jägern?« Kurze Zeit ruhte der Blick von Rabe auf den Bündeln mit Tauschwaren, dann sagte er: »Du hast Gelbes Haar getötet.«

Qakans Hände zitterten, und dann bewegte sich das Zittern seine Arme hinauf, ergriff die Wände seiner Brust. »Ich habe niemanden getötet«, antwortete Qakan, seine Stimme hoch und weinerlich wie die Stimme eines kleinen Jungen. »Ich habe niemanden getötet. Vielleicht hat Kiin, deine Frau, Gelbes Haar getötet. Vielleicht ist sie allein weggegangen. Warum mir die Schuld geben, wenn du nicht auf deine eigene Frau aufpassen kannst?«

Rabe stieß mit dem Fuß gegen Qakans Bündel, verstreute Amgighs Messer.

Qakan drehte nicht den Kopf, sondern beobachtete Rabe aus den Augenwinkeln. Rabe war kein Jäger, dachte Qakan. Er behauptete, ein Schamane zu sein, aber Qakan hatte in all den Monaten, die er bei dem Walroßvolk gelebt hatte, niemals gesehen, daß Rabe mit irgendwelchen Geistern gesprochen, irgendwelche Krankheiten geheilt hätte.

Rabe ist nichts, dachte Qakan. Er hat keine Macht. Und Qakan wiederholte diese Worte in seinen Gedanken, bis das Zittern in seinen Händen aufhörte, bis er seine Knie wieder stillhalten konnte.

Rabe kniete sich auf den Boden, zog noch mehr Bündel aus dem *ik*. Jetzt, dachte Qakan. Jetzt, bevor er zurückschlagen kann. Mit einer Schnelligkeit, um die ihn, wie Qakan wußte, selbst Samiq beneiden würde, drehte er sich um und stieß sein Messer durch den Parka von Rabe, durch die Naht zwischen Kapuze und Schultern, in den Hals von Rabe.

Aber Rabe drehte sich genauso schnell um, wie sich Qakan umgedreht hatte, und stieß ihn mit den ausgestreckten Armen zu Boden.

Dann sah Qakan, während er von Übelkeit erfaßt wurde, die sich vom Magen bis in den Mund ausbreitete, daß sein Messer in der Kapuze des Parkas von Rabe gefangen und der Schnitt am Hals so schwach war, daß er nur eine feine Blutspur hinterlassen hatte.

Dann kniete sich Rabe auf Qakans Brust und stieß die Klinge des Obsidianmessers unter Qakans Kinn. »Du hast Gelbes Haar getötet«, sagte er, und dann erhob er die Stimme, um es in den Wind hinauszuschreien. »Du hast Gelbes Haar getötet. Wo sind meine Söhne?«

»Ich habe niemanden getötet«, sagte Qakan, und das Messer war so fest an seiner Haut, daß er nur murmeln konnte, damit die Klinge nicht in sein Fleisch schnitt.

»Du hast meine Söhne getauscht«, sagte Rabe.

»Kiin – Kiin hat es getan. Sie hat Gelbes Haar getötet. Sie hat deine Söhne. Es war Kiin –.«

Kiin kauerte auf der Spitze des nächsten Hügels und hatte die Arme fest um die Kinder unter ihrem *suk* geschlungen. Sie hatte Qakans flehende Stimme gehört, ein schrilles Kreischen, und war von ihrem Schlafplatz zur Spitze des Hügels gelaufen, aber als sie Rabe sah, ließ sie sich auf ihre Hände und Knie fallen und versteckte sich in dem hohen Raigras.

Sie sah, wie Rabe das Messer in Qakans Kehle stieß, hörte die letzten gurgelnden Laute ihres Bruders. Sie sah, wie Rabe Qakans Bündel durchwühlte, wie er Amgighs Messer nahm, wie er Felle und einen Robbenbauch mit getrocknetem Fisch nahm und einen Korb mit einem Deckel, in dem Haken waren.

Sie wartete, während Rabe über Qakans Körper stand, während er seinen Kopf abschnitt, alle Gelenke zerschnitt, damit Qakans Geist keine Rache üben konnte. Sie wartete, während er Qakans *ik* zertrümmerte, während er die Bespannung aus Seelöwenhäuten zerschnitt und die Fetzen im Wind verstreute. Auch als Rabe Qakans Bündel an seinem *ikyak* festgemacht hatte, als er weit auf das Meer gepaddelt war, so daß Kiin die dunkle Linie seines *ikyak* nicht mehr im Wasser sehen konnte, wartete sie noch.

Und erst als die Sonne unterging, brachte sie ihre Kinder schließlich zurück zu ihrer Behausung und ging hinunter zu Qakan. Sie sah ihn nicht an, wollte nicht wissen, was von ihm übriggeblieben war, sondern grub gleich neben der Stelle, an der er lag, mit einem dünnen Stein ein flaches Grab in den Sand, dann stieß sie ihn mit dem Stein hinein, immer darauf bedacht, ihre Hände nicht mit seinem Blut in Berührung zu bringen.

Sie bedeckte ihn mit Steinen und ging dann hinunter zum Meer, um sich die Hände zu waschen, sie mit Sand und Wasser abzureiben.

Dann kehrte sie zu der Stelle zurück, zu dem Hügel, der jetzt Qakan war. Und da sie wußte, daß sein Geist noch dort war, bei seinem Körper, unfähig, zu den Tanzenden Lichtern zu gehen, weil ihn Rabe in Stücke geschnitten hatte, sagte sie: »Immer, Qakan, dein ganzes Leben lang, hast du mir für alles, was du getan hast, die Schuld gegeben. Also hast du Gelbes Haar doch getötet. Aus welchem Grund? Im Zorn? Um deine Macht zu zeigen? Du hast keine Macht, Qakan. Du hast niemals Macht gehabt. Du hast die Kraft deines Geistes nur dazu verwendet, andere zu hassen, anstatt etwas aus dir zu machen, etwas, was du sein solltest.«

Sie drehte sich um und ging wieder zu den Hügeln, zu der Behausung, in der ihre Kinder auf sie warteten. Aber am Fuß des Hügels drehte sie sich noch einmal um und rief: »Ich werde in unser Dorf zurückgehen, Qakan. Meine Söhne gehören Amgigh und Samiq. Es liegt kein Fluch auf ihnen. Du warst nicht stark genug, um einen Fluch über jemanden zu bringen.«

Und als sie ihre beiden Kinder wieder in den Armen hielt, wurde ihr erst bewußt, daß sie ohne Stottern gesprochen hatte, daß die Wörter so leicht wie ein Lied über ihre Lippen gekommen waren, so glatt wie Wasser auf dem Sand.

62

DIE STIMME KAM als ein Teil ihrer Träume, eine weinerliche Stimme. Qakans Stimme. Kiin wachte auf, setzte sich hin, lauschte. Nein, da war keine Stimme. Nur die Wellen am Ufer, nur das Geräusch des Windes, der über die Matten und Häute ihrer Behausung fuhr, der durch den Haufen zerbrochener Hölzer und zerfetzter Häute stieß, die einmal Qakans *ik* waren.

Kiin hatte die restlichen Teile des *ik* und die wenigen Tauschwaren, die Rabe zurückgelassen hatte, zu ihrer Behausung getragen. Besser, sie waren hier, vom Ufer nicht zu sehen. Da war Elfenbein, ein paar kleine Stücke nur, zerbrochene Walzähne, ein dünnes Stück Kieferknochen vom Wal. Da war eine Haut mit getrocknetem Fisch, aber als sie sie aufmachte, entdeckte sie voller Abscheu, daß sie zur Hälfte mit Gras vollgestopft und nur noch halb mit Fisch gefüllt war. Qakan. Immer nahm er, was er nicht nehmen sollte.

Kiin hatte neben ihrer Behausung noch ein zweites Loch gegraben und den Fisch und die Teile des *ik* und der Bespannung, die groß genug waren, um noch von Nutzen zu sein, hineingelegt und dann mit Grasmatten zugedeckt.

Sie war fertig, bevor es dunkel wurde, und hatte sich dann ausgeruht, hatte ein Lied für ihre Kinder gesungen, und während ihre Gedanken den Worten des Liedes nachhingen, waren ihre Hände plötzlich rastlos, brauchten etwas zu tun. Und so zog sie das Jagdmesser, das Rabe ihr gegeben hatte, aus der Scheide und nahm ein Stück Holz von den Verbindungsstücken des *ik*. Zuerst schnitzte sie nur ein wenig daran herum, schnitt durch die Ockerfarbe, die auf das Holz gemalt war, bis sie zu dem blassen Gelb im inneren Teil des Holzes kam.

Doch dann sah sie plötzlich, daß ihre Hände ein *ikyak* machten, daß sie aus dem Holz ein Boot zogen, so wie ein Mann die Füße aus seinen Robbenhautstiefeln zog.

»Ein *ikyak*«, sagte sie und machte die Schnitzarbeit dann zu einem Teil ihres Liedes.

»Ihr werdet ein *ikyak* haben«, sang sie für Shuku und Takha.

Es wird euch ein Bruder sein.
Zusammen werdet ihr es bauen.
Zusammen werdet ihr aufs Meer fahren.
Ihr werdet jagen. Ihr werdet jagen.
Alle drei, alle Brüder zusammen.

Sie hatte gesungen und geschnitzt, bis ihr nur noch der früh aufgehende Mond Licht gab. Dann hatte sie geschlafen, bis Qakans Stimme – Qakans Stimme –

»Qakan ist tot, und sein Geist kann nicht aus dem Grab«, sagte Kiins Geist zu ihr. »Es war ein Traum.«

Kiin legte die Hand auf Shukus Rücken, dann auf Takhas. Beide Kinder schliefen mit leisen, langsamen Atemzügen.

Kiin legte sich wieder hin, lenkte ihre Gedanken weg von Qakan und machte Pläne, was sie am nächsten Tag tun würde, welche Vogelfallen sie aufstellen würde. Sie mußte so viele Vögel wie möglich fangen. Ihr Fleisch zum Trocknen aufhängen. Ihr Fett für Öl im Winter aufbewahren.

Wenn die Ersten Menschen nicht zu dieser Insel kamen oder wenn das Walroßvolk kam, wenn sie während der Tage, an denen sie Waren tauschten, in einem Versteck bleiben mußte, würde sie vielleicht den Winter hier verbringen müssen. Wie sollten sie und die Kinder ohne Öl auskommen, ohne Fleisch?

Rabe hatte Qakans *ik* in so kleine Stücke geschlagen, daß Kiin es nicht zusammenflicken konnte, und obwohl sie vom Ufer aus Fische fangen konnte, würden es nicht so viele sein wie mit einem *ik* auf dem Wasser.

»Es wird Schwarze Krähenbeeren zum Essen und das Kraut der Schwarzen Krähenbeeren zum Verbrennen geben«, flüsterte ihr Geist. »Und Käferschnecken kannst du ohne ein *ik* sammeln. Du wirst Seeigel und Muscheln finden. Es gibt Ugyuun und Algen. Du hast Brombeerblüten gesehen. Und wer weiß«, fuhr ihr Geist fort, »ob nicht ein Seelöwe kommt, wie es üblich ist.« Die tröstenden Worte flossen wie ein Lied und trugen Kiins Gedanken in Träumen mit sich fort. Träume von Robben und Seelöwen, von Essen, genug für sie und ihre Söhne ...

Dann wieder die weinerliche Stimme, und wieder wachte Kiin auf. Qakans Stimme, Qakans Stimme.

Kiin weckte ihre Söhne auf, sang ihnen ein stilles Lied, damit sie zu weinen aufhörten. Sie legte sie in ihre Tragriemen und gab ihnen zu trinken. Dann verließ sie ihre Behausung mit einem Vogelei, das vom vergangenen Tag übrig war.

Sie ging zu dem Erdhügel, in dem Qakan begraben war, blieb ein Stückchen entfernt von den Steinen dort stehen. Sie lauschte, konnte aber nichts hören. Dann kam ein kräftiger Windstoß vom Ufer her, und wieder hörte sie Qakans Klagen.

»Qakan!« sagte Kiin. »Du hast dich selbst hierhergebracht, an diesen Ort. Du und deine Habgier. Es gibt nichts, was ich für dich tun kann.«

Sie warf das Ei zwischen die Steine auf Qakans Grab,

sah im Mondschein, wie das Ei hinfiel und zerbrach und in Qakans Grab rann. »Da«, sagte sie. »Iß und sei jetzt still.«

63

SAMIQ HATTE VERGESSEN, wie viele Tage sie schon unterwegs waren, die Männer in den *ikyan*, die Frauen in dem *ik*. Genügend Tage, um den Mond voll werden zu sehen und dann wieder voll und noch länger. Lange genug, um den größten Teil ihrer Vorräte zu verbrauchen. Nach vier, vielleicht fünf Tagen konnten sie nur noch die stärksten Erschütterungen von Aka spüren, aber auch da waren die Wellen noch von einer anderen Kraft als vom Wind oder von Ebbe und Flut getrieben.

Die Asche war dünner geworden und jetzt nur noch ein leichter Dunst, Staub, der den Himmel in rosarote und braune Farben tauchte und der sich während der Nacht in einem schimmernden Kreis rund um den Mond zu legen schien.

Dieses Land kannte nur noch Grauer Vogel. Zwischen dem Gras wuchsen Weiden. Sie waren kräftiger und größer als die Büsche, die an den Flüssen von Tugix' Insel wuchsen. Grauer Vogel zeigte ihnen immer wieder Strände, an denen er mit den Menschen aus dem einen oder anderen Dorf Tauschhandel betrieben hatte. Zweimal hatten sie angehalten und waren in Dörfern der Ersten Menschen geblieben, aber jedesmal hatte Samiq das Unbehagen der Menschen gespürt. Neue Jäger – würde das für das Dorf auch neue Führer bedeuten, und Frauen, die erwarteten, einen Teil von der Nahrung zu erhalten, die schon für den Winter gesammelt war? Und so waren sie nur lange genug geblieben, um Fische zu fangen, um den Menschen zu sagen, warum sich das Meer so seltsam verhielt, um von den mächtigen Geistern zu erzählen, die den Berg Aka beherrschten. Dann waren sie weitergezogen.

Eines Nachts – ihre kleinen Behausungen aus Häuten waren hinter Hügeln auf einem felsigen Strand aufgestellt, und der Wind blies zuerst vom Meer herein und dann kalt und wild von den Bergen her über die Mitte der Insel hinweg – saßen sie zusammen, ihre Körper schützend vor den drei kleinen Öllampen, die in ihrer Mitte brannten. Rote Beere mit ihrem Sohn und Chagak mit Wren saßen in der Mitte des Kreises, wo sie am besten vor dem Wind geschützt waren. Grauer Vogel, dessen Gesicht ausgezehrt und mürrisch war, die Wangen rauh von den vielen Tagen im Wind und der Gischt des Meeres, erzählte von einem Strand, an den das Walroßvolk und manchmal auch das Karibuvolk kam, um mit den Ersten Menschen Handel zu treiben.

Samiq beugte sich nach vorn, um Grauer Vogel durch das Pfeifen des Windes zu hören. Samiq lächelte, lachte über sein Interesse an den Geschichten von Grauer Vogel, aber das Lächeln zerriß die Haut an seinen Lippen, brachte den süßen Geschmack seines eigenen Blutes in seinen Mund. Wie oft war es schon vorgekommen, daß er hören wollte, was Grauer Vogel sagte? Wie oft hatte Grauer Vogel je etwas von sich gegeben, was mehr war als bloße Prahlerei oder Klagen? Aber jetzt redete er mit einer Überzeugung in der Stimme, die Samiqs Aufmerksamkeit auf sich zog, und Samiq sah über den Kreis der Menschen zu seinem Vater und deutete auf Grauer Vogel, damit auch Kayugh ihm zuhörte.

»Es ist ein guter Strand«, sagte Grauer Vogel. »Offen für jeden, ein Ort, an den im Frühling die Frauen kommen, um Vogeleier zu sammeln, an dem aber niemand lebt.«

»Wann bist du zuletzt dort gewesen?« fragte Große Zähne, und Samiq bemerkte, daß sich Erster Schnee und Krumme Nase auch zu Grauer Vogel gebeugt hatten, um ihm zuzuhören.

Ein Zittern lief durch Samiqs Körper. Waren ihre Geister schon so mitgenommen von der Fahrt, daß sie jetzt auf jeden hörten, sogar auf Grauer Vogel? Aber dann dachte Samiq: Wer sonst, außer Grauer Vogel, ist schon an diesem Ort gewesen? Wem sonst können wir zuhören? Kayugh hatte früher auch schon fast so weit im Osten gelebt, aber das war viele Jahre her, und Kayughs Volk hatte am Südmeer gelebt, und das hier war das Nordmeer, mit anderen Fischen, anderen Tieren, sogar anderen Farben, das Südmeer blau, das Nordmeer grün.

Samiq sah langsam in die Runde, die um die Lampen herum saß. Seine Schwester Rote Beere, dick von einem zweiten Kind in ihrem Bauch, hatte ihren Sohn Kleiner Flacher Stein auf dem Schoß, schaukelte ihn sanft hin und her. Wren schlief auf Chagaks Schoß, und Chagak sah Grauer Vogel an, ließ ihren Blick hin und wieder zu Samiq und dann zu Amgigh wandern. Amgigh saß neben Kleines Messer und redete manchmal mit ihm, aber nicht mit Samiq, er hatte Samiq kaum angesehen, seit sie sich auf den Weg gemacht hatten, aber jetzt waren seine Augen auf das Gesicht von Grauer Vogel gerichtet.

Er spürt die gleiche Hoffnung wie ich, dachte Samiq. Vielleicht weiß Grauer Vogel dieses eine Mal, wovon er redet. Vielleicht ist nicht weit von hier ein Ufer, an dem wir bleiben können, ein Ort, an dem wir ein neues Dorf bauen können. Es müßte auf das Nordmeer sehen, denn wie es schien, waren die meisten Wellen im Nordmeer, die von Akas Erschütterungen kamen, und von anderen Bergen, deren Geister im Zorn auf die Menschen mit Akas Geistern vereinigt waren, kleiner als die Wellen vom Südmeer. Was hatte ihm sein Vater gesagt? Daß sie Tugix' Insel gefunden hatten, als Samiq noch ein Säugling war, weil die Wellen des Südmeeres sie gezwungen hatten, ihre alten Ufer zu verlassen.

Samiqs Gedanken kehrten wieder zu den Worten von Grauer Vogel zurück. Grauer Vogel schien bemerkt zu haben, daß ihm alle zuhörten. Er saß hoch aufgerichtet, sein Mund hartvor Stolz, und die dünnen Barthaare an seinem Kinn wippten bei jedem Wort mit. »Die Walroßmenschen sagen, daß das Nordmeer dicht bei dem Strand, von dem ich rede, jeden Winter zu Eis wird. Wenn wir uns entschließen sollten, dort zu bleiben, werden die Frauen warme Sachen für uns machen müssen.«

»Wenn du genügend Robben bringst«, sagte Krumme Nase, »werden wir genügend Sachen zum Anziehen machen.«

Aber Grauer Vogel redete weiter, so als hätte sie gar nichts gesagt. »Also müssen wir bald irgendwo bleiben. Der Sommer dauert noch eine ganze Weile, so daß wir genug Zeit haben, vor dem Winter zu jagen und zu fischen und *ulas* zu bauen.«

Ja, dachte Samiq, wir müssen bald irgendwo bleiben. Obwohl die Frauen Fischschnüre ins Wasser hängten, während sie paddelten, und Kabeljau fingen, den sie aufschnitten und an den Rändern ihrer Boote zum Trocknen festmachten, hatten sie immer nur so viel, wie sie jeden Tag zum Essen brauchten. Und Fisch war nicht genug. Wer konnte den Winter über ohne Öl leben, ohne das dicke Fett von Robben oder Walen?

Und ihre Kleidung war auch abgetragen. Samiq brauchte einen neuen *chigadax*, auch wenn Drei Fische seinen alten jeden Abend flickte.

»Manche Karibumenschen haben einen *chigadax* aus Bärendärmen«, hatte ihnen Grauer Vogel gesagt, aber Samiq war sich nicht sicher, ob den Meerestieren eine solche Kleidung zuzumuten war. Statt dessen spornte er Drei Fische immer wieder zu neuen Ausbesserungen an, stellte aber fest, daß er nicht der einzige war, der zu leiden hatte. Das kalte Salzwasser verbrannte die Gesichter und Hände. Sogar das Gesicht von Wren hatte Blasen, obwohl sie häufig in Chagaks *suk* verpackt war.

Für die Frauen, ohne wasserfesten *chigadax*, war es am schlimmsten. Von der ständigen Nässe schimmelten ihre

Kleider, und Drei Fische besaß nur einen *suk*. Die anderen Frauen hatten zwei und trugen sie beide, so daß der eine *suk* die Löcher des anderen bedeckte.

Samiq, der seinen eigenen Gedanken nachhing, merkte gar nicht, daß Grauer Vogel mit dem Sprechen fertig war, daß alle zu ihm sahen, um zu erfahren, was seine Meinung war. Schließlich sagte Amgigh mit einem schiefen Lächeln um den Mund: »Bruder, hast du zu dem, was Waxtal uns erzählt hat, nichts zu sagen?«

Und Samiq, der sich erschrocken wieder dem Kreis seines Volkes zuwandte, lächelte Amgigh an, ein offenes Lächeln, ohne Zorn, ohne Verlegenheit. Welcher Mann hatte nicht manchmal eigene Gedanken, die lauter waren als die Worte eines anderen?

»Mein Vater«, sagte Samiq, »du bist älter und weiser, als ich es bin. Was glaubst du?«

Mit gebeugtem Kopf, die Augen auf den Stock aus Treibholz gerichtet, mit dem er in den blanken Kies am Boden Zeichen zog, sagte Kayugh: »Grauer Vogel spricht weise. Wir müssen anhalten. Wir müssen *ulas* bauen, wir müssen noch vor dem Winter auf die Jagd gehen.«

Er hob den Kopf. »Grauer Vogel, wie weit noch bis zu diesem Ufer?« fragte er.

Grauer Vogel zuckte die Achseln. »Zwei Tage, höchstens drei.«

Kayugh sah Samiq an, sagte aber nichts.

Aus den Augenwinkeln sah Samiq das spöttische Grinsen auf Amgighs Gesicht. »Wenn das Ufer ist, wie du sagst, Grauer Vogel«, sagte Samiq, »werden wir dort unser Dorf errichten. Und da es ein Ort ist, an den im Sommer die Tauschhändler kommen, wird uns Qakan dort vielleicht finden und uns helfen, Sachen zu tauschen, die wir für den Winter benötigen.«

Große Zähne lächelte, und Erster Schnee lachte. Bald redeten alle durcheinander, und sogar Blaue Muschel schien glücklich zu sein, alle Frauen lächelten und redeten, das Lachen von Grauer Vogel lauter als das aller anderen. Nur Amgigh blieb stumm und lachte auch nicht, und seine Augen, die über dem Schein der Öllampe Samiqs Augen begegneten, waren noch immer voller Zorn.

Als sich die Sonne am dritten Tag ihrem höchsten Punkt am Himmel näherte, stellte Samiq eine Veränderung im Meer fest, einen feinen Unterschied in der Farbe.

Er lenkte sein *ikyak* um einen sanft abfallenden grünen Hügel, der bis hinunter ins Meer reichte, ohne durch einen Strand oder eine Klippe das Gras vom Wasser zu trennen, und hinter dem Hügel sah er einen gebogenen grauen Sandstrand in einer weiten Bucht. Er sah zurück. Die anderen Männer folgten ihm, das *ik* der Frauen dicht dahinter.

Drei Fische stand aufrecht im *ik* der Frauen, und Samiq war so erstaunt über ihre Dummheit, daß er kein einziges Wort herausbrachte. »Setz dich hin!« schrie er schließlich. Sein Zorn kühlte sich schnell ab, als sich Drei Fische wieder hinsetzte, aber das Geplapper hörte nicht auf, und er wendete sein *ikyak*, um seine Frau anzusehen. Drei Fische hob scheu die Hände vors Gesicht, so daß nur noch die Augen zwischen ihren dicken braunen Fingern zu sehen waren.

»Frau!« sagte er streng. »Bist du ein Kind, daß du in einem Boot aufstehst?«

Er machte eine Pause, ohne eine Antwort zu erwarten, und war überrascht, als er Drei Fische sagen hörte: »Grauer Vogel sagt, das ist das Ufer.«

Grauer Vogel stieß sein *ikyak* neben das von Samiq. Er zeigte mit der Hand zum Ufer und sagte: »Ja. Dort. Siehst du, wo die Weiden größer sind? Nur ein kleines Stückchen den Fluß hinauf hatten wir unser Lager.«

Samiq wendete sein *ikyak* und paddelte zu Kayugh.

»Ich habe es gehört«, sagte Kayugh mit einem Lächeln in den Mundwinkeln. »Also bleiben wir hier?«

»Es ist ein gutes Ufer«, sagte Samiq.

Amgigh lenkte sein *ikyak* zwischen Samiq und seinen Vater. »Wann hat Waxtal jemals recht gehabt? Glaubt ihr etwa, was er euch erzählt?«

Samiq, plötzlich wütend auf seinen Bruder, auf die Tage des Schweigens, das Stirnrunzeln, die zornigen Antworten jedesmal, wenn ihn Samiq in Entscheidungen oder Gespräche mit einbeziehen wollte, sagte: »Du hast ihm geglaubt, als er dir von dem Mann erzählt hat, der mein Vater war.«

Amgigh, sein Mund eine dünne Linie, die Nasenflügel gebläht, zischte: »Macht, was ihr wollt. Wenn uns Aka oder ein anderer Berg töten will, werden wir sterben, ganz gleich, wie ihr euch entscheidet.«

Er paddelte in seinem *ikyak* von ihnen fort zum Ufer, und Samiq sah ihm nach, sah, wie Amgigh das *ikyak* mit langen kräftigen Stößen schon bald auf den Sand des Ufers gebracht hatte. Dann folgten ihm Samiq und Kayugh.

Samiq zog sein *ikyak* aus dem Wasser, als er hörte, wie Kayugh keuchte, wie Amgigh aufschrie. Samiq fuhr herum, riß die Harpune aus ihrer Halterung am *ikyak*, während er sich umdrehte. Aber dann stieß auch er einen Schrei aus.

Oben am Ufer stand Kiin.

64

EIN GEIST. ES muß ein Geist sein, dachte Samiq. »Geh nicht zu dicht heran«, schien ihm eine innere Stimme zuzuflüstern, aber er konnte sich nicht davon abbringen. Er verließ sein *ikyak*, vergaß alle anderen, ging den Uferhang hinauf zu Kiin.

Dann sah er, daß sie weinte. Sie stand hoch aufgerichtet da und hielt einen Speer in der Hand und weinte. Weinten die Geister? Sie wischte sich mit der Hand über das Gesicht, und er sah, daß ihr Handgelenk mit Narben überzogen war. Hatten die Geister Narben?

»Sag mir, daß du wirklich bist«, sagte Kiin, und Samiq bemerkte, daß ihre Stimme ganz war, ohne Brüche, ohne Stottern. So deutlich hatte Kiin nie gesprochen. Vielleicht war sie doch ein Geist.

»Ich bin wirklich«, sagte Samiq. »Wir sind wirklich. Aber dein Vater hat gesagt, daß er dein *ik* gefunden hat, daß du ertrunken bist.«

»Ich lebe. Ich bin kein Geist. Qakan hat mich mitgenommen, hat mich an das Walroßvolk verkauft. Ich habe versucht, zu euch zurückzukommen – zu Amgigh.«

Samiq war jetzt dicht bei ihr, dicht genug, um zu sehen, daß sie einen neuen *suk* anhatte, einen, der aus Otter und aus Häuten von Haarrobben gemacht war. Er sah, daß sie eine dünne, blasse Narbe auf der Stirn hatte, die beinahe unter dem Rand ihrer dunklen Haare verschwand.

»Wir sind alle hier«, sagte Samiq und streckte seine Hand aus. »Amgigh, deine Mutter und dein Vater, Kayugh und Chagak, Krumme Nase – wir alle.«

Sie streckte ihm ihre Hand entgegen, die warm und hart in seiner lag. Sie war wirklich, kein Geist. Dann war Amgigh bei ihnen, dann auch Kayugh und die Frauen. Samiq ließ die Hand los, die er nicht halten durfte, und wandte sich ab.

»Es ist ein Traum«, flüsterte ein Geist.

Dann will ich nicht aufwachen, dachte Samiq.

65

WAXTAL STIESS SEIN *ikyak* weg vom Ufer, weg von der Brandung. Kiin. Wie war das möglich? Hatte Qakan nicht mehr Verstand, als sie an irgendeinen Stamm zu verkaufen, der an dieses Ufer kam? Aber woher hätte Qakan wissen sollen,daß Aka sich in Feuer verwandeln würde, daß die Berggeister Asche und Beben schicken würden, um die Ersten Menschen aus ihrem Dorf zu vertreiben?

Außerdem konnte er so tun, als hätte er nichts von Qakans Plan gewußt. Es war ein dummer Plan. Er hatte Qakan gesagt, daß es ein dummer Plan war.

Er wendete sein *ikyak* und ließ sich von den Wellen ans Ufer tragen, benutzte die Hände, um das *ikyak* auf den Sand zu bringen, dann öffnete er die Verkleidung seiner Sitzluke und stieg aus. Die Frauen waren schon am Ufer, umringten Kiin. Die Männer standen ein Stückchen entfernt, Amgigh und Samiq nebeneinander, sie redeten – es war das erste Mal, daß Waxtal sie zusammenstehen und miteinander reden sah, seit sie auf diese Reise gegangen waren.

Blaue Muschel war zu Boden gesunken, lag da wie ein kleiner Haufen lumpiger Felle, und Kiin beugte sich jetzt über sie. Blaue Muschel war eine dumme Frau. Kiin war nur eine Tochter. Blaue Muschel hätte sich lieber um Qakan kümmern sollen. Wer konnte sagen, wo er war, ob er in Sicherheit war? Warum dachte Blaue Muschel nicht auch einmal an ihren Sohn?

Waxtal ging zu seiner Frau, stellte sich hinter sie. »Steh auf, Frau«, sagte er, ohne eine der Frauen anzusehen außer Blaue Muschel, ohne Kiin anzusehen. »Wir müssen ein Lager aufschlagen. Es gibt Treibholz an diesem Ufer. Wir können ein Feuer machen.« Er streckte die Arme aus und zog Blaue Muschel grob vom Boden hoch, aber dann kam Kiin und stieß ihn weg.

»Laß sie in Ruhe«, sagte Kiin. »Du kannst von Glück sprechen, wenn ich dir erlaube, an meinem Ufer zu bleiben. Wenn du meine Mutter anrührst, werde ich dich töten.«

Waxtal machte den Mund auf, um zu antworten, aber er brachte kein Wort heraus. Und erst jetzt merkte er, daß sie in der Hand einen Speer hielt, mit der Spitze nach oben, wie ein Mann einen Gehstock hält, und daß ihr *suk* vorn gewölbt war, wie er es war, wenn eine Frau darunter ein Kind trug.

Er warf einen Blick zu den Männern, die hinter ihm standen, sah, daß Amgighs Augen auf ihn gerichtet waren, daß Samiq neben seinem Bruder stand, daß beide ihn beobachteten und daß Amgighs Gesicht rot war vor Zorn.

Kiin glaubte also wirklich, daß sie mehr Macht besaß als er, mehr Macht als Waxtal, ihr Vater, ein Schnitzer von Holz und Elfenbein, ein Jäger, der schon viele Robben erlegt hatte, ein Krieger, der gegen die Kurzen Menschen gekämpft hatte. Sie war eine Närrin.

»Wie redest du mit mir, deinem Vater?« schrie Waxtal, seine Stimme so laut, wie es nur ging, vor Zorn zitternd. »Was wirst du denn deinem Mann sagen?« Waxtal drehte sich um und deutete auf Amgigh. »Du hast deinen Mann verlassen und trägst jetzt ein Kind. Wessen Kind?« schrie Waxtal mit donnernder Stimme. »Du bist länger als ein Jahr weg gewesen. Du verrätst deinen Mann und trägst das Kind eines anderen.«

Er starrte Kiin an, wartete darauf, daß sie vor ihm zurückwich, daß sie den Kopf senkte, daß sie vielleicht vor ihm auf die Knie fiel, wie sie es getan hatte, als sie noch in seinem *ulaq* war, aber Kiin trat einen Schritt nach vorn, ging an ihm vorbei und stellte sich zwischen Samiq und Amgigh. Dann hob sie ihren *suk* hoch, und Waxtal erschrak, als er sah, daß es zwei Kinder waren, die sie trug.

»Mein Mann ist Amgigh«, sagte Kiin. »Meine Söhne sind Amgighs Söhne.«

Kiin nahm ihre Söhne aus den Tragriemen. Es bestand kein

Zweifel, dachte Waxtal, als er das erste Kind sah. Es war Amgighs Sohn. Das Kind hatte Amgighs Augen, sein Kinn, die gerade flache Nase. Sie hielt Amgigh das Kind hin, und Amgigh nahm es in den Arm, um es vor dem Wind zu schützen. Dann holte Kiin das zweite Kind unter ihrem *suk* hervor.

»Der Zweitgeborene«, sagte sie, »zwei oder drei Atemzüge nach seinem Bruder.«

Sie hielt das Kind hoch, reichte es Samiq, und Waxtal sah die Freude in Samiqs Gesicht, das ungläubige Staunen. Es war Samiqs Kind. Besaß Kiin keine Scham? Sogar Amgigh würde sehen können, daß der zweite Sohn von Samiq war.

»Es ist Samiqs«, sagte Waxtal. Er drehte sich zu Kayugh und Große Zähne um, drehte sich sogar zu seiner Frau um. »Samiqs Sohn«, wiederholte er.

Aber dann trat Amgigh vor. »Das ist gut«, sagte er und sah Waxtal in die Augen. »Samiq ist mein Bruder. Ich habe meine Frau mit ihm geteilt, wie es Brüder tun sollten.«

Kiin nahm die Kinder wieder an sich, steckte sie unter ihren *suk*, und keines der beiden schrie, keines der beiden beklagte sich über die Kälte und den Wind.

»Sie sind kräftig«, sagte Kayugh. »Ich bin stolz auf meine Enkelsöhne.«

Kiin lächelte ihm zu, drehte sich aber wieder zu Waxtal um. »Willst du mich nicht fragen, wie ich an dieses Ufer gekommen bin?« fragte sie.

Ihre Dreistigkeit ärgerte ihn. Es stand ihr nicht zu, als Tochter Fragen zu stellen, es stand ihr nicht zu, unhöflich zu ihm zu sein.

Er sah sie nicht an, gab keine Antwort. Welcher Jäger würde das tun?

»Qakan hat mich hierhergebracht«, sagte sie, und Waxtal sah, daß die anderen, sogar Samiqs häßliche Frau Drei Fische, sein neuer Sohn Kleines Messer, näher heranrückten, um über dem Wind ihre Stimme zu hören.

»An dem Tag, an dem Samiq mit Amgigh und Kayugh

zum Dorf der Waljäger gefahren ist, hat mich Qakan gezwungen, mit ihm wegzugehen. Er hat ein Loch in mein *ik* gestoßen, damit ihr glaubt, ich wäre ertrunken. Wir sind viele Tage gefahren, bis wir zu einem Dorf der Walroßmenschen gekommen sind.«

»Hast du nicht versucht wegzulaufen?« fragte Waxtal, sie unterbrechend.

»Ja, das habe ich«, antwortete Kiin, die Augen, aus deren dunkler Mitte die Stärke ihres Geistes strahlte, wieder auf ihren Vater gerichtet. »Viele Male. Aber Qakan hat mich angebunden, damit ich nicht weglaufen konnte.«

Sie hob die Hände hoch, zog die Ärmel ihres *suk* zurück, damit alle die Narben sahen, die rund um ihre Handgelenke verliefen. »Er hat mich an einen Jäger verkauft, der Rabe heißt. Hat mich gegen eine Frau für sich selbst und viele Felle getauscht.«

»Wer würde wohl so viel für dich geben?« sagte Waxtal und spuckte in den Sand.

Einen Augenblick lang herrschte Stille, dann sagte Samiq: »Ich würde so viel für sie geben.«

»Und ich auch«, sagte Amgigh.

»Dann warst du also Frau von diesem Rabe«, sagte Waxtal, ohne Samiq und Amgigh zu beachten.

»Aber nie genommen, wie eine Frau von einem Mann genommen wird«, antwortete Kiin. »Rabe will Schamane werden. Er hatte Angst, daß ich mit meinen Kindern im Bauch einen Fluch über ihn bringe, und als sie geboren waren, bin ich mit ihnen geflohen.«

»Du bist allein geflohen?« fragte Kayugh.

»Mit Qakan.«

»Mit Qakan?« fragte Große Zähne.

»Er hatte eine Frau des Walroßvolks getötet und mußte weg von dort. Ich bin mit ihm gegangen, um Amgighs Söhne zu beschützen.«

»Wollten sie deinen Söhnen etwas antun?« fragte Chagak mit leiser Stimme.

»Die Walroßmenschen haben geglaubt, daß ein Fluch auf ihnen liegt.«

»Alle Kinder, die zusammen geboren werden, zwei statt einem, sind anders«, sagte Krumme Nase. »Sie haben etwas, was die Aufmerksamkeit der Geister auf sich zieht. Sie müssen als ein Mann aufgezogen werden. Und sich eine Frau und ein *ikyak* teilen.«

Kiin nickte. »Das ist auch der Weg der Walroßmenschen«, sagte sie. »Aber es gibt noch einen anderen Fluch«, fügte sie hinzu und sah Amgigh an, während sie weitersprach: »Qakan hat mich mit Gewalt genommen, hat mich benutzt, wie ein Mann eine Frau benutzt. Nur einmal. Er hat mich mit seinem Paddel zu Boden geschlagen, so daß ich nichts mehr wußte und mich nicht wehren konnte.«

Amgighs Gesicht wurde weiß, und er ballte die Fäuste. »Ich bringe ihn um«, sagte er.

»Nein«, sagte Kiin, »aber du mußt entscheiden, ob ich wieder deine Frau sein soll und wieder zu deinem Dorf gehören kann. Ich will keinen Fluch über dich bringen.«

»Schick sie fort«, sagte Waxtal.

Aber Amgigh stürzte sich an Kiin vorbei auf Waxtal und packte ihn an seinem Parka. Amgigh drehte seine Hand, bis er den Kragen des Parkas fest um Waxtals Hals gezogen hatte. »Du hast gewußt, daß Qakan sie mitgenommen hat, aber du hast es mir nicht gesagt. Ich hätte ihnen folgen und Kiin zurückholen können. Ich sollte dich töten, aber zuerst werde ich Qakan töten.« Er ließ den Parka so plötzlich los, daß Waxtal rückwärts zu Boden fiel.

Amgigh drehte sich zu Kiin um. »Du bist meine Frau, und es sind meine Söhne«, sagte er. »Wenn Kayugh und Samiq sagen, daß du nicht zu diesem Dorf gehören kannst, dann werden wir allein weggehen und ein neues Dorf bauen.«

»Ich werde mit Drei Fische und unserem Sohn mitkommen«, sagte Samiq.

Waxtal sah, daß Samiqs Augen auf Kiins *suk* gerichtet

waren, auf die Wölbung, die sein Sohn war. Und Kiin sah zum erstenmal die Frau an, die Drei Fische hieß, sah das große runde Gesicht, die kleinen Augen, die dicken Lippen und die gebrochenen Zähne. Waxtal sah ihr Erstaunen und den Schatten von etwas, das vielleicht Traurigkeit war. Jetzt wußte sie also, daß Samiq eine Frau genommen hatte.

Waxtal stützte sich auf den Boden und stand auf. Sollten sie doch tun, was sie wollten. Sollten sie doch einen Fluch über sich bringen. Dann würden sie wissen, daß er recht hatte mit Kiin, daß er immer recht gehabt hatte.

»Du kannst in unserem Dorf bleiben«, sagte Kayugh zu Kiin.

Blaue Muschel lief zu ihrer Tochter, strich über den Ärmel ihres *suk*, und Kiin streckte den Arm aus und hielt die Hand ihrer Mutter fest.

»Wo ist Qakan?« fragte Amgigh plötzlich, mit Zorn in der Stimme.

»Tot«, antwortete Kiin.

Amgighs Augen weiteten sich. »Du hast ihn getötet?« fragte er.

»Nein, ich habe ihn nicht getötet. Rabe ist uns gefolgt. Die Frau, die Qakan getötet hat, war früher die Frau von Rabe. Er ist uns an dieses Ufer gefolgt und hat Qakan getötet.«

»Und warum hat Rabe dich hiergelassen?« fragte Amgigh jetzt mit ruhiger Stimme.

»Ich habe mich versteckt, damit er nicht merkte, daß ich bei Qakan war. Er will mich nicht. Er hat schon eine Frau, aber ich hatte Angst, daß er unsere Söhne mitnehmen würde.«

»Nein«, sagte Amgigh. »Er wird die Kinder nicht bekommen. Und er wird dich nicht bekommen.«

Waxtal hatte Kiins Worte gehört, hatte gehört, wie sie gesagt hatte, daß Qakan tot war, aber es kam ihm alles so vor, als wäre es ein Traum. Amgigh hatte kein Bedauern gezeigt, keinen Laut der Trauer von sich gegeben. Er hatte weitergefragt, als hätte Kiin Qakan gar nicht erwähnt.

Tot! Qakan war tot! In Waxtals Kopf begann etwas laut zu klopfen. Sein einziger Sohn war tot. Und auch wenn Kiin die Wahrheit gesagt hatte, wenn nicht sie ihn getötet hatte, dann war es doch ihre Schuld.

»Qakan ist tot?« fragte er, die Wörter heiser in seiner Kehle. Sein Sohn. Sein Sohn. Qakan, sein Sohn. Qakan der Tauschhändler. Wer weiß, was aus ihm hätte werden können? Vielleicht ein großer Tauschhändler. Vielleicht der Häuptling eines Dorfes. Vielleicht sogar ein Schamane.

Waxtal hörte die Frauen das Klagelied anstimmen, den zitternden Klang, wie vom Wind getragen, wie eine Geisterstimme.

Er sah seine Frau an. Blaue Muschel stand neben Kiin, über ihre Wangen rannen Tränen, aber ihr Mund blieb verschlossen.

66

KIIN FÜHRTE DIE Frauen zu dem Platz, an dem ihr Lager war. Sie hatte eine gute Stelle gefunden, in einiger Entfernung vom Ufer, aber nicht in der sumpfigen Tundra. Dicht bei einer Süßwasserquelle und nicht weit von einem Spalt im Boden, aus dem heißer Dampf aufstieg.

»Seht her«, sagte sie und zeigte auf den Kochstein, den sie über den Spalt gelegt hatte. »Eine bequeme Art, ohne Öl und Holz zu kochen.«

Aber sie konnte den Frauen nicht ins Gesicht sehen, als sie ihnen ihre ärmliche Behausung aus Häuten und gewebten Matten zeigte. Sollten sie denken, was sie wollten, sie hatte keine Vorräte gehabt, und an dieses Ufer wurde weit weniger Treibholz gespült als auf Tugix' Insel.

Sie sah Krumme Nase, Chagak, Rote Beere und ihrer Mutter zu, als sie anfingen, Körbe mit Gänsefett und Seelöwenmägen mit getrocknetem Fleisch aufzumachen.

Sie redeten nur wenig, arbeiteten mit flinken Händen, und Kiin, der viele Fragen in der Brust hämmerten, sprach sie nicht aus, fürchtete sich aus irgendeinem Grund vor den Antworten, die sie ihr geben würden. Wren kam vom Ufer zu ihnen gelaufen. Sie blieb neben ihrer Mutter stehen und starrte Kiin lange an. »Möchtest du die kleinen Kinder sehen?« sagte Kiin schließlich zu ihr.

Kiin hob ihren *suk* hoch und nahm ihre Söhne aus den Tragriemen, und plötzlich wurde sie von den Frauen umringt, wurden die Kinder herumgereicht, und alle Frauen starrten in die Augen der Kinder, strichen über ihre Haare und zählten die Finger und Zehen.

»Deine Söhne sind wunderbar«, sagte Chagak und lächelte Kiin an. »Wir sind so froh, daß du wieder bei uns bist.«

Und Kiin, deren Kehle sich mit Tränen füllte, konnte nicht antworten, sondern nickte nur.

Dann sagte Wren: »Kiin? Kiin?«

Kiin nahm sie in die Arme, drückte ihr Gesicht fest an ihr dickes dunkles Haar und murmelte: »Ich bin deine Schwester Kiin.«

Dann redeten plötzlich alle Frauen auf einmal, Krumme Nase stellte Fragen nach dem Walroßvolk, Chagak fragte, wo Kiin Nahrung gefunden hatte, ihre Mutter fragte, ob sie sich stark fühle, ob es ihr gutgehe, und Kiin beantwortete zuerst alle Fragen und erkundigte sich dann nach Kleine Ente und nach dem Sohn von Kleine Ente.

»Sie sind beide tot«, sagte Krumme Nase. »Der Junge ist an einer Krankheit gestorben. Und Kleine Ente wollte nicht mehr leben, nachdem er tot war. Sie hat aufgehört zu essen, und jetzt sind beide bei den Tanzenden Lichtern.«

Kiin sah ihre Söhne an. Amgighs Sohn im Arm von Krumme Nase, Samiqs Sohn, den die Frau, die Drei Fische hieß, in den Armen wiegte. Ja, sie konnte verstehen, was Kleine

Ente gefühlt hatte. Sie würde auch nicht mehr leben wollen, wenn ihre Söhne tot waren. Aber ein Teil von ihr flüsterte: »Nein, Kiin, du würdest leben. Du würdest dich entscheiden weiterzuleben.«

Kiin sah Chagak an und fragte: »Warum seid ihr hierhergekommen? Das ist ein Strand für Tauschhändler. Ich hatte mir gedacht, daß vielleicht die Möglichkeit besteht, daß mein Vater in den nächsten Jahren einmal hierherkommen würde, um Waren zu tauschen. Aber nicht das ganze Dorf.«

»Es ist wegen Aka«, sagte Chagak langsam und mit Traurigkeit in der Stimme.

Und Kiin erinnerte sich daran, daß Aka der heilige Berg von Chagaks Dorf war, dem Dorf, das die Kurzen Menschen zerstört hatten. Wenn Chagak betete, dann betete sie gewöhnlich zu Aka.

»Akas Geister sind zornig. Sie schicken Feuer in den Himmel und schütteln die Erde. Sie schicken Asche, die alles zudeckt. Selbst das Gras kann nicht wachsen, und es kommen Wellen, die alles von den Ufern spülen.« Chagak legte ihre Hand auf den Arm von Drei Fische. »Drei Fische ist Samiqs Frau von den Waljägern«, sagte Chagak und sah Kiin mit festem Blick in die Augen. »Ihr Dorf wurde von Akas Beben zerstört. Viele Menschen sind gestorben. Der Junge, der Kleines Messer heißt, hat seine ganze Familie verloren, und so haben Samiq und Drei Fische ihn zum Sohn genommen.«

»Der Vater von Kleines Messer war mein Bruder«, sagte Drei Fische mit ruhiger Stimme. »Meine Mutter und mein Vater sind auch gestorben.«

»Das tut mir leid«, sagte Kiin und fühlte sich in ihrem Herzen zu dieser Frau hingezogen, die ihr ganzes Volk verloren hatte. Trotzdem fragte sich Kiin, wenn sie Drei Fische ansah, warum Samiq sie zu seiner Frau genommen hatte. Sie war nicht hübsch, und sie hatte gebrochene Zähne. Sogar ihre Bewegungen waren grobschlächtig, so daß sie in mancher Hinsicht eher wie ein Mann wirkte als wie eine Frau. Aber als Drei Fische jetzt Samiqs Sohn hielt, wirkte sie fast zart, dachte Kiin, vielleicht war es das, was Samiq zu ihr hingezogen hatte.

Dann machten sich die Frauen wieder fleißig zu schaffen, und Kiin hatte das Gefühl, nie von ihnen fort gewesen zu sein. Sie erinnerte sich wieder daran, daß Chagak ihr Frauenmesser anders in der Hand hielt als Blaue Muschel oder Krumme Nase, erinnerte sich wieder daran, daß Krumme Nase mit dem Messer schnelle feste Schnitte machte und Blaue Muschel langsame und vorsichtige Schnitte. Und sie sah auch, daß Drei Fische noch keinen festen Platz bei ihnen gefunden hatte. Drei Fische zerlegte zwar den Fisch und stapelte ihn auf Häuten, damit er zu den Männern gebracht wurde, aber sie war langsam in ihrer Arbeit, so daß die anderen Frauen auch langsamer arbeiten mußten. Und so stellte sich Kiin neben Drei Fische und half ihr, ließ Drei Fische das Lachen in ihren Augen sehen, wenn sich ihre Hände einmal berührten, weil sie beide nach demselben Fisch gegriffen hatten.

Dann sagte Chagak: »Dein Vater hat gesagt, daß das Walroßvolk an dieses Ufer kommt, um Tauschgeschäfte zu machen.«

»Ja«, antwortete Kiin. »Davon habe ich auch gehört.«

»Waxtal sagt, daß sie bald kommen werden.«

»Waxtal?« fragte Kiin, und Blaue Muschel erklärte ihr: »Dein Vater hat einen neuen Namen genommen, als er glaubte, daß du tot wärst. Er hat gesagt, daß es ihn stärker macht in seinem Kummer.«

»Er wußte, daß Qakan mich mitgenommen hat«, sagte Kiin, ohne ihre Mutter anzusehen.

»Er ist jetzt Waxtal«, erwiderte ihre Mutter, und so tauchte Kiin ihr breites flaches Frauenmesser in das Gänsefett, vermischte es mit den Fischstückchen und sagte: »Die Walroßfrauen kommen manchmal im Frühling hierher, um Eier zu sammeln, aber in diesem Jahr sind sie nicht gekommen. Vielleicht kommen die Tauschhändler dann auch nicht.«

Amgigh hörte zu, als Waxtal sprach. Er dachte an die vielen Monate, die Waxtal mit ihm verbracht hatte, die vielen Gelegenheiten, bei denen Waxtal ihm von dem bösen Blut erzählt hatte, das Samiq in sich trug, dem Blut der Kurzen Menschen. Waxtal hatte gesagt, daß Kayugh Amgigh betrogen hätte, Samiq bevorzugt hätte, und Amgighs Trauer um Kiin hatte seinem Zorn noch mehr Nahrung gegeben, bis er allmählich, in all den Tagen, fast zu Haß angewachsen war. Aber als er jetzt neben Samiq saß, floß der Haß aus seinem Körper, ließ eine große Leere in seiner Brust zurück, die plötzlich von Scham erfüllt schien.

Samiq hatte nichts anderes getan, als er selbst auch getan hatte. Samiq hatte nur getan, was ihr Vater ihm gesagt hatte. Samiq war der Enkelsohn von Großer Wal. Amgigh war es nicht. Amgigh war, als Sohn von Kayugh, Kiin versprochen, Samiq nicht. Es gab keinen Grund zu hassen. Jetzt beobachtete Amgigh Waxtal, war sich ganz sicher, daß Waxtal gewußt hatte, daß Qakan Kiin mitgenommen hatte. Er beobachtete Waxtal, den Kayugh jetzt nach dem Walroßvolk ausfragte. Wann würden sie hierherkommen, um Tauschgeschäfte zu machen? Würden sie zornig sein, daß Kayughs Volk diesen Ort ausgesucht hatte, um hierzubleiben, um hier ihr Dorf zu errichten?

Waxtal seufzte, zuckte die Achseln. »Wer kann das sagen?« sagte er. »Du erwartest von mir, daß ich dir alle Fragen beantworte. Mein Sohn ist tot. Ich trauere um ihn.«

Er beugte den Kopf, und Kayugh bat ihn um Entschuldigung, aber Waxtal unterbrach ihn. »Vielleicht wäre es gut, ein Dorf zu haben, in dem die Tauschhändler bleiben können. Wenn wir ein besonderes *ulaq* bauen, eins für die Tauschhändler, würden sie es vielleicht gar nicht so schlecht finden.«

»Oder auch, wenn wir ihren Frauen erlauben, im Frühling hierherzukommen, um Eier zu sammeln.«

Die Stimme – eine Frauenstimme – kam überraschend für Amgigh, und er drehte sich um und sah Kiin, die hinter ihm stand, mit den anderen Frauen hinter sich.

»Das hier ist mein Ufer«, sagte sie, und Amgigh fühlte, wie sein Gesicht heiß wurde bei ihren Worten. Welche Frau durfte ein Ufer für sich beanspruchen?

»Ihr seid alle willkommen«, fuhr sie fort, »auch Grauer Vogel. Weil meine Mutter nicht ohne einen Jäger in ihrem *ulaq* sein soll.«

Waxtal hob den Kopf und zog die Augen zusammen. Er deutete mit dem Kinn zu Amgigh und sagte: »Wirst du deiner Frau erlauben, so zu reden?«

Amgighs Verlegenheit wurde plötzlich von einer wilden, schreienden Wut verdrängt. Er stand auf und ging quer durch den Kreis zu Waxtal und sah auf ihn hinunter. »Du, der seine eigene Tochter hergibt, damit sie verkauft wird, wagst es, so mit mir zu reden? Meine Frau hat recht. Sie war zuerst an diesem Ufer, es ist ihr Zuhause. Sie hat schon zwei kräftige Söhne. Dein Sohn war schwach. Niemand wird zu seiner Erinnerung Lieder singen über das, was er geleistet hat, über seine großen Jagderfolge. Wer bist du, daß du glaubst, meine Frau verdammen zu können!«

Dann kam Samiq und stellte sich neben Amgigh, legte die Hand auf Amgighs Schulter. »Amgigh spricht für mich. Er und ich und unsere Frauen, wir sind eins.«

Dann drehte sich Amgigh um und sah, daß sich Drei Fische neben Kiin gestellt hatte, beide zusammen wie Schwestern.

Grauer Vogel stand auf. Er ging ein paar Schritte, blieb dann aber stehen und drehte sich um. »Wir kennen Kiins Mann, Rabe, nicht. Glaubst du, du wärst stark genug, dich gegen einen Schamanen zur Wehr zu setzen?« rief er zurück.

Aber Amgigh drehte sich zu seiner Frau um und sagte: »Danke, daß du uns erlaubst, an deinem Ufer zu bleiben.«

Dann sagte Krumme Nase: »Das Essen ist fertig.«

Und Amgigh sah, daß Grauer Vogel, auch wenn er trauerte, der erste war, der den Frauen folgte, der erste, der sich zu essen nahm.

Kiin half den anderen Frauen, vier Unterkünfte zu bauen. Große Zähne und Krumme Nase bekamen eine, Chagak, Kayugh, Wren, Samiq, Kleines Messer und Drei Fische wohnten in der größten, Rote Beere und Erster Schnee in einer anderen, und Grauer Vogel mit Blaue Muschel hatten auch eine. Kiin lud Amgigh in ihre alte Behausung ein, sie war so klein, daß Amgighs Füße und sein Kopf von einer Wand zur anderen reichten, als er sich hinlegte.

Kiin fütterte die Kinder, und Amgigh erzählte ihr von ihrer Reise, von den Ufern, an denen sie angehalten hatten, und von der Asche und dem Feuer, die Aka geschickt hatte. Aber auch während Amgigh sprach, waren Kiins Gedanken bei Samiq. Als die Männer beim Essen saßen, hatte sie nicht aufhören können, ihn anzustarren. Es war, als würde sie versuchen, mit ihren Augen alles von ihm in ihre Seele zu holen, die Linien seines Gesichts, die Form seiner Hände, die Art, wie er lächelte.

Die Tage, die sie allein an diesem Ufer verbracht hatte, waren schwer gewesen, und sie hatte sich an diesen Tagen nach Samiq gesehnt, nach seiner Klugheit, seiner Stärke. Manchmal glaubte sie, Qakans weinerliche Stimme zu hören, die sie um etwas bat, sie anbettelte, aber was konnte sie schon für ihn tun? Sie besaß keine besonderen Kräfte. Als sie ihm das Ei gebracht hatte, schien sein Wimmern aufzuhören, aber nur für kurze Zeit.

Von da an ließ Kiin jedesmal, wenn sie Eier sammelte, Vögel fing, Muscheln ausgrub oder Seeigel sammelte, etwas für Qakan übrig. Und so war sie gerade auf dem Weg zu Qakans Grab gewesen, um ihm ein Stück getrockneten

Fisch zu bringen, als sie Kayughs *ikyak* in der Bucht entdeckt hatte. Sie hatte sich im Gras versteckt, hatte ihren Speer an ihrer Seite fest umklammert. Sie hatte sich den Speer aus einem langen Stück Treibholz gemacht, ihn mit Lavastein geglättet und das eine Ende zu einer Spitze geschnitzt, die Spitze mit Feuer hart gemacht. Es war nur der Speer eines kleinen Jungen, nicht viel mehr als ein Spielzeug für Kinder, aber sie hatte damit Fische aufgespießt. Vielleicht würde er ihr ein wenig Schutz geben, wenn die Menschen, die dort ankamen, Feinde waren.

Sie hatte gewartet, war froh, daß ihre Söhne unter ihrem *suk* waren, so daß sie, falls es nötig war, schnell in die Hügel laufen konnte, zu der feuchten Tundra hinter den Hügeln und hinauf zwischen die Felsen der Berge.

Aber dann hatte sie Samiq und Kayugh und Amgigh erkannt, war ans Ufer gegangen, um auf sie zu warten. Dann war sie wieder bei Samiq, konnte ihn sehen, konnte seine Stimme hören, sein Gesicht betrachten. Aber Samiq hatte Drei Fische, und Kiin hatte Amgigh. So daß sie sich jedesmal, wenn ihre Gedanken zu Samiq schweiften, zwang, an Amgigh zu denken, an seine guten Seiten. Und als die anderen Männer mit dem Essen fertig waren und zu ihren Unterkünften gingen, lud Kiin Amgigh in ihre Behausung ein.

Als sie ihre Söhne gestillt hatte, legte sie sie in ihre Wiegen. Sie war Frau, sie mußte sich für Amgigh bereit machen.

Sie rieb ihr Gesicht mit Öl ein und glättete ihr Haar mit einem Kamm, den sie aus einer Muschelschale gemacht hatte. Amgigh sah ihr zu, und es gefiel Kiin, daß er ihr zusah, machte es leichter für sie, Samiq aus ihren Gedanken zu verbannen. Dann zog Kiin ihren *suk* aus, rieb ihre Beine mit Öl ein, bewegte sich genauso, wie sie es bei Lemmingschwanz gesehen hatte, damit Amgigh sie wollte. Dann legte sich Kiin auf ihre Seite der Schlafmatten und wartete, bis sich Amgigh neben sie legte, aber obwohl er seinen Körper dicht um ihren bog, zog er nicht seine Schürze aus, zog er Kiin nicht die Schürze aus.

Kiin lag da und starrte in die Dunkelheit. Sie überlegte, ob sie in dem Jahr, in dem sie weg gewesen war von ihrem Volk, häßlich geworden war oder ob ihr dreistes Benehmen, mit dem sie den Männern gegenübergetreten war, Amgigh erzürnt hatte. Vielleicht hatte er bemerkt, daß sie jetzt glatt und fließend sprach, ohne zu stottern, daß ihr die Wörter nicht mehr in der Kehle steckenblieben. Vielleicht redete sie jetzt zuviel, nachdem sie richtig sprechen konnte. Aber dann, als sie hörte, wie Amgighs Atemzüge in den Rhythmus seines Schlafs übergingen, kam ihr ein Gedanke, der sie erzittern ließ.

Vielleicht sah Amgigh, was sie selbst nicht sehen konnte: die Zeichen von Qakans Händen auf ihrem Körper, den Fluch, den Qakan über sie gebracht hatte, als er sie nahm – wie Narben auf der weichen Haut ihrer Brüste und Schenkel und an ihrem Bauch.

67

IN DEN NÄCHSTEN neun Tagen fingen die Frauen Fische und sammelten Seeigel. Sie gingen in die Hügel, um Raigras für Körbe herauszuziehen und um nach den Schwarzen Krähenbeeren und den Brombeeren zu sehen. Die Männer jagten die Gemeinen Seehunde, die dicht am Ufer schwammen, und wenn sie nicht auf die Jagd gingen, halfen sie den Frauen, die *ulas* zu bauen.

Das erste *ulaq* war für Grauer Vogel und Blaue Muschel. Grauer Vogel verlangte, daß sein *ulaq* schnell fertiggestellt wurde, damit Qakan, sein Körper zerschnitten, sein Geist ohne Macht und an den Strand gebunden, einen Platz hatte, zu dem er kommen konnte, einen Platz zum Leben. Und als das *ulaq* von Grauer Vogel fertig war, bauten sie ein anderes großes *ulaq*, in dem alle bleiben konnten, während die Männer mit der Arbeit an einem dritten anfingen.

Dann kamen die Tauschhändler. Männer und Frauen, kleine Kinder, junge Jäger, die ihre Waren in *ik* verpackt oder an *ikyan* festgebunden hatten. Es waren Erste Menschen und Walroßmenschen, und es kamen auch noch andere, mit Bärenhäuten als Decken, mit *chigadax,* die aus Bärendärmen gemacht waren. Es schien sie nicht zu stören, daß Kayughs Volk schon dort war. Sie begrüßten die beiden neuen *ulas* mit einem Lächeln, mit einem Kopfnikken. »Ein guter Platz zum Leben«, hörte Kiin eine Frau in der Walroßsprache sagen.

Feuer aus Treibholz und Robbenknochen waren rings um den großen Kreis des Ufers angezündet, und die Lampen der Jäger brannten die ganze Nacht hindurch.

Chagak und Krumme Nase, Rote Beere und Kiin hängten Häute mit Fisch und Brühe über die Feuer im Freien. Die Tauschhändler kamen, gaben ihnen kleine Dinge – einen Bärenzahn, ein Stück Feuerstein, ein paar Muschelperlen – für eine Schale mit Brühe.

Jedesmal, wenn wieder ein neues *ik* oder ein *ikyak* ans Ufer kam, lief Drei Fische eilig fort und fragte die Tauschhändler, ob sie etwas von dem Waljägervolk gehört hatten. Und jedesmal, wenn Drei Fische in die *ulas* der Ersten Menschen zurückkam, war Traurigkeit in ihren Augen, und sie erzählte Kiin, daß die Tauschhändler nichts wußten, daß sie von Asche und Feuer und Wellen erzählten, die sie von der Waljägerinsel ferngehalten hatten. Und wenn Kiin Drei Fische ansah, spürte sie wieder denselben Schmerz, der in ihrer Brust war, als sie bei dem Walroßvolk gelebt hatte, als sie geglaubt hatte, nie wieder zu den Ersten Menschen zurückkehren zu können.

Am zweiten Tag, nachdem die Tauschhändler gekommen waren, stahl sich Kiin von den Kochfeuern fort, um ihnen zuzusehen. Die meisten Tauschhändler legten ihre Waren auf Grasmatten oder Robbenhäuten aus, die mit Ocker rot gefärbt waren. Auch nachdem sie mit Qakan zusammengewesen war, konnte Kiin kaum glauben, wie viele Dinge es auf der Welt gab. Ein Tauschhändler hatte hölzerne Schüsseln, die mit Bärenklauen gefüllt waren, und ein anderer hatte einen Korb mit Walzähnen, die so lang und fast so dick waren wie Kiins Hand. Ein Mann hatte gedrehte Seile, die aus grobem rötlichbraunem Haar gemacht waren. Ein anderer hatte Körbe, einige aus Raigras fein geflochten, andere grob, aus Grashalmen und Wurzeln gemacht, aus Weiden oder Robbendärmen. Zwei Tauschhändler hatten große Stücke aus Feuerstein, roten Jaspis und Grünstein, und ein anderer hatte Harpunenspitzen, die aus den Kieferknochen von Walen gemacht waren und Spitzen aus Obsidian hatten. Da waren ganze Haufen Goldenzian, Steinhammer und Bolas, deren Gewichte aus Zähnen von Walrossen waren und nicht aus Steinen, Seelöwenmägen, die mit getrocknetem Heilbutt gefüllt waren, Rollen aus getrockneten Robbendärmen für *chigadax*, Bündel aus Fellen und Häuten. Andere hatten Grasmatten, Pelzparkas und Robbenhautstiefel. Wieder ein anderer hatte Körbe voller Finkenfedern, Ringe aus orangefarbenen und gelben Lummenfedern und feine Perlenscheiben, die aus Muschelschalen geschnitten waren.

Und alles, was Kiin sah, wollte sie haben. Ihre Augen waren von Verlangen erfüllt, und wenn das Verlangen für ihre Augen zu groß wurde, breitete es sich in ihrer Brust aus und stieß ihren Geist in einen kleinen Winkel ihres Körpers, ließ einen Schmerz zurück, der nicht vergehen wollte, bis sie ihre Gedanken von den Dingen, die sie sah, ablenkte und statt dessen hinauf in die Hügel ging, an Heidekraut und Seevögel dachte, an die graue Weite des Himmels.

Grauer Vogel war der erste von Kayughs Leuten, der Tauschgeschäfte machte. Er brachte ein paar Felle, ein paar seiner Schnitzereien zu den Tauschhändlern und kam mit Bärenklauen und einem Walzahn zu den *ulas* zurück.

»Zum Schnitzen«, sagte er zu Blaue Muschel, und Blaue Muschel nickte und senkte dann schnell den Kopf.

Aber Krumme Nase sagte so laut, daß Grauer Vogel es hören konnte: »So, so, er wird also schnitzen in diesem Winter, auch wenn wir noch nicht genügend Felle für Parkas haben, nicht genug zu essen haben. Es ist gut zu wissen, daß Grauer Vogel schnitzen wird!«

Aber Kiin war starr vor Staunen. Sie hatte einen ganzen Korb mit Schnitzarbeiten, die sie seit Qakans Tod gemacht hatte. Sie hatte Lummen und Kormorane geschnitzt, Adler und Seeschwalben, Seehunde mit großen runden Augen. Sie hatte Dinge gemacht, die ihr wichtig waren: Schnitzfiguren von den *ulas* ihres Volkes auf Tugix' Insel, Dinge, die ihr halfen, sich daran zu erinnern, was sie verloren hatte, um Shuku und Takha zu zeigen, was sie über ihre Väter und über ihr wirkliches Volk wissen sollten.

Kiin machte den Mund auf, um etwas zu sagen, um etwas zu Krumme Nase und Chagak zu sagen, um ihnen von den Schnitzfiguren zu erzählen, die sie vielleicht eintauschen konnte, aber dann sagte ihr Geist: »Werden sie nicht glauben, daß du dich nur aufspielen willst? Du glaubst, deine Schnitzereien wären besser als die von deinem Vater, aber vielleicht sind sie das gar nicht. Du weißt, daß sie nicht so gut sind wie die von Shuganan, daß sie sich mit seinen nicht messen können. Vielleicht trägst du sie zum Tauschen hin, und die Tauschhändler lachen dich aus, eine Frau, die kleine mißgestaltete Tiere gegen Essen, gegen Öl, gegen Felle eintauschen will. Warte, warte, überleg es dir, warte.«

Und so schnitt Kiin weiter den Fisch in Stücke und rührte die Suppe um, teilte Essen für die Tauschhändler aus, die Perlen oder kleine Stücke Feuerstein brachten, um es gegen das Essen zu tauschen, das die Frauen vorbereitet hatten. Und sie zwang sich, dicht bei den *ulas* zu bleiben, bis sie sich an den Gedanken, Tauschgeschäfte zu machen, gewöhnt hatte, bis er tief genug in ihren Geist eingedrungen war und sie sicher war, daß der Glanz in ihren Augen nicht mehr zu sehen war. Dann stand sie auf und streckte sich und verließ die Kochhäute. Sie ging an ihrem Vater vorbei, der auf dem Dach seines *ulaq* frohlockend vor seinen Schätzen saß. Kiin blieb einen Augenblick stehen, um Große Zähne und Kayugh zu beobachten, die an einem dritten *ulaq* arbeiteten, einen Platz für Große Zähne und Erster Schnee und ihre Familien. Dann ging sie in das große *ulaq*, in dem sie mit Amgigh wohnte.

Sie schüttelte die Felle aus und zog die Matten in Amgighs Schlafplatz glatt. Er war noch immer nicht zu ihrem Schlafplatz gekommen, und Kiin fühlte sich schon wieder zu Samiq hingezogen, so daß sie ihre Augen und ihre Gedanken abwenden mußte, aus Angst, daß alle sahen, was sie fühlte, aus Angst, Amgigh Schande zu machen. Aber sie wandte auch ihre Gedanken von Amgigh ab, von ihren Sorgen, warum er ihr auswich, warum er sie noch nicht wieder als Frau für sich beansprucht hatte. Ihre Söhne waren in Sicherheit. Das genügte. Mehr konnte sie nicht verlangen.

Sie ging zu ihrem Schlafplatz, nahm Shuku und Takha aus ihren Tragriemen unter dem *suk* und legte sie in ihre Wiegen. »Ich bin bald zurück«, flüsterte sie und legte die Hand auf die Köpfe der Kinder. »Schlaft, schlaft.«

Dann hob sie den Korb mit ihren Schnitzfiguren auf, schob ihn unter ihren *suk* und verließ das *ulaq*.

Die Tauschhändler erzählten Geschichten und trugen kleine Streitereien aus. Eine Weile sah Kiin ihnen nur zu, lauschte. Ein Mann, der gekommen war, um Tauschgeschäfte zu machen, redete zuerst einmal vom Himmel, vielleicht vom Meer oder der Sonne, dann teilte er kleine Höflichkeiten über den Regen und den Nebel aus, gab vielleicht ein paar Späße über andere Tauschhändler von sich. Die Frauen machten keine Geschäfte, sondern saßen schweigend neben ihren Männern, manche legten Felle aus, strichen mit der Hand über das Fellhaar, während ihr Mann von den vielen Tagen sprach, die er damit verbracht hatte, das Tier zu jagen, von der ungewöhnlichen Farbe des Fells, der ungewöhnlichen Dicke. Und Kiin wußte, daß sie mühelos viele Dinge hätte tauschen können, wenn Chagak noch Felle gehabt hätte. Chagaks Häute waren feiner bearbeitet als alle, die Kiin hier sah. Amgighs Speerköpfe waren besser als die meisten, die es hier gab, und das Walöl war sehr viel wert, da die Tauschhändler so weit entfernt von den Ufern der Waljäger lebten.

Zuerst wollte Kiin zum *ulaq* zurückgehen, ihre Schnitzarbeiten verstecken. »Wer wird sie haben wollen?« schien ein Geist zu flüstern. »Die Männer werden eine Frau auslachen, die Tauschgeschäfte machen will.« Und es schien, als würde die Wölbung des Korbs unter ihrem *suk* allen von dieser Dummheit erzählen. Aber dann dachte sie an den langen Winter, der vor ihnen lag, an Shuku und Takha, die nichts zu essen hatten, an ihre Milch, die versiegte, weil sie selbst nichts zu essen hatte, an Wren, die still und bleich dalag, weil Kayugh und Chagak nichts für sie zu essen hatten. Und so überwand sie sich und blieb, um die Tauschhändler zu beobachten, um zu entscheiden, was ihr Volk benötigte, und um zu sehen, welcher Händler Öl hatte, welcher Fisch hatte, welcher Häute hatte.

Dann holte sie tief Luft und ging zu einem Mann und seiner Frau, die Körbe mit Algen und Robbenmägen mit getrocknetem Heilbutt hatten. Kiin sprach zuerst mit der Frau.

»Würdest du mit mir Sachen tauschen?« fragte Kiin und vergaß in der Aufregung völlig, zuerst über das Wetter zu reden, über das Meer und den Himmel.

Die Augen der Frau wurden groß, und sie zog ihren Mann

am Ärmel, redete mit ihm in der Walroßsprache, ruhige Worte, und zeigte dabei unentwegt auf Kiin.

Der Mann starrte sie an, und Kiin sagte zu ihm in der Sprache des Walroßvolks: »Ich möchte Fisch tauschen.«

Er hätte fast gelacht. Kiin konnte das Lachen sehen. Aber er hielt es hinter seinen Zähnen versteckt, in seinen Wangen verborgen, nur in den Fältchen neben seinen Augen kam es zum Vorschein, im Zittern seines Kinns. Aber Kiin, die sich vorstellen konnte, wie sie aussah, eine Frau, nur eine Frau, mit nichts in den Händen, verstand den Grund für sein Lachen und lächelte ihn an, denn sie sah sich mit seinen Augen als etwas Komisches, etwas, das ein Tauschhändler nicht häufig zu sehen bekam, eine Frau, die nichts anzubieten hatte, die aber etwas tauschen wollte.

»Was hast du mir zu bieten?« fragte er schließlich. »Ich habe eine gute Frau. Ich brauche deine Gastfreundschaft nicht für die Nacht.«

Kiin fühlte das plötzliche Brennen in ihrem Gesicht und wußte, daß der Tauschhändler die Röte dort sehen würde, und so griff sie schnell unter ihren *suk*, in den Korb mit den Schnitzfiguren.

Sie griff hinein und holte ein kleines graues Walroß heraus. Das Tier, in glatten Linien aus einem Stück Treibholz geschnitzt, war fast so lang wie ihre Hand. Seine Stoßzähne waren kleine weiße Punkte aus Vogelknochen.

Kiin hielt ihm die Schnitzfigur auf der flachen Hand hin, und als sie sie ansah, bemerkte sie Fehler in ihrer Arbeit. Die Linien waren nicht ganz so, wie sie sein sollten, nicht ganz so, wie sie sie vor Augen hatte, als sie mit dem Schnitzen begonnen hatte. Aber dann sah sie den Tauschhändler an und seine Frau, die beide mit großen Augen auf das Walroß starrten.

»Wo hast du das her?« fragte der Mann.

»Ich habe es gemacht«, antwortete Kiin,und der Tauschhändler schüttelte den Kopf und lachte jetzt aus vollem Hals. »Frauen schnitzen nicht«, sagte er.

Aber Kiin unterdrückte ihren Zorn und zuckte die Achseln. Sollte er denken, was er wollte. Sie kannte die Wahrheit. »Es gehört mir, ich kann es tauschen«, sagte sie.

Er sah ihr in die Augen und sagte lange Zeit nichts, dann flüsterte er mit seiner Frau. Sie stand auf, ging zu ihrem *ik* und zog zwei Robbenmägen mit Fisch heraus.

»Zwei«, sagte der Tauschhändler.

Kiin hörte ihr Herz in ihrer Brust schlagen. Zwei Robbenmägen mit Fisch für eine Schnitzarbeit, die sie für wertlos gehalten hatte. Aber dann brachte etwas sie dazu, den Kopf zu schütteln, nein, brachte sie dazu, das Walroß wieder in ihren Korb zu legen. Vielleicht glaubte der Tauschhändler nicht, daß sie es geschnitzt hatte. Es gab noch andere, die Fisch hatten.

»Drei«, sagte der Mann.

Kiin trat um den Mann herum, hielt ihren Korb unter dem Arm fest und machte einen der Behälter auf. Sie zog ein Stück Fisch heraus, biß hinein. Es war fest und trokken, mit einem guten Geschmack, kein Geschmack von Schimmel.

»Drei«, sagte Kiin. Sie reichte dem Tauschhändler das Walroß, und dann zog sie mit der Frau die Robbenmägen vom *ik*.

»Bewahrt ihr sie hier für mich auf?« fragte Kiin. »Ich kann immer nur einen tragen.«

»Sie sind sicher hier«, sagte der Tauschhändler.

Aber dann war Samiq plötzlich bei ihr, seine Hand auf ihren Händen, und er hob zwei der Robbenmägen hoch, jeden auf eine Schulter. »Ich habe dir zugesehen«, sagte er.

Kiin sah zu ihm hoch, sah die Bewunderung in seinen Augen.

»Laß den anderen hier. Ich komme zurück, ihn zu holen.«

Kiin ging mit ihm zu den *ulas*, hielt den Kopf gesenkt, als sie an den Frauen vorbeikamen, als Samiq Blaue Muschel zurief: »Deine Tochter ist eine gute Tauschhändlerin.«

Grauer Vogel verzog das Gesicht, kniff die Augen zusammen und fragte: »Dann bringt sie heute nacht also Tauschhändler ins *ulaq* ihres Mannes. Wieviel Platz hat sie denn auf ihrem Lager?«

Dann sagte Samiq mit ruhiger Stimme zu Kiin: »Hast du noch mehr Schnitzfiguren?«

»Viele«, sagte Kiin. »Aber sie sind nicht gut.«

»Du siehst nicht, was andere sehen«, antwortete er. »In jeder Schnitzarbeit ist ein Geist, etwas, das mehr ist als das, was geschnitzt wird. Geh zurück. Tausche noch etwas. Wir waren in diesem Sommer nicht viel auf der Jagd. Jetzt mußt du unser Jäger sein.«

68

DER MANN WAR groß, mit dunkler Haut, sein Haar, mit einer Elfenbeinspange hinten zusammengehalten, war wie das Haar einer Frau, fiel schwarz, glatt, bis über die Hüften. Eine schwarze Decke aus den Federhäuten von Lunden hing über seinen Schultern, und wenn er ging, wogte sie, ließ seine Schritte größer erscheinen, als sie waren, brachte die anderen dazu, ihm aus dem Weg zu gehen, ihm Platz zu machen. Der Mann blieb neben dem *ik* eines Tauschhändlers stehen, und Amgigh rückte näher zu ihm. Ja, Amgigh war sich jetzt ganz sicher. Das war Rabe.

Seine Haut war nicht so dunkel, wie sie wirkte. Quer über seine Wangen waren Streifen tätowiert, die sein Gesicht schwärzten, und es sah aus, als hätte er sich Ruß auf die Augenlider gerieben.

In Amgighs Magen breitete sich ein Zittern aus, seine Hände wurden starr, und seine Füße undBeine kamen ihm langsam und unbeholfen vor.

Plötzlich stutzte Rabe, und Amgigh hörte ihn sprechen, hörte die vollen schnalzenden Laute der Walroßsprache. Rabe streckte die Hand aus und nahm etwas von der okkerfarbenen Robbenhaut eines Tauschhändlers. Der Händler stürzte sich auf Rabe, umklammerte die Hände von Rabe, und Amgigh sah, daß er das Walroß aus Treibholz, das Kiin gegen drei Robbenmägen mit Fisch getauscht hatte, in der Hand hielt. Rabe ließ das Walroß fallen, trat lächelnd zurück, die leeren Hände vor sich ausgestreckt. Er sagte etwas in der Walroßsprache, eine Frage, und der Tauschhändler, der das Walroß fest an seine Brust drückte, antwortete ihm.

Amgigh war erstaunt gewesen, wieviel Kiin für ihre Schnitzfigur erhalten hatte. Nach dem ersten Tauschhandel war Samiq zu ihm gekommen, und dann waren sie beide mit Kiin gegangen, um ihr zu helfen, während sie noch mehr Schnitzfiguren gegen Öl und Fisch, gegen Felle und Robbenhäute eintauschte.

Er war stolz gewesen, daß die Schnitzarbeiten seiner Frau den anderen soviel wert waren, und erstaunt, daß die Tauschhändler mehr in ihnen sahen als die glatten Linien des Messers im Holz, daß sie in dem, was sie geschnitzt hatte, eine Macht sahen. Jeder kannte die Macht von Shuganans Schnitzfiguren, aber Shuganan war ein Schamane, mehr Geist als Mann, das mußte sogar Grauer Vogel zugeben. Aber Kiin war nur eine Frau, seine Frau. Welche Macht konnte sie geben?

Sie war eine gute Frau, ja, und bei diesem Gedanken hob Amgigh wieder den Blick zu Rabe, sah erst jetzt, daß der Elfenbeinschmuck in seinem Haar geschnitzt war, ein Walroß im oberen Teil. Kiins Arbeit, er war ganz sicher. Kiins Arbeit. Also trug sogar ein Schamane wie Rabe Kiins Schnitzarbeiten. Selbst ein Schamane sah eine Macht in ihrer Arbeit.

Amgigh hob die Hände vor sein Gesicht, drückte die Fingerspitzen an die Augenlider. Warum sah er nicht, was andere sahen? Ihre Schnitzarbeiten waren gut, ja, aber ... Vielleicht waren seine Augen von seinen eigenen Verletzungen blind geworden, von seinen eigenen Zweifeln. In der ersten Nacht, nachdem sie an dieses Ufer gekommen waren, war er zu ihrer Behausung gegangen. Er hatte zugesehen, wie sie ihre Beine mit Öl einrieb, hatte sich neben sie gelegt. Er hatte vorgehabt, sie zu nehmen, aber als er sie angesehen hatte, war da nicht nur das Gesicht von Kiin, sondern auch das Gesicht von Qakan, das wie ein Geist über ihr schwebte, und sogar das Bild von Samiq, stark und lebendig.

Und über ihnen hatten die Kinder in ihren Wiegen geschlafen. Einer sein Sohn, ja, aber der andere Samiqs Sohn. Die beiden würden zusammen aufwachsen, so wie er und Samiq – in allem Rivalen. Und würde Shuku, sein eigener Sohn, auch immer der Verlierer sein, nie so viele Fische fangen, immer die kleinere Robbe erlegen, nie so schnell laufen, nie der Bessere sein, niemals?

Wenn es so war, dann hatte er, Amgigh, es Shuku zugefügt, denn er hatte Samiq erlaubt, Kiin zu nehmen, Takha in sie hineinzulegen.

Und selbst mit Kiin neben sich, mit ihrem Haar, das nach Robbenöl und Wind roch, mit ihren Atemzügen, die so weich waren wie die Samenflocken des Afterkreuzkrauts, hatte Amgigh nur wenig Verlangen nach ihrem Körper gespürt. Aber jetzt, als Amgigh Rabe sah, empfand er plötzlich Sehnsucht nach Kiin. Er wollte sie fühlen, wenn sie sich nachts fest an ihn drückte, wollte wissen, daß sie am Morgen, wenn er aufwachte, das Essen auslegte und am Abend in seinem *ulaq* saß und nähte oder webte.

Er drehte sich um, ging schnell weg vom Ufer, zurück zu den *ulas*. Seine Mutter und Krumme Nase waren im Freien und schabten Robbenhäute. »Wo ist Kiin?« fragte er.

Krumme Nase drehte sich um, deutete mit dem Kinn. Amgigh ging an den beiden fertigen *ulas* vorbei zu dem Platz, an dem das *ulaq* von Große Zähne stehen würde. Rote

Beere, Drei Fische und Kiin schütteten Kies und zerbrochene Muschelschalen auf den Boden. Aus den brusthohen Felswänden ragten Balken aus Treibholz. Amgigh sah zu, wie Kiin den Kies mit einem flachen Schieferstein auf dem Lehmboden glättete.

Ihr Haar war in Unordnung, fiel ihr über die Augen ins Gesicht. Sie und Drei Fische hockten am Boden, steckten die Köpfe zusammen, Drei Fische sagte etwas, und Kiin lachte.

Amgigh mußte zweimal rufen, bis Kiin ihn hörte, aber dann kam sie schnell über die Felswand, zwängte sich zwischen den Balken hindurch.

Sie strich sich die Haare aus den Augen und sah zu ihm hoch. Amgigh streckte die Hand nach ihr aus, und seine Finger schienen sich wie von selbst zu bewegen, als er ihr Gesicht berührte. Aber dann erinnerte er sich an seinen Platz als ihr Mann, seine Hand fiel herab, und er ließ nicht zu, daß er sich über den plötzlichen Schmerz wunderte, den er spürte, so als hätte er sich, indem er sie losließ, auf irgendeine Weise einen kleinen Teil seines Geistes aus seinem Körper gerissen.

»Komm mit, Kiin«, sagte er, und sie folgte ihm, ohne Fragen zu stellen.

Als sie sich ein Stückchen von den *ulas* entfernt hatten, weit genug, daß Krumme Nase sie nicht mehr sehen konnte, und weit genug, daß der Wind ihre Stimmen übertönte, blieb Amgigh stehen, drehte sich um und streckte jetzt, als niemand es sah, die Hand aus, um Kiins Gesicht zu berühren. Um die Haarsträhnen von ihren Wangen zu streichen.

Kiin sagte nichts, aber Amgigh sah, daß ihre Augen rund waren vor Sorge. »Amgigh?« sagte sie schließlich fragend, und Amgigh kauerte sich auf den Boden, zog sie neben sich.

»Rabe«, sagte Amgigh. »Erzähl mir von ihm.«

Kiin sah Amgigh mit großen Augen an. »Ist er hier?« fragte sie.

»Nein«, sagte Amgigh so schnell, daß er Angst hatte, Kiin

würde wissen, daß er nicht die Wahrheit sagte. Er holte tief Luft, bemühte sich, langsam zu sprechen. »Nein. Er ist nicht hier. Aber ich muß alles über ihn wissen. Du warst meine Frau, Kiin. Ich brauche dich. Du mußt wieder meine Frau sein.«

Er glaubte auf dem Gesicht von Kiin den Anflug eines Lächelns zu sehen, aber sie wandte den Blick von ihm ab, und als sie nichts sagte, fürchtete Amgigh, die Geister hätten ihr die Wörter weggenommen, so daß sie wieder stottern und zögern würde, wie sie es getan hatte, als sie noch auf Tugix' Insel lebte.

Aber schließlich sagte sie: »Er ist nicht böse, nicht gut. Er ist so etwas wie –« Sie verstummte, strich mit den Händen durch ihr Haar und sagte dann: »Er ist er selbst, macht, was er will, und denkt nicht an andere, was sie fühlen oder ob er jemandem weh tun könnte mit dem, was er macht.« Sie drehte sich um und sah Amgigh in die Augen. »Ich kann es nicht erklären«, sagte sie. »Er ist – er ist wie der Wind. Der Wind weht und bringt Wellen, die ein Dorf zerstören, oder der Wind weht und bringt einen Wal, so daß alle Öl haben. Gut und böse, beides, weißt du, er kümmert sich nicht darum.«

»Du warst seine Frau«, sagte Amgigh mit flacher, harter Stimme.

»Nicht in seinem Schlafplatz«, sagte Kiin leise. »Aber ich habe sein *ulaq* saubergemacht und Kleider für ihn genäht und geschnitzt, wenn er gesagt hat, daß ich schnitzen soll. Ich habe ihm eine Decke aus schwarzen Lundfedern gemacht. Sie war sehr schön. Ich wünschte, ich hätte sie dir mitbringen können.«

Kiins Worte bohrten sich in Amgighs Brust und drückten ihm das Herz zusammen, so daß das Pochen klein und schwach war. »Du hast eine Decke für ihn gemacht?«

»Ich war seine Frau. Er hat mir gesagt, daß ich sie machen soll, und so habe ich sie gemacht.«

»Nein«, sagte Amgigh. Und das Wort schien die Angst

aus seinem Herzen zu reißen, so daß es wieder schlagen konnte, so daß er wieder ein Mann war, ein Mann, der bereit war, um seine Frau zu kämpfen, kein kleiner Junge, der vor etwas Angst hatte, das er nicht verstand. »Du bist meine Frau. Du bist immer meine Frau gewesen.«

»Ja«, antwortete Kiin, aber sie drehte ihr Gesicht von ihm weg, und er konnte nicht sehen, was in ihren Augen stand. »Ich bin deine Frau, aber Rabe hat mir zu essen und einen Platz zum Schlafen gegeben. Ich habe mich um sein *ulaq* gekümmert und seine Kleider genäht.«

»Und sein Bett gewärmt«, sagte Amgigh.

»Nein«, sagte Kiin. »Du weißt, daß ich das nicht getan habe.«

Amgigh riß einen Grashalm aus und drehte ihn zwischen den Händen. »Wenn Rabe dich findet, wird er dich zurückhaben wollen.«

Kiin drehte sich zu ihm. Ihr Gesicht war weiß, und die schwarze Mitte ihrer Augen zog sich plötzlich nach innen, als würde sich ihr Geist einschließen in ihr.

»Kiin, er wird dich zurückhaben wollen«, sagte Amgigh. »Er wird dich und meine Söhne haben wollen.«

»Ja«, sagte Kiin, das Wort kaum lauter als ihr Atem. »Wenigstens Shuku.«

Amgigh stand auf und zog Kiin mit sich hoch. Ohne sich darum zu kümmern, ob andere es sahen, ob jemand da war, der sich beleidigt fühlen konnte, Mann, Frau oder Geist, Meerestier oder Vogel, nahm er sie in seine Arme, legte den Kopf an ihr Haar. »Er wird dich nicht bekommen. Du bist meine Frau«, sagte Amgigh und wußte, daß er sie in jener ersten Nacht hätte zu sich nehmen sollen. Wie sonst konnte ein Mann die Erinnerungen und Geister der anderen vertreiben?

»Ich will, daß du nicht mehr zum Ufer gehst, solange die Tauschhändler da sind«, sagte Amgigh. »Ich lasse dir von Drei Fische die Kinder bringen. Geh mit ihnen in die Hügel und komm nicht heraus. Dann wird Rabe nicht wissen, daß du hier bist, wenn er kommt. Und wenn die Tauschhändler weg sind, hole ich dich.«

Dann ging Amgigh, ging, ohne sich noch einmal umzusehen. Er wollte nicht, daß sie sah, was in seinen Augen stand. Was er tun mußte.

Kiin sah Drei Fische in die Augen, versuchte herauszufinden, ob sie wußte, was vor sich ging, aber das große runde Gesicht von Drei Fische war ausdruckslos, ohne eine Spur von Kummer, Zorn oder Furcht. Sie saß da und hielt Samiqs Sohn, der fest schlief und mit seinen Fingern einen ihrer Finger umklammert hatte, in seinen Mundwinkeln Tropfen von Kiins Milch.

Amgigh hatte Drei Fische gebracht, war mit den beiden Frauen noch weiter weg gegangen vom Ufer, um die sumpfigen Ränder des Sees herum, über Riedgras bis zu einem hohen Erdhügel, der von verkrüppelten Weiden eingeschlossen war. Dort, im Windschatten des Hügels, half Amgigh Kiin, aus Häuten, Treibholz und Matten eine Behausung zu machen, während Drei Fische die Kinder hielt.

Als sie fertig waren, ging er, wieder ohne sich noch einmal umzusehen, blieb nur stehen, um den Kindern das Gesicht zu streicheln und seine Wange an Shukus Wange zu legen.

Jetzt waren Kiin und Drei Fische allein, jede mit einem Kind im Arm, und Kiin wünschte, Drei Fische wäre mit Amgigh zurückgegangen, damit sie, Kiin, allein sein konnte, ihre Lieder zu allen Geistern schicken konnte, die Rabe vielleicht davon abhalten würden, an ihr Ufer zu kommen. Wenn er nun die Schnitzfiguren sah, die sie getauscht hatte? Dann würde er wissen, daß sie hier gewesen war. Daran hätte sie denken sollen, bevor sie sie zum Tausch angeboten hatte. Aber was war schlimmer – mit Rabe zum Walroßvolk zurückzukehren oder mit anzusehen, wie die Ersten Menschen im nächsten Winter vor Hunger starben?

Kiin steckte Amgighs Sohn unter ihren *suk*, dann zog

sie, um ihren Geist zu beruhigen, ihr gebogenes Messer und ein Stück eines Walroßzahns hervor, an dem sie gerade schnitzte. Sie hatte einige ihrer Schnitzarbeiten gegen Elfenbein getauscht – Zähne vom Wal und vom Bären, Stoßzähne vom Walroß und ein merkwürdiges Stück gelbes Elfenbein, runder als der Stoßzahn eines Walrosses und ohne die spröde Marmorierung im Kern. Entlang der geschnittenen Kante war ein blasses Muster aus Vierecken, dunkel und hell wie das Muster, das Chagak in die Ränder ihrer Grasmatten webte.

Kiin drehte den noch nicht fertig geschnitzten Walroßzahn zwischen den Fingern, wärmte ihn mit den Händen, strich mit den Fingern über die Risse und Kanten. Das Stück des Stoßzahns war so lang wie ihre Hand, und an dem abgebrochenen Ende war es so breit wie ihr Handgelenk. Sie hatte den Stoßzahn zum erstenmal gesehen und gleich gewußt, was darin enthalten war: ein *ikyak*, schlank, das eine Ende spitz zulaufend und nach oben gebogen wie der Zahn auch, das andere Ende stumpf. Das *ikyak* war schon unter ihrem Messer zum Vorschein gekommen.

Sie sah zu Drei Fische hoch, aber Drei Fische unterhielt sich leise mit Takha. Und so begann Kiin zu schnitzen, schabte mit ihrem Messer lange geringelte Elfenbeinsplitter ab. Und während sie schnitzte, kam ein Lied zu ihr, das sie nicht in sich behalten konnte. Und so sang sie es, die Augen auf ihre Arbeit gerichtet, das Schnitzen und das Singen in einem Lied vereint, Stimme und Hände vereint.

Amgigh ging zum Strand. Die meisten Tauschhändler hatten ihre Waren für die Nacht eingepackt. Es waren nur noch vier *ikyan* des Walroßvolks da – das von Rabe und die *ikyan*, die einem Mann mit dem Namen Eisjäger und seinen beiden Söhnen gehörten. Eisjäger konnte die Sprache der Ersten Menschen, und er verbrachte die meiste Zeit dieses Abends mit Amgigh.

»Kiin ist eine gute Frau, ja«, sagte Eisjäger. »Aber sie ist es nicht wert, daß du in einem Kampf getötet wirst. Rabe hat schon andere getötet. Er hat keine Angst vor einem Kampf. Laß ihm die Frau.«

»Und meine Söhne?« fragte Amgigh.

»Nein, gib ihm nicht deine Söhne«, sagte Eisjäger. »Die Frauen in unserem Dorf glauben an einen Fluch. Sie glauben, daß einer von deinen Söhnen sterben muß. Wenn du ihm deine Söhne überläßt, werden sie einen töten.«

»Wird Rabe ihn töten?«

»Nein, Rabe will, daß beide leben, aber bedenke nur, wie schnell ein Kind sterben kann. Bedenke nur, wie schnell ein kleines Kind aus einem *ik* fallen kann, wie leicht das Gurtwerk eines kleinen Jungen nachgeben kann, wenn er Eier sammelt.«

Amgigh nickte. Ja, es mußte leicht sein, den einen oder anderen Sohn zu töten, und obwohl ihm Shuku näherstand, würde er auch trauern, wenn Takha getötet würde. Und Kiin? Wie sollte er es ertragen, sie wieder zu verlieren?

»Ich werde um sie kämpfen«, sagte Amgigh zu Eisjäger, aber Eisjäger schüttelte den Kopf und sagte: »Dann werde ich dich erst wiedersehen, wenn ich zu den Tanzenden Lichtern komme.«

Sie gingen zusammen zu Rabe, und Amgigh wartete, während Eisjäger mit ihm sprach, sah, wie Rabe die Augen zusammenkniff, wie sich seine Augenbrauen zu einer geraden Linie quer durch das Gesicht zusammenzogen.

»Er will sie und beide Söhne«, sagte Eisjäger zu Amgigh, und Amgigh hörte zu, ohne den Blick vom Gesicht von Rabe zu nehmen. Vielleicht besaß dieser Mann keine Ehre, vielleicht würde er Amgigh töten, wenn Amgigh auch nur einen Augenblick wegsah.

Amgighs Hand näherte sich seinem Messer mit der langen Klinge. Vielleicht war Rabe ein besserer Kämpfer. Was wußte Amgigh schon von einem Kampf mit einem Menschen? Aber Rabe würde keine bessere Waffe haben. Wie viele Männer kannten das Geheimnis, Obsidian zu schlagen? Wie viele Männer kannten den geheimen Ort auf Okmok, wo der heilige Felsen zu finden war?

»Sie ist meine Frau, und es sind meine Söhne«, sagte Amgigh und bemühte sich, den Blick von Rabe einzufangen, ihn mit den Augen festzuhalten. Wie sonst verständigte sich ein Mann mit anderen Männern? Aber Rabe starrte geradeaus, als würde er Amgigh gar nicht sehen, als würde Amgigh gar nicht am Strand sein. Und so redete Amgigh mit Eisjäger. »Qakan hatte kein Recht, Kiin zu tauschen«, sagte Amgigh. »Aber ich werde Rabe zurückgeben, was er für sie bezahlt hat.«

Amgigh wartete, während Eisjäger wieder mit den Händen und vielen Worten mit Rabe sprach, aber Rabe warf seine schwarze Federdecke auf den Boden und verschwand mit wütenden Worten in seiner Behausung.

Dann drehte sich Eisjäger langsam um und sah Amgigh an. »Er will nicht handeln, er will mit dir um Kiin und die Söhne kämpfen«, sagte Eisjäger. »Speer oder Messer, das ist ihm gleich.«

»Messer«, sagte Amgigh und legte die Hand fest an die Scheide, in der seine Obsidianklinge steckte. Okmok war stärker als Rabe.

Das Ufer war leer, die Tauschhändler schliefen noch, manche in dem großen *ulaq* der Ersten Menschen, andere in den Behausungen, die sie sich unter ihrem *ik* gebaut hatten. Amgigh hatte Samiq nicht gesagt, was geschehen würde. Als sein Bruder sich am Abend neben ihn setzte, um nach Kiin und Drei Fische zu fragen, hatte ihm Amgigh gesagt, daß sie in die Hügel gegangen waren, weg von den Tauschhändlern, weg von dem Lärm, der die Kinder störte, so daß sie immer weinten. Sie würden am nächsten Tag zurückkommen, jedenfalls hatte das Kiin gesagt, und Samiq hatte nur die Achseln gezuckt. Aber Amgigh wußte, daß Samiq sich Sorgen machte, und er wußte, ohne zornig zu sein, daß Samiqs Sorge nicht nur Drei Fische, sondern auch Kiin galt.

Aber Amgigh konnte Samiq nicht die Wahrheit sagen. Samiq hatte Amgigh immer geholfen, hatte auf ihn gewartet, hatte ihm Dinge beigebracht. Jetzt war es an Amgigh zu kämpfen, Mann zu sein.

Amgigh ging am Ufer entlang, über der Gezeitenmarke war der Sand mit Fußabdrücken gezeichnet, darunter glatt, nur mit seinen eigenen frischen Abdrücken auf dem unberührten Sand. Er wartete, bis er in der Behausung von Eisjäger und Rabe eine Bewegung sah. Dann ging er hin, wartete vor der Türklappe, bis Rabe herauskam.

Rabe trug nur seine Schürze, vorn und hinten. Er war ein großer Mann, größer als Kayugh und so breit wie Samiq. Einen Augenblick lang blieb er stehen, ohne etwas zu sagen, dann rief er etwas zu jemandem, der in der Behausung war. Eisjäger kam heraus.

»Amgigh«, rief Eisjäger. »Er fragt, ob du noch immer kämpfen willst.«

»Frag ihn, ob er dieses Ufer verlassen wird, meine Frau und meine Söhne hierlassen wird.«

Eisjäger sprach mit Rabe in der Walroßsprache, und Rabe lachte, sagte etwas und drehte sich zu Amgigh um, hatte die Augenbrauen hochgezogen.

»Er fragt, ob du hier kämpfen willst oder an irgendeinem anderen Ort«, sagte Eisjäger.

»Am Strand, wo es flach ist«, antwortete Amgigh und deutete, ohne sich von Rabe abzuwenden, zum Strand, wo das Wasser den Sand glattgespült hatte.

Rabe nickte, und die beiden Männer gingen langsam zu dem Platz, auf den Amgigh gezeigt hatte. Dann zog Amgigh, mit der linken Hand sein Amulett umklammernd, langsam sein Messer aus der Scheide, bewegte die Klinge, so daß sie mit ihren fast durchsichtigen Facetten das Licht einfing.

Rabe sollte wissen, wogegen er kämpfte, er sollte wissen, daß es hier um mehr ging als um den Geist eines Mannes.

Amgigh sah die Überraschung im Gesicht von Rabe, dann ein leichtes Lächeln, und Amgigh beobachtete, wie Rabe sein Messer herauszog, die Klinge länger als die Klinge von Amgighs Messer. Und dann fühlte Amgigh wieder, wie die Finger eines Geistes sein Herz umklammerten. Und die Umklammerung war so fest, daß Amgighs Herz langsamer schlug und sein Geist aus seinen Händen und Füßen gezogen wurde und seine Arme und Beine plötzlich langsam und schwach waren.

Es war Amgighs Obsidianmesser, das Gegenstück zu Samiqs Messer. Qakan mußte es gestohlen haben, als er Kiin gestohlen hatte, mußte es gestohlen und an Rabe verkauft haben.

Rabe hielt das Messer und lachte, aber Amgigh dachte: Vielleicht erinnert sich der Geist des Messers an mich, erinnert sich an seinen wahren Besitzer.

Langsam hob Amgigh sein Messer, langsam begann er, den anderen zu umkreisen.

Ein leichter Nebel war gefallen, weichte die Häute und Matten ihrer Behausung auf. Kiin fror und hatte Hunger. Drei Fische hatte in der Nacht alles aufgegessen, was Amgigh ihnen gebracht hatte, und jetzt hörte sie nicht mehr auf mit dem Reden. Aus ihrem Mund flossen die Wörter wie Wasser aus einer Quelle, blubbernd, stoßend, schäumend, bis ihre Behausung am Ende so erfüllt war von Geräuschen, daß Kiin sich wunderte, wie überhaupt noch Platz sein konnte für die Wasserbäche, die zwischen Häute und Matten rannen, in ihr Haar tropften und an ihrem Hals herunterliefen.

Sie zog Takha aus ihrem *suk*. Wenn Drei Fische ihn hielt, würde sie vielleicht still sein. Kiin wickelte ihn in eins der wenigen trockenen Felle von ihrem Lager und hielt ihn Drei Fische hin. Takha schlug die Augen auf, sah Kiin ernst an, drehte dann den Kopf zu Drei Fische und lächelte. Drei Fische lachte und fing von neuem an zu plappern, diesmal mit dem Kind.

Kiin seufzte und sah hinunter in ihren *suk*, wo Shuku war. Dann hörte sie plötzlich, was Drei Fische sagte, hörte sie sagen: »Dein Vater wird kämpfen, und du wirst in Sicherheit sein. In Sicherheit. Mach dir keine Sorgen. Er ist stark.«

Kiin packte Drei Fische an beiden Armen. »Was hast du da gesagt?« fragte Kiin.

»Nur, was Amgigh mir gesagt hat, daß wir hierbleiben müssen, weil am Ufer Männer sind, die Frauen tauschen wollen.«

»Und Amgigh will gegen sie kämpfen?«

Drei Fische machte sich von Kiins Händen los und zog sich schnell an die feuchte Wand ihrer Behausung zurück. »Er sagte – vielleicht«, erwiderte sie.

»Ich weiß nur, daß ich einen von ihnen gesehen habe«, sagte Drei Fische. »Einen mit einer schwarzen Decke über den Schultern. Sogar sein Gesicht war schwarz. Ich glaube, Samiq und Amgigh hatten Angst, daß er uns haben will.«

»Rabe«, flüsterte Kiin. Und als sie den Namen aussprach, hatte sie das Gefühl, als würde ihr Geist zerspringen, als würden seine scharfen Kanten die Außenwände ihres Herzens zerschneiden.

Drei Fische redete weiter, ihr Gesicht dicht neben Takhas Gesicht, aber Kiin kroch zu ihr hinüber und wartete, bis Drei Fische aufblickte. Das Lächeln von Drei Fische verschwand, und Kiin nahm eine Hand von Drei Fische in ihre Hände.

»Unsere Männer sind Brüder«, sagte Kiin und zwang ihre Wörter, langsam zu sein, ruhig zu sein, damit Drei Fische sie verstand. »Unsere Männer sind Brüder, also sind wir Schwestern.«

»Ja«, sagte Drei Fische.

»Ich muß jetzt zum Strand gehen, Drei Fische«, sagte

Kiin, »aber du mußt mit Takha hierbleiben. Halte ihn davon ab zu weinen, solange du kannst. Wenn er schläft, ist es gut. Aber am Ende, wenn er so sehr weint, daß du ihn nicht beruhigen kannst, dann trage ihn zu Rote Beere. Sie hat Milch. Sie wird ihn stillen.«

Dann löste Kiin die Schnur aus *babiche*, an der die Schnitzfigur hing, die Chagak ihr gegeben hatte, und reichte sie Drei Fische.

»Ein Geschenk für dich«, sagte Kiin. Drei Fische umschloß die Schnitzfigur von Mann, Frau und Kind mit ihrer Hand.

»Samiq hat mir davon erzählt«, sagte Drei Fische. »Shuganan hat sie gemacht. Ich kann sie nicht nehmen.«

Aber Kiin legte ihre Hände über die Hand von Drei Fische und sagte: »Du mußt. Wir sind Schwestern. Du kannst mein Geschenk nicht zurückweisen.« Dann wickelte sie aus, was sie in der letzten Nacht beendet hatte, während der langen Nacht, als der Schlaf nicht gekommen war. Es war das *ikyak* aus dem Stoßzahn des Walrosses. Kiin hatte das *ikyak* aus Elfenbein fertig geschnitzt und es dann in der Mitte durchgeschnitten. Um ihre Söhne zu schützen, hatte Kiin getan, was Frau des Himmels gesagt hatte. Ihre Söhne würden sich ein *ikyak* teilen. Sie nahm zwei geflochtene Sehnenbänder und knüpfte das eine um die vordere Hälfte des *ikyak*, knüpfte das andere um die hintere Hälfte des *ikyak*, hängte eins um Takhas Hals, das andere um Shukus Hals.

»Wenn ich nicht hier bin, dann bist du Mutter von Takha«, sagte Kiin zu Drei Fische. »Er ist Sohn von Amgigh, aber auch von Samiq. Sieh her, er hat Samiqs breite Hände, seine dicken Haare. Du bist Mutter. Sorge dafür, daß Rote Beere ihn füttert.«

Kiin packte ihre Schnitzwerkzeuge und Schlaffelle zusammen und band sie sich auf den Rücken. Drei Fische blickte hoch, als Kiin die Türklappe der Behausung aufstieß.

»Wohin gehst du?« fragte sie.

»Amgigh helfen«, antwortete Kiin. Dann streckte Kiin,

obwohl sie sich nicht hatte umdrehen wollen, ihre Hände nach Takha aus.

Drei Fische hielt ihn Kiin hin, und Kiin nahm ihn aus seinen Fellen, in die er gewickelt war. Sie strich über seine dicken Arme und Beine, über seinen weichen Bauch. Sie drückte ihn an ihr Gesicht, roch den guten Geruch von Öl auf seiner Haut. Dann gab sie ihn wieder Drei Fische und schlüpfte aus der Behausung hinaus in den Regen.

»Ich werde ihn heute abend wiedersehen«, sagte Kiin zum Wind und wartete auf eine Antwort, aber es kam keine. Keine Antwort, kein Flüstern, um ihre Zweifel zu vertreiben.

Kiin schlang die Arme um Shuku, der nun allein in seinem Tragriemen unter ihrem *suk* lag, und machte sich auf den Weg zum Strand.

69

SAMIQ WUSSTE NICHT genau, warum er aufgewacht war. Er konnte sich an keine Träume erinnern, an kein Flüstern von den Geistern, an keine Geräusche aus dem großen Raum des *ulaq*. Natürlich, Drei Fische und Kiin waren nicht da, verbrachten die Nacht in den Hügeln. Wer konnte es ihnen verübeln. Der Lärm und die Unruhe durch die Tauschhändler war nicht leicht zu ertragen, besonders für die Frauen. Selbst Drei Fische wurde von Tauschhändlern verfolgt, die für eine Nacht in ihrem Schlafplatz ihre Gastfreundschaft genießen wollten. Und Kiin erst, eine schöne Frau, die für ihre Künste im Schnitzen bekannt war. Wer hatte je von einer Frau gehört, die schnitzen konnte? Jeder Mann wollte sie haben, wollte die Gelegenheit nutzen, seine eigene Macht zu vergrößern, indem er sie in seinen Schlafplatz mitnahm.

Samiq kroch unter seinen Schlafdecken hervor und ging in den Hauptraum des *ulaq*. Bis auf eine waren alle Öllampen gelöscht, aber durch das Dachloch fiel graues Licht herein. Samiq ging zum Vorhang vor Amgighs Schlafplatz und rief seinen Namen.

»Ich gehe jetzt fischen, Faulpelz. Komm mit.«

Als Amgigh nicht antwortete, zog Samiq den Vorhang auf die Seite. Sein Bruder war nicht da. Samiq zuckte die Achseln und ging zur Vorratsnische. Er zog eine Haut mit getrocknetem Walroßfleisch heraus, die sie für Kiins Schnitzfiguren bekommen hatten, aber dann hielt er inne.

Plötzlich fühlte er sein Herz klopfen und Blut in seine Brust strömen. Seine Hände begannen zu zittern, und als er die Fäuste ballte, spürte er das Zittern in seinen Armen bis hinauf in die Schultern. Was für eine Dummheit war das? überlegte Samiq. Er war hier, in seinem eigenen *ulaq*. Alles war in Ordnung. Amgigh hätte ihn gerufen, wenn es nicht so gewesen wäre. Aber das Zittern hörte nicht auf, auch nicht das Herzklopfen. Vielleicht war Kiin etwas zugestoßen oder einem ihrer Söhne. Vielleicht war Drei Fische etwas zu gestoßen.

Er zog seinen Parka an und kletterte aus dem *ulaq*. Vom Meer blies ein kalter Wind, und der Himmel war grau von dem Nebel und dem Regen. Samiq sah hinauf zu den Hügeln, wo Kiin und Drei Fische die Nacht verbracht hatten, aber er konnte niemanden entdecken, dann drehte er sich um und sah aufs Meer. Das *ulaq* war hoch, und man konnte weit aufs Meer und hinunter auf den Strand sehen. Es waren keine *ikyan* auf dem Wasser.

Es ist noch früh, dachte Samiq. Die Tauschhändler sind faul geworden. Aber dann drehte er sich noch einmal um, diesmal zu dem flachen Sandstück dicht bei der Gezeitenmarke. Und noch während er sich umdrehte, hielt er die Luft an und erkannte den Grund, warum sein Herz so rasend geklopft hatte, als er noch im *ulaq* war. Amgighs Geist war es gewesen, der seinen Geist gerufen hatte, schmerzerfüllt und voller Angst nach ihm gerufen hatte.

Samiq lief zum Strand, zu seinem Bruder, zu dem Kreis der Tauschhändler, die sich eingefunden hatten, um zuzusehen. Samiq zwängte sich durch den Kreis. Einer von den Walroßmännern kämpfte gegen Amgigh. Die Brust des Mannes war nackt und glänzte vor Schweiß. Amgigh stand vor ihm, hielt mit der einen Hand sein Amulett umklammert. Aber in der anderen Hand, die blutete, war kein Messer, und Samiq sah, daß der Walroßmann einen von Amgighs Fingern abgeschnitten hatte und daß das Messer und der Finger zusammen im Sand lagen.

Der Walroßmann hielt seine geöffnete Hand hoch.

Er begann zu sprechen, sagte etwas in der Walroßsprache, und an seinem gepreßten Atem erkannte Samiq, daß die beiden schon lange Zeit gekämpft hatten. Er zeigte auf Samiq.

Einer der Männer, die dem Kampf zusahen, streckte seine Hände aus und sagte zu Samiq: »Ich bin Eisjäger. Der kämpft, das ist Rabe. Er fragt, ob du Samiq bist, Amgighs Bruder.«

»Ja«, antwortete Samiq. »Aber woher weiß er, wer ich bin?«

»Kiin, seine Frau, hat ihm von dir erzählt.«

»Rabe«, sagte Samiq, und Eisjäger nickte. Also der, der Kiin von Qakan gekauft hatte. Er war also hier, um Anspruch auf Kiin zu erheben, vielleicht um Anspruch auf ihre Söhne zu erheben.

»Du hättest mit Kiin reden sollen«, flüsterte Samiqs Geist. »Du hättest ihr helfen können, nach diesem Mann Ausschau zu halten, du hättest den Kampf verhindern können.« Aber es schien schon genug gewesen zu sein, daß Kiin am Leben war, daß sie Samiq einen Sohn gegeben hatte. Hätte er mit ihr gesprochen, hätte er sich dann davon abhalten können, sie in den Arm zu nehmen, hätte er sich davon abhalten können, wieder Anspruch auf sie zu erheben, als seine Frau? Sie gehörte ihm. Es stand in ihren Augen, jedesmal wenn er sie ansah. Wenn er sich die Zeit genommen hätte, die Fragen zu stellen, die er stellen wollte, mit ihr zu reden, von Mann zu Frau, wie hätte er sich dann davon abhalten können, Amgigh zu betrügen, Drei Fische zu betrügen?

Der Mann neben Samiq hielt ihm noch immer seine ausgestreckten Hände hin, wartete noch immer auf eine Antwort von Samiq. »Sag deinem Freund, wenn er meinen Bruder Amgigh tötet, muß er darauf gefaßt sein, auch gegen mich zu kämpfen, weil ich ihn töten werde.«

Samiq warf einen Blick zu Amgigh und sah, daß sein Bruder die Arme sinken ließ. Sah, daß sein Blick Rabe losließ, um Samiq anzusehen. »Kämpfe nicht gegen ihn«, rief Amgigh. »Er hat schon viele Männer getötet. Und was verstehst du von einem Kampf?«

Fast hätte Samiq dasselbe zu Amgigh gesagt, aber er hielt sich zurück. Warum Amgigh sein Selbstvertrauen nehmen?

Dann zog Samiq sein Messer heraus, das Messer, das Amgigh für ihn gemacht hatte. Er warf es Amgigh zu, und Amgigh fing es mit seiner unverletzten Hand auf. Er lächelte Samiq an, aber das Lächeln war grimmig, von Bitterkeit erfüllt.

Dann stieß Rabe plötzlich zu, traf Amgigh, bevor Amgigh Zeit hatte, Samiqs Messer nach vorn zu bringen. Das Messer von Rabe schnitt eine tiefe Wunde in Amgighs linken Arm. Samiq stöhnte, und er hatte das Messer aus seinem Ärmel in der Hand, bevor er wußte, was er tat. Aber dann war Eisjäger bei ihm, hielt Samiqs Handgelenke fest. »Was Recht ist, muß Recht bleiben«, sagte Eisjäger. »Wie willst du wissen, wer von ihnen recht hat? Sollen die Geister entscheiden.«

Amgigh biß die Zähne zusammen, und Samiq wußte, daß er es tat, um die Geister, die Schmerzen brachten, daran zu hindern, durch seinen Mund in ihn einzudringen. Dann stürzte sich Amgigh nach vorn und zog sein Messer quer über die nackte Brust von Rabe. Aus dem Schnitt quoll Blut und tropfte in den Sand.

Dann stießen die Messer wieder zu, immer wieder. Das Messer von Rabe brachte Blut hervor, dann Amgighs. Beide Männer wichen zurück, standen einen Augenblick da, die Hände auf die Knie gestützt, die Atemzüge tief und schwer. Dann stürzte sich Rabe wieder nach vorn, und diesmal traf sein Messer Amgighs Messer. Die Klinge von Amgighs Messer brach, die Spitze flog in einem hohen Bogen, zuerst hinauf wie ein Vogel, der sich in den Himmel schwingt, dann hinunter, um sich in den Sand zu graben.

Dann sah Samiq die Angst in Amgighs Gesicht, und er verspürte Übelkeit in seinem Magen, als ihm klarwurde, was Amgigh gewußt hatte, als ihm Samiq das Messer zuwarf. Aber Samiq hielt mit seinen Augen die Augen seines Bruders fest, zeigte seinem Bruder, daß Amgighs Furcht auch seine Furcht war, daß sie, von Geist zu Geist, noch immer Brüder waren.

Dann erst sah Samiq Kiins Schnitzfiguren, die auf der Seite von Rabe in einem Halbkreis aufgestellt waren. Es waren die Schnitzfiguren, die Samiq und Amgigh mit Kiin gegen Essen und Häute getauscht hatten, damit ihr Volk den Winter überleben konnte. Rabe trat zurück, legte die Hände auf seine gebeugten Knie und atmete tief. Auch Amgigh stand da, aus dem Stumpf seines Fingers rann in Strömen das Blut in den Sand.

»Die Tiere«, flüsterte Samiq dem Walroßmann neben sich zu, »gehören sie Rabe?«

»Er hat sie getauscht, er hat sie alle getauscht.«

Zehn und noch einmal zehn, zählte Samiq. Kiins Tiere. Jetzt gaben sie dem Mann Macht, der ihren eigenen Mann töten würde. Dann fühlte Samiq eine Hand auf seinem Arm, drehte sich um und sah, daß Kiin neben ihm stand.

»Was habe ich getan?« flüsterte Kiin. »Was habe ich meinem Mann angetan?« Und Samiq sah, daß sie auch auf die Tiere starrte, auf den Kreis aus Schnitzfiguren, die dem

Kampf zusahen: das weiche Grau des Holzes, das harte Gelb des Elfenbeins, das Glitzern vieler Augen, vieler Geister am Boden, die Rabe Macht gaben.

Dann sah Amgigh plötzlich zu Kiin, und Samiq fühlte, wie sich ihre Geister gegenseitig anzogen, und der Kummer in Kiins Augen war so groß, daß er über Samiq zusammenschlug wie das Meer, Welle für Welle.

Wieder zog Samiq sein Messer aus dem Ärmel. Er hielt es hoch, damit es die Walroßmänner sehen konnten. Es war ein kleines Messer, aber mit einer harten Andesitklinge, die scharf war. Er warf es Amgigh zu, aber als Amgigh danach greifen wollte, sprang Rabe nach vorn und stieß sein Messer in Amgighs Bauch. Amgigh taumelte nach hinten, und das Messer fiel auf den Boden. Amgigh ließ sich auf seine Hände und Knie fallen, und sein Blut färbte den Sand rot. Er packte das Messer, aber Rabe trat ihm in die Seite, trat noch ein zweites Mal zu, und dann noch einmal. Amgigh stieß die kurze Klinge des Ärmelmessers in das Bein von Rabe, aber Rabe trat noch einmal zu, diesmal in Amgighs Gesicht.

Amgighs Kopf schlug nach hinten, und Samiq hörte das Brechen von Knochen. Amgigh sank in sich zusammen, und Rabe stand plötzlich über ihm. Er drehte Amgigh um, dann stieß er sein Messer in Amgighs Brust. Samiq lief zu seinem Bruder. Rabe stand auf, trat zurück, ließ Samiq neben Amgigh niederknien.

Samiq drückte die Hände auf Amgighs Wunden, aber seine Finger konnten das Blut nicht eindämmen, konnten den Strom nicht aufhalten.

Dann war auch Kiin bei ihnen, sie legte die Arme über Amgighs Brust, und ihre Haare färbten sich rot von Amgighs Blut. Sie umklammerte ihr Amulett, rieb es an Amgighs Stirn, an seinen Wangen.

Amgigh holte noch einmal tief Luft, versuchte zu sprechen, aber seine Worte ertranken in dem Blut, das aus seinem Mund quoll. Er holte noch einmal Luft, würgte. Dann rollten seine Augen nach hinten, weiteten sich und gaben seinen Geist frei.

Kiin zog Amgighs Kopf in ihre Arme, und dann hörte Samiq, leise, leise, ein Lied, kein Klagelied, sondern eins von Kiins Liedern – Worte, die die Geister aufforderten, etwas zu tun, Worte, die Amgigh um Vergebung baten, die die Tiere verdammten, die Kiin geschnitzt hatte.

Schließlich stand Kiin auf, wischte sich mit der Hand die Augen aus. »Er ist tot«, sagte Kiin. »Ich hätte früher kommen sollen. Ich hätte wissen müssen, daß er gegen Rabe kämpft. Es ist meine Schuld, ich ...«

Aber Samiq legte seine Finger auf ihre Lippen, schüttelte den Kopf. »Du hättest ihn nicht aufhalten können«, sagte er. »Ich werde nicht zulassen, daß Rabe dich mitnimmt.«

»Nein, Samiq«, sagte Kiin. »Du bist nicht stark genug, um ihn zu töten.«

Aber Samiqs Brust, seine Kehle, die leeren Räume hinter seinen Augen waren von brennendem Zorn erfüllt. »Ein Messer«, sagte er und drehte sich zu den Männern um, die sich um ihn versammelt hatten.

Jemand reichte ihm ein Messer, ein schlecht gemachtes, mit stumpfer Klinge, aber Samiq packte es, und in seinem Zorn kam ihm das Messer stärker vor, als es war.

Rabe knirschte mit den Zähnen, schrie ihn in der Walroßsprache an.

»Er will nicht gegen dich kämpfen«, sagte Kiin unter Schluchzen. »Samiq, bitte. Du bist nicht stark genug. Er wird dich töten.«

Aber Samiq stürzte sich nach vorn, sein Handgelenk gebogen, so daß die längere Kante der Klinge auf Rabe gerichtet war. Rabe duckte sich, und Samiq hörte ihn etwas murmeln – zornige Worte zwischen zusammengebissenen Zähnen. Samiq rückte näher zu ihm, stieß mit dem Messer in einem Bogen auf Rabe, so dicht, daß er den Handrücken von Rabe traf, daß er die Haut aufritzte, daß Blut herausspritzte, aber Rabe bewegte sich noch immer nicht.

Er rief Kiin etwas in der Walroßsprache zu, die Samiq nicht verstand, und er hörte Kiin antworten, auch in der Walroßsprache, aus dem Kreis ihrer geschnitzten Tiere. Für einen Augenblick sah Samiq zu ihr, für einen Augenblick drehte er den Kopf. Kiin stieß ihre Tiere in den Boden, häufte Sand darüber.

Aber im selben Augenblick, als Samiq hinsah, fühlte er das Messer von Rabe. Es schnitt in sein rechtes Handgelenk, die Obsidianklinge stach durch seine Haut bis zu den Sehnen und Muskeln. Samiq fühlte, wie die Kraft aus seiner Hand rann, als würde das Messer sie durch die Wunde herausziehen. Samiq versuchte die Finger zu strecken, um sein kleines Messer in die linke Hand zu legen, aber es gelang ihm nicht.

Dann war Kiin bei ihm, stand zwischen ihm und Rabe. »Nein«, sagte sie. »Bitte nicht.« Und dann war auch Kleines Messer da und hielt Samiqs Hände fest.

»Du kannst nicht gewinnen«, sagte Kleines Messer. »Sieh dir deine Hand an.«

Samiq sah hinunter auf das Blut, auf seine Finger, die sich nicht streckten, wenn er es wollte.

»Ich muß kämpfen«, sagte er wütend. »Ich kann nicht zulassen, daß er Kiin mitnimmt.«

Aber Kleines Messer wandte den Blick ab, sah Samiq nicht an.

»Du darfst nicht kämpfen«, sagte Kiin wieder. »Du hast Kleines Messer. Er ist jetzt dein Sohn. Du hast Drei Fische. Sie ist eine gute Frau. Eines Tages wirst du stark genug sein, um gegen Rabe zu kämpfen und ihn zu besiegen. Bis dahin werde ich bei ihm bleiben. Ich bin nicht stark genug, um mich gegen ihn zu stellen, aber ich bin stark genug, um auf dich zu warten.«

Dann war Eisjäger neben Kiin, nahm Samiqs Arm, wickelte einen Streifen Robbenhaut um das blutende Handgelenk, zog ihn fest, um das Blut zu stillen. »Es gibt für dich keinen Grund zu kämpfen«, sagte Eisjäger. »Der erste

Kampf war gerecht. Die Geister haben entschieden. Warum sonst wäre das Messer deines Bruders gebrochen?«

Dann kam es Samiq so vor, als würde nicht nur die Stärke aus seiner Hand, sondern auch die Kraft, die noch in seinem Körper war, mit dem Blut aus seinem Handgelenk aus ihm herausströmen, und er hatte keine Worte, um mit Kleines Messer oder Eisjäger zu streiten, um Kiin Versprechungen zu machen.

Kiin nahm die Halskette, die ihr Samiq am Abend ihrer Namensgebung geschenkt hatte, von ihrem Hals. Langsam zog sie sie über Samiqs Kopf. »Eines Tages wirst du ihn besiegen«, sagte sie. »Du wirst ihn besiegen, und dann wirst du mir diese Halskette zurückgeben.«

Sie drehte sich zu Rabe um. »Wenn ich mit dir kommen soll, müssen wir jetzt gehen«, sagte sie in der Sprache der Ersten Menschen, dann wiederholte sie ihre Worte in der Sprache des Walroßvolks.

Rabe stellte eine Frage, und wieder antwortete Kiin zuerst in der Sprache ihres Volkes, dann in der Sprache von Rabe.

»Ich habe Takha dem Geist des Windes übergeben, wie die Großmutter es verlangt hat.«

Samiqs Geist, gebeugt von Amgighs Tod, wurde von ihren Worten erschüttert. Sie hatte Takha dem Wind gegeben? Seinen Sohn, ohne es ihm zu sagen, ohne ...

Dann hob Kiin ihren *suk* hoch, nahm Shuku aus seinem Tragriemen. Sie sagte etwas zu Rabe in der Walroßsprache, und dann, als würde sie immer noch nur mit ihm sprechen, sagte sie in der Sprache der Ersten Menschen: »Das ist dein Sohn, aber er ist nicht mehr Shuku. Er ist Amgigh.«

Und Samiq sah den Zorn im Gesicht von Rabe, sah, wie sich seine Augen umwölkten, bis sie so schwarz waren wie das dunkelste Obsidian. Aber Kiin nahm den Blick nicht von ihm, zuckte nicht zurück, auch nicht, als Rabe die Hand erhob, als wollte er sie schlagen.

»Schlag mich«, sagte Kiin zu Rabe. »Zeig den Leuten, daß ein Schamane keine andere Macht besitzt als den Zorn gegen seine Frau, die Macht seiner Hände, die Macht seines Messers.« Dann war ihre Stimme so leise wie ein Flüstern. »Ein Mann braucht keinen starken Geist, wenn er ein großes Messer hat, ein Messer, das er von einem anderen gestohlen hat.«

Da warf Rabe das Obsidianmesser auf den Boden. Kiin hob es auf, ging wieder zu Samiq, legte es in seine linke Hand. Ihre Augen hielten Samiqs Augen fest, und er sah ihren Schmerz. »Ich werde immer deine Frau sein«, sagte sie.

Rabe winkte den Männern, die bei ihm waren. Einer hob Kiins Schnitzfiguren auf, ein anderer brachte das *ik* von Rabe zum Wasser.

»Wir werden nicht an dieses Ufer zurückkehren«, sagte Rabe, aber Kiin bückte sich und las eine Handvoll Kieselsteine aus dem Sand auf. Noch einmal sah sie Samiq an, dann drehte sie sich um und folgte Rabe zu seinem *ik*, stieg hinein, während Rabe das *ik* ins Meer stieß.

Samiq hob seine verletzte Hand zu der Halskette, die Kiin ihm gegeben hatte. Die Muschelperlen waren noch warm von Kiins Nacken. Er beobachtete, wie das *ik* von Rabe auf dem Wasser kleiner wurde, hoffte, daß Kiin noch einmal zu ihm zurücksehen würde, aber ein Teil seines Geistes wußte, daß sie es nicht tun würde.

Er ließ seine verletzte Hand sinken. Durch die Binde aus Robbenhaut quoll sein Blut, und mit den Fingern hielt er noch immer das stumpfe Messer der Walroßjäger umklammert. In seiner linken Hand lag Amgighs Obsidianmesser, von Amgighs Blut gezeichnet.

Seine Mutter und Krumme Nase waren am Strand, seine Mutter, die neben Amgigh kniete, Amgighs Kopf in ihrem Schoß, mit klagend erhobener Stimme, und auch Drei Fische mit tränenüberströmtem Gesicht.

»Hat er Kiin mitgenommen?« fragte sie. Sie wischte sich

mit dem Ärmel über die Augen und stimmte auch ein Klagelied an, ein Lied der Waljäger, anders als Chagaks Lied.

Samiq ging weg von ihr. Er mußte allein sein, weg von den Klageliedern, von dem Anblick seines Bruders, dem Kummer seiner Mutter, aber Drei Fische folgte ihm, mit rauher Stimme immer weitersingend.

Dann streckte sie die Arme aus und hielt ihm etwas hin, und Samiq sah hinunter, sah seinen Sohn, seinen und Kiins Sohn, den Drei Fische in den Armen hielt und der ihm in die Augen sah. Und Samiq verspürte plötzlich Macht, wie die Macht der Wellen, von Geist zu Geist.

Samiq ließ Amgighs Messer fallen und streckte die Arme nach seinem Sohn aus, dessen Hand sich fest um seine Finger schloß und sie nicht mehr losließ. Um sie herum erhoben sich die Klagelieder, aber sie waren nicht stark genug, um den Gesang des Meeres auszulöschen.

Glossar der Eingeborenensprache

AKA: (Aleut.) Oben, geradewegs dort draußen.

ALANANASIKA: (Aleut.) Anführer der Waljäger.

AMGIGH: (Aleut. – Aussprache mit unbestimmter Tonsilbe zwischen »m« und »g« und stimmloser Endung) Blut.

ATAL: (Aleut.) Brennen, Flamme.

BABICHE: Band aus ungegerbter Schlachthaut. Wahrscheinlich von dem Cree-Wort »assababish«, der Verkleinerungsform von »assabab«, Faden.

CHAGAK: (Aleut. – auch chagagh) Obsidian. (Im aleutisch-atkanischen Dialekt: rote Zeder.)

CHIGADAX: (Aleut. – stimmlose Endung) Ein wasserdichter Parka aus Seelöwen- oder Bärendärmen, aus Speiseröhren von Robben oder Seelöwen oder aus der Zungenhaut eines Wals. Die Kapuze hatte eine Schnur zum Zuziehen, und die Ärmel wurden bei Seefahrten an den Handgelenken zusammengebunden. Diese knielangen Kleidungsstücke waren oft mit Federn und farbigen Speiseröhrenstücken geschmückt.

IK: (Aleut.) Offenes Boot aus Häuten.

IKYAK, PL. IKYAN: (Aleut. – auch iqyax, Pl. iqyas) In der Form eines Kanus gebautes Boot aus

	Häuten, die auf einen Holzrahmen gespannt waren, an der Oberseite mit einer Sitzöffnung ausgestattet; ein Kajak.
KAYUGH:	(Aleut. – auch kayux) Muskelkraft, Stärke.
KIIN:	(Aleut.) Wer?
QAKAN:	(Aleut.) Der dort draußen.
SAMIQ:	(Altaleut.) Steindolch oder Messer.
SHUGANAN:	(Ursprüngliche und genaue Bedeutung unbekannt) Verwandtschaft mit einem alten Volk.
SHUKU:	(Alttlingit.) Erstes.
SUK:	(Aleut. – auch sugh; tonlose Endung) Ein Parka ohne Kapuze, mit hochgestelltem Kragen. Dieses Kleidungsstück war oft aus Vogelhäuten und konnte als Schutz gegen die Kälte auch mit der Innenseite nach außen getragen werden (also mit den Federn nach innen).
TAKHA:	(Alttlingit.) Zweites.
TUGIDAQ:	(Aleut.) Mond.
TUGIX:	(Aleut.) Aorta, großes Blutgefäß.
UGYUUN:	(Aleut.) Bärenklau oder wilder Sellerie (russisch Poochki). Eine Pflanze, die als Nahrung, zum Färben und als Medizin verwendet wurde. Gekocht schmecken die Stengel ähnlich wie gelbe Rüben. Die äußeren Schalen der Stengel enthalten ein chemisches Mittel, das Hautreizungen verursachen kann.
ULAKIDAQ:	(Aleut.) Eine Ansammlung von Behausungen, eine Häusergruppe.
ULAQ, PL. ULAS:	(Aleut. – auch ulax) Eine Behausung, die in einen Hügel gegraben war. Die Dachsparren waren aus Treibholz und/oder

Walknochen, das Dach war mit Grasnarbe und Gras bedeckt.

WAXTAL: (Aleut.) Verlangen, Mitleid.

Die hier aufgeführten Wörter der Eingeborenensprache sind gemäß ihrer Verwendung in *Schwester Mond* definiert. Wie bei vielen anderen Eingeborenensprachen, die von Europäern überliefert wurden, gibt es auch hier für fast jedes Wort eine Vielzahl von Schreibweisen sowie Unterschiede im Dialekt.

Danksagung

SCHWESTER MOND STÜTZT sich auf ausgedehnte Forschungen, beruht aber als fiktive Geschichte auf meiner eigenen Deutung der tatsächlichen Geschehnisse und gibt nicht unbedingt die Meinung derjenigen wieder, die diesem Projekt ihre Zeit und ihr Wissen so großzügig zur Verfügung gestellt haben.

Mein besonderer Dank gilt allen, die *Schwester Mond* in den verschiedenen Fassungen gelesen haben: meinem Mann Neil, meinen Eltern Pat und Bob McHaney, meinem Großvater Bob McHaney sr. und meiner Freundin Linda Hudson. Außerdem danke ich Neil für die Herstellung von Karten und Stammbaum mit dem Computer.

Tiefen Dank schulde ich auch meiner Agentin Rhoda Weyr, die nicht nur eine kluge Geschäftsfrau ist, sondern auch eine sorgfältige und weise Leserin; sowie meinen Lektorinnen Shaye Areheart und Maggie Lichota für ihre sorgfältige Arbeit an meinem Manuskript.

Mein Dank an Dr. William Laughlin, der meine Arbeit durch ständige Unterstützung mit Quellennachweisen und Materialien und seine freundliche Ermutigung gefördert hat, läßt sich nicht in Worte fassen.

Einen besonderen Dank an Mike Livingston, der mir seine umfangreiche Bibliothek über sein Volk, die Aleuten, geliehen hat. Viele dieser Bücher, die schon lange nicht mehr verlegt werden, hätte ich auf keine andere Art erhalten können. Ich danke ihm auch dafür, daß er bereit war, das Wissen über sein Volk, seine Inseln und die Eskimoboote mit mir zu teilen.

Meinen Dank an alle, die mir mündliche wie schriftliche Quellennachweise zur Verfügung gestellt haben: Mark McDonald, The American Speech-Language-Hearing Association, Gary Kiracofe, Dr. Greg Van Dussen, Ann Fox Chandonnet, Rayna Livingston, Linda Little, Dr. Ragan Callaway, Dorthea Callaway, und Laura Rowland. Mein Dank gilt auch Sherry Ledy für ihre Geduld und ihre gute Laune, mit der sie mir das Korbflechten beigebracht hat, und Russell Bawks für die vielen Stunden, in denen er meine Forschungsnotizen mit der Maschine abgeschrieben hat.

Neil und ich danken außerdem Dorthea, Ragan und Karen Callaway, sowie Rayna und Mike Livingston, die uns bei unserer letzten Forschungsreise nach Alaska und auf die Aleuten in ihr Heim eingeladen haben.

Ich danke auch Dr. Richard Ganzhorn und seinen Mitarbeitern Sharon Bennett und David Strickland, C. S. T., für die Beantwortung meiner medizinischen Fragen über Messerstichwunden; und Cathie Greenough für ihre Bereitschaft, das Wissen, das sie bei ihrer langen Arbeit als Beraterin mißhandelter Frauen und Kinder gesammelt hat, mit mir zu teilen.

Meine tiefe Bewunderung und Achtung gilt den vier tapferen Frauen, die als Kinder mißbraucht wurden und mir ihr Herz geöffnet haben und mir ihre Geschichten der Schmerzen und Angst, der Leiden und Überwindung erzählt haben.

Juli 1991
Pickford, Michigan